• 文学研究丛书 •

古代小说文化学

万晴川 ◎ 著

吉林文史出版社

图书在版编目（CIP）数据

古代小说文化学 / 万晴川著 . — 长春：吉林文史
出版社，2017.12
ISBN 978-7-5472-4653-5

Ⅰ . ①古… Ⅱ . ①万… Ⅲ . ①古典小说 – 小说研究 –
中国 Ⅳ . ① I207.41

中国版本图书馆 CIP 数据核字（2017）第 300297 号

古代小说文化学
GUDAI XIAOSHUO WENHUAXUE

出 版 人 / 孙建军
作 者 / 万晴川
责任编辑 / 王明智
封面设计 / 人文在线
出版发行 / 吉林文史出版社
地 址 / 长春市人民大街 4646 号　　　　　邮 编 /130021
网 址 / www.jlws.com.cn
电 话 / 0431-86037501
印 刷 / 廊坊市海涛印刷有限公司
开 本 / 710mm×1000mm　　　　　16 开
字 数 / 399 千字
印 张 / 25.25
版 次 / 2018 年 4 月第 1 版　　　　2018 年 4 月第 1 次印刷
书 号 / ISBN 978-7-5472-4653-5
定 价 / 76.00 元

目　录

上　编

中　编

下 编

上编

绪　论

　　中国古代小说由于巨大的涵容性及在古代下层民众中扮演的"蒙师"角色，不仅可以作为一种文学读本来进行欣赏，而且可以作为一种文化读本来考察。徐岱说："小说不仅是一种艺术样式，而且也是一种文化形态。不可避免地同诸如宗教、科学、道德、政治等具有联系，具有一定的社会意识形态特征。"① 陈洪也指出：小说与诗文那样的纯然士大夫文学不同，小说是在社会文化板块的交会处、摩擦处产生的。因此，它总是包含着来自不同文化层面的内容，这些内容又彼此渗透而出现复杂的变异。② 有关古代小说与文化的研究成果不但数量众多，而且涉及的范围广泛，显示出在古代小说研究中文化学方法已经得到认同，并普遍运用于研究实践。蔡亚平、程国赋《论近十年来古代小说研究中文化学方法的运用——以 2000—2012 年小说论著和博士论文为中心》一文阐述中国文学史研究中文化学方法的界定、渊源及其发展，对近十几年来这方面的研究成果进行了全面的统计和梳理，在此基础上，分析近十年来古代小说研究中文化学方法运用的整体状况，总结其特点，探寻古代小说研究中运用文化学方法的价值、意义以及应该注意的问题。③ 据该文分析，这些研究成果涉及儒佛道文化、出版文化、商业文化、城市文化、民俗民风、地域文化、科举文化、女性文化、法律文化、服饰文化、园林建筑文化、海洋文化、家族文化、武侠文化、墓葬文化等很多方面。代表性的成果有：

---

①　徐岱《小说形态学》，杭州大学出版社，1992 年版，第 14 页。
②　陈洪《小说的宗教文化意义》，《中华读书报》2001 年 8 月 8 日。
③　《明清小说研究》2013 年第 3 期。

整体研究。如吴士余《中国文化与小说思维》（上海三联书店 2000 年版）通过探寻民族文化心态、价值观念、民族群体思维方式，进而分析中国小说思维的范畴和结构形态，阐述中国小说美学传统的演变和发展脉络。陈洪《浅俗之下的厚重——小说·宗教·文化》（南开大学出版社 2001 年版）从文化角度分析在古代小说创作、传播、接受过程中，有关文化背景、文化传统、文化层面、文化变异、文化反馈等方面的问题。曹萌《传统文化与中国古代通俗小说模式研究》（延边大学出版社 2001 年版）探讨传统文化尤其是史家文化、园林文化、儒家文化、交通文化、社会思潮等对古代小说题材、人物、情节、结构等模式的影响。刘书成《文化视角下的中国古代小说》（甘肃文化出版社 2005 年版）考察古代小说文化的理论认识、文化内涵及与宗教文化的关系等。卞孝萱《唐人小说与政治》（鹭江出版社 2003 年版）、王汝涛《唐代小说与唐代政治》（岳麓书社 2005 年版）分析唐代政治与小说的关系，从政治层面解读小说，同时以小说证史、补史。程国赋《唐代小说与中古文化》（台北文津出版社 2000 年版）、《唐五代小说的文化阐释》（人民文学出版社 2002 年版）力图发掘唐代小说的文化意蕴。新加坡学者辜美高《明清小说与中国文化丛论》（新加坡青年书局 2009 年版）分析明清两代小说文本和小说理论现象所包含的文化意蕴与艺术价值、人文精神等。

儒佛道文化与古代小说研究。如孙逊《中国古代小说与宗教》（复旦大学出版社 2000 年版）研究巫文化、佛道文化对小说的影响。王立《宗教民俗文献与小说母题》（吉林人民出版社 2001 年版）将佛经与小说联系起来，探讨宗教民俗文献与小说母题的关系。吴光正《中国古代小说的原型与母题》（社会科学文献出版社 2002 年版）探究中国古代小说中 11 个宗教故事在文化学、叙事学层面的意义与价值。他的另一部专著《神道设教：明清章回小说叙事的民族传统》（武汉大学出版社 2012 年版）对明清章回小说的叙事传统进行理论建构，并试图在此基础上进行还原解读。拙著《中国古代小说与民间宗教及帮会之关系研究》（人民文学出版社 2010 年版）探讨古代小说家视野中的教门和帮会、古代小说对教门和帮会的影响等。黄东阳《世俗的神圣：古典小说中的宗教及文化论述》（台湾学生书局 2011 年版）将古典小说视作文化研究的文献数据，用"主题"去开发中华文化中重要的思维及概念。刘敏《天道与人心：道教文化与中国小说传统》（中国社会科学出版社 2007 年版）、黄勇《道教笔记小说研究》（四川大学出版社 2007 年版）、苟波《仙人仙境仙梦：中国古代小说中的道教理想主义》（巴蜀书社 2008 年版）、罗争鸣《唐五代道教小说研究》（复旦大学 2003 届博士论文）等，都分别对道教与古代小说的关系加以探讨。赵兴勤《古代小说与传统伦理》（山西人民出版社 2005 年版）探究古代小说与传统伦理的相互关系及其变化发展。其另一部专著《理学思潮与世情小说》（文物出版社 2010 年版）以《金瓶梅词话》为研究对象，全方位地剖析理学异端学说对世情小说的引发、情节构筑以及对世情小说内容的制约。儒学不但影响了小说家的创作意识、审美观念，而且影响了小说的人物形象、情节设计、结构安排等各个方面，刘相雨《儒学与中国古代小说关系论稿》（中国社会科学出版社 2010 年版）对此加以阐述。赵华《清末十年小说与伦理》（曲阜师范大学 2011 届博士论文）通过对清末夫妇、父子、君臣关系这三伦嬗变的考辨，梳理出清末小说与伦理变革互动同构的历史轨迹。

出版文化与古代小说研究。如汪燕岗著《明代通俗小说出版研究》（中国社会科学院 2004 届博士论文）对明代通俗小说的出版地及变迁、印刷和装帧、版画插图、经营和流通、出版业对明代通俗小说创作的影响等加以阐述。程国赋《明代书坊与小说研究》（中华书局 2008 年版）探讨明代书坊与小说之间的密切联系。文革红《清代前期通俗小说刊刻考论》（江西人民出版社 2008 年版）以小说出版为中心来考察清代前期小说的发展状况及兴盛原因。韩春平《明清时期南京通俗小说创作与刊刻研究》（暨南大学出版社 2012 年版）探讨明清时期南京通俗小说创作与刊刻成就、文化特征与规律，从而凸显南京地域文化与通俗小说创作、刊刻与传播之间的内在关系和相互影响。

民俗、民间文化与古代小说。如拙著《中国古代小说与方术文化》（中国社会科学出版社 2005 年版）、张辟辟《宋前志怪小说与方术》（湖南师范大学 2012 届博士论文）从方术文化的视角，探讨中国古代小说的形成、演变过程及艺术特征。拙著《巫文化视野中的中国古代小说》（中国社会科学出版社 2003 年版）论述巫术与小说的起源、小说家的思维及小说的故事情节的生成之间的关系。李道和《岁时民俗与古小说研究》（天津古籍出版社 2004 年版）考察民俗和小说的共生互动关系。韩瑜《唐代小说与唐代民间信仰》（浙江大学 2009 届博士论文）扣住唐代民间信仰中鬼、怪、神三种角色在唐小说的基本呈现状况，论述了其与唐小说之间的彼此关联。

地域文化与小说。如赵维平《明清小说与运河文化》（上海三联书店 2007年版）阐明运河流域社会生活和明清小说相得益彰的关系。杜贵晨《齐鲁文化与明清小说》（齐鲁书社 2008 年版）以有代表性的明清小说为实例，深入探讨齐鲁文化对明清小说的影响。张同利《长安与唐小说》（南开大学 2009届博士论文）意在以丰富的长安资料为基础，论述长安与唐小说的关系。拙著《中国古代小说与吴越文化》（光明日报出版社 2010 年版）论述吴越两地历史文化对小说创作思想和艺术构思、文体产生和形成等方面的影响。

科举文化与古代小说。如俞钢《唐代文言小说与科举制度》（上海古籍出版社 2004 年版）就唐代科举取士的主要途径、唐代进士科的地位与进士群体的形成、唐代文言小说兴盛与进士行卷的关系、唐代科举士子的文学生活与文言小说创作关系等问题进行探讨。（韩国）金晓民《明清小说与科举文化的关系》（北京大学 2003 届博士学位论文）、叶楚炎《明代科举与明中期至清初通俗小说研究》（百花洲文艺出版社 2009 年版）、胡海义《科举文化与明清小说研究》（暨南大学 2009 届博士论文）、王玉超《明清科举与小说》（扬州大学 2010 届博士论文）等对科举与明清小说的关系进行了较为全面、细致的探讨。

法律文化与古代小说。如吕小蓬《古代小说公案文化研究》（中央编译出版社 2004 年版）考察古代小说中的公案因素，分析其文学文化价值。郭建《非常说法：中国戏曲小说中的法文化》（中华书局 2007 年版）从法律文化的角度解析近一百种中国戏曲小说中的有关问题。夏启发《明代公案小说研究》（中国社会科学院 2001 届博士论文）、苗怀明《中国古代公案小说史论》（南京大学出版社 2005 年版）、范正群《清代侠义公案小说研究》（扬州大学 2008届博士论文）就古代公案小说进行专门阐述。

建筑园林文化与古代小说。如孟庆田《红楼梦和金瓶梅中的建筑》（青岛出版社 2001 年版）、潘远孝等《红楼梦花鸟园艺文化解析》（东南大学出版社 2009 年版）、关华山《红楼梦中的建筑与园林》（百花文艺出版社 2008 年版）等就《金瓶梅》《红楼梦》中的建筑园林文化对小说主题的表达、人物形象的塑造等问题进行了探讨。

武侠文化与古代小说。如冯媛媛《侠文化在中国古代小说中的嬗变》（陕西师范大学 2009 届博士论文）重点探讨中国古代侠义小说，对侠义精神在古代小说史上的嬗变做出勾勒。罗立群《中国剑侠小说史论》（暨南大学出版社 2012 年版）梳理中国剑侠小说的发展历程，对剑侠小说的概念、剑与剑术文化、剑侠形象、情节模式与时空设置，以及自唐代至当代中国剑侠小说的演变历程进行回顾和阐述。

另外，宁稼雨在《天中学刊》等刊物上连续发文，提出"中国叙事文化学"。他认为：作为文化的组成部分，叙事文学的文化属性本是不言自明的，但长期以来包括叙事文学在内的文学的文化研究没有得到足够重视。随着叙事学从经典向后经典的转变，叙事文学的文化学研究意义开始受到重视。从操作层面看，跨越狭义的叙事文学樊笼，从广义大文学的视野来进行叙事文学的取景观摄，这本身就已经使叙事文学研究具有了文化研究的性质。首先，关注各个历史时期的社会文化对于叙事文学的影响，在全面掌握其广义叙事文本材料的基础上，努力挖掘这些材料背后的历史文化蕴含。其次，在把握故事类型文化内涵的基础上，关注该文化主题在该故事类型演变过程中不同时段不同文本形态受到不同文化背景影响制约的线索轨迹。最后，文学形式自身的演变对于一个故事类型的文化内涵演变同样具有揭示意义，因此需要关注所谓特定言语表达方式的演变与文化内涵演变的关联。

其他还有难以计数的单篇论文，总之，都说明这一课题的研究正如火如荼，对打破学科之间的边界，提倡多学科之间的交融综合研究及其拓展古代小说研究的视野有重要的学术意义。

综合上述成果，我认为古代小说文化学从学理上可从四个层面来理解：第一，各种形式的文化对古代小说叙事的影响，包括小说家的创作思想、审美趣味和小说中人物形象塑造及艺术构思等方面。这是众所周知的，毋庸赘言。第二，小说这种文学形式在传播古代文化及读者接受古代文化中的功能。古时普通百姓文化水平都很低，而古代小说通俗易懂，因而他们接受中国传统文化，一般是通过听说书、阅读小说实现的。第三，古代小说中呈现的文化有时与高头讲章中的文化会有所不同。如《三国演义》中的"桃园结义"故事，君臣以兄弟视之，完全与儒家的"君为臣纲"不同，具有平等意识。又如《两交婚》中的双星，他对情的理解可以说有革命性的突破。他说："君臣父子之伦，出乎性者也，性中只一忠孝尽之矣。若夫妻和合，则性而兼情者也。性一兼情，则情生情灭，情浅情深，无所不至，而人皆不能自主。必遇魂销心醉之人，满其所望，方一定而不移。"就是说，君臣之纲只是义务和责任，而夫妻之纲除责任和义务外，还兼有情感，比君臣、父子之伦更为重要。所以，当他得知所爱的人在选妃途中，投江自尽时，欲撞柱而殉。他岳父江章慌忙跑上前，拦腰抱住，责备他不该轻生，"你今乃朝廷臣子，又且有王命在身，怎敢忘公义而徇私情？"他回答道："岳父教诲，自是药言，但情义所关，不容苟活。死生之际，焉敢负心？今虽暂且腼颜，终须一死。"他岳父劝他再娶，他断然拒绝，发誓说"便覆宗绝嗣，亦不敢为禽兽之事"。不孝有三，无后为大，但在双星看来，男女情爱高于一切。这些先进的思想，都是在古代思想家的著作中找不到的，显然可以补思想史之阙。第四，古代小说又创造了很多文化，是许多文化现象形成的源头，如关公文化、清官文化等。很多小说中的虚构人物，如孙悟空、土行孙、杨戬等，都成为民间崇拜的神祇，并建有墓茔和庙宇。

本书主要围绕上述思路进行编写。

第一章　儒家文化与古代小说

第一节　概　论

在儒家思想占据统治地位的古代社会，小说无疑与儒家文化有着血脉相连的关系。在儒家文化对古代小说施加巨大影响的同时，古代小说同时也强化了儒家思想的统治地位，两者相得益彰。

孔孟是先秦儒家学说的创始者，他们所生活的时代，小说还在酝酿或正在萌芽，他们虽没有直接发表关于小说的观点，但他们的一些言论对后世小说观的形成影响很大。如孔子说的"道听而途说，德之弃也"，"索隐行怪，后世有述焉，吾不为之矣"，"子不语怪、力、乱、神"等。这些言论实际上与今天意义上的小说无关，但是却常被后人引用来议论小说。班固《汉书·艺文志》曰：

> 小说家者流，盖出于稗官，街谈巷语，道听途说者之所造也。
> 孔子曰："虽小道，必有可观者焉，致远恐泥，是以君子弗为也。"
> 然亦弗灭也。闾里小知者之所及，亦使缀而不忘。如或一言可采，
> 此亦刍荛狂夫之议也[①]。

在今本《论语》，"孔子曰"乃是子夏转述的，但未必不是仲尼之意。其

---

① 《汉书·艺文志》，商务印书馆，1955年版，第39页。

中的"小道"指的是技艺，不能等同于今天的"小说"概念，但又与当时的"小说"性质相近。班固借用孔子门徒的话来表明自己对小说的态度，代表了东汉以前正统思想家、文学家对于小说的看法。后世正统文人士大夫，常对班固的话进行发挥，竭力贬低小说，由此奠定后世儒学，同时是整个封建社会意识形态对小说的根本态度，以至于在两千年中国封建社会里，少有人不把"小说"作为"小道"看待的，使全社会形成了鄙薄小说的观念，小说家为人所轻并自轻自贱。"四库"将小说排除在外，官修书目不录通俗小说。正统文人不屑于做小说，通达之士即使偶尔为之，也似乎成为终身之玷。蒲松龄作《聊斋志异》，自叹"寄托如此，亦足悲也"①，吴敬梓作《儒林外史》，他的朋友程晋芳惋惜道："吾为斯人悲，竟以稗说传。"② 明修髯子《三国志通俗演义引》把小说比作"牛溲马勃"③，等等，都表明了小说与小说家地位的卑微与尴尬。虽然这主要是历代统治者文化专制的结果，但孔孟的"小说"言论，是专制思想的基础或理论根据之一。

然而，"孔子曰"的这段话并没有彻底否定"小说"，而是认为"虽小道，必有可观者焉"。所以，在古代社会，小说就成了宣扬忠孝、惩恶扬善、整顿纲纪的工具。随着人们对"小说"这种文体认识的不断深入，越来越多的学者和小说家突破了传统的儒家小说观念，非常重视小说的审美旨趣，如袁宏道在听了朱生说《水浒传》后，觉得"六经非至文，马迁失组练"④。李贽说《水浒传》之所以好，"只为他描写得真情出，所以便可与天地相始终"⑤。至清末梁启超等人，将小说的地位大为提高，视小说为"国民之魂"，"故今日改

① 蒲松龄《聊斋自志》，黄霖编、罗书华撰：《中国历代小说批评史料汇编校释》，百花洲文艺出版社，2009 年版，第 405 页。

② 程晋芳《怀人诗》，朱一玄编、朱天吉校：《明清小说资料选编》，南开大学出版社，2006 年版，第 778 页。

③ 修髯子《三国志通俗演义引》，黄霖编、罗书华撰：《中国历代小说批评史料汇编校释》，第 137 页。

④ 袁宏道《听朱生说水浒传》，黄霖编、罗书华撰：《中国历代小说批评史料汇编校释》，第 216 页。

⑤ 《容与堂本李卓吾先生批评忠义水浒传回评》，黄霖编、罗书华撰：《中国历代小说批评史料汇编校释》，第 230 页。

良群治，必自小说界革命始；欲新民，必自新小说始"①。

　　儒家思想大致经历了从先秦孔孟儒学到两汉经学，再到宋、元、明前期程朱理学、明中叶至明末陆王心学、清代又以程朱理学为主流的发展过程。随着封建政治、文化政策的日益专制，统治者更注重儒家的政治教化功能，以此来维护、巩固其统治地位，儒家思想作为古代社会的主流思想，无疑对古代小说产生了深刻的影响。

　　魏晋南北朝时期的志怪小说，如《列异传》《搜神记》《搜神后记》《幽明录》《冤魂志》等，都有不少同情人民疾苦，反抗暴政的内容，明显受到儒家思想的影响。还有一些作品宣扬孝道思想，如《搜神记·李寄》篇写李寄为奉养父母，主动应募斩蛇。《董永》篇写董永卖身葬父。《世说新语》中周处悔过自新，为民除害，最终成为忠臣孝子。唐代以黄老哲学治国，思想较为开放，知识分子较少受儒家礼法的束缚，但也难免多少会受到儒学的影响。如《莺莺传》中作者将张生始乱终弃的行为美化为"善补过"。又如《山水小牍·步飞烟》写步飞烟受媒人欺骗，嫁给粗陋残暴的武公业为妻，后来与书生赵象相爱，被武公业活活鞭死，作者虽然同情步飞烟的遭遇，但又认为她"炫色则情私"。宋代理学兴起，因而小说中大量使用儒家伦理道德教化民众。如《碾玉观音》，作者惋惜璩秀秀与崔宁的爱情悲剧，但又告诫人们"非礼莫为"。《志诚张主管》中的张主管则是作者树立的"不贪财不爱淫"的典范。等等。正如鲁迅在《中国小说的历史的变迁》中所指出的："唐人大抵描写时事；而宋人则极多讲古事。唐人小说少教训，而宋则极多教训，大概唐时讲话自由些，虽写时事，不至于得祸；而宋时理学盛极一时，因之把小说也多理学化了，以为小说非含有教训，便不足道。"②元仁宗皇庆年间，规定开科取士，试经义以朱熹章句集注为主，开始独尊程朱理学。至明初，成祖命胡广、杨荣等编《四书大全》《五经大全》《性理大全》，并指定为"国子监、天下府州县学生员必读之书"。又以八股取士，命题依据朱熹注四书及宋儒注五经。程朱理学遂成为官方哲学，文学艺术创作无不受其牢笼。作家主动发挥小说的道德训诫功能，尤其是明初小说，如《剪灯新话》《觅灯因话》等。至明中

---

① 黄霖编、罗书华撰《中国历代小说批评史料汇编校释》，第 715、722 页。

② 《鲁迅学述论著》，浙江人民出版社，1998 年版，第 228 页。

叶后，程朱理学失去了维系封建道德的张力，遭到许多有识之士的抨击。王阳明认为"天下事势如沉疴积瘵"，所以他继承发挥陆九渊的"心学"理论，标举"良知"，提倡"六经注我"，"所望以起死回生"（《与黄宗贤》）。阳明心学认为吾心即宇宙，否定权威，推倒偶像，强调人心之巨大作用和自由性，而不拘囿于儒家经典教条；承认尊重人的个性差异和多样性，在一定程度上是人性解放的嚆矢。尤其是王学左派王艮、李贽等人，提出"百姓日用即是道"的理论和"童心说"，承认情欲的合理性及巨大功能，甚至宣称情欲是一切生命的本原。冯梦龙认为"天地若无情，不生一切物"，所以他要倡导"情教"。阳明心学对明中叶至清初文学都产生了很大的影响，作家们在这样的理论旗帜指引下，不再用虚构的儒家伦理的模范人物与理想生活来引导大众做符合"天理"的人生价值取向，而是去描写形形色色的真实的现实生活，去塑造普普通通的现实人物，引导大众从常人的生活经历中去思考和观察，从中寻求社会健康发展之"道"，对在变化的潮流中晕头转向的众生进行一些切合实际的指导与规劝，达到天理昭然、人心纯正的目的。于是，便有了《金瓶梅》《儒林外史》《红楼梦》等小说；同时，它也引导文人跳出程朱的束缚，重新审视天理和人欲。于是在这种思潮的影响下，小说界创作了一批肯定"人欲"的小说，对自然情欲的追求给予一定的宽容与赞赏。另外，从小说的接受者来说，现实生活的迅速变化也使他们产生艺术欣赏的新要求，他们除继续对历史演义、英雄传奇和神魔故事感兴趣外，还希望通过其他小说作品，去认识现实生活，而世情小说的出现也正好适应了他们的需求。总之，受心学影响而兴起的世情小说，慢慢地在数量与质量上超越了历史演义、英雄传奇和神魔志怪等，成为最优秀的小说种类。由于王学左派的推波助澜，遂渐形成一股强大的个性解放思潮，加上商品经济的繁荣为享乐提供了物质保障，人类欲望的"潘多拉之盒"终于被打开。人们追求声色享乐，世风败坏，人情浇薄，于是劝诫小说又大量出现。明亡后，清初一些有识之士对陆王心学进行了深刻的反省与检讨，他们认为受心学影响的明代文人士大夫游谈无根，空疏不学，是导致明王朝覆灭的重要原因。因此，顾炎武在批判心学的同时，提出经世致用的主张。颜元、李塨反对八股，倡导"礼乐兵农"，认为"八股行天下无学术"，主张改革教育制度，教养结合，"教士之道，不外六德六行六艺"。吴敬梓的《儒林外史》就深受这些思想的影响。清代中叶之后，理学业已衰败。但仍有一些理学家对理学的社会作用坚信不移，他们认为世风之败坏，正是因为理学没有深入人心，人们没有自觉地按照理学的要求去做，于是他们以八股文法创作理学小说，如《野叟曝言》《歧路灯》《好逑传》等一批小说就是在这一背景下产生的。"这些作者由于远离人人自觉奉行忠孝节义伦理原则的社会，没有对那种社会的完整认识，于是，他们便虚构出一幕幕忠孝节义的生活图景，为时人展示样板社会与模范人物。然而，其虚构严重脱离生活真实，正面主人公或为无所不能、无所不晓的非凡人物，或其节操胜过柳下惠，或鼓吹理学精神是灵丹妙药，能使人劣根除尽、脱胎换骨。读者读后，无不对其真实性予以怀疑，自然也就不会受其感染，去模仿小说中正面人物的所作所为"。① 总之，无论从古代小说的创作思想、情节结构、人物形象方面，还是从作家创作心理、价值观念以及读者的鉴赏心理来看，无不受儒家思想的影响和制约。其影响尽管有积极与消极之分，但从整体上说，受儒学影响的古代小说都适应了封建统治的需要、社会的发展，从而保证了小说的生存并促进了它的不断发展。

第二节　儒学对小说创作思想的影响

儒家思想对古代小说影响最深，集中于正统伦理道德的思想价值观念和教化至上的文学功用观念两大方面，它对古代小说创作思想的影响主要表现在以下两个方面：

一、宣扬忠孝节义思想

中国传统伦理道德的核心乃是儒家所提倡的忠孝节义等道德行为准则。这样一种社会意识形态，不知不觉地渗透到小说创作之中。小说家自觉地把自己的作品视为道德教化的工具，使"怯者勇，淫者贞，薄者敦，顽钝者汗

---

① 朱恒夫《宋明理学与古代小说》，上海古籍出版社，2005 年版，第 25—26 页。

下"[1]，从而起到"可以教孝，可以教忠，可以教义"[2]的效果。古代小说中塑造了众多烈女、贞女、节妇、孝子、忠臣的形象，目的就是"以为世型"，达到褒忠殛奸、劝善惩恶的目的。

"孝为百行之首"，在儒家伦理道德之中，"孝"是所有道德观念的根本。因此，劝孝成为小说中的重要内容，这其中既有表现人性光辉、体现中华民族传统美德的一面。如《石点头》第三卷"王立本天涯求父"，写王立本幼时，父亲因官府催粮甚急，不胜鞭扑之苦，逃亡外地，数十年杳无音信。王立本长大后，历尽艰辛，十年寻父，终使父子团圆。《西湖二集》卷六"姚伯年至孝受显"，写姚伯年之父被贼寇掼死崖下，姚伯年寻尸痛哭，背回家安葬。但有的则宣扬腐朽的愚孝思想，如《石点头》第十一卷"江都父孝妇屠身"，在饥荒年代，宗二娘为养活母亲，卖身与屠夫，杀身鬻肉。《型世言》第四回"寸心远格神明　片肝顿苏祖母"中的陈妙珍，与祖母相依为命，拒绝出嫁。当祖母生病时，她割肝和药，为祖母疗疾。同时，小说中也塑造了许多反面形象，这些人由于虐待父母公婆，获致恶报，或被雷电击死，或变成畜生。《初刻拍案惊奇》卷十三，写殷氏对待公婆极不友善，公婆"要茶不茶，要饭不饭"，自己和丈夫却是锦衣玉食。婆婆生病了，两人既"不到床前去看视一番，也不将些汤水调养病人"，婆婆终究气死。谁知婆婆死后，殷氏连买棺木的钱都不愿意出。两人大逆不道，再加上债权人逼讨，使得殷氏公公冒险潜入儿子房内偷取财物，不料却被儿子误为小偷将其打死。《二刻拍案惊奇》卷二十六中，高氏二女贪图父亲的财产，在父亲尚未平分家产之时，她们便日日前来嘘寒问暖、假意奉承，目的就是希望自己能分得更多的财产；而一旦老父将所有财产平分给她们后，她们就再也不管老父了。后来高父做官，身边又存了不少银子，她们便又摆出一副极为孝顺的模样，但此时高父已看透女儿们的心思，怎么都不肯相信她们了。

封建社会的妇女对自身"贞操"极度重视，为保卫自己的贞洁，甚至不惜以性命相搏。明代是一个十分重视贞操观念的朝代，妇女守贞，不但能光

---

① 冯梦龙《古今小说叙》，黄霖编、罗书华撰：《中国历代小说批评史料汇编校释》，第256页。

② 彭一楷《台湾外志·序》，世界书局，1979年版，第1页。

耀门楣，获颁匾额，又能免除差役。程朱所谓"饿死事小，失节事大"一语，成为当时妇女必须严格遵循的金条玉律，因此，明朝的节妇烈女，高居历朝之冠。这种不合乎人道的教条，提供给小说许多精彩丰富的题材。但是，对小说中殉节的妇女，我们应该区别看待，有的是因为爱丈夫而殉情，有的是夫死后生活无依，还有的则完全是受了封建礼教的毒害。《二刻拍案惊奇》卷三十一中的俞氏，其公公被王俊殴打致死，俞氏之夫王世名为报父仇，于数年后手刃王俊。而当官府欲开棺检验其父之尸时，世名不愿父亲的尸首遭受破坏，宁死不从，最后以自尽表明心意。俞氏在为夫守丧三年后，也绝食而亡。在这里，"死亡"对俞氏而言，不能不说有一种解脱的味道。她从夫而死，不一定是为了获颁贞节牌坊，而是与丈夫感情深厚，所以丈夫一死，对俞氏而言，生活已失去了意义。当她得知世名欲报父仇后，尽管俞氏家中上有年迈的婆婆，下有嗷嗷待哺的幼儿，肩上背负着层层的压力，矢志从夫之事却没一日忘记，于是等幼儿满三岁，不再需要母亲哺乳之际，俞氏便从容随夫而去了。《石点头》第十二卷"侯官县烈女歼仇"中写恶棍方六一为谋娶申屠希光，将其夫害死。申屠希光得知真相后，杀死方六一等罪犯，提着他们的首级到丈夫坟上哭祭，然后自杀身亡。《警悟钟》卷之四"海烈妇米椁流芳"中陈有量之妻海氏不甘被污，自缢身亡。《二刻拍案惊奇》卷六中的翠翠与金定新婚不久，遇着盗贼为乱，翠翠遭军官掳走，与丈夫金定分离，金定思念翠翠，便出外寻访，终于在李将军下榻处找到爱妻。但夫妻见面却不敢相认，只能以兄妹相称，金生因而终日郁闷涕泣，不久便奄然而逝。金生死后，翠翠终日精神恍惚，不久染疾，为了能与金生黄泉路上再相见，她坚持不肯服药，终至绝气。有的则是在丈夫死后，为之守节抚孤，如《二刻拍案惊奇》卷三十二，张福娘许配给朱逊为妾，原本夫妇两人十分恩爱，后来因为朱逊欲娶原配范氏过门，不得已先遣送张福娘回娘家，谁知他娶了范氏，却忘了张福娘。福娘此时怀有朱家的孩子，她心知朱家不肯带她回去，于是生下孩子后，便一人将孩子带大。后来朱公子不幸病逝，福娘便靠着缝衣补裳养大儿子。最后儿子终于得以认祖归宗，而福娘终身为丈夫守贞教子，其情感人，朝廷特颁赠封号，成为贞妇楷模。《型世言》第十六回"内江县三节妇守贞 成都郡两孤儿连捷"写内江县三个节妇在丈夫死后，守节抚孤。总之，这些宣扬节烈思想的小说较为复杂，不能一概而论。

古代小说中有大量抨击权奸、讴歌忠臣的内容。如《清夜钟》第一回"贞臣慷慨杀身 烈妇从容就义"写李自成攻入北京时，明编修王伟同夫人一道自缢而死。《型世言》第一回"烈士不背君 贞女不辱父"歌颂了忠臣方孝孺、胡润、铁铉等建文忠臣。这些忠臣虽生前枉受极刑，但死后为神；而奸臣或生前就身败名裂，受到惩罚，或死后在地狱遭受审判。如《三国演义》中义薄云天的关羽、忠心耿耿的诸葛亮。关羽在曹操答应他"只降汉帝，不降曹操"等条件后，同意归顺。实际上，所谓"降汉不降曹"不过是一句空话，作者以"允三事"刻画关羽形象，无非是给他"降曹"的权宜之计，寻找一个合乎伦理道德的口实，以使其不失为忠义俱绝的完人。到许昌后，曹操对关羽以礼相待，三日一小宴，五日一大宴，赠金银，选美女。但关羽每隔三天，就必定到糜、甘二夫人的住所，站在门外"躬身施礼"，给嫂嫂请安。他把曹操所赠的战袍"穿于衣底"，外面罩上刘备赠给的战袍，以表示不忘旧恩。曹操把那匹吕布曾经乘坐的日行千里的赤兔马赠给关羽，关羽"喜而再拜"。疑惑不解的曹操问道："吾累送美女金帛，公未尝下拜。……何贱人而贵马耶？"关羽回答："吾知此马日行千里，今幸得之，若知兄长下落，可一日而见面矣。"张辽问他："玄德待兄，未必过于丞相，兄何故只怀去志？"他说："吾受刘皇叔厚恩，誓以共死，不可背之。吾终不留此。要必立功以报曹公，然后去耳。"而且声称，如果刘备已死，他甘愿"从之地下"。作者更以此渲染关羽性格中"事主不忘其本"的"忠义"一面。关羽为了报答曹操的知遇之恩，先后将奉命前来讨伐"欺君之贼"曹操的袁绍部将颜良、文丑斩于马下，代曹操保存了实力。在恩义既报、刘备下落已明的情况下，他毅然辞曹归刘，并说："我与刘玄德，是朋友而兄弟，兄弟而又君臣者也。"曹操对于关羽的离去，尽管深表遗憾，但又对他的"封金挂印，财贿不以动其心，爵禄不以移其志"甚是敬服，称赞道："不忘故主，来去明白，其丈夫也。"小说在渲染关羽性格中知恩必报之"义"的同时，又着重提示他不忘旧主的"忠"。儒家传统道德所强调的"富贵不能淫，贫贱不能移，威武不能屈"在这一英雄人物身上，得到了最集中的体现。[①]

另外，古代小说还宣扬了儒家的"义""诚"等思想。如唐传奇《柳毅

① 赵兴勤《古代小说与传统伦理》，山西人民出版社，2005年版，第31页。

传》中赞美柳毅重然诺，救人于危难而不求报答的高尚行为。宋元话本《志诚张主管》肯定张主管"诚"的品格，而《错斩崔宁》中的刘贵则因不诚而致祸。有些小说中的英雄豪杰，都是讲"诚"与"义"的典范。如《三国演义》中的刘、关、张，初次见面，便倾肝吐胆，引为知己，结义于桃园。《水浒传》中也宣扬"忠诚信义"，宋江并把梁山聚义厅改为忠义堂。《说唐》中的秦琼、单雄信等，都是信义的典范。作为志诚君子的对立面，便是伪诈小人，在《春柳莺》《人间乐》《画图缘》《凤凰池》等小说中均曾出现，他们大都是作品中主人公的同窗、朋友或亲戚，在主人公科考或婚姻上暗设羁绊。他们欺世盗名、附庸风雅、嫉才妒能、伺机构陷、挟嫌报复，"逐名趋势，热来冷去"，然而每每遭到可耻的下场。

二、宣扬儒家仁政思想

孔子提出过以"仁"为核心的人格理想，"仁"的表现形式为智勇义礼信。他说：仁为忠，仁为智，故"智者利仁"；仁为勇，故"仁者必有勇"。后来的理学家对以仁为核心的理想人格思想进行了不断的充实、发挥和完善，逐渐固定为以"理"为核心的五个方面：仁、义、礼、智、信。理即性，性即理。性的内容也包括仁义礼智信，"仁、义、礼、智、信五者，性也。仁者，全体；四者，四支"[1]。"天理，只是礼智之总名，仁义礼智便是天理之件数。"[2] 他们提出"存天理，灭人欲"，要求人们以自觉地克制情欲、遵循伦理观念为"人生之本"；他们提倡中和，要求温柔敦厚，内心和谐平静；他们提倡社会人格，个人必须服从群体，才有生存之价值，其存在价值才会被社会认同。人格的美，只存在于尽人伦、施仁爱的群体社会属性中。这样，人们就把道德的准则自觉或不自觉地融注到了自我塑造和自我审视的人格审美中，人的个性棱角便随着自我意识的淡化而削弱。因此，一旦把道德观念附在抽象的人格实体或艺术形象身上，就难免会把他们变成一种共名类型。

---

① 《河南程氏遗书》卷二上，《二程集》，中华书局，1981 年版，第 14 页。
② 《朱文公文集》卷四十《答何叔京》，上海古籍出版社、安徽教育出版社，2002 年版，1838 页。

《三国演义》中的人物塑造就深受儒家文化的影响，刘备是仁德的典范，关羽是义的化身，诸葛亮是智的代表，张飞是勇的范型。宋明理学家认为，在仁义礼智勇五者之中，仁就像人的心脏，而义、礼、智、勇好比人的四肢，所以仁是核心，义、礼、智、勇是辅助，由此可见，刘备与关羽、张飞、诸葛亮之间的关系就是按照这个逻辑进行设计的。曹操则是奸诈的典型。小说作者又按照传统伦理道德价值观标准对这些人物进行评判，"美者因其美而美之，虽有其恶，不之毁也；恶者因其恶而恶之，虽有其美，不加之誉也"①。作者对刘备集团给予了热情的赞美，借以表现对仁君贤臣及太平盛世的向往，而对曹操集团则愤怒鞭挞。《封神演义》也反映出相类似的思想倾向。小说中的商纣王凶狠残暴，骄奢荒淫，而又独断专行，刚愎自用。他对身旁直言劝谏的忠臣，往往施以"炮烙"等酷刑，以钳制天下人之口，又聚万条毒蛇于大池中，名之曰"虿盆"，常将得罪他的大臣、后妃投入池中，听凭蛇咬死。还不顾"府库空虚，民生日蹙"，起造"肉林""酒池"，构建鹿台、琼楼，致使"万民惊恐，日夜不安，男女惊慌，军民嗟怨"。为了博取宠姬妲己欢心，竟然随便抓人，敲胫看髓，剖腹验胎，无恶不作。周武王"为天下洗此凶残，救民于水火"，终于推翻了残暴的殷纣王统治，建立了周政权。武王伐纣的成功，是人心向背的结果。周王所统辖的西岐"不肆干戈、不行杀伐"，"以仁义而化万民，行为让路，道不拾遗，夜无犬吠，万民而受安康"。而且，周王爱护老百姓，"无妻者给予金银而娶；贫而愆期未嫁者，给予金银而嫁；孤寒无依者，当月给口粮，毋使欠缺"。可谓"圣德之君，泽及枯骨"。

明自世宗之后，纲纪日坏，"天下臣不思忠，子不思孝，贪货赂而忘仁，慕冶容而用计"②。至明末，党派门户，纷争角立，风俗浇薄，人情日偷。传统的思想价值观念遭到强烈冲击，正统的程朱理学已千疮百孔。这时，一些具有忧患意识的正统文人，目睹现状，忧心忡忡。儒家文化要求士人积极入

---

① 刘知几《史通外篇疑古卷十三》，黄寿成点校，辽宁教育出版社，1997年版，第109页。

② 鹤市道人《醒风流传奇·序》，《明清小说序跋选》，春风文艺出版社，1983年版，第93页。

世，"立德、立功、立言"，以完成不朽人格的自我塑造，但这些小说作者又大多科场蹭蹬，立功无门，因此只好借三寸管，发挥"经夫妇，成孝敬，厚人伦，美教化，移风俗"的社会功用，以竭尽自己对家族、社会和国家的义务，实现自身的价值。这样，劝诫小说便大量出现。作者企图借小说"惩创逸志，感发善心"①，使人们知道"君臣父子、夫妇兄弟、朋友之道理，宜认得真；贵贱穷达、酒色财气之情景，须看得幻"②。"使天下败行越检之子，惴惴然侧目视曰：海内尚有若辈存好恶之公，操是非之笔，盍其改志变虑，以无贻身后辱。"③

《石点头》《醉醒石》《八洞天》《五色石》等，就是在上述背景下的"补天"之作。这些小说触及到当时的许多社会焦点问题。《石点头》第二卷赞扬守节尽孝的李妙惠，第三卷写王立本为寻访父亲，漂泊天涯十二年，第十一卷写宗二娘杀身卖肉以换钱养母，都是宣扬封建孝道观念和节烈思想。《醉醒石》第一回写姚一祥申冤脱囚，致使子孙贵显。第十一回写魏推官为贪得六百金，捉生替死，终得"削禄削年"之果报，因此奉劝当权君子，要广行方便，秉公执法。涉及封建司法制度问题。第十二回写狂和尚妄思大宝，结果招来灭亡之祸，所以劝人要"安分守己，各安生理，胡作非为"，乃是针对明末"盗乱"蜂起而发。等等。都表现了作者浓厚的封建正统思想，见解陈腐落后。作者东鲁古狂生身经明末战乱，亲眼目睹耳闻了人们在鼎革之际的种种表演，因而在小说中沉痛地总结了明亡的历史教训。他在第二回中写道："国家之败，只缘推诿者多，担当者少；贪婪者多，忠义者少。"不过，作者简单地将道德的沦丧归咎于人性的弱点，所以他总是用因果报应的模式来结构故事，所谓"作善作恶，必有报应，只是来早来迟，到头方见。奉劝作恶的，不要使过念头；作善的，不要错过善因"。他深信人们读了他的作品后，必定会悚然惊醒，从而洗心革面，改过自新。《五色石》的作者则有感于世上缺憾之事太多，所谓"为善未蒙福"，"为恶未蒙祸"，"孝而召尤，忠而被谤"，"施恩而遭负心之友，善教而得不令之徒，婿背义翁，奴欺仁主"，

---

① 学憨主人《世无匹题辞》，《明清小说序跋选》，第 104 页。
② 《三刻拍案惊奇序》，北京大学出版社，1996 年版，第 353 页。
③ 吴山谐野道人《照世杯序》，《明清小说序跋选》，第 49 页。

"名才以痼疾沈埋，英俊以非辜废斥"①。因而以文代石，将历史与现实中的种种缺憾，以虚构的理想境界来弥补，幻中求真，给不合理的社会现实以合理的结局，以满足自己对人生对社会合理秩序的向往和渴求，表现作者要求匡正时弊，疗治社会的善良愿望。《五色石》共分八卷，包括八个短篇故事，分别从社会风习、婚姻家庭和科场官场等方面，对清代社会生活作了多角度、多层面的反映，每一卷故事都是有感于世上缺憾而发。反映家庭矛盾的有《双雕庆》《续箕裘》《凤鸾飞》。《双雕庆》写了妻妾之间的矛盾，妒妇仇氏最后改恶迁善，妻妾和顺，母子团圆。《续箕裘》则写了家中妻妾、嫡庶之间的冲突，最后继母韦氏追悔前非，过而能改，终"堨簏已缺而复谐，箕裘已断而复续"。《凤鸾飞》表现主仆之间的关系，书童调鹤、侍儿霓裳尽忠救主，最后声名俱泰。表现婚姻问题的则有《二桥春》和《选琴瑟》。《二桥春》有感于世上"绝代娇娃，偏遇着庸夫村汉；风流文士，偏不遇艳质芳姿"而作，《选琴瑟》感叹于"天下才人与天下才女作合，如此之难"。两卷都写才子佳人曲折离奇的结合过程。其他如《虎豹变》，通过赌徒宿习在丈人冉化之的教育下从善改过的故事，为败子说法。《朱履佛》写了一位"守正持贞，除凶去暴"，申冤护法的太守来本如。这些作品内容广泛，进步与落后的思想成分杂糅互见。有吏治腐败、科场龌龊的暴露，也有纲常名教的宣扬，都是为了"借谈谐说法，将以明忠孝之铎，唤省奸回，振贤哲之铃，惊回顽薄"②，以达到补救天道的目的。但由于作者不可能理解"天道"之所以缺的真正原因，所以揭露和批判便显得苍白无力。用因果报应的模式来解释缺憾之所以存在的原因，使之团圆，显示出笔炼阁主人和天然痴叟等人一样，对于疗治社会痼疾，已黔驴技穷。在封建社会中，"当然之理"与"实然之则"，也即理想与现实的矛盾，是中国文人既困惑不已也无法解决的核心矛盾。笔炼阁主人在他另一部"补天之作"《八洞天序》中说："女娲氏炼五色石，吾不知其有焉否也，则吾今日以文代石而欲补之，亦未知其能补焉否也。"他又接着哀叹道："五色石以补天之缺，而缺不胜缺，则补亦不胜补也。"③大有"知其不可

① 笔炼阁主人《五色石序》，《明清小说序跋选》，第 39 页。
② 《清夜钟序》，上海古籍出版社，1990 年版。
③ 《八洞天序》，《明清小说序跋选》，第 34 页。

为而为之"的无奈，表现了作者对于匡正时弊的自信不足，并深深地体会到自我的渺小和无奈、沮丧和失望的心态。而到《石头记》，作者已绝望地感到"石"无可用，"天"无法补。《石点头》《醉醒石》《五色石》的作者把"天"破的原因简单浮浅地归咎于人性的弱点，所以他们希冀以笔来重建以伦常秩序为本体的孔孟之道，通过劝惩使人们将礼教由外在的规范变成个体的内在自觉，只要人们改恶迁善，天还是可补的。而曹雪芹已朦胧地意识到"天"破是一种社会客观规律在主宰着，所以他不再劝世说教，不再把自己心爱的主人公描写成补天之才，歌颂其"补天"伟绩，而是为封建王朝的必然衰亡唱一曲无尽的挽歌。

《醒世姻缘传》的作者西周生则试图通过复古的办法来挽救世道人心。中国人总是怀念西周及上古时期的淳朴世风，孔子就曾对西周无限向往："周监于二代，郁郁乎文哉！吾从周。"① 又说："周之德，其可谓至德也已矣。"②《醒世姻缘传》署名为"西周生"，就表明作者有着浓郁的恋古心理与道德情结。作者在小说第二十六回中写道："这明水镇的地方，若依了数十年先，或者不敢比得唐虞，断亦不亚西周的风景。"《醒世姻缘传》就是其道德焦虑的产物，作者在小说中用了整整两回的篇幅来渲染往昔明水的道德图景，作为西周社会的摹版：

> 大家小户都不晓得甚么是念佛吃素，叫佛烧香；四时八节止知道祭了祖宗便是孝顺父母，虽也没有像大舜、曾闵的这样奇行，若说那"忤逆"二字，这耳内是绝不闻见的。自己的伯叔兄长，这是不必说的。即便是父辈的朋友，乡党中有那不认得的高年老者，那少年们遇着的，大有逊让，不敢轻薄侮慢。人家有一碗饭吃的，必定腾那出半碗来供给先生。差不多的人家，三四个五六个合了伙，就便延一个师长；至不济的，才送到乡学社里去读几年。摸量着读得书的，便教他习举业；读不得的，或是务农，或是习甚么手艺，再没有一个游手好闲的人，也再没有人是一字不识的。就是挑葱卖

① 《论语·八佾》，河南大学出版社，2008年版，臧知非注，第123页。
② 《论语·泰伯》，河南大学出版社，2008年版，臧知非注，第164页。

菜的，他也会演个之乎者也。从来要个偷鸡吊狗的，也是没有。监里从来没有死罪犯人，凭你甚么小人家的妇女，从不曾有出头露面游街串市的。惧内怕老婆，这倒是古今来的常事，惟独这绣江，夫是夫，妇是妇，那样阴阳倒置，刚柔失宜，雌鸡报晓的事绝少。百姓们春耕夏耘，秋收冬藏完毕，必定先纳了粮，剩下的方才食用。里长只是分散由帖的时节到到人家门上，其外并不晓得甚么叫是"追呼"，甚么叫是"比较"。这里长只是送这由帖到人家，杀鸡做饭，可也吃个不了。秀才们抱了几本书，就如绣女一般，除了学里见见县官，多有整世不进县门去的。这个明水离了县里四十里路，越发成了个避世的桃源一般。这一村的人更是质朴，个个通是前代的古人。（第二十三回）

然后介绍了杨乡宦、舒忠、祝其嵩等三个代表人物的事迹，接着又另起一回专门描写明水世外桃源般的四时风光，俨然是一片儒家的道德乐土与道家的混沌世界。

成化后，社会发生巨变，明水镇就是整个社会的缩影。成化后明水镇的恶风恶俗，与往昔的明水形成了强烈的对照："当初古风的时节，一个宫保尚书的管家，连一领布道袍都不许穿；如今玄段纱罗，镶鞋云履，穿成一片，把这等一个忠厚朴茂之乡，变幻得成了这样一个所在。"（第二十六回）作者罗列了如今明水人的种种丑态，并重点勾勒了麻从吾、严列星二人的丑恶嘴脸。接着又写了因人心变坏而导致的种种天灾。作者在主要故事情节的进程中插入这些似乎可有可无的枝节，使得作品有结构松散、情节拖沓之瑕，其实这些插叙正是作品的点睛之笔，表露了作者热切的道德情怀，及其儒家本位的文化立场。这些天灾人祸其实大多发生在明中后期，特别是万历与崇祯年间，但为了主题表现的需要，作者都把它们前移到了成化前后。如此看来，《醒世姻缘传》是基于明代的社会现实而进行的再加工创作，作品的立足点主要是道德而不是政治，虽然其中也有对明代中后期黑暗现实的暴露以及对统治者的不满，但作者面对人心不古的社会现实时，主要是从道德层面来进行思考的，而作者借以拯救这堕落社会的主要法宝就是佛教的因果报应思想。夫妇是五伦之一，但惧内这一历朝历代都有的反常现象，到了西周生的手里，就成了阴阳倒置、伦理崩坏、太监专政的隐喻，而作者又把这一切置于一个因果报应的叙事序列中，显示出作者以儒家文化挽救颓风的信心不足 [①]。

封建末世文人由希望而失望再到绝望的心灵历程，实际上也是当时儒家文化发展的映射。明代自成化以后，由于程朱理学末流"只在注脚中讨分晓"，于是日趋腐朽，失去了维系封建纲纪的张力，濒于"槁而死"的边缘。这时王阳明起而标举"致良知"说，"所谓以起死回生"，阳明心学开始滥觞于野。但到明末，王学末流已弊端毕露，士人"游谈无根，束书不观"，崇尚玄谈，空谈误国。加上王学左派末流在一定程度上，对正统的程朱理学是一种畸形的反叛，所以王学开始为世人所诟病。为了拯救世道人心，他们希望重新树立程朱理学权威，清初统治者便顺应了这部分人的要求，重新大力提倡程朱理学。然而程朱理学塑造出来的人才仍然不是口谈道学而行若狗彘的伪道学，就是迂腐可怜、精神麻木的蛀书虫，如吴敬梓在《儒林外史》中描写到的严贡生、马二先生、王玉辉等儒林群像。从而证明倡导程朱理学只是一种无奈的选择，于是人们又重新对程朱理学产生了怀疑和失望。不仅如此，理学中的改革派如顾炎武等，由于他们的思想始终没有突破封建传统理学框架的束缚，他们的改革只是以儒学为主体的传统文化的自我调节，而不是陈旧布新的质变，他们的学问同样不能发挥拯救社会的功效。文人们终于绝望地承认：无论是程朱理学、陆王心学，还是所谓经世致用之学，都不是拯救行将颓败的社会的灵丹妙药。这时，旧的价值体系已失去了吸引人的力量，而新的价值体系又没有产生，他们于是感到迷惘和绝望，也最终导致了近、现代进步知识分子从西方去寻找价值体系。

第三节　儒学对小说人物形象塑造的影响

杜贵晨指出："儒学是一种现世的人生哲学，它的人生态度和人格理想极

---

① 参见申明秀《论〈醒世姻缘传〉的道德诉求与因果叙事》,《辽宁师范大学学报》2013 年第 2 期。

大地影响了中国人的品格。所以，中国古代小说写人，不可避免地要表现儒家的人生观念。同时，中国古代小说家无不受过儒学的陶冶，不同程度地具有从儒家观念观察把握人生的思维定势。"① 所以，儒学对古代小说人物形象的影响是明显的，它规定和影响着古代小说中艺术形象的类型，规定和制约着小说家如何进行人物刻画和塑造。

按照儒家的伦理道德，每个人都应按照自己已经确定了的位置，遵循"礼"的规定，去思考，去行动。"礼"为社会成员提供了自我形象提升的标准，使人向着成为儒家提倡的人性方向努力。当然，儒家的伦理道德标准不可能完全阻止现实生活中人性的多元化发展，但是受传统思想影响的古代小说家在小说中刻画人物时，往往忽略人性的多面性，只注意人的伦理道德表现，将人物分为"君子"和"小人"两大基本类型。再加上受儒家政教工具论的文学观念的影响，所以"中国古代小说中的'君子'形象，或为明君，或为贤相，或为良将，或为忠臣孝子，义夫节妇，良友义士，及至贩夫走卒丫鬟仆婢，凡有'爱人'之善心善行者，中国古代小说都作为正面人物予以肯定和歌颂；相反则为'小人'形象，昏君奸臣，民族败类，市井流氓，狡诈阴险之徒，忘恩负义之辈，所在都予以揭露和痛贬"②。这类伦理道德型的艺术形象在中国古代小说中随处可见。

魏晋南北朝时期虽然玄学兴盛，儒学并未占据主流，但小说中属于伦理道德型的人物形象仍然不少。如干宝的《搜神记》中韩凭妻何氏，"富贵不能淫，威武不能屈"，在她身上可以见到节妇贞妇的影子。还有孝子董永、王祥、郭巨等，尤其是郭巨，因家贫，为使母亲生活得更好一些，竟挖坑埋儿。唐代以黄老治国，小说受儒家文化的影响较浅，宋代则理学发达，先后出现了张载的"关学"、程氏兄弟的"洛学"、朱熹的"闽学"、陆九渊的"心学"、王安石的"新学"等，对文学创作产生了巨大的影响。如宋元话本《志诚张主管》中的张胜，面对小夫人的热烈追求，他不忘自己的身份，"心坚似铁，只以主母相待，并不及乱"。后为避开小夫人，他放弃父亲做了二十几年、自己也干了十多年的"主管"工作。张胜自始至终严格遵循、履行等级尊卑的

---

① 杜贵晨《数理批评与小说考论》，齐鲁书社，2006 年版，第 456 页。
② 杜贵晨《数理批评与小说考论》，第 443 页。

礼节，俨然是一个对人恭敬有礼的谦谦君子，在他身上突出"修身"，即伦理道德修养的重要作用。讲史话本《梁公九谏》叙武后废太子为庐陵王，而欲传位于侄子武三思，经狄仁杰力谏，武后感悟，召还复立为太子。这是写忠臣的故事。《荀子》中云："有大忠者，有次忠者，有下忠者，有国贼者；以德复君而化之，大忠也；以德调君而辅之，次忠也；以是谏非而怒之，下忠也；不恤君之荣辱，不恤国之臧否，偷合苟容，以之持禄养交而已耳，国贼也。"[①]狄仁杰显然符合"大忠"之义。狄仁杰九谏，终使唐家皇朝复姓李姓，内容虽与史实不符，但作为小说，我们可以看出儒学忠君观念对狄仁杰的深刻影响。传奇《谭意哥传》中则塑造了一个从良后的官妓谭意哥的形象，她在被丈夫抛弃后，没有重操旧业，而是持志弥坚，掩户不出，亲教其子，声誉大振，终于感动了丈夫，二人重行吉礼，夫妇偕老，表现出端洁贞义的特点。

　　明清时期出现了不少中国小说史上的里程碑著作，这些小说在一定程度上反映了伦理文学的重要特征，其塑造的人物形象自然会不同程度地具有儒家伦理道德特点。冯梦龙编辑、创作"三言"，目的是让小说同《论语》《孟子》"六经"一样，"归于令人为忠臣，为孝子，为贤牧，为良友，为义夫，为节妇，为树德之士，为积善之家，如是而已矣"[②]。因而作品中的艺术形象大部分属于伦理道德型人物。在"三言"的一百二十篇作品中，体现出上述创作目的的人物数不胜数。例如《沈小霞相会出师表》(《喻世明言》卷四十)中的沈炼，与奸臣严嵩父子斗争宁死不屈，是忠臣；《蔡瑞虹忍辱报仇》(《醒世恒言》卷三十六)中的蔡武之女蔡瑞虹，在父母俱被贼人害死之后，忍辱含垢，历经艰险，终于为父母雪恨，是孝女；《陈御史巧勘金钗钿》(《喻世明言》卷二)中的御史陈濂，专好辨冤析枉，巧扮卖布商人，查明了恶少梁尚宾冒名顶替霸占别人未婚妻的犯罪事实，是贤牧；《吴何安弃家赎友》(《喻世明言》卷八)中的吴保安，为赎回被南蛮掳去、尚未见面的朋友郭仲翔，变卖家财，外出经商，经营百端，撇家十载，终于如愿以偿，是良友；《单符郎全州佳偶》(同上书卷十七)中的单符郎，其未婚妻春娘在金兵犯境、宋室南

---

　　① 《荀子·臣道》见《荀子集解》(上)，中华书局，1998年版，第254页。

　　② 冯梦龙《警世通言叙》，黄霖编、罗书华撰：《中国历代小说批评史料汇编校释》，第260—261页。

渡时被人掠卖，沦为乐伎，身为司户之官的单符郎遇春娘后，不悔前约，毫不犹豫地同她结婚，是义夫；《陈多寿生死夫妻》(《醒世恒言》卷九)中的少女朱多福，在未婚夫身患隐恶癞之疾，主动提出退婚时，不改初衷，誓不他适，是节妇。总之，作者试图通过塑造这些形象，树为典型，达到淳风化俗的目的。

在长篇小说中，也有很多这类伦理道德型的艺术形象。《三国演义》和《水浒传》中典型人物的主要性格特征，往往是某一道德品质典范的表现，如曹操的奸诈，刘备的仁厚，高俅的奸佞，宋江的忠义，诸葛亮的忠贞智慧，关云长的义重如山，黄忠的老当益壮，等等。这些人物在精神气质和道德面貌上，无不有着浓郁的理性色彩和突出的共性特征，无不有着鲜明的伦理特点和爱憎分明的善恶倾向。而实际情况并非如此，例如三国时的蜀主刘备，据史书记载来看，既具有受儒家伦理道德影响的宽仁忠义的一面，又有由时代及现实地位所决定的"枭雄"的特征，不仅鲁肃、周瑜都曾说过刘备是"天下枭雄"，而且史书还具体记载了刘备的军事才能。如在博望之战中，他曾巧设计谋，大破曹兵。刘备还具有不堪受辱的血气之勇，历史上鞭打督邮的本不是张飞，而是刘备。但《三国演义》的作者着重从"仁"塑造刘备，因而小说中的刘备便没有了枭雄的性格，没有了血气之勇，他的雄才大略归并到了诸葛亮的形象之中，鞭打督邮的行为移植到了张飞身上，只剩下了仁和忠义的单一性格特征。《水浒传》中的主要人物宋江，既是不违父教的孝子，又是仗义疏财的义士，还是心忧社稷的忠臣，他加入梁山只是"权居水泊，暂时避难"，最终要谋求招安，以"改邪归正，为国出力"，完全是以儒家忠义观念为血肉塑造出来的一个理想人物。小说中其他人物形象也无不以忠孝节义为其血肉与灵魂。但实际上，这部小说所写的宋江等人，本是历史上农民起义的领袖，是啸聚山林、危及社稷的"强盗"，和儒家所说的"忠""义"本是风马牛不相及的，完全是作者从伦理道德的角度出发，赋予他们忠义品格的。

《说岳全传》中的岳飞出身贫寒，从小就立下了安邦定国的远大志向。后来从军，屡立战功，做到元帅。他率领的"岳家军"使金兵闻风丧胆。本来恢复中原，迎归二帝，指日可待。不料，奸贼秦桧奉金王之命，扣住粮草不发，命令岳飞回朱仙镇休整。后来，朝廷又连下了十二道金牌，宣他进京。

他明知是奸臣设下的圈套，此去凶多吉少，却说："一生只图尽忠。即是朝廷圣旨，哪管他奸臣弄权"，"不可贪功，逆了旨意"。刚到京中，岳飞就被诬陷为意图谋反，私通外国。部将王横不服，愤怒争辩，岳飞反而训斥他："王横，此乃朝廷旨意，你怎敢啰唣，陷我不忠之名。"秦桧下令用严刑摧残岳飞，岳飞受"千般拷打，并无抱怨朝廷"，竟然还写信召来岳云、张宪一同坐牢，声称："情愿与这两个孩儿同死于此，方全得父子二人忠孝之名。"张保弃官不做，暗自来京城探监，想搭救岳飞等出狱，遭到拒绝，他义愤填膺，撞墙而死。岳飞目睹这一惨景，却说："我们忠、孝、节已经有了，独少了个'义'字。他今日一死，岂不是'忠孝节义'四字俱全了？"他临死之时，还担心结拜兄弟"做出事来"，坏他"忠名"。岳云、张宪同声说道："我们血战功劳，反要去我们，我们何不打出去？"岳飞厉声喝住："胡说，自古忠臣不怕死。大丈夫视死如归，何足惧哉？"结果，三人同时在风波亭遇害。在封建朝代"家天下"的伦理框架下，"忠君"又往往与"爱国"互相勾连。岳飞正是以"精忠报国"为精神支柱，才以身许国，累立战功，在抗金斗争中做出杰出贡献。作品显示出岳飞的忠、孝、义的表面化特点，但根本看不出心灵深处的感情活动、思想搏斗。

公案侠义小说也塑造了一个个忠臣清官的形象：包拯、海瑞、施世纶、彭朋等，其中以《三侠五义》最为突出。这部小说集中了元代以来戏曲、小说中包公故事的精华，更加突出了忠奸斗争的主旨，突出了包公忠臣的形象特征。仁宗认母故事早在《明成化刊本说唱词话》《包龙图断百家公案》《龙图公案》中就已出现，《三侠五义》使这一故事更加完整。刘后、郭槐相互勾结，用狸猫换了太子，阴谋害死李妃，是十恶不赦的奸臣逆贼。为了救护太子，冠珠撞阶身亡，余忠代李妃而死。包公于桑林镇路遇李妃，忍受着巨大压力，审明了这桩皇家冤案。他们忠于皇帝的品格受到了高度的赞美颂扬。包公的忠君思想大大加强，他成为反对图谋叛乱的忠臣，保卫皇权的干将。他率领的众侠客，也成了忠于朝廷的义士，以协助包公铲除乱臣逆贼为己任，以为皇帝尽力而自豪。

不仅历史演义、英雄传奇、公案侠义等以重大题材为内容的小说如此，即使是以现实生活为题材的世情小说，也非常重视人物形象的伦理道德表现。如《金瓶梅》中的西门庆，霸人家产，夺人妻妾，交通衙门，攀附权贵，一生"但知争名夺利，纵意奢淫"；潘金莲淫逸无度，鸩杀亲夫，与吴月娘、李瓶儿等钩心斗角，尔虞我诈——无不是从伦理道德的角度进行描绘的。才子佳人小说作者所倡导的情，既有别于色情小说的滥情，也不同于封建礼教的无情，而是一种发乎情、止于礼的情。才子佳人相互爱慕，但谨守礼教。《好逑传》的作者自诩为"名教中人"，小说写文武双全的公子铁中玉与宦门小姐水冰心在反抗封建邪恶势力的斗争中，相互救助，成为知己，二人都表现出较鲜明丰富的个性特征。但二人又有一个共同特点，那就是"爱伦常甚于爱美名，重廉耻过于重婚姻"，虽然相互爱慕，但又都拒绝结亲，因为倘若结成眷属，则当初二人交往时磊落无私的胸怀，便会泯没不彰，无人相信。后来迫于父命成婚后又异室而居，形象中的伦理道德色彩灼然可见。《金云翘传》中金生欲在婚前非礼，遭到王翠翘的拒绝。金生质疑翠翘变心，翠翘解释道："非变也，有说焉。妾思男女悦慕，室家之大愿也，未必便伤名教。……愿郎以终身为图，安以正戒自守，两两吹箫度曲，玩月联诗，极才子佳人情致，而不堕淫妇奸夫恶派。前人不必有其迹，后人不必效其尤，则吾二人独踞一席，作万古名教风流榜样，岂非极可传可法之盛事乎！"才子佳人小说的作者在创作中将"情"视为才子、佳人形象的生命本体，好色而不纵淫，深情而不佻达，风流而不轻薄。而且"三从四德"仍然是体现在"佳人"身上的重要文化印记。"三从"就是在家从父，出嫁从夫，夫死从子；"四德"又称"四行"，是指妇德、妇言、妇容、妇功。如《麟儿报》中幸尚书将女儿昭华许配给穷小子廉清，幸夫人欲悔婚，昭华说："蒙父母教训，自幼我读了许多圣贤之书，一发将性子造成一块铁石。只认得女子从一而终，死生不易。至于爱富嫌贫，这些世情丑态，皆孩儿所最鄙。"后来昭华又在廉清面前表露心迹："小妹虽娇难举箸，弱不胜衣，然赖读诗书，窃闻道义，纵不能全窥女范，而节之一字，亦已讲之有素矣。焉肯失三从之父命。即使母命不卒，别有后言。须知母但能生儿，却不能至儿之不死。"可见，四德已经内化到她心灵深处，成为一种理所当然的服从，并愿以生命的代价来维护和遵守。《定情人》中叙皇上点选两浙民间女子进宫，蕊珠遭人暗算被征聘为青宫娘娘入京。她决意以死来维护与双星的婚约，斩钉截铁地说："我闻妇人之节，不死不烈；节烈之名，不死不香。况今我身，已如风花飞出矣。双郎之盟，已弃如陌路矣。负心尽节，正在此时。若今日可姑待于明日，则焉知明日不又姑待于后日乎？以姑待而贪生惜死以误终身，岂我江蕊珠知书识礼，娇娇自持之女子所敢出也？"在这里，江蕊珠对于爱情和盟誓的坚守和维护更多的是出于对封建教条的自觉服从，是受几千来沉积下来的主流意识对女子道德要求的影响，并通过家庭教育进一步强化和权威化之后的真诚抉择，带有很强的时代局限性。学习女红也是贵族小姐们日常生活中的重要内容，如《锦香亭》中冯元道甚至将"女工针黹"置于"琴棋书画""吟诗作赋"之上加以强调。《麟儿报》中昭华小姐一到"不便读书"的年纪，就开始到绣房学习女红，幸夫人还特意请了一位女教师来教她刺绣描鸾。《玉娇梨》中红玉小姐"到八九岁便学得女工针黹件件过人"。《飞花咏》中容姑终日拈弄诗词，其母教训说："女子善于诗文，固是好事，但日后相夫宜室宜家，亦必以女工针指、亲操井臼为本。若只一味涂鸦，终朝咏雪，纵然风趣，未免只成一家，转失那女子的本来，必须兼而行之，方为全备。"容姑听从母亲教导，开始学习女红，"不期慧人心巧，一习便精"，"不多时，容姑绣出来的针指，鲜巧玲珑，令人夺目，母亲转做不来"。当然，班昭的"三从四德"在晚明被赋予了新的内容。社会出现的商业化萌芽，导致原有社会秩序的动摇、社会道德的瓦解和社会审美习惯的变化。在17世纪中国江南的上层社会，已经形成了一种由"才、德、美"三要素——实际上还应加上一个"情"字——构成的"新女性形象"，"象征着对儒家'四德'的一种微妙颠覆"[①]。

清初长篇小说《儒林外史》塑造了一些性格内涵具有多色素、多面性特点的艺术形象，但仍然可以将他们分为两大类型：醉心于举业的人，追求功名利禄，导致道德沦丧，品行不端，如严贡生、匡超人等；品行高洁、光明磊落、淡泊功名利禄不为举业所羁的人，如王冕、杜少卿、虞博士，以及出身下流的伶人鲍文卿等。作者把希望寄托在虞育德等"纯儒"身上。《野叟曝言》中的"文素臣"更是按照儒家思想的要求刻画的完人。据鲁史修《春秋》，汉儒称孔子为素王。左丘明作《左传》，述孔子之道，阐明《春秋》之法，后人尊之为素臣。小说中的文素臣集孝子、忠臣、谋士、术士等多重身份于一体。他把君臣大义放在人生的第一位，任何时候都不违逆。第九十九

---

① （美）高彦颐著《闺塾师：明末清初江南的才女文化》，江苏人民出版社，2005年版，第167页。

回，作为朝廷钦犯的文素臣被守关的士兵捉住，知县深知其冤，不但不往上解押邀功，还约素臣一同逃跑，但素臣却凛然拒绝，说："吾兄既经出仕，即应尽职。奉旨缉拿之犯，何可私放？废君臣之义，而笃朋友之伦，既悖于理；吾兄逃后，必干连家属，捐妻孥之命，徇烈士之名，亦薄于情；窃为吾兄不取！"在后来的岁月中，素臣不论受到皇帝怎样的误解，他都忠心不二，把自己的智慧、能力都献给了君王。文素臣对母亲的孝敬也是非同寻常的。第五十五回，远游回来，叩见母亲，"素臣跪下，抱住水夫人双膝，涕泗横流"。他常常睡在母亲房中，"捧脚呜咽"。新婚之夜，还坚持如此。母亲的话之于他就是圣旨，他也常常做出孩童的举动以讨母亲的欢心。至于对他人的爱心，对于素臣来说，更是不缺。他路见不平，拔刀相助；遇到困厄之人，总是舍命相救。在杭州，他见一男子欲对弱女子鸾吹非礼，便一脚将其踢入湖中，救了那个女子。素臣听说远在京城的好友洪长卿病危，便急忙徒步赶往京中。在江西丰城遭受水灾，他拿出很多钱来赈济灾民。总之，因为他心地善良，仁慈爱人，每到一地总受到人们的景仰与敬重。与忠君、孝亲、爱人密切相联系的是遵循名教的为人原则。是凡合礼的，他就去做；否则非礼勿视，非礼勿言，非礼勿动，再大的诱惑力，都不能使他心动。在他身上儒家的伦理道德色彩非常鲜明。

从以上伦理道德型的人物形象可以看出，古典小说中的人物性格单一，许多艺术形象明显有类型化倾向，忠奸有别，正邪分明，好人多是高、大、全的性格，没有或者极少疵病；而坏人则心地歹毒，一无是处，且生来就如此。无论是好人做好事，还是坏人做坏事，都基本上没有心理冲突。

第四节　儒学与小说的情节建构

古代小说的思想内容不但受到儒家文化的影响，小说的艺术建构也同样如此。小说情节所展示的是作品中人物生活和斗争的发展过程，是矛盾冲突的推延和发展，它要体现作者的道德判断和价值取向，为让读者在阅读中不自觉地感受到它的存在，小说的作者们都要精心设计情节结构，使小说情节或隐或现地表现出与儒学价值观念相关的目的倾向。

　　"忠奸"斗争是通俗小说中一个常见的母题,结构模式大致如此:忠臣对君王忠心耿耿,功勋卓著,因而遭到奸臣的忌恨和谗毁。君王被奸臣蒙蔽,听信谗言,使忠臣蒙冤受屈。后来真相大白,奸党势败,被放逐或被正法;忠臣重新受到重用或旌表。而忠奸就是根据儒家思想来划分的。因此,小说就是围绕着忠臣与奸臣的斗争此消彼长进行的。

　　《三国演义》采用了忠奸对比的情节结构模式。在小说中,"仁"是裁量人物、辨别是非的标准,在许多地方,都可见到作者用"仁"来构筑情节的良苦用心。董卓除了专权乱国,淫乱宫廷以外,还肆意残害百姓,激起人民对他的切齿痛恨,最后众叛亲离,丧身于义子吕布的方天画戟之下。至于被称作"乱世奸雄"的曹操,更是贼民害仁的典型。他刺杀董卓未遂,惧祸逃走,去投奔其父故友吕伯奢。热情好客的吕伯奢,准备杀猪打酒款待他,然而生性多疑残忍的曹操,听到人家议论杀猪,便误以为要杀他,于是,便不分青红皂白,拔剑直入,不问男女,一连杀死吕家八口。在出走的途中,恰遇到打酒返回的吕伯奢,知道自己误杀了,但不是痛悔认错,而是干脆一并把他也杀掉了,并声称这是斩草除根。同行的陈宫见他以怨报德,惨无人道,便指责他不仁不义,他却厚颜无耻地声称:"宁教我负天下人,休教天下人负我!"曹操的父亲曹嵩去兖州,路经徐州,曾受到太守陶谦的热情招待,不料曹嵩在离开徐州后途中被乱兵所杀,曹操便迁怒于徐州百姓。他调动军队血洗徐州,"所到之处,杀戮人民,发掘坟墓",并声言要将宽厚仁慈的陶谦"摘胆剜心"。直至陶谦病亡,他还要砍尸以泄愤,这是何等残暴!军中出现兵变,为搜捕内部异己,曹操在教场"立红旗于左,白旗于右,下令曰:'耿纪、韦晃等造反,放火焚许都,汝等亦有出救火者,亦有闭门不出者。如曾救火者,可立在红旗下;如不曾救火者,可立于白旗下'。"众人唯恐不救火而受到处罚,纷纷跑到红旗下站立,他却下令将红旗下的三百多将士,皆斩于漳河之滨。在他看来,凡是出来救火的,都有参与兵变的嫌疑,宁可错杀,也不许漏网一人。奸险狡诈,残暴狠毒,假仁假义,欺世盗名,种种恶劣品行,在曹操这一人物身上都得到了充分的体现。董卓与曹操是《三国演义》作者从传统儒学伦理道德的"仁、义、忠、信"的反面来刻画的形象,其情节的设计,都是围绕着"不仁"这个核心而展开叙写的。

作为曹操对立面的刘备，则是"仁德"的化身。说他们对立，不仅仅是指曹、刘各自代表了互不相容的不同的政治、军事集团势力，还包括两人在性格品行以及道德观念与处世哲学上的重大差异。小说在塑造刘备这个艺术形象时，从正面围绕着"仁"来组织情节。徐州被曹军包围，刘备应孔融之约，准备借兵前去救援。孔融担心中途有变，再三叮嘱。刘备听后说："公以备为何如人也？圣人云：'自古皆有死，人无信不立'。"不久，他果然不失信，发兵解除徐州之围。太守陶谦一再向刘备致谢，并取出牌印，甘愿将徐州让给刘备，在场人也都苦苦相劝。刘备拒绝道："备来救徐州，为义也"，"汝等欲陷我不义耶"。后来，刘备见陶谦一让再让，直到临终还再三托付，徐州百姓也拥挤在府门哭拜哀求，他才勉强依从。"三让徐州"这一情节，固然体现出陶谦"仁人君子"的风范，但更突出了刘备对个人道德理想的执意追求，这与曹操假仁假义的极端利己主义行为，恰好形成鲜明的对照。曹操大军南下压境，刘备弃樊城奔江陵，荆州两县有数十万百姓扶老携幼、将儿带女跟随他。情况危急时有人劝他抛弃难民，轻装逃难，他于心不忍，拒绝道："举大事都必以民为本。今人归我，奈何弃之？"宁愿自己妻离子散。不仅对老百姓如此仁爱，就是处理一般人际关系，他也遵循仁爱的原则。"的卢"马会"妨主"，徐庶劝他先送给与自己有冤仇的人，他"闻言变色"，表示自己决不做此"利己妨人"之事。曹操用囚禁徐庶之母的办法，迫使徐庶归附，徐庶无奈向刘备辞行。孙乾暗地里对刘备说："徐庶天下奇才，久在新野，尽知我军中虚实。今若使归曹操，必然重用，我其危矣。主公宜苦留之，切勿放去。操见元直不去，必斩其母。元直知母死，必为母报仇，力攻曹操也。"刘备当即驳斥了这建议："不可。使人杀其母，而吾用其子，不仁也；留之不使去，以绝其子母之道，不义也。吾宁死，不为不仁不义之事。"并毅然给徐庶饯行。刘备奉行"王道"政治，以"仁政"治理天下，他曾将自己与曹操作对比说："操以急，吾以宽；操以暴，吾以仁；操以谲，吾以忠。每与操相反，事乃可成。"《三国演义》作者在构筑情节时，总是将曹操的不仁和刘备的仁厚对照，这中间当然寄寓了作者的政治理想。

《杨家府演义》《说岳全传》等英雄传奇小说，也多以忠奸斗争为线索，讴歌了杨继业子孙五代忠君报国的高尚品格，赞颂了岳飞精忠报国的伟大精神，同时鞭挞了王钦若、潘仁美、秦桧等权臣奸相的阴险毒辣、卖国求荣。

《说岳全传》是一部思想内容比较复杂的作品，它以忠奸斗争为线索来展开民族矛盾，在民族矛盾中表现忠奸斗争。忠奸斗争，是一个比较古老的主题，但是不同时代的忠奸斗争有不同的具体内容。《说岳全传》中所写的忠奸斗争是在南宋立国未稳、金兵大举进犯中原的特殊历史背景之下展开的。以岳飞为代表的爱国将领，力主抗战，收复失地。而以秦桧为首的权奸集团，则与敌国暗通款曲，竭力主张卖国求和。因此，爱国与卖国、抗战与投降，便成为作品中反映的忠奸斗争的具体内容。由于最高统治者皇帝站在投降派一方，这就使作者和作品的主人公面临着不可克服的矛盾：一方面歌颂抗战是岳飞故事的中心内容，也符合作者思想；另一方面，忠君是封建社会最高的道德准则，是"三纲之首"，作者逾越不了这个认识。岳飞既要实行和赵构妥协苟安相对立的抗战路线，与以秦桧为首的投降派作斗争，又要完全效忠于皇帝，因而陷入了不可解脱的矛盾之中，终于不免以悲剧结局。此外，《说唐后传》中忠臣薛仁贵与奸臣张世贵之间、《杨家府世代忠勇演义志传》中杨家与潘仁美之间、《万花楼杨包狄演义》中忠臣包公等与奸臣庞籍之间，都是主要围绕着忠臣和奸臣之间的斗争进行叙事。明末一些时事小说也是这个叙事模式，如魏忠贤系列小说，就是紧紧抓住东林党人与阉党之间的斗争这个主线构建故事情节，一些才子佳人小说中才子、佳人与小人之间的纠葛也是这一模式的演变，如《玉娇梨》中白太玄与杨御史、《宛如约》中司空约与李最贵，等等，这些破坏、阻挠才子佳人婚姻的，或是贪官家的官二代，或是龌龊小人，总之，都是奸臣一类的人。

第二章　佛教信仰与古代小说

第一节　概　论

佛教自传入中土之初，由于其部分观念与中国固有的文化传统之间存在冲突，故不为大多数人接受，并受到统治者的限制。汉魏时规定，"其汉人皆不得出家"[①]。入晋后，情况仍无变化，当时人是以道教的思维去理解和接受佛教的，把敬佛、供佛当作另种形式的"神仙祭祀致福之术"，正如方立天所说："中国人当时完全是以黄老之学和神仙方士道术的观念去迎接和理解佛教的，和佛教原来的宗旨和特质是迥异其趣的。"[②] 初期来华的天竺僧侣和西域胡人为弘扬佛教，往往以佛教的神变故事自神其教，或通过某些奇异的幻术表演，吸引人们的眼球；或借重中国固有的方术，为人治病驱邪、看相算命等，赢得人们的信任。这是佛教初传时期常见且有效的"促销"手段。

至东晋南朝时期，佛教始形成一股强大的社会思潮，引起人们的高度关注。名僧道安、僧肇、慧远等，致力于印度佛教与中国传统思想的融合。他们大都学识渊博，有着较高的社会地位和声望，与文人关系密切，文人们日渐受其濡染，开始研究或信奉佛教。最高统治者也逐渐认识到佛教有利于他

---

① 慧皎《高僧传》，中华书局，1992 年版，第 352 页。

② 方立天《中国佛教与传统文化》，上海人民出版社，1988 年版，第 288 页。

们"敷导民俗"①，"坐致太平"②，不但提倡佛教，而且有的还信奉佛教，如东晋的明帝、哀帝、简文帝、孝武帝，南朝的宋文帝、梁武帝等。南朝时期，寺院多达两三千座，僧尼数目约有数万人。在北朝，佛教势力的发展更为惊人。北魏太和元年（477），全国有寺院六千余所，僧尼六万余人。到北魏末年，寺院达三千多座，僧侣总数两百万人。随着上层文人和统治阶级的提倡和推动，佛教得到了迅猛的发展，佛经也大量译出。据统计，南朝时期，译经达五百六十三部，一千零七十四卷。除了译经、注经，各种阐发佛理，记叙佛国胜迹、佛法感通、高僧事迹的论、传、记、志也纷纷而出。《法苑珠林》曾概括东汉以来佛典翻译和著述的情况："流被东夏，时经六百。翻译方言，卷数五千。英俊道俗，依傍圣宗，所出文记三千余卷。庄严佛法，显扬圣教。"③

　　佛教的传播对中国的文人和文学都产生了巨大的影响。刘熙载说："文章蹊径好尚，自《庄》《列》出而一变，佛书入中国又一变，《世说新语》成书又一变。"④从文学角度看，佛教经典本身就是相当精美、水平极高的文学艺术作品。其中尤以佛家本行经、赞佛本生经、譬喻经、因缘经最为显著。在佛教文化输入中土以前，中国文学主要是抒情文学，叙事文学不太发达。佛本生故事的叙事情节非常完整曲折，佛教经论中的寓言和譬喻，故事情节有些也较为复杂，一些教义往往是在较长的故事中，通过复杂、曲折的情节而表达的。作为叙事文学的代表小说，则更要求具有完整、生动、丰富、曲折变化的情节。因此，佛经对小说的影响是显而易见。蒋述卓就指出：佛经故事的输入，给了志怪小说以强烈的刺激与推动，最终使中国小说发生了根本性的变化——虚构意识的树立，为唐传奇的出现打下了良好的基础。⑤袁荻涌在肯定佛教对六朝小说的影响的同时，更进一步指出："从文体方面看，志怪小说这种体裁，也是受佛经故事影响的产物。"⑥普慧、张进说："佛教的这些具

---

① 《魏书》卷一一四，中华书局，1973年版，第3031页。

② 僧祐《弘明集》中何尚之《答宋文帝赞扬佛教事》，刘立夫、胡勇译注，中华书局，2001年版，第294页。

③ 唐道世《法苑珠林》卷第一百《杂集部第三》，中华书局，2003年版，第2871页。

④ 刘熙载《艺概》，上海古籍出版社，1978年版，第9页。

⑤ 蒋述卓《论佛教文学对志怪小说虚构意识的影响》，《比较文学研究》1987年第4期。

⑥ 袁荻涌《六朝小说与佛教》，《文史杂志》1989年第2期。

有文学性的作品，随着佛教的教义传播一起涌进了中土，它们作为一种异域的思想文化，不仅在文化思想上给中土带来了新的观念、新的思维方式，还在文学上给中国输入了叙事文学的结构和模式。可以说，中国的叙事文学的样式——小说，之所以能在魏晋南北朝时期兴起，并走向成熟，与佛教在此时的兴盛有着极大的关系。"[1]韩国学者安正熏说：佛教的传入，是志怪小说在内容和形式上都产生了一种大的变化，"形式上，从'史学'的一部分发展为注重故事性、趣味性的'文学'；内容上，从对自然世界的关心转变为对人性的关心；结构上，从单线直叙完善为人物复杂，因果错综，情节曲折的志怪文学"。佛教文学对传奇小说不但在思想内容上，而且在体裁、结构上的影响都很明显。佛教经文僧讲和民间说唱变文的繁盛时期，与传奇小说的黄金时代是重合的，这绝不是偶然的，受佛教文学影响是其主要原因之一。刘书成将古代小说在艺术形态上的三个功能，即结构上因果完整、内容上突出教化、情节上真幻交织，都归功于佛教的影响。[2]佛教的地狱、轮回、戒杀、禁欲、色空等思想观念，更是对古代小说进行全方位的渗透，从小说的主题思想到艺术形式，无不受其浸染。

第二节　佛传与僧传类小说

佛传就是佛陀的生平传记，主要描述佛祖成佛、传教的经历，以及众弟子们出家受教、皈依佛法的过程。其中部分内容有史实依据，但更多的是文学虚构和艺术加工。内容大致为：佛陀从摩耶夫人右肋降生，生下即行七步，举手而言："天上地下，唯我独尊。"阿夷陀仙人为其看相，预言他将来在家为王，出家则成佛。佛陀少年时聪明绝世，长大后坚心向道，最终成佛。神化佛陀，渲染佛陀的超自然法力是叙述的要点之一。如《六度集经》《海龙王

---

① 普慧，张进《佛教故事——中国五朝志怪小说的一个叙事源头》，《中国文化研究》2001年春之卷。

② 刘书成《论佛教文化影响下古代小说的三大功能》，《社科纵横》2000年第1期。

经》《孔雀王经》《大度智论》《增一阿含经》等，都有关于佛神通的描写。所谓"神通"，又叫"通力"或"神通力"。"神"为妙用不测之义，"通"为自在无碍之意。"神通"乃定力所生，凡有五通、六通、十通之别。"五通"即是神境通、天眼通、天耳通、他心通、宿命通。此五通为有漏之禅定，或依药力咒力而得，因此，不但佛、菩萨可拥有，外道之仙人也能成就。五通外，加上漏尽通，即为六通。"天眼通"能彻见宇宙内外，"天耳通"能听见障碍外传来的声音，"他心通"能洞彻万虑，"神境通"能飞行隐身，"宿命通"能见过去未来，"漏尽通"能断绝一切烦恼，为大无碍。① 所以，《杂阿含经》卷十八中说："是故，比丘！禅思得神通力，自在如意，为种种物悉成不异。比丘当知：比丘禅思神通境界不可思议。是故，比丘！当勤禅思，学诸神通。"神通的作用，一是教化的方便法门。佛菩萨运用神力随意变化，或显吉祥，或示神通，令对象离诸疑惑，反省善恶，觉悟因果。② 《维摩诘所说经》中强调佛陀变现的目的不在于显示神通本身，而在于借助种种外在形体的变化来化导众生，开悟比丘。③ 《大乘妙法莲华经》卷七写妙音菩萨"现种种身，处处为诸众生说是经典"。这些"身"包括男性和女性的梵王、帝释、自在天身、大自在天、天大将军、毗沙门天王、转轮圣王、诸小王、长者、居士、宰官、婆罗门、比丘、比丘尼、优婆塞、优婆夷等，还有天龙、夜叉、干闼婆、阿修罗、迦楼罗、紧那罗、摩睺罗伽、人非人等身。④ 同卷"妙庄严王本事品第二十七"写时净藏、净眼二王子，因其父信受外道，深着婆罗门法，两人现种种神变，使父王心净信解。⑤《地藏菩萨本愿经》中说地藏菩萨："能于五浊恶世，现不可思议大智慧神通之力，调伏刚强众生，知苦乐法。"⑥《增一阿含经》卷二十二记载了佛和弟子们以神通力，度化须摩提女的外道夫家的故事。《龙树菩萨传》记龙树弱冠时即学得隐身术，出家后入龙宫求得诸经，往化国王，深得国王信任，与婆罗门角术获胜，后蝉蜕出世。二是降服

---

① 参见《大智度论》卷第二十八，《乾隆大藏经》第 78 册，第 656 页。
② 《杂阿含经》，宗教文化出版社，2011 年版，第 424 页。
③ 《维摩诘经》卷上《方便品第二》，中华书局，2010 年版，第 24—33 页。
④ 《大乘妙法莲华经》，台湾紫金觉缘舍 2010 年印刷，第 507—509 页。
⑤ 《大乘妙法莲华经》，第 534—544 页。
⑥ 释大愿讲述《地藏菩萨本愿经学记》，宗教文化出版社，2010 年版，第 44—45 页。

邪恶势力的利器。如《增一阿含经》卷十四载佛以神通力降服毒龙、慑服外道优楼频螺迦叶。①《贤愚经》详载佛和弟子们用神通降服六师外道。②这段经文在唐代被敷衍成《降魔变文》，描写佛弟子舍利弗与外道六师斗法的场面，奇象异景千变万化、层出不穷，舍利弗先后变成金刚、狮子和鸟王，战败六师幻化的宝山、水牛和毒龙。

佛传文学结构宏大，情节曲折，想象奇特，尤其是佛与外道斗法场面的描写，开《西游记》《封神演义》等神魔小说之先声。这样，佛陀及其弟子（包括后来的高僧）在中国社会特别是下层民众心目中，就成为拥有神能异术的神灵甚或神仙形象。神通乃是佛自具的能力，佛祖形质无碍能化身为三十二相、八十种好，"一佛三身"。观世音有六身、七身甚至三十三身。牟子《理惑论》谓"佛乃道德之元祖，神明之宗绪。佛之言觉也，恍惚变化，分身散体，或存或亡，能大能小，能圆能方，能老能少，能隐能彰，蹈火不烧，履刀不伤，在污不染，在祸无殃，欲行则飞，坐则扬光，故号佛也"③。佛在牟子中的形象，已是佛的神通和道的法术的结合体。而在小说中，高僧皆神通广大，如唐张读《宣室志》卷八写会稽民杨宗素为疗父疾，入山向一胡僧求救，该僧用完斋食，"于是整其衣，出龛而礼。礼四方已毕，忽跃而腾向一高树。宗素以为神通变化，殆不可测"，后僧化为一老猿。如五代孙光宪《北梦琐言》"于世尊妖妄"云遂州村民于世尊，假托佛名，知人之吉凶祸福，数州敬奉，舍财山积。节度使许存以其妖妄，"召至府衙，俾其射覆。不中，乃械而杀之，一无神变"。而当处死于世尊时，众人还担心他有神通变化，心存畏惧。

一、僧传的叙事模式

受印度佛传的影响，魏晋以后，中国僧传创作开始出现。梁慧皎所撰《高僧传》，为中国现存最早的僧传资料，记录自汉之梁间高僧。《高僧传序》云：

---

① 《增一阿含经》，《乾隆大藏经》第50册，第657—674页。
② 《贤愚经·降六师缘品第十四》，《乾隆大藏经》第50册，第518—532页。
③ 牟子《理惑论》，僧祐《弘明集》卷一，刘立夫、胡勇译注，第15页。

众家记录叙载各异。沙门法济，偏叙高逸一迹；沙门法安，但列志节一行；沙门僧宝，止命游方一科；沙门法进，乃通撰传论。而辞事阙略，并皆互有繁简，出没成异，考之行事，未见其归。临川康王义庆《宣验记》及《幽明录》、大原王琰《冥祥记》、彭城刘俊《益部寺记》、沙门昙宗《京师寺记》、太原王延秀《感应传》、朱君台《征应传》、陶渊明《搜神录》，并傍出诸僧，叙其风素，而皆是附见，亟多疏阙。齐竟陵文宣王《三宝记传》，或称佛史，或号僧录。既三宝共叙，辞旨相关，混滥难求，更为芜昧。琅玡王巾所撰《僧史》，意似该综，而文体未足。沙门僧祐撰《三藏记》，止有三十余僧，所无甚众。中书郎郗景兴《东山僧传》，治中张孝秀《庐山僧传》，中书陆明霞《沙门传》，各竟举一方，不通今古，务存一善，不及余行。逮乎即时，亦继有作者，然或褒赞之下，过相揄扬；或叙事之中，空列辞费，求之实理无的可称；或复嫌以繁广，删减其事，而抗迹之奇，多所遗削。谓出家之士，处国宾主，不应励然自远，高蹈独绝，寻辞荣弃爱，本以异俗为贤，若此而不论，竟何所纪。尝以暇日，遇览群作，辄搜捡杂录数十余家，及晋宋齐梁春秋书史、秦赵燕凉荒朝伪历、地理杂篇、孤文片记，并博咨古老，广访先达，校其有无，取其同异。始于汉明帝永平十年，终至梁天监十八年，凡四百五十三载，二百五十七人，又傍出附见者二百余人。开其德业大为十例：一曰译经，二曰义解，三曰神异，四曰习禅，五曰明律，六曰遗身，七曰诵经，八曰兴福，九曰经师，十曰唱导[1]。

这段序言内容丰富，第一，根据序中列举的僧传作品，参之其他资料，我们知道，东晋时撰写僧人传记已非常流行，僧传形式繁杂。有受东汉以来品题人物之影响者，如孙绰《名德沙门赞》以及《名德沙门题目》等；有记述僧人生平行迹者，如《安法师传》《高座传》《佛图澄传》《单道开传》等。有为一人作传者，如《佛图澄传》《单道开传》等；有为一类僧人作合传者，

---

[1] 《高僧传序》，《高僧传合集》，第12页。

如《高逸沙门传》《志节传》《游方沙门传》等；有以寺庙为单位为僧人作传者，如《益部寺记》《京师寺记》；有为一时一地僧人作传者，如《东山僧传》《庐山僧传》等；有以性别区分作传者，如《比丘尼传》等。第二，序者对前人和时贤僧传作品进行了评价，批评他们或徇俗好名，或繁简不当，或资料不全，或叙述不详，声称自己的僧传将克服上述缺点，以描写传主的奇言异行为中心。第三，说明《高僧传》的取资来源，既包括书承系统和口承系统，也包括正史和小说。第四，介绍《高僧传》的内容和分类。自慧皎（497—554）《高僧传》后，又有唐道宣（596—667）的《续高僧传》，宋赞（919—1001）的《宋高僧传》等。

僧传的内容具有历史性、文学性和宗教性的特质。作为历史文献，足以反映一个时代的佛教实况；作为文学作品，彰显出一个特殊群体的生命型态；作为宗教文献，则为世人提供了一个足以垂范后世的修行典范。叙事主体明确。以《神仙传》《高僧传》为代表的宗教传记文学，似乎更多继承《左传》的风格，在叙事文本中穿插议论、彰显义理，成为宗教杂传中典型的"弘道"之举。

佛陀是高僧求法的终极典范，他在娑婆世界苦修成道的故事，成为后代僧侣求道修证的仿效对象。所以，僧传将印度佛传的叙事模式和中土史传的叙事规则结合起来，从而形成僧传特有的叙事方式。每篇的叙事结构都大致相似，一般包括九个叙述层次：出身家世、出生瑞兆、性格特质、出家因缘、修证求道、临终迁化、封谥功德、补述、评赞。高僧人物本身已经对传记的叙事结构形成规范，而僧传的叙事结构又会形成一贯的叙事风格，进而影响所形塑的高僧形象，因此，人物和结构之间，形成一种互为影响的关系。当然，结构并非一成不变的机械铁框，而是根据情况，九个层次或要素之间，会有所协调增减。叙事的视角都是承袭传统史传，以第三人称全知视角进行叙事，全知的叙事者可随时转换其视角，以掌握故事全局的进程；叙事时序一般按时间顺序铺排故事，使每一个叙事环节，循着传主生平时序的推进而展现生命发展的层次感。如果将九个层次约化，僧传的叙事模式就固化为：出生—求道—圆寂。无论传主的生平多么丰富，都可以将之简化纳入既定的叙事结构中。读者只要一看到僧传，即能形成对传主生命历程的预期想象和宗教解释。

任何叙事文体必然都有一内在于其叙事结构所决定的基本意涵，叙事学所强调的叙事主题，指的就是文本内容的意义或基调，这关系作者对于题材的特殊态度，从叙事模式可以观察出叙事者透过文本所欲表达的思想意向，当我们阅僧传时，会发现高僧生平叙事模式化的特色，这是因为作者除叙述高僧的生命历程外，其实借此模式向读者揭示一种修行者的生命态度，从而将高僧生命予以圣化。

据《高僧传序》称，作者所采摭的材料，既有正史、也有传说和小说，其他僧传也大致如此，这就使得僧传具有鲜明的小说品格。一方面，它们广采小说中的材料，如《高僧传》就从《宣验记》（1 条）、《幽明录》（3 条）、《冥祥记》（29 条）、《搜神录》等志怪小说中选取了不少材料，此外还有具有小说性质的各种杂传。我们试比较《异苑》卷五和《高僧传》中释僧群的故事：

> 释僧群清贫守节，蔬食持经，居罗江县之霍山，构立茅屋，孤在海中，上有石盂，水深六尺，常有清泉。古老相传是群仙所宅。群因绝粒，其庵舍去石盂隔一小涧，日夕往还，以木为梁，由之以汲水。年至一百三十，忽见一折翅鸭，舒翼当梁头就唼，群永不得过，欲举锡杖拨之，恐有转伤，因此回，遂绝水，经数日死。临死向人说年少时曾折一鸭翅，验此以为现报。（《太平广记》卷一百三十一）

> 释僧群，未详何许人，清贫守节，蔬食诵经。后迁居罗江县之霍山，构立茅室。山孤在海中，上有石盂，径数丈许，水深六七尺，常有清流。古老相传，云是群仙所宅，群仙饮水不饥，因绝粒。后晋守太守陶夔闻而索之，群以水遗夔，出山辄臭。如此三四，夔躬目越海，天甚晴霁，及至山，风雨晦暝，停数日竟不得至。乃叹曰："俗内凡夫，遂为贤圣所隔。"慨恨而返。群庵舍与盂隔一小涧，常以一木为梁，由之汲水。后时忽有一折翅鸭，舒翼当梁头就唼。群欲举锡杖拨之，恐畏伤损，因此回还。绝水不饮，数日而终，春秋一百四十矣。临终向人说：年少时，经折一鸭翅，验此以为现报。（《高僧传》卷十二）①

---

① 《高僧传序》，《高僧传合集》，第84页。

两文比较可见，《高僧传》在《异苑》的基础上有所改动，增加了一段太守索水之事，用以彰显释僧群所饮之水的神奇。

二、神异叙事

随着佛教影响力的扩大，尤其是佛教拓展信仰空间特别是中国化的进程，教徒们通过各种方式来神化佛陀、菩萨乃至得道僧尼，在中国社会特别是下层民众心目当中，佛陀以至相关的神性客体，大多被视为拥有神能异术的神灵甚至神仙来加以接受。[①]英国学者莱芒·道逊曾说："佛教之所以能赢得那些轻信的蛮族首领们的心，并不是因为僧侣们用形而上学的佛教经义打动他们的缘故，而是由于僧侣显然具有非凡的神力。它们降妖伏魔的奇迹，使得迷信的首领们不但相信自己的法师法力无边，也相信佛教中诸神佑护国家的神威。"[②]渲染高僧的"神能异术"是僧传的核心内容。《高僧传》专设《神异篇》二卷，但除此之外，《译经篇》《义解篇》《习禅篇》《明律篇》《忘身篇》《诵经篇》等，都有不少神异感通的内容。"自觉反映了作者对高僧神迹的深度关注"，而且"进一步将对高僧们之超自然力的关注与描写自觉地渗透到其余的每一种类型，并进一步延伸到被表现人物的细节之中，以此构建起一种源于人性、内在于人性却又超越人性的神性风格，形成文本多维渗透的结局"。[③]他们运用小说的手法叙写高僧行迹，僧传虽对传主的叙述各有侧重，"或传度经法，或教授禅道，或以异迹化人，或以神力救物"，但"神异""感应"的内容占比最大，几乎成为多高僧传记共具的叙事特质，最能体现小说的虚构特征。尽管站在佛教的立场上，不可思议的神迹只是修成正果的附加产品而已，不足为奇。他们相信其事实有，并未有意识虚构。僧传中关于神通事迹的着墨，是欲达到"展我少小神功。使已发心、初发心、未发心、不信心、必信心五等人，目我神踪，知有佛有神，有能有不能，有自

---

① 阳清《先秦文学人神遇合主题研究》，人民出版社，2009 年版，第 5 页。

② （英）莱芒·道逊著、金星南译《中华帝国的文明》，上海古籍出版社，1994 年版，第 142 页。

③ 桑大鹏《论高僧传得神异叙事》，《湖南师范大学社会科学学报》2007 年第 1 期。

然有非自然者"。^①但对于我们今天的阅读者来说，这就是充满虚构性的叙事内容。

《高僧传》文本的神异叙事主要表现在两个方面的内容：第一，西行求法传；第二，僧传中的佛教灵验故事，围绕佛陀、佛塔、佛寺、舍利、衣钵等于佛教相关的事物展开丰富的神异叙事。还有佛徒在求佛、诵经、坐禅、诚斋、冥誓等具体的宗教行为；佛徒的诵经、念佛、供像、祈诚等而致的灵验事件；礼忏乞冥、讲经转读、尽财弘教等佛教活动。

《高僧传》对高僧"神异"的描写，主要表现在治病、预言、幻术等技艺。或有分身术，如耆域、保志、佛图澄、杯度等，数处同时皆见其身；或有"神足通"，如佛图澄能隐显飞行，单道开日行七百里，耆域日行九千余里，涉公日行五百里等；或有涉水术，如杯度乘木杯渡河，耆域飞行到岸；或有神医术，如耆域治愈宿疾，使枯树复活；或有预言术，如涉公、释慧通、释昙霍言未然之事，验若指掌；或有求雨术，如佛图澄为苻坚咒龙求雨；或有驯兽术，如耆域、佛调等使虎弭耳掉尾，与人和睦相处。等等。另外，佛徒临终之际的祥瑞描写，也是神化高僧的手法，或通过其他僧尼的梦，来印证所传人物已得道成佛，或通过众人目睹其登遐升空的方式，来暗示得道僧尼已入天界，或通过所传僧尼自身的行为举止和先知先觉来证实其灭度成佛的终果。再次，僧传还通过描写僧尼得到鬼神世界的佑护，或具有驱使鬼神的能力，或具有禁劾鬼神的法力等方法，以神化僧尼。

《高僧传·神异篇》后论总结道："神道之为化也，盖以抑夸强，摧侮慢，挫凶锐，解尘纷。"^②通过渲染僧尼神异的方法，激发大家皈信佛法。所以，神通示现所产生的宗教感召力，有时可能超过讲经说法。实际上，"神变"也是世界上所有宗教的共同特征，从宗教学的角度讲，此乃神迹崇拜，而神迹崇拜正是宗教吸引信众、化导众生的基本手段。而"这些强有力的神是按人类的型式形成的"，都是人类自身的反映，"人如此经常地把人的形象、人的情欲、人的本质妄加到自己的神的身上，因而我们能够称它为与人同性同形之

---

① 《宋高僧传》卷第十九《唐嵩岳闲居寺元圭传》，《高僧传合集》，上海古籍出版社，1995 年版，第 501 页。

② 《高僧传合集》，上海古籍出版社，1995 年版，第 74 页。

神，与人同感同欲之神，最终是与人同体之神"。①圣僧、高道、神仙、佛陀之拥有的神奇法术，正是人类希望突破自身局限的一种曲折反映。

三、僧传对佛教传记小说的影响

高僧传的叙事模式，对后来的通俗僧传小说产生了巨大影响。僧传小说一般按照"出生—求道—圆寂"三段式叙述高僧的一生。出生前，着重强调传主的家世：父母积德行善，因多年未育，于是虔诚求嗣，感动神灵，令某位仙佛投胎转世；出生后，着重渲染生时的瑞征，生后弥月或某个时间节点，某位神仙或高僧来其家，为他看相算命，预言其将来不凡。长大后颖悟非凡，虔诚向佛，排除万难，拜师求道，道行高超，或开悟愚氓向善，或为民除害谋利。圆寂前预知自己的死日，至时有许多异征，后通过某人证实传主未死，已成佛。这些描写，受到佛本传和中国史传英雄出世谭的双重影响。

如明万历年间刊刻的无名氏《二十四尊得道罗汉传》（以下简称《罗汉传》，就受到中印文化的双重影响。"罗汉"是阿罗汉（Arhat）的简称，原是小乘佛教修行的最高级。在大乘佛教中，修行成就的果位依次为佛、菩萨、罗汉；而在汉传世俗佛教中，佛、菩萨、罗汉都已不只是修行的一个境界，而是被具体化为类似于民间"神祇"一般的崇拜对象。罗汉的流传方式与形象，也与佛、菩萨单个地成为奉祀对象不同，而通常是以成组或成群的方式出现。如四大罗汉、十六罗汉、十八罗汉或五百罗汉。宋代以后，流传最广的是十八罗汉之说。十八罗汉又是在十六罗汉的基础上增加两尊而来，这两尊罗汉，就是后来广为流行的降龙和伏虎罗汉。

《罗汉传》的取材，与印度佛经所载罗汉事迹关系不大，而是由《五灯会元》等高僧传记、传说并凑而成，并加以改纂。如"降龙罗汉"故事，即从《五灯会元》及《景德传灯录》中十三祖"迦毗摩罗尊者"事迹改纂扩大而成。在"降龙罗汉"的故事中，其所降服的是"大树龙王"。这个龙王骄慢自大，经尊者开导，终于悔悟，证道成佛。而在《五灯会元》和《景德传灯录》

---

① （英）爱德华·泰勒著、连树声译《原始文化》，上海文艺出版社，1992年版，第687—688页。

中，"大树龙王"的原型是"大树荫覆五百大龙，其树王名龙树"。可见，所谓"龙树"乃是一颗大树。"伏虎罗汉"故事写一位受儒道影响的人，因出外见死人无人殡葬，大为感慨，经高人点化，开始求佛。在获得神通后，以法力收服群盗及老虎。老虎皈依之后，受戒听经，脱化轮回。"降龙伏虎"完全是中国特色的名号，是代表超凡的能力、克服巨难的英雄表征。对于一般以神迹显示或传说为信仰支撑的大众来说，如果说罗汉是修行到除却一切烦恼、摆脱轮回的果位，恐怕还太抽象；而如果说罗汉道法高超，足以收伏邪魔外道或龙虎等神兽，则显得更有吸引力和说服力。蛟（龙）、虎代表的是为害人间、为人所畏惧、应当被驱除的凶残野兽或力量，而不是可以被驯服或感化的异类。蛟（龙）藏水中，虎踞山林，人们不意之中与之相遇，随时可能遭受吞吃残害。而水中之害，则不外鳄鱼一类（或巨蛇之属），这一类在古代通常就称作蛟。所以在中国古代见证英雄的事迹，常常就是"斩蛟""除虎"，印度佛经中则所降伏的一般是邪魔外道或醉象。

"降龙伏虎"在中国文化中，成为展现高僧神通力量最为典型的符号。在历代高僧传中，都有不少感化异类的故事。这些异类一般是凶猛的野兽，在高僧的教化下，去其野性，与人和睦相处。这些故事，不仅表示异类与人一样皆有佛性，而且借此突出高僧道行高妙。而"龙""虎"乃中国文化中的兽王，故"降龙伏虎"就成为这类故事中的典型。

总之，《罗汉传》的叙事模仿高僧传，神迹是其重心。如"长眉罗汉"写长眉罗汉之母怀孕数年，不行分娩。有一比丘抵其家化缘，夫妇性极慈悲，慷慨捐助。比丘问曰："施主几位善人？"夫答曰："山妻怀孕数年，现今一胎男女未见分娩，何言几位。"比丘曰："阿母产之艰，阿郎生必伟。"长眉罗汉降生后，硕大声宏，双手即能合掌作礼佛状。只犯夜啼，室中灭烛，常有红光灿烂。一日，忽见一僧人，颜容苍古，来家抄化，教以神咒数言，书之贴于卧室，长眉罗汉啼声自止。后出家为僧，功成缘满，先化成一条神龙，飞腾汉表，瞬息又化为三昧真火，焚其身而逝。母亲怀孕的异兆、比丘的预言和高僧的帮助，都预示长眉罗汉将来的不平凡结局。

又如《南海观音菩萨出身修行传》，也是高僧传的叙事模式。故事写妙庄王年已四十，并无子息。某日同皇后往西岳华山求嗣，菩萨感其虔诚，投胎转世，是为妙善。皇后孕时，异香满室，霞光遍宫。妙善生后，坚心修道，妙庄王逼她嫁人，她坚决拒绝，出家修行。妙庄王火烧妙善修行的白雀寺，妙善得到寺中神道的救助，安然无恙。妙庄王命将妙善绑赴法场处死，土地神化为猛虎，将她救出。妙善魂游地府，后到香山继续修道，点化善才龙女，手目调药，治愈妙庄王等人恶疾。后来妖怪摄走妙庄王和皇后，妙善领兵收妖，降伏青狮白象怪，最后救得君臣返国，妙善一家团圆。妙善成佛的故事，主要突出妙善出生时的瑞征、出生后求道的虔诚和坚决及得道后的神通和孝行，明显受到儒道佛三教的影响，如小说结尾写使者太白金星到来宣玉皇天诏。隆庆年间刊行的《钱塘湖隐济颠禅师语录》同样如此，故事内容写台州府天台县李茂春，为人纯谨厚重，不贪荣利，夫人王氏，十分好善，夫妇年过三十，并无子嗣，日夜求佛赐子，感得紫脚罗汉投胎转世。临生之时，红光满室，瑞气盈门，生下后，长得面如满月，眉目清奇，与佛有缘。出家后游戏人间，现出许多神通，如托梦太后、化钱修寺、预防盗贼、替佛装金、复活死螺、救活孝子、为处女治疬，等等。死后，钱塘县一走卒，往台州府公干，偶过天台山，遇见济公，并托寄一信于寺中长老，证明济公实未死，而是尸解成仙。

可见，高僧传奠定了僧传类小说的叙事模式，既受到佛本传的影响，也受到中国史传的沾溉，明清时期，儒道佛又掺和在一起。这类小说不是突出主人公对佛理的见解，而是着重渲染他的神通，这是作者迎合普通读者审美需求的叙事选择。

第三节　佛教义理与小说叙事

佛教对小说的影响，大致分为两个阶段：前期主要表现为对佛经中故事的移植和模仿，后期表现为佛经思想对小说创作的深入渗透，作家逐渐运用佛教观念来进行创作。

佛教传入中土之初，小说作者主要是袭用、改写和模仿佛经中的故事。但是，佛经中的这些故事之所以引起小说家的兴趣，开始并不因其佛理旨趣，而在于其与中国当时的文化精神暗合。如吴康僧会译《旧杂譬喻经》是六朝志怪撰者仿作的对象，其中"鹦鹉救火"的故事，写鹦鹉不忘恩义，在朋友有难时，挺身而出，感动神明，获得帮助。这与中国文化中有恩必报、患难相扶的观念是一致的，所以刘义庆《宣验记》移入该故事，只是对个别文字稍加改动。有的故事佛教色彩较为浓厚，作者则对其进行改写，以更符合中国文化的神理，如"梵志吐壶"的故事，《旧杂譬喻经》主要表现的是佛教的禁欲观，荀氏《灵鬼志》对该故事进行扩写，并赋予新意：不但突出了外国道人高超的法术，而且增加了他以法术戏弄富豪，使其破财济穷的情节，体现了中国文化中"道""法"合一的原则。而吴均《续齐谐记》中之"阳羡许彦"，较之"梵志吐壶"情节更为曲折奇幻，描写更为细致生动，演绎的是中国式"人心隔肚皮"的哲理旨趣。这一转变，说明著者对佛教故事的借用，已从起初的外在形式搬用转变为内在精神的把握。此后，随着佛教影响日显，人们对佛经的理解日深，小说作者对佛经故事的改写，手法日渐纯熟，小说作者开始有意识地借用小说阐释、弘扬佛教教义，而佛教的教义也深入渗透进小说的艺术结构中，甚至有的纯是借用佛教皮毛，佛教色彩淡薄，表现作者自己的世界观。

要而言之，古代小说中的佛教信仰叙事主要表现为两种形式，一是神圣叙事，一是教义叙事。

一、神圣叙事

所谓神圣叙事就是神化佛教人物、经籍、名物等，渲染其神奇的力量及给人带来的种种利益，说明其神圣不可侵犯，从而引起人们的崇信。

魏晋南北朝时期，佛道两教都经历了由民间宗教向正统宗教转换的过程。因此，他们都有强烈的宗教自觉意识和超越于世俗世界的宗教独立诉求。无论是宗教教义的建构、宗教仪轨的营造、宗教组织的设置，还是在宗教传播的策略、宗教信仰的推广等方面，都表现出一种有意抬高自身地位的主观意愿。为实现这一意愿，一切可行的手段都会被教徒积极采用。小说这一较具传播效能的工具很快就被教徒使用。这类小说，服务于宗教知识传播。所以，以此种宗教意识为创作旨归的小说必然会带有自觉的宗教诉求，旨在树立宗教的崇高地位，维护宗教的神圣尊严和利益。这种自觉意识既表现为宗教的自我意识，也体现为对异己的排斥。因此，从"立"的角度为自己的宗教"正名"以自高其位，从"破"的角度为自己的宗教而排斥异己，是辅教小说最根本的特征。

1. 奖惩模式

汉魏六朝时期的佛教辅教小说，将佛陀、圣僧、佛经、寺庙等一切关涉佛教之物圣化，一般写某人在遇到水患、火灾、鬼魅等紧要关头，或遇到兵刃加害的生死之际，因为信奉佛而得到佛的救助，幸免于难；或写某人因为信佛而得到意外之财；或久婚未育因改信佛教而连举数子，等等。或者相反，描写那些谤佛、毁经、破坏或偷盗佛寺财物等的异教徒，受到减寿、灭嗣、下地狱等种种恶报。尤其是游冥小说，通过死而复生者讲述游历地狱的过程，强调恶人在地狱受到审判，施加种种酷刑；善人在地狱受到善待，延寿而放回人间。劝诫世人信佛和行善。总之，"释氏辅教"小说主要通过描写信教者的种种收益和不信教者的种种厄运，以利诱和恫吓两种手段，促使人们信从佛教。

佛经和佛像是佛教信仰的主要载体，被赋予极高的灵性和神力。在中国，观音被赋予救苦救难的形象。人们相信，只要造观音像、诵观音经、念观音名，在危难关头，就可得到观音菩萨的及时救助。魏晋南北朝时，战乱频繁，社会动荡，人们面临着巨大的生存危机，缺乏安全感，于是梦想有一位像观音那样救苦救难的护佑神出现。因此，观音"神"既是当时人们本我的理想映射，也是一种自我的客观超越。观音信仰迎合了人们的现实生活需求，而且简单易行，因此十分流行。观世音救难的故事几乎涉及人们日常生活的方方面面，反映了当时社会背景下人们的现实欲求。

故事一般写主人公在遭遇生命危险和财产损失时，因为信佛或诵经而出现奇迹，最终安然无恙。这些小说的作者一般是佛教徒，其编撰意图是通过故事的讲述吸引信众。所以，以叙事情节为主，而不刻意塑造人物，人物只具叙事功能，只是一个符号，人物性格不是叙事的重点，人物甲乙互换也可。作者只注意经营故事情节，通过情节的安排以彰显佛的灵验。主人公或遭水患，或受火灾，或患重病，或兵刃加颈，或久婚不育，等等，虽然这些故事的编排不同，但故事的性质却是一样的，即都是在主人公生死存亡之际或遇到极大的困难之时。小说采用实录的方式，作者只是记录者，故事由当事者讲述，或由与当事者认识的人转述。

叙事时序一般是顺序，故事呈现线性结构。或先交代主人公好佛，接着讲述主人公因好佛而遇难呈祥的故事；或写主人公临危之际念佛，转危为安。当然，除这些常见的叙事方式之外，也有一些变化的情况。如《法苑珠林》中"陈文达"条，先写陈文达常持《金刚经》，愿与亡父母念八万四千卷，多有祥瑞。为人转经，患难皆免。铜山县人陈约曾为冥司所追，见地下筑台，问之，云："此是般若台，待陈文达。"通过陈约在冥司的所见所闻，说明陈文达因敬佛而受到冥司的敬重，从而宣扬敬佛的好处。还有一些小说，将笔墨主要放在主人公的遇险及得救的原因追溯上，如《报应记》中"宋衎"篇围绕着解开宋衎得救之迷进行叙事。故事中，宋衎乘坐的粮船倾覆，船上所有的人都遇难，只有他摸得一束粟藁，漂到岸上。宋衎感粟藁救命之恩，上岸后一直带着它。后来遇到一个卖茶的老太婆，帮他晒衣服和粟藁，发现粟藁中有竹筒，里面装着一卷《金刚经》。老太婆告诉宋衎，这是他出行之后，妻子杨媛蓬头礼念抄写的，这样，真正救宋衎的就不是粟藁而是这卷《金刚经》。宋衎后回到家中，对妻子详述事情经过，杨媛经过检视，确信竹筒中的《金刚经》就是自己抄写的，但不明白为何到了数百里之外的粟藁中。后来，宋衎派人去向老太婆致谢，结果发现那里根本就没有什么茶店，老太婆原是观音老母所化。至此，杨媛的疑惑也得以释解。可见，宋衎夫妻等都是限知者，都不知道宋衎得救的秘密，而观音示现才是真相大白的关键。在故事中，由于作者采用了延宕的叙事方式，使这个故事充满了曲折和悬念。作者表面上是在故意拖延说出挽救宋衎的原因，其实是在不断追溯、拨开其中的迷雾，最后读者恍然大悟，确信信佛的好处。这种对叙述节奏的有效控制，增强了小说叙事的张力。同时，杨媛的形象也得到了相当细致的刻画。而且，这个故事有多个叙述者，宋衎是故事的亲历者和讲述者，他传之郑细，郑细传之弘农公，弘农公是否就是小说的真实作者，不得而知。叙事者对故事不再进行干预，也绝不在小说中发表议论，叙事者潜入到故事之中进行体验叙事。在这个故事中，实际上有文本的叙事者、故事的传播者、小说的写定者和小说的真实作者四个角色，故事的编排和叙事的变化，都是为了突出佛的法力和灵验。

又如《报应记》中"窦德玄"篇也是采用第三人称限知叙事。窦德玄巧遇追索自己生命的鬼使，但并不知道对方的身份；而鬼因为窦玄帮助过自己，向他漏泄挽救性命之法。接着写窦德玄暂死游地狱，因有诵经之功而被放回人间，临行时又被使者敲了一笔竹杠，并交代鬼使因为泄露秘密而被杖三十。可见这个故事虽然篇幅不长，但内容丰富，情节曲折，既宣扬了佛经的巨大力量，又描写了人鬼之间的情谊，还揭露了阴间的黑暗。又如《搜神记》卷二十"董昭之"写董昭之因为救蚁而得到蚁报答的故事，叙事重点放在救蚁和报恩上，故事曲折而有趣，以往简单线性结构被打破。蚂蚁的惶急之态，董昭之救蚁时遭到同船人的谩骂，救蚁后的蚁王托梦；十年后董昭之系狱想起往日之梦，同狱者告之将信息传递给蚂蚁的方法及最后蚁咬断狱具放走昭之。这些描写都相当细致，呈现出向唐传奇过渡的特征。

魏晋时的佛教经像信仰短篇小说，发展到明清时期，开始用来结构长篇小说。如清初长篇小说《醒世姻缘传》描写了狄希陈两世因缘、轮回报应的故事，在小说中，《金刚经》等佛经具有护佑、解厄的功能，在结构上起着重要的关目作用。小说开头写雍山洞内有只牝狐，常变成仙姑，外出迷人。见到晁源，久有迷恋之心，只因晁源庄内佛阁中供养一本朱砂印的梵字《金刚经》，有无数神道护卫，所以不敢进他家去。后来被晁源猎杀，寻机报仇，也因晁源有《金刚经》保护，无从下手。晁源的公公两次托梦，要他赶快离开老家，投奔在通州做官的父母，躲避灾难，并随身携带那本朱砂印的梵字《金刚经》。再后来，晁源出卖朋友梁生、胡旦，见神见鬼。有个和尚教他"房内收拾干净，供一部《金刚经》在内，自然安静"。家人回他说，房内已放上《金刚经》，和尚叫他加上一部《莲经》供养，于是渐渐宁帖。晁夫人为被晁源逼死的发妻计氏和猎杀的狐仙建醮，念诵《观音解难经》《金刚经》《莲华经》各千卷，计氏得以超生。后来，晁源还是在狐仙的引导下，被人杀死，转世为狄希陈，狐仙托生为其妻薛素姐，计氏托生为其妾童寄姐。在后世姻缘中，狄希陈变成一个惧内的男人，而薛、童则变成一个虐待丈夫的悍妇，她们想出种种稀奇古怪的残忍办法来折磨丈夫。小说结尾，高僧胡无翳为狄希陈点明前因："这是你前世种下的深仇，今世做了你的浑家，叫你无处可逃，才好报复得苗实。如要解冤释恨，除非倚仗佛法，方可忏罪消灾。"于是，狄希陈听从他的指教，从此戒杀生，持长斋，绝贪嗔，并在菩萨案下立下终身誓愿，再虔诚持诵《金刚经》一万卷，最终福至祸消，冤除恨解。可见，狄希陈前世结下难以解释的怨业，本来将以命抵偿，但因为得到《金刚经》的护佑，最终冤解无恙。

还有的小说写主人公不信佛法或亵渎神佛、偷盗神物而受到惩罚。如《宣验记》中吴主孙皓置金像于厕，尿像头上，不久便阴囊肿痛，后供奉佛像于殿，叩头谢过，当夜痛止肿消。《冥祥记》中僧人道志偷窃佛珠，"积旬余而得病，便见异人以戈矛刺之，时来时去，来辄惊嗷，应声流血"。《报应记》中"高纸"写高纸因为毁谤佛法、盗食佛寺果子而受到惩罚，又因为曾念《金刚经》而受到奖赏。可见佛法奖惩分明，纤毫不爽。

在叙事视角方面，小说也受到佛教的启发和影响，呈现出复杂、精致化的发展倾向。叙事作品中的故事和人物从来不是以它们自身本来的样子出现，而总是根据某种视角、某个观察点呈现出来。正如法国结构主义叙述学家托多罗夫说："视点问题具有头等重要性确是事实。在文学方面，我们所要研究的从来不是原始的事实或事件，而是以某种方式被描写出来的事实或事件。从两个不同的视点观察同一个事实就会写出截然不同的事实。"[1]中国的史书，叙事角度大多采用全知视角，叙述者无所不在无所不知。魏晋时期的宣佛小说，一般受到史传文学的影响，采用第三人称的全知视角讲述故事，叙事者可以自由随意地跨越时间、空间的限制。开头交代人物的姓名、籍贯、爱好等，故事发生的时间、地点、过程。描写某人遇到困难或危机关头，念诵佛经而逢凶化吉，有时把人物的身份或有过的善行放置结尾补叙交待。通过这样的叙述方式，渲染佛法，宣扬因果报应思想，从而起到劝善和吸引信众的目的。但这种简单的叙事方式，存在着较大的局限，叙述者与读者之间有着较大的距离，读者或许会怀疑故事的真实性，从而影响叙事的权威性和可信性。这是宣佛小说的作者们极不愿意看到的情形。作者为了证明"神道之不诬"，报应之不爽，使他们记录、讲述的不同于生活常态的怪异之事取信于读者，既继续使用全知叙事标举时间、地点和人物籍贯姓氏，又开始有意识地打破全知叙事模式，放弃作者全知的特权，某个人见到、听到或接触到怪异

---

① （法）托多罗夫《文学作品分析》，张寅德选编《叙述学研究》，中国社会科学出版社，1989年版，第65页。

事物的方式，把现实中的人拉进去作为见证人来印证所发生的一切。这样就很自然地选取故事中的人物为叙事视角，并进入这个观察主体的内心世界，限知视角叙事因此也就应运而生。与全知视角相比，限知视角虽然叙事视野有限，但人称的转换却使叙事显得亲切自然、真实可信——这正是宣佛小说所追求的效果。

事实上，这类小说限知视角的运用，应该是受启于佛经。作为宗教经典，佛经叙事特征的形成与佛教独特的义理呈现方式有密切的关系，这一点与作为文学创作的小说有本质的区别。然而，作为一种先行的叙事文本，汉译佛经对中国古典小说从史传叙事向文学性虚构叙事的演变，尤其对唐代传奇叙事结构的形成具有积极的启示作用。佛经一般以"如是我闻"开头：

> 后在将来，四部说法时，当言闻，不得言见；若言见者，则为虚妄。何以故？闻已过去，见者现在。如过去七佛正可言闻，不得言见也。汝于将来，亦复如是，故曰闻如是也。[①]

"我们可以说'如是我闻'并非是对阿难诵经所说首句刻板的沿袭，而是经法传授过程中传法经师对经法由来通行的表述。"[②]"我"是讲述者，而"我"又是从佛陀那儿听来的，所以，佛陀才是第一讲述者，而我只是转述者而已。这样，"我"就不是无所不知的全知全能者，只是站在作品中某一人物的角度，通过他的眼光和意识来叙述其他的人物和事件，叙述者看到、知道的和作品中人物一样多，作品中人物没看到、不知道的事，叙述者不会去叙说。如果以生人与死者沟通的方式获知幽冥世界的情况，对于读者来说，可信度就会大打折扣；所以让死而复生的人讲述他所经历的幽冥世界体验，或在梦中体验幽冥世界之形形色色，或有幽冥世界的人来到现实世界向人们讲述那边的事情，采取如此之类的方式，才可使读者相信故事的真实性。在这类故事中，死而复生者作为叙述的主体，是信息的中转者。由他讲述在地狱的所

---

① 《分别功德论》卷二，《大乾隆大藏经》第 103 册，传正有限公司，1997 年版，第 342 页。

② 吴海勇《中古汉译佛经叙事文学研究》，学苑出版社，2004 年版，第 434—435 页。

见所闻及他从地府放归原因的描写，宣扬佛教因果报应和六道轮回等观念，解释了现实生活中某人突然死亡的原因。如《冥报记》卷上写孙回璞在地府看见鬼卒抓住韩凤，征他做太师魏征的记室。孙回阳后，韩凤和魏征不久就突然死亡。这样，就解释了魏征和韩凤突然死亡的原因，宣扬了地狱的果报观念。

史传叙事基本上是呈现式的，叙事者隐藏于事件之后，史传家力图通过叙述者的消隐来达到凸显历史真实的目的，在重演事实之后，方在结尾出面作简短的评论。虽然魏晋时期的人认为神道之不诬，但毕竟世人难以验证，而后来的作者，更是明知自己写的是子虚乌有之事，甚至是现实生活中不可能发生之事。因此，在叙述策略上，小说家就必须考虑如何才能使小说的读者相信故事的真实性，这样才能使宣教的目的得以实现。在这一点上，汉译佛经"如是我闻"的框架叙述形式，无疑为古代小说提供了可资借鉴的资源。

佛经经首语"我闻"与"如是"搭配，实际上暗隐我说之义，即说经者将"我"所"闻如是"叙述出来。然而，在佛经叙述展开过程中，叙述者的视角其实并不为第一人称所限，反而呈现出全知型视角的特征，这主要是由于"如是我闻"赋予整部经文以转述的性质所致。作者采用的书写策略是强调灵验效果与忠于史实的实录方式，一般都在故事的开头或结尾点明故事的来源，为了强调故事的真实性，编撰者特意说明故事最初的讲述者，标明自己的叙述来源于故事中人物或传播者的口述，而当事者一般都是现实生活或历史生活中的真实人物，这样，就将"虚构"的东西作为真实的东西"实录"下来，借"实录"之名行"虚构"之实，从而避免因描写虚构之事而招致怀疑。这样设计讲述者和信息提供者的关系，显示出作为叙事特征和叙事动力的自我意识。在这里，作者巧妙地调和了"实录"与"虚构"这一原本紧张的矛盾关系。因此，限知叙事视角的出现与运用，绝不仅仅是一个叙述视点更新的问题，更为重要的是一种叙述策略。

唐初沿六朝风气，但又有所变化，条文篇幅较长，叙述曲折，尤其是虚构了不少细节和人物对话描写。这些细节描写若从作者的视角根本无从得知，只能通过故事中人物的讲述才显得合理。因此，为了强调亲见亲闻，以证实其来源真实，往往要指明传述人甚至第二传述人，由此形成了多重叙述的结构模式。

2. 游冥故事

佛教的"六道轮回"之说，与中国传统的鬼神思想相结合，因而形成"阎王""阴曹地府"等形象或概念。六道的众生都是属于迷的境界，不能脱离生死，此一世生在这一道，下一世生在那一道，总之在六道像车轮一样流转，永远转不出去。轮回是由业力造成的，有什么样的业力，就会有什么样的果报，"作善业，生于上三道，作恶业，生于下三道"，地狱处于恶道的最底层，是最终的审判场所，作恶众生有可能逃避现世的报应，却无法逃脱死后入地狱受苦的法则。因此，地狱之说是实现佛教因果报应的一个重要环节，因而地狱的观念也不可避免地进入了古代小说之中，成为古代小说的一个重要叙事模式。以"地狱巡游"为宗教母题的神异叙事，往往以死而复生者游历"地狱"的所见所闻、所感所知为叙事内容，通过他们追述所谓"冥游"的历程，表现"因果报应""六道轮回"的宗教主题，证实信佛的种种好处。阴阳两界的沟通方式主要有两种，一种是逝者对生人的访问，一种是生者对死者的访问，游冥故事就是生者（假死者）访问阴曹地府，回阳后讲述见闻的传奇故事。

在佛教传入中土之前，中土原有的冥界信仰认为亡魂有灵，可以游历人间，但平时有固定的栖居之地，汉语文化称之为黄泉、幽都、幽冥、蒿里等。泰山幽冥至迟在汉代已成为民众共同的神秘信仰，出现了"泰山治鬼"之说，谓中国人死后魂神归岱山。[①] 地狱梵文为"naraka"或"niraya"，原意为不乐、可厌、苦等，为佛家六道轮回之最底层。佛经初译，译经师往往以中土旧有术语相比附，以迎合中国民众信仰，便于弘传，地狱之说遂与泰山治鬼混合而难以分辨。后来，佛教的阎魔王思想又与道教等传统信仰相结合，遂衍生出冥界十王、阎罗十殿等说法。

在早期小说中，游冥的地方不在地狱，而是泰山。如署名曹丕的《列异传》"蔡支"条写县吏蔡支，因迷路至岱宗山下，见到太山神，太山神自称天帝是他外孙，并请蔡为他捎书给外孙。结果蔡支在天帝太微宫殿见到已经亡故三年的妻子，并带回家中而复活。"蒋济亡儿"条写蒋济儿亡后为泰山伍

---

① 范晔《后汉书》，中华书局，1965 年版，第 2980 页。

伯，憔悴困辱，托梦给其母，谓孙阿将召为泰山令，希望母亲预先找孙阿，为他换一份工作。"王方平"条则写神仙王方平降陈节方家，赠其名刀，谓"泰山环"，可辟鬼。在这些小说中，冥界只是死者的聚居处，实即人间官府的投影，如蔡支见冥府"如城郭"，泰山府君的仪卫"具如太守"，天帝左右侍臣"俱如天子"。正如泰勒所说："蒙昧人对阴曹地府的描绘常常是他们现实生活的如此精细的再现。"[①] 泰山冥府只是鬼的居住地，鬼只是人死后的一种生存形态，泰山府君是中国传统的地府统治者，还没有出现鬼因恶报而遭受酷刑等后来佛教普遍流行的说法。冥府人间真假难分，竟使进入者不知己到冥界，知道后也毫无惧色。

至魏晋时期，地狱的描绘开始有所变化。如《搜神记》中"胡母班"讲述胡母班三次进入冥府的故事。虽然这篇小说仍以泰山为冥府的所在地，但写到胡父因生前犯罪，在冥府获谴服苦役，已出现冥府作为惩罚性场所的萌芽。至《幽明录》则变化更大，如"赵泰"条，泰山冥府已具备奖惩的功能，冥府中有安置善人的"福舍"，而且佛就在地狱，随时准备超度"恶道中及诸地狱中人"。冥府已有了惩罚性的场所——水淹地狱、火煎地狱和受变为畜生地狱，生前作恶之人在这里接受各种严酷的惩罚，其恐怖情形为以前的小说中所未见。而且，泰山府君只是负责审查新鬼的姓名，不再是冥府中的最高领导者。可见，《幽明录》中的地狱是泰山冥府与佛教观念混合而成的，已经开始越来越接近后来佛教中的地狱。

至《冥祥记》，冥府则基本是作为惩罚性的场所，而且较之《幽明录》等，故事情节更为新鲜奇特，篇幅大大加长。篇幅增长不是行文拖沓的结果，《冥祥记》的语言是简练的。原因在于情节较复杂曲折，叙事较具体细致。作者着意求细，运用对话、描写等手段，把故事叙写得具体生动，使读者有亲临其境之感。如"刘萨荷"条长达一千二百余字，置于唐传奇中亦不算逊色。首节写沙门慧达（刘萨荷）的出身、性情及死而复苏；次节写被缚送往地狱时路上所见种种情景，用笔精细，曲折多变。其中还有场景描写，如"向西北行，行路转高，稍得平衢，两边列树"，"屋舍甚多，白壁赤柱"，"屋内床帐光丽，竹席青几"等；三节描写"寒冰狱"，刻画狱中鬼形，描摹狱中

---

① （英）爱德华·泰勒著、连树声译《原始文化》，第501页。

情状，下边又补叙前所遇两沙门来历，通过从伯自述，交代他堕入地狱的缘由；四节述刀山地狱及其他观见，用略笔概而述之；五节写见观音大士及观音大士的说法，对观音形象作了较细的描写；六节写此后在地狱中备受磨难，中间有人物对话和幻景描写，用以补叙慧达生前杀鹿射雁的罪孽；七节写遣归；八节写复活后出家奉法。"陈安居"条用笔也是这样缜密委曲，例如陈安居死而复苏这个简单情节，按粗陈梗概的写法，寥寥数字就够了，王琰却是这样写的："永初元年，病发，遂绝。但心下微暖，家人不敛。至七日夜，守视之者，觉尸足间如有风来，飘衣动衾，于是而苏，有声。家人初惧尸蹶，并走避之；既而稍能转动，末求饮浆。家人喜之，问从何来，安居乃具说所经见……"

至唐代，佛教虽已深入中华文化的肌理，但小说作者在借用佛经母题和观念时，又有意融合本土传统和环境再创作，小说中的地狱描写出现了将神佛融于一体的现象，体现出佛教民俗化的特征。游冥小说最终具备了这一母题的一切要素，包括地狱苦状、地狱主宰、信佛者得救。中唐以后，地狱景观中又出现了"奈河"，它是阳间与阴间的界线。如《宣室志》中"许文度"条、"董观"条。这些小说将冥界描写成与现实世界存在于同一个平面，两者的构成是一样的。现世与冥界以奈河为边界。据项楚说，奈河本是高里山（蒿里）下的小河之名。①很久以来，人们相信泰山和高里山是鬼聚集的地方，因此，奈河与其说是地理意义上的河流，不如说是阻隔冥界与现世的河流。或说在汉代送葬的哀歌中有"哀苦奈何"等歌词，"奈何"与"奈河"就被混在一起。

唐临《冥报记》、戴孚《广异记》、牛僧孺《玄怪录》、李公佐《续玄怪录》、段成式《酉阳杂俎》等小说集都有大量地狱故事，描写地狱惨状及恶鬼面貌等，其复杂程度达到六朝以来的极点，佛教三报与儒书所谓时报、累世报、子孙报在形式上沟通、认同，从而赋予报应故事强烈的伦理道德内容。此外，《纪闻》"李思元"条及"僧齐之"条、《广异记》"费子玉"条、《酉阳杂俎》"孙咸"条，还有陈劭《通幽记》"王抡"条等，都出现了地藏王的记载及地藏王拯救入地狱的佛教信众的故事。在六朝小说中，已有佛在地狱救度善人的描写，而至唐小说，这个佛进一步落实为地藏菩萨，地藏信仰是唐

---

① 项楚《说奈河》，《文史知识》1988年10月号。

代佛教地狱说的又一特点，自此，地狱变成罪人受苦和地藏菩萨救度受苦众生的地方。地藏菩萨的誓愿就是"众生度尽，方证菩提；地狱未空，誓不成佛"。受此地藏信仰的影响，游冥小说中描写地藏菩萨拯救地狱众生的故事也越来越多。而且这类小说，地狱描写更向世俗化发展，中国化的趋势同样突出。如唐薛渔思《河东记》"崔绍"条记载：崔绍因冤家讨债，被拘入地狱，他家原供养一字天王，此时前来保驾，一路护送。途中所见，并无任何地狱之恐怖，如"又有一城门，门两边各有数十间楼，并垂帘。街衢人物颇众，车舆合杂，朱紫缤纷，亦有乘马者，亦有乘驴者，一似人间模样"。见到判官时，判官"降阶相见，情礼甚厚，而答绍拜，兼通寒暄，问第行，延升阶与坐"，完全与人间接待宾客一样，礼数周全。最后见冥王时，冥王向他询家世叙亲情，乃至论及上帝用人尺度、道德标准及阴世职官升迁不易等，简直无所不谈，态度和蔼，彬彬有礼，一如朋友拉家常，并无半点严厉恐怖。《冥报记》"睦仁茜"条写陆仁茜不相信世间有鬼神，常欲亲身征验其有无。他向一个能看见鬼的人学习，十几年后仍未见到鬼神。后来偶然与冥界高官成景结成了好友。作者通过仁茜与成景的问答，介绍了许多有关鬼神和冥界的知识以及佛教六道轮回、道教章醮请鬼的道理。天帝、阎罗王、五道神、佛、道，各种神道混杂在一起，但又排得井然有序，而道教神似乎又是阎罗王的上级。这些都反映出唐初的宗教特色。"这则故事中登场的人和鬼，在某种意义上，他们都追求一种不可思议的合理性。例如关于冥界组织、鬼的生活方式以及赎罪观念等方面的描述，都力求完全与现实的社会制度、习俗相适应。另外，故事中的冥府是以道教式的冥府观念为中心的，佛教式的观念反而被登场人物说成是死板的、不可思议的东西。同时，在道教通则里行之不通时，则搬出佛教的通则，如绘佛画于寺壁，依次功德以免做冥界主簿等。这种冥界的两面构造性和融通性，在《幽明录·赵泰》故事中是没有的，相比而言，《赵泰》中的冥界描写比较忠实于佛典，《睦仁茜》则是仿照当时唐王朝政治体制进行叙述的。"①《赵泰》通过主人公赵泰死而复苏讲述在地狱的所见所闻，而《睦仁茜》则通过阳间人且是无神论者睦仁茜与阴间鬼成景交友的方式，向读者展示一个外在于人间的隐秘世界，并以著名的官僚岑文本作为见证人和故

---

① （日）内山知也《隋唐小说研究》，第71—72页。

事的讲述者，三者相互交织，构成较为复杂的故事情节。第二，赵泰和睦仁茜两个无神论者最后都皈依了佛教，而后者的功利化更为明显，如希望得到冥界的庇护，延长寿命等。

这种对地狱的人间化描写，让人难以区分到底身处何处，哪是人世，哪是冥府，与两汉时期泰山冥府的描写有相似之处，但又是佛教地狱世俗化、人性化而产生的结果。因而，唐代小说在描写地狱时，有时不是聚焦于地狱，而是进入地狱的人。如《冥报记》中"孙回璞"条写孙回璞死后复活，魂灵归家，"系马，见婢当户眠，唤之不应。越度入户，见其身与妇并眠，欲就之而不得，但着南壁立。大声唤妇，终不应。屋内极明，见壁角中有蜘蛛网，网中有二蝇，一大一小，等见梁所著药物，无不分明，唯不得就床。知是死，甚忧闷，恨不得共妻别。倚立南壁，久之微睡。忽惊觉，觉身已卧床上，而屋中暗黑无所见。唤告妇，令妇燃火，而大汗，起视蜘蛛网，历然不殊，见马亦大汗"。描写相当细致。

由此可见，唐代的游冥小说，故事情节愈加丰富和曲折，故事的趣味性与完整性得到关注，通过描写来推动情节的发展，塑造人物形象。

唐代以后，堕入地狱的恶行描写就更为丰富了。如《屈突仲任酷杀众生　郓州司令冥全内侄》（《初刻拍案惊奇》卷三十七）中屈突仲少时纵情好色，荒饮博戏，如汤泼雪，家财荡尽，继与僮仆莫贺咄结伴，千方百计杀生害命，吃法又十分残忍。后莫贺咄死去，屈突仲被阴司狱卒抓进地狱对证，并受到惩罚，身上被打进秘木，苦痛难禁，身上血籁籁地出来，诸畜竟来争食。但因寿数未尽，还阳回生，自此痛改前非，刺血写经，后来得善果而终。《游酆都胡母迪吟诗》（《喻世明言》第三十二卷）胡母迪读到岳飞与文天祥的故事，心中不平，拍案大叫道："如此忠义之人，偏教他杀身绝嗣，皇天，皇天，好没分晓！"后梦入地狱，阎君命使者带他参观阴间诸狱，在目睹了世间奸佞小人在阴间受到恶报、忠善之士得到善报后，终于明白"王法昭昭犹有漏，冥司隐隐更无私"。此类故事乃是借地狱报应抨击权奸。

有的小说借地狱描写讽刺影射现实世界，这在早期小说中已有萌芽。如《冥祥记》中"袁炳"条说写袁炳死后，梦中与友人司马逊相聚，称说"恒患在世有人，务驰求金币，共相赠遗，幽途此事，亦复如之"。《幽明录》中"蒋济亡儿"写蒋济亡儿托梦父亲，通过贿赂泰山令，由泰山伍伯转为泰山录事。说明冥府和人间一样，都可以通过贿赂手段来与当权者建立起关系，从而改善自己的处境。而在明清小说中，地狱描写不再全是为了说明果报，还有借佛教的外衣，来批判现实目的，并成为一种时尚。如《剪灯新话》中《令狐撰冥梦录》，令狐撰性格刚直，不信鬼神。邻居乌老贪婪不仁，病死后因家人广作佛事而复活。为此，令狐生愤而作诗讽刺冥府黑暗，遭到冥府追捕，严刑逼供，令狐生借写供词，揭露冥府"贫者入狱而受殃，富者转世而免罪"的不公。冥王因其正直，特许放回，令狐生趁机游览地狱，看到地狱阴森恐怖，"铁城巍巍，黑雾涨天，罪人无数，被剥皮刺血，剔心剜目，叫呼怨痛婉转其间，楚毒之声动地"，生前造罪作恶之人皆在地狱中受刑，其中祸国殃民者如秦桧等，在地狱中受苦，历尽亿万劫而不可出世。同书中《修文舍人传》，写主人公夏颜博学多闻，性气英迈，然而却贫困潦倒，日不暇给，后客死他乡。夏颜死后在冥府做了修文舍人。作品借夏颜之口描绘了一个公正合理的地狱世界："冥司用人，选择甚精，必当其才，必称其职，然后官位可居，爵禄可致，非若人间可以贿赂而通，可以门第而进。"人尽其才的清平地狱与现实社会形成强烈对比，从而达到否定现实世界的目的。而且冥司"黜陟必明，赏罚必公，昔日负君之贼，败国之臣，受穿爵而享厚禄者，至此必受其殃；昔日集善之家，修德之士，下位而穷途者，至此必蒙其福。盖轮回之数，报应之条，至此而莫逃矣"。现实中不能实现的法制平等，借助地狱的因果报应来实现。在小说中，无论是恐怖的地狱还是清平的地狱，它们都只是作者借以反映现实的一种手段，其原有的佛家色彩被大大淡化，地狱成为人们在对现实失望后借以寄托理想的一个世界。

二、教义叙事

学理佛教以研究、理解佛教经典为特征，主要在知识程度较高的教徒中流行。要使一般民众理解和接受佛教教义，就必须将佛理通俗化、趣味化，因此，采用故事的方式演绎佛教教义，就成为一种较为普遍的传教方法。因而佛教与小说之间是互惠的关系，佛教因小说而普及，教义因小说而彰显。这些小说，从今天看来，都只是简单地普及佛教知识，但自唐以后，佛教的观念则深入小说的肌理之中，成为小说艺术化的重要手段之一。

1. 轮回转世

中国古代关于鬼魂的观念，随着佛教的传入，与佛教三世说融合。佛教将前生、今世、来世合称"三世"。佛教认为，任何一种有生命的个体，在没有获得解脱之前，都必须依循因果规律在"三生"和"六道"中轮回。其依据实际上是灵魂不死的学说，一个生命死后，灵魂则可以发生迁移，按照因果报应的规律重新投胎，这就是转世。转世重生取决于因缘和业力，"欲知过去因者，见其现在果；欲知未来果者，见其现在因"①。"因"是种因，为能生；"果"是结果，为所生。要知前世因，今生受者是；要知后世果，今生作者是。前世的善恶业是现世的苦乐之因，现世的苦乐是前世的善恶业报，现世的善恶业又是来世的苦乐之因，来世的苦乐是现世的善恶业报。生命如此因果循环，生死无穷，永远无法逃脱。释慧远《三报论》解释道："现报者，善恶始于此身，即此身受。生报者，来生便受。后报者，或经二生、三生、百生、千生，然后乃受。"②善业是清净法，不善业是染污法。以善恶诸业为因，就能招致善恶不同的果报。世俗世界的一切万法，都依照善恶之业而显现出来，得到了善恶果报的众生，又会在新的生命活动中重新造作业因，招致新的果报，依业而生，依业流转。只有修行成佛，才能跳脱轮回之苦。因此，佛教讲"转世"是为了说明因果，让众生明了因果实相，从而避恶趋善，并最终摆脱生死轮回的痛苦。

佛本生即描述佛祖的前世故事，呈三段式结构模式：缘起，即交代佛说前生故事的地点及缘由；前生故事，即把前生故事中的人物与缘起部分中的人物对应起来；此生故事。这一模式对中国古代小说中的转世叙事有重大影响。六道轮回、因果报应之说打破了中国人固有的传统人生观念，开拓和丰富了人们的想象，使人们对人生有了更深层的认识。

在早期志怪小说中，"转世"的描写，既宣扬轮回、报应的佛教思想，又体现出鲜明的中国文化特色。如《冥祥记》中"向靖"条，写向靖女儿七岁暴亡，向妻"痛念前女"，以致不忍看到她生前喜爱的玩物。不久向妻又生

---

① 《因果经》，中国宗教历史文献集成编委会编《民间宝卷》第十一册，黄山书社，2005年版，第227页。

② 释慧远《三报论》，僧祐《弘明集》卷一，刘立夫、胡勇译注，第100页。

下一个女儿，四岁时就能记起并认识前世玩弄的小刀子，证明她是前女转世。可见，这篇小说显然是以转世说来缓解父母的丧子之痛。又如《冥祥记》中"羊祜"条写羊祜五岁时，竟然还记得前世幼时游玩时丢失的指环，并在桑树中找到了它。又记得前世有罪，今生造佛寺供养赎罪。这些行为都无法用常理来解说，故说成是李氏子转世。李氏在得知羊祜是其亡子转世后，悲喜交集，并试图要回羊祜，再做自己的儿子，虽没有成功，但至少可以帮助她减缓失去亲人的痛苦。而《冥祥记》中"王练"条则以转世说解释友情。它写王玟与梵僧原为好友，梵僧因为倾慕王玟，死后托生为其子。作者通过描写王练一系列神奇的能力来证明是梵僧转世：幼时无师自通懂外语，认识许多异国珍宝名物，天性亲近梵僧。这些小说，都是通过人物外部令人费解的举动而轻率地得出转世的结论，并未深入揭示行为背后的深层原因。最有名的是"三生石"的故事。唐袁郊《甘泽谣》中"圆观"写李源与洛阳惠林寺僧圆观为忘言交，促膝静话，自旦及昏。时人以清浊不伦，颇生讥诮，如此三十年：

> 二公一旦约游蜀川，抵青城峨眉，同访道求药。圆观欲游长安，出斜谷，李公欲上荆州三峡。争此两途，半年未决。李公曰："吾已绝世事，岂取途两京？"圆观曰："行固不由人，请出三峡而去。"遂自荆江上峡，行次南浦，维舟山下，见妇人数人，锦裆负罂而汲。圆观望见泣下，曰："某不欲至此，恐见其妇人也。"李公惊问曰："自上峡来，此徒不少，何独恐此数人？"圆观曰："其中孕妇姓王者，是某托身之所，逾三载尚未娩怀，以某未来之故也。今既见矣，即命有所归，释氏所谓循环也。"谓公曰："请假以符咒，遣其速生。少驻行舟，葬某山下。浴儿三日，公当访临。若相顾一笑，即某认公也。更后十二年，中秋月夜，杭州天竺寺外，与公相见之期。"李公遂悔此行，为之一恸。遂召妇人，告以方书。其妇人喜跃还家，顷之亲族毕至，以枯鱼献于水滨。李公往，为授朱字符。圆观具汤沐，新其衣装。是夕，圆观亡，而孕妇产矣。李公三日往观新儿，襁褓就明，果致一笑。李公泣下，具告于王。王乃多出家财，厚葬圆观。明日，李公回棹，言归惠林。询问观家，方知有治命。

后十二年秋八月，直指余杭，赴其所约。时天竺寺山雨初晴，月色满川，无处寻访。忽闻葛洪川畔，有牧竖歌竹枝词者，乘牛叩角，双髻短衣，俄至寺前，乃观也。李公就谒，曰："观公健否？"却问李公曰："真信士！与公殊途，慎勿相近。俗缘未尽，但愿勤修不堕，即遂相见。"李公以无由叙话，望之潸然。圆观又唱竹枝，步步前去，山长水远，尚闻歌声。词切韵高，莫知所诣。初到寺前，歌曰："三生石上旧精魂，赏月吟风不要论。惭愧情人远相访，此身虽异性常存。"又歌曰："身前身后事茫茫，欲话因缘恐断肠。吴越山川游已遍，却回烟棹上瞿塘。"后三年，李公拜谏议大夫，一年亡。

作者将李源和圆观的友谊植入两世的轮回之中，表现了真挚不渝的友情。重点不再是宣扬因果报应，而是突出人类情感的绵延永恒。李源与圆观之间那种超越时空的感情，借"转世"的形式得到了最充分、最动人的表现。[①]

有的小说还用转世观念解释两人才貌相似的现象。如牛僧孺《玄怪录》中"顾总"条，写梁吏顾总"性昏戆，不任事，数为县令鞭扑"，郁郁怀愤，因逃墟墓之间，彷徨惆怅，不知所适。遇王粲、徐干鬼魂，告知他是建安刘桢转世，并给他读刘桢集，顾总立即"明悟"，"觉藻思泉涌"。小说结尾，顾总以刘桢集示县宰，当县宰"见桢卒后诗"时，即改变对他的态度，"以宾礼待之"。这篇小说以顾总与王粲、徐干鬼魂相遇为线索，形成小说情节的基本架构。同时，以"亡灵忆往"的方式，穿插王粲、刘桢在冥中坤明国的情事，将现实时空（梁代县吏顾总的环境）与历史时空（汉末曹操邺下）及虚拟时空（冥中坤明国）三者纽结在一起，构思奇妙。

唐代以后，由于佛教的世俗化及文学化等原因，佛教的转世思想在小说文本中有了根本性的转变，因果报应、求解脱的出世色彩大大淡化，代之以浓重的人间世俗情感的色彩。小说不但以转世"观念"演绎人类的亲情和友情，还有生死不渝的爱情故事。如《剪灯新话》中的《绿衣人传》写元末赵源在西湖北葛岭南宋奸相贾似道旧宅旁，遇到一个绿衣女子，两人相爱。后来赵源得知绿衣女子是女鬼，生前是贾似道的侍儿，因与贾似道的男仆相恋

---

① 孙逊《释道"转世""谪世"观念与中国古代小说结构》，《文学遗产》1997年第4期。

而被赐死。赵源即男仆转世，二人阴阳相隔，人鬼再续前生情缘。故事中的人鬼相爱，是因为"凤缘未尽"，前世不能圆满的情爱在转世后得到了补偿。现实的动荡使饱受痛苦的人们开始寻求精神上的慰藉，此生不能相聚，便把希望寄托在来世，佛教的转世思想符合了人们绝望中对来世的企望，于是人们就借佛教的转世观念，来演绎自己在现实世界中不能实现的愿望。这就使佛教用来明因果、求解脱的转世思想反而成了表达人间情感的一种手段。这些作品中，轮回转世成了情感得以延续的凭借。岁月流转，生死无情，幽明殊途，然而这一切都阻隔不了人间真挚的情感，正如绿衣人所说"地老天荒，此情不泯"。这种超越时空的感情，借"转世"的形式得到了最充分、最动人的表现。又如《闲云庵阮三偿冤债》（《喻世明言》第四卷）中的阮三在与官家小姐陈玉兰幽会时莫名猝死，在故事结尾，作者向读者解释道：阮三之死不过是为还却前缘凤债，今生注定与玉兰相遇。玉兰前世是个扬州名妓，阮三是金陵人，到扬州访亲，与玉兰相处情厚，许诺一年之后再来，娶她为妻。及至归家，因惧怕父亲，不敢禀知，别成姻眷，使玉兰终朝悬望，郁郁而死。但两人情缘未断，故今生闲云庵私会，是完前生冤债，阮三身死，是偿玉兰前生之命。《石点头》卷九《玉箫女再世玉环缘》写京兆韦皋乃孔明转世，幼聘张延赏秀才之女芳淑为婚，后延赏官至西川节度使，迎韦皋到官衙完婚。因志趣不投，韦皋受到张延赏的冷遇，愤而出走，至江夏姜使君家，教授其子荆宝，爱上荆宝乳母之女玉箫。后因韦皋父母来信催归，韦皋临行赠玉环一枚而别，玉箫誓言等他七年。韦皋走后，因发奋功名，致爽玉箫七年之约，玉箫绝食而死。韦皋发迹后，得知玉箫已死，礼忏虔诚，为玉箫大做法事，感动阎罗天子，令玉箫鬼魂托生，十二年后，再为韦皋侍妾，重续前缘。在这个故事中，作者通过转世观念，构建韦皋与玉箫矢志不渝的爱情故事，以补偿在人世间未能遂愿的情憾。

古代小说还常常借用佛教的轮回转世、因果报应理论来解释历史的发展形态。中国传统天命观的形而上理论是邹衍的"五德终始说"，以五行相生相克理论来说明王朝的更替。如《三国演义》开始说的"天下大势，分久必合，合久必分"的论调，就是基于此类天道循环观，是一种历史循环论。佛教中也有一种世界的循环论。小乘佛教认为物质世界有成、住、坏、空四劫。每一劫中都有二十中劫，总共为八十中劫，合为一大劫。佛教的这一世界循环论与中国传统的"五德终始"的历史循环论表面相似，但有根本区别。"五德终始"的历史循环论，是以一种不可知论的面目出现。天道渺茫人难知，但天道始终在运行，故而盛衰转移、苦乐交替，不以人的意志为转移。但在佛教，尤其是大乘佛教的世界模式中，十方世界无量无边，某一众生的生活质量，都取决于他本人的业力。当世界进入灾难时期，此世界的众生普遍受苦，但那些不受苦报的众生就不进入此世界。佛教关于统治者个人别业与众生共业关系，还有一个更深层次的看法，即统治者的个人别业与众生共业相应。个人是得福报还是苦报，最终由他自己决定；而一个地区或国家是盛是衰，则由其中居民的共同业力决定。在佛教的历史因果观中，没有上帝，没有天命，导致国运兴衰、朝代更替的根本原因，完全取决于个人的别业和众生的共业。

佛教的历史因果观，提供了另一种形态的政治正义观的形而上理论基础，对古代小说产生影响，形成了历史因果报应类小说。传统天命观强调有德者得天下，同样，佛教的个人别业观也强调行大善者受大福报，而在人世间，最大的福报就是能成为君王，这是历史题材小说能采纳佛教以个人别业为基础的历史因果观的根本原因。

宋代讲史《新编五代史平话》对从汉到三国的历史作了因果报应的诠释。此话本的开始部分这样写道：刘季立国后，疑忌功臣，族灭韩信、彭越、陈豨之徒。这三个功臣，抱屈衔冤，诉于天帝。天帝怜其无辜被戮，令三人托生：韩信托生曹操，彭越托生孙权，陈豨托生刘备。日后三人瓜分汉家天下。主持此因果报应的是天帝，"天帝可怜见三功臣无辜被戮"，仍让三功臣再世为王，既让他们报了仇，也让他们继续享受未尽的福报。元人编刊的《全相三国志平话》对此作了更详尽的描述。此书开头叙述汉光武帝时司马仲相游园入梦，玉皇命其阴间为王，审理汉初韩信、彭越、英布被汉高祖和吕后杀害冤案。司马仲相审明此案，上报玉皇，玉皇敕下：汉高祖负其功臣，令他们转世，分其天下，了结恩怨。韩信、彭越、英布、汉高祖、吕后、蒯通分别转生为曹操、刘备、孙权、献帝、伏皇后、诸葛亮，仲相还阳为司马仲达。三国并收，独霸天下。在此小说中，受冤屈的前朝功臣受到善报，致人冤屈的汉高祖和吕后受到恶报。作者以"元故事"的预叙方式，解释汉末三国纷争的历史，体现出民间的情绪和思想。明代冯梦龙的《闹阴司司马貌断狱》

（《喻世明言》第三十一卷），更对此历史因果竭尽铺陈之能事，又指许复为庞统、樊哙为张飞、项羽为关羽、纪信为赵云、戚氏夫人为刘备正宫夫人、赵王如意为刘禅、丁公为周瑜，等等。如此一来，几乎全部的三国人物，都是汉初人物的转世，三国故事只是他们恩恩怨怨的继续。

《隋唐演义》以转世说为全书的骨架，在小说结尾借仙人张果之口点明：孔升真人在太极宫中听讲，与蕊珠宫女相视而笑，犯了戒律，因此谪堕凡尘，入隋官为朱贵儿，再转世为大唐天子唐明皇；蕊珠宫女前世托生为隋宫侯夫人，再转世为唐明皇之宠妃梅妃；而隋炀帝乃是终南山中一老鼠精转生，再转世则为杨贵妃。这种安排看似荒诞，但体现了作者对历史的态度和兴趣。

对于梁武帝因崇佛而亡国之事，早就出现了用佛教因果报应思想来解释的小说。最早在唐代笔记《朝野佥载》中，就写梁武帝萧衍杀南齐主东昏侯而夺其位，东昏侯死不甘心，转生为侯景，后率军攻破建业，囚禁武帝，使其饿死，并诛杀萧氏子弟，略无孑遗。作者不仅以佛教的因果报应观念来解释梁武帝亡国的原因，而且对当时的一些历史故实也作如是解，如梁武帝误杀磕头师之事：

> 梁有磕头师者，极精进，梁武帝甚敬信之。后敕使唤磕头师，帝方与人棋，欲杀一段，应声曰："杀却。"使遂出而斩之。帝棋罢，曰："唤师。"使答曰："向者陛下令人杀却，臣已杀讫。"帝叹曰："师临死之时有何言？"使曰："师曰：'贫道无罪。前劫为沙弥时，以锹划地，误断一曲蟮。帝时为蟮，今此报也'。"帝流泪悔恨，亦无及焉。

前世小沙弥误杀一条曲蟮，今世梁武帝下棋时误杀磕头师，磕头师是前世的小沙弥，曲蟮是今世的梁武帝，正所谓"因果报应，丝毫不爽"。这个故事到明代冯梦龙的《梁武帝累修归极乐》（喻世明言》第三十七卷）中，更是踵事增华。小说首先叙述一条有灵性的白颈曲蟮听禅师颂《法华经》三年，忽一日被小沙弥误杀。曲蟮借听经之力得人身，父母双亡后到光化寺，在空谷禅师座下做火工道人，虽不识字，却能将一部《法华经》背诵如流。在寺修行三十余年后，借修行之福报，转生到一黄姓大财主家，名黄复仁，后与童小姐成婚。但夫妇两人都无意世间欲乐，而是结拜为兄妹，一起修行，一起坐化。又借修行之力，此后一世，黄大官人转生到萧家，名萧衍，后成为梁武帝；童小姐转生到支家，后成为著名高僧支道林。小说叙述了萧衍起家成就王业，皈依佛门，废除血祀，制梁皇忏救济地狱众生，直至误杀磕头师，又遇支道林记起前世。后纳降侯景，终被侯景所害。结尾写到讨伐侯景之大军派赵伯超刺探军情，赵在半道上遇到了梁武帝与支道林，两人正赶赴兜率天，并留书寄诗，说世人眼光狭隘，只知当下的祸福。但梁武帝虽在台城遭遇恶报，其修行之善报依然丝毫不爽，故而最终去了西天。而究其原因，从听《法华经》到在空谷禅师座下修行，西天的归宿就是这样一步步走过来的。

总之，作者企图以明确的因果关系，将历史和人生化约为可以理解的模式。这种化约虽然满足了一部分读者的心理要求，但却并不符合事物的本身规律。因为实际上历史和人生总是充满各种无法确定、无法归类、无法解释的现象，不是简单的因果关系就能解释得了。因此，认识论上带有极大的局限性。

2. 因果报应

当然，在古代小说中，转世观念最为普遍的还是用来演绎因果报应故事。"因果报应"是佛教用来说明世界一切关系的基本理论，它认为世界上的一切事物都处于因果关系的链条中，依照因果的法则生灭变化。《佛说未曾有因缘经》中言："施善善报，施恶恶报。"[1]善因必生善果，恶因必得恶果。世俗世界的一切万法，都依照善恶二业而显现出来；而得到了善恶果报的众生，又会在新的生命活动中造作新的业因，招致新的果报，依业而生，依业流转。中国固有的文化传统中，也有善恶报应的思想，如《易传》云："积善之家，必有馀庆；积不善之家，必有馀殃。"只是不如佛教理论那么精致和系统，而两者且有所不同。佛教是自业自报，即自己承担行为的后果，不涉及他人，所谓"已作不失，未作不得"[2]，"父作不善，子不代受。子作不善，父亦不受。

---

[1] 《佛说未曾有因缘经》，《乾隆大藏经》第 54 册，第 663—666 页。
[2] 《瑜伽师地论》卷三十八，《大正藏》第 30 册，第 500 页下。

善自获福，恶自受殃"。[①]大众共业，则造成自然灾害、战乱等"共灾"。中国文化中的报应则殃及子孙，如道教的"承负说"，认为子孙会承袭父辈的"业因"。这是由中国的家庭伦理文化所决定的，从而对民众心理造成更大的震慑。佛教自东汉初年传人中土后，对我国固有的善恶报应思想，既有所继承和融合，又有所深化和改造，使其得到更为广泛的传播，并渗透进民众生活的方方面面。

因果报应思想对中国小说的影响，不但表现在思想内容上，还体现在文本的结构思维上。在这些报应故事中，承担报应的主体人物涉及社会的各个阶层，无论是谁都无法逃脱报应的普遍法则。

佛教果报论的终极关怀是因果之外的涅盘境界，从根本上断尽导致生死轮回的业报，最终摆脱因果，彻底解脱；而古代小说中的果报故事，则将终极关怀转移到了果上，劝诫世人不行恶事多做善事，以求得此世及来世的财富、权势及子嗣、长寿等世俗利益。

佛教认为，行十不善业，要堕落地狱、饿鬼、畜生之三恶道；行十善业，则生天界及人界。人们要想求得善报，就必须持五戒，守十善。因此，小说中的因果报应主题，大致从佛教的五戒十律脱衍而来。故事的重点在于实现报应的结果，以截然不同的善恶结局来警醒世人。善有善报，恶有恶报，毫发不爽，"三业殊体，自同有定报，定则时来必受，非祈祷之所移；智力之所免也"[②]。

首先是戒杀，有人若被错杀，其冤魂不肯罢休，会设法报仇。如南朝祖冲之《述异记》"陶继之"条，记陶继之错杀乐伎，乐伎化为死鬼寻仇，从陶氏口中落进其腹。明凌濛初《庵内看恶鬼善神 井中谭前因后果》(《二刻拍案惊奇》卷二十四)讲述的就是元自实临时改变杀戮主意，终得厚报的故事：元朝至正年间，山东人元自实借给同乡缪千户300两白银，当时未立借据，后来元自实家在兵变中劫掠一空，找缪千户讨还银两，缪不但以没有凭据为由拒绝归还，还欺骗元自实。生性老实的元自实越想越气，决定杀掉缪

---

① 《泥洹经》卷上，《弘明集》卷第十三，郗嘉宾《奉法要》，上海古籍出版社，1991 年版，第 88 页。

② 《大正藏》第 52 册，第 346 页。

泄气，但"及至门首，再想一想，他固然得罪与我，他尚有老母妻子，平日与他通家往来的，他们须无罪，不争杀了千户一人他家老母妻子就要流落他乡了。思量自家一门流落之苦，如此难堪，怎忍叫他家也到这地位！宁可他负了我，我不可做勇墨害人的事，所以忍住了这口气，慢慢走了来"。作者通过轩辕翁的观察，描写在元自实前去杀人的路上，身后跟着无数的奇形怪状的鬼，跳舞而行，"或握刀剑，或执椎凿；披头露体，势甚凶恶"；而在元自实回家的路上，后面跟着百十个金冠玉佩之士，"或掣幢盖，或举旌幡，和容悦色，意甚安闲"。后来，元自实跳井自杀，遇到芙蓉真人的解救，并对他说出前因后果。后来元自实终得好报，缪千户全家被王将军所杀，尽夺其家资。

缪千户恩将仇报，受到惩罚理所当然。但佛教认为，受害者无权剥夺其生命，惩罚的权力掌握在神明的手上。作者通过第三者（轩辕翁）的全知视角来解释宗教义理，宣扬了佛教慈悲为怀，以德报怨的观念。

在佛教看来，人与畜类只是在不同生命时段所表现出的不同生命形态而已，佛陀未得道前，也曾堕入畜生道。如《涅槃经》卷一"梵行品第八之一"，佛陀自称"我于过去，作鹿作羆，作獐作兔，作粟散王、转轮圣王、龙、金翅鸟，诸如是等"[①]。所以，杀死畜生并食其肉与杀人并食其肉无异，都会遭到报应。古代小说中这类故事的叙事模式大致是：某人因好猎杀畜类，后来或被畜类冤魂索命，或生下子女如畜类，或堕入地狱受苦。如《冥祥记》中将军王某性好田猎，所杀无数，后生一女，变成兔子；周武帝好食鸡卵，死后被牛头人身狱卒置于铁床，用铁梁押之，割裂胁下，鸡子全出；隋上柱国蒲山惠公李宽，性好田猎，后生一男，口为鹰嘴，遂不举；隋鹰扬郎将天水姜略，少田猎，善放鹰。后来生病，见群鸟千数，皆无头，围绕其床，鸣叫"急还我头来"，姜略头痛气绝。苏醒后，请为诸鸟追福，既而得愈，遂终身绝酒肉，不杀生。《计押番金鳗产祸》（《警世通言》第二十卷）中则写动物托生为人子报仇：计安钓到一条金鳗，金鳗忽开口说话，恳求放了它，但计安妻子却贪图口福，将它杀死，后来金鳗转世为计安的女儿，给计家带来了诸多灾难。《冥报记》中"张纵"条是篇构思奇特的小说，写人变成鱼，亲身体验被宰杀的痛苦，从而劝人不要杀生：晋江县尉张纵，好食鱼脍，种下恶

---

① 《涅槃经》，宗教文化出版社，2011年版，第236页。

因，后魂魄来到阴司，阴王因其恶业，罚其投生为鱼。经历了被人捕获、买卖、宰割的过程。张纵深切地体会到了鱼类的生活形态，内心恐惧想要呼救却说不出，直到被人"剪头"。

中国传统文化思想中，知恩图报是儒家的传统美德，中土文献中也有些动物报恩故事的记载，如"黄雀衔环"等。但正如刘惠卿所指出：由于受先秦以来人是宇宙中心的意识观念的影响，中土民众长期视动物为仆从，因而六朝以前，小说中人救动物、动物报恩母题还是较为少见的。佛教东传后，佛教视动物与人类同列，统称有情众生，佛经中就载有许多动物教谕人类、动物报恩的故事，此种观念和题材对六朝后的小说影响很大，形成了其动物报恩母题。[1] 各种本生故事广叙佛前世事，包含大量动物报恩故事。在佛教的影响下，小说中的动物都被赋予了灵性，知恩图报，有情有义。《搜神记》卷二十都是记动物报恩仇的故事，如"杨宝"条记杨宝幼时至华阴山北，见一黄雀，为鸱枭所搏，坠于树下，为蝼蚁所困。杨宝愍之，取归置巾箱中，食以黄花，百余日，黄雀毛羽长成，朝去暮还。一夕三更，杨宝夜读，有黄衣童子，向宝再拜曰："我西王母使者，出使蓬莱，不慎为鸱枭所搏。君仁爱见拯，实感盛德。"乃以白环四枚与宝曰："令君子孙洁白，位登三事，当如此环。"《宣室志》中"李甲"条写李氏家里有很多老鼠，但李家信佛，讨厌杀生，绝不养猫，后老鼠报恩，救了李氏全家性命。在古代小说中，龙王赠宝、嫁女，以及帮助恩人中第入仕或后来在恩人溺水时施救的描写，成为一种叙事模式。如《李元吴江救朱蛇》（《清平山堂话本》）写汴梁秀才李元游吴江时救下一条赤色小蛇，放归吴江。此蛇原是西海龙子，龙王为谢救子之恩，邀李元进入龙宫，赠以珍宝，许配龙女。后来在龙女的帮助下，李元高中巍甲。《救金鲤海龙王报德》（《西湖二集》卷二十三）写杨维桢买鱼放生，后来他的爱妾竹枝死去，梦中被请入龙宫，龙王告诉他，他先前所救的鱼是龙女，龙女为报答恩德，转世为竹枝，嫁与维桢。《西游记》第九回"陈光蕊赴任逢灾 江流僧复仇报本"，写唐僧父亲陈光蕊曾将一条金鲤鱼放生洪江，此鱼原是洪江龙王所化。后来陈光蕊赴任途中，经过洪江，遭贼劫杀，沉入江中，得洪江龙王救助，日后还魂报仇。《乐小舍拼生觅偶》（《警世通言》第二十三

---

① 刘惠卿《佛经文学与六朝小说母题》，2006 年陕西师范大学博士毕业论文。

卷）入话写龙子因酒醉变作金色鲤鱼出游，被人猎获，进与钱王作膳，钱王见此鱼壮健，不忍杀之，令畜之池中，后差人送往江中。龙王后来为钱王扩展领地，以报救子之恩。

总之，这类故事的叙事较为简单，一般先叙"因"——某人杀生害命（或保生护命），再述"果"——某人遭到报应。故事体现出佛教文化中重视人与自然和谐共处、众生平等的思想。

相对于动物的知恩图报，有些人却忘恩负义。如《剪灯新话》中《三山福地志》中写元自实借给朋友缪君银两而未立文卷，后来元自实家被强盗洗劫一空，前去投奔已经发迹的缪君，缪君以无文卷为由拒不还钱，且以虚言哄骗元自实，致使元自实陷入困境。后来缪君受到报应，在战乱中家财失去并惨死。《桂员外途穷忏悔》（《警世通言》第二十五卷）写桂迁经商受挫，本利俱耗，在逃债途中得到施家的慷慨资助，但他忘恩负义，偷挖了施家祖上埋藏的一千五百金，暴富后翻脸不认人，当施家衰败时又见危不救，因而遭到"轮回果报"，家产被拐骗，妻儿转生为"三只黑犬"。这促使他"持斋悔罪"：罄囊所有，造佛堂三间，朝夕吃斋念佛；养三犬于佛堂之内。桂女又每夜烧香，为母兄忏悔。如此年余，忽梦母兄来辞："幸仗佛力，已脱离罪业矣！"夜来三犬，一时俱死。桂女脱簪珥买地葬之。桂迁逾年无恙，乃持斋悔罪之力。

佛教宣扬禁欲，因为"欲"是成佛的最大障碍，而"欲"中最危险的莫过色欲，色之所在，即欲之所居，而欲又能导致种种罪恶的产生，因此，若犯色戒必会遭致惨烈的报应。如《蒋兴哥重会珍珠衫》（《喻世明言》第一卷）中陈大郎设计诱奸蒋兴哥之妻王三巧，后来客死异乡，妻子平氏嫁给了蒋兴哥；王三巧不耐寂寞，与人私通，几经辗转后降为妾，作为不贞的惩罚。个人所造的业因不同，所遭致的报应也不同，淫人之妻，人淫其妻。《费人龙避难逢豪恶》（《欢喜冤家》卷十六）中冯吉起意非良，怀心歹毒，意图谋害费人龙，夺其妻产，最后被人杀死，家财全无。不过，由于受到明代进步思潮的影响，冯梦龙对"欲"的态度并非如佛教一概否定，而是区别对待，对合乎人性的"欲"是同情甚至肯定的。正如《醒世恒言》第十三卷结尾诗所说："自古奸淫应横死，神通纵有小相饶。"如阮三与陈玉兰、张舜美与刘素香、吴清与爱爱、张浩与莺莺、乐和与喜顺等，俱违"父母之命，媒妁之言"而私下结合，但都未受报应，反而或结为夫妻，或留有遗腹子。苏小妹死后，秦少游终身不复娶；范二郎后来娶妻，不忘周胜仙之情，岁时烧纸祭奠。这都是因为他们是因情结合。在婚外情问题上，冯梦龙也是从实际出发，具体对待。如三巧儿虽然失节，但情有可原，后来虽受薄惩，但终与丈夫完聚。韩夫人被庙官孙神通骗奸后，放配民间，改嫁良民，终老一生，如其本愿。但诱骗者陈商与孙神通俱各丧命。陈玉兰与阮三闲云庵偷情后有孕，守寡不嫁，抚养遗腹子状元及第，而得建贞节牌坊。蔡瑞虹忍辱报仇，失贞于陈小四，又下嫁卞福、胡悦、朱源，其子后来少年登第，圣旨准建节孝坊。在这里，"贞节""节操"的传统含义不复存在，与佛教的禁欲观不尽相同。

不过，佛教的报应方式，除转世报应、堕入地狱外，还有鬼魂报，有的是写安葬遗骸而得鬼报，表现中国人死后入土为安的文化习俗。如《瘗遗骸王玉英配夫　偿聘金韩秀才赎子》（《二刻拍案惊奇》卷三十）写女鬼王玉英死后两百余年，骨骸暴露于野，秀才韩生见之，油然而生恻隐之心，将骨骸重新埋葬。王玉英感恩，夜晚前往韩生处说明原委，以身相报。王玉英与韩生相处一年有余，生下一子，又出入阳世与韩生往来二十余年，直至儿子长成，方再不出现。《感恩鬼三古传题旨》（《石点头》卷七）写淮安进士伊尔耕，往温州赴任，路经富阳，女儿不幸暴死舟中，权将棺木寄于报恩寺西廊之下。后伊尔耕全家患疫病而死，致此女十年无人收葬。每至风清月白之夜，女鬼或吟诗，或怨叹，凄惨异常。后来仰邻瞻寄居报恩寺中读书，得知此事，答应将来考完后为之安葬。仰邻瞻梦中得女鬼帮助，获悉考题，得以中第。有的是写鬼魂索命。如《满少卿饥附饱飏　焦文姬生仇死报》（《二刻拍案惊奇》卷十一）写满少卿在落魄时得到焦大郎的救助，并将女儿焦文姬嫁给他。后来满少卿中举做官，别婚宦族，一去不来，使焦氏举家悬望，受尽苦楚，抱恨而死，结果满少卿被焦文姬鬼魂捉去阴府对理。《穆琼姐错认有情郎　董文甫枉做负恩鬼》（《醉醒石》卷十三）写青楼女子穆琼琼看上嫖客董文甫，遭董文甫骗财骗色，使穆琼琼陷入绝境，抑郁而死，后鬼魂设法报仇，将董文甫活捉而去。泰勒在《原始文化》中引米涅儿《宗教批判史》中的话说：夭折或凶死的鬼，这些灵魂是被强逐出肉体的，它们带着强烈的复仇心转入新的生活中。① 所以，古人认为，冤屈而死的鬼魂具有强烈的复仇心理，尤其

---

① （英）爱德华·泰勒著、连树声译《原始文化》，第508页。

是在男权社会，女性处于劣势，受冤无处申诉，故多女鬼报仇的故事。在这类故事中，女鬼或因生前被男子抛弃而死，或为名节受污而死，死因不同，生前性格也有异，或柔顺善良，或大胆泼辣，但死后为鬼，却都个性刚烈，有怨必报。

作为因果报应思想基础与核心的因果律，带给人们一种发现事物间互相关联的思维方式。从这一意义上说，因果报应必然对小说叙事产生影响，更值得注意的是，因果报应在小说中的意义不只是表层结构上的，宗教意识、现实规律和叙述逻辑的契合，实际上已构成了中国古代小说叙事上的一个基本特点。首先，追因溯果的思维方式，促使小说家在描写时努力发现、揭示或构建情节间的内在联系；其次，因果律赋予小说家一种整体思维的眼光，把本来头绪杂乱的现象统一起来，借因果报应，为作品提供了一个整体的框架。总之，经过历代小说家的努力，因果报应作为情节布局中的惯例因素，与小说反映的现实及小说家的艺术技巧联系在一起，形成了一种叙事策略。当作为道德观的因果报应思想与作为叙事结构与情节的因果关系达到了契合，作品内在的逻辑性也就得到了突出。一篇作品展示的情节，往往就是一个有因有果的道德实践过程。各环节的前因后果环环相扣，不但昭示着某种道德观念，也显示着结构的谨严有序①。

首先，小说家往往在小说开头设计一个"因"之形成的"元故事"，作为小说的楔子，成为笼罩全书的大格局，"成了推动小说情节发展、解决矛盾的动因"②。如《封神演义》开头写女娲娘娘圣诞之辰，纣王驾临女娲宫降香，见女娲圣像容貌瑞丽，神魂飘荡，陡起淫心，吟诗亵渎。女娲大怒骂曰："殷受无道昏君！不想修身立德，以保天下；今反不畏上天，吟诗亵我，甚是可恶！我想成汤伐桀而王天下，享国六百余年，气数已尽；若不与他个报应，不见我的灵感。"于是遣千年狐狸精、九头雉鸡精、一个是玉石琵琶精三妖下凡，隐其妖形，托身宫院，惑乱君心，以助武王伐纣成功。小说将历史上的商周之争的动因，简化为纣王触怒神道而引发的报复。《说岳全传》开头则写了三

---

①　参见刘勇强《论古代小说因果报应观念的艺术化过程与形态》，《文学遗产》2007年第1期。

②　孙昌武《佛教与中国文学》，上海人民出版社，2007版，第269页。

重因果：一是如来的护法神祇大鹏金翅明王啄死女土蝠，二是大鹏金翅明王啄瞎铁背虬王，三是徽宗元旦郊天时，表章上将"玉皇大帝"误写成"王皇犬帝"。由于这些冤孽，"后来弄出许多事来"，女土蝠投胎下世报仇，大鹏金翅明王降落红尘，偿还冤债，修行功成，方许归山。玉帝命赤须龙下界，搅乱宋室江山，使万民受兵革之灾；而如来又恐赤须龙无人降伏，故遣大鹏鸟下界，保全宋室江山。这段神话故事，充满了民间故事的谐趣和对历史解说的幼稚，但在艺术上，却是全书的纲目，并预叙了故事的大致结局。此外，《女仙外史》《新史奇观》等小说，都是以这种方式结构全篇。因果报应既作为故事发生、发展的动力，又是小说的结构纲目、小说整体构思的基础。作者虽写故事由造"因"而引起，但"因"结"果"的过程却联系历史变迁，人生百态。

其次，佛教的因果观念诱导着小说家对艺术的虚构性与叙述自律性的自觉认知，强化了小说家缀联形象因素的思维聚合力。[1] 小说作者喜欢在小说中穿插议论，以突显果报题旨。如《蒋兴哥重会珍珠衫》开头的"我不淫人妇，人不淫我妻"和结尾的"殃祥果报无虚谬，咫尺青天莫远求"。《游酆都胡母迪吟诗》（《喻世明言》第三十二卷）开头便以"自古机深祸亦深，休贪富贵昧良心。檐前滴水毫无错，报应昭昭自占今"点明主题，结尾以"王法昭昭犹有漏，冥司隐隐更无私。不须亲见酆都景，但请时吟胡母诗"绾结全文，突出果报。在"三言二拍"中，所谓"种麻还得麻，种豆还得豆。报应本无私，作者还自受""善恶到头终有报，只争来早与来迟"等之类话语比比皆是。作者在改编时，有意增加了许多果报的内容。如在《苏知县罗衫再合》（《警世通言》第一卷）原作中，徐继祖并未中进士，是在罗衫再合后向官府告状，才得以为父报仇。冯氏则改为他考中进士后为御史，亲自审案，又法场监斩，为父雪冤。这样，徐继祖直接参与了报仇，报应更为痛快。《乔彦杰一妾破家》（《警世通言》第三十三卷）原作中恶人王酒酒并未得恶报，冯氏则改为在结尾时，乔彦杰鬼魂报仇，将王酒酒拖下水中淹死，并议论道："乔俊虽然好色贪淫，却不曾害人，今受此惨祸，九泉之下，怎放得王青（即王

---

① 吴士余《中国文化与小说思维》，生活·读书·新知三联书店，2000年版，第86—88页。

酒酒）过！这番索命，亦天理之必然。"《王娇鸾百年长恨》(《警世通言》第三十四卷）中周廷章始乱终弃后被杀，妻子改嫁，而原作中也无此情节。《蒋兴哥重会珍珠衫》(《喻世明言》第一卷）原作文末附有一段关于新安商人道遇盗劫，客死异乡，其妻转嫁蒋兴哥的传闻。冯氏将此"传闻"坐实，直接写进正文，并借蒋兴哥之口感慨道："天理昭彰，好怕人也。"冯氏写县令向来艰子，在让蒋兴哥夫妻重圆后，升为京官，在京纳宠，连生三子，科第不绝。这段情节也是冯氏增写的。小说故事情节的发展无不从因果报应出发，受因果报应潜在逻辑影响，按照"因—果"的框架来结构故事，以人的所作所为推动情节的发展，使故事形成业因果报应的模式。因此，佛教的"因果报应"和"转世"观念的引进，使我国明清小说"在结构形式上具有了回环兜锁、圆如转环的特点，从而形成了明清小说特有的形式美感"[1]。

复次，"因果报应"观念作为一种结构形式，使明清小说取得了一定的时空自由，增加了小说的容量和表现力。小说是一种时间的艺术，叙事的艺术，特别是我国古代小说一般在叙事时间上采取连贯叙述，在叙事结构上采用以情节为结构中心，因而如何在有限的篇幅内表现尽可能长的时间跨度，以融进尽可能丰富的情节内容，便成了我国古代小说家所面临的一个重要问题。而将佛教的"因果报应"观念引进小说，就为古代小说家加大时间的跨度和情节的容量提供了一种很好的选择。因为"因果报应"是两世以上的生命历程，而且可以设置多重因果，这就使小说家在叙事时间上获得了相当的自由度。而时间的变化必然会带来空间的变化，由于超越了圣凡、生死的界限，人物的活动的时空就随之得到扩展。[2] 如《梼杌闲评》写明嘉靖年间，皇帝命朱工部治理淮河，有赤蛇现身欲效劳，却全族无辜被朱工部焚死，于是天庭命赤蛇与同族转生为魏忠贤一干人，以报前冤；朱工部及当时河工则转世为杨涟等人，结尾碧华元君解说沉冤，各有发落。作品社会背景广阔，人物经历复杂，涉及的场所由泰山庙、京师等几个有限地方扩大到由京师至湖广间的富室官衙、乡村僻壤、水陆闹市、深山野岭等，包括了中下层社会几乎所

---

① 孙逊《释道"转世""谪世"观念与中国古代小说结构》，《文学遗产》1997 年第 4 期。

② 杨明贵《论佛教文化对明清小说叙事模式的影响》，《四川文理学院学报》2010 年第 6 期。

有类型的人物。写出晚明这个封建末世的病态文化，诸如官场腐致，贪污受贿，构私枉法，草菅人命，世风日下，纵欲无度等等，可谓切中时弊，并具有辩证思维的优长，的确称得上"深极哀痛，血透纸背"①。这种思想内涵的揭露却是通过释道惩恶的大结构来实现的，小说虽然从神佛惩恶的因果入手，但在记魏忠贤的诸多大事件上均与历史事实相符，反映了明末宦官专权的黑暗政治局势。《醒世姻缘传》是部典型的以因果轮回报应故事作为小说叙事框架的长篇小说。小说分前后两个部分。前部分写狄希陈的前生晁源，相当于整部小说的五分之一，当然，前面的一些人物，如晁源之母等人，关于他们的叙述一直延续到小说的结尾。该部分写明朝时期山东纨绔子弟晁源，纵妾虐妻，逼死原配计氏；又猎杀仙狐，结下冤仇，种下恶因。最后因与佃户妻子通奸，被人杀死。后部分写晁源、计氏、珍哥和仙狐先后转世。晁源托生狄家，名希陈；仙狐托生薛家，名素姐；计氏托生北京童家，名寄姐；珍哥托生北京韩家，名珍珠。狄希陈、薛素姐由父母做主约为婚姻，后娶寄姐为妾，收珍珠为婢。于是冤家聚头，一系列复仇性的迫害开始了，素姐以世所罕见的方式虐待狄希陈，把他折磨得"三分像人，七分像鬼"，其妾寄姐亦是如此，并逼死婢女珍珠。狄希陈买官赴成都府上任，携寄姐同往，素姐听闻后前去寻夫，妻妾合力对付狄希陈，几欲令其丧命。幸得高僧救治和指点，乃悟两世姻缘，冤仇相报，于是吃斋念佛，终于福至祸消，高寿而终。可见，《醒世姻缘传》利用因果报应的叙事方法，勾连起前后近百年的时间，两世姻缘，拓展小说的情节发展空间，使笔锋得以触及当时中下层社会的方方面面。小说涉及了诸如权阉、京官、胥吏、幕宾、衙役、地主、秀才、农夫、商人、仆婢、医生、娼妓、僧道等多个阶层的人物，笔锋冷峻犀利，刻画人物性格入木三分。因果报应的结构模式增加了小说的容量和表现力，使作品结构形式上具有回环往复的特点，形成了我国古代小说特有的美感。

作为中国世俗化了的"因果报应"观念，在市民心理中，已成为普通大众的精神支柱，借果报观念来惩恶扬善，也成为普通大众推行道德观念，实现美好愿望的主要手段之一。小说的创作缘起、主要人物之间的关系及其最后归宿由果报关系构成，但是作者的主观意图并不是为果报思想张目。这种

---

① 参见关四平《〈梼杌闲评〉文化意蕴管窥》，《明清小说研究》2005 年第 3 期。

果报关系只是作者结构作品时的"借用",其重点仍在通过塑造人物形象反映社会现实,换言之,主导作者艺术思维的是现实的规律与小说的叙述逻辑。因此,宗教意味的因果报应有时与现实的因果关系可以并行不悖。在这种情况下,只要我们剥离其中的因果报应思想,同样能把握其中矛盾发展的规律。如《金瓶梅》和《红楼梦》。《金瓶梅》全书以"因果报应"观作为小说的线索展开叙事,以犀利的笔锋,正确而又血淋淋地剖析病态的社会。"艺术创作是一种再创造的过程,它往往超越了宗教设置下的樊篱,更多地向文学审美回归。"① 小说中的表现并不是千篇一律的,在有的作品中,因果报应只是附会上去的一种点缀,情节的主体自有其内在的现实规律。

从叙事层次来讲,因果报应的叙事模式有一因一果式、一因多果式、多因一果式、多因多果式、善恶因果交织在一起式(或一人种下善恶因,结下善恶果,或善恶因果对比式)等多种形式。一因一果式较为简单,在此不论。有的结构较为复杂,以多重因果、循环回报来结构故事。如《施润泽滩阙遇友》(《醒世恒言》第十八卷)就是多种善因结多种善果。小说写施复拾金不昧后,每年养蚕,大有利息。后因去洞庭山购买桑叶,上岸借火,不但躲过覆船之灾,而且巧遇原先失金者朱恩,买得桑叶。施复住在朱家时,因鸡提前鸣叫,救得性命,遂立誓戒杀。接着,施复为扩大生产,购买间壁邻家的两间小房,施复在修理时,掘出一坛银子,约有千金之数,后又在自家房子中挖出一大堆银子。自此生意兴隆,富冠一镇。《不乱坐怀终友托 力培正直抗权奸》(《型世言》卷二十)写主人公秦凤仪受朋友所托,坐怀不乱,送回窦员外之妾。窦感激秦凤仪,指点他上京应试,考中进士。秦凤仪上任途中遇贼劫船,饶恕劫船之强盗。秦凤仪去民风凶悍无人敢去的熟苗征粮,正遇船上释放之强盗,从而顺利完成征粮。秦凤仪得罪内阁,被上司百般难为,恰好新太府来,正是窦员外,又得窦员外护持方免受害。秦凤仪两次结下善缘,三次得到回报。

有的小说,则将善恶因果集于一人一身。如《文昌司怜才慢注禄籍》(《西湖二集》卷十六)中罗隐本"有半朝帝王之相",只因心生恶念,被削去禄籍。但自后一心忏悔,改行从善,感动神道,又慢慢注入禄籍。在罗隐身

---

① 詹石窗《道教数术与文艺》,文津出版社,1998年版,第188页。

上，发生过善念转恶、恶念转善两种行为，导致两种不同的报应。这样既强化了善恶报应的思想，又使行文曲折有致。而且，因果的转换通过梦中神道告知而完成，也强化了小说的真实性。

有些小说则将数条因、果线索交织在一起，构成了复杂的网状结构，容纳了更多的内容。如《吕大郎还金完骨肉》（《警世通言》第五卷）写主人公吕大郎拾金不昧，归还原主，结果在失主家找到了失散七年的儿子；吕大郎散金救助落水之人，不意落水者之中有自己的兄弟，并由此得知家中情形。相对于吕大郎的行善事得好报，故事中还安排了另外一个相对照的人物吕二郎，吕二郎因哥哥长时间离家，厌弃嫂嫂，准备卖掉嫂嫂，结果买者误将吕二郎之妻掳走。这个故事由吕大郎的二重因果及吕大郎和吕二郎的善恶因果对比结构而成。吕家兄弟两人不同的行为造成不同的结果，形成鲜明的对比，说明善恶报应的可信性。

在小说中，对于"因"和"果"的叙述，有的偏重于"因"，有的偏重于"果"。以"因"作为开头或楔子的小说，叙事重点在"果"，当然，有的小说将"因"放大，如《醒世姻缘传》《警世阴阳梦》等作品，小说家就将因果报应扩大成为小说情节的二元结构，使前因后果两部分充分展开，以强化因果报应思想的表现。但相对来说，"果"的篇幅仍大于"因"；有的小说叙事重点在"因"，如《金瓶梅》主要描写西门庆罪恶的一生，关于其"死亡"及其子孝哥为他赎罪的描写比较简略。甚至对于后来描写西门庆死后转生报应的"金瓶梅续书"系列来说，《金瓶梅》都是"因"，续书都是"果"。

然而，当因果框架成为一种稳定的模式，就变成了程序化、凝固化的东西，陷入僵化状态，失去了生命力，反而削弱了小说的表现力。如《王孺人离合团鱼梦》（《石点头》卷十）将夫妻二人的离合聚散归结为杀团鱼所导致的果报，劝诫人们杀生，在行善的主题下，极大地冲淡了小说的社会意义。《陈可常端阳仙化》（《警世通言》第七卷）中陈可常读书屡次不第，出家为僧，被郡王赏识，成为出入郡王府的内门僧。陈可常被诬与府中侍女有私情，吃官司发配回家。后真相大白，可常作辞世颂后圆寂。故事突出了僧人对于王府的依附，以僧人的无辜遭遇揭露了官府的黑暗。但是故事最后还是落入了因果报应的窠臼：对于陈可常的遭遇，故事结尾点明陈可常原是五百罗汉之一，因前世欠下宿债，今世特来偿还。这种结构明显削弱了故事的现实意义。

3.禅宗思想

自唐代开始，佛教中国化的步伐进一步加快，以至出现了完全中国化的佛教——禅宗。尤其是宋明时期，出现了所谓的"狂禅"，在社会上影响巨大。而一些小说，也通过人物形象的塑造，来体现这一思想。如《水浒》中的鲁智深，饮酒吃肉，杀人放火，不受任何约束而终成正果，这正是狂禅精神的典型体现。

第五十七回中，有首鲁智深的出场诗：

> 自从落发寓禅林，万里曾将壮士寻。
> 臂负千斤扛鼎力，天生一片杀人心。
> 欺佛祖，喝观音，戒刀禅杖冷森森。
> 不看经卷花和尚，酒肉沙门鲁智深。

第九十回，宋江和鲁智深来见智真长老，长老一见鲁智深便道："徒弟一去数年，杀人放火不易。"鲁智深默然无言。第一一九回，鲁智深杭州六合寺坐化前，作偈道：

> 平生不修善果，只爱杀人放火。
> 忽地顿开金绳，这里扯断玉锁。
> 咦！钱塘江上潮信来，今日方知我是我。

明代中后期的思想家李卓吾，从鲁智深故事中，读出狂禅精神及其怒放的生命。在容与堂本《水浒传》的批语里，他称鲁智深为"仁人、智人、勇人、圣人、神人、菩萨、罗汉、佛"，对他的使气任性赞不绝口："此回文字（指大闹五台山）分明是个成佛作祖图。若是那般闭眼合掌的和尚，绝无成佛之理，外面尽好看，佛性反无一些；如鲁智深吃酒打人，无所不为，无所不做，佛性反是完全的；所以最终成了正果。"在该回中，凡写到鲁智深狂喝酒、猛打人、骂和尚、吃狗肉、打折山亭、毁坏金刚、在佛殿中呕吐、在佛殿后撒尿拉屎等行为之处，李卓吾都在旁批上一个"佛"字，不下数十个。总之，他认为"率性不拘小节，是成佛作祖根基"，这正是狂禅精神的集中体现。

　　鲁智深从不信佛，他后来出家，全因形势所迫。做和尚后，不读经，不坐禅，甚至打烂佛像，污秽佛地，杀人放火，打抱不平，至死不知何为"圆寂"。但临死时，霍然顿悟，自证于心，自悟本性。在问明"圆寂"之义后，联想起智真长老的偈语，于是沐浴净身，大笑作偈而去。五台山上那班和尚，虽整日合掌念经，表面行为合乎佛教戒律，但毫无佛性，所以不能成佛；而鲁智深吃酒打人，但他行侠仗义，符合佛教的精神，佛性是完全的，所以终成正果。这与当时批判理学，反对"假道学"的社会思潮是一致的。

　　济公故事更是佛教禅宗的产物，尤以明代的《济颠禅师语录》《醉菩提》为代表，此后的济公小说，济公的形象则渐趋道学化。济公的故事宋元时期就在杭州的民间流传，历来杭州禅教发达，至宋室南渡更盛极一时。钱塘灵隐、净慈皆跻身禅院五大名山之列。出现于南宋且与天台、灵隐、净慈关系密切的济颠，就被塑造成禅宗思想的集中体现者。

　　《醉菩提》开头写道济（即济公）出家时，监寺教其坐禅，道济坚持不住，连连从禅床上跌下，头上跌起许多大疙瘩，又遭监寺责打，长老道："我前日原曾说过，出家容易还俗难。汝既已出家，岂有还俗之理？况坐禅乃僧家第一义，你为何不惯？"于是道济向长老诉说坐禅之苦，长老道"此非坐禅不妙，皆因你不识坐禅之妙，快去再坐，坐到妙方知其妙。"并答应今后就是坐不得法，监寺也不打他。道济称："就打几下还好挨，只是酒肉不见面，实难忍熬。"后来道济又向长老抱怨"自拜师之后，并未曾蒙我师指教一话头，半句偈语，实使弟子日坐在糊涂桶中，岂不闷杀！"

　　　长老道："此虽是汝进道猛勇，但觉得太性急了些。也罢！也罢！可近前来。"道济只道有甚话头吩咐，忙忙地走到面前，不防长老兜脸的一掌，打了一跌道："自家来处尚不醒悟，倒向老僧寻去路，且打你个没记性！"那道济在地下，将眼睁了两睁，把头点了两点。忽然爬将起来，并不开口，紧照着长老胸前一头撞去，竟将长老撞翻，跌下禅椅来，径自向外飞奔去了。长老高叫有贼、有贼。众僧听见长老叫喊，慌忙一齐走来问道："贼在那里？不知偷了些甚么东西？"长老道："并非是银钱，也不是物件偷去的，是那禅门大宝！"众僧道："偷去甚么大宝？是谁见了？"长老道："是老僧亲眼看见，不是别人，就是道济。"众僧道："既是道济，有何难处，待我等捉来，与长老取讨！"长老道："今日且休，待我明日自问他取讨罢。"众僧不知是何义理，大家恍恍惚惚的散去了。

　　却说这道济被长老一棒一喝，点醒了前因，不觉心地洒然，脱去下根，顿超上乘。

　　从这段描述看来，南宗提倡不习经义，不习禅定的观点十分明确，而且处处呈现出禅宗的机锋、棒喝与顿悟。在济公未出家之前，已描写到他同祇园长老的相互诘难以及后来赵太守伐松题诗，都活用了禅宗公案。

　　济公的行为，郁结着浓郁的禅意。所谓"极意佯狂，尽是通灵慧性；任情极戏，无非活泼禅机"。他无视佛教的清规戒律，"遇酒肉而不知戒，犯淫色而不知禁"。同鲁智深一样，一举一动皆是真性情的天机流露，"颠"是"真"的表现形式，其"真"之所以被世人理解为"颠"，正说明世情之伪之假。他嬉笑怒骂，恣情纵意，佯狂玩世，使"人第知颠之为颠"。《醉菩提》第四回，众僧欲将济颠逐出山门，远瞎堂长老则批曰："禅门广大岂不容一颠僧也。"大家认为长老护短，私下议论纷纷，不以为然。长老死后，济颠毫无戚容，反唱山歌。众人骂他不正经，劝他要为师傅争气。道济反问道："你见我那些儿不正经，要你们这般胡说？"众僧道："你是一个和尚，啰哩啰哩的唱山歌是正经幺？"济颠道："水声鸟语，皆有妙音，何况山歌。难道不唱山歌，念念经儿就算正经？"众僧道："你是个佛家弟子，与猴犬同群，小儿作队，也是正经幺？"济颠道："小儿全天机，狗子有佛性，不同他游戏，难道伴你们这班袈裟和尚胡混幺？"众僧见他说的都是"疯话"，便都不开口。济公的率真对虚伪的同侪来说是一种刺激，所以，以檀板头为首的灵隐诸僧才一再设计逐他出寺。但济公的行为却获得了社会的认可，馄饨王公、卖酒张公、卖药沈公、陈干娘、周画工、徐裱褙等下层人们，都得到过济公的帮助，喜欢济公的癫狂和诙谐。朝廷显宦们中，也不乏与济公交好者，他们或羡其道，或惊其才，或附庸风雅。济公集雅俗于一身，既喝酒大醉，呕吐狼藉，人前不穿内裤翻觔斗，又出口成章，下笔为文，倚马可待。他曾自供道："南屏山净慈寺书记僧道济，幼生宦室，长入空门。宿慧神通三昧，辩才本于一心，理参无上妙用不穷。云居罗汉惟有点头，秦州石佛自难夸口。卖响卜也吃得饭，打口鼓尽觅得钱。倔强赛过德州人，蹊跷压倒天下汉。尼姑寺里谈禅机，人人都笑我颠倒；娼妓家中说因果，我却自认疯狂。唱小词，声声般若；饮美酒，碗碗曹溪。坐不住禅床上，醉翻筋斗戒难持；钵盂内供养唇儿，袈裟荡子卢妇皆知。好酒颠僧，禅规打倒；圆融佛道，风流和尚。醉昏昏，偏有清闲；忙碌碌，向无拘束。欲加之罪，和尚易欺；但不犯法，官威难逼。请看佛面，稍动慈悲；拿出人心，从宽发落。今蒙取供，所供是实"。这是济公的"自画像"，也是小说中济公形象的全面概括，禅宗思想的集中体现。

在蒲松龄的《聊斋志异》中，也有不少表现禅宗思想的篇目。如《聊斋志异》卷一《画壁》写朱孝廉游佛寺，见壁上仙女像，注目神摇，不觉飘然而起，与画上美女缱绻，突遭一金甲使者惊吓，终觉万境皆空。篇末"异史氏"总结道："人有淫心，是生亵境；人有亵心，是生怖境。"卷三《丐僧》述济南某僧，每日于芙蓉、明湖诸馆诵经抄募，但不接受钱粮。有人问："师既不茹荤酒，当募山村僻巷中，何日日往来于膻闹之场？"僧合目讽诵若不闻。屡问之，僧厉声曰："要如此化！"后僧死，尸解成仙。《无相颂》云："佛法在世间，不离世间觉，离世觅菩提，恰如求兔角！"禅宗提倡即事修行，不离世俗，入世即出世，"运水搬柴，无非妙道"，要求在日常生活中发现超越意义，实现理想精神境界。显然，丐僧正是这种修持方式的实践者。作者有时还把禅宗顿悟与人们的现实生活结合起来。卷六《冷生》中冷生起初不通一经，但自入禅门顿悟后，下笔为文，疾如风雨。卷八《吕无病》中王天官之女悍名远播，后来忽幡然悔悟，断指表明心迹，永绝"嗔痴嫉妒"之心。卷十一《乐仲》中乐仲，嗜饮善啖，离异后，行益不羁，常与奴仆娼伶辈一起饮酒作乐。有人告贷，随意给之。后来想去南海朝拜菩萨，恰好邻村有个香社，也去南海朝佛。乐仲即卖田十亩，带着资费请求同去，香社的人嫌其不洁，皆拒绝同行。于是乐仲跟在他们后面行走，途中肉酒荤蒜不戒，众人更厌恶他，趁其酒醉睡去，偷偷离去。乐仲只得独行，走到福建，遇见名妓琼华，结伴而行。两人虽寝食与共，但毫无所私。及至南海，香社中人见他与妓女同来，益加嘲笑，不屑与他一起朝拜。乐仲与琼华知道他们看不起自己，于是等他们拜完后再拜。众人拜时，一无现示。但二人拜时，方投地，忽见遍海皆莲花，花上璎珞垂珠；琼华见为菩萨，乐仲见花朵上皆其亡母。

一日大醉，乐仲急唤琼华，琼华艳妆而出，乐仲睨之良久，大喜，蹈舞若狂，曰："吾悟矣！"于是酒醒，觉世界光明，所居庐舍尽为琼楼玉宇，久久才消失。从此不到市上饮酒，只是天天与琼华一起饮。作者最后评论道："断荤远室，佛之似也。烂漫天真，佛之真也。乐仲对丽人，直视之为香洁道伴，不作温柔乡观也。寝处三十年，若有情，若无情，此为菩萨真面目，世中人乌得而测之哉！"可见，作者否定佛之"似"，而肯定佛之"真"。乐仲虽饮酒吃肉，与妓女同处一室，但他天真烂漫，心如霁月风光，施与助人。这才是真正的佛教精神。这篇小说的主题指向并不脱离人情，然而其题材取向则须借助禅学思致所衍生的理想画面作为感召，从而达到现实人生的完满结局。情节逻辑的承转都是凭借富有禅趣的艺术场景来实现的，世俗现状与宗教理想相映成文、相涉成趣，共同迸发出亦真亦幻的艺术光彩。

4. 色空及修行观念

佛教万境皆空，人生如梦的思想，对小说家的思想及其创作也产生了深刻的影响。《心经》云："观自在菩萨，行深般若波罗蜜多时，照见五蕴皆空，度一切苦厄。舍利子，色不异空，空不异色；色即是空，空即是色。"贾宝玉原型是女娲氏炼石补天时，弃置不用、丢于青埂峰下的一块石头。谁知此石自经锻炼之后，灵性已通，因见众石俱得补天，独自己无材不堪入选，遂自怨自叹，日夜悲号惭愧。一日，正当嗟悼之际，见　僧一道来至峰下，坐于石边高谈快论，其中说到红尘中荣华富贵；此石听了，不觉打动凡心，也想要到人间去享一享这荣华富贵，于是请求一僧一道带入红尘，在那富贵场中，温柔乡里受享几年，二仙师听毕，齐憨笑道："善哉，善哉！那红尘中有却有些乐事，但不能永远依恃，况又有'美中不足，好事多磨'八个字紧相连属，瞬息间则又乐极悲生，人非物换，究竟是到头一梦，万境归空，倒不如不去的好。"但这石凡心已炽，哪里听得进这话去，复苦求再四。二仙知不可强制，那僧便念咒书符，大展幻术，将一块大石登时变成一块鲜明莹洁的美玉，携于昌明隆盛之邦，诗礼簪缨之族，花柳繁华地，温柔富贵乡去安身乐业。石头听了，喜不能禁。后来，这块石头幻形入世，投胎为贾宝玉，在人世经历悲欢离合、世态炎凉，发现人世繁华、赏心乐事转眼成空，最终悬崖撒手，回归大荒山无稽崖青埂峰下。不知过了几世几劫，有个空空道人访道求仙，忽从这大荒山无稽崖青埂峰下经过，忽见一大块石上字迹分明，编述历历。于是从头至尾抄录回来，问世传奇。从此空空道人因空见色，由色生情，传情入色，自色悟空，遂易名为情僧，改《石头记》为《情僧录》。显然，《红楼梦》这部小说主要演绎佛教因空见色，因色悟空的主旨。当然，作者在这个框架之中，融入了深广的社会、政治、人生等内容。

对于《西游记》的主题，学术界争议颇多。鲁迅在《中国小说的历史的变迁》中说："如果我们一定要问他的大旨，则我觉得明人谢肇淛说的'《西游记》……以猿为心之神，以猪为意之驰，其始之放纵，至死靡他，该亦求放心之喻'这几句话，已经很足以说尽了。"即《西游记》表现得就是佛道心性修炼的主题。"悟空"之"悟"就是"吾心"。在这部小说中，唐僧取经是西游故事的源头，而《心经》则从这个源头起就跟西游故事结下了不解之缘。《心经》曾助成玄奘的取经事业，也在他的后半生中占有相当的分量。孙悟空从追求空间自由到时间自由最后到心灵自由的过程，形象地诠释了佛教的修行观念。花果山的猴子们每天过着"不伏麒麟辖，不伏凤凰管，又不伏人间王位所拘束，自由自在"的幸福生活，但猴王一天忽然忧从心来，念道："今日虽不归人王法律，不惧禽兽威服，将来年老血衰，暗中有阎王老子管着，一旦身亡，可不枉生世界之中，不得久住天人之内？"于是外出寻仙访道，在须菩提祖师那儿学得七十二变化，可以上天入地，随意变化，突破了空间及人的形体对人的限制。后来又勾除阎王生死簿上自己的名字，自此躲过轮回，不生不灭，与天地山川齐寿，超越了时间对人的束缚。于是，孙悟空的欲望越来越大，先是做了弼马温，后来嫌官小，又要做齐天大圣，"官封弼马心何足，名注齐天意未宁"，为了满足自己的欲望，大闹天宫。这是隐喻放心。但还是不能翻过佛祖的五指山，被压于五行山下，这是隐喻定心。最后跟随三藏西天取经，修成正果，这是隐喻修心。悟空保护唐僧西天取经路上首先除灭的就是"六贼"，佛家认为色声香味触法六尘，以眼耳鼻舌身意六根为媒，自劫家宝，故喻之为贼。有道之士，修行之始就要做到眼不视色，耳不听声，鼻不嗅香，舌不味味，身离细滑，意不妄念，以避六贼。所谓"心猿归正，六贼无踪"（第十四回）。取经路上唐僧四众遇到的种种妖魔鬼怪都是一种宗教喻意，是对他们的考验，包括色相、财货、意志等。所谓心生，则种种魔生；心灭，则种种魔灭。而猿、猪、马等，也都是一种宗教指喻，"猿猴道体配人心，心即猿猴意思深。马猿合作心和意，紧缚牢拴莫外寻"。悟空说："只要你见性志诚，念念回首处，即是灵山。"他讲解乌巢禅师的《多心经》时引四句颂子道："佛在灵山莫远求，灵山只在汝心头。人人有个灵山塔，好向灵山塔下修。"所以"千经万典，也只是修心"紧箍咒象征着世相对心的束缚，悟空修行成功后，紧箍就自然脱落。所以李贽指出：修心，"一部《西游》，此是宗旨"。

第四节　佛经与小说的体制

佛教传入中土之初，小说作者对佛经故事的接受，最初表现为题材的移植、改写及模仿，然而，汉魏六朝小说与佛教的交涉，尚处于容受阶段。小说作者转述和改写佛经故事，或采用移植翻版的手法，基本保留原有的故事情节和构架，仅将故事中的人物、环境本土化；或是在佛经故事流传的基础上，情节枝蔓有所删减，但故事结构及主要情节仍沿袭佛经故事。一般采用陈述性的语言，叙述故事的梗概，情节较为简单，篇幅不长。这是小说对佛经接受的初级阶段，其后，佛经的叙事形式开始对小说的形式产生影响。

汉译佛经偈散结合，"偈"的梵文原意为诗或颂，在散文叙述之后，再用偈子将散说的内容概说一遍，两者内容相同。偈颂可以歌唱，是佛经不可或缺的组成部分，佛典无论是按照九分教还是十二部经的分法，都包括祇夜与伽陀这两类经文。祇夜又称应颂、重颂，是以偈的形式将前面散说的内容重申一遍；伽陀又称讽颂、孤起颂，是宣说散说内容之外的偈颂。祇夜与伽陀，实际上是佛经偈散结合的两种方式。佛经中的偈，句式整齐，但不押韵，或用于说理，或用于抒情。汉译佛经不但对中国古代小说由抒情向叙事、由写实向虚构的演变有极大的促进作用，而且对古代小说的结构形成也具有积极的启示意义。

一、变文与佛经

佛经被译成汉文时，由于梵汉语言不同，天竺佛教咏经唱颂的呗匿

（pathaka）不适合于汉声。南朝梁释慧皎《高僧传》卷十三《经师》中"论曰"：

> 自大教东流，乃译文者众，而传声盖寡。良由梵音重复，汉语
> 单奇。若用梵音以咏汉语，则声繁而偈迫；若用汉曲以咏梵文，则
> 韵短而辞长。是故金言有译，梵响无授。

由此便产生了汉化的赞呗（歌赞）和转读（咏经），精于此者即为"经师"。此后于东晋、南朝之际，又产生了"宣唱法理，开导众心"的"唱导"。《高僧传》卷十三《唱导》"论曰"：

> 昔佛法初传，于时齐集，止宣唱佛名，依文致礼。至中宵疲极，
> 事资启悟，乃别请宿德，升座说法。或杂序因缘，或傍引譬喻。其
> 后庐山释慧远，道业贞华，风才秀发。每至斋集，辄自升高座，躬
> 为导首。先明三世因果，却辩一斋大意。后代传受，遂承永则。

唱导师的要求很高，须具备"声、辩、才、博"的能力，能即兴创作、随缘发挥，"若为君王长者，则须兼引俗典，绮综成辞；若为悠悠凡庶，则须指事造形，直谈闻见；若为山民野处，则须近局言辞，陈斥罪目。凡此变态，与事而兴，可谓知时众，又能善说"[①]。可见，唱导不是简单地解释佛经，而是即兴创作和表演，"谈无常""语地狱""征昔因""核当果""谈怡乐""叙哀戚"，总之，以可歌可泣、感人肺腑的故事或寓言来打动观众，使"阖众倾心，举堂恻怆。五体输席，碎首陈哀。各各弹指，人人唱佛"[②]。唱导的唱辞有些是承传下来的，有些则是应时编成的，所谓"言无预撰，发响成制"。于是，在当时的斋集法会中，便出现经师转经歌赞，导师讲唱因缘的形式。南北朝之末，各地佛教僧团为了争取信众，并适应民间斋会法事之请，将转读同唱导合而为一，称作"唱读"。在此基础上，唐代初年又出现了面向俗众讲经说法的"俗讲"。

---

① 《高僧传》卷十三《唱导论》，《高僧传合集》，上海古籍出版社，1991年版，第95页。
② 《高僧传》卷十三《唱导论》，《高僧传合集》，第95页。

俗讲由都讲、法师、梵呗等人协作进行。俗讲开始，一般先由梵呗"作梵"，即唱颂赞呗；或"说押座"，即镇压听众，使能安静听讲。"押座文"多为七言诗赞，内容与后面所讲之经内容不一定相同。接着开题，由法师讲解经题；法师正式开讲之前，往往有一段"开赞"，即"先表圣贤，后谈帝德"，再颂府主和座下听众；开讲经文时，先由都讲诵经数句，后由法师逐句讲解。法师的说解，一般是一段白文（散文）加一段唱词（韵文）。韵文（唱词）是以七言为主的叙事性偈（诗）赞体，配合梵呗乐调歌唱。说与唱的内容，具有重复、承接、渲染等情况；唱词的末尾均有提示都讲转经的话，如"是何名字唱将来""重宣偈诵唱将来"。如此循环往复，最后以一段"解座文"结束，其间还夹杂一些其它仪式。周绍良提出，讲经结束时尚有"解座文"，"是为结束一般讲经而吟唱的诗句，他或者是向听众劝募布施，或嘱其明日早来继续听经，甚或有调侃听众莫迟返家门，以致妻子（阿婆）生气怪罪"，并指出《敦煌变文集》所收《无常经讲经文》，即《解座文录钞》。据这些解座文的文义，似应放在"回向发愿"之后，即所谓"取散"。①

由于俗讲是由六朝以来的赞呗、转读和唱导发展而来，所以它的说唱音乐主要使用传统的赞呗，在现存俗讲文本中，有的在唱词中即以"平""侧""断"等音曲符号标出；同时，它又吸收当时流行音乐中的曲子。

俗讲的内容原为佛经故事，是释家弟子宣教辅教的一种手段，由于面对的听众文化层次参差不齐，僧徒有意选取佛典中那些具有神异色彩和譬喻意义的情节，加以发挥、敷衍，演变成一种民间文学而形成变文。变文也采用了与佛经极为相似的叙事体制，即在散文中穿插着偈语。向达说："俗文变文之类大约模仿佛经的体裁，散文即是佛经中的长行，韵语即是佛经中的偈。"②周叔迦道："佛经的体裁既然是长行与重韵，自然在变文中也是散文与韵语兼用，而说唱同时了。"③变文的散文句式，主要以四言为主，或是在四言基础上的六言、八言，与汉译佛典的句式构成基本相同。韵文则主要由五言和七言，

---

① 《敦煌文学作品选》代序，中华书局，1987 版，第 23 页。

② 向达《论唐代佛曲》，周绍良、白化文编《敦煌变文论文录》，上海古籍出版社，1982 年版，第 25 页。

③ 周叔迦《漫谈变文的起源》，周绍良、白化文编《敦煌变文论文录》，第 254 页。

间或有三言和六言，佛经中的偈颂一般以四言、五言、七言居多。

变文内容不但有佛经故事，还有历史故事、民间传说等，对后代的诸宫调、宝卷、鼓词、弹词等讲唱文学和杂剧、南戏等戏曲文学，有很大的影响。六十年前郑振铎在《中国俗文学史》中提出了一个假说：当"变文"在宋初被禁令所消灭时，供佛的庙宇再不能够讲唱故事了。……但和尚们也不甘示弱。大约在过了一些时候，和尚们讲唱故事的禁令较宽了吧（但在庙宇里还是不能开讲），于是和尚们也便出现于瓦子的讲唱场中了。这时有所谓"说经"的，有所谓"说诨经"的，有所谓"说参请"的，均是佛门子弟们为之。

这里所谓"谈经"等，便是讲唱"变文"的一种形式，宋代的这些作品，今均未见只字，无从引证，但后来的"宝卷"，实即"变文"的嫡派子孙，也即"谈经"等的别名。①

"说经""说参请"最早的记录见于南宋端平二年（1235）灌园耐得翁之《都城纪胜》："说经，谓演说佛书。说参请，谓宾主参禅悟道等事。"②南宋末年吴自牧《梦粱录》卷十九"小说讲经史"的记录，承袭《都城纪胜》《西湖老人繁胜录》的说法，但增加了"说诨经"一项："谈经者，谓演说佛书；说参请者，谓宾主参禅悟道等事。有宝庵、管庵、喜然和尚等。又有说诨经者，戴忻庵。"③《都城纪胜》等也谓说经是"演说佛书"。但在这里，"佛书"是一个模糊的概念，可能是瓦舍艺人选取某些与佛教有关的故事，胡乱敷衍，以取悦听众，冒名佛家"讲经"是为招徕观众。因而继之出现了以插科打诨标榜、语涉淫秽的"诨经"。至于"说参请"，研究者认为是借佛教禅堂说法问难的形式，以诙谐谑浪、滑稽可笑的语言，表现说话人的"舌辩"才能。

总之，变文和话本都是从佛经叙事体制承袭演变而来。变文韵散结合，散文主要用于叙事，韵文用于概括散文部分内容，或反映文中人物心理活动、情感状态、描写景物和人物、叙述情节、事件，而且变文中的韵语常用偈子。陈寅恪《敦煌本〈维摩诘经·文殊师利问疾品演义〉跋》云："案佛典体裁长行与偈颂相间，演说经义自然仿效之，故为散文与诗歌互用之体。后世衍变

---

① 郑振铎《中国俗文学史》，下册，第306、307页。
② 孟元老《东京梦华录（外四种）》，中华书局，1962版，第98页。
③ 孟元老《东京梦华录（外四种）》，第313页。

既久，其散文体中偶杂以诗歌者，遂成今日章回体小说。其保存原式仍用散文诗歌合体者，则为今日之弹词。……然《古杭梦余录》《武林旧事》等书中本有说经旧名，即演说经义，或与经义相关诸平活之谓。……今取此篇与鸠摩罗什译《维摩诘所说经》原文互勘之，益可推见演义小说文体原始之形式，及其嬗变之流别，故为中国文学史绝佳资料。"[1] 陈氏认为佛经是中国文学史的绝佳资料，并清晰地描绘出佛经影响中国文学的轨迹，即佛经—俗讲—诗文—章回小说—弹词。

二、唐传奇与佛经

吴海勇经过研究，总结出佛经中的偈颂具有代言、写心、叙事、描状、引证、转承、评论等功能。并对偈颂的这七种功能进行了详细分析。引证偈颂诸如"如偈所说"等字句领起，接近明清演义小说中的"以诗为证"，往往有助于文势的转承组接。小说继承了这些艺术功能，并进一步发展。唐传奇的叙事，已有模拟佛经偈颂的痕迹，唐人的部分传奇用诗，诗情已渗入抒写的文字之间。[2] 唐传奇中的韵文，较之佛经中的偈颂具有更丰富的功能。有的诗作具有代言或写心的功能，如《飞烟传》（出《三水小牍》）中步飞烟和邻居赵象相爱，两人以诗传情。有的诗作对小说叙事起着推动作用，如《郑德璘》（出《传奇》）中秀才希周所作之诗，阴差阳错地成为郑德璘与韦氏之间的良媒，而郑德璘所作《吊江姝诗二首》又无意之中使韦氏死而复生。有的诗作不但代言，还成为小说中必不可少的叙述单位，在文中承担着推动故事情节发展的特殊作用，如《游仙窟》中人物对话皆由酒令诗来完成，男女主人公以诗歌答问，而故事的情节也在这一唱一答中，不断向前推进。有的诗作则具有渲染气氛的作用，如《湘中怨解》中汜人作《风光词》，使全文笼罩在一种朦胧缥缈、瑰丽奇诡的氛围中。还有的小说，以诗歌写景，如《陈季卿》（出《纂异记》）中书生陈季卿归乡途中所作诗，以诗写眼前所见之景

---

① 陈寅恪《敦煌本〈维摩诘经·文殊师利问疾品演义〉跋》，《历史语言研究所集刊》第二本第一分。

② 刘开荣《唐代小说研究》，商务印书馆，1956年版，第39页。

物。有的诗还有转承、评论的功能，如《陶岘》（出《甘泽谣》）文末引"事者"所为之《饮中八仙歌》，盛赞焦遂，表现了作者个人的主观评判。《绿翘》（出《三水小牍》）结尾引"狱中诗句"，表达了作者的主观感受，兼具评论功能。而在《南柯太守传》《东城老父传》《长恨歌传》等小说中，作者或在结尾，或在文中引用诗歌生发议论。这种议论语言简洁，极具艺术性，具有较强的概括力。[①]后来更发展为明清演义中的"以诗为证"。

的确，唐代文言小说的叙事结构受到佛经的影响。梅维恒说：唐代"在小说的流传和写作方式上发生了一些重要的变化。可以得到证明的一些最重要的变化（韵散结合的形式、大量的铺陈、不再宣称故事本身是一些可在历史上得到证实的事实的记录，等等），都起因于佛教的大量渗透和印度文化的传入"[②]。李骞《唐"话本"初探》认为：《游仙窟》《柳毅传》等作品的形式，乃是对唐话本的模仿。[③]赖永海认为：唐传奇诗文合体的叙述方式，受到变文韵散结合的体式影响。唐初小说虽也有诗文结合的，但诗与文之间缺乏有机联系和完整的结构。[④]王庆菽认为：中唐时，作家始将诗文混合而为一结构的短篇小说，尤其是长篇叙事诗，首尾连贯，结构谨严，唐以前未见，也与初唐的《游仙窟》等不同，而与《太子成道变文》《目连救母变文》的写作方法有相同之处。[⑤]可见，唐传奇和变文都受到佛经结构的影响，而唐传奇也受到变文的影响。

唐传奇不但以韵散结合的形式进行叙事，而且以韵散结合的形式叙述同一题材的故事，如以李杨情事为题材的白居易《长恨歌》诗和陈鸿《长恨歌传》小说，据《长恨歌传》末段云，白居易完成《长恨歌》后，"使鸿传焉"，两者在内容上完全相同，刘开荣、王庆菽都认为是受到佛教文学和变文的影

---

①　吴海勇《中古汉译佛经叙事文学研究》，学苑出版社，2004 年版，第 399、408 页。

②　梅维恒著，杨继东、陈引驰译《唐代变文》，香港中国佛教文化出版社有限公司，1999 年版，第 201 页。

③　李骞《唐"话本"初探》，《辽宁大学学报》1995 年第 2 期，周绍良、白化文编《敦煌变文论文录》，上海古籍出版社，1982 年版，第 807 页。

④　赖永海《中国佛教文化论》，中国人民大学出版社，2007 年版，第 307 页。

⑤　王庆菽《试论"变文"的产生和影响》，周绍良、白化文编《敦煌变文论文录》第 267 页。

响。①白行简《李娃传》与元稹《李娃行》，白行简《崔徽传》与元稹《崔徽歌》，白居易《任氏行》与沈既济《任氏传》，无名氏《霍小玉歌》与蒋防《霍小玉传》，李绅《莺莺歌》与元稹《莺莺传》等，皆是如此。

可见，从汉译佛经到变文、俗讲、说经，"偈""散"之间关系变得更为丰富和多元。

三、白话小说与佛经

汉译佛经和变文等的叙事形式，对在说话基础上发展起来的白话通俗小说同样有深刻的影响，形成了宋元话本习用诗词、套语的模式化叙事程序。梁启超认为："我国自《搜神记》以下一派之小说，不能谓与《大庄严经论》一类之书无因缘，而近代一二巨制《水浒》《红楼》之流，其结体用笔，受《华严》《涅槃》之影响者实甚多。"②然而，话本小说之体例格式，实秉承俗讲、变文之精髓为多。陈寅恪亦曾论及俗讲变文与章回小说文体之关系，他说："观近年发现之敦煌卷子中如《维摩诘经文殊问疾品演义》诸书，益知宋代说经与近世弹词章回体小说等多出于一源，而佛教经典之体裁与后来小说文学盖有直接关系""案佛典制裁长行与偈颂相间，演说经义自然仿效之，故为散文与诗歌互用之体。后世衍变既久，其散文体中偶杂以诗歌者，遂成今日章回休小说"。③俗讲变文对章回小说文体之影响颇为全面，如以押座文开讲、以解座文结束的讲经程序影响到章回小说以诗起、以诗结的结构体制，"散文与诗歌互用"的说唱方式影响到章回小说韵散交错的语体模式，"变文"与"变相"相结合的表演形式影响到章回小说的插图。《醉翁谈录·小说开辟》中说：说话艺人"曰（白）得词，念得诗，说得话，使得砌"。其中"说"就是散说，"曰""白""念"可能是诵。此外还有"唱"，如《刎颈鸳鸯会》中每一段落之后，有"奉劳歌伴，先听格律，后听芜词"，或"奉劳歌

---

① 刘开荣《唐代小说研究》，商务印书馆，1956年版，第40页；王庆菽《试论"变文"的产生和影响》，周绍良、白化文编《敦煌变文论文录》，第267页。

② 梁启超《佛学研究十八篇》，上海古籍出版社，2001年版，第200页。

③ 陈寅恪《〈须达起精舍因缘曲〉跋》，周绍良、白化文编《敦煌变文论文录》，上海古籍出版社，1982年版，第493页。

伴，再和前声"的话，接下去也有韵语一段，说明说中夹唱。早期话本，与俗讲的形式最为接近，如《快嘴李翠莲记》《拗相公》韵散组合，以韵文刻画人物，叙述故事情节，《刎颈鸳鸯会》则有伴唱。稍后的宋元话本，需要唱的是极少数，"说""诵"相间成为宋元说话的主要方式。"有诗（词）为证"相当于唐变文中的引导语，如"偈曰""诗曰""吟曰"等，后来又简化为"正是"。

话本小说由入话、正话、篇尾诗词三部分组成，其体例明显受到佛经、变文和俗讲的影响。入话一般由诗词开篇，相当于俗讲中的"作梵""说押座"，入话中的"得（德）胜头回"类似于俗讲中的"开赞"。有些章回小说的每回开头，也采用这种形式，如《续金瓶梅》等。两者功能也相同。郑振铎说："我们就说书先生的实际情形一观看，便知它不能不预备好一段或短或长的'入话'，以为开场之用。一来是，借此以迁延正文开讲的时间，免得后至的听众，从中途听起，摸不着头脑；再者，'入话'多用诗词，也许实际上便是用来'弹唱'以肃静场面怡娱听众的。"[①] 其后，入话演变为楔子，韵文成为故事叙事的一部分，不再是演唱的，而是阅读的。

话本小说和章回小说的结尾，一般使用诗词，总结全篇，点明题旨，也有只点明题目的，如《洛阳三怪记》结尾说："话名叫作《洛阳三怪记》。"还有交代故事来源的，如《陈巡检梅岭失妻记》："虽为《翰府名谈》，编作今时佳话。"有的还保留着表演时的痕迹，如《合同文字记》最后有"话本说彻，权作散场"之语，此语还见于《简帖僧》《陈巡检梅岭失妻记》等话本。这部分相当于俗讲结束时的"解座文"。汉译佛经也有以偈结束的，如晋法炬、法立译《法句譬喻经》，先举譬喻故事，再以《法句经》中的一偈或数偈来总结这些故事，而话本小说和章回小说的每回结尾，有许多是四句或二句诗。

在话本小说中，韵文诗词、骈文、偶句、唱词等，其功能与偈颂相同，则主要用来描状、评论和调整叙述节奏。

第一，调节叙事节奏。可以是提起下文，可以是某一转折，可以是总

---

① 郑振铎《明清二代的平话集》，《中国文学研究》，人民文学出版社，2000年版，第332页。

结，更多是故事进行中对某事的慨叹。如《陈巡检梅岭失妻记》云："陈辛见妻如此说，心下稍宽。正是：青龙与白虎同行，吉凶事全然未保。天高寂没声，苍苍无处寻；万般皆是命，半点不由人。"这段韵语只是提起下文，为下面陈巡检失妻之事预先制造一下气氛。《风月瑞仙亭》云："卓员外住下，待司马长卿音信，正是：眼望旌节旗，耳听好消息。"司马相如一直贫困潦倒，得到皇帝赏识后被任命为官，所以这两段韵语就是表现他的命运的转折的。

第二，描写人物。首先是对人物外貌的描写，如《简贴和尚》中除了对故事中的主要人物简贴和尚进行韵语描写外，对小婢女迎儿，对姑姑，甚至对审案的钱大尹，都有韵语咏诵。其文云：看着迎儿生得：短胳膊，琵琶腿；劈得柴，打得水；会吃饭，能屙屎。……看这罪人时：面长鞍轮骨，胲生渗癞腮；有如行病鬼，到处降人灾。……恰是一个婆婆，生得：眉分两道雪，鬓挽一窝丝。眼昏一似秋水微浑，发白不若楚山云淡。……见入来的人：粗眉毛，大眼睛，……"其次是对人物情绪、命运、手艺等方面的评赞。如《简贴僧》中写皇甫殿直发怒："当阳桥上张飞勇，一喝曹公百万兵。"《洛阳三怪记》写潘松受惊吓："分开八片顶阳骨，倾下半桶冰雪水。"《碾玉观音》中咏秀秀的手艺："深闺小院日初长，娇女绮罗裳。不做东君造化，金针刺绣群芳。斜枝嫩叶包开蕊，唯只欠馨香。曾问园林深处，引教蝶乱蜂狂。"

第三，描绘景物。包括湖泊河流、春夏秋冬、清晨黄昏、亭台楼阁、风花雪月、酒席筵会、男女欢会等等。《西湖三塔记》《洛阳三怪记》《碾玉观音》《西山一窟鬼》《陈巡检失妻记》《西湖三塔记》《风月瑞仙亭》等话本小说中，都有大量的诗词韵语。

第四，描写男女欢会。如《五戒禅师私红莲记》《洛阳三怪记》等小说中，都以韵语描写男女欢会。在佛经中，就有将难以启齿之内容以偈表达的习惯，如《摩诃僧祇律》卷五"明僧残戒之一"记嵩渠女乐修梵志行，不愿出嫁，一日为父送饭，父起欲心，触其私处，女涕泣而往，接着写父女以偈对话。①

话本小说中的这些诗词韵语的运用，大大增强了小说的艺术表现力，当

①《大正藏》第22册，第279下。

然也包括说书艺人以此表现自己博学的目的。这些韵语，除了引用一些名家的诗词外，还有一些生活中常用的套语，如"猪羊走屠宰之家，一脚脚来寻死路""分开八片顶阳骨，倾下半桶冰雪来"之类。

第三章　道教文化与古代小说

第一节　概　论

　　道教是中国土生土长的宗教，内容庞杂，思想繁复，"包罗万象，贯彻九流"，继承和吸纳了多种文化资源，对中国古代社会的众多领域都产生过广泛而深远的影响。

　　汉魏时期是道教的创始期。汉熹平二年（173），张陵在蜀中创立五斗米道，不久传至北方，其后再从中原和巴蜀地区传入江南，江南地区出现了太平道的支派于君道、帛家道和五斗米道的支派李家道、清水道等。魏晋南北朝，道教逐渐走向成熟、定型。这一时期，道教经过分化与改革，从早期那种比较原始的状态发展为有相对完整的经典、教义、戒律、科仪和教会组织的成熟宗教，并由早期民间宗教团体逐渐转变为官方承认的正统宗教。在北方，随着五斗米道在门阀士族中的逐渐传播，其地位日隆，人们逐渐改称五斗米道为天师道。在南方，东晋时期的葛洪（283—363）著《抱朴子》一书，首次将丹鼎、符箓和多种方术融为一炉，进行了比较系统的理论阐述，充实和发展了神仙道教的学说，促使道教转向以追求长生成仙为最高目标，标志着金丹道教神仙理论体系的确立。上清派由魏华存（252—334）创始，杨羲（330—387）、许氏父子共同完成；灵宝派由葛巢甫（葛洪的族孙）所创；三皇派由西晋鲍靓传《三皇文》至东晋而显于世的。南北朝时期（420—589），寇谦之（365—448）对北方天师道进行改革，"除去三张伪法，租米钱税及男女合气之术"，使道教"专以礼度为首，而加之以服食闭炼"。南朝刘宋时，庐山道士陆修静（406—477）对南方的天师道进行了改革。在总结自天师道以来原有的各种斋仪的基础上，进一步完善了道教的斋醮仪范，以适应道教发展的需要，还就组织制度方面对天师道提出了一套较完整方案。稍后，南朝齐、梁时道教学者、炼丹家、医药学家陶弘景（456—536），对以前流行于南方的葛洪金丹道教、杨羲的上清经箓道教及陆修静的南天师道，又进一步总结、充实和改革，开创了茅山宗，建立了较为系统、完善的神仙信仰体系。东晋前后的仙道类小说都与这些道派有密切的关系，仙真传记如葛洪的《神仙传》《紫阳真人周君内传》《茅三君传》《苏君传》《清灵真人裴君传》《清虚王君传》《南真传》《汉武内传》等都可视为小说。

从汉末到南北朝时期，道教与小说的关系，主要体现在下列几个方面：

第一，道经的造作采用小说的艺术手法。有关道经的制作、出世和传承过程及灵验效应，还有神仙、道士的纪传等，都广泛采用了小说的叙事手法，以致后世被归为小说一类。葛洪的《神仙传》在《抱朴子内篇》的指导下编撰而成，因而自成体系，用"真实"的故事诠释道法理论。茅山派的杨、许等人则以降笔的方式记录仙真的诰语，经刘宋时的顾欢、梁陶弘景等相继编撰，以《真诰》之名传世，其中有明晰的洞天福地说和众多的仙真传记资料，成为六朝末见素子编撰《洞仙传》的基本理念与素材。上清派的仙真传记，包含着多种资料来源，既有道派常见的降笔手法，也有从各地搜罗来的道书，并将访求经过以神秘的方式叙述，或将道书中的神秘说法加以转述。综合多种不同的素材，再置于一个固定的叙述模式中，就成为仙真传记。

东晋时期，由于各种天灾人祸盛行，灵宝派借此机会，造构道经，预言或解说灾祸，提供消除灾祸的办法，以满足社会的需求。如《汉武内传》《十洲记》等，都或许与王灵期之类的人有关。《汉武内传》巧妙地以当时杂史中常见的汉武传说，又融合杂传体的方式，将多种道经分别按照情节，列置于王母降见汉武的框架中。《十洲记》更是直接取材于纬书河图类的地理说，参合方术图籍的博物知识，作为基本素材，将其安置于真形图说中，形成道教地理书，为神秘的宗教舆图说。后来的道教的仙境说即在此基础上发展而来。[①]道教的仙真传说和舆图说，开创后来道教传记体小说和地理博物小说。

---

① 李丰楙《六朝隋唐仙道类小说研究》，台湾学生书局，1997年版，第4—6页。

第二，道经的叙事方式对小说产生影响。在上清派的道经中，对仙真形象的描写相当细致生动，既极力美化神仙形象以吸引信众，又帮助存思者对存想的神产生具象的影像。对神仙的形貌和出场，道经常常是精雕细刻，极尽渲染烘托之能事，使用富于想象力的华丽辞藻来反复描写存思对象的庄严、尊贵、美妙。对所存之神的身长、衣冠、居所、随从和仪仗等，进行非常细致的描写和渲染，这种繁丽的描写出现在古代小说创作的初始阶段，应该对其时小说人物的描写技巧提供过一些可供借鉴的因素。

第三，道经孕育了后来众多的小说母题和宗教意象。如降真、遇仙、考验、天书、玉女、洞府等主题和意象，都能在《真诰》《抱朴子内篇》《神仙传》《无上秘要》《度人经》等道经和仙传中找到原型。

第四，道教的修炼方法对小说叙事方式的影响。如《汉武故事》和《汉武外传》中的一些故事描写，完全是按照五斗米道的房中修炼方法而构建的。特别是上清派的存思修炼方法，对南北朝时期的小说有深远的影响，如《紫阳真人内传》等。

唐朝王室自称为李耳后裔，自开国后即尊崇道教，规定道教为三教之首。唐玄宗尤其崇信道教，加封老子尊号为大圣祖玄元皇帝，以《道德经》为科举考试科目。道士女冠隶属宗正寺管理，有名的道士受到朝廷礼遇厚赏。又下令两京及全国各地大建宫观，供奉老君，并屡次托称老君降临，传授祥瑞之物。由于唐宋统治者的尊崇扶持，道教在当时极为兴盛。唐代和北宋还由官方主持多次编修《道藏》，研究道经和教义、科仪的学者纷纷涌现，对道教学术文化的发展有较大的贡献。

道教对唐代的文学艺术作品产生了深远的影响。唐诗中有许多以宫观、道士为素材的题咏，咏叹神仙世界的奇谲瑰丽，渴望飞升入仙班成为唐诗的一大主题。唐人传奇小说中亦充满道教神仙故事，唐代文人画多取材于道教神仙人物，道教对神仙世界的想象，还启发了唐代宫廷建筑的设计，道教音乐不绝于皇宫之中。

魏晋南北朝时期，道教对文学的影响主要表现在游仙诗和志怪小说，但这一时期，文学作品只是道教的副产品而已，游仙诗是借用了道教的意象，志怪小说是在汇录神怪故事时附带演绎了道教的教义或精神。而到隋唐以后，情况发生了很大变化，在宗教性向文学性转移的同时，前者开始"内化"于后者，二者有机结合，产生并发展出真正的道教文艺。所谓"有机"的"化合"，就是两者互相渗透，道教的教义深入地进入到作家的思想中，成为他们在文艺中表现的主题，道教宣扬的内容成为文艺中的题材，宗教形象也随之逐渐化为文艺意象，从仙境描写与宗教意旨的两不相融变为有完整的意境，且递相沿袭，走向成熟。①

由于道教成为全民的"国教"，强调"仙人无种"，较之六朝所谓的"种民"观念更为开放，道教的俗化特征至为明显。"天上神仙府，人间宰相家"，"宰相"等同于"神仙"，所以，在唐代小说中，唐代的许多帝王将相都被说成谪仙下世，在虚无缥缈的天上和实实在在的人间功名富贵之间，他们更愿意选择后者，唐人小说中关于李林甫、卢杞等人的故事，就是形象的说明。此外，唐代妓女和仙女两者之间的边界模糊，以致形成妓女的仙化和仙女的妓化现象。张鷟把自己的一次青楼经历写成《游仙窟》，在小说家笔下，太阴夫人、后土夫人、织女等高阶层的神仙，都纷纷来到人间寻找匹偶。在唐人传奇中，人神之恋已成为重要的题材。在这类小说中，作为人的情感更受到重视。无论是天上的玉女、仙女、上元夫人，还是龙女、狐女、女魂，都正直善良、温柔可爱。

六朝小说中的仙境描写，主要是渲染仙境的美好，随着战乱频繁，社会动荡加剧，文人们开始借以表现遁世的情怀，宗教色彩淡化，政治色彩加重。至唐宋时代，由于科举制的推行，又发生了新的变化，唐代文士在仕与隐、仙与凡之间的冲突矛盾，就借由传奇事迹表现其"士不遇"的历史情怀，而修真学道正是一种超越的度世道，可谓为"非常性"的超常之道。② 如《原化记·裴氏子》（《太平广记》卷三十四）写裴子遇仙而致富，归家后二十年，安史之乱爆发，裴氏子又隐于仙境避祸，乱尽再出世为官。可见，仙境对唐人来说只是一个获取财富、美女甚至智慧的临时住所。除了战乱外，黑暗的政治、社会环境也是文人心中难以承受的时代之伤，他们目睹世道脏昧，呼唤理想社会的到来，于是在作品中为避祸的人们创造一个理想的环境。如《逸史·马士良》（《太平广记》卷六十九）写唐元和初，万年县马士良犯事，

---

① 邓乔彬《唐代道教对文艺的影响》，《常熟高专学报》2002 年第 3 期。
② 李丰楙《仙境与游历：神仙世界的想象》，第 416 页。

京尹王爽执法严酷，欲杀之。于是马士良逃跑，误入仙境，奇遇仙女，最终与女神结成神仙眷侣。小说家还借仙境的描写以讽刺当世的政治。如李玫《纂异记·嵩岳嫁女》（《太平广记》卷五十）写宪宗元和年间，三礼田璆和朋友邓韶，博学能文，"皆以人昧，不能彰其明"。在一个中秋之夜，被神仙请去主持神婚的"礼导升降"，且备受礼遇。其中叙述了一件大快人心之事：浮梁县令求延年，因贿赂履官，以苛虐为政，生情于案牍，忠恕之道蔑闻，唯锥于货财，巧为之计更诈。遭到神仙减寿的处罚。神仙还准备帮助唐天子平定叛乱。人间的道义和秩序只能依靠神仙来维持，表现出作者对人世的绝望。

对于唐代士人来说，无论是出世成仙超脱，还是入世功名享乐，都是两难的选择。从宣扬个人升仙、享乐到关注社会现实；从寻求乱世解脱，到构想理想社会，这两个层递关系中所表现出来的思想内涵和关怀视野是不同的，个人升仙、享乐关注于个体生活，而后者是一种广阔的社会关怀。寻求乱世解脱又在社会关怀之余仅限于个体的安身立命，对理想社会的构想却到达了人类整体的高度，对政治经济制度、道德建设等进行全方位的思考。而《虬髯客传》《神告录》等创业神话，是唐人利用宗教、小说为政治服务的明证。

由于服食金丹有副作用，因此便促使金丹术由外丹向内丹转变。晚唐北宋以后，道教教义开始出现一些新变化。主要表现在兼融儒释二教思想，以修持内丹术为主的钟吕金丹派开始在道教中兴起。五代宋初华山道士陈抟、北宋道士张伯端，吸取儒家《易》学和佛教禅宗理论，使之与道家思想和早期道教炼丹、养生方术结合，论述了内丹修炼的理论和方法。到了南宋金元对峙时期，道教内部发生重大变革，新兴道派纷纷涌现。在北方有全真道、真大道、太一道，南方有金丹派南宗、清微派、神霄派、净明道等新道派；早期的天师道、上清派、灵宝派等旧道派在教义和道法上也有新的变化。这些道派在教义上的共同特点是倡导三教合一，鼓吹儒释道同源一致。三教所共同探讨的心性问题成为这一时期道教哲学的中心课题。儒家理学的天道观和伦理道德、佛教禅宗的明心见性修持方法，都被道教吸收融合。全真道和金丹派南宗都是专主内丹修炼，倡导性命双修的教团，并在修炼次第上形成了先性后命与先命后性两派。南方其他符箓道派也受内丹术影响，融合内丹与符箓道法，倡导"内丹外用"，"内道外法"，以内丹修炼作为施行符箓咒术之本。道教符箓道法也更加完备成熟。元朝统一之后，南北各道派重新组合，形成以内丹为主的全真道和符箓为主的正一道两大派系。至唐末五代，道教内丹道已经盛行起来。这一时期倡导内丹道的著名者为钟离权和吕洞宾。

宋代是道教发展的重大转折时期。由于五代时期社会战乱，一些不愿仕宦的儒生和失意的官僚们往往以黄老思想作为安身立命的思想精神支柱，而宋王朝面对北方的强敌，也寻求道教神灵的保护，北宋真宗、徽宗尊奉道教神赵玄朗为王室始祖，屡次加封玉皇大帝尊号，建立宫观供奉。特别是宋徽宗的崇道，道士获得殊荣，逐渐干预朝政，利用皇权，打击佛教、巫教、明教等民间其他教派，引起其他教徒的不满。如果说北宋的道教基本上沿袭了隋唐以来的旧传统，那么，南宋以来，以道法为主体的旧道教日趋衰落，而以炼养、内丹为主的新道派相继产生，对金元明以后的道教发展有着深刻的影响。

宋以前，道士主要是为宫廷、权贵服务的精英道士，自宋以后，道士的服务对象则变为广大的普通民众，表明宗教服务的世俗化。韩明士指出：宋代新道教的道士（以及大部分道士），在宗教市场处于这样一个位置：就空间而言，是跨地区的，而不是地方性的；就神祇而言，是普遍的，而非特殊的。道士与许多巫师不同，也和他的顾客不一样，他们和神祇沟通与地点无关，和神祇的特性也无多大关系。他提供的是一种普遍的，多层次的，非个人化的中介服务。[①]道教的法术常常是作为一种技术而不是信仰来学习的。《夷坚志》中有不少关于天心正法派道士的活动的记载。有的写学习天心法术，法术习学者既有普通民众、巫师、道士，也有官员、宗室。这些故事，都突出天心正法的"正"字，强调天心正法习学者的人品、天心正法服务大众的功能及国家宗教的地位。

明太祖朱元璋认为，全真道修身养性，独为自己，正一道益人伦，厚风俗，对于稳定社会"其功大矣"，故注重扶植正一道，正一道因此而较全真道兴旺。明代皇帝中最崇道德是世宗，他喜爱道教斋醮，尤爱建醮时所奏的青词，甚至以此提拔官员，出现所谓"青词宰相"；又宠信道士，对龙虎山上清宫道士邵元节优礼有加，封为真人，领道教事。对邵元节推荐的道士陶仲文

---

① （美）韩明士著、皮庆生译《道与庶道》，江苏人民出版社，2007年版，第222页。

更授以"神霄保国宣教高士",领道教事,并特授少保、礼部尚书,加少傅,尊之为师。世宗主要迷信道教方药和各种方术,尤其是春方,希望以此求长生和享大乐。世宗之后,统治者对道教的崇奉日渐降温。除正一道外,明代影响较大的派别是全真道,但不及正一道,主要活动于民间。

清朝兴起的初期,远在东北,早已有一位有道家学术修养的范文程,为其灌输道家政治思想。及至康熙时代,"外示儒术,内用黄老"的政治方法,亦成为康熙建立大清帝国的最高原则。但对于道教,除循例封赠张天师世系,以为羁縻之外,对其余有关道教各派,因鉴于元朝白莲教故事,举凡类似另有门派组织,或近于巫觋邪者,皆在严禁之例。此后,由于道教再未出现大家,理论上也没有创新,故走向衰落。

明清时期,道教对小说叙事影响颇大。明初《水浒传》主要表现正一道的崇高地位,此外,则是道教房中派对色情小说的影响。这些色情小说,或以采阴补阳的理论结构全篇故事,或以采补的术语描写男女性事。此外,还有许多小说叙述道派祖师成仙的故事,而又以内丹道最多,内丹道故事分为八仙和全真两大系列。八仙故事以吕洞宾、韩湘子为主,全真故事以王重阳和全真七子为主。以全真教为题材的小说,如《七真因果传》《金莲正宗记》等,常连篇累牍地在小说中通过人物的对话,谈论全真教的修行理论和方法。而《韩湘子全传》则通过钟、吕授道于韩湘,韩湘再度化自家韩家和妻家林家,演绎内丹南宗的理论。而且,作者还将内丹理论艺术化为故事。有时以象征性的情节来传达宗教理论,在小说中,养羊和牧牛是两个经常出现的象征性情节。道教尚阳,"养羊"便象征"养阳"。在道教典籍中,牛儿常用来比喻难以收束的心性。因此,牧牛就成了修心炼性的象征。在小说中,这一象征性的情节出现过三次。有时则对有关事项做宗教阐述,从而传达内丹道德理念。如十月怀胎乃生命孕育周期,道教用以喻阴阳相长。内丹道以元精、元气、元神为丹药,经河车运转,丹鼎烹炼,最后结成圣胎,阳神出壳,飞升成仙。道教把这一过程叫作十月怀胎,并把它作为宣教的直观手段,劝世人修炼内丹。《韩湘子全传》始终贯穿着"无情度有情"的宗教意图,全方位宣扬了内丹道教的生命伦理和性命双修的基本理论和基本技巧。但在长期的演变过程中,它也体现了儒佛之间、儒道之间的冲突及其融汇,这说明,宗教神话在入世与出世的叙事框架中否定尘世欲望的同时,必定会在宗教伦理层面上认同尘世的伦理道德。①

明清时期的道教小说叙事，也反映出道教各派相互融合的事实，以《绿野仙踪》为代表，其中描写冷于冰的成仙过程，既有道教初期的草本和丹药服食观念，也有内丹学的修炼思想，而他所掌握的法术，既有正一道的符箓，也有神霄派的雷法。

明清时期的道教小说，也表现出世俗化、政治化的叙事特征。如吕仙的故事，除宣扬内丹修炼思想外，还着力描写吕洞宾"剑仙""酒仙""诗仙"和"色仙"的性格特征，使吕洞宾的形象集风流文人与江湖侠客于一身，因而成为民众最感亲近的神仙而广受各阶层人的喜爱。在小说《铁树记》中，作者也很少宣扬"净明忠孝道"的义理，而是把写作重心放在真君斩蛟除害的故事上，从而给世俗民众带来强烈的娱乐享受。因此，宗教性题材的故事性只有把这一题材和生活化结合在一起，才能更好地吸引世俗观众，而许逊这一故事框架中最生活化的板块当是出生和学艺两个方面。

明清以前的道教小说，一般描写道士以术为民治病除害，更多地带有宗教色彩；而宋明时期，道教越来越与政治斗争纠结在一起，明清时期的小说则有以描写道士以术除奸等为主要内容的，更多地带有政治色彩。如《封神演义》中商周的历史更替，被解析成阐教和截教争斗，以应神仙杀劫。阐教和截教的斗争描写成为小说的主要内容。清初吕熊《女仙外史》将燕王夺嫡与唐赛儿起义两件本无关系的历史事件扭结在一起。《绿野仙踪》《升仙传》等，都写到道士介入朝廷的政治斗争。这些都说明这一时期道教与小说的关系发生了新的变化。

第二节　道教仙传

道教对古代小说人物形象的影响，最突出表现在道教仙传中的神仙形象上。神仙崇拜是道教信仰的核心，是道教不同于其他宗教教义的最显著之处。

---

① 参见吴光正《八仙故事系统考论》，第 395—396 页。

神仙传说可追溯到战国时期。《庄子》中关于神人、至人、真人、圣人的描述，是神仙形象的最初形态。他们因修炼导引、辟谷等养生技术，不为物累，游息自在，与天同老，法力超强。"神人""不食五谷，吸风饮露"（《逍遥游》），"养形之人""吹呴呼吸，吐故纳新，熊经鸟申"（《刻意》），以致"肌肤若冰雪，绰约若处子"，可"乘云气，御飞龙"（《逍遥游》），"大泽焚而不能热，河汉凌而不能寒"（《齐物论》），此外，还有《楚辞·远游》中的神人，《三国志·华佗传》中的"古之仙者"等，都是后来道教神仙的雏形。在《山海经》中，有关"长生不死"者的记载更多，如《海外南经》中的"不死民"，《大荒南经》中的"不死之国"。但是，早期"神"与"仙"是有区别的，"神"之不死与生俱来，"仙"之不死则因进行过修炼和服食。后来，随着道教在发展中不断兼容并蓄，"神"与"仙"逐渐合二为一。葛贤宁认为是汉武时完成的："汉武虽信任董仲舒而独尊儒术，实际仲舒为一综合荀子与驺子两家思想的儒家，所以求仙思想易于藉方士的宣传而为他所乐于接受。古代所谓鬼神的神，至此乃兑变为神仙的神。"[①]

先秦典籍中有关"真人""至人""神人"等养生修炼和形貌、能力的描写，都被后来的道教所继承，并发展为仙人的显著特征。关于何者为仙人，葛洪在《抱朴子·论仙》中道："若夫仙人，以药物养生，以术数延命，使内疾不生，外患不入，虽久视不死，而旧身不改，苟有其道，无以为难也。"[②]又在《神仙传·彭祖传》中道："仙人者，或竦身入云，无翅而飞；或驾龙乘云，上造天阶；或化为鸟兽，浮游青云；或潜行江海，翱翔名山，或食元气；或食茹芝草。或出入人间而人不识，或隐其身而莫之见。面生异骨，体有奇毛，率好深僻，不交流俗。"要而言之，仙人就是通过服食等修炼技术达到长生不老、神通广大的一种人类。

因而，古代仙传就是关于神仙概念的演绎。自汉以来，仙传专集层出不穷。旧题汉代刘向所作的《列仙传》，收神仙七十人；晋葛洪《神仙传》，收神仙八十四人；唐杜光庭《墉城集仙录》，收女仙三十七人；五代或宋人王松年《仙苑编珠》，收神仙及后世好道者三百余人；五代沈汾《续仙传》，收唐

---

① 葛贤宁《中国小说史》，台北中华文化出版事业委员会，1956 年版，第 14 页。
② 葛洪《抱朴子内篇·论仙卷第二》，《诸子集成》（8），第 5 页。

代得道仙真三十六人；宋隐夫玉简《疑仙传》，收唐开元以后神仙二十二人；宋陈葆光《三洞群仙录》，集古来仙人一千余人；元张天雨《玄品录》，录先秦迄宋之神仙、道家、儒士、隐士等凡一百三十五人；元赵道一《历代真仙体道通鉴》，收历代仙传七百余人，《续编》又得三十四人，《后集》又收女仙一百二十人。仙传的写作主要为了道教宣传，如《列仙传叙》云刘向见武帝"颇修神仙事"而作《列仙传》，《神仙传叙》云葛洪为回答弟子滕升关于仙人有无的问题而作《神仙传》，总之都是为了证明神仙本有，神仙可学。因为神仙越来越多，修炼者的功果又高下不一，汉魏时期受"九品中正制"的影响，已对神仙进行分级。南朝陶弘景作《真灵位业图》，将神仙分为七级，每级都有一位神仙在中位主持，左右则设次要的神仙，以为襄助。其目的在于使修道者明白：超现实的仙真世界也有明确的等级秩序，其实就是现世官僚权力系统的翻版。"中国人在宗教上将他们的社会关系、角色投射到超自然领域，于是相像他们的神祇是官僚等级中运作的神界官员。"① 神祇是国家权力系统的隐喻。② 天师道就设立"二十四治"，"天师立治设职，犹阳官郡县城府，治理民物"③。

一、仙传的叙事模式

仙传的叙述模式，如《真经》所云"得道去世，或隐或显，证道虽一，修习或殊"④，他们虽都得道成仙，但修行的方法和过程却各有不同。其叙事模式大体模仿史传，可分为四个板块：第一，交代传主的籍贯、出身等；第二，叙述传主的求仙过程（包括求师、修炼等）；第三，描写传主以术济世；第四，写传主功成受封为不同品级的神仙。在不同的作品中，四个板块的内容

---

① （美）韩明士著、皮庆生译《道与庶道》，第 222 页。

② （英）王斯福（Stephan Feuchtwang）《台湾的家内与社区信仰》，第 127 页。转引自（美）韩明士著、皮庆生译《道与庶道》。

③ 陆修静《陆先生道门科略》，《道藏》，文物出版社、上海书店、天津古籍出版社联合出版，1988 年版，第 24 册，第 780 页。

④ 张君房《云笈七签》卷一百一十四"纪传部"《墉城集仙录叙》，《道藏》第 18 册，第 193 页。

详略不一，各有侧重，甚或某一板块内容缺略。《列仙传》开其端，但叙事语言简略，如：

> 偓佺者，槐山采药父也，好食松实，形体生毛，长数寸，两目更方，能飞行逐走马。以松子遗尧，尧不暇服也。松者，简松也。时人受服者，皆至二三百岁焉。

在《列仙传》中，成仙者的身份呈现出多样化的态势，既有神话或传说人物，也有历史人物；既有官员，也有采药民、补鞋者、牧民等下层平民。故事仍未脱神话遗存，是秦汉之际神仙方术真实情境的反映，也表现出上古道教散乱的状况。民间色彩很浓，一般描述神仙的治病、超凡、不死等异能。在《列仙传》的基础上，《神仙传》的叙事艺术有所创新。如卷二《伯山甫》：

> 伯山甫者，雍州人也。入华山中，精思服食，时时归乡里省亲，如此二百年不老。到人家，即数人先世以来善恶功过，有如临见。又知方来吉凶，言无不效。其外甥女年老多病，乃以药与之。女时年已八十，转还少，色如桃花。汉武遣使者行河东，忽见城西有一女子，笞一老翁，俯首跪受杖。使者怪问之，女曰："此翁乃妾子也，昔吾舅氏伯山甫，以神药教妾，妾教子服之，不肯，今遂衰老，行不及妾，故杖之。"使者问女及子年几，答曰："妾已二百三十岁，儿八十矣。"后入华山去。

在该传的结尾，作者写武帝使者见一年轻女子杖击一老翁，以为大违人伦，前去询问，才知道是二百三十岁高龄的母亲在教训八十岁的儿子。在前文全知视角叙事后，插入汉武以限知视角观见，叙述一个"不伦"的故事，使这个神仙故事生动有趣，强化了其真实性。

《神仙传》继承史传的写作手法，开篇常交代人物的性情、爱好和能力等，从而为后文预设叙事逻辑起点；叙事性与虚拟性的增强，使小说的文体的特性越来越突出。如"王远"篇：先介绍王远的籍贯出身，再说他"学通五经，尤明天文图谶河洛之要，逆知天下盛衰之期，九州岛吉凶，如观之掌握"。接着叙述两个故事，一是征召至京师之事，二是与太尉陈耽的交往，以突出他预知吉凶等神奇的能力，后尸解成仙，远卒后百余日，陈耽亦卒。作者插入时人的议论道"或谓耽得远之道化去；或曰，知耽将终，故委之而去也"。最后，作者又采用倒叙的手法，讲述王远访问蔡经家并度脱蔡经成仙的故事及其发生在蔡家的一次神仙聚会：

> 未至，先闻金鼓箫管人马之声，比近皆惊，莫知所在。及至经舍，举家皆见远。冠远游冠，朱衣，虎头鞶囊，五色绶，带剑。黄色少髭，长短中形人也。乘羽车，驾五龙，龙各异色，前后麾节，幡旗导从，威仪奕奕，如大将军也。有十二伍伯，皆以蜡封其口，鼓吹皆乘龙，从天而下，悬集于庭。从官皆长丈余，不从道衢。既至，从官皆隐，不知所在，唯独见远坐耳。……

最后，作者再倒叙道："先是人无知方平名远者，因此乃知之。"结尾，以王远手书证明王远成仙之事不虚："陈尉家于今世世存录君手书，并符传于小箱中。"

这篇传记篇幅较长，叙事富于变化而又极为细密，尤其是蔡经家神仙聚会的叙述，对王远、麻姑等神仙外貌、衣饰有相当细致的描绘，通过对他们饮食、对话场景的描写，展现了神仙富贵而悠闲的生活、神奇的法术，并传达了仙家的人生理念，带有民间的俗趣。故事生动，形象丰满，叙事水平已不亚于成熟小说，因而大大增加了喻示教旨的说服力，较诸《列仙传》中单纯的史记介绍，已有很大不同。

有的还在叙事文本中穿插议论、彰显义理，成为宗教杂传中典型的"弘道"之作。如"阴长生"篇，在叙述中插入作者的议论："洪闻谚书有之曰：'子不夜行，则安知道上有夜行人？'今不得仙者，亦安知天下山林间不有学道得仙者？阴君已服神药，未尽升天，然方以类聚，同声相应，便自与仙人相集。寻索闻见，故知此近世诸仙人数耳。而俗民谓为不然，以己所不闻，则谓无有，不亦悲哉。夫草泽间士，以隐逸得志，以经籍自娱，不耀文采，不扬声名，不修求进，不营闻达，人犹不能识之，况仙人亦何急急，令闻达朝阙之徒。知其所云为哉。"然后附录阴长生的几篇诗文，补充叙述自己成仙的过程，并阐述神仙可学的道理，借此彰明神仙道教的理念。

《列仙传》和《神仙传》之类的神仙传记集，都曾以口语传播的方式，长期流传于民间社会，再经能文之士笔录下来，以不同的"版本"继续流传于世。两汉的社会习俗，热衷于神仙方术，因而一些真实的人物，由于与求仙、术数之学有密切的关联，逐渐被传说化、仙道化，进而加入到神仙队伍中。① 至上清系诸真传记及梁陈间见素子的《洞仙传》和六朝时的《道学传》，在《列仙传》《神仙传》的较简短叙事基础上，发展到长篇描述，从单纯的仙人故事发展到越来越着重于人物的修道历程与修道进阶乃至更多教义的记述，可以明显看出新道教义理化的痕迹和发展趋势。最重要的是，叙述者已经从《列仙传》《神仙传》的教外人士转向了教内之人，从而在撰作缘起、叙事角度乃至深层动机上都发生了显著变化，仙传再也不是单纯证明"仙道不虚"的工具而变成了喻教的重要手段，并成为宗教内容的一部分，这是公共社会宗教成熟的反映和必然。② 而且，这些传记不是在传说的基础上加工而成，不少传主都是当时实实在在的人物，而作者或为传主的朋友，或为传主的弟子。显示出道教从民间走向义理化的轨迹，昭示着新道教的形成。如《太元真人东岳上卿司命真君传》中关于王母传授道法、秘书于茅盈的描写，乃上清道法传授仪式化的反映；茅盈与父亲关于孝道的议论，道教"孝"理论的阐述；茅盈成仙与其弟茅衷、茅固做官声势的比较描写，突出仙家的尊贵。《清灵真人裴君传》则通过裴真人介绍上清存思的方法，《紫阳真人周君内传》及《周子冥通记》等，则将上清派的存思修炼方法小说化。总之，"六朝神仙传曲折地、形象地但却是深刻地反映了当时道教的思想意趣和基本教理，反映了宗教实践者与信仰者的主体意识，在这个方面，较之纯粹故事的'小说'，宗教喻意无疑要深刻丰富的多"③。

唐宋以后，道教仙传则发展为长篇小说，如《七真因果传》《韩湘子传》《绿野仙踪》等，在《列仙传》《神仙传》及上清诸真传的基础上，有了更大的发展，叙事手法更为多样化，内容则由原先单纯地宣扬仙道理论发展为展现广

① 李丰楙《六朝隋唐仙道类小说研究》，台湾学生书局，1997年版，第3页。
② 赵益《六朝南方神仙道教与文学》，上海古籍出版社，2006年版，第197页。
③ 赵益《六朝南方神仙道教与文学》，第229页。

阔的社会图景，或借以传达作者的忧愤或理想，在传主身上深深地打上了作者的烙印。当然，从实质上说，这些小说其实都是早期仙传的扩容品。

明代邓志谟创作的《飞剑记》《咒枣记》《铁树记》三部通俗小说，分别是内丹道、神霄派、净明道三位祖师的传记体中长篇小说。《飞剑记》采用思凡降世的叙事方式，故事主要由思凡降世、宿白牡丹、武昌卖梳、杭州卖药、三醉岳阳、度何仙姑等板块构成。在"降凡、修炼、归位"的仙传框架中，讲述了吕洞宾游戏人间，度人为仙的事迹。吕洞宾原是钟离权的慧童，因思凡欲投胎出世。吕海州家三代承恩，世代积善，但年至四十无子，于是慧童投胎吕家为子。纯阳子自幼聪敏，学识超群，不好华靡，唯戴着一顶华阳，内穿黄白襕衫，系着一条大皂条，状貌潇洒。唐末咸通举进士，授咸宁县知县，将欲赴任。其师钟离子以黄粱一梦，使洞宾悟道，并七试洞宾，授其丹诀，洞宾又得火龙真人遁天剑法，后来发生洞宾斩蛟杀虎、宿白牡丹、斩黄龙和度何仙姑等一系列故事，从而完成对吕洞宾形象的塑造，突出他的神仙形象和神仙特性。

这部小说重点抓住"度人为仙"进行叙事，钟离权和吕洞宾在度人的过程中，体现出其神格特征和道教的思想。一方面，在道教看来，度人为仙是从根本上使凡人摆脱灾难的善举，是最根本的救世之道，纯阳子发誓"必须度尽众生方上升"，并把它作为行动的指南。小说中特别选取吕洞宾度化柳树精和何仙姑两个故事进行较为细致的叙写，一个是无情之物，一个是有情之人，既体现出吕洞宾的道力，又凸显世俗民众有眼不识仙人的尴尬。通过这些故事的叙写，宣扬宗教信仰中的所谓机缘巧合和坚定的信仰意识。

《咒枣记》则是神霄派道士萨守坚的传纪小说。萨守坚乃宋人，曾从王文卿、林灵素学法，成为两宋神霄派的重要人物。他之所以在明代成为文学中的热点人物，与明代周思得的灵官法盛行于世间有关。明初周思得的灵官法，以萨守坚为主法祖师，以护法神将王善为主帅。道教的王灵官信仰，因周思得的弘扬而广为流播。明倪岳《青溪漫稿》卷十一云："萨真人之法，因王灵官而行；王灵官之法，因周思得而显。"①

---

① 《文渊阁四库全书》第1251册，第125页。张泽洪《明代道士周思得与灵官法》，《中国道教》2006年第3期。

小说的开篇，借用佛教转世说，简叙萨守坚前二世修行故事。第一世为屠夫吴成，杀生害命不知其数。一日，行至学馆，听到人念："君子之于禽兽也，见其生，不忍见其死；闻其声，不忍食其肉。"喟然叹曰："予此生误矣。"遂改弃前非，不再杀生，念佛修行，死后阎王判处转生为富家子陆右，因见色不迷，见金不取，济人贫乏，死后阎王判处转生为萨守坚。于是，小说接着转入描写萨守坚第三世修行的故事。这些主观性的创作对于这个宗教性小说体裁的框架是不可缺少的，这为后文大量出现的守戒与除妖事件提供了一个合理的解释，同时，也是其成仙的不可缺少的试炼。萨君为吏为医的两段人生经历，促使他出家修道。这是与《飞剑记》不同的地方，增加了主人公的悟道过程。但萨守坚成仙的描写，则大致与《飞剑记》同一机轴，也写了萨守坚的师承，葛仙翁、王方平和张天师分别传其咒枣法、治疾的棕扇和五雷大法。其后的故事，则描写萨守坚利用这些法术，收伏颠鬼、降服王恶、驱除疫疾、治病救人等，并显示了其高尚的品格。最后遍游地狱和建西河大供，为自己洗脱尘世的罪孽后，尸解成仙。

《铁树记》的叙述方式与《咒枣记》接近，主要包括许逊的出生、师承、斩蛟和飞升四个部分。相对于其他小说或道教传纪，《铁树记》中许逊出生的文字描写大为扩展，着意渲染其神异色彩。小说开头写老君寿诞之辰，群仙聚会，太白金星越席奏言，谓江西有蚊蜃为妖，无人降伏。千百里之地，将化成汪洋大海。因此，许逊降生，负有殄灭妖邪的使命。南昌许氏，世代积善，玉帝差玉洞天仙，身变金凤，口衔宝珠，下降尘世，直至许肃家，衔珠吐与肃妻吞之，使肃妻有孕，然后投胎出世，取名许逊。在许逊出生前，作者又插入一段术士卜卦的情节，后来许逊定居豫章西山，又插入风水祖师郭璞为许逊相地卜居的情节。这两段情节的插入，都是预示许逊将来不凡的结局。

关于许逊的师承渊源描写，也是小说的重要内容。先是老君遣孝悌王下凡，悉将仙家妙诀及金丹宝鉴、铜符铁券，并上清灵草、飞步斩邪之法，一一传授与兰公，兰公再传授于谌母，谌母传许逊，而许逊的启蒙老师是吴猛，吴猛为许逊"打破玄元第一关"，为他解说"法有三成，仙有五等"，并且谨"修仙之要，炼丹为要"，授真君洞仙歌 22 首，使许逊真正走上修道成仙的正途。但后来在谌母传法于许逊后，吴猛听从谌母的建议，转拜许逊为师。小说中还有不少笔墨描写了许逊收授弟子的行为，这也是许逊修炼中很重要的一个部分。①

许逊成仙的功果，包括两大板块：一是任旌阳县令时的德政，他断案如神，处事公正；他点石为金，代民纳租；他以神方，治愈百姓瘟疾。而他所做的这一切，都是通过法术来实现的。许逊这段经历的描写，可以看作世俗社会对真君的考验，也可以看作真君宗教品性形成的表达方式，是净明道"忠孝"思想的体现。二是六斩蛟妖，而斩妖之成功，又依赖于玉帝赐的神剑和谌母传的法术。而斩蛟的行为被赋予救世的色彩，因此也就成为他后来成仙的最大砝码。

邓志谟选择这三个道教人物作为叙写的对象，他的立足点在于他们三个都是被神化的历史宗教人物，在世俗受众中有着相当的影响力。他们都有着超出世人的法术，但是，他们的侧重点又不完全相同：吕洞宾是因思凡下世，其主要功德是度人；许逊是负有救世使命降世，他的主要功德是斩妖除魔；萨守坚则是累世修行，他的主要功德是治病救人。但三部小说的结构模式则大致相同，都是"降凡—拜师—修炼—成仙"四段式，是对传统仙传模式的继承。然而，与以前仙传不同的是，作者在主人公身上寄托了自己的理想和追求。作为一介寒儒，邓志谟与许多底层文人一样，都有着功名失意的深深

---

① 目前学术界大致认为，吴、许师徒关系的颠倒，乃与许氏在当地的势力逐渐壮大超越吴氏有关。这是猜测之词，并无确证两者之间有关系，其实是道教关于能者为师思想的体现。《升玄经》中记太上告子明曰："学道之人，闻法如饥欲食，见可师之人如病得医，何惜谦下，当如世间贫穷之民，为衣食故债力自役，为人给使，不辞勤剧，不避贵贱长幼，唯财是与。学道之人亦复如是，求法事师，莫择贵贱，勿言长幼，言我年以大而彼年少，彼是贱人我是高士。夫若生此心者，故怀死生俗闲之态，不解至真平等之要。此人学道，徒望其功耳！人无贵贱，有道则尊，所谓长老不必耆年，要当多识多见。以为先生不得言彼学在我后，我学在前，云何更反师彼，作此念者，是愚痴嫉妒之党，非吾弟子。道当谦下，推能让德，唯善是从，不得自高慢物，独是非彼，此是学道深病。汝等教将来世，慎之，慎之！……太上曰：弟子受道虽多，犹应敬其本师，本师亦应谦下弟子。所以然者，夫得道度世，莫不由师学之，有师亦如树之有根，缘有根故枝条扶疏。夫学道之人亦以本师为基，渐次成就大智。大智既能成就，复能成就小智，如树由根生子，子复生根，展转相生，则种类不绝。从师受道，渐渐增益，德过于师还教于师，所谓道贵人贱，义类如此。"（《升玄经》，《无上秘要》卷三四，《道藏》第25册，第113页。）可见，道教的师徒关系，强调"道贵人贱"，不论年纪，不论贵贱，只惟德行学问。若德行学问超过乃师，可还教其师。

挫败感，也有着壮志难展的苦痛，于是，他只能借助于笔下的宗教人物，以一种特殊的方式实现自己的济世救世理想，这无疑是一种很好的自我安慰方式。小说中的许逊，尽管人格高尚，法术神奇，尤其是在旌阳任上，施仁政，断奇案，劝教化，助百姓纳租，以神方符咒治瘟疫等，是个典型的清官和能吏。然而，时值世乱，许逊也是抱负难展，"天下有道则见，无道则隐"，他从最初的立志"救民水火"到最终的"解官东归"，实现了从儒至道的价值转变。邓志谟正是在许逊的身上寄托了自己无法改变现实环境的无奈与苦闷。在萨守坚身上，则更多的是表达了作者的救世理想。萨君曾希望通过自己的医术救治世人，结果为"吏"错勘人命，为"医"误人性命，他终于大悟，出家修道，忏雪前非，以免轮回之苦。而修道既是救自己也是救世人。萨守坚疗救民众从"身"到"心"的转变，寄托着生于晚明传统价值体系紊乱背景下的作者的救世心态。①

上述邓志谟的"三记"主要是描写仙人修道者济世成仙的过程，《七真全传》等纪传体小说，描写的重点则在度人、阐道。《绿野仙踪》最为典型。冷于冰既非谪仙下凡，亦非应劫降世，更无前世累积善果。他之选择修道，完全是出于现实社会当下情境的逼迫。他出身书香门第，自小聪慧，才华横溢，抱负远大，热切于功名，在进京待考时，因人推荐而为权臣严嵩代拟章奏事宜，深受倚重，只因不肯顺从严嵩，昧着良心起草误国害民的章奏而触怒严嵩，导致乡试落榜，功名路断。后又见弹劾严嵩的杨继盛被杀，友人潘知县和官至太常寺卿的老师王献述猝死，深受刺激，痛感人生无常，遂弃家访仙学道。因此，他弃儒修道，并非为追求长生不老，而完全是情势所迫，因而，从他修道的经历，就可见作者对社会现实的愤懑，这是此前仙道小说所未见的特点。其次，一般仙道传记小说，其主要环节为遇仙点化，授受丹诀，除邪灭怪，得道成仙。而冷于冰的修道过程，相对以往同类小说则既有承续性又有独创性。作者既非常细致地描写了冷于冰的修道实践，又与其修道理论的领悟和阐发结合起来，加强了有关外丹、内丹的描写，对其作用、方法、修炼程序等均有详尽描述，更加专门化、系统化，理论性更强，体现出有较

---

① 这部分论述吸纳了龙文康《邓志谟道教小说研究》中的一些成果。湖南大学 2009 年硕士论文。

高文化修养的文人从事仙道小说创作的特点。同时作品还突出了道教秘籍在修炼过程中的作用。冷于冰在掌握道法后，以济人利物为修道第一要务，游行天下，除妖斩祟，济困扶危，度人收徒；又为国除奸，帮助忠臣，扶植正气，在扳倒以严嵩为首的奸党斗争中起了决定性的作用。还帮助林总兵平定叛乱，出谋划策，亲冒锋镝；协助戚继光平定倭乱；收大盗、神偷、浪子为徒，度其为仙，甚至不弃畜类，还度脱家人。这一切都表明，他是一个标准的忠孝双全的"神仙"。因而，冷于冰虽弃儒学道，但他并未抛弃儒家的伦理精神，正所谓"弃世学神仙，神仙笑人误。岂知忠孝心，即是神仙路"（戏剧《韩文公雪拥蓝关》中韩湘子语）。

二、仙传故事母题

1. 谪世降凡

道教制订了天地人都必须共同遵守的律条，成为维护世界大秩序的保证。如果仙、鬼、人违反了天条、冥律和律法，都将受到应有的惩处。《四极明科》中引《灵官升降品》谓："高上玉清太真帝皇有犯明科之目，退编皇之录，降道散真，皇治太清中宫，百年随格进号。"并举了许多谪罚的例子：

> 上清真人不勤仙事，在局替慢，亏废真任，漏泄宝诀，降授非真，皆退上真之录、充五岳都校之主千年，随格进号。
>
> 受上元夫人之位、元君之号，不勤帝局，亏替正事，降适过礼，朝晏失节，轻泄天宝，降授不真，皆削真皇之录，退紫虚之位，置于中玄清微游散灵官七百年，随勤进号。
>
> 受太清仙人之号，不勤典局，稽替仙事，亏废真任，或泄露天科，传降非所，削真仙之录，退充五岳都校主者二千四百年，随勤进号。
>
> 受五岳飞仙之号，不任政事，亏替仙局，轻慢道文，退正仙之录，充补三官都校之主二千四百年，随勤进号。
>
> 诸受五帝四司三官都校之位，不任正局，稽怠亏略，替忽天典，

废阙政事，纠罚不当，皆削正真之爵，退补都统书吏，三千六百年
有勤进号。

诸受上真玉札，所掌门监玉郎羽仙侍郎上官典格都统正真领仙侍
郎主禁大夫典仙羽章都官司正，各不任其局，稽废正事，亏略天科，
皆削上真之札，责补三官书吏统领鬼爽七千年，有勤者随善进号①。

可见，仙、人、鬼之间的位置并非固定不变，全视其修为发生升降。如
《真诰》卷十六"阐幽微第二"所说："人善者得为仙，仙之谪者更为人，人
恶者更为鬼，鬼福者复为人，鬼法人，人法仙，循环往来，触类相同，正是
隐显小小之隔耳，远者监之，便无复所关。"②仙、人、鬼只是暂时的区别，
身份随修为不同而发生转换。道教的这种思想，在古代小说中就形成了"谪
世"的叙事母题。这一母题在不同时代被不同作者改造、置换，成为表达不
同时代的中心意识和创作者个人人生感触的叙事要素。"谪世"母题经过长
期的发展演变，至明清时期基本形成具有"违犯天律—谪降凡世—尘世历
劫—重归仙班"四个叙事链的典型模式。道教除罪罚降世外，还有使命降
世。如成于西晋末的《太上洞渊神咒经》说：在末世劫运的大动乱之后，当
有真君李弘出世，圣贤及仙人道士为其辅佐，使天下大乐，道法兴盛，人更
益寿。道教的这一观念就形成了古代小说中的宗教英雄下凡救劫母题，这
一叙事模式也有"高仙预言下世将有劫难—天界派某仙下凡—某仙在人间
进行救世活动—因任务完成重归仙班"四个序列。这一类型的小说乃契约叙
事，即降世之人与神仙高层订立契约后，下凡践约，最后完成任务后回归神
仙世界。

在古代小说中，神仙谪降，有的是因凡心不净。如《一窟鬼癞道人除
怪》（《警世通言》第十四卷）中吴秀才、《韩湘子全传》中韩湘子的妻子林
芦英等，都因羡慕人间的繁华而谪世，尤其是男女之事，如《薛录事鱼服证
仙》（《醒世恒言》第二十六卷）中薛录事夫妻、《牛郎织女》中牛郎等，都因
生男女爱恋之心而被流放到下界。当然其中也有私自下凡的，如《张古老种

---

① 《四极明科》，《无上秘要》卷九，《道藏》第 25 册，第 26 页。

② （日）吉川忠夫、麦谷邦夫编，朱越利译《真诰校注》，第 495 页。

瓜娶文女》(《喻世明言》第三十三卷)中的文女、《飞剑记》中吕洞宾等。有的是因触犯天条。如《汉武内传》中东方朔、《西游记》中唐僧师徒、《飞剑记》中铁拐李等。有的是因工作懒惰,如《福禄寿三星度世》(《警世通言》第三十九卷)中的刘本道等。有的是受天上最高阶级神仙的派遣,下凡救世,负有特殊使命。这类小说的开头,通常模仿道经的叙事方式:先安排一段天界的场景,有仙圣启奏下界将有厄难、劫数,依例由一适当的真仙谪降历劫,在世厄解除、劫数完结后归天。如《斩蛟记》第一回写老君寿诞时,忽太白金星越席言江西当有蚊蜃为妖,无人降伏,千百里之地将化成汪洋大海。于是众仙奏闻玉帝,玉帝差玉洞天仙,变身金凤,口衔宝珠,下降尘世,投胎许家出世。《女仙外史》第一回写王母娘娘在瑶池开蟠桃宴,太阴星主嫦娥在会后返回月宫的途中遭遇天狼星。天狼星自称奉玉帝敕旨,去下界为大明天子,强要嫦娥随同下凡,做他的皇后。嫦娥向玉帝哭诉,玉帝却道:"天狼之帝福,是他自所积,非朕之所予,下民劫数亦是众生自己造来,非朕之所罚。朕乃是顺运数以行赏罚,非以赏罚而行运数也。天狼星即位之后,还有一大劫数,应汝掌主,并完夙生未了之事。"这样,天狼星和嫦娥二人之间的恩怨就与"下民劫数"纠结在一起,展开后文二人投胎尘世,互为仇敌相争的故事。嫦娥投胎到唐孝廉家为唐赛儿,天狼星下凡为朱元璋四子朱棣。朱棣篡了建文的皇位,唐赛儿起兵勤王,掌控中原杀伐权,欲替建文夺回皇位,直到最后朱棣被鬼母天尊刺死于榆木川,两人才了结此怨。总之,这类故事把一些重大历史事件和自然灾变解释为"劫"。因此,"救劫"就与道教的济世主题联系在一起。

有的是下凡传经说道。道教为了神化道经,常把道经的出笼说成人间劫难来时,天遣神仙携经下凡,救度百姓。道经的这种叙事方式,就影响到某些道教小说。如《金莲仙史》写宋徽宗政和年间,王升真人奏道:"臣启奏玉帝陛下:臣昔从老君邀游下界,见玄风衰弱,欲降尘寰,将来重整玄纲,作后人之模范;广阐大教,为苦海之慈航。臣敢冒圣聪,允臣奏恼,不胜庆幸之至。"于是玉皇命其下凡传经宏教,转世为王喆。有的是下凡辅佐明君。如《神仙拾遗·马周》(《太平广记》卷十九)谓马周原是华山素灵宫仙官,李氏将受命,太上敕之下凡,辅佐唐室。有的是神仙在天上结有恩怨,下凡了结。如《红楼梦》中绛珠草随同神瑛侍者下凡,是为报答他以甘露灌溉之恩。而

《女仙外史》中嫦娥下凡，是为报天狼星调戏之仇，兼应下民劫数。这一类型的故事，包括"结怨"—"报怨"—"解怨"三个序列，"报怨"是叙事核心。

神仙降世的方式一般是投胎转世，常见的叙事模式是某家积德行善，但久未得子，因烧香祷告，感动上天，特派神仙投胎。神仙降世，其实就是从"仙"到"凡"再到"仙"的身份转换过程，这样，降世者就必须进行身份认同，而且，无论是谪降修道，还是派遣救世，都需要帮手，这样，小说中就必须安排一个导师的角色，在谪仙降世时，某些神仙或受玉帝指派，或出于同情，会随同下凡，帮助他（她）修道，以促成其早日回归。这些导师或助手，可能是谪降者仙界的好友、师傅或侍者。如《女仙外史》中的鲍母等，在天上就是嫦娥的好朋友。而《五虎平南演义》段中红玉前生乃云中子女童，因惹红尘，托生于世，云中子特下世收她为徒，授她兵书，在她遇有急难之际，现身救护。《牛郎织女传》中玉帝命金牛星下凡，化身耕牛，与金童（牛郎）作伴，并保卫他的安全。

谪降者下凡后，会"迷悟前因"，并不知道自己原来的身份，所以，天界会派神仙前来，不时点醒。降凡者因根器犹在，所以一经点醒，马上悟解。如《水浒传》中宋江是星宿转世，九天玄女娘娘托梦点醒他，授天书三卷，完成保国安民的功业。《七真因果传》中的王重阳出生刚满一月，钟、吕二仙就恐其昧了前因，同去点化。特别是有些谪降者，下凡后迷失本性，这时就更需要神仙及时提醒。如《神仙拾遗·马周》中马周原是太华山素灵宫仙官，李氏将取代杨氏，太上老君派马周降世帮助李氏治理天下。但马周降世后，迷失前因，贪酒好杯，不求上进，困顿落魄。有次他请著名的相士袁天罡为自己看相，袁说：你的五脏神已离你而去，生命危在旦夕。马周大惊失色，问他可有法挽救？袁说：你一直向东走，会遇到一位骑牛老人，他有办法救你。马周按照袁天罡的话去做，果然遇见骑牛老人。老人对他说："太上命你辅佐圣孙，创业拯世。你为何沉湎于酒，自甘贫贱？现在五神已散，正气凋沦，且夕将死，还不反省？"马周听不懂老人的话。于是老人告诉马周的本来面目，并把他带到太华山反省。五脏神终于重回马周体内，马周顿觉神清气爽，心智明悟，忆起前事，二十余年，就好像十日前的事。接着到仙王之庭，稽首谢过。后到长安发展，六十天内九次升迁，百日内位至丞相，佐国功成，被仙官召回，当即突然死去。这些点醒者，其实也是度脱者。如《飞剑记》

中吕洞宾之师钟离子,《韩湘子全传》中韩湘子的师傅钟离权和吕洞宾等。

从谪仙来说,人间是他改正错误,继续修道,以赎前衍的磨炼之所。因而就形成了"犯错—谪降—赎罪"的叙述模式。神仙赎罪一般隐藏身份,以卑贱之身担任贱役,以自我虐待或他人虐待的方式,默默完成任务,这是接受尘世磨难的一种历练方式。如《牛郎织女传》中金童、织女下凡投胎后,备受折磨,难满之日,经金牛星搭救,同上天界。还有修德、立功等,都是赎罪的方式。有孝悌之功者,如《崔少玄》中谪仙崔少玄妻,在少玄父亲寿数将尽时,为报答其抚养之恩,召南斗注生真君,附奏上帝,准予延寿一纪。有修炼之功者,如《西游记》中的唐僧师徒等,除妖降魔,磨炼心性,取回真经。《飞剑记》中吕洞宾背着师父转投下界,但度人有功。谪仙因犯有某些过失而需要重新在尘世历练,而他们在尘世的经历又与他们重返仙界的意向直接相关。主人公前世的"过失"成为小说发展的叙事动力,使小说转入描写主人公的尘世活动。而在此背景下,主人公的一切尘世活动又直接指向一个明确的宗教目标——重返仙界。因此,尘世活动就成为主人公成仙求道的宗教目标中的一种考验和磨难。这种安排使整个故事的宗教主题即修道成仙得到了强调,也使众多的故事得到了统一安排。突出了小说"修道成仙"的宗教性主题和"出世主义"的人生理想。如《西游记》,作者在"取经"故事之前,安排了主人公孙悟空大闹天宫的故事,随后又介绍另外几个取经人的谪降原因。因此,尘世的"取经"对这些谪仙来说,是一个通过改过立功而回归天界的机会,是一个在尘世除尽欲望,重新磨炼心性的过程。在这个故事中。"西天取经"象征的正是一个修心去欲的过程。这种安排,直接强调了作者修仙去欲的宗教性主题。

谪降者在尘世遭受磨难,最终经受考验,得到自我净化,经历了从"圣"到"俗"再回归"圣"、从"天上"到"人间"再回归"天上"的过程,由背负前世罪愆到救赎完成,正是从俗返圣的境界。

道教谪仙小说写得最情致动人的要算爱情题材。如《湘中怨解·泛人》中的泛人,乃湖中蛟室之姝,谪而从郑生,一年后求去,"乃与生诀,生留之不能得。去后一余年,生兄为岳州刺史,会上巳日,与家徒登岳阳楼,望鄂渚,张宴乐酣,生愁思吟曰:'情无限兮荡洋洋,怀佳期兮属三湘。'声未终,有画舫浮漾而来,中为彩楼,高百余尺。其上花帷帐阑笼画囊,有弹弦鼓吹者，皆神仙蛾眉，被服烟电。裾袖皆广大，中一人起舞，含嚬怨慕，形类氾人。舞而歌曰：'诉青春兮江之隅，拖湖波兮袅绿裾。荷拳拳兮来舒，非同归兮何如。'舞毕，敛袖怅然。须臾，风涛崩怒，遂不知所在。"仙凡之间那种未尽的绵绵情思，直如洞庭之洋洋而迷离！《红楼梦》更是综合了顽石思凡降世，红尘历劫，回归青埂和绛珠下凡报恩两种主题，讲述了一个封建家族的没落史和一批少男少女的悲剧人生，涵容了巨大的社会和人生内涵。使《红楼梦》中的下凡历劫母题不仅仅表达一种梦幻意识和色空观念，而且在梦幻人生和万境归空的外壳下，表达了更为丰富而深刻的人生感悟、历史人文意识和哲理意蕴。

神仙降凡神话常作为长篇小说的楔子，是小说家设计的一个足以笼罩全局的大结构，使所有发生的事件，以及事件的因果关系，都能做合理的解释，这就是中国传统小说所常用的神话结构，尤其是道教小说，基于它本身所形成的独特世界观，自有一套解说仙真人物的经历世事的哲学，为道教内部及当世之人所共识。小说家之所以采用这种叙述模式，既具有叙事学上为叙述者建立权威的叙述地位，又具有宗教学上为经典赋予极高权威的作用，两者合为一体后，就构成了这类小说独特的叙述结构。

2. 宗教考验

由于道教修炼的技术越来越复杂，加上道教秘不外传的规矩，所以道教特别重视师承，《太平经》中说："故凡学者，乃须得明师，不得明师，失路矣。故师师相传，乃坚于金石，不以师传之，名为妄作，则致凶邪矣。真人慎之慎之！""故古者上学圣贤，得明师名为更生，不得明师者，名为乱经。故贤圣皆事师乃能成，无有师，道不而独自生也。"[1] 所以，"成功在师，不可阙也"[2]。葛洪认为，神仙并不是超越的，而是可以通过学习达到的，而学习就必须拣择"明师"，"又未遇明师而求要道，未可得也"[3]。《洞玄经》则引用太上玄一真人的话，说明尊师的重要性："师者，宝也。为学无师道则不成，非

---

① 罗炽《太平经注译》，第 496 页。
② 罗炽《太平经注译》，第 8 页。
③ 葛洪《抱朴子内篇·微旨卷第六》，《诸子集成》（8），第 26 页。

师不度，非师不仙。故师我父也。子不爱师，道则不降魔，坏尔身，八景龙舆焉可得驭，太极玉阙焉可得登？"① 因此，在仙传小说中，一般都有求师访道的情节描写，强调神仙的师承渊源。

学道者要择明师，而明师收徒则更为慎重。因为学道者的天资、品质、毅力等，是修行者能否得道成仙的前提，因而对学道者进行各种形式的试探和考验，是道教小说中的重要母题。在佛经中，就有不少考验修行者道心的故事，道教考验故事或许受到其影响，在早期道教经典中，就有考验的思想。如《太平经》卷一百十四庚部之十二中说：

> 是非神仙道，知人坚与不？或赐与美人玉女之象，为其作色便利之，志意不倾。复令大小之象，见其形变，意相随念其后生，此为不成之道。或作深山大谷中，多禽兽虎狼之处，深水使化人心。或有虫毒之物，使其人杀之。或恐不敢上高山，入大谷深水之中，亦道不成。是象戒人，是在不上之中，殊能坚心专意。见迷惑，不转志坚，随其入出上下，深山大谷之中。水深大，心不恐惧。见其好色，志不贪慕，家人大小之象，更相拘留。不随其人言，但得生道。进见太上，尽忠孝之心，无所顾于下，是为可成。②

在葛洪的《抱朴子》中，就反复提到山中邪精试考修道者，"或被疾病及伤刺，及惊怖不安；或见光影，或闻异声；或令大木不风而自摧折，岩石无故而自堕落，打击煞人；或令人迷惑狂走，堕落坑谷；或令人遭虎狼毒虫犯人"。出现最多的是这些妖鬼变化成人尤其是"玉女"的形象，诱惑害人，使道士们误以为是神仙降临。葛洪还提供炼种种应对邪精的办法，包括持三皇内文及五岳真形图、各种符箓、药物、法器等用来规避山神妖鬼的"试"。在《抱朴子》中，葛洪只是告诉入山修道者对付邪神"试"的法宝，而没有论述个人品行在其中的作用。后来的道经则涉及该问题，如道经《洞玄请问经下》

---

① 《洞玄经》，《无上秘要》卷三十四，《道藏》第 25 册，第 114 页。
② 罗炽《太平经注译》，第 984 页。

中太极真人云：道士若不解至法，不知修善立功，"此何以能入山栖乎？"① 可见，早期道经中邪精之"试"，会危害修道者的生命和破坏修道者的丹药，并不是高级别的神仙对习道者宗教信仰的考验。后来的《神仙传》中张道陵七试赵升，"试"的内容就很丰富了：第一试张道陵将前来拜师的赵升拒之门外，并叫人辱骂他，赵升在门外冻露霜雪四十余日，驱之不去。第二试以美女诱惑，赵升不为所动。第三试在路上放置大笔遗金，赵升视而不见。第四试赵升入山打柴，突遇三只猛虎，被赵升识破。第五试赵升去集市买东西，卖主诬赖他未付款，赵升不辩，而是卖掉自己的衣服，再买一次。第六试赵升守田时用自己的粮食接济了一个衣不蔽体、浑身脓疮、臭恶可憎的乞丐，并把自己的衣服脱给他穿。第七试赵升勇敢地爬到一棵绝壁深谷之间的桃树上为师傅摘桃，并随张道陵跳入深谷，最终获得张道陵传授道要。显然，赵升经受的"七试"是一个系统化的试校，从决心、信心、恒心、爱心、欲望、胆识等方面对赵升的宗教信仰进行了全方位的考验。

早期道经中的"试"明显带有较强的功利目的，而在《神仙传》中，则要求弟子超越功利对师傅绝对信赖和服从。师傅对弟子用种种不近情理的要求来试验其道心是否坚强，是与有志神仙者希望进入的世界的超越性相对应的。②

修道是一个异常艰苦的过程，修行者需忍受世间诸般折磨，经受各种考验，即所谓"魔考"，又称"磨考"。魔者，心魔也；磨者，磨练也。陶弘景在《真诰》中"甄命授第一"记裴君的话说：学道者有九患，即"有志无时，有时无友，有友无志，有志不遇其师，遇师不觉，觉师不勤，勤不守道。或志不固，固不能久，皆人之九患也"。如果能克服这些缺点，"少而好道，守固一心，水火不能惧其心，荣华不能惑其志，修真抱素，久则遇师"③，终可成仙。

"九魔十难"中，对学道者品质的考验最为重要，白玉蟾说："立身第一，求师第二。"④ 道教认为施功布德、好学、乐道、真洁、施善、忠孝等，都会有

① 《洞玄请问经下》，《无上秘要》卷六五，《道藏》第25册，第127页。
② （日）小南一郎《中国的神话传说与古小说》，中华书局，2006年版，第226页。
③ （日）吉川忠夫、麦谷邦夫编，朱越利译《真诰校注》，第185页。
④ 《道法会元》卷一，《道藏》第28册，第28—677页。

善报，"改恶行善，速登神仙"①。其次，是对学道者宗教信仰的考验。若天性好道，并坚持不懈，一定会感遇神仙。如《仙传拾遗·冯大亮》(《太平广记》卷三十五)中导江冯大亮，家贫好道，但无所修习，只是每当有道士方术之人路过其家门，必留连延接。后遇仙人，授以飞仙之道。《续仙传》中刘商性耽道术，逢道士即师资之，炼丹服气，靡不勤切，终成仙。等等。实际上，这些人都是因为对仙道始终抱有虔诚的信仰而通过了神仙的考验，最终实现了自己的梦想。另有一种对比叙事模式，即写几个朋友一同学道，有人半途而废，有人坚持下来，最后结局迥异，形成强烈反差，以说明毅力之重要，成仙之美好。如《续玄怪录·裴谌》(《太平广记》卷十七)写裴谌、王敬伯、梁芳三人相与入白鹿山学道，"辛勤采练，手足胼胝"十数年。不久，梁芳死去，王敬伯意志动摇，劝裴谌下山建功立事，以荣耀人寰。但裴谌不听，敬伯于是独自离山，回家求官。唐贞观初，授左武卫骑曹参军，大将军赵朏妻之以女，数年间，迁大理廷评，奉使淮南，舟过高邮，偶遇裴谌衣蓑戴笠，坐渔舟中，敬伯请他到自己船中，向他炫耀自己的荣华富贵。裴谌不屑，请他来广陵家中做客，说完倏然而去。后来敬伯到广陵出差，寻访裴宅，发现裴谌的住宅，楼阁重复，花木鲜秀，婢女成群，似非人境。裴谌衣冠伟然，仪貌奇丽。招待他用的器物珍异，皆非人世所有；香醪嘉馔，目所未窥；女乐二十人，皆绝代之色。裴谌又用法术摄来敬伯之妻，席上奏曲献艺。敬伯方知裴谌道成。《逸史·卢李二生》(《太平广记》卷十七)、《广异记·张李二公》(《太平广记》卷二十三)等几篇小说的故事模式大致与《续玄怪录·裴谌》相同，无非是以求道和求官的两种结局进行对比，显示求道所得到的报酬远高于求官，以此彰显学道者毅力和恒心的重要性。

可见，学道者应该抵住人世间富贵荣华的诱惑。《真诰·萼绿华》(《太平广记》卷五十七)中萼绿华说："修道之士，视锦绣如弊帛，视爵位如过客，视金玉如砾石。无思无虑，无事无为。行人所不能行，学人所不能学，勤人所不能勤，得人所不能得。"要坚定信心，毫不动摇。

正因为对修道者有如此严格的要求，所以神仙传道就显得十分谨慎，师傅会采取各种苛刻的方式考验徒弟。"试炼"内容一般与道教的戒律有关。

---

① 张君房《云笈七签》卷九十一"七部名数要记部"，第557页。

首先就是对道坚信不疑，而这往往又落实在对待师傅的态度上。如《神仙传·魏伯阳》中写魏伯阳练成神丹后，知道弟子心里还将信将疑，就先以白犬做实验，白犬食丹后死去，伯阳故意自责，也服丹而亡。这时，只有一虞姓弟子对伯阳坚信不疑，跟着食丹，也死。剩下二位弟子见状，遂不敢服丹，共出山为伯阳及死弟子办理棺木。二位弟子走后，伯阳即起，将所服丹纳虞姓弟子及白犬口中，皆仙去。唐小说《原化记·薛尊师》就是这些故事的传承，薛尊师抛弃官职和妻儿，归山修道。后遇假装入山修道的陈仙，相约带他到仙境，至期陈道人不到。薛尊师缘磴入谷寻找，忽见陈道人死于路侧，尸体一半已被虎所食。同伴认为："本入山为求长生，今反为虎狼之餐。陈山人尚如此，我独何人？不如归人世以终天年耳。"薛尊师则说："吾闻嵩岳本灵仙之地，岂为此害？盖陈山人所以激吾志也。汝归，吾当终至。必也不幸而死，终无恨焉。"说完继续前进，终于到达仙境。

七情六欲是人的自然天性，最难根除，因而成为道教"考校"的重要内容。《妙真经》曰："罪莫大于淫，祸莫大于贪，咎莫大于僭，此三者，祸之车也。小则亡身，大则残家。"[1]在道教早期经典中，就有关于断绝亲情的叙述。如《老子化胡经》谓尹喜欲从李聃学道。李聃曰：你若能当斩你父母妻子七人之头以表诚心，我就接受你。于是尹喜便自斩父母七人之头献给李聃，结果变成七颗猪头。《神仙传·蓟子训》写蓟子训怀抱邻家小儿，失手坠地，儿即死。但邻家素来尊敬蓟子训，见儿死并无怨恨之色，后二十余日，蓟子训又怀抱那个婴儿还家，原来坠死的小儿只是个泥人。唐牛僧儒《玄怪录·杜子春》篇写得最为精彩。杜子春在勘破物欲关后，老君带他往昆山炼丹，要他守护炼丹之室，并且警告说，不管遇到什么东西，都是幻象，千万不可开口作声，否则炼丹不成，无法成仙。子春在守丹的过程中，先是经历将军斩杀恫吓，毒蛇猛兽的搏噬，雷电风雨的侵袭，但他皆端坐不顾。后出现一金甲神，酷刑拷打子春之妻，子春泪如雨下，但依然不开口，金甲神大怒，杀死子春。子春死后，灵魂下了地狱，遭到阎罗王的刀山油锅等刑罚虐待，但仍不发一语。阎罗王大怒，命子春转世为美女，且从小病痛不已，子春依然不开口，大家以为子春是哑女。子春婚后，丈夫很想与子春讲话，但

---

① 张君房《云笈七签》卷八十九"诸真语论部"，第545页。

子春一言不发，丈夫大怒，竟将两人的孩子摔死，脑浆迸裂，血流五步。子春眼见爱子被杀，心中痛苦难忍，不禁大喊一声，因而破老人之戒。这时老人出现，发现炼丹已经失败，要求子春回到尘世，子春非常愧疚，从此行踪不明。这说明亲情最难割舍，所以误入仙境的小说，结尾都有一个误入者思家欲归的情节。后来"守护丹炉考验"成为古代小说中的一个母题。

色欲更是人类欲望的最集中表现，是道教小说中常见的考校项目。道教严厉禁止淫犯女性，"酒色为丧身之棺椁""不得淫欲以自悦"。①《神仙传》中的张道陵七试赵升、太真夫人试姚坦，《金莲仙史》中王重阳试孙不二，《韩湘子全传》中钟、吕两仙试韩湘子，皆有美女、美男引诱学道者的情节，而当事人都顺利过了"色"关。当然，也有在"色关"面前败下阵来的描写，如《东游记》中为老君驾车的徐甲，未过美女关，被老君索回太玄生符，即时变成一团白骨。在《北游记》中，真武前身更是多次经受不起美色的诱惑而致修道失败。第二回为皇后美貌所惑，凡心未净，导致修道失败；再世修行时，又一次受美色之诱，许下来生恩爱之愿，修仙再次受挫；第三次转世，因一女子纠缠，发怒下山，欲弃前功。后受"铁杵成针"的启示，方回心转意，继续修炼，终去尽肚肠，修成仙道。这些失败的故事，形象地说明了"去欲难矣"的道理。

财货的多少是影响生活质量的重要因素之一，所以，贪财好宝也是人类的痼疾，"财"关考验就成为道教"考校"的大关。《老子想尔注》云："求长生者，不劳精思求财以养身，不以无功劫君取禄以荣身，不食五味以恣，不与俗争，即为后其身也。"②在道教"考校"小说中，多是采用遗金不取或拾金不昧的描写方式，如《神仙传·张道陵》中的赵升、《金莲仙史》中的王重阳。但在明代道教小说中，当事者的处理方式更为灵活和现实，一般会把这宗来历不明的钱财用来济贫救急，如《绿野仙踪》等小说中的描写。

趋吉避凶，贪生怕死，也是人类的天性。道教认为，道士深入杳无人迹的深山修道，可能会遇到许多危及生命的事情，因此，坚持下来需要非凡

---

① 分别见《云笈七签》卷三十八"大戒上品并序"，卷四十"说百病""崇百药""初真十戒""金书仙志戒""受持八戒斋文"。

② 饶宗颐《老子想尔注校注》，上海古籍出版社，1991年版，第10页。

的勇气。所以，对学道者进行恐惧考验，一般使用毒蛇猛兽、山魈妖鬼，如《神仙传》中张道陵试赵升，壶公试费长房，太真夫人试马鸣生，元人赵道一编撰的《历世真仙体道通鉴·姚坦》中天帝试姚坦，《韩湘子全传》中钟、吕两仙试韩湘子，《金莲仙史》中钟、吕试王重阳，《绿野仙踪》中火龙真人试冷于冰和冷于冰试其徒，等等。充分体现"学仙原非容易，惜命不可修行"和"修行人每到要紧关头，视性命如草芥"（《绿野仙踪》）的道理。学道者在山洞中修行，山洪爆发和岩石倒塌也是常有的事，所以，恐惧考验中也有这类内容，如《神仙传》中壶公将长房关于石室之中，头上悬一巨石，众蛇啮绳，绳即欲断，但长房淡定自若。元人赵道一编撰的《历世真仙体道通鉴·姚坦》中天帝试姚坦，山神率群鬼，擎一巨石，耸若高峰，风驰电激，向姚坠下。

通过侮辱学道者，以考验他的气度和修养及道德信仰，也是道教考校的重要科目。《真诰》云："性躁暴者，一身之贼病，（心闲逸者）求道之坚梯也。遂之者真去，改之者道来。每事触类，皆当柔迟而尽精洁之理，如此几乎道者也。"[①] 所以，神仙有时会以老人或乞儿的模样与人游戏，试探学道者的虔诚，试探的方法往往出人意表，带有欺侮戏弄的特质，神仙故事中出现的考验情节，如化装而来的神仙令学道者为肮脏的脚穿鞋、舔吮流脓的疥疮、吞食蠕动着蛆虫的粪便等各种超出常轨的心理折磨，测试求道者是否有"卑屈"自处，抛下所有矜持身段的心理素质。"卑屈"在宗教中的意义是学习受辱、凡事忍受，才有机会成为神仙队伍中的一员。如《神仙传》中张道陵使人骂辱赵升，诬称赵升盗窃。《七真因果传》中王重阳故意凌辱邱长春。当事者最好的反映方式是不怨恨，甚至不争辩。在《神仙传》中，有数例对忍受肮脏的心理考验。如"李八百"篇写唐公昉有志求道，但不遇明师，仙人李八百欲教授之，乃先往试之。先是假装贫病将死，公昉即为迎医合药，费数十万钱，不以为损，且为八百的病忧形于色。八百转而又遍身生恶疮，臭不可闻，公昉为之流涕。八百曰："我的疮须人舔舐方能痊愈。"公昉即令三婢女为舐之。八百又曰："婢舐不愈，若得君为舐之，即当愈耳。"公昉即舐。八百又说无用，欲公昉妻子舐之，公昉即令妻子舐之。八百又告曰："若想治

---

① （日）吉川忠夫、麦谷邦夫编，朱越利译《真诰校注》，第317页。

好我的疮，须用三十斛美酒为我洗浴，当能痊愈。"公昉即为他准备美酒，倾进一个大的容器中。八百即入酒中沐浴，疮即刻愈合，肤如凝脂，亦无伤痕。于是告诉告公昉说："吾是仙人也，子有志，故此相试。子真可教也，今当授子度世之诀。"乃使公昉夫妻并舐疮三婢，以其浴酒自浴，众人即刻焕然一新，年轻漂亮。八百又以丹经一卷授公昉。公昉入云台山中制药，药成，服之仙去。为了治好李八百的恶疮，唐公昉可以牺牲自己的金钱、尊严，毫不犹豫为他做他所要求的一切，终于感动了李仙人，助其全家成仙。"费长房"篇写费长房通过恐惧关后，壶公以为孺子可教，令长房啖屎，屎中蛆长寸许，异常臭恶。长房面有难色。壶公叹息道："你成不了神仙，只可活数百岁。"于是将长房遣归。"寇谦之"写仙人赠寇谦之仙药，谦之一看，那些药都是"臭虫恶物"之类的脏东西，难以下咽，不肯服用。仙人叹息说："谦之未易得仙耶。"像费长房和寇谦之这样有慧根而且勤于求道的人，也会迷于物相，最终功亏一篑。自《神仙传》后，"舔舐""食秽"成为神仙考验学道者的固定模式。清小说《升仙传》第四回写济小塘入山求道，见到钟离权和吕洞宾，两人只顾下棋，不理睬他。小塘哀求，吕洞宾要他舔净脚上的疮脓，小塘两手捧疮，用口舔咂，直至舔完。于是洞宾传其法术。

在明清长篇小说中，神仙对学道者的"考校"都是综合性的。明代小说《东游记》《飞剑记》中写钟离权十试洞宾；清代小说《绿野仙踪》《升仙传》《韩湘子全传》《七真全传》等小说中，考校的内容就更为丰富。

3. 天书授受

在神仙收徒传授天书，又是古代小说中常见的母题。为了保密，道经语言多使用隐语，这是道教内部的规矩，如《真诰》中就采用文字"离合"的方法写诗、以隐语标示年代、以隐语别名表示丹药和修炼术语等。《魏书·释老志》云："其书多有禁秘，非其徒也，不得辄观。"所以道教强调在授经时需要名师指点，口授要诀，否则不易知解。在此基础上，道教就将道经天书化，认为天书乃用"雷文云篆"书写，深奥难懂。所以"天书"又被说成"无字天书"或"素书"，只有有缘者看见，字迹才会显现。如冯梦龙改编本《三遂平妖传》第十一回写蛋子和尚从白云洞摹得天书回来，展开来看时，"原是一张素纸，何曾有一点一画？每张检看，都是如此"。蛋子和尚放声大哭，欲去深潭自尽。路上遇见白须老者，说知缘由，老者道："天书不比凡迹，况明授者属阳，私窃者属阴。日光下之阴气伏藏，自然不见，此阴阳相克之理也。要辨得有缘无缘，须于戌亥子三个时辰，择个月盈之夜，在旷野无人处，将纸向月照之，隐隐有绿字现出，这便是机缘已到。若没字时，便是无缘了。"蛋子和尚按照老者所说，"将右壁上摹过的纸月中照看，果然隐隐现出绿色字样，细字有铜钱大，粗字有手掌大，但多是雷文云篆，半点不识"。

在古代小说中，天书都藏在非常隐秘的地方，而且封装牢固。如《酉阳杂俎·韩伙》（《太平广记》卷三百六十五）中封盈，"先是尝行野外，见黄蝶数十，因逐之，至大树下而灭。掘得石函，素书大如臂，遂成左道"。《三国志平话》写学究来到一石洞前，见一条臣蟒，走入洞去。学究随蟒入洞，不见其蟒，却见一石匣，用手揭起匣盖，见有文书一卷，取出看罢，即是医治四百四病之书。《禅真逸史》中林澹然，在狐精的引导下，走入洞天深处，有块大青石，"方围高四尺有余，四边俱蔓紫苔，石面平如明镜，光润细洁。倚着一株大柏树，顶上覆着柏叶，团团如盖。"林澹然用左手石上依样画符一道，轻轻扣了三下，只听得豁喇的一声响，此石分为两下，就如刀削一般，两块裂开，中间有一石匣，匣内有书三册。林澹然顶礼三匝，然后取出。天书获得写得最生动的是《英烈传》和冯补本《三遂平妖传》。《英烈传》第十七回写刘基山洞获天书：青田县城外，有一座高山俗名红罗山，层岗迭巘，峻石危锋。传说山中常有妖精作怪。刘基辞官归里，进山读书，忽一日，崖边豁地响了一声，只见石门洞开。刘基将书丢下，大步跨入空谷中，转弯抹角，来到一石室，上看有七个大字道："此石为刘基所破。"刘基知是天意，遂拾个石子，向那石上猛击一下，只见毫光万道，实时裂开，内中有抄写的兵书四卷。刘基将书怀在袖中，正欲走出，忽听得壁厢豁喇一声，枯藤上跳出一只白猿来，望着刘基张口扑来。刘基大喝道："畜生，天赐宝贝，原说与我刘基的，你待怎样？"那猿便拜伏在地，忽作人言曰："自汉张子房得黄石公秘传之后，来辟谷嵩山，半路之中，将书收藏在内。便命其六丁、六甲，拘本山通灵神物管守之。丁甲大神见小猿颇有些灵气，便拘我到张子房面前。张子房许我在此，平日只是到山上山下走动走动，从未外出游玩。今日，天意将此书付与先生，辅主救民，要我在此无用。望先生方便破开圆圈，把小猿宽松些也好！"刘基便对他曰："天书我虽取得，其中方法竟未曾看着，待我回家细看，倘其中有破开圆圈方法，我方好放你。目下，我如何会得？"白猿只是苦苦哀求说："先生此时不放我去，何时再得进来？我从前被留侯拘束时，曾问他何年放我，他便曰：'留着，留着，遇刘方放着。'今日遇着'刘'，便须遇着'放'。先生只是可怜见宽，小猿则感恩不浅！"刘基看他哀求不过，便从袖中扯出天书来看，谁知袖子太小书本过大，只扯出一本来，将手翻开，恰是落末一本，凑巧簿面上写着：拘收白猿管守天书事情，看到后面，果有打破圈箍放白猿的神法。刘基心中原要试验一番，却又不解此中原是咒语，只好将他当书诵读。谁想把宽放他的法儿读完，只见那白猿朝着刘基拜了几拜，竟从山后跳出去了。刘基也不顾他，遂放开大步，复从原路而回。回头一看，那石壁依然合了。

《三遂平妖传》述蛋子和尚三盗天书，以表得天书之难。第一回写玄女带袁公上天，朝见了玉帝。"玉帝见袁公好道，封为白云洞君，教他掌管着九天秘书。何谓秘书？凡是人间所有之书，不论三教九流，天上无不备具，但这天上所有之书，人间耳未闻目未见的，也不计其数，所以就总唤做秘书，就金匮玉箧收藏。每年五月端午日，修文舍人来查点一次，此乃修文院之属官也。袁公虽然掌管，奉有天条禁约，等闲也不敢私自开发。"后来袁公私自发看"道字号"天书，只见中间一个小小玉箧儿，面上横着无数封记，乃每年修文舍人来检视时，加上御封一道，只见封不见开，袁公扯开御封，双手去揭那箧盖时，却似一块生成全然不动，再用尽平生之力狠揭一下，那玉箧儿恰似重加钉钉，再用金熔，休想动得一毫。于是袁公双手捧着玉箧，跪下叫道："吾师九天玄女娘娘，保佑弟子道法有缘，揭开箧盖，永作护法，不敢为非。"连磕了三四个头，爬起来，把玉箧再揭，那箧盖随手而起，内有火焰般绣袱包裹。打开看时，三寸长，三寸厚，一本小小册儿，面上题着三个字，叫做如意册；里面细开着道家一百零八样变化之法，三十六大变，应着天罡之数，七十二小变，应着地煞之数，端的有移天换斗之奇方，役鬼驱神的妙用。袁公又将天书上的内容写在石壁上。

玉箧天书是天庭法宝，只能在有混元老祖、九天玄女娘娘和玉帝三仙中的任一位法旨时才允许打开。所以，王帝得知袁公私发秘书，大惊道："这如意册乃九天秘法，不许泄漏人间，只因世上人心不正，得了此书必然生事害民，那畜生兽心未改，有犯天条，不可恕也！"当即令天将将袁公擒来，鞫问正法。星君和修文舍人为袁公求情，奏玉帝道："袁公犯罪虽深，情词可悯；况且混元老祖曾遗下四句云：玉箧开，缘当来；玉箧闭，缘当去。缘者袁也，或者袁公有缘，所以玉箧自启。他既无邪心，宜看九天玄女面上，从宽释放为便。"玉帝准奏，免其死罪，革去白云洞君之号，改为白猿神，着他看守白云洞石壁。又先发下天符一道，着本境城隍土地，逐去猿子猿孙，一切党类，十里之内，不许停留，单单只容一个袁公居住。如若妄传凡人，生灾作耗，一体治罪。袁公谢恩已毕，玉帝传旨，将御前白玉宝炉赐予袁公。这炉名为自在炉，若袁公在洞修行时，炉的香烟缭绕，自然不断，直透天门；倘或袁公离了洞门，香烟便熄。又令从天库中出宝贝"雾幪"交与袁公，展开尺余，便有十里雾气，罩住山洞。

接着写蛋子和尚三盗天书。第八回先通过一山僧之口，渲染山洞雾气之浓，石桥之险。第九回写蛋子和尚进山，"行过二三里路，高高低低，都是乱山深泽，草木蒙茸，不辨路径，只中间一线儿，略觉平稳，似曾经走破的。依着这路行去，约莫十里之程，果然有个石桥，跨在阔涧之上，足有三丈多长，只一尺多阔，桥下波涛汹涌，乱石纵横，如刀枪摆列。"蛋子和尚虽已进洞，但因贪看洞中景色，耽误了寻找天书的时间，白猿神将归，只好慌忙退回。第十回，一年后，蛋子和尚做了充分准备，再次进入洞中，要抄录时，却忘了带纸墨笔砚，慌张之际，白袁神归来的时间已到，赶忙跑回。两次失败，蛋子和尚伤心至极，不觉放声大哭，一连哭了三日三夜，兀自哀哀不止。这时，走来一个白发老者，问知情由，对他说：自己少年也曾到过白云洞，也没有看到天书。后来遇到一个全真道人，告诉我说，天庭秘法不比凡书可以抄写。要传法时，也不用笔临，也不用墨刷，只用洁白净纸，带去到那白玉香炉前，诚心祷告，发誓得天书后愿替天行道，不敢为非。祈祷过了，便将素纸向石壁有字处摹去，若是道法有缘的，就摹得字来，若无缘时，一个字也没有。第十一回，蛋子按照老者的说法，第三次进入白云仙洞，先到白玉炉前，双脚跪下，磕头发誓："贫僧到此第三番了，望乞神灵可怜，传取道法。情愿替天行道，倘作恶为非，天诛地灭。"发罢愿，才开始摹写石壁上的天书。但摹到的天书又不见字迹，又是老者再次出现，教给他现字的方法。最后，蛋子再找到圣姑姑辨认，才将天书"译出"。

冯梦龙用了三回的篇幅来描写蛋子和尚盗天书的过程，极写得天书之曲折艰难。后来因为天书，促使王则起事，可说是通篇小说之关键。而且，蛋子和尚盗天书，也形象地诠释了道教关于天书封藏、传授的思想。

因为"天书"的内容十分重要，关系个人生死、国家兴亡、战争成败，所以就特别重视对它的收藏和传授。以蝌蚪文字书写的道经天书被译成下世的凡俗文字后，都先要秘藏于天界宫府中，责由神人守护，随着"洞天福地"说法的产生，石洞也成为藏书之地。灵宝派的《太上玉佩金珰太极金书上经》中说：元始天尊开经讲法时，"以金青盟天，告灵九空，禀受上真，铸金为简，刻书灵文；使龟母按笔，太一拂筵；盛以云锦之囊，秘以郁森之笈，封以玉清三元之章，付仙都左公、侍仙羽郎，藏太素瑶台、玄云羽室"①。《上清外国放品青童内文》卷下强调天书秘藏的思想："玄文宝经、隐书古字，有千二百亿万言，在玄圃之上、积石之阴，仙人有九万人，皆散停于灵山。"②

在上举小说中，特别强调得到天书者的"缘分"，或者视之为不可改变的"定数"。天书一般按天、地、人"三才"分上、中、下三卷。"天、地、人"就说明它的内容无所不包，《洞真太上素灵洞元大有妙经》云：经有三品，道有三真。③三皇派也把《三皇经》三卷说成分别是天皇、地皇、人皇所授。在古代小说中，天书既有按天、地、人而分的，如《禅真逸史》中林澹然得到的天书有"天枢秘籍""地衡秘籍""人权秘籍"三卷。"天枢秘籍"是观星望气、排兵布阵、驱神役鬼之法；"地衡秘籍"是奇门遁甲、堪舆地理、阴阳术数之法；"人权秘籍"是补阳炼阴、降龙伏虎、超天缩地变化之法。《幻中游》中秋英得到的三卷天书分别是"天时""地利""人和"；也有按道、法、术而分的，如《神仙感遇传·李筌》中李筌得到的天书，上有神仙"抱一"之道，中有富国安民之法，下有强兵战胜之术，皆内出心机，外合人事。人若洞晓了天书，就掌握了宇宙的奥秘，可以像神仙一样能力巨大，自在不朽。

根据古代小说中的描写，天书主要有这样几个方面的内容。一是兵法。如《杨家府演义》《说岳全传》《归莲梦》《五虎平南演义》等小说中，天书的

---

① 《太上玉佩金珰太极金书上经》，《道藏》第1册，第896页。
② 《上清外国放品青童内文》，《道藏》第34册，第8页。
③ 《洞真太上素灵洞元大有妙经》，《道藏》第33册，第415—418页。

内容都有练军、布阵、破阵、偷袭等军事知识。二是道教修炼秘籍。如《神仙感遇传》《永庆升平》等小说中，天书的内容主要有神仙抱一之道、吞丹炼气、延年益寿的妙法。三是治国秘方。如《神仙感遇传》《觚剩续编》卷三"猿风鹰火"中的天书有富国安民之法、成将相之才等内容。四是巫技。如《三遂平妖传》《水浒传》《杨家府演义》《女仙外史》等小说中，所谓偷天换日、追魂摄魄、豆人纸马、鬼刀神剑、破敌咒语、召请神兵、奇门遁甲、隐形变化、征风召雨、伏虎降龙、点石成金、占卦算命等巫术是天书的重要内容。五是医书。如《三国志平话》《永庆升平》等天书中，有治病、针灸、起死回生的妙药、饲养仙马的药方等内容。

当然，天书内容一般是综合性的，包括了上述内容中的多项，是可以解决一切问题的"百宝书"，所谓"理国则太平，理身则得道"。[1]所以，"天书"是解决一切现实、人生中重大问题的灵丹妙药，与儒家所谓修身、齐家、治国平天下若合符节。而在小说中，通过获取天书者的使用实践，也印证了天书的强大功能。如《绿野仙踪》中的冷于冰按天书修炼，能知天地始终定数，日月出没根由，本领通天，事事前知；《英烈传》中的刘刘基，在获得"天书"后，参赞机要，辅佐圣主，扭转乾坤；《水浒传》中宋江、《北宋志传》中杨宗保、《说岳全传》中诸葛锦、《说唐演义后传》中薛仁贵、《忠烈全传》中孙梦兰、《绮楼重梦》中小钰等，依靠天书，平定叛逆，打败夷敌，开疆拓土；《女仙外史》中唐赛儿、《说呼全传》中呼延庆、《孙庞演义》中孙膑等，凭着天书除奸复仇，再造乾坤；而《酉阳杂俎》中封盈、《三国志平话》中张觉、《永庆升平》中毕道成、《归莲梦》中白莲岸等，则因为得到天书，自以为邀天之眷，野心膨胀，欲图王称霸，利用天书蛊惑百姓，聚众谋反。

因此，天书是把双刃剑，根据拥有者或使用者的品行不同，而会产生绝然不同的结果，好则封妻荫子，坏则覆宗绝嗣。所以，神仙在授"天书"前后，总是谆谆告诫，反复叮嘱受者，要慎重使用。《三水小牍》中神君告诫侯元道：天书"宜谨密自固，若图谋不轨，祸必丧生！"《三国演义》中南华老仙对张角说："汝得之，当代天宣化，普救世人；若萌异心，必获恶报。"《水浒传》中九天玄女告诫宋江说："宋星主！传汝三卷天书，汝可替天行道为

---

[1] 《墉城集仙录·骊山姥》，《太平广记》卷六十三。

主，全忠仗义为臣，辅国安民，去邪归正。"并说天书"只可与天机星同观，其它皆不可见。功成之后，便可焚之，勿留在世"。《女仙外史》中九天玄女指出：天书若"真人得之，可以上天下地，驾雾腾云，超生脱死，为人圣之阶梯；邪人得之，用以惑世乱国，终干天谴"。冯补本《三遂平妖传》中玉帝听说白云洞君私发秘书，窃了如意册下界，大惊道："这如意册乃九天秘法，不许泄漏人间，只因世上人心不正，得了此书必然生事害民，那畜生兽心未改，有犯天条，不可恕也！"袁公道："怪道玉帝十分秘惜，不许泄漏人间。这般法术，分明是金刚禅外道，与自家心性无与。早知如此，便不开道玉箧也罢了。"心中懊悔无及，取笔添数行字于石壁之后云："此系九天秘法，上帝所惜。倘后人有缘得之者，只宜替天行道，保国佑民。"在古代小说中，作者一般安排主人公在小说的开头或中间得到天书，主人公自得天书后，自此人生发生重大转折，由凡超圣，拥有了凡人所不具有的异能，并由此萌发报国的雄心或称帝的野心；若在小说中段，则更重视天书对小说情节发展的引导作用。主人公一般在形势危急或遇到棘手难题一筹莫展时获得天书，这样，天书便成了扭转败局或颓势的关键物。

从文化上说，宝经或神化经典，是许多宗教流派甚或哲学流派共同的做法，佛教不用说，儒家也有半部《论语》治天下的说法。因此，天书崇拜其实是古人经典崇拜的反映。另外，小说作者无限夸大天书的功能，谓某人偶然获得"天书"，便立即具有了超常的本领，而且把历史上建立了不朽功勋的人物都想象成是得天书之助。这也是古人轻浮急躁和急于求成心态的反映。尤其是小说中描写天书最多的明清时期，社会动荡，内乱频仍，边疆不宁，朝臣派系林立，内斗不已，权奸阉竖，把持朝政，屠杀善类。面对如此众多的社会棘手问题，不免束手无策，因而幻想着有一本包解决所有棘手问题的宝书。而那些帝王觊觎者，面对强大的对手，也希望获得秘密武器。这样，在历史上和小说中，"天书"就成为喜剧和悲剧的制造者。

4. 济世救民

学道者在得到师傅的真传后，接下来就是凭着这些学来的法术，积功累业，最终成仙。

仙道在人们的印象中，定格的形象就是法力高强。所谓得道之士，"掩耳而闻千里，闭目而见将来"①，变化无穷，神秘莫测。按南谷子所说："道乃法之体、法乃道之用"，"明于天人之分，通于治乱之本，治有本末，知所先后，则近于道德矣，术其可以治天下乎！"②"道"与"法"是本体与方法的协调。白玉蟾对此也有精妙的概括："法也者，可以盗天地之机，穷鬼神之理，可以助国安民，济生度死。本出乎道，道不可离法，法不可离道。道法相符，可以济世。"③"道者，虚无之至尊也。术者，变化之玄伎也。道无形，因术以济人，人有灵，因修而会道。人能学道，则变化自然"。④道法相依，不可偏废。道是法的内在依据，法是道的外在表现，道的运行通过法的操作来实现。总而言之，法是入道的门径，也是得道的表现之一。道与法不可分离，在道的原则下使用法，通过使用法来彰显道，两者相济相成。道士如果用法不当，就是"妖道""左道"；用法正确，就是"高真""上圣"。判断道士使用"法"是否正确，就是看它是否符合民众特别是统治者的利益。葛兆光在分析道教时曾指出：道的妖邪之别，在于"那学了与民间却除妖害的，便是正法，若是去为非作歹的，便是妖术"。他进一步说："这里区分正道、妖道的标准是价值判断，并不是法术有妖邪，而是用的'道'有正邪，这是小说中的看法。由此我们可以发现，在对道教的批判中，其实常常不是出自教义和教理的批判，而往往是以社会秩序为基础的道德和伦理的批判以及政治的批判。"⑤这一看法，古代不少小说作者早就阐述过。凌濛初在《初刻拍案惊奇》卷十七中说："那学了与民间祛妖祛害的，便是正法；若是去为非作歹的，只叫得妖术。"明代小说《三教开迷归正演义》也借道士灵明之口说："依小道看来，幻诈之术也出神化，只是正则为仙，邪则为怪。"在《封神演义》《西游记》《三遂平妖传》等小说中，"妖道"的共同特征都是或反抗天庭和朝廷，或运用法术骗财骗色。《七真因果传》中吕祖说："上古人心朴实，风俗良淳，授道者先授以法术卫身，而后传以玄功成真。今时世道浇漓，人心不古，若

① 葛洪《抱朴子内篇·对俗卷第三》，《诸子集成》（8），第11页。
② 南谷子杜道坚纂《通玄真经缵义》卷十一，《道藏》第16册，第811页。
③ 白玉蟾《道法九要序》，《道法会元》卷一，《道藏》第28册，第677页。
④ 张君房《云笈七签》卷四十五"秘要诀法部·序事第一"，第261页。
⑤ 鲍涛《妖道与妖术——清华大学葛兆光教授谈小说、历史与现实中的道教批判》，《中国国情国力》，1999年12月31日。

先授以法术，必反误其身，故先传以玄功，不假法术而身自安，不用变化而道自成，道成万法皆通，不求法术而法术自得也。"《绿野仙踪》中冷于冰告诫徒弟道：修习道行，必须循序渐进，"法术"不过借以防身或救人患难，气候到了，我自然以次相传。他的徒弟中，有神偷、浪子、畜类、妖女等，因此，德行的磨砺就显得十分重要。在第四十五回，雪山道人对冷于冰道：天书《宝箓天章》不过是地煞变化，极人世可有可见之物，巧为假借一时。在佛家谓之为金刚禅邪法；在道家亦谓此为幻术。"用之正，亦可治国安民；用之邪，身首俱难保护。费长房、许宣平等，皆是此术，非天罡正教也。"可见，道教对传法和用法都十分慎重。

以法术娱众或防身，按照道教的说法，都不是"用法"的最高境界，道士掌握法术的终极目的是济世利民。道教的早期经典，就呈现出强烈的济世色彩。《太平经》全书贯穿着"安君明治"的思想。书中解释"太平"二字道："太者，大也；平者，正也；气者，主养以通和也；得此以治，太平而和，且大正也，故言太平气至也。"①《太平经》的造作初衷，就是为时君世主治理天下，安定社稷，排忧解难，贡献策略，以期实现"去乱世，致太平"的理想。道徒修炼守一、入道、入神等术，目的是"为帝王使"。这些观点，可谓与儒家"修身""齐家""治国平天下""学好文武艺，货与帝王家"的说法异曲同工。

"立功"的方式，包括修德、济世等，而要获得"立功"的本领，就必须进行修炼，掌握某些法术。《鬼谷四友志》卷之一中明确地说，作为道者，须掌握这几家学问："一曰数学，日星象纬，在其掌中，古往察来，言无不验；二曰兵学，六韬三略，变化无穷，在阵行兵，鬼神莫测；三曰游学，广记多闻，明理审势，出词吐辩，万口莫当；四曰出世学，修真养性，服食引导，祛病延年，冲举可俟。"用今天的话说，就是要有敏锐的洞察力、准确的预见性、卓越的军事才能、广博的知识和强健的身体，而法术是其中内容之大宗。拥有这些技术，道士才能实现修身、治国、平天下的理想。因此，在文学作品中，仙道是一些具有超凡智慧和本领的异人，能解决和应付民众生活中遇到的种种难题和危机。可以如此说，道教神祇是侠士、清官、神医的隐喻，

---

① 罗炽《太平经注译》，西南师范大学出版社，1996年版，第252页。

扮演着人们现实生活中的多重角色。

度人为仙是一种宗教形式的救济行为。六朝时的灵宝派特别重视救度行为，"灵宝"之义，就是"性功"和"命功"的结合："灵者，性也；宝者，命也。"[1]《度人经》是灵宝派教义思想的核心，被道门奉为万法之宗，群经之首，[2] 因此，在古代道教文学作品中，"度脱"是其内容大宗。在清初小说《绿野仙踪》中，火龙真人曾对冷于冰说："上帝首重济渡仙才。"作者又通过冷于冰与桃仙客的对话，强调了度人的重要性。冷于冰问桃仙客："小弟毫末道行，为日甚浅，不知修行二字，以何者为功德第一？"仙客道："玄门一途，总以渡脱仙才，为功德第一。即上帝亦首重此。……其次莫如救济众生，斩除妖逆。……其余皆修行人分内应为之事。"道教认为，仙境和浊世是两个截然不同的世界，仙界的美好与尘世的苦难形成鲜明对比。因此，使凡人脱离苦海进入仙境，是神仙修道的最崇高目标。而且，被救度者不但包括人，甚至还有鬼、动物、植物等异类。这与道教慈悲为怀，民胞物与，泽及万物的观点是分不开的。度化异类成仙，是神仙道行高妙的体现，如《绿野仙踪》中化行真人质问火龙真人为何只好度门徒而不肯度异类，火龙连连摇头道："谈何容易！不但三五十，你若于异类中能渡得一个成就正果，于我面上亦有光辉。缘此辈原是邪种，少通变化，他便要播弄风云，作祟人世，千百中，无一安分者。再经仙傅，其胆大妄为，较人中之最不安分者还更甚数倍。前通元真人马钰阳、文逸真人梅福因度异类在教下，后来大肆宣淫，秽污山岛，致上帝震怒，俱降职为先生。若非四天师保奏，已打入轮回矣。你等焉可因教下无人，便留心此辈么？大要异类之中，唯猴性一刻无定，求安坐五六句话功夫亦不能。袁不邪以一猴而能沉潜入道，此谓反常。反常者必贵，乃造化独钟其灵，一经仙傅，必身列金仙，岂神仙、地仙所能限量！至于锦屏、翠黛，我早已密行推算，亦皆大成之器。此乃天缘遇合，该造就于普惠门下也。"由此可见，异类最难度脱，最能考验神仙的功力。

其次是帮助"种民"化解各种危机。"种民"所面临的灾害中，较为常见的是自然灾害和身体疾病，自然灾害包括火灾、水灾、旱灾、兵灾、虎患

---

[1] 郑思肖《太极祭炼内法》，《道藏》第 10 册，第 462 页。

[2] 《度人经》，《道藏》第 9 册，第 873 页。

等，如《铁树记》写江西地区因蛟精作怪，常有水患。许真君凭借法术，斩蛟镇妖，使江西人们免受水灾之苦。古代由于医疗技术落后，百姓生活贫困，因而深受疾病之害，世界上很多宗教都是借助为人治病而发展起来的。《抱朴子》引《玉钤经》说："为道者以救人危，使免祸，护人疾病，令不枉死，为上功也。"① 所以，在小说中，神仙治病救人的故事俯拾皆是。如《神仙传》中董奉救死扶伤，不受报酬。仙人壶公有召鬼神治病玉府符，入市卖药，口不二价，治病皆愈。《咒枣记》中仙人王方平赠萨真人一把可以用来治病的棕扇，"一扇热退，二扇凉生，三扇毛骨悚然，其病即愈。且其扇又可以返卒死之魂，但人有暴死者，若未过花甲，从身上贴有几个符箓，用此扇扇之，其人即活。故又名返魂之扇"。

此外，还有周穷济急、降魔治妖等。道教贵"生"，这就决定了他们要与各种破坏"生"的力量——妖魔鬼怪对立并作殊死的斗争。在相关道书《女青鬼律》《洞渊神咒经》中，都提出了斩抹、杀鬼及除精的观念。总之，道教把人类常常面临的危机和困难喻化为妖魔，以之象征为天灾人祸，而神仙高道所用以解救危机的力量也被隐喻化为法物、法力，是修行者在性（道德）命（炁功）修炼中所凝聚的宇宙之力。换言之，"神"所象征的是宇宙中不可思议的正义灵力，"魔"则是一种破坏宇宙秩序的邪恶力量，邪不胜正，宇宙秩序在破坏之后终将恢复如常。如《张道陵七试赵升》（《喻世明言》第十三卷）张道陵制伏了西城索要人祭的虎神，斩杀了广汉青石山中毒死行人的毒蛇，剿灭了蜀中枉暴生民的鬼魔王。在小说中，神仙代表"正"，是"善"的化身；妖魔鬼怪代表"邪"，是"恶"的代表。当然"魔"也包括哪些站错了队伍即助纣为虐的"邪"仙。所以对待邪魔的方式，有灭有降。这种由神——魔两极对立引发的故事在小说中比比皆是，尤其是在神魔小说中，神魔斗法成为小说的中心情节和表现神仙救世主题的主要手段。神仙们常常通过参与凡世斗争，祛邪扶正，扬善抑恶，如《封神演义》支持武王伐纣的是执掌阐教的元始天尊派，而帮助商纣王的则是截教。《女仙外史》中帮助建文帝复国的忠君派，是以嫦娥转世的唐赛儿为代表的"正仙"；支持天狼星转世的朱棣，是以月孛等为代表的"邪仙"。特别是在《水浒传》《平妖传》《说唐后传》等小

---

① 葛洪《抱朴子内篇·对俗卷第三》，第11—12页。

说，代表正义的一方都能得到著名的神仙九天玄女、鬼谷子的佑助。这类故事常常以真实的历史事件为背景来展开，以人世的政治斗争为契机，神仙与妖魔各助一方，高下难分，人神混淆，以造成正邪二元对立的抗衡性与紧张性。但正义的一方因神仙的大力相助而战胜有妖魔庇护的邪恶势力，则是常见的结局，也体现出作者及民众对历史事件的一种理解方式。因为道教坚信："天地格法，善者当理恶，正者当理邪，清者当理浊。不可以恶理善，邪理正，浊理清。此反逆之，令盗贼不止，奸邪日生，乃至大乱，各从此起。"①显然，这类小说有明显的政治性、社会性，也常带有作者的感情色彩和价值取向。通俗文学在娱乐性的趣味之外，完成另一种宗教的教化功能及意义。

这些小说的结构特征，最突出的就是道教中人或道教神谱中的神仙，在正邪之争中起着"有之则事成，无之则事败"的关键作用。这一结构的原型，可溯源到古代神话。如《山海经》卷十二"大荒北经"载："蚩尤作兵伐黄帝，黄帝乃令应龙攻之冀州之野。应龙蓄水，蚩尤请风伯雨师，纵大风雨。黄帝乃下天女曰魃，雨止，遂杀蚩尤。"在这则神话中，正面人物黄帝与反面人物蚩尤争斗，黄帝先是请来能蓄水的应龙作为助手，而蚩尤则请来能纵大风大雨的风伯雨师相助，在应龙不敌，黄帝将要失败时，天女魃及时降世，帮助黄帝，战胜风伯雨师，杀死蚩尤。黄帝与蚩尤争霸斗法的故事，后来沉淀为一种意态结构模式，为后世小说所仿效。即正义的一方与邪恶的一方相争，双方都有助手相帮，起初正义的一方遭受挫折，但最终法力更强大的助手及时出现，帮助正义的一方，战胜邪恶。"采用（这个模式）为局部情节的作品简直不胜枚举"②，如《水浒传》《西游记》《封神演义》《三遂平传》《女仙外史》等。尤其是道教，因为把黄帝拉进了神仙队伍，就对这一结构模式特别感兴趣。唐末道士杜光庭的《墉城集仙录·九天玄女》讲述的就是道教女仙九天玄女受西王母之遣从天而降，授黄帝种种制魔秘术，帮助这位有德之君击败由鬼魅杂妖、风伯雨师等邪神支持的蚩尤。双方阵前斗法的场面描写，为后来的神魔小说所仿效。

在早期小说中，道士济世的方式多表现为度人、治病、除妖和降怪等，

---

① 罗炽《太平经注译》，第 1158 页。
② 石昌渝《中国小说源流论》，生活·读书·新知三联书店，1994 年版，第 55 页。

以术干政的例子很少，把历史上一些功名赫赫的名臣都纳入道教神谱，如姜尚、张良等。唐宋时期，道教开始介入世俗的政治斗争，成为另类"忠臣"。在《集异记》及《仙传拾遗》等小说中，叶法善、罗公远等道士，作为帝王的术士顾问，频察祅祥，保护帝王。自宋以后，社会危机四伏，各阶层对政治、社会变革呼声日益加强，道教对政治、社会生活的影响力、渗透力日趋加强，道士干政的事例日益增多。道教用世之心更切，神仙救世观念得到普及。小说中的道教济世主题进而与当代政治、社会焦点问题密切联系在一起，特别是政治斗争中的忠奸斗争，也反映在仙道小说中。如清初吕熊怀有强烈的政治热情而创作的《女仙外史》，写月中嫦娥等一干人，下凡帮助建文复国，"褒忠殛叛"，谴责永乐皇帝谋篡建文大位，歌颂建文忠臣，通过"靖难"故事的书写，曲折表达自己的亡国之痛。李百川创作于乾隆年间的《绿野仙踪》，写冷于冰因拒绝为严嵩起草诬陷山西巡按御史张仲冲的奏疏而落第，遂无意功名，不久又值已中科甲、仕途得意的业师突然病故，本县太爷才过三十岁即命归九泉，于冰彻悟人生无常，万念皆虚，"觉得人生世上，趋名逐利，毫无趣味"，"如今四大皆空，看眼前的夫妻儿女，无非是水月镜花，就是金珠田产，也都是电光泡影……苦海汪洋，回头是岸"，从而以决绝的态度放弃了功名仕途，走上了求仙的道路。然而，表面上他虽弃世求仙，却并未忘怀世事。他成仙之后，抱定"斩尽天下妖邪"的志向，遵循师傅火龙真人"凡有益于民生社稷者可量力行为，以立功德"的教导，一面为"民生"解危纾难、济世救人，斩狐除魔；一面为"社稷"扶忠锄奸，参与朝廷内的政治斗争，协助林氏父子平叛，"杀贼安民"，"替天行道"。可见，冷于冰外"冷"内"热"的性格，把道家的修炼和儒家的入世情怀很好地结合在一起，以表现读书人的思想情怀，寄托他们的理想追求。

忠奸斗争贯穿《绿野仙踪》的始终，作者对海瑞、杨继盛、董传策那些不惜生命与奸党斗争的士人给予了高度赞扬。冷于冰常常以术大闹严府，戏弄奸臣，后来扳倒严嵩的直臣，都与冷于冰师徒的培植不无关系。其中河南客商朱文炜，因哥哥朱文魁毒死病父，独占财产，文炜将讨账所得资金救助被贪官逼迫卖妻的林岱，并结为生死兄弟，以致沦为乞丐，经于冰救护，投奔林岱。朱文魁又逼其妻潘氏改嫁，潘氏主仆巧设谋得以脱身，途中又得到于冰相救，前往冷家暂居，后来于冰帮助朱文炜夫妻团圆。吏部文选司郎中董传策，见严嵩父子欺君罔上，杀害忠良，上本参奏。严嵩指使吏部给事中姚燕参董传策受贿，董传策问斩，家私抄没入官，子董玮发配金州，严嵩暗嘱解役于途中将其杀害，恰遇冷于冰徒弟连城璧，杀死解役，救了董玮。于冰让董玮投奔林岱，改名为林润。锦衣卫经历沈炼，见严嵩父子窃弄威权，屡杀忠良；吏部尚书夏邦谟表里为奸，谄事严嵩父子。乃上疏请将三人罢斥。圣上大怒，将沈炼杖八十，充配保安州安置。沈炼在保安，继续咒骂严嵩父子。传至京师，严嵩大怒，托直隶巡抚杨顺，巡按御史路楷，将沈炼牵连进宣化府阎浩等妖党案中，沈炼夫妻斩首，其子沈襄杖毙。另一子沈襄时在家乡，被地方官拿获，途中设计逃逸，因衣食皆尽，投水自杀，被冷于冰的另一徒弟金不换救起，解囊赠金，沈襄到江西投亲，改名为叶向红。林润后来中进士，点为榜眼，授翰林院编修，娶邹应龙之妹为妻。林润、邹应龙得到老师、尚书徐阶的支持，先后参倒严党赵文华、严嵩父子，群奸遭诛灭。

在明末清初，社会动荡和倭寇侵扰是两个最为棘手的大问题，所以，《绿野仙踪》描写冷于冰帮助弥盗和抗倭。大盗尚师诏率众起事，林桂芳、林岱父子率师镇压，以朱文炜为行军参谋，于冰以道术相助，终得成功，朱文炜与林岱得以双双封官。接着倭寇入侵，朝廷派赵文华、胡宗宪、朱文炜出师。朱因与赵、胡不合被参。赵搜刮民银，私通倭寇，用四十万金买通倭寇佯败，冒功领赏。此年，倭寇再次入侵，朝廷命赵、胡二人再次出兵。二人通敌，送银而无效，兵败镇江，闭户扬州。江南总督陆凤仪启奏此事，本章被严嵩暗藏。皇上查明本章，立即向赵、胡问罪，又调朱文炜、林岱、俞大猷赴江南迎敌，得冷于冰法术佐助，剿灭倭寇。

有人认为，儒学赋予了读书人宏伟的人生理想，培养了读书人以天下为己任的人格范式，这些积极的文化因素历经千年，已经深入到读书人的骨髓之中，使他们无论何时都难以放弃个体对社会的责任。当理想在现实中难以实现时，他们就常以编撰故事的方式以实现自己的理想，《绿野仙踪》正是在这样的背景下产生的。主人公冷于冰具有道士的外形和儒士内心，他既修行学法，又积极入世。他的修道过程，实质上是以神仙的身份，超现实的手段，积功累德的形式，干预人间政治斗争和俗世生活，变相地实现士人的人生理想的过程。① 冷于冰成仙过程中的所作所为寄托着作者难以放弃的济世情怀，是封建末世读书人入世不能、出世又不甘心的矛盾心态的表达。

其实早在《太平经》中，作者就尖锐地指责"似人之形，贪兽之情"的"官贼"及佞臣猾子，他们舞弄文辞，欺瞒君上，窃取官位，"无功于天地而食禄，天甚疾之，地甚恶之，天上名之乱纪"②。奸臣就是"魔"的化身。所以，总体上讲，《绿野仙踪》是"将佛道观念作为表现手段"，借助道教内容呈现现实人生、抒写书生情怀的作品。③ 同时我们又看到，封建末世儒家文化的失落促使作者寻找弥补衰微的儒学的途径和方法，以道补儒，既是作者在已有的传统文化谱系中找到的补救办法，也是在现实生活中得出的经验性认识。因而，《绿野仙踪》虽是一部神魔小说，却更多地反映了官场的黑暗，政治的腐败，歌颂了勇除权奸、奋御外侮的英雄。这些正是下层百姓不满现实，却又无力反抗，转而祈求人世之外的力量改变现状，拯救苦难的表现，因而此书受到了大众普遍的欢迎，主人公冷于冰也成为广大人民喜爱的神仙英雄。黄摩西在《小说小话》中品评道："《绿野仙踪》盖神怪小说而点缀历史者也。其叙神仙之变化飞升，多未经人道语；而以大盗、市侩、浪子、猿、狐为道器，其愤尤深。"④

第三节　仙境叙事

道教的理想王国是仙境，进入仙境是修行者的终极追求。仙境是一个美好的理想世界，与丑恶的世俗世界形成鲜明的对比。因此，在道教小说中，仙境叙事就成为与仙人叙事同等重要的一个内容。

---

① 王进驹《乾隆时期自况性长篇小说研究》，中国社会科学出版社，2006 年版，第 259 页。

② 罗炽《太平经注译》，第 1151 页。

③ 王平《中国古代小说文化研究》，山东教育出版社，1996 年版，第 125 页。

④ 黄摩西《小说小话》，朱一玄编《明清小说资料选编》，南开大学出版社，2006 年版，第 508 页。

一、地理博物小说

道教中的仙境描写最早是从地理博物小说开始的。这类小说，一般描写殊方异域的奇珍异宝、神仙方术，后来为神仙道教所用。王瑶说："山川异域在交通不便的时代看来，具有很浓重的神秘性和伟大感，因之也是最合于神仙所居的假想地方。"[①]常借助著名的公众人物进行讲述、评论，"大抵言荒外之事则云东方朔、郭宪，关涉汉事则云刘歆、班固，而大旨不离乎言神仙"[②]。早期的《山海经》表现了先民对外域世界的想象，其中虽有关于不死药、不死树、不死国、不死山、不死民等之类的记载，但主要是为了满足人们的好奇之心，受到巫文化的影响，尚未见道教的痕迹。一般采用平面静态的描述，"几乎看不到时间的流逝，它的空间内容挤走了时间的位置，书中大量堆砌名词及其辅助词类，而动词（它与时间联系密切，因为行动要耗费时间）的出现却相对较低。缺少动词意味着缺少叙事"[③]。但在它的影响下，汉魏南北朝时期，大量类似的小说蜂出，以致形成一种小说类型。《括地图》直接取法谶纬，张扬神秘的地理学说；而《神异经》则模仿《山海经》，记录遐方异事而不及其他；《洞冥记》和《十洲记》则为道徒所作，始以神仙家观点记录武帝和远国遐方之事，在叙事手法上有很大的进步，如《十洲记》作者在开头介绍完"昆仑"的地理位置后，接着引述"是王母告周穆王云"，详细介绍昆仑的地理构造；接着又引述东方朔"昔曾闻之于得道者"之言，进而补充介绍昆仑的地理形势；最后东方朔再以先师谷希子所授昆仑钟山、蓬莱山及神洲真形图为证。前二段是转述昆仑"居民"的描述，后一段则以实物为证，整篇小说将全知视角和限知视角结合起来，对昆仑进行了全面的介绍，强化了仙岛存在的真实性。

此外，在介绍洲岛仙山奇珍异宝的时候，作者有时还插入故事，证明奇珍异宝的功效。如《海内十洲记》中"聚窟洲"插入一个故事：武帝不信仙岛"神香起夭残之死疾，猛兽却百邪之魅鬼"，令使者试验，结果神兽叫唤一

---

① 王瑶《中古文学论集》，北京大学出版社，1998，第116页。
② 鲁迅《中国小说史略》，第18页。
③ 傅修延《先秦叙事研究》，东方书店，1999年版，第141页。

声，如晴天霹雳，"帝登时颠蹶，掩耳震动，不能自止。侍者及武士虎贲，皆失仗伏地，诸内外牛马豕犬之属，皆绝绊离系，惊骇放荡，久许，咸定"。后失去神香，武帝死时，致无药可救。作者暗示，此皆由武帝恨"使者言不逊，欲收之"所致。在这篇小说中，作者主要集中描写仙岛中的神兽和神香两种珍宝，并以神兽的试验来暗示、证明神香的功效。"凤麟洲"中的续弦胶，也是以武帝射虎而弩统断，使者以续之，武士数人共对挚引之，终日不脱，如未断时之故事以证此事之存在。

《十洲记》虽同样取材于谶纬地理思想，亦受《山海经》之影响，但作者依据纬书地理论、相关杂记及道教新说而构建仙境世界，故而文体结构呈现出庞杂不一的面貌。这种叙事的变化，是在南北朝时期道教义理化者借以清整道教神鬼谱系的背景下进行的，"大约很早就有过十洲三岛的传说，尽管《太平经》中也曾经说到，'大天之下，八十一域，万一千国'，但是似乎十洲三岛的故事在道教特别是盛行于江南的道教中格外流行，道教的神仙也常常可以放置在这些'洲'和'岛'中"[①]。所以陆绍明说："《海内十洲记》好言神仙，字字脉望"，乃"道家之小说"。[②] 而在艺术上，《十洲记》又在一定程度上具备了文学作品典型情境的艺术创造，达到了'事之或无，理之必有'的文学效果。[③]

总之，地理博物小说主要围绕仙草灵芝、玉液琼浆、奇珍异宝、神殿仙宫、灵官真人等诸多神仙要素或道教文化因子来集中展开笔墨，从而较为典型地描绘了道教的神仙境界以及生活在仙境之中的神仙们的生活。叙述一般采用全知视角，开头介绍洲岛仙山的方位，接着描写其中的珍宝和仙宫，而珍宝主要是聚焦那些能使人长生成仙或拥有奇能异术及避邪去秽的品类。其独有的意义在于它体现了魏晋六朝文士探索未知的好奇心与欣赏奇异的审美取向，反映了"小说"的原始特性。但此类好奇与审美不可避免地带有原始思维的特色，并受到道教的影响。关于遐方地理及其物产的描述，与神仙道

---

① 葛兆光《七世纪前中国的知识、思想与信仰世界——中国思想史》（第一卷），复旦大学出版社，1998年版，第489页。

② 陆绍明《月月小说发刊词》，《晚清文学丛抄·小说戏曲研究卷》，中华书局，1960年版，第160页。

③ 赵益《六朝南方神仙道教与文学》，第248页。

教观念有紧密的联系。既有道教的服食、辟邪等观念，也反映出文人心目中对神仙世界的希冀，对"神仙实有"的潜在认同，从而使人赞叹而生皈依之感，从理想中得到抚慰。[①]

地理博物小说主要采用全知视角进行叙事，间或以来自仙洲的使者及其进贡的珍宝进行验证，其真实性毕竟难使人完全信服。因此，至魏晋南北朝时，就出现了仙境访问之类的小说。这类小说主要讲述一些普通民众，因为某种机缘误入仙境，在仙境作短暂的停留后，回到人间，向世人讲述自己的奇遇，并以仙境带来的某些宝物作为佐证。这些小说采用第三人称的叙述视角，现身讲述自己亲历的故事，比第一人称全知的视角的叙述手法就具有更强的真实性。道经《元始上真众仙记》云："凡青嶂之里，千岭之际，仙人无量，与世人比肩而不知。凡人有因缘者，或在深山迷悟入仙家，使为仙洞玉女所留。"[②]《真诰》中进一步说："世人采药往往误入诸洞中，皆如此，不使疑异之。"[③] 就是说，这是凡人亲身经历的故事，不容怀疑。这类故事又融入了当时门阀制度的因素，进入仙境者多是小吏、采药人、砍柴人、猎人等，通过人仙艳遇的故事，以满足高攀豪门的内心愿望。此后，随着道教的兴盛，对修道者的要求愈加严格，进入仙境的机缘便不再刻意强调，而是更重视进入仙境者的品格，于是进入者的仙缘道骨，有志于道等人格特征便特别点出，这样，进入仙境的方式便由"误入"变为进入者探求而入或由神仙引导而入。

二、误入仙境小说

神仙可以自由出入仙凡两境，但凡人进入仙界却非常困难，需要具备某种机缘和条件。对于神仙来说，闯入仙境的人干扰了他们宁静的生活，是不受欢迎的不速之客；然而，从宣道的角度而言，神仙们又期待凡人的来访，因为只有通过这些访客的回归，才能向世人讲述并证明仙境的存在，以扩大

---

① 赵益《六朝南方神仙道教与文学》，第 242 页。

② 《元始上真众仙记》，《道藏》第 3 册，文物出版社、上海书店、天津古籍出版社，1998 年版，第 271 页。

③ （日）吉川忠夫、麦谷邦夫编，朱越利译《真诰校注》，中国社会科学出版社，2006 年版，第 357 页。

道教的影响，吸引信众的加入。神仙世界对俗人既拒斥而又期待的矛盾心理，就决定了仙境游历小说的叙事模式。大致说来，这类小说包括进入、游观和回归三个组成部分。日本学者小川环树归纳出误入仙境母题的故事情节单元为：仙境在山中或海上或洞穴，仙境中有仙药或食物或音乐，凡人与仙女缔结姻缘，凡人怀乡与归乡，仙女授予道术或宝物，凡人归来后感觉时间之流逝，凡人最后再回仙境或不能回归。①

1. 误入

仙境和人世是两个相互隔离的迥然不同世界，因此，凡人如何进入仙境就是小说的叙事焦点之一。洞穴（包括壶、井等）、石桥、溪流等，往往是区隔仙凡世界的地理标志，通过这些标志性的界域就成为一种隐喻。"如何进入"体现出仙境游历小说的一种重要叙事技巧。在小说中，误入的方式很多，有的是因采集谷皮，如《幽明录》中的刘晨、阮肇；有的是因追逐猎物，如《搜神后记》中的袁相、根硕，《幽明录》中的黄原和《神仙感遇传》中的文广通等；有的是因上山采药，如《拾遗记》中的采药人，《原化记》中的青城民等；有的是因砍柴，如《酉阳杂俎》中的蓬球；有的是因迷路，如《尚书故实》中的韦卿材等。除此之外，还有一些其他的进入方式，如《幽明录》中有一妇人谋害丈夫，将他推入一深洞中，其夫因而进入仙境。《仙传拾遗》中李球与友游五台山，被山风吹入穴中，进入仙境。《传奇》中许栖岩骑马登蜀道危栈，坠入崖下，进入仙境。《逸史》中进士崔伟因追跑走的坐驴而进入仙境。《逸史》中的一女孩，则因临井治鱼，鱼忽跳入井中，女孩跳入井中捉鱼而进入仙境。《神仙拾遗》中嵩山叟游嵩山，误堕穴中而入仙境。《博异志》中的工人穿井，入地数千尺而进入仙境。进入海外仙岛者，则多因航行遭遇飓风漂没而至。如《博异志》中秀才白幽求，《续仙传》中的元彻和柳实等。可见，误入仙境的形式繁多，但一般都因山行和航行，和仙境的所在山与海有关。

早期误入仙境者一般都不是道教信仰者，因而在仙境作短暂停留后就有思乡之念，只是在回到人间后见人事已非，才最终皈依道教。大致说来，这

---

① （日）小川环树《中国小说史研究》，东京岩波书店，1968 年版，第 232—245 页。

是道教发展之初的状况，对进入仙境者的条件要求较为宽松；随着道教的兴盛，对修道者的要求越来越严苛，于是便着意强调凡夫俗子不可轻易进入仙境，能进入者不是有仙缘道骨者就是有志于道者。其实葛洪的《神仙传》就表达过这种观念，如"王烈"篇写王烈入太行，遇神山开裂，流出石髓，服食这种石髓可"寿与天相毕"，王烈将其抟成泥丸，食之如粳米饭，赠给嵇康。嵇康食用时，"饭团"却变为青石。后来王烈又在抱犊山仙室见到两卷天书，因嵇康能读懂天书文字，王烈带其重访仙室，但仙室却已杳不可寻。王烈叹道："叔夜未合得道故也。"可见，即使如嵇康这样的大名士，虽笃信道教，但没有"仙缘道骨"，也无法进入仙境。因此，在唐以后，因探寻而进入仙境，就成为仙境游历小说的主流。这类小说最注重进入仙境者的信仰，往往突出其志向之坚定，道心之至诚，从而感动仙真。如唐《记闻·郗鉴》中武威段愿，少好清虚慕道，不食酒肉，年十六入山访道，得见神仙。《仙传拾遗》中"陈惠虚"篇写僧人陈惠虚曾与同侣游山，过一石桥，水急苔滑，悬流万仞，下不见底，众僧皆股栗不行，惠虚独超然而过，终至金庭不死之乡。总之，探寻者都是因为好道、修道、行善，矢志不移，奉道如一，最终如愿。它告诉人们，求仙者只要有信心和恒心，并坚持不懈，终能修成正果，其宗教意义可见一斑。从《神仙感遇录》小说等题名，皆可看出作者利用探寻者作为榜样，进行宗教教育和宣传的意图。

有的则是因师傅的引导而进入仙界的。这类小说在唐代尤多，大概情节是：某人有志于道，或与道有夙缘，或因善行感动神仙，将其携入仙境，因而这类游仙小说就增加了神仙导游的角色。如《玄怪录·刘法师》中刘法师（《太平广记》卷十八）、《逸史·白乐天》中白乐天（《太平广记》卷四十八）等，都是因有志于修道，被带入仙境，神仙导游其实就是扮演了度化者的角色，引导者常安排于起始而进入转变的阶段。这一关键性角色多少取代误入、探求自入的叙述功能，让进入者在通过神秘、神圣的界域时，由于其适时出场引导得以化解探险、窥秘的迷悟；从叙述功能言，既可穿针引线扮演关键的引场人，也可指点迷津，成为导入仙境的智慧者，因此具有原型人物的性格，成为小说铺展事件的一种动力。伴随神仙导游角色的出现，这类小说还有神仙考验游历者的内容，这些描写，都显示道教"制度化"已渐趋完备，足以支持这种角色承担宣化教义或启悟人生的任务。因而，进入仙境由"误入"到"探求"再到"引导"的变化，反映出道教理论和仪式日益精致化和严密化的发展轨迹。[①]

2. 游历

进入仙境后，小说作者接着就开始描写进入者所见所闻，大肆渲染仙境的自然环境之美，房屋居室之巨，饮食之精，娱乐之欢，以突出仙境的神圣和美好。这是仙境游历小说的核心内容，其目的是以仙境与浊世对比，形成强烈反差，从而激起人们对道教彼岸世界的向往，抛弃现世的一切去求仙学道。

随着道教的发展和时代的变迁，小说中的道教仙境发生过三次重大转移。秦汉时期，受方士的影响，神仙们的住处都在远离中国的东海海岛和极西的群山上。然而，海上仙山虽好，但渺不可寻，于是至汉晋之际，道教仙境开始从海上迁至人间。由于北方人士为逃避战乱，大规模南迁，南方大量因海底上升所形成的石灰岩地带的溶洞相继被发现和开发，形成道教的"洞天福地"说，此外，还有一个理想的异在空间，如《神仙传·壶公传》里的壶中世界。"洞天福地"说的形成，与道教的理论及当时的社会背景皆有关联。道教认为"名山大川，孔穴相通"，山中的洞室不但可通达上天，而且山与山之间还相互贯通，人从此山进入洞窟，可从彼山洞穴出来。这些洞窟，人迹罕至，芝草杂生，矿石丰富，是修道的理想场所。而且山洞乃"结气所成"，犹如人体之气脉相通。最后，汉魏六朝时期，战争频仍，死亡相继，瘟疫流行，洞窟又是安全的避难场所。纬书和道书就一再强调仙境可避兵灾、水灾及瘟疫。这样，仙境将魏晋时期的隐逸思想极端美化，并融入仙道思想中，因而造就了中古人心目中理想的神仙生活：游戏人间，逍遥自在，或栖名山，或升太清。仙界与人间的对照，就是浊与清、洁与秽的仙与凡象征，仙境反映出末世情境中民众及宗教人追寻乐园的愿望。[②]到明清时期，由于政治极端腐败，社会黑暗，人间已找不到一片净土；再者，道教有关名山有仙境的说法逐渐破产，随着人们认识的提高，已很少有人相信。这样，在中晚唐仙境政治化的基础上，明清人小说已很少写凡人误入洞天福地，仙境已从地上搬到

---

① 参见李丰楙《仙境与游历：神仙世界的想象》，中华书局，2010年版，第416页。

② 李丰楙《仙境与游历：神仙世界的想象》，中华书局，2010年版，第16—19页。

天上。玉帝、王母等最高阶层神仙的居所成为小说描写的主要内容。

小说中的仙境游历主题，《列仙传》中"邗子"篇开其端。小说写邗子跟随狗偶入洞窟仙境，在作短暂停留后回到凡世。这个故事可以分为"进入—停留—离开—复返"四个段落，形成了仙境游历小说的叙事模式，为后世所仿效。当然，后世小说在模仿的同时，在形式和内容方面都增添了不少新的元素。在唐传奇神仙题材的作品中，仙境描写除神仙生活外，还集中在自然环境上，包括地理山川、动植生态，它创造的最高境界则是道教理想国，是仙境描写的极致。在唐传奇家的笔下，殊方异域、神仙洞穴把宗教的神秘意向与审美观照结合起来，不仅丰富了道士们的天方夜谭，而且注入了创作主体的审美理想。

概而言之，小说主要从自然环境、神仙生活和仙凡时差三个方面突出仙境的神圣性。

在汉魏六朝小说中，神仙们的生活还较为简朴，相当于人间的一般富裕之家。如《幽明录》中"刘晨阮肇"写神仙府邸云："其家铜瓦屋，南壁及东壁下各有一大床，皆施绛罗帐，帐角悬铃，金银交错。床头各有十侍婢。"至唐代，仙家被描绘得愈加富丽堂皇，拟于人间帝王。《尚书故实·韦卿材》写韦卿进入仙境，见"峻宇雕墙，重廊复阁，侍卫严肃，拟于王侯"。

《飞剑记》写第三回写天上仙宫：

> 乔松茂盛，嫩竹交珈。碧秀千年之草，红开四季之花。对对瑞鸾飞，毛披锦绣；双双玄鹤舞，头顶丹砂。怪石堆山卧，棱棱层层的乱虎；老藤挂树悬，弯弯曲曲的长蛇。洞府别藏着日月，洞门常锁着烟霞。洞中桃餐的是千年琼实，洞中茶烹的是二月龙芽。洞中酒饮的是滴溜溜玉液，洞中饭啖得是香馥馥胡麻。甜甜脆脆笋甘于鲙，团团枣大如瓜。

总之，住在仙境的人，容貌瑰伟，气色年轻，云冠霞衣，骑龙控鹤，法术通神。他们住的高楼甚或宫殿，以金银美玉建造而成，门口有大批侍卫站岗，或以龙蛇虎豹守护，室内有成群的美女服侍。仙境景色优美，作者尤其突出植物的神圣性，诸如叶如芭蕉的大树，朵如盘大的鲜花，个大如拳的水果，色白如乳的泉水，翅大如扇的五色蛱蝶，体大如鹤的五色鸟。珍禽异兽与人和平相处，奇花异树与人融为一体，体现道教天人合一的思想。当然，所谓的"异"，也不过是以凡间的植物和富豪之家为范本，通过宗教性的想象夸饰而成。

道士在山中修真，远离人烟，食物最难解决。由食物问题而衍生出不少宗教理论。其一，扩大食物来源，将白石、松实、茯苓、黄精等列入食谱，声称食用这些东西后可数月或数年不饥，并有助于成仙；其二，辟谷不食，摆脱对食物的依赖；其三，一些修行者在辟谷苦修的过程中，由于饥饿常会导致生理和心理上出现幻觉，仿佛看到、嗅到美食，从而发明"坐致行厨"的法术，包括粮食瓜果作物催长术、速成术和食物搬运术等，当然也受到来自西域、印度的魔术和幻术的影响。唐代敦煌写本中有《佛说三厨经》《佛说三亭厨经》。《佛说善恶因果经》中云："今身好施人饮食者，所生之处天厨。"[①] 魏晋道教典籍中有《行厨经》，《云笈七签》卷六十一有"五厨气法经"，等等。在这些典籍中，皆强调诵念天厨的名字，就可得闻美食，三百日意，功德圆满，即得道果。所谓"观音受我法，仙人赐我粮"。"仙人玉女事我神，天官行厨供养身。使我颜色常兑悦，延年益寿数万年。"[②] 显然，这正是宗教修行中专一、绝食所产生的神秘体验。由此推知，道教的行厨经应与早期翻译佛经有密切关系，阳羡书生的故事即说明了这一点。可见，靠天上的行厨得到永生的观念，曾广泛流行于民众阶层之中。在道教修行者的故事中，经常出现的对华美食物的描写，就是以这种观念为基础。

在神仙们的传记中，既有神仙食谱的记述，也有神仙表演坐致行厨法术的描写。神仙的食谱，分为前后两个阶段，成仙前所服用的多是具有修炼功效的食品，如石髓、松脂、茯苓等；成仙后所享用的则主要是享受性质的美食，如美酒佳酿和珍稀动物肉等。神仙招待凡人的食品，无非是饭、酒、肉，肉又是罕见或干脆是想象中的高等动物之肉，所谓麟脯、龙肝、凤髓，表现了平民百姓大快朵颐、追求富裕生活的愿望。明清时期，小说对仙家的美食更是肆意铺排，如邓志谟"三记"之《飞剑记》写天上仙宫道："洞中桃餐的是千年琼实，洞中茶烹的是二月龙芽。洞中酒饮的是滴溜溜玉液，洞中饭唉

---

① 《佛说善恶因果经》，《大藏经》第85册，第2881页。
② 《佛说三厨经》，《大正藏》第85册，第1414中。

的是香馥馥胡麻。甜甜脆脆笋甘于鲙,团团枣大如瓜。"《咒枣记》写天师设筵为萨真人饯行:"那个筵席列着甚么佳品?却是些清洁洁的仙桃,绿澄澄的仙酿,红灿灿的仙桃,滑溜溜的仙柑,圆净净的仙枣。又列着甚么香喷喷八珍之味,美盈盈七宝之羹。真个是,豹胎、熊掌、紫驼峰并皆佳炒,鹗胸、猩唇、金鲤尾各样稀奇。张天师做了一个主人,萨真人做了一个宾客,贤主嘉宾两相酬劝,直饮得个月上梧桐,漏催银箭。"

神仙们世事无所萦心,过着吃喝玩乐、逍遥自在的日子。玩乐的主要内容是博戏和音乐。玩博戏和听音乐不但表示神仙们无所事事,而且就人类的天性来说,博戏和音乐是最有刺激和最能满足人类快乐天性的游乐方式。

早在汉魏时期,在人们的印象中,神仙就是最喜欢听音乐和玩博戏的。如汉乐府《艳歌》中云"南斗工鼓瑟,北斗吹笙竽"。曹植《仙人篇》云"湘娥拊琴瑟,秦女吹笙竽"。博戏主要包括赌博和下棋。如曹植《仙人篇》中云:"仙人揽六箸,对博太山隅。"北周王褒《轻举篇》中云:"谁能揽六博,还当访井公。"在汉魏至唐宋小说中,误入仙境的凡人们总能见到仙人们奏乐博戏的情景。如《幽明录·黄原》写黄原放犬逐鹿,误入仙穴,见到仙女们"或抚琴瑟,或执博棋"。《拾遗记》中"洞庭山"记采药人入灵洞遇仙女事:洞庭山浮于水上,其下有金堂数百间,玉女居之。四时闻金石丝竹之声,彻于山顶。楚怀王之时,举群才赋诗于水湄,故云潇湘洞庭之乐,听者令人难老,虽《咸池》《九韶》,不得比焉。唐小说中很多都写到主人公进入仙境,看见仙人们或在饮酒,或在赌博,或在下棋,或在弹琴。

在仙境游历小说中,神仙们招待客人或神仙们之间的聚会,博戏和音乐都是不可或缺的选项。如《洞冥记》写元光中,武帝起寿灵坛,西王母驾玄鸾,歌春归乐,歌声绕梁三匝乃止。《神仙传》中"马明生"篇写仙人们拜访太真夫人,夫人以精细厨食、殽果,非常香酒、奇浆等招待,食间又闻空中有琴瑟之音,歌声宛妙。夫人有时自弹琴瑟,有一弦五音并奏,高玄响激,闻于数里,众鸟皆为集于岫室之间,徘徊飞翔,驱之不去。盖天人之乐,自然之妙音。

除玩音乐外,仙人们还喜欢诗酒唱和,如《博异志》中"白幽求",写仙人们"笙箫众乐,更唱迭和",作者把仙人们做的诗、唱的歌,都记录下来了。《纂异记》中"嵩岳嫁女"描写群仙在嵩岳聚会,诗酒唱和,一些著名的神仙都来了，连神仙领袖王母等都亲自参加表演，可谓盛况空前。从道经《无上秘要》所引《茅君内传》中有关王母招待茅君的描写看来，仙真作诗与玉女奏乐，是当时道经常见的情景。如《道迹经》："西王母为茅盈作乐，命侍女王上华弹八琅之璈，又命侍女董双成吹云和之笙，又命侍女石公子击昆庭之金，又命侍女许飞琼鼓震灵之璜，又命侍女琬绝青拊吾陵之石，又命侍女范成君拍洞阴之磬，又命侍女段安香作缠便之钧，于是众声彻合，灵音骇空，王母命侍女于善宾李龙孙歌玄云之曲，其辞曰：……太真王夫人，时自弹琴。琴有一弦而五音，并奏高朗，响激闻于数里，众鸟皆聚集于岫室之间，徘徊飞翔，驱之不去，殆天人之乐，自然之妙音。四真降南岳夫人静室，乃延引夫人，问以曲狭世间之业，女典之法，虽曰高神，无不该览，于是言宴粗悉，四真吟唱，太极真人乃先命北寒玉女宋德消弹九气之璈。方诸青童又命东华玉女烟景珠，击西盈之锺。扶桑阳谷神王又命云林玉女贾屈庭，吹凤唳之箫。清虚真人又命飞玄玉女鲜于灵金，拊九合玉节。"[①] 小说中的这些描写，显然受到道经的影响。

　　奢侈、舒适的生活常常与美食、美酒、美女、华宴相伴，这就是所谓的"神仙日子"，是神仙们以前艰苦修炼所得到的报酬。清初小说《绿野仙踪》结尾以铺陈排比之法，渲染天界华丽之景，以及神仙生活的有序和祥和。冷于冰修炼成仙，被封为"普惠真人"，至瑶池拜见王母，王母赐宴元台，令火龙、于冰列坐两旁，自己居中独坐一席，下面华林、媚兰、青娥、瑶姬、玉厄五女相陪。又诏董双成吹云和之笛，王子登弹八琅之璈，许飞琼鼓太虚之簧，安法兴歌玄灵之曲。接着，众仙设宴招待于冰，酒泛芝浆，盘盛异果，众仙童仙女歌舞齐行，真是花攒锦簇，快目怡情。接着，又是广成子、寒山子、玉虚子、了真子等众仙来拜，各携珠玉、金石、珍玩、古器相赠。至平常者，也是灵芝瑶草等类。于冰拜受，令仙官吏等备宴。少刻，仙乐齐鸣，众仙互相揖让。广成子、玉虚子二仙居正面首坐，东边麻姑、紫霞夫人为首，西边青乌公、文逸真人为首。于冰大陈珍品，众仙畅饮，谈笑风生。东华帝君赠三间五色玉楼，安设在层崖峭壁之上。南极老人青鸾彩凤三只，玄鹤一对，盘桓飞舞在玉楼上下。于冰亦叩谢。众仙欢呼痛饮，直吃至三更以后，

---

① 皆见《无上秘要》卷二十，《道藏》第 25 册，第 51—52 页。

各醉方休。修道可以获取如此多、如此高的报酬，能不使人心生羡慕，转而修道吗？

3. 回归

在仙境做短暂停留之后，凡人一般都会因思乡而回归。为何一定要回归？这种典律的生成有以下几原因：

第一，从民族文化性格而言，古代中国是个农业社会，无论是经典文化还是通俗文化，都有强烈的故乡情结，所谓"斯土虽信美而非吾土"；在家百日好，出外半日难；富贵不还乡，如衣锦夜行。对故乡和亲情的眷恋，是人类永恒的感情归属，这就决定了仙境游历者最后回乡的必然。

第二，从道教理论而言，对亲情的牵挂，是修道者的大障碍。因而，游历者必须经过这番磨砺，跃过情关，才能最终悟道。

第三，从人物形象的塑造而言，误入仙境者一般是猎人、樵夫、商人等，他们不是虔诚的道教徒，进入仙境完全是无意闯入，没有做好思想准备，因而怀归乃是自然之事。那些自幼信道，主动寻访而进入仙境者，则很少有思乡怀归的情节。总之，误入者还没有断绝七情六欲，更没有道教感悟。这就决定了他们在游历仙境后，不可能乐不思归，自此成为仙境的永住居民，他们还必须接受最后的精神历练，才能感悟到世间一切如白云苍狗，难以依恃，最终皈依道门。

第四，对凡世来说，"仙"也是一种异类，人和异类的冲突，注定凡男和女仙的偶然相遇，只是暂时的"缘"。如《幽明录》中仙女说与刘、阮相遇是"宿福所牵"。《剧谈录·严士则》中仙人说严士来仙境"当有宿分"。缘尽即是仙凡分手的时候，如《幽明录·黄原》中黄原与太真夫人女虽"冥数"应为夫妻，但"人神道异，本非久势"，婚后数日，黄原就欲暂还家。"缘"尽则分是必然的结局。

上述因素决定了误入仙境的游历者思乡回归的情节。当然，仙人也会回乡，如汉乐府《淮南王》写淮南王成仙后，化为黄鹄还故乡。《搜神后记》中写辽东丁令威学道成仙后，化鹤归故里。这与儒家的"衣锦还乡"虽是同一机杼，但又有所不同。儒家功成还乡是显摆，仙人得道还乡则是为了宣教，以度化更多的人学道。

　　总之，小说中对误人者的思想描写丰富而生动。如《幽明录》中刘、阮至十日后，欲求还去。仙人再三挽留，勉强停留半年，时值初春，草木复苏，百鸟啼鸣，更怀悲思，求归甚苦。《拾遗记·洞庭山》中采药人虽对仙境怀有"慕恋"，但"思其子息"，还是坚持求回。《原化记·采药民》中采药民仙道已成，忽中夜而叹。左右问其故，他回答道："吾今虽得道，本偶来此耳。来时妻产一女，才经数日，家贫，不知复如何，思往一省之。"玉女曰："君离世已久，妻子等已当亡，岂可复寻。盖为尘念未祛，至此误想。"民曰："今可一岁矣，妻亦当无恙，要明其事耳。"玉女遂以告诸邻，诸邻共嗟叹之，向玉皇报告，玉皇只得命遣归。

　　从情感上说，神仙们虽对游仙者求归感到惋惜，但从宣教的角度来讲，神仙们又希望游仙者回归，因为只有通过他们还乡，现身说法，才能证明此事实有，仙境实存。所以，当仙人突见凡人闯入仙境时，先是惊愕，继而质问，似乎从情感上不欢迎凡人的突访，但是，如果不是到访者回去宣传，世人如何知道有神仙？如何相信有仙境？

　　误人者回归主要包括以下几个情节描写，一是神仙临行赠物。赠物既作为游历者进入仙境之物证，又借此渲染仙境之富有，形成仙凡之间的巨大反差，从而对凡人产生求仙访道的强大吸引力。神仙所授之物在早期大都不离仙药、仙术、仙经等物，这是道教服食成仙术的体现。但随着宗教的世俗化，"赠品"的宗教色彩逐渐弱化，财富的性质愈加明显，反映出俗世之人一夜暴富的梦想。二是回乡，回乡主要是描写仙凡之间的时差。

　　道教和佛教的时间流速都不同，而且说法不一。如《中阿含经》卷一六"王相应品·蜱肆经"载鸠摩罗迦叶告诉蜱肆说："天上寿长，人间命短。若人间百岁是三十三天一日一夜，如是一日一夜，月三十日，年十二月，三十三天寿千年。"除汉译佛典外，南传佛教的巴利语三藏中对三十三天的描述也特别强调不同天国中不同的时间尺度，越是高层的天国时间尺度越大。四大天王天的一天相当于人间五十年，一年相当于人间一万八千年，而四大天王的寿数为五百个这样的年，以此类推。安世高译《十八泥犁经》中说地狱有以"人间三千七百五十岁为一日"、以"人间万五千岁为一日"者不等，"大苦熟之狱"乃至以"人间四十八万岁为一日"；《翻译名义集·鬼神篇》引《世品》说："鬼以人间一月为一日。"可见，即便在佛经中，时间尺度也不完全统一，而在进入中国之后，道教受其影响，说法就更多。《太平经》云："上天度世者，以万岁为一日，其次千岁为一日，其次百岁为一日，其次乃至十日为一日也。"[①]《幽明录》"琅邪人"条云仙境三年，人间三十年。唐《传奇》"许栖岩"条写许栖岩在太白洞中居半月，人间已过六十年。《原化记》中"采药民"条写采药民去仙境一年，人间已九十年。《灵怪集》"郭翰"条载织女曰："人中五日，彼一夕也。"《酉阳杂俎》"李和子"条："鬼言三年，人间三日也。"《幽明录》中刘、阮在仙境只是逗留了半年，但回乡后，"亲旧零落，邑屋改异，无相识"，后代已传至七世。而《述异记》中砍柴人王质只是在仙境看完了一盘棋，但已是"斧柯尽烂"，既归，无复时人。《拾遗记》中采药人入灵洞遇仙，只是在仙境做了短暂停留，"而达旧乡。已见邑里人户，各非故乡邻，唯寻得九代孙"。

仙界、凡间和地狱之出现巨大的时间反差，与后汉六朝时期的文化思潮及人的生存处境有关，也与人对时间的心理体验有关。心理把时间幻化为感觉，感觉体现为心理时间的运行速度。神仙世界的时间流速远比现实世界缓慢，天堂的一日相当于人间的若干日，而人间的一日又相当于地狱的若干日。因为各人的生活指数不同，所以时间的流速感也不同，所谓欢愉时短，痛苦时长。天堂快乐，所以时间过得很快；地狱痛苦，所以时间过得慢。因此钱锺书进一步说："盖人间日月与天堂日月则相形见绌，而与地狱日月复相形见少，良以人间乐不如天堂而地狱苦又逾人间也。常语称欢乐曰'快活'，已直探心源；'快'、速也，速、为时短促也，人欢乐则觉时光短而逾迈速，即'活'得'快'，如《北齐书·恩幸传》和士开所谓'即是一日快活敌千年'，亦如哲学家所谓'欢乐感即是无时间感'（……）。乐而时光见短易度，故天堂一夕、半日、一昼夜足抵人世五日、半载、乃至百岁、四千年；苦而时光见长难过，故地狱一年只抵折人世一日。"[②]

小说通过仙凡之间的强烈反差，促使当事人认识到人间沧桑，世事无常，万物无凭，仙道永恒，从而抛弃家庭亲缘、功名富贵等身外之物，入山修道。

---

① 罗炽《太平经注释》，第 1148 页。
② 钱钟书《管锥编》第二册《〈太平广记〉卷六八"人间日月迟速不同"》，生活·读书·新知三联书店，2007 年版，第 1030 页。

《酉阳杂俎·蓬球》写蓬球至家，"其旧居闾舍，皆为墟矣"。《原化记·采药民》写采药民回家后，与孙相持而泣，姑叔父皆已亡故，女儿嫁人身死，其孙已年五十余。相寻故居，皆为瓦砾荒榛，唯故砧尚在。仙凡之间的强烈的对照，促使游历者了悟人生。小说家"内之以人类对于生活与生命的感觉，外之以宗教与哲学思潮，时间幻化把喜怒哀乐的情绪和心理感觉，投射到天上、地下、人间的差异之中，从而成为我国虚构叙事文学中引人注目的一种时间意识"[①]。

总之，仙境和凡世是现实与理想二个对立的二极世界。小说中的神仙世界经历了从海外到人间再到天上的变迁；思想内涵经历了从满足人们的好奇之心，到理想乐园构建，再到以仙境批判社会现实，寻求乱世解脱的变化。这个层递关系中所表现出来的思想内涵和关怀视野是不同的，表明道教越来越走向更广阔的社会关怀，对政治经济制度、道德建设等进行全方位的思考。葛兆光在《道教与中国文化》中说："如果说儒家学说对于潜藏在人的意识深层的欲望力量更多地采取在社会理想上的升华、转化的方法，佛教更多地采用在内心中的压抑、消灭的话，那么，道教则更多地采用一种迎合的方法，使它在虚幻中满足，在宣泄中平息。"[②] 从古代小说中的仙境描写看来，此言不虚。

第四节　修行方法

道教的一些修行方法，如服食术、内丹术、方中术等，都对古代小说的创作产生过重要影响。

一、道教房中术与艳情小说

从汉代起，道教房中术就对小说开始产生影响。《飞燕外传》中就隐约把

---

① 杨义《中国叙事学》，第 166 页。
② 葛兆光《道教与中国文化》，上海人民出版社，1987 年版，第 182 页。

汉成帝的死亡归因于赵飞燕姊妹精于房术。小说一开头就提到飞燕"家有彭祖分脉之书，善行气术"，最后终于导致成帝在与合德的交接中，由于服春药过量而死亡。明清时期，道教房中派重新崛起，很多色情小说都是按照道教采阳补阴观念进行演绎得。如《株林野史》中素娥（夏姬）自仙人那里学得"素女采战之法"后，首先与其堂兄子蜜私通，交接时"吸精导气"，使其不久便"色劳而亡"。接着素娥嫁到陈国，成了夏御叔的妻子，夏御叔也是"精力渐渐耗散，容颜渐渐枯槁"，很快也命赴黄泉。此后，素娥与多名男子私通，但她依仗房中秘技，非但没有成为残花败柳，反而仍完好如处女，而且姿色"愈媚"，"年近五旬，犹如二八之女"。五十四岁时，仍像"十七八岁的闺女"。小说结尾，晋君准备派兵去剿杀素娥及其奸夫，在这紧急关头，她的房中老师羽衣仙人出现了，把她救出重围。她便与羽衣仙人一道，踏上了超越生死的仙途。像夏姬这样不断给男人带来死亡和噩梦的女人，在封建社会被视为不祥之物，是正统人士全力抨击的对象，唯恐避之不及。但在《株林野史》中，却得以善终成仙，这反映了明人的房中观念。与夏姬有关的男人都相继死亡，而她却安然无恙，直至老年，仍保持着旺盛的青春和美艳的魅力。因此，这段历史艳情，在房中术盛行的明末清初人看来，是因为夏姬精通房术。

裴铏《传奇·孙恪》中的处士张闲云说："故鬼怪无形而全阴也，仙人无影而全阳也。"他们认为，男性神仙炼就元阳之体，女性神仙炼就元阴之身，凡人若采得元阳元阴，就能快捷成仙。而且，凡人无须懂得房中操作技巧，与仙交合百益而无一害，比任何成仙之法都要来得简单便捷。这一思想，又影响到人仙、人鬼、人狐之间的情爱故事书写。如《汉武故事》中写到神君欲通过交合的方式为霍去病治病强身。她的徒子徒孙宛若、东方朔等，都因此大受补益，享有高寿。《搜神记·弦超》篇写弦超自艳遇神女后，身体强健，雨行大泽中而不沾湿衣服。唐杜光庭《墉城集仙录》写太阴女赢金也曾向太阳子学得房中补导之术，"二百岁得仙而有小童之容"。宋《夷坚丁志》第十九"留怙香囊"写留怙彦强与水仙交后，"颜貌充壮"，"生平康宁无疾"。明蔡羽的《辽阳海神传》写商人程宰士外遇海神，春风一度后，第二日同伴就觉得他"神采发越，顿异昨日"。他自己也觉得"神思精明，肌体腻润，倍加于前"。后来缘尽分手，程宰士寿至九十九，犹年轻健朗。又如《天缘奇遇》写书生祁狄羽艳遇玉香仙子后，也忽然变得"精彩倍生，颖悟顿速。衣服枕席，异香郁然"。后也成了神仙。明代纵欲得道成仙成为艳情小说的一种模式，《李生六一天缘》《五金鱼传》等小说，都受其影响。清代《聊斋志异》中这类故事更多，如《白于玉》《西湖主》《又》《竹青》等篇都是写凡男与女仙交合后名列仙班。

因为妖狐善于采补，因而人与狐狸发生关系，有生命之虞。如《醉茶志怪》卷二"杜生"写二只雌雄狐化为美女，轮夜与杜生交合，半年后杜生羸瘦而死。《聊斋志异》卷二"董生"写董生自与狐交，月余渐羸瘦，梦遗，吐血斗余而死。《新齐谐》卷十九"东医宝鉴有法治狐"写萧生李选民与一狐化美女相悦，"觉交接时，吸取其精"。《阅微草堂笔记》卷十一至十四中皆有此类描写。其中深含作者的戒色戒欲之旨。

房中观念很早就影响过人鬼之恋小说的构思。唐裴铏《传奇》中有篇《薛昭传》谓若鬼"得遇生人交精之气，或再生，便为地仙耳。"如《列异传·谈生》中女鬼通过与谈生交结，枯骨生肉，后来因谈生破坏禁忌而功亏一篑。《法苑珠林·张子长》的故事与之类似。而《广异记·张果女》中则写张司马亡女自与刘乙同留共宿数月后复活。如《夷坚乙志》第九"胡氏子"写胡氏子与死去的前通判之女交接后，"唯精爽消铄，饮食损。"后女鬼复活，与之结婚生子。这类小说发展到明清，更是大量出现，如《醒世恒言》卷十四"闹樊楼多情周胜仙"写周胜仙死后，盗墓贼掘开坟墓时，趁机奸污了墓中的女尸。胜仙得到阳气，突然复活。《聊斋志异·连琐》写杨子畏与女鬼连琐相爱，杨欲与为欢，连琐拒绝道："夜台朽骨，不比生人，如有幽欢，促人寿数。妾不忍祸君子也。"杨乃止。从此两人形同密友，夜夜相伴。后一鬼逼迫连琐充滕妾，杨子畏与朋友王生在梦中帮助连琐射死恶鬼，自此两人关系愈加亲密。一日，连琐对杨子畏说："久蒙眷爱，受生人气，日食烟火，白骨顿有生意。但须生人精血可以复活。"杨子畏笑道："卿自不肯，岂我故惜之？"连琐曰："交接后，君必有二十余日大病，然药之可愈。"遂与为欢。杨子畏取利刃刺臂出血，滴连琐脐中。临别，连琐嘱咐曰："君记取百日之期，视妾坟前有青鸟鸣于树头，即速发冢。"六十日后，杨子畏果然生病，服药而愈。百日后掘开连琐坟墓，见其貌如生人，抬回家中，半夜而苏。

但鬼的阴气太重，生人与鬼交非常危险，常会导致男子的暴亡，所以比狐狸更可怕。如《西湖二集》卷十四"邢君瑞五载幽期"中贾元虚说，有鬼魅"或假托神仙，或假托邻近女子，迷惑外方人士。那少年不老实之人，往往只道真是仙女，真是邻近女子，与他淫媾，不上几时，精神都被摄去，只剩得一副枯骨"。卷十三"张采莲隔年冤报"写王立害死张采莲后，张采莲鬼魂化成生人嫁给王立，欲吸尽他的精气以报仇。《聊斋志异·莲香》写桑子明与鬼交，阳尽而死。作者指出："故世有不害人之狐，断无不害人之鬼，以阴气盛也。"

二、上清派存思术与中古小说的创作

道教上清派的存思术，对中古小说的影响同样巨大。存思，又叫存想、存神，唐司马承祯《天隐子》解释道："存，谓存我之神；想，谓想我之身。"[1] 就是指道士在修炼时集中意念，观想身体内外诸神形象，以达到与神明沟通、祛病登仙等目的，其实就是修行者闭着眼睛、通过感官去"看"世界，并可以穿透一切时空的障碍，看到想看到的一切。即《登真隐诀》中所云"精心为之，乃见万里外事也"。而且存思所呈现的映像，不仅是静止的、孤立的图像，而且会形成众多的、连续不断的故事图像。作为道教一种重要的修炼方法，存思术在汉代已流行于世，[2] 在《太平经》中，已有悬像存思修炼方法的记述，如卷十八至三十四中说："悬象还，凶神往。夫人神乃生内，返游于外，游不以时，还为身害。即能追之以还，自治不败也。使空室内傍无人，画像随其藏色，与四时气相应，悬之窗光之中而思之。上有藏像，下有十乡，卧即念以近悬像，思之不止，五藏神能报二十四时气，五行神且来救助之，万疾皆愈。"[3] 意即人体内有神，但这些神喜欢出体外游玩，不及时回归，会对人体造成伤害。如果将体内神像悬挂于窗边，人卧于床上，对着神像存想，五藏神就会立即回来，人的所有疾病便霍然而愈。《太平经》卷一百

---

① 《道藏》第 1 册，第 700 页。

② 姜生、冯渝杰《汉画所见存思术考——兼论〈老子中经〉对汉画的文本化继承》，《复旦学报》2015 年第 2 期。

③ 罗炽《太平经注译》，西南师范大学出版社，1996 年版，第 27 页。

"东壁图"、卷一百一"西壁图"、卷一百二"神人自序出书图服色诀",都有关于面对神像冥思,治疗疾病的介绍。

上清派以奉持《上清大洞真经》而得名,始创于东晋中叶,至南朝由陶弘景最后完成,因陶弘景在茅山筑馆修道,搜集遗经,传授弟子,故上清派又称茅山派。上清派集道教存思之大成,其进入存思的手段有二:一是诵经。如上清派称之为"仙道之至经"的《上清大洞真经》,以歌诀形式叙述存神法,谓诵经者依次诵此三十九章,每日存思一神,神灵就会相继下降其身中之各"户",即身体的一定部位。人身得此诸神镇守,即可"开生门""塞死户",飞升成仙。二是入静。上清派把入静息虑看作存思的前提,所以主张存思时摒除一切杂念,密处静室。最初存思的对象是人的体内神,后来扩展到体外神灵,包括日月、九宫五神、司命等。

修习者或对着绘制的神灵图像,集中精神斋戒冥思;或在诵读道经后,在心中激活有关神灵的描写,想象自己进入神仙的世界。"在强烈暗示情形下,经由存思仙真,乃在恍惚状态中产生见神的幻觉。而这种暗示来自彩色强烈的宗教性秘图或者辞藻华丽、刻画生动的文字叙述,从纬书中对于身神以及各种神祇的刻意描绘,演变为仙真中的仙真形象,无一不是中国本土宗教中巫师性格的一脉传承。"[1]而更有修炼经验的道士,只需凝神冥想,就能在心理再现种种有关神仙活动的"心理图像"。有时点上几支香,营造出神秘的氛围,存思者便能快速进入幻境。再加上服药、烧香、念咒等辅助活动,"在这种迷执的状态下,人常常会陷入幻觉,仿佛眼前真有什么平时常想的影像出现。这种幻影的出现并不是杂乱无序的,而是受某种潜在的欲望支配的,人们尽管不能有意识地去把握它,指挥它,但它始终表现着人们意识深层所蕴积的动机与欲念。一个诚笃地相信道教又天天幻想挣脱生理与物理世界的锁链,盼望长生羽化的人,在长时间的苦苦想象下,这种幻觉很可能就在他'存想思神'时不期而至"[2]。

由于存思着重强调凝神守一,内观虚静,在幻境中与神灵交接,与文学想象极为相似。吴崇明在《道教存思法与〈文心雕龙〉神思论的生成》中指

---

① 李丰楙《仙境与游历:神仙世界的想象》,中华书局,2010年版,第238页。

② 葛兆光《想象力的世界——道教与唐代文学》,现代出版社,1990年版,第140页。

出："作为一种精神思维活动，道教'存思'法具有驰骋想象的特点，文学'神思论'的出现，与之密不可分。神思实际上就是把道教的存思方法运用到文学创作中，是文学中的存思。魏晋南北朝时文人化用存思方法进行创作的现象已很普遍，《文心雕龙·神思》篇的诞生，正是时代发展的必然结果。"①

道士由于长期进行存思修炼，大脑中充斥着形形色色神灵形象，日夜萦绕心头，常常梦幻般地浮现，道士若用文字把这些幻境描绘出来，就成为一篇篇充满奇思妙想的文学作品。存思又与做梦有很多相似之处，存思可以促使梦境的生成，所谓日有所思，夜有所梦，因此，在很多文学作品中，存思是以梦的形式体现的。《真诰》就以日记形式记录东晋杨羲、许谧、许翙在升平三年至太和二年（359—367）间晚上或梦中与神仙交通的细节。《周氏冥通记》也是周子良与神灵"冥通"的记录，其实就是梦幻。总之，存思对文学创作产生了重要影响，对宋前道教小说的叙事影响尤为明显。

1. 图像存思与宋前道教小说

萧统《文选序》云"图像则赞兴"，就是说"赞"这种文体是附丽史传和画像而兴起的。朝廷为表彰那些忠臣烈士，图绘他们的相貌，配上赞语。汉代画像盛行，带来了深远的影响和后果，其中之一，就是列图对于列传写作的影响，一些道教神仙图像和传记因而产生。饶宗颐认为，道教神仙的传记，就是先有列仙的画像，后来有道士或文人为列仙图写画赞，《神仙传》就是这样产生的。② 不同于功臣像用来表彰功绩，道教神仙图像是"灵图"，主要用以帮助存思修炼。如《太平经》卷七十二中说："四时五行之气来入人腹中，为人五藏精神，其色与天地四时色相应也。画之为人，使其三合，其王气色者盖其外，相气色次之，微气最居其内，使其领袖见之。先斋戒，居间善靖处，思之念之。作其人画像，长短自在。五人者，共居五尺素上为之。使其好善，男思男，女思女，其画像如此矣。"③ 而且图像的颜色符合阴阳五行，悬

---

① 吴崇明《道教存思法与〈文心雕龙〉神思论的生成》，《江西社会科学》2009 年第 2 期。
② 饶宗颐《文选序〈画像则赞兴〉说（一）——列传与画赞》，南洋大学《文物汇刊》创刊号。
③ 罗炽《太平经注译》，第 510 页。

挂且随四时移动，如《太平经》乙部卷三十三的《悬象还神法》："夫神生于内，春，青童子十；夏，赤童子十；秋，白童子十；冬，黑童子十；四季，黄童子十二。此男子藏神也，女神亦如此数。男思男，女思女，皆以一尺为法。画使好，令人爱之。不能乐禁，即魂神速还。"[①]说明道教徒修习者很注重图像的艺术品质，只有生动形象的图像才能让人更好进入冥想状态。《老君存思图十八篇并叙》云："妙相不可具图，应感变化无定。无定之定，定在心得；心得有由，由阶渐悟；悟发之初，先睹玉貌。"[②]存思先从图像、熟记容貌入手，修炼到一定程度后，只要心存默想，眼前圣真便"仿佛有形"，久之愈加清晰，"存思分明，令如对颜"[③]。由于"赞"是用来赞颂的，一般是简短的韵语；而配合神仙图像产生的小说，是道徒存思的产物，故以叙事为主。

所以，《列仙传》《神仙传》之类的神仙传记，很可能就是道徒面对神仙图像存思构想之后写下的赞和传。除此之外，日本学者内山知也又说，六朝时期，有些游仙主题被制成卷轴式的长幅画卷，初唐时期，这些古画依然残存，被作为临摹对象，有些小说就是配以此类仿古游仙图而出现的，如《游仙窟》。道士化文人为列仙图写赞或为游仙画配文，必定是观图凝思，驰骋想象，这种构思方式类似道教悬图存思，并影响到后来的小说创作。如唐李玫《纂异记》中有篇小说写江南人士子陈季卿屡试不中，滞留京城十载。一日访僧于青龙寺，不巧僧出未归，暂息于暖阁，偶遇神仙终南山翁。季卿望着东壁上的"寰瀛图"寻找江南路，感慨道："若能自渭至河洛，泳于淮水，济于长江，到达于家，即使功名未就，也满足了。"终南山翁笑道："不难不难。"于是让僧童折取阶前竹叶，做成叶舟，置于图中渭水之上，对季卿说："您只要注目此舟，就能如愿，但到家后切勿久留。"季卿凝视小舟，恍然若登舟，自渭及河，沿途而下，一路上访游寺庙，作诗题词。旬余至家，见妻子兄弟，题诗于书斋，然后仍登竹叶舟而返。待回到青龙寺，仿若如梦，僧尚未归，终南山翁已去，陈季卿回到旅馆。两个月后，陈妻从江南来京，说是季卿已经厌世，特意来寻访他，并称某月某日季卿曾回家，题诗犹在，陈季卿这才

---

① 罗炽《太平经注译》，第510页。
② 张君房《云笈七签》，蒋力生校注。华夏出版社，1996年版，第246—47页。
③ 张君房《云笈七签》，第260页。

知道他回家之事不是做梦。后来季卿中进士后，辟谷不食，入终南山而去。在这篇小说中，陈季卿为追逐功名，离乡十载，极度思念故乡和亲人，正是度化的好时机，因而终南山翁让他面壁注视"寰瀛图"，在存思中完成故里之游。又如于逖的《闻奇录》写唐进士赵颜于画工处得一软障美人图，赵颜对画工说："世上从没见过如此漂亮的妇人，如何使她成为活人？我想娶她为妻。"画工说："我的画都是神品，这幅画中的美人名曰'真真'。你只要昼夜不停地呼叫她的名字，连续百日，她就会答应，她答话后以百家彩灰酒灌之，必活。"赵颜按照画工的话去做，画上美人真的成为活人，与赵颜为妻，后生一子。三年后，友人见之，谓为妖，赠赵颜神剑斩之。真真见剑泣曰："妾南岳地仙也，无何为人画妾之形，君又呼妾名，既不夺君愿，君今疑妾，妾不可住。"说完，携其子上软障，呕出所饮百家彩灰酒，画面恢复如初，只是增加了一个孩子。在这个故事中，赵颜爱上画中美人，为之癫狂，因而进入幻梦状态，娶其为妻，满足了性幻想，所谓"画饼充饥"。元末长篇小说《三遂平妖传》第一回也受其启发，写胡员外从画师处买来一幅仙画，将画在密室挂起，夜深人静之时，烧一炉好香，点两枝烛，咳嗽一声，在桌子上弹三弹，礼请仙女下来吃茶。后来胡妻瞧见其夫暗中私会美女，一怒之下烧毁画卷，纸灰涌进其口中，自此有孕，后来生下小说中的女主角胡永儿。这些描写，其实也是心灵图景的现实化，胡员外家中巨富，但无儿无女，常为此烦恼，大妻俩去宝箓官求子，因而得遇画师。因此，胡妻不能生育，内心遂产生强烈的生育儿女的愿望，因而面对画中美人，必定会出现或想与其生子或想有个这样的女儿的幻想。所以，这些描写都是具有心理依据的。

2. 存思与神仙降凡传道

如前所述，道教非常重视"明师"的作用，认为修道者能否遇到明师，是修道成功的关键。这样，在道教修习者心中就形成渴望"遇明师"的情结，修习者希望通过存思感格神灵，降凡授道，久而久之，产生幻觉，仿佛见到神仙降临，传度道术。他们将这种宗教体验编造成道教新神话，以为实录，故事发生的时间、地点、人物均以史实为外表，不少传主都是当时存在的人物，与作者为亲密的师友关系。署名为上清派创始人魏华存的《清虚真人王君内传》，写王褒入华山九年，存思感得太极真人西梁子文降凡，授以道经，终成神仙。曾担任茅山派创始人杨羲灵媒的华侨作有《紫阳真人内传》，该传写周义山自幼好道，积德行善。中岳仙人苏林衣着褴褛，卖芒履于陈留，义山知他非凡，慷慨济助。苏林为之感动，说出自己身份，授以杀虫方。义山行之，彻见肺腑，苏林又劝他巡游名山，寻访新师。义山在游历名山的途中，遇到衍门子、中黄老君、左右有无英君、黄老君等。义山拜求"上真要诀"，黄老君告以还视体内洞房中。义山内视时，发现自己体内也有与空山中同样装扮的无英君和白元君。经百余年的修炼后，义山白日升天，授紫阳真人之位。可见，这篇传记体小说其实是讲述周义山存思自己体内诸神的修炼过程，所谓无英君、黄老君等，都是人体的器官神。作者将传主内视冥想的神秘体验故事化。另外，还有陶弘景自称在弟子周子良自杀后，自己"试自往燕口山洞寻看"获得的《周氏冥通记》，当时呈散乱状，他按时间重新编排注释，然后加上自己撰写的周子良传记部分，编辑成书。所以这部书实际上是由陶、周师徒共同完成的，在文体上独具一格。《周氏冥通记》的日记部分记录天监十四年乙未（515）五月二十三夏至日至丙申（516）十月二十七日周子良去世前梦中与神仙沟通的情况，神仙答询了周子良有关家人疾病、生死轮回、修炼法术、请雨法事等众多问题。这些梦境的形成，与周子良的生活经历有密切的关系。他平时熟读《真诰》等道书，所以梦境中出现的神仙绝大部分与《真诰》中的相同。周子良生于士族之家，但"晚叶雕流，沦胥以瘁"，父亲早亡，出生后送给姨妈抚养，年十二入道，后来构置密室，焚香修炼，二十岁时自杀身亡。因而，周子良的内心是孤独的，自杀可能早有预谋，因此梦中与神灵的对话，主要围绕着冥府准备招他去任职一事进行，神灵回答他的问题，都是他未离世前放不下的心事，如父亲的墓葬问题，北府丞告知其父不愿移葬，墓南头有一坎宜塞去。又如周子良喜欢裸睡，或许其心里担心亵渎神灵，于是梦中定录府范帅告诫他"作道士法，不宜露眠，不宜横掣履，横掣履则邪不畏人"。东晋时期上清派犹保留着民间巫教的性质，陶弘景努力使其摆脱巫教的影响；周家俗事帛家道，神灵虑其为俗神所犯，又再三戒约。等等。正因为是他平日非常关心的事，所以会在存思时出现这些对话内容。《汉武帝内传》则详细记载了西王母、上元夫人等神仙下降会见汉武帝，向汉武帝传授"延年之诀""致神灵之法""乘虚之数""步元之术"等的经过。应该也是汉武帝存思修炼过程的故事化。小说开头写汉武好长生之术，以求神仙，因而感得王母七月七日降凡，指示要道。此外，《神仙传》中也有数则神灵降示传道的故事，如太上老君降张道陵、八公诣淮南王刘安、葛玄感太上老君与王方平、麻姑降蔡经，等等。总之，这些小说的都是修道者进行存思修炼时，感格圣真，于梦幻中领受神喻的产物。虽是梦幻，但人物形象前后清晰一致，故事情节始终衔接连续，且醒时均可得到"真实发生过"的证实，作者及传主对此都深信不疑，但对于今天的读者而言，这些都是修道者的心灵幻象。是修道者渴望遇到名师指点，日久悬想，直至眼前出现视觉化的神仙图像，这些视觉化的图像其实就是心理图像的投射。

神仙降临后，道教小说的作者接着以修道者的视觉对神仙进行不同角度的观察，然后介绍神仙的姓名、身份等，对其身长、服饰、随从等进行十分细腻的描绘，这也是道经中对存思之神描写的程序。如《真诰》卷十九写九华真妃第一次出场：

> 紫微王夫人见降，又与一神女俱来。神女著云锦襡，上丹下青，文采光鲜。腰中有绿绣带，带系十余小铃，铃青色、黄色更相参差。左带玉佩，佩亦如世间佩，但几小耳。衣服倐倐有光，照朗室内，如日中映视云母形也。云发鬒鬓，整顿绝伦，作髻乃在顶中，又垂余发至腰许，指着金环，白珠约臂，视之年可十三四许。左右又有两侍女，其一侍女著朱衣，带青章囊，手中持一锦囊，囊长尺一二寸许，以盛书，书当有十许卷也，以白玉检检囊口，见刻检上字云"玉清神虎内真紫元丹章"。其一侍女著青衣，捧白箱，以绛带束络之，白箱似象牙箱形也。二侍女年可堪十七八许，整饰非常。神女及侍者颜容莹朗，鲜彻如玉，五香馥芬，如烧香婴气者也。初来入户，在紫微夫人后行。夫人既入户之始，仍见告曰："今日有贵客来，相诣论好也。"于是某即起立。①

作者以大量笔墨来描摹神女外貌，然后又以两侍女加以陪衬，其目的就是要将人物形象生动地展现在读者眼前，人物的行为描写也极为细致传神。

---

① （日）吉川忠夫、麦谷邦夫编，朱越利译《真诰校注》，第30页。

如此精细的描绘，使神女栩栩如生，似乎真的存在。

又如《周氏冥通记》写北府丞的出场：

> 夏至日未中少许，在所住户南床眠。始觉，仍令善生下帘。又眠未熟，忽见一人，长可七尺，面小口鼻猛，眉多，少有须，青白色，年可四十许，著朱衣，赤帻，上戴蝉，垂缨极长，紫革带，广七寸许，带鞶囊，鞶囊作龙头。足著两头舄，舄紫色，行时有声索索然。从者十二人。二人提裾，作两鬟，鬟如永嘉老姥鬟。紫衫，青袴，履缚，袴极缓。三人著紫袴，褶平，巾帻，手各执简，简上有字不可识。又七人并白布袴，褶自履鞾，悉有所执。一人挟坐席，一人把如意五色毛扇，一人把大卷书，一人持纸笔、大砚，砚黑色，笔犹如世上笔。一人捉伞，伞状如毛羽，又似彩帛，斑驳可爱。伞形圆深，柄黑色，极长。入屋后，倚檐前。其二人并持囊，囊大如小柱，似有文书。挟席人舒置书床上，席白色有光明，草缕如茢子，但织缕尤大耳。侍者六人，入户并倚子平床前。此人始入户，便皱面去。居太近，后仍就座，以臂隐书桉，于时笔及约尺，悉在桉上，便自捉内格中，移格置北头。问左右："那不将几来？"答云："官近行，不将来。"乃谓子良曰："我是此山府丞，嘉卿无恙，故来相造。"①

《汉武帝内传》中对王母等神仙的仪驾和服饰也进行了铺张扬厉的描写：

> 至夜二更之后，忽见西南如白云起，郁然直来，径趋宫庭，须臾转近。闻云中箫鼓之声，人马之响。半食顷，王母至也。县投殿前，有似鸟集。或驾龙虎，或乘白麟，或乘白鹤，或乘轩车，或乘天马，群仙数千，光耀庭宇。既至，从官不复知所在。唯见王母乘紫云之辇，驾九色斑龙。别有五十天仙，侧近鸾舆，皆长丈余，同

---

① 陶弘景《周氏冥通记》,《丛书集成初编》第 750 册，中华书局，1985 年版，第 11—14 页。

执采旄之节，佩金刚灵玺，戴天真之冠，咸住殿下。王母唯扶二侍
女上殿。侍女年可十六七，服青绫之褂，容眸流盼，神姿清发，真
美人也。王母上殿，东向坐。著黄锦袷襦，文采鲜明，光仪淑穆。
带灵飞大绶，腰佩分景之剑，头上大华髻，戴太真晨婴之冠，履玄
璃凤文之舄，视之可年三十许。修短得中，天姿掩蔼，容颜绝世，
真灵人也。下车登床 [①]。

小说中对西王母与上元夫人下凡时的盛大场景和天姿仙容的刻画，为历
代学者所瞩目，容易给人以直观、逼真的感受，提高故事的可信度，所以也
是道教小说着力表现的地方。葛洪《神仙传·蔡经》中有关于神仙王方平和
麻姑出场的大段描写，除了极力渲染仪仗的煊赫，它还使用了"先声夺人"
的出场方式。

这些神仙人物外貌的描写，可能都以道教图像为依据，是六朝道教信仰
中的流行图形。在上清派的道经中，对仙真形象的描写就相当细致生动，既
极力美化神仙形象以吸引信众，又帮助存思者识别神仙的模样，对所存想的
神产生具象的影像。对神仙的形貌和出场，道经常常是精雕细刻，极尽渲染
烘托之能事，使用富于想象力的华丽辞藻来反复描写存思对象的庄严、尊贵、
美妙。如存思玄母，"身长六寸六分，着青宝神光锦绣霜罗九色之绶，头戴紫
元玄黄宝冠，居九炁无极之上琼林七映丹房玉宝洞元之府九光乡上清里中，
乘紫云飞精羽盖，从十二凤凰、三十六玉女，从东南来，下入甲身中，治面
洞房之内。思父母化为青黄二气，婉转相沓，竟于头面之上" [②]。《真迹经》描
述存想天皇地皇人皇，"存天皇君身长九寸，披青帔，着青锦裙，头戴九光宝
冠，手执飞仙玉策，在左；人皇君身长九寸，披黄帔，着黄锦裙，头戴七色
宝冠，手执上皇保命玉策，在右；地皇君身长九寸，披白锦帔，着素锦之裙，
头戴三晨玉冠，手执元皇定录之策，在后。三皇真君，在兆左右。然后披卷
行事" [③]。道经对存思圣真形象进行细致、生动的刻画，一方面是为了帮助存

---

① 刘真伦、岳珍《历代笔记小说精华》第一卷，四川人民出版社，1999年版，第143页。

② 张君房《云笈七签》，第165页。

③ 《道藏》第25册，第146页。

思者对所存之神有具体直观的感受，另一方面是为了尽可能地美化神仙形象，吸引更多的人来信仰道教。正如法国学者玛蒂娜·乔丽所指出的："在图像中通常起主导作用的信息（或指代）功能，也可以扩展为认知功能，该功能能赋予它作为认识工具的维度，因为图像服务于观察世界本身，并服务于解释世界。衣服图像并不是现实的复制，而是一个长时间过程的结果，在这个过程中，轮番地使用过概括性再现和修正手段，这种认识功能又直接地与图像的审美功能连在一起了。"① 这种有意识的描摹手段客观上为中国古代小说人物描写提供了一些技巧性的手法。神仙的名字、服饰的颜色、形象都有其象征意义，是一种肖像符号，表示神仙的不同等级，显示出上清派等级观的深刻影响。

《汉武帝内传》中对王母等神仙仪驾夸张性的描写，是依据《茅君内传》而改编或仿写的，这是道教小说对渲染神仙气势的惯用手法。如《神仙传·茅君传》写茅君的弟弟出仕为郡太守，赴任时，乡里数百人集会，举行送别宴会。当时茅君也在座，谓人曰："余虽不作二千石，亦当有神灵之职，某月某日当之官。"宾客皆曰："愿奉送。"茅君曰："顾肯送，诚君甚厚意。但当空来，不须有所损费，吾当有以供待之。"

> 至期，宾客并至，大作宴会，皆青缣帐幄，下铺重白毡，奇馔异果，芬芳罗列，妓女音乐，金石俱奏，声震天地，闻于数里。随从千余人，莫不醉饱。及迎官来，文官则朱衣素带数百人，武官则甲兵旌旗，器仗耀日，结营数里。茅君与父母亲族辞别，乃登羽盖车而去。麾幡蓊郁，骖虬驾虎，飞禽翔兽，跃覆其上，流云彩霞，霏霏绕其左右。去家十余里，忽然不见。

通过对尘世官员和神仙官员赴任时声势、排场的对比，突出神仙世界超越世俗权势的富贵和威望。日本学者小南一郎说："在现实体制中不得翻身的人们的愿望，主要通过若在神仙世界中自己就能晋升高位的形式表现出来。"②

---

① （法）玛蒂娜·乔丽著、怀宇译《图像分析》，天津人民出版社，2012年版，第29页。
② 《中国的神话传说与古小说》，第242页。

道教设立神仙官阶的目的，就是要让那些在现实世界中的失意者实现权势的梦想，仙官成为俗官的一种替代和补偿方式。

自魏晋以后大量出现的凡男艳遇仙女的故事，实际上也是道教成仙须遇明师观念的另一种演绎，因为在故事中，仙女其实就担当了指导凡男成仙的"明师"角色。

3. 存思与仙凡艳遇故事

仙凡艳遇是古代文学中最常见的叙事母题。宋玉的《高唐赋》《神女赋》奠定了后世以梦境表达情思与性爱主题的人神遇合创作模式，其后如曹植之《洛神赋》，陈琳、王粲、江淹之《神女赋》，谢灵运之《江妃赋》等，不绝如缕。在道教神仙思想影响下，这类题材的文学作品更是大量产生。修炼者经过精诚修炼，想象女仙为己所感，下降凡尘，与自己结为伴侣，传经授道，度化自己成仙入道。作者在时空幻化中，构设人仙邂逅的浪漫传说，着意突出凡男与仙女的情好意象。

道教认为，存思修道到一定的境界，就会得到女仙降凡协助修道或玉女来侍的奖励。《太平经》中说：得道后，"其恶者悉除去，善者悉前助化，青衣玉女持奇方来赐人，是其明效也"[1]。《抱朴子》在介绍服用各种仙丹和仙药的功用时，都强调有"仙人玉女"皆来侍之的效果。[2]《神仙传》中也有此类描写，如赵瞿得道后，"见面上有二人，长三寸，乃美女也，甚端正，但小耳，戏其鼻上。如此，二女稍长大，至如人，不复在面上，出在前侧，常闻琴瑟之声，欣然欢乐"。《朝出户存玉女第十二》云："玉女者，是自然妙气应感成形。形质明净，清皎如玉，隐而有润，显又无邪。学者存真，阶渐升进，进退在形，出入在道。道气玄妙，纤毫必应，应引以次，从卑至尊。故白日则玉女守宫；夕夜则少女通事，济度危难，登道场也。"[3]《紫书存思九天真女法》详细介绍存思玉女法云：

---

[1] 罗炽《太平经注译》，第 974 页。

[2] 《诸子集成》第 8 册，第 21—25、44—45 页。

[3] 张君房《云笈七签》，第 249 页。

《紫书诀》言，凡修上真之道，常以九月九日、七月七日、三月三日，此日是九天真女合庆玉宫，游宴霄庭，敷陈纳灵之日。至其日，五香沐浴，清斋，隐处别室，不交人事，夜半露出，烧香北向。仰思九天真女，讳字，身长七寸七分，着七色耀玄罗袿、明光九色紫锦飞裙，头戴玄黄七称进贤之冠，居上上紫琼宫，玉景台七映府，金光乡无为里中。时乘紫霞飞盖、绿轪丹举，从上宫玉女三十六人，手把神芝五色华幡，御飞凤白鸾，游于九玄之上，青天之崖。思毕，心拜真女四拜，叩齿二十四通。仰祝曰：……①

赵益说：道教"或由存思、或在梦中达到神人交会的高妙之境"，"因为从教理上说，有道者必须通过不断的锻炼方能达到仙品，这种锻炼的方向和正确方法则有待于接引，而虚幻的'巫术'风格的人神交接仪式总是随着宗教义理化的加强而逐渐褪失的。因此，冥想与存思等所达到的间接的沟通便成为唯一的方法，人神交接的艰难性进一步增大"②。《搜神记·弦超》就是道教存思式的人神之恋。小说写魏济北郡从事掾弦超，嘉平中夕独宿，梦有神女来从之，自称天上玉女，姓成公，字智琼，早失父母。上帝哀其孤苦，令得下嫁。其后超"觉寤钦想，若存若亡，如此三四夕"。一日智琼来，驾辎軿车，从八婢。服罗绮之衣，姿颜容色，状若飞仙。自言年七十，视之如十五六。车上有壶榼，清白琉璃五具，饮啖奇异，馔具醴酒，与超共饮食。谓超曰："我，天上玉女。见遣下嫁，故来从君。不谓君德，宿时感运，宜为夫妇。不能有益，亦不能为损。然往来常可得驾轻车，乘肥马，饮食常可得远味异膳，缯素常可得充用不乏。然我神人，不为君生子，亦无妒忌之性，不害君婚姻之义。"遂为夫妇，经七八年，父母为超娶妇之后，两人分日而燕，分夕而寝，夜来晨去，倏忽若飞，唯超见之，他人不见。后来弦超向人泄露他们间的秘密，当晚玉女求去。超忧感积日，殆至委顿。去后积五年，超奉郡使至洛，在济北鱼山下邂逅智琼，披帷相见，悲喜交至，同乘至洛，克复旧好。至太康中犹在，但不日日往来。

---

① 张君房《云笈七签》，第259—60页。
② 赵益《六朝南方神仙道教与文学》，上海古籍出版社，2006年版，第146页。

弦超是个下层吏员，未婚独宿，梦遇神女，结为夫妇。两人间的交往，他人都看不见。显然，这个故事是因为弦超孤眠独宿而产生的幻梦，在幻梦中，知琼被说成早失父母的孤苦女子，这样两人就容易产生心理共鸣。在梦中，弦超不但满足了性欲，享受了繁华，而且强健了身体。因此，弦超的梦不但受到当时门阀制度的影响，与道教存思术也不无关联。

总之，上清道的"偶景术"既受到文学作品的影响，后来又对人神艳遇小说的兴盛推波助澜。人神恋小说，既反映世俗士子对神仙伴侣、神仙生活的企羡，又通过可以不被世俗礼教所局限、热情追求纯真爱情的女仙形象反映自己的情爱观。

4. 存思与神游仙境

存思术自身是在不断发展的，汉代以后又产生出一种存思自然山水的视觉训练主题。

《老君存思图十八篇并叙》云：存思"一切所观，观其妙色，色相为先，都境山林，城宫台殿，尊卑君臣，神仙次第，得道圣众，自然玉姿，英伟奇特，与我为俦，圆光如日，有炎如烟，周绕我体，如同金刚"[①]。这说明，存思术出现了以山水为背景的视觉图像。道教主张天人合一。元人李鹏飞《三元延寿参赞书》中说："天地之间人为贵，然囿于形而莫知其所以贵也。头圆像天，足方像地，目像日月，毛发肉骨像山林土石，呼为风，呵为露，喜而景星庆云，怒而震霆迅雷，血液流润，而江河淮海。至于四肢之四时，五脏之五行，六腑之六律，若是者，吾身天地同流也。岂不贵乎？"[②]完全把人体生命与天地自然等量齐观。昆仑是神仙聚集的地方，是世界的中心，因而道教也常把头部譬喻为昆仑。早在《黄庭外景经》中，就提到一种"子欲不死修昆仑"的存思之法，务成子和梁丘子的注都说"昆仑者，头也"。《上清黄庭内景经》中有首七言诗，讲的就是存思头部所遇到的景象：

> 若得三宫存玄丹，太一流珠安昆仑。重重楼阁十二环，自高自下

---

① 张君房《云笈七签》，第246—47页，
② 《道藏》第18册，第528页。

皆真人。玉堂绛宇尽玄宫，璇玑玉衡色兰玕。瞻望童子坐盘桓，问谁家子在我身。此人何去入泥丸，千千百百自相连。一一十十似重山，云仪玉华侠耳门。赤帝黄老与己魂，三真扶胥共房津。五斗焕明是七元，日月飞行六合间。帝乡天中地户端，面部魂神皆相存[①]。

初看诗很像是在描绘参观仙境的宏伟宫殿建筑，与神仙对话，但它其实描述的是头部诸宫及神灵形象，所谓"太一流珠""重重楼阁""玉堂绛宇""璇玑玉衡"都隐喻了头部的某一相关部位，之所以《黄庭经》作者采取这样一种双关写作方式，还是由存思需要借用具体的、可感知的映像决定的。《抱朴子》中也记载郑隐告诉他的学生葛洪自己存思守一时看到的图景：

> 吾闻之于先师曰：一在北极大渊之中，前有明堂，后有绛宫；巍巍华盖，金楼穹隆；左罡右魁，激波扬空；玄芝被崖，朱草蒙珑；白玉嵯峨，日月垂光；历火过水，经玄涉黄；城阙交错，帷帐琳琅；龙虎列卫，神人在傍[②]。

如果不解释那些存思中的隐语，单是从字面来看，这段文字包括了人物、山水、建筑、草木、动物等，像一幅壮丽的山水画卷，给人强烈的视觉冲击力。

在《登真隐诀》另录有《紫度炎光经内视中方》，陶弘景在小字注释里绘声绘色讲出了山水是怎样映入眼帘的：

> 乃内视远听四方，令我耳目注百万里之外，久行之，亦自见万里之外事，精心为之，乃见万里外事也。（陶注：后云当先起一方，如此方方各存，都讫，更通存四方皆如闻见也。耳目初注东方，令见山川城郭，闻诸玄响，并依稀作像，觉我耳目视听遥掷远处，恍然忘形乃佳，亦应先从一里十里百里千里，渐渐以去也。）又耳中亦

---

① 张君房《云笈七签》，第63页。
② 《诸子集成》第8册，第93页。

恒闻金玉丝竹之音，此妙法也。初亦存闻之，后乃得实闻也。四方者，总其言耳，当先起一方，而内注视听，初为之，实无仿佛，久久诚自入妙。夫修道存思，事皆如此，岁月不积，诚思不深，理未知觉，不得以未即感验，便致废弃，钻石拜山，可谓有志①。

陶注详细描述了内视的过程，从远处的山川城郭逐渐推远至万里之外的仙境。《洞真太上紫度炎光神玄变经》中的存思想象较之"紫度炎光经内视中方"更为广阔，它从东方近处的"山川城郭"，到九万里之外的山川、草木、禽兽、胡老以及东岳仙官，经过三年苦思然后才能换到下一个方向，等到东南西北中五个方向都修行完毕，该道术最后达到的效果是："静念存思天下四方万里之外，山林草木、禽兽人民、玄夷羌胡、伧老异类，皆来朝拜己身。"②因而又出现了《外国放品经》那样的宗教舆图。

还有一种"化坛"存思法。主持斋醮的高道，能化凡尘为神界，化己身为神灵本体，"坛场"变为神灵之境，这种使坛场具有灵性的法术称为"化坛"。斋醮化坛的目的是净坛解秽。敕坛由都讲师进行，他通过存想诸神来到坛前，破秽之后化为真炁，回归自己身中。正式建斋之前的开坛科仪也是通过存想来完成。高道存想所筑三层法坛，化为天界的玉京山，群仙聚集，盛况空前。如杜光庭《太上黄箓斋仪》云：

存见太上三尊，乘空下降，左右龙虎，千乘万骑，三界尊灵，群真侍卫，罗列在座，乃为弟子奏陈斋意。次思经师侍太上之右，心拜三过，愿师得仙道，我身升度。次思度师，愿念如初夜法。次思青云之气，匝满斋堂，青龙狮子，备守前后，仙童玉女，天仙、地仙、飞仙，五方五帝兵马，匝覆斋主家大小之身。又思五脏五岳，如初夜法③。

① 《道藏》第 6 册，第 611 页。
② 《道藏》第 33 册，第 555 页。
③ 《道藏》第 9 册，第 181 页。

《道门通教必用集》卷九：

> 正中午时，当思赤气从心而出，如云之升，匝绕坛殿，朱雀白鹤，备守前后，仙童玉女，天仙地仙，日月星宿，五帝兵马，监斋直事，三界官属，罗列左右，以云气覆弟子居宅大小之身。
>
> 入夜戌时，当思白气从肺而出，如云之升，匝绕坛殿，白虎麒麟，备守四方，仙童仙女，天仙地仙，日月星宿，五帝兵马，监斋直事，三界官属，罗列左右，以云气覆弟子居宅大小之身[①]。

总之，在上清道派的经诰典籍里，他们运用这种具有艺术特质的存思之术虚构了许多仙居仙境。这些景象或瑰丽奇诡、色彩焕烂、云缭雾绕；或山清水秀、奇花异草、芳馨浓郁；或琼楼玉宇、金碧辉煌。它们无疑是艺术化、审美化、想象化、理想化的结果。

天上仙境以道教的三大尊神所居住的三清境最为理想：三清上境"或结气为楼阁堂殿，或聚云成台榭宫房，或处星辰日月之门，或居烟云霞霄之内"[②]。神仙们住的天上玉京山，"山有七宝城，城有七宝宫，宫有七宝玄台，其山自然生七宝之树"[③]。那里莺歌燕舞、鼓乐喧天："钧天妙乐，随光旋转，自然振声，又复见莺啸凤唱，飞舞应节，龙戏麟盘，翔舞天端。诸天宝花零乱散落，偏满道路"，"十方来众并乘五色琼轮，琅舆碧举，九色玄龙，十绝羽盖，麟舞凤唱，啸歌邕邕。灵妃散花，金童扬烟，赞谣洞章，浮空而来"。[④]地上洞天福地则以西王母居住的昆仑山最著，那里"金台玉楼相鲜，如流精之网，光碧之堂，琼华之室，紫翠丹房。锦云烛目，朱霞九天"[⑤]。西王母"天姿掩蔼，容颜绝世"，侍女亦"年可十六七，容眸流盼，神姿清发"，上元夫人也"天姿清辉，灵眸绝朗"。[⑥] 所有这些，当然都是存思者根

---

① 《道藏》第 32 册，第 49 页。
② 《道藏》第 24 册，第 744—745 页。
③ 《道藏》第 1 册，第 161 页。
④ 《道藏》第 1 册，第 161—62 页。
⑤ 《道藏》第 11 册，第 54 页。
⑥ 《道藏》第 5 册，第 47—57 页。

据现实世界而虚构的。①

修道者通过存思，眼前就能出现一派神仙境界。《真诰》卷五记神仙裴清灵讲述的一个故事：

> 君曰：昔在庄伯微，汉时人也。少时好长生道，常以日入时，正西北向，闭目握固，想见昆仑，积二十一年。后服食入中山学道，犹存此法。当复十许年后，闭目乃奄见昆仑，存之不止，遂见仙人，授以金沟之方，遂以得道。犹是精感道应，使之然也，非此术之妙也②。

陈铮的博士论文认为：对于那些冥游山川、穿梭洞府、接遇仙真的道教徒来说，更需要《拾遗记》《十洲记》那样的旅行指南，免得自己跑错了路、认错了人，因此现存的所谓某些志怪小说在六朝时期可能亦兼有道书的性质，道信徒们按照文字的指示，经过长期的磨炼，那些门外汉的头脑里便慢慢生成画面并努力设想自己也身临其间。《拾遗记》最后一卷"诸名山"，就可能是王嘉那样的道教徒"守三一""存思"道术活动的产物。③李丰楙则指出：小说《海内十洲记》乃道教舆图，将存思、冥思的修行方法引入十洲传说，而且特别突显三岛的新仙境观念，通过对真形图谛视、存思，因而产生飞行的神通术，为上清派的修行方法。作者王灵期等将此道术与夏禹治水神话、汉晋之际的乘跻术结合，成为神秘的冥思真形说。④此外还组合了《五岳真形序论》及《四极明科经》等道经中的内容。此说甚是。《十洲记》记述东方朔向汉武帝讲述游历神仙之地的奇闻异事，极言仙界的美好、神幻。他自称"曾随师主履行，比至朱陵扶桑蜃海，冥夜之丘，纯阳之陵，始青之下，月宫之间。内游七丘，中旋十洲。践赤县而邀五岳，行陂泽而息名山。臣自少及今，周流六天，广陟天光，极于是矣"。又说自己的老师谷希子乃太真官。

---

① 张泽洪《道教斋醮科仪中的存想》，《中国道教》1999年第4期。

② 《真诰校注》，第174页。

③ 陈铮《身份的认定——六朝画家与道教》，南京艺术学院博士论文2012年版，第33—34页。

④ 李丰楙《仙境与游历：神仙世界的想象》，第264—317页。

"昔授臣昆仑、钟山、蓬莱山，及神洲真形图。昔来入汉，留以寄知故人。此书又尤重于岳形图矣。昔也传授年限正同尔。陛下好道思微，甄心内向，天尊下降，并传授宝秘。臣朔区区，亦何嫌昔，而不上所有哉。然术家幽其事，道法秘其师。术泄则事多疑，师显则妙理散。愿且勿宣臣之意也。""武帝欣闻至说，明年遂复从受诸真形图，常带之肘后。八节常朝拜灵书，以求度脱焉。"显然，东方朔称与乃师是不可能形游九州岛的，应是对着其师留下的"昆仑、钟山、蓬莱山，及神洲真形图"存思，而神游九州岛，据幻想撰成《海内十洲记》。《汉武帝别国洞冥记》以汉武帝求仙和异域贡物为主要内容，据郭宪自序，"洞冥"为洞达神仙幽冥之意。所谓"洞冥"其实就是存思，可见也是存思的产物。

综上所述，存思作为一种道教上清派重要的修炼方法，以其图像思维的特征，幻想出无数美妙的神灵形象和奇异的神灵世界，对神仙形象的塑造、神仙世界的构建以及仙凡恋故事的书写模式等都产生了重大影响，拓展了中国古代文学的想象空间，对以后的道教小说及其通俗小说的创作都有深远的影响。

中

编

第四章　巫术信仰与古代小说叙事

原始时代，人类随时都可能遭受种种天灾人祸。野蛮人相信，只有依赖超自然的威力，凭借神灵的力量，才能避免这些天灾人祸。他们把精灵的咒力认定为超自然的威力，崇拜精灵。随着智能的提高及经验的累积后，再加上偶然性的体验，就渐渐产生了对崇拜对象的控制意识与追求。这种心态以某种具体行为来体现，其中有效的行为经不断累积、反复实行后便成为一种规范的作法。这种原始心态及智能水准就导致了巫术和巫觋的产生。

巫术（magic）一词，是本世纪初随着西方的传入而带来的，最初译为"魔术"、"法术"或"巫术"。西方学者对这一词的表述不尽相同，最早做出解释的是伏尔泰，后来英国人类学派奠基人爱德华·泰勒认为，"巫术是建立在联想之上而以人类的智慧为基础的一种能力"[①]。弗雷泽则进一步把巫术的联想原则具体总结为"相似律"和"接触律"，而均以交感为基础。美国学者 C. 恩伯、M. 恩伯的解释更为明确，他说："当人们认为其行为能够强迫超自然以某种特定的而且是预期的方式行动时，人类学家通常就把这种信念及其相关的行为称为巫术。"[②] 我们对巫术的解释大致沿袭西方学者的说法，如《辞海》中的解释是："幻想依靠'超自然力'对客体加强影响或控制的活动。……与法术不同之处在于巫术已具有模糊的'超自然力'观念，并认为

[①] （英）爱德华·泰勒著、连树声译《原始文化》，上海文艺出版社，1992 年版，第 121 页。

[②] （美）C. 恩伯、M. 恩伯著、杜杉杉译《文化的变异》，辽宁人民出版社，1988 年版，第 495—496 页。

行巫术者具备这种能力。巫术与宗教的不同之处在于巫术尚不涉及神灵观念，并且不是将客体神化，向其敬拜求告，而是影响或控制客体。各种宗教产生后，巫术仍在某些宗教中流行。"《辞海》的解释基本正确，但谓巫术不涉及神灵观念则是错误的，因为它无法解释巫师的通神视鬼行为。

巫术，是一种普遍存在于世界各地的人类文化现象，它几乎伴随着人类社会发展的各个历史发展阶段，对中国古代的政治、军事、法律、文化乃至中国人的思维方式和价值观念，都产生过非常深刻的影响。它与中国古代文学艺术也有着十分密切的关系。叶舒宪认为，"法术""为神话、民间故事等后世文学提供着无数的神秘母题和原型，甚至以'愿望思维'（wishful thinking）的形式成为创作的一个内在动力因素"①。实际上，巫术对后世文学的影响也同样如此。张紫晨曾指出："人类早期的文艺，带有原始意识的综合性，单纯为着文艺的目的而进行的文学创作活动是极为少见的。"②这里所指称的"法术""原始意识的综合性"，是以巫文化为主体的神秘文化。由此可见，巫术与文学艺术的起源、创作密切相关。

第一节　巫术与古代小说的起源

关于古代小说的起源问题，学术界说法颇多，到目前为止，最权威也是最省事的说法是小说起源于生产劳动。根据唯物主义的基本原理，物质是第一性的，精神是第二性的。那么，我们也可以说，包括文化艺术在内的人类的任何思想和精神生活，归根结底都是由物质生产所决定、所产生的。这个抽象的原理可以套用来一劳永逸地解决有关任何文学艺术的起源问题。由此推论出的小说起源于生产劳动说就成为一句毫无意义的空话。但是，探究文学艺术的起源，主要不在于找出抽象的原则，而在于找出它之所以生成的具体原因。

黑格尔说过："从客体或对象方面来看，艺术的起源与宗教的联系最为密

---

① 叶舒宪《诗经的文化阐释》，湖北人民出版社，1994年版，第29页。
② 张紫晨《中国巫术》，上海三联书店，1990年版，第287页。

切"，并认为"只有艺术才是最早的对宗教观念的形象翻译"。[①] 巫术可视为最早的原始宗教。从初期的小说状况来考察，它的起源主要与巫术有关。

我们先来考察神话。神话与巫术有着内在的联系，它既是巫术中所信奉的自然力和超自然力的形象描述，同时也是对各类巫术发生过程的解释，并随着巫术的演变，不断地产生出新的神话来。神话中所叙述的整个神祇的谱系，几乎都是巫术所信奉的对象。因此，神话作为一种独特的文学样式，是巫文化的产物。虽然不能把它等同于小说，但却可视为原始形态的小说，有人称之为次小说。黄惠焜先生认为"神话就是巫话"[②]。巫术思维与神话思维之间有着惊人的相似重叠性，有人甚至径直把巫术思维称为神话思维。而巫正是神话的保存、传承和发展者。因此，在中国原始神话中，淋漓尽致地表现了原始人的巫术思维方式。

如关于创世神话，女娲造人的神话是回答人类的起源问题，补天神话则是解释天地的形成过程，实际上都是模拟巫术。天空常变幻着五彩缤纷的色彩，大龟能承受着巨大的压力，芦生于水中，又是巫术灵物，故其灰能止淫水，因此，这种模拟巫术都是从原始人的生产劳动实践中观察来的。其他如夸父之杖化为桃林、鲧窃息壤阻挡大水，都是模拟巫术。刑天舞干戚神话则是最早的无头巫术。又如原始战争神话，《山海经·大荒北经》描述黄帝与蚩尤大战，黄帝请来水神应龙蓄水，想进行水战，不料正中蚩尤下怀，他请来风伯雨师乘势刮起狂风暴雨，于是黄帝只得又请来天女旱魃，止住风雨，终于战胜了蚩尤。但旱魃却无法重回天上，而且所到之地总给人们带去旱灾。这则神话是后世打旱魃求雨巫俗的典据。

先秦时期产生的几部小说也是巫书或以巫术内容为主。如《山海经》被称为"古今语怪之祖"。鲁迅认为《山海经》今所传本十八卷，"记海内外山川神祇异物及祭祀所宜。以为禹益作者固非，而谓因《楚辞》而造者亦未是；所载祠神之物多用糈（精米），与巫术合，盖古之巫书也，然秦汉人亦有增益"。它出自巫师方士之手[③]。所谓祠祭就是氏族举行大型集会时的祠神礼

---

①　（德）黑格尔《美学》第 2 卷，商务印书馆，1979 年版，第 24 页。

②　黄惠焜《神话就是巫话》，《云南民族学院学报》1994 年第 2 期。

③　鲁迅《中国小说史略》，人民文学出版社，1973 年版，第 9 页。

仪，一般由部落领袖或其他威望高的人主持，也可能是巫觋。在《中次十经》中记有用巫觋和祭品的特殊规定，祭祠要用雄鸡、糈、羞、酒、璧等，"合巫祝二人儛"。《西次三经》直接引用了巫觋的祝词。除此之外，《山海经》中对巫师的形象及其活动进行了很多的描绘。早期的巫师多是生理缺陷或形体异常者，这增添了其神秘性。如交胫国："其为人交胫"；三首国："其为人一身三首"；三身国："其为人一首而三身"；一臂国："一臂、一目、一鼻孔"。据现今多数论者判断，这些人都是巫师。巫师还常以图腾形象装饰自己，如奢比之尸："兽身人面大耳，珥两青蛇"；雨师妾："其为人黑，两手各操一蛇，左耳有青蛇，右耳有赤蛇"。据张光直先生研究，这是上古巫师借以通神，或即重返创世情境的巫术手段。[①] 此外还记载了一些著名的巫师及其聚集地，如《海内北经》中的"蛇巫之山"，《海外西经》中的"登葆山"，是巫师上达民情，下宣神旨的天梯。《大荒西经》谓"炎帝之孙名曰灵恝，灵恝生互人，是能上下于民"。"上下于民"就是能够乘着风雨，上天下地。又"有灵山，巫咸、巫即、巫盼、巫彭、巫姑、巫真、巫礼、巫抵、巫谢、巫罗十巫，从此升降，百药爰在"。《海内西经》谓"开明东有巫彭、巫抵、巫阳、巫履、巫凡、巫相，皆操不死之药"。这些巫师都能上天下地，还采集了许多能使人长生不老的仙药，还有饮食巫术。如《中次七经》谓帝女死后化为瑶草，"服之媚于人"。还有一种鱼，吃了就可以躲避兵灾。此外《大荒南经》的不死之国，《海内经》的不死之山，《海外南经》的不死民等。对后来的方士、道教文化产生了很大的影响。除记载巫师的事迹外，还记录下了一些珍贵的巫歌片断。记载最多的是巫占，共有物占六十一次，内容主要是自然界的鸟兽虫鱼等动物。所祭祀的神则是半人半动物的混合体，如龙身人面、牛身人面、羊身人面等等。其占式一般是如下格式：

> 太华之山……有蛇焉，名曰肥遗，六足四翼，见则天下大旱。
> 槐江之山……有天神焉，其状如牛，而八足、二首、马尾，其音如勃皇，见则其邑有兵。

---

① 张光直《中国青铜时代》，生活·读书·新知三联书店，1983 年版，第 324—326 页。

女床之山……有鸟焉，其状如翟而五采，名曰鸾鸟，见则天下
安宁。

——《山海经·西山经》

这是古代最简单的占式，仅把某一动物与某一社会现象简单联系起来，中间没有任何推理，有吉象也有凶兆。《山海经》中其余预占格式都与此相同，所占的内容都与人们现实生活密切相关，主要有战争、和平、收成、气候、疾病、灾害等内容。它应是人类认识处在低级形态时，对外部世界的反映，是忠实的记录。

另一部是被称为"古今纪异之祖"的《汲冢琐语》，出土于战国魏襄王墓，作者可能是春秋时的史官。现留下遗文凡二十余事，较完整者十五六则。《晋书》卷五一"束皙传"称其为"诸国卜梦妖怪相书"，是一部记录古代占卜、占梦、妖异和看相活动的巫书。

汉魏志怪小说中也有大量的巫术内容。比如野史杂传体志怪，是历史向小说发展的一个过渡阶段，它对历史事件进行神秘主义的解释，或把一些虚妄的传说附会到历史人物身上。其中也有不少巫方内容，如《吴越春秋》中描写干将铸剑："干将，吴人，与欧冶子同师，阖闾使造剑二枚，一曰干将，二曰莫邪。莫邪者，干将之妻名。干将作剑，金铁之精未肯流，干将夫妻乃断发剪指，投之炉中，金铁乃濡，遂以成剑。阳曰干将，而作龟文；阴曰莫邪，而作漫理。干将匿其阳而出其阴，献之阖闾。"又如阖闾铸造金钩的故事："阖闾既宝莫耶，复命于国中作金钩。令曰：'能为善钩者，赏之百金。'吴作钩者甚众，而有人贪王之重赏也，杀其二子，以血衅金，遂成二钩，献于阖闾，诣宫门而求赏。王曰：'为钩者众，而子独求赏，何以异于众夫人之钩乎？'作钩者曰：'吾之作钩也，贪王之赏而杀二子，衅成二钩。'王乃举众钩以示之：'何者是也？'王钩甚多，体形相类，不知其所在，于是钩师向钩而呼二子之名：'吴鸿、扈稽，我在于此，王不知汝之神也。'声绝于口，两钩俱飞，着父之胸。吴王大惊，曰：'嗟乎！寡人诚负于子。'乃赏百金，遂服而不离身。"古人认为，将人的头发和指甲或鲜血与金铁一起熔铸，就是把人的灵魂也融入了兵器中，如此锻造出来的剑就变成了神剑。这是用接触巫术来神化、解释历史上著名的兵器锻造过程。而在《汉武内传》中，在神女

降临的故事里，我们很容易见到萨满教的影子，小南一郎指出："七夕场面的文章，是以灵媒降神记录的文体（虽然这种文体是否纯为神凭依时记录的尚有疑问）为基础的。"[①]还有记载历史琐闻的《西京杂记》，其卷三"东海黄公"讲述了巫师东汉黄公的故事。据说禹步也是黄公们发明的，《西京赋》薛综注云："东海有能赤刀禹步。以越人祝法厌虎者，号黄公。"小说中又说，淮南门下的方士皆能"画地成山河，撮土为山岩，嘘吸为寒署，喷嗽为雨雾"。

志人小说也不能摆脱志怪的影响，如《世说新语》中的"术解篇"就是有关方术的内容。

志怪小说比较著名的有《搜神记》，乃干宝"集古今神奇灵异人物变化"而成。部分内容是历史和现实怪异新闻的实录，是一部典型的巫书。其内容卷一至卷五主要是记载关于神仙、方士、术士、鬼神的奇术异迹；卷六至十四主要是关于占候、占星、占梦、蛊术以及异国怪迹；卷十五至二十主要是写因果报应、还魂复生、蛇虫狐怪等。其中含有丰富的关于巫俗、巫术灵物、巫术形式的内容。此外尚有关于蛊术、姓名巫术、接触巫术、模仿巫术的内容，本书在其他章节中都作了大量征引，在此毋须繁述。

还有大量的描写人神相恋的小说，典型的有《搜神记》卷四和祖台之《志怪》等六朝小说都记载了的建康小吏曹著被庐山神招为驸马，与其女婉相交及杜兰香降临张硕（《太平御览》卷五〇〇所引《杜兰香》）的传说等，在这些故事中，当事人具有神的代言人的巫觋品格，小南一郎认为，"大概巫觋特别是男巫，为了使神附身，与神女结成假定的夫妇关系，曾是一种基本的祭祀方式。在这种方式崩溃的过程中，神女与保留巫觋性格的年轻人交往的故事（主要内容是终于离异的婚姻故事）就作为传说发展起来了"。也就是说，随着时代的发展变化，神性淡化而世俗味加强：

> 巫觋们不再执着于单纯作为巫觋或者不能只作为巫觋而生存，同时在知识分子阶层内部，也建立起接受他们及其幻想的灵的体制。通过这种社会的变化，在关于神女的幻想中，古代巫师的传承所具

---

① （日）小南一郎著、孙昌武译《中国的神话传说与古小说》，中华书局，1993年版，第298页。

有的附身与被附身者之间的尖锐矛盾消失了，演变为快乐地共同寝食的关系。神女与巫觋间为了宗教礼仪而假设一的婚姻关系，文艺化而为两者的恋爱关系。而且，作为两者会合场所的被宗教的神圣性所支持的神圣的时间与空间（那是通过祭祀在现实中实现的神圣的时空）消失了，而形成极力超越现实的梦幻的传说的时间与空间。

后世大量的人神相恋的小说就是在灵媒降神的传说基础上发展而来的。小南一郎上文所说的"附身与被附身者之间的尖锐矛盾"，是指有时神女与男巫之间的婚姻关系带有强迫的性质，小南一郎又指出："这种强嫁为妻的神女，应是起源于对萨满教巫神取得施行巫术的神力起媒介作用的守护灵（tutelary spirit）。"他引劳德森（H. Findeisen）的话说："天上的精灵爱上了被确定为担任巫神的人物，在它的凭依之下由结下神秘情交而入巫的类型。"①

汉志著录小说一千三百八篇，今已散佚。但从书名和其他典籍留下的一些蛛丝马迹，仍可大致揣测出其中的某些内容，如《黄帝说》四十篇，《风俗通义·祀典》引《黄帝书》记神荼与郁垒故事，是后世桃、鸡、神荼、郁垒成为巫术灵物的神话典据。《虞初周说》九百四十三篇，内容多为"医巫厌祝之术"。《伊尹说》二十七篇，伊尹为汤相，以饭菜滋味作比喻，向汤陈述治国的道理。《荀子·非相篇》谓"伊尹之状，面无须麋"。即伊尹没有长须眉，所以可能是阉人，当时有阉人为祭司的传统。白川静说："《说文》训为握事者也。尹字，余意乃握持神之所凭之木杖之意。与巫字如左右字所示持工、父字持斧、叟字持神火等相同，持有神圣之物之意也。"②尹、寺、君、巫、史、儒等均源于祭政未分之时的神权政治。尹与师可同训。③尹作为王官之长，起源很早，其原始身分盖为祭司长。上古巫、尹、史、寺、君不分。《鬻子说》十九篇，胡应麟认为"其书概举修身治国之术，实杂家言也，与柱下、漆园，宗旨迥异"④。《师旷》六篇，据现存古籍中有关师旷的记载推测，内容

① （日）小南一郎、孙昌武译《中国的神话传说与古小说》，第270—278页。
② （日）白川静著、林洁明译《说文新义》卷二上，叶舒宪《诗经的文化阐释》，第180页。
③ 孙诒让《周礼正义》卷四十五，中华书局，1987年版，第112页。
④ 胡应麟：《少室山房笔丛》，中华书局，1958年版，第371页。

似记述盲人师旷辨音以知吉凶的故事。巫、史、瞽、矇之间关系密切。顾颉刚认为当时瞽史不分。[1]《礼记·礼运》云："故宗祝在庙，三公在朝，三老在学。王前巫而后史，卜筮瞽侑，皆在左右。"[2]《礼记·玉藻》"御瞽"孔疏曰："瞽人审音查乐声上下哀乐。若政和，则乐声乐；政酷则乐声哀。察其哀乐，防君之失。"[3]师旷为了专志通神，曾故意弄瞎双眼，而失明又象征阉割，盲、巫、尹、史、寺、君，早期皆为一体。由此可以推知，汉志著录的小说其作者其内容大部分似都与巫有关。

总之，在汉魏六朝志怪小说中，有关巫师事迹的记载和巫术故事的叙述占了很大的比重，这一特点在后世的志怪小说中基本得到了保持和发展。不过巫术内容更丰富、故事情节更完整罢了。

巫术对神怪小说的影响产生质的飞跃，主要体现在巫术观念对古代小说的影响上。明代志怪小说虽不甚发达，但出现了以《西游记》为代表的神魔小说的繁兴。神魔小说与志怪小说血脉相连，"是以志怪法演史"，所以学界又称"神怪小说"。[4]从篇幅上讲，它不再是志怪小说的短篇小制，而多是长篇大作；从创作目的角度而言，也不再是志怪小说的简单搜奇志怪。这就决定了巫术对神魔小说与对志怪小说的影响在方式上出现了根本性的变化，巫术不但成了神魔小说的重要内容，而且成了情节构建甚至整部作品构思的原发点，成了塑造人物形象的手段。

第二节　巫术观念与小说人物形象塑造

在远古时代，因为巫师身兼政治、军事、精神领袖于一身，由此文化的沉淀和演变，巫术技巧就成为智者的重要素质，巫术被广泛运用于政治决策、

---

[1] 顾颉刚：《左丘失明》，《史林杂识》，中华书局，1963年版，第224—225页。
[2] 钱玄等注：《礼记》，岳麓书社，2001年版，第309页。
[3] 《礼记正义》卷二十九"玉藻第十三"，上海古籍出版社，2008年版。
[4] 参见欧阳健：《神怪小说发覆》，《吉林大学社会科学学报》1998年第6期。

军事斗争和日常生活中。这样，就对小说中的智者形象产生了重要影响。

智者的典型代表就是通俗小说中的军师，而军师形象的塑造，受巫术观念的影响巨深，以致我们今天既可把通俗小说中的巫师与谋略家、军事家划上等号，也可与巫师、魔幻师等同事之。在古代军师著作中，就强调术士在战争中的重要作用。如托名姜尚所作的战国兵书《六韬·王翼》认为：一个军队统帅应配备七十二名"股肱羽翼"，"以应天道，备数历法，审知命理，殊能异技，万事毕矣"。其中有"术士"三人，任务是"主为谲诈，依托鬼神，以惑众心"。①《三国演义》中的孔明说过，"为将而不通天文，不识地理，不知奇门，不晓阴阳，不看阵图，不明兵势，是庸才也"。奇门遁甲不用说，就是所谓"天文地理"也混杂着大量的巫术内容。因此，这话也可以这样说："为将必须精通巫术。"

在罗贯中的笔下，孔明与其说是个竭忠为国的贤相，毋宁说是个无所不能的巫师。他作法时总是披发仗剑，皂衣跣足，十足的巫师模样。

孔明有"夺天地造化之能"。如第四十九回写孙权、刘备连手抗曹，周瑜欲以火攻曹军战船，但欠东风。于是孔明负责祭东风。令军士取东南方赤土筑坛，坛下一层插二十八宿旗：东方青旗，北方皂旗，西方白旗，南方红旗，各七面。第二层黄旗六十四面。上一面用四人，各人戴束发冠，穿皂罗袍，凤衣博带，朱履方裾。前左立一人，手执长竿，竿尖上用鸡羽为葆，以招风信；前右立一人，也手执长竿，竿上系七星号带，以表风色；后右立一人，捧香炉。孔明沐浴斋戒，身披道衣，跣足散发，来到坛前，焚香于炉，注水于盂，仰天暗祝。

古人认为，自然界的风雨雷雪，都可以通过巫术行为控制它的发生和停止。飘风意为大狂风，飘字音也作飚（飙），从三犬，意为狂暴。初民以为暴风之起与凤鸟发狂有关。《尔雅》："扶摇谓之猋。"郭注："暴风……从下而上曰扶摇。"《庄子·逍遥游》中描绘了大鹏扶摇而上的气势。飙由犬和风组成。在甲骨文中，风凤同字；在神话传说中，风鸟同一。鸟与鸡同为羽类，鸡常视为凤的反义，意为凡鸟。由此可见，风与鸡有关，所以，鸡毛被当作召唤疾风的灵物。《淮南万毕术》中就说："欲致疾风焚鸡羽。"《本草纲目》

---

① 《六韬》，中华书局，2007 年版，第 76—78 页。

卷四十八引《感应志》说:"五酉日,以白鸡左翅烧灰扬之,风立至。"《周礼·司巫》中说:"若国大旱,则帅巫而舞雩。"周代的祈雨舞有"皇舞""旄舞",旄舞是用牛尾挥洒水珠,以模拟下雨的状态;皇舞则是装扮成水鸟的模样,舞蹈者必须头戴羽毛特别是鹬鸟的羽毛,传说这种鸟有"知天将雨"的能力。巫师求雨时,一边狂舞,同时发出呼号、悲叹、痛哭和祷祝,以感动上天。由此可见,诸葛亮祭风与巫师祈风是一脉相承的。他在四方布置的旗色则运用了五行相生相克的原理。

孔明不但会祈风,而且精通占星学。他能从观察行星的变化,预测到人事的吉凶祸福。他得知庞统、刘琦等人的死讯,都是先从观察陨落的星象中作出的判断。第一百零三回,孔明"仰观天文",得知自己"命在旦夕"。他对姜维解释说:"吾见三台星中,客星倍明,主星幽暗,相辅列曜,其光昏暗,天象如此,吾命可知。"根据占星学的说法,三台星中的主星乃主与人世相对应之人的寿夭,《晋书·天文志》云:"三台六星,两两而居,起文昌,列抵大微。一曰天柱,三公之位也。在人曰三公,在天曰三台,主开德宣符也。西近文昌二星曰上台。"[1]《楚辞·九歌·大司命》中称上台为大司命。洪兴祖补注云:"司命,星名,主知生死,辅天行化,诛恶护善也。"[2]所谓客星,据现代科学研究,就是今天的新星,占星家认为新星出现是一种反常现象,是一种变异的预兆。主星暗,客星明,则主有丧事、白衣之会等凶兆。接着小说写孔明为了延长寿命,向北斗祈禳。他对姜维说:

> 汝可引甲士四十九人,各执皂旗,穿皂衣,环绕帐外;……孔明自于帐申设香花祭物,地上分布七盏大灯,外布四十九盏小灯,内安本命灯一盏。

术士认为,七是阳数,四十九则是七的倍数。孔明这样安排,就是要招回阳气,也即生气。衣和旗用皂色,布七盏大灯,则是模拟北斗的形状。《搜神记》中谓"南斗注生,北斗注死","凡人受胎皆从南斗过北斗,所有祈求

---

[1] 《晋书》卷十一《天文志》,中华书局,1973年版,第188页。
[2] 洪兴祖《楚辞补注》,中华书局,1983年版,第71页。

皆人向北斗"。纬书《老子中经》谓北斗"持人命籍"。所以在汉时，形形色色的阴间冥吏，司掌阴间事务、维持阴间秩序的鬼官，统归"鬼官北斗君差遣"。其原型即为天文体系中的北斗星。这一观念的产生大概与五行理论有关。南方于五色为红色，主喜；北方于五色为黑色，主丧。

孔明的祈禳因魏延无意中踏灭了主灯而告失败。第一百零四回孔明遗言众人曰："吾死之后，不可发丧。可作一大龛，将吾尸坐于龛中；以米七粒，放吾口中；脚下用明灯一盏；军中安静如常，切勿举哀：则将星不坠。吾阴魂更自起镇之。"孔明死后，蜀军退归。司马懿见将星坠于蜀营中，三投三起。怀疑孔明诈死，不敢轻易追击。

司马懿说，诸葛亮"善会奇门遁甲，能驱六丁六甲之神"。孔明还会占风望气，卜易遁甲。第九十七回写孔明正欲出师时，忽一阵大风自东北角上而起，把庭前松树吹折，孔明占一课曰"此风主损一大将"。随即就有人报告赵云逝世。第五十四回，孙权差吕范到蜀说亲，孔明卜《易》就知其来意。他运用奇门遁甲设计八阵图，吓退吴兵。五出祁山时，驱六丁六甲，与魏军作战。

孔明骂死王朗也具有语言巫术的色彩。马林诺夫斯基曾指出："所谓知道巫术，便是知道咒，咒语永远是巫术行为的核心。"[1]因此，"在言灵信仰的时代，由于人们普遍相信语言的法术应用具有攻击和反击的战斗力量，所以咒词、谣谚和诗歌等较早的言语形式都可以被直接类比为法术性的武器，现代语汇中诸如唇枪舌剑、口诛笔伐、讽刺、舌战一类的词便都是这种原始类比的遗留物"[2]。

由此看来，孔明的行迹实在与巫师没有什么区别。小说中这些妖化孔明的情节，多不见于正史本传，乃是作者根据野史或传说改编而成。我们把这些描写与正史对读，可以发现民间与上层社会对智者或军师理解的异同。孔明死后，他的事迹在民间广为传颂，"黎庶追思，以为口实。至今梁、益之民咨述亮者，言犹在耳，虽《甘棠》之咏召公，郑人之歌子产，无以远譬也"[3]。

---

① （英）马林诺夫斯基著、费孝通译《巫术、科学、宗教与神话》，中国民间文艺出版社，1986 版，第 56 页。

② 叶舒宪《诗经的文化阐释》，湖北人民出版社，1994 年版，第 124 页。

③ 《三国志》卷三十五"蜀书·诸葛亮传"，中华书局，1973 年版，第 692 页。

孔明的事迹在流传中越来越被神化，在元代竟变成了神仙。《历代神仙演义》中说他从汝南灵山酆公玖处学得《三才秘箓》《兵法阵图》《孤虚相旺》诸书，从武当山异人北极教主学得六甲秘文、五行道法。《三国志平话》卷上说"诸葛亮是一神仙，自小学业，时至中年，无书不览，达天地之机，神鬼难度之志，呼风唤雨，撒豆成兵，挥剑成河"。尤其是《三国志通俗演义》面世后，产生了巨大的影响，使孔明变成了箭垛式的人物，成了智慧的化身。

但我们需要指出的是，作者描写孔明有着种种的方术技能，并不是要"妖化"他，而是为了突出他的智慧。葛兆光在分析道教时曾指出：道教根据道德而判断道的妖邪之别，法术本身并无好坏之分，若法术用来为民除害，便是正法；若法术用来为非作歹，便是妖术。[1]

《三国志通俗演义》中不仅孔明有巫师化的倾向，司马懿和庞统等都有一定程度的巫化。这样，不但影响了受众对于智者的认知，而且铸成了所谓军师谋士的模型，使得后来通俗小说中的军师形象很难走出孔明的阴影。

在民间，姜子牙的影响力仅次于孔明，《封神演义》中姜子牙的形象塑造无疑受到了罗贯中笔下孔明形象的影响。与孔明相比，关于姜尚的历史记载更为贫乏，这就给作者留下了更为广阔的想象空间，而且，历史上留下的有关姜尚的吉光片羽，也为作者把姜尚巫师化提供了可供参考和改编的依据。《太公金匮》说，武王伐纣时，四海海神和雨师风伯来见。《太平御览》卷七三九也引《太公金匮》说，周武王灭商后，丁侯不来朝见。周大臣师尚父画了一幅丁侯像，朝画像连射三十天，致使丁侯大病一场。丁侯让人卜问得病由来，卜人说来自周朝。丁侯听后非常恐惧，赶忙派使者朝见武王，表示臣服。于是师尚父于甲乙日拔去画像头部之箭，丙丁日拔去目中之箭，戊己日拔去腹中之箭，庚辛日拔去股上之箭，壬癸日拔去足上之箭，结果丁侯不治而愈。所谓"师尚父"就是姜尚。《历代神仙演义》描写他从溪中钓到一只大鲤鱼，从鱼腹中剖出《兵钤大要》六篇，皆经纬兵阵之术。

在《封神演义》中，姜子牙的行迹也绝似巫师，第四十八回他用偶像祝诅术拜死赵公明。第九十回写子牙布阵，命李靖领柬帖："你在八卦阵正东

---

① 鲍涛《妖道与妖术——清华大学葛兆光教授谈小说、历史与现实中的道教批判》，《中国国情国力》1999年12月31日。

上，按震方，书有符印，用桃桩，上用犬血……如此而行。"又命雷震子领柬帖："你在正南上，按离方，亦有符印，也用桃桩，上用犬血……"命哪吒领柬帖："在正西上，按兑方，也用桃桩，上用犬血……如此而行。"又命杨任："在正北上，按坎方，也用桃桩，上用犬血……如此而行。杨戬，你可引战，用五雷之法，望桃桩上打下来。韦护，你用瓶盛乌鸡、黑狗血、女人屎尿和匀，装在瓶内，见高明、高觉赶入我阵中，你可将瓶打下，此污秽浊物压住他妖气，自然不能逃走，此一阵可以擒二竖子也。"桃木和秽物具有驱邪的功效，结果敌手高明、高觉法术失灵而战败。

如果说诸葛亮像一个儒士化的巫师的话，那么，姜子牙则更像一个道士化的巫师，他身上的巫师色彩比孔明更为浓厚。至康乾年间，由于受朴学的影响，《野叟曝言》中的帝师文素臣，则变成了一个学者化的巫师。作者夏敬渠一生抱负不凡，立志高远，但困于场屋，于是把自己的学问、才华、梦想都托诸小说。文素臣号称"天下无双正士"，乃作者人格理想的化身。作者第一回对他作了全面介绍：

> 这人是铮铮铁汉，落落奇才，吟遍江山，胸罗星斗。说他不求宦达，却是理见如漆雕；说他不会风流，却是多情如宋玉。挥毫作赋，则颉颃相如；抵掌谈兵，则伯仲诸葛。力能扛鼎，退然如不胜衣；勇可屠龙，凛然若将陨谷。旁通历数，下视一行；间涉歧黄，肩随仲景。以朋友为性命，奉名教若神明，真是极有血性的真儒，不识炎凉的名士。

由此可见，文素臣是个文武全才的完人。他虽然力辟邪说，但并不排斥方术。他的知识和本领中就包含多项方技内容。与孔明和子牙一样，他擅长相术，他的儿子龙儿称其父的相技"不输与袁柳庄"。龙儿也酷肖乃父。因此，文素臣父子使我们很容易想到明初的大相术家袁柳庄父子。在小说中，凡是文素臣遇到的人，他都要用相眼观察，并服务于自己的功业。只要他认为具大贵之相的，就结纳扶持，即使是俘虏，也要赦免他的罪过，设法使他归降，为己所用。如第五回写他遇到石大郎，作者以他的视角描写道：

六尺四五身材，二十二三年纪；天庭略窄，早年未免迍邅；地角殊丰，老去正余福泽。耳长颐阔，必非落落之形；背厚肩宽，大有魁梧之概。剑眉横铁面，依稀西汉黥、彭；虎项称狼腰，方佛初唐褒、鄂，时乎未至，卖糕饼以营生；运若早来，拥旌旄而立业。

这一段文字，既对石大郎的前半生作了概括，也对其后半生作了暗示。在遇到文素臣之前，石大郎只是一个卖糕点的生意人，但在文素臣看来，他有贵相，只是时运未到，因此把他收为麾下。后来石大郎在他的提携下，建功立业，官至大将。

又如第八十回，权监靳仁的部下邢孝被文素臣俘虏后，不肯归顺。但文素臣见他"一貌堂堂，颇有贵相"，就将他释放了。对于敌将的妻妾，文素臣也是凭相法处置的。凡是他认为有"福相"和"贵相"的，都一律把她赏给自己的部下。

在文素臣看来，一些大奸大恶之人，尽管当时势焰熏天，但从相貌看来，将不会有好结果。如叛王景王"筋不束肉，神不守形，法主横死夭亡"。太监靳仁长得方面大耳，虎头鹊睛，别人都以为是异相。但文素臣却观察到他颈上有钩绞紫纹，断定他"当受天刑"。

在小说中，文素臣还曾化装成游方郎中和江湖术士，从事间谍工作，打进敌人内部。

除精于相术外，文素臣还会占课。第四十三回写他袖占一课，就知道有刺客来到。第八十回，素臣正说话时，忽然从西方吹来一阵疾风，从窗口直卷进来。素臣占一卦，就知道来了一个刺客，并且是女性，而且与在座的铁丐有姻缘之分。

文素臣还有不可思议的巫术力量。小说第二十四回写一道士善魔法，闭着眼睛，牵着嘴唇，像念着什么，使歌女立即脚步散乱，口里发起喘来。后昏迷不醒，躺在床炕上，口吐白沫。文素臣取来笔，蘸饱朱朱，在女子心窝里，叠写"邪不胜正"四字，又在字四围，浓浓的圈将进去，把字迹圈没了，就如一轮红日一般。第六十九回写邵家大姑娘被五通神拷打得利害，请文素臣救治。素臣饱蘸朱墨，在其酥胸前，大书"邪神远避"四字。又写一纸道："吴江文饬知五侯：尔恃封敕，罪积山邱，王子犯法，庶民同纠！淑贞何辜，拷逼无休；强奸未成，律应满流！涮洗淫心，荡涤邪谋；从宽驱逐，远避他州。将火尔居，慎勿迟留！"写毕，令人贴于五通庙内。结果全村的人都请他到家镇压，从此杜绝了五圣再来之路。村内除了老年、幼稚及丑黑如鬼的，其余妇女，都请素臣在其胸前写一"正"字。有许多生这邪病的，苦求苦告，要求多写几字，只得又添写"诸邪远避"四字。又求写"素臣在此"一朱帖，贴于房门之上。此类描写，实是堕入恶趣。

小说第九十一回，写广西峒元深通妖法，夸说能移天换日，倒海翻江，呼风唤雨，撒豆成兵。把半条狗腿变成一只斑斓猛虎扑向文素臣，又把一条黄色丝绦变成一条金龙向文素臣抓来，还用火烧文素臣。"素臣咯一口痰涎，远远的吐向火里去，那火登时灭熄。"又抛进一个火球，素臣复吐出唾沫，火皆立熄，被烧之物不损分毫。文素臣接着又撒尿，"不特球上之火无影无踪，并把满房烟焰全消，遍屋火光尽灭"。

文素臣还阳气旺盛，他甚至通过输入阳气治好了一个石女的不育症。他还精于房术，并向太子传授房中生殖之术。在他看来，房中术只为生育，他尽管姬妾成群，但性爱分配公平，妻妾相得，人人满意。在文素臣看来，掌握性爱技巧也是一种齐家方式。

诸葛亮、姜子牙和文素臣都是作为帝王师的形象来塑造的。在他们货与帝王家的本领中，有许多是巫方之技。这些东西既沉潜于民间文化中，但又为上层文化所接受。如果说，诸葛亮和姜子牙的"妖化"是受到了民间传说影响的话，文素臣的形象则完全是夏敬渠的自造，是他的自画像。这说明，军师的巫师化既得到民间文化也得到了经典文化的认同。在通俗小说中，诸葛亮、吴用、公孙胜、姜子牙、刘基、徐茂公等等，都一个个足智多谋，法术高超，仿佛同一模子锻造出来的，唯一的差异只是法术有高下。他们把方术运用到政治、军事斗争中去，且往往能取得奇效。

古代小说中的军师、统帅都有巫化的倾向。公孙胜善能呼风唤雨，驾雾腾云（《水浒传》）。李靖"诸子百家，九流异术，无不留心探讨，最喜的却是风鉴"（《隋唐演义》）、王朴"专习六壬奇门，善知过去未来"；高行周"又精麻衣相法"，"不拘谁人他看过，便晓得生死寿夭"（《飞龙全传》）；吕军师和御阳子等，"精于星家，兼通谶纬，又能望气占风"（《女仙外史》）；鬼谷子有几家学问，"一曰数学，日星象纬，在其掌中，占往察来，言无不验。二曰兵学，六韬三略，变化无穷，布阵行兵，鬼神不测。三曰游学，广记多闻，明理审势；出词吐辩，万口莫当。四曰出世学，修真养性，服食导引，却病延年"（《新列国志》）。其他还有《锋剑春秋》中的孙膑，《英烈传》中的刘基，《续英烈传》中的袁柳庄父子、姚广孝，《说唐》中的李靖、徐洪客，《岳飞传》中的诸葛锦等等。

远古时期，巫师集政治家、军事家、知识分子等多种身份于一体，因而，智慧巫术化有其深刻的文化渊源，进而影响到古代小说中的人物形象塑造。

第三节　巫术与古代小说的艺术构思

一、巫术与小说的浪漫思维

巫术思维的特征就是心与物不分，物象和观念合一，呈现为神秘的一体感和浑沌性。它总是借用某些具体的物象来暗示某些特征上相似或相联系的观念，即使表述较为复杂的内容也是依靠"象"的组合，从中产生超出象外之"意"。它不仅使物象和观念融为一体，而且使想象和事实融为一体。因此，人的行为意愿、感情能力和整个生命都被投射到了客体世界中，并通过想象和幻想，幻化出种种超现实和超自然的神奇事物。浪漫主义在反映现实上具有主观色彩，善于抒发对理想世界的热烈追求，常用热情奔放的语言、瑰丽的想象和夸张手法塑造形象。

因此，巫术思维始终离不开形象，这就使得巫术思维的过程和结果都很像浪漫思维。巫术思维既然主要靠形象来思维，用类比、隐喻、象征等方式来表达，所以必然也含有审美——艺术思维的萌芽，特别是它带有较多的想象和幻想色彩，与浪漫思维有时难分彼此。巫术世界和艺术世界的深层秩序同描述此类秩序的思维程序，二者互渗协作还可以互相转化。

然而，巫术思维和浪漫思维尽管都用形象来思维，但两者之间却有着本质的不同。前者不是个体的产物，而是原始人类群体在生产劳动实践中长期形成的，后者则具有浓厚的个人主观色彩；前者是因思维不成熟而用不自觉的艺术方式，无意识地点染着巫术幻想的色彩，后者则是自觉地运用业已从原始思维中分化出的艺术思维方式，有意识地进行想象创作活动；前者尚未从混然一体的意识原质中分离出来，它以认知为目的，并非全具审美的性质，后者则有一定的美学规范，具有明确的审美性质；前者是通过幻想的因果关联，由"已知"推知未知，不自觉地让自然现象和他们心目中的超自然力量神秘互渗，后者则有意识地运用经过选择的对象，人和心具有的情感表现在天和物显示出的"景"中，使已经分化的观察事实与体验事实重新合而为一，运用想象、移情和寄托、象征等艺术手法，创造一种心物合一的境界和审美形象。因而，巫术思维有更多不可捉摸的神秘性，而浪漫思维相对来说有更多的人工的和可把握的规律性。①

首先，巫术对象可以转化为审美对象。王振复先生指出："在巫术对象与实用、认知或审美对象之间，并没有一条不可逾越的智慧鸿沟。""在一定条件下，巫术对象可以转化为审美对象。在巫术中原本呈现为吉兆的对象，相应地可能转化为美；原本呈现为凶兆的对象，相应地可以转化为丑。"②因为吉凶能使人产生喜悦、痛苦的情感。比如桃、艾等巫术灵物的小说，读者除从中认识到它们的驱邪功能外，还能体验到一种美的享受。所以在民间，挂桃符、贴对联已不仅仅是一种巫术行为，还审美化了，是美化生活的艺术方式之一。

巫术试图"摇撼"与转变自然宇宙与社会人生的"秩序"，反映了古人要求改造这个世界的美好愿望、欲求与情感的宣泄，这本身就具有强烈的浪漫色彩。如《酉阳杂俎》记唐长庆初年山人杨隐之拜谒唐居士，留宿于其家。到晚上，唐居士对其女说："可将一个弦月子来。"其女遂贴月于壁上，如片纸而已。唐即起来祝道："今夕有客，可赐光明。"说完，纸月变成了真月亮，满洒清光，屋内明亮如点灯烛。《西湖二集》第二十三卷"救金鲤海龙王报德"中，写张羽煮海，用银锅、金钱、铁勺三样法宝，"将铁勺取海水舀在锅儿里，放金钱在水内，煎一分海水去十丈，煎二分去二十丈，若煎干了锅

① 见邓启耀《中国神话的思维结构》（重庆出版社，1992 年版）中的一些观点。
② 王振复《巫术——周易的文化智慧》，浙江古籍出版社，1990 年版，第 191 页。

儿"，海水就会干枯见底。卷二十五"吴山顶上神仙"写道士张金箔能使瓶中蒸发出的汽水结成五彩缤纷的彩云。"又将莲子撒于金水河中，霎时荷花竞发，复剪纸为舟放于水面，变成采莲舟。"第三十卷"马神仙骑龙升天"中写马自然在酒席上盛土种瓜，顷刻间引蔓生花结实，众宾取而食之，其香美异常。《西洋记》中金碧峰长老将散发国装进凤凰蛋中。这些带有奇异幻想的模拟巫术，表达了人们企图控制和改变自然规律的美好愿望。

竹杖、凳子可变成坐骑，纸鸢可变成真鸢，手帕可变成彩云，这些东西都可成为载人工具；人的腿上画上符，就可像骏马那样奔驰，日行千里；从人的身上拔下一根毫毛，就可克隆出另一个自我；王母娘娘蟠桃园的仙桃，有三千年一熟的，人吃了成仙得道，体健身轻。有六千年一熟的，人吃了霞举飞升，长生不老。有九千年一熟的，人吃了与天地齐寿，日月同庚。此外还有剪纸为马，撒豆成兵之术，神魔妖怪所用的种种奇妙法宝等等，古代小说中的这些巫术描写表现了人类渴求超越时空和自我的愿望，充满浪漫主义的色彩。

《太平广记》卷二百八十六引《河东记》云：许州客赵季和宿于板桥店，夜"即见三娘子向覆器下，取烛挑明之。后于巾箱中，取一副木耜，并一木牛，一木偶人，各大六七寸，置于灶前，含水噀之，二物便行走。小人则牵牛驾末耜，遂耕床前一席地，来去数出。又于厢中，取出一裹荞麦子，受于小人种之。须臾生，花发麦熟，令小人收割持践，可得七八升。又安置小磨子，碾成面讫，却收木人子于厢中，即取面作烧饼数枚"。诸客人吃了烧饼后，"忽一时蹄地，作驴鸣，须臾皆变驴矣。三娘子尽驱入店后，而尽没其货财"。

这是一篇充满浪漫神秘色彩的小说。板桥三娘子对一副木耜、一只木牛和一个木偶人，含水噀之，木牛和木偶便有了生命，会行走。木偶人用这些工具在床前一席地耕作播种，须臾荞麦发芽，花发麦熟，收割磨面。三娘子用这种面做成烧饼，旅客吃了后便变成了毛驴子。三娘子就运用这种模拟巫术发财致富。不意秘密泄露，许州客赵季和以其治人之道，还治其人之身，把她也变成了毛驴。这篇小说无疑是在人们对大量存在于现实生活中的黑店产生恐惧的基础上虚构而成的，有着浓厚的想象、幻想色彩，而它的寓意也是深刻的。

还有一些古代巫术小说，当后世读者实现了与作者在巫术认识上的隔离而只存在审美上的接受时，其蕴含的积极浪漫情愫就更能发挥审美效应。人们的文化智慧一旦超越了巫术层次，就有可能进入审美领域。

如唐代小说《纂异记》写陈季卿家在江南，为考进士滞留京城十年。一日访僧于青龙寺，不巧僧出未归，暂息于暖阁，遇高人终南山翁。季卿望着东壁上的"寰瀛图"寻找江南路，并感慨说："若能够自渭至河洛，泳于淮水，济于长江，到达于家，即使功名未就，也满足了。"南山翁笑道："不难不难。"于是让僧童折取阶前一竹叶，做成叶舟，置于图中渭水之上，对季卿说："您只要注目此舟，就能如愿，但到家后切勿久留。"季卿凝视小舟，恍然若登舟，自渭及河，沿途而下，一路上访游寺庙，作诗题词。旬余至家，见妻子兄弟，题诗于书斋，然后仍登竹叶舟而返。待回到青龙寺，仿佛如梦，僧尚未归。后来归家，见当时所题诗词犹在，始知非梦。

这实际上是一篇按照模拟巫术观念而构思的小说，陈季卿幻入"寰瀛图"中，实现了回归故乡的愿望。但是，巫术观念对后世读者的文本阅读接受并不会产生多大的影响。陈季卿回乡的过程充满着神奇的浪漫色彩，而僧人把人生简化、浪漫化的意图，就是向陈季卿传达人生如梦的信息。

《太平广记》卷二百八十六《画工》引《闻奇录》云："唐进士赵颜，于画工处得一软障，图一妇人甚丽，颜谓画工曰：'世无其人也，如何令生？某愿纳为妻。'画工曰：'余神画也，此亦有名，曰真真。呼其名百日，昼夜不歇，即必应之，应则以百家彩灰酒灌之，必活。'颜如其言，遂呼之百日，昼夜不止，乃应曰：'诺。'急以百家彩灰酒灌，遂活，下步言笑，饮食如常，曰：'谢君召妾，妾愿事箕帚。'终岁生一儿，儿年两岁，友人曰：'此妖也，必与君为患，余有神剑，可斩之。'其夕，乃遗颜剑，剑才及颜室，真真乃泣曰：'妾南岳地仙也，无何为人画妾之形，君又呼妾名，既不夺君愿，君今疑妾，妾不可住。'言讫，携其子却上软障，呕出先所饮百家彩灰酒，睹其障，唯添一孩子，皆是画焉。"

这是一个关于图画巫术、姓名巫术的浪漫故事，但巫术色彩无疑已被小说所蕴含的深刻意义掩盖了。它的浅层意义是表现画工的巧夺天工，画技通神。而深层意义则是表现人与异类矛盾冲突的永恒，赵颜与画中美女尽管已同居生子，但人与异类的结合就决定了他（她）们之间不会有美满的结局，悲剧是注定的。赵颜起疑违反了他（她）们的婚姻禁忌，导致了美女重回画图中，终于结束了这次浪漫而又悲情的人间造访。如果我们阅读这篇小说时再想起"画饼充饥"这个典故，我们也许还能从中解读到另外一层文化信息，即小说家以幻想、浪漫的手法，使自己也使某些读者的性饥渴得到虚幻的满足。

《封神演义》第四回写哪吒剔骨割肉归还父母后，其师太乙真人用荷梗、荷叶制成哪吒，"童子忙忙取了荷叶、莲花，放于地下。真人将花勒下瓣儿，铺成三才，又将荷叶梗儿折成三百骨节，三个荷叶，按上、中、下，按天、地、人。真人将一粒金丹放于居中，法用先天，气运九转，分离龙、坎虎，绰住哪吒魂魄，望荷、莲里一推，喝声：'哪吒不成人形，更待何时！'只听得响一声，跳起一个人来，面如傅粉，唇似涂砂，眼运精光，身长一丈六尺，此乃哪吒莲花化身"。

荷梗、荷叶竟可代替人的骨肉，这就是古人在灵魂不死的观念基础上，受到模拟巫术原理的启发而形成的奇思妙想。后文所描写到的关于哪吒的许多故事情节，尤其是魂魄巫术，都与这个模拟巫术有关，如张桂芳擅长呼名落马之术，但因哪吒是荷梗荷叶制成，所以无法伤害他。

巫术思维还能启发小说家的想象力，如《太平寰宇记》卷一百三十六引古本《搜神记》云："焦湖庙有一玉枕，枕有小坼。时单父县人杨林为贾客，至庙祈求。庙巫谓曰：'君欲好婚否？'林曰：'幸甚。'巫即遣林近枕边，因入坼中。遂见朱门琼室，有赵太尉在其中，即嫁女与林。生六子，皆为秘书郎。历数十年，并无思乡之志。忽如梦觉，犹在枕傍。林怆然久之。"这个催眠巫术对后来的小说戏剧产生了很大的影响，如唐沈既济的《枕中记》，李公佐的《南柯太守传》，明汤显祖的《邯郸梦》等。原则可能是表现当时贫士通过幻梦的形式与高门大族联姻而跻身社会上层的梦想，但后来的作品不再停在这些意义层面上，或揭露社会的黑暗，或表现人生如幻如梦的消极思想，实现了文学、美学、哲学意义上的彻底超越。

类似描写在古代小说中可谓举不胜举。

总之，对古代作家而言，巫术思维提升了他们的想象力，激发了他们的浪漫主义、理想主义情愫，增加了我国古代文学中奇谲诡诡、虚幻荒诞的一面。对古代小说而言，它增强了作品的悠远感和超越感、神秘感和神秘美。

对读者而言，它刺激了人们的进一步幻想，加深了哲理思考。极度的夸张，奇妙的幻想，怪奇的内容，能让读者产生怡心悦目的美感，读者会随着故事中的人物走进一个个幻想的世界，得到一种奇异而令人兴奋的体验。因此，巫术思维的文学和美学意义都是十分明显的。

二、巫术灵物与小说叙事

先民认为，一些物品中蕴含着天然的超自然力量，具有震慑和压伏邪祟的功能。因而，这些物品就成为巫术灵物，受到人们的敬畏膜拜，用之驱鬼辟邪。这种功能的产生，有的来源于神话传说，有的则依据五行生克原理。西方人将这种超自然力称之为"曼纳（mana）"，它是一种无形的、非人格的力量，可以附着在对象、鬼魂和人体上，可以通过自然物和自然力而起作用，可以被人获得、遗传、转移或丢失。巫术灵物和巫师都具有这种超自然的力量，并借助这种力量对人和物进行控制。

巫术灵物有很多，包括动物、植物、制品、书籍甚至排泄物等，而一种巫术灵物还可以派生出一个灵物系列，如从桃树中演化出桃弓、桃俑、桃板、桃符、桃印、桃汤、桃胶等；血液崇拜形成尚赤观念，由此衍生出朱丝、朱带、朱衣、朱笔、朱符等灵物。由于巫师采用不同的巫术观念和巫术原理，同一种灵物在不同的巫术实践中功能不同，如鸡既可用来驱鬼辟邪，也可用来招风；从同一种观念和原理出发，巫术灵物的用途可以不断延伸和扩大；在巫术实践中，施术者往往同时使用多种巫术灵物。有的组合是固定不变的，有的则是随意即时的。

巫术与古代小说的叙事关系主要体现在三个方面：首先，古人的巫风，作为现实生活反映在古代小说中；其次，巫术灵物驱鬼辟邪的故事，是古代小说中的重要母题；最后，巫术观念渗透进小说家的创作理念中，对小说的情节设置产生影响。

1. 作为小说叙事线索的巫术灵物

小说家常借用巫术灵物作为叙述故事的线索，以使小说结构完整，脉络清晰。

初唐传奇《古镜记》和《梁四公记》之"震泽洞"是这方面的代表作。《古镜记》开头写隋汾阳侯生赠王度一面古镜，并告诉他"持此则百邪远人"。接着以编年的形式，叙述古镜的奇异功能：王度携镜外出，先后以镜照出老狐、蛇精之原形，并消除了疫病，现出奇迹；王度弟王绩外出游历，借用古镜护身，一路上，古镜降妖除怪，之后回到长安，把古镜还给王度；大业十三年（617），古镜在匣中发出悲鸣之后突然失踪。小说以古镜驱邪的数则故事连缀而成，表面上写的是古镜的奇异功能，实际上暗喻的是隋王朝灭亡的命运。而古镜的拥有者和使用者是故事的叙述人，这样就增加了故事的真实性。《震泽洞》叙杰公为梁武帝获得东海宝物的故事，其中驱龙灵物在故事情节的发展中起了关键作用。梁武帝听杰公说东海龙王第七女掌龙王珠藏，乃招聘使者去龙宫。第一位应召者毗罗，因家族与龙族有仇，被杰公否决。第二位应召者罗子春，优势是其家与龙族有姻亲关系，祖辈曾驯化过恶龙、毒龙，罗子春本人也认识东海、南天台、湘川等地的龙；劣势是罗家制龙石不能制服海王珠藏之龙，而且没有西海龙脑香。因而杰公也没有同意，就在武帝绝望时，杰公提出了新的制龙方案，他派人乘大船到西海去找来龙脑香，去茅山弄来两片制龙石，又取来阗舒河的美玉和宣州的空青，制成精美的玉函和空青缶，备好制龙的宝物和赠给龙女的礼物。一切准备就绪，便开始行动。罗子春等人在身上和衣佩上涂上蜡，带上烧燕五百枚，进入龙宫。守宫小蛟闻到蜡气，俯伏不敢动，子春乃以烧燕百枚赂之，令其通报。子春又赠给龙女最好的烧燕，博得龙女欢心，再献上玉函、青缶，具陈武帝旨意。龙女得礼品后，以大珠三、小珠七、杂珠一石报答武帝，命子春乘龙载珠还国。在这篇小说中，作者描写杰公为梁武帝策划去东海龙宫取宝，主要围绕着准备使龙惧怕的灵物和喜欢的食物而进行，最后这两种东西发挥了作用，罗子春得到了宝珠，顺利完成了使命。这个故事开始于欲得到东海宝物，即宝物的缺失，继而导致后文的设法求宝，也可称之为掠夺宝物。

利用巫术灵物为小说的结构服务，在长篇通俗小说中也有尝试，如《红楼梦》中的通灵宝玉就在小说结构中起着重要作用。通灵宝玉原是女娲补天时弃置不用的一块顽石，自煅烁后，灵性已通，癞头和尚书符念咒，大展幻术，将它变成一块鲜明晶莹的宝玉，贾宝玉衔此玉而诞，此玉成为宝玉的

"命根子"。这块玉具有"一除邪祟；二疗冤疾；三和祸福"的巫术功能。小说第二十五回描写宝玉、凤姐被魇将死时，癞头和尚和跛脚道人及时出现，教贾政将宝玉悬于卧室上槛，宝玉、凤姐居于室内，除亲身妻母外，不可使阴人冲犯。三十三日之后，二人身安病退，复旧如初。第九十四回写宝玉失玉后，神智不清，成了任人摆布的木偶，接着元妃薨逝、宝玉成亲、贾家急剧衰落。后来和尚又送回失玉，宝玉复神智清爽，考中举人。这就是第一百二十回甄士隐所说的"钗黛分离之日，此玉早已离世。一为避祸，二为撮合，从此夙缘已了，形质归一。又复稍示神灵，高魁贵子，方显得此玉那天奇地灵煅炼之宝，非凡间可比"。可见，在小说中，通灵玉在故事的关键节点发挥了重要作用。他驱邪治病，挽救了宝玉和凤姐的性命，它的遗失，又促成了宝玉和宝钗的结合，它的被找回，又使宝玉中举生子。所谓"好知运败金无彩，堪叹时乖玉不光"。

青埂峰的顽石幻形入世后，以两种形象出现，一是物件即宝玉口衔而生的一块美玉，二是人即宝玉。在小说中，石头既指顽石（或通灵玉），又指贾宝玉，有时也指作者，三者是统一不可分的，这一点早在脂砚斋批点《石头记》时就注意到了。因而，在小说中，有三个叙述者，三个叙述视角。其一是石头。如第十八回中有"诸公不知，待蠢物将原委说明，大家方知"之语，在第一回中，顽石曾对癞头和尚和跛脚道人自称"蠢物"，第八回也称通灵玉为"狼犺蠢大之物。"可见"蠢物"即是顽石或通灵玉。这是从顽石的视角进行叙事。其二是贾宝玉。如第一回"作者自云：因曾历过一番梦幻之后，故将真事隐去，而借通灵之说，撰此石头记一书也"。后面自又云："今风尘碌碌"云云。这里宝玉是叙述者。其三是作为抄录者或编辑者的空空道人或曹雪芹。如第一回写空空道人见了石头上的文字后，"从头至尾抄录回来，问世传奇"。可见，空空道人是故事的抄录者。第八回宝玉给宝钗看玉，"这就是大荒山中青埂峰下的那块顽石的幻相"，"那顽石亦曾记下他这幻相并癞僧所镌的篆文，今亦按图画于后"。这是以作者的视角进行叙事。第一百二十回写空空道人再抄录一遍，托曹雪芹传世。可见，曹雪芹是故事的传播者。从石头的叙事视角看，小说可名之为《石头记》；从宝玉的叙事视角看，小说可名之为《红楼梦》；从空空道人编撰角度看，则可名之为《情僧录》或《风月宝鉴》。从通灵玉幻形入世到失玉再到玉失而复得，最后又回归青埂峰，实际上就是顽石谪凡下世，最后回归的道教降世叙事结构，也是贾宝玉离合悲欢、贾家盛衰变迁的故事发展过程。

《红楼梦》中的叙事情境有三个：一个是模仿真实世界的"红尘世界"，由故事中的芸芸众生组成；另一个是凌驾于前者之上并决定前者命运的"太虚幻境"，由警幻仙子等神仙组成；还有一个更为古远的"大荒世界"，由一僧一道等组成。作者以通灵宝玉和一僧一道穿越于这三界之中，打破三界的界域，并把它们串联起来。可见，辟邪灵物通灵宝玉在小说结构上具有重要的功能。

此外《红楼梦》中还写到了金锁、金麒麟、宝镜等避邪灵物，对小说的情节构造和主题深化都起到了不可替代的作用。如《红楼梦》第十二回写贾瑞思念王熙凤成疾，正照风月宝镜，不治而亡。是作者"假作真时真亦假，无为有处有还无"色空思想的点睛之笔，表现了作者关于真假、色空命题的辩证思想。所谓"正面"其实是幻境，而"反面"才是真实的图景。第三十一回写宝玉遗失金麒麟，为后来史湘云与卫若兰的婚姻埋下了伏线。宝玉与同是避邪灵物金锁的结合，则成了世俗婚姻的象征。

清末小说《富翁醒世录》则是以巫术灵物子母钱为线索而构思的长篇小说。所谓"子母钱"，据《搜神记》卷十三"青蚨"云：南方有种虫子，又名青蚨。生子必依草叶，大如蚕子。取其子，母即飞来，不以远近。虽潜取其子，母必知处。以母虫血涂钱八十一文，以子虫血涂钱八十一文，每次到市上购物，或先用母钱，或先用子钱，付出的钱不久都会自动飞回，故钱可用之不竭。《富翁醒世录》写时伯济带着祖传子母钱出游，走到海边，子母钱飞了，他流落到小人国。小人国由柴主、钱士命统治，子母钱落到他家中，从此人人都想得到子母钱。万笏诈骗得到了子母钱，但路过赌场时又飞了。化僧拾到子母钱，钱刚到手，满身虚火顿起，急往陷人坑洗澡，子母钱却不见了。大肚子邛诡拾到子母钱，钱到手中又变成了普通铜钱。时伯济在小人国受尽屈辱，逃到大人国，钱士命派兵追赶，被大人一脚踏平了他千军万马。时伯济受到大人礼遇，改名时运来，子母钱又重回到了他身边。作者以致富巫术中的子母钱为叙述线索，把金钱势力与道德文明形象化。子母钱丢失时，主人叫时伯济，子母钱回来后又叫时运来。暗寓财富应掌握在道德高尚者手中，而不应为小人所拥有。

2.灵物驱邪功能叙事

围绕着灵物的驱邪功能而进行叙事，从灵物功能的发现，使用等方面经营，以凸显小说情节的曲折性。

大多数情况下，对付精怪、鬼魅的灵物及灵物使用的方法，是巫师告知的。如唐薛渔思《河东记·韦浦》(《太平广记》卷三百四十一)写士人韦浦与男仆住到潼关的一家旅店，仆人见店主的孩子正在门边玩耍，上前轻拍其背，小孩马上昏死过去。店主认为孩子是中邪而死，赶紧派人去请女巫二娘前来救治。二娘经过与神沟通，指出是客鬼为祟，并描述客鬼的相貌服饰特征。站在一旁的韦浦听后，才恍悟自己的仆人是客鬼变的。最后二娘又店主"用兰汤洗浴小儿，可除此患"。店主依法治疗，小儿很快苏醒。韦浦等回头寻找仆人，早已不知去向。在这个故事中，由巫师指出问题的症结及解决方法，突出了兰汤的驱邪作用。在有的小说中，巫师就是灵物的使用者，如《子不语》卷二十三"夜星子"写京师有种叫"夜星子"的恶鬼，能导致小儿夜啼。有个侍郎家小儿夜啼不止，便请专捉"夜星子"的巫师前来医治。于是巫师拿着桑弓、桃箭，还在箭杆上缚了一条数丈长的素丝线。等到半夜，窗纸上隐隐闪现出一个手执长矛骑马而行的妇人影子，巫师随即弯弓向鬼影射击。人们顺着箭杆上的丝线搜寻中箭者，发现被桃箭射中的"夜星子"原是家中一位九十多岁的老妇。此老妇原是主人曾祖父之妾。侍郎在巫师的指点下断了老妇的饮食，把这个所谓"夜星子"给活活饿死了。此后，小儿就不再夜啼了。因为"桑"和"桃"具有驱鬼辟邪的功能，所以，用此等材料制成的弓箭，就能发挥射杀鬼魅的作用。另外，佛、道人士也常是驱邪灵物的使用者，如李隐《潇湘录·逆旅道士》(《太平广记》卷四百四十)写有群少年在长安拦路抢劫杀人，有个道士手持古镜照之，这群少年显出原形，原是老鼠所化，而且弃甲丢盔而逃。有时，对付妖怪、鬼魅的办法是由学者提供的。如《搜神记》卷十八"张茂先"写一个年轻书生拜访张华，张华发现来客如此年少，才学却举世罕见，怀疑他不是鬼魅，就是狐狸。于是一面盛情款待，一面派人暗中监视。书生察觉后请求离去，张华坚决不允。不久，号称博学的雷焕来访，听到这种情况后建议道："若疑之，何不呼猎犬试之？"张华马上派人牵来猎犬扑咬书生，不料书生毫无惧色。张华见状说："闻鬼魅忌狗，所别者数百年物耳。千年老精，不能复别。惟得千年枯木照之，则形立见。"于是派人砍来燕昭王墓前的千年木柱，点火一照，书生立即现出斑狐原形。又如刘敬叔的《异苑》卷三中老桑烹龟的建议，是由博识的诸葛恪告诉孙权的。

有的灵物则是在现实生活中通过观察发现的。如《搜神后记》卷三："昔有一人，与奴同时得腹瘕病，治不能愈。奴既死，乃剖腹视之，得一白鳖，赤眼，甚鲜明。乃试以诸毒药浇灌之，并内药于鳖口，悉无损动。乃系鳖于床脚。忽有一客来看之，乘一白马。既而马溺溅鳖，鳖乃惶骇，欲疾走避溺，因系之不得去，乃缩藏头颈足焉。病者察之，谓其子曰：'吾病或可以救矣。'乃试取白马溺以灌鳖上，须臾便消成数升水。病者乃顿服升余白马溺，病豁然愈。"鳖怪溅到马尿后，"乃惶骇"；病人服马尿后，"病豁然愈"。在这个故事中，鳖怪惧怕马尿的秘密，是病人偶然之中发现的，并立即实验，当即见效。

有的是通过精怪、鬼魅之口泄露出来的。如《搜神记》卷十六"宋定伯"的故事，写宋定伯夜行遇鬼，谎称自己是新鬼，骗得鬼的信任，从鬼口中套出鬼畏惧人得唾沫，于是将计就计，用唾制把鬼变成一只羊，在集市上卖掉。在这个故事中，鬼由于轻信陌生鬼，泄露了"鬼畏唾"的致命弱点，结果被宋定伯制服。《续搜神记》中"王戎"（《太平广记》卷三百一十九）写王戎一次乘车参加别人家的葬礼，遇到鬼，因王戎将位至三公，故不敢犯。鬼又告诉王戎说：以后凡是送葬，苟非至亲，不可急往。如实在不得已，可乘坐青牛拉着、长胡子奴仆驾驭的车子前往，就可攘除鬼怪。接着，鬼以斧击死参加葬礼中的一人。青牛髯奴可攘除鬼怪，是由鬼亲口告知王戎的，接着又写鬼击死一人，以验证此话。

可见，对付鬼怪的办法，或由巫师、僧人、道士、学者提出，或由鬼怪亲口泄露的，说明辟邪方法的可信，接着描写灵物的辟邪故事，以事实加以验证。这种叙事方法，相当于提出理论，再加以事实证明。

小说家为了突出巫术灵物的神奇功能，常常把巫术灵物的使用置于紧要关头，也即最危急的时刻。清人袁枚可谓是编织这类故事的高手，其《子不语》卷八"鬼闻鸡鸣则缩"写司马穰正与两鬼对峙时，忽传来鸡叫声，两鬼逐越缩越小，直至擦地而没。卷十六"棺盖飞"写李甲与一厉鬼搏斗，鬼化作一棺盖飞来，压在他的身上，众人尽力将他救出，后面棺盖仍穷追不舍，忽鸡叫一声，棺盖突然不见了。《续子不语》卷二十四"鬼拜风"写钱塘孙学田与鬼激烈搏斗时，忽闻楼外鸡鸣，鬼遂化黑气一团滚楼而下。《里乘》卷三"溧阳史仲皋言三事"写一书生读书寺中，间壁停一枯枢，夜间见一老者自枢内出门而去，书生遂合其棺，而伏于梁上观之。老者归而不能复入，怒跳跃欲击书生。生大恐，袖携《易经》，急俯以掷其首，老者仆地，顿僵。天明人来，生始敢下。历述异事，共视其尸，已化为棺盖，焚之，臭闻数里。

在这些故事中，都是写在与鬼搏斗时，人处于下风，突然鸡叫一声或以某部经籍掷击鬼，人立即扭转了颓势。可见，鬼怕鸡鸣，怕《易经》之类的文化经典。

三、巫术仪式与小说叙事

古人认为，通过某种巫术仪式，就可以"摇撼"和改变自然宇宙与社会人生的"秩序"，"人们可以用交感巫术或妖术去强迫自然就范"①。

在小说中，巫师施法按一定的程序进行，有时巫术行为会产生效果，有时会因为遭受到来自对方的阻截或破解而失败。因此，这类小说我们称之为巫术功能主题，其叙述序列一般是：产生某种愿望—施法—达到目的或失败。其中施法行为是描写的重心。

按照体现巫术原理的不同，巫术仪式行为可分为两种，一种是遵循模拟原理的，另一种是遵循接触原理的，当然，也有两种原理混杂的，小说中的情况也如是。

1. 模拟巫术功能主题

物老成精的观念中国早已有之。葛洪在《抱朴子内篇》卷之三"对俗"和卷十七"登涉"中说，狝猴活到八百岁就会变为猿，而猿猴寿五百岁又会变成玃，千万岁的鸟禽皆人面而鸟身，五百岁的熊能变化，狐狸豺狼五百岁则善变为人形，鼠三百岁能知一年中吉凶及千里外事。总之，"万物之老者"，

---

① （英）罗伯逊著、宋桂煌译、俞获校《基督教的起源》，生活·读书·新知三联书店，1958年版，第4页。

都拥有超人的智慧和法力,"能假托人形"①。干宝曾这样给"妖怪"下定义:
"妖怪者,盖精气之依物者也。气乱于中,物变于外,形神气质,表里之用
也。本于五行,通与五事。虽消息升降,化动万端。其于休咎之征,皆可得
域而论矣。"就是说,物采天地之灵气,就能锻炼出神智,而有灵觉的即为
"妖"。这是天地之"气乱"而产生的结果②。日本学者中野美代子在《中国的
妖怪》一书中给妖怪下的定义是:"超越人类、动物、植物、有时包括矿物等
的现实形态和生态的、出现在人类观念之中的东西。"③动物、植物甚至器物,
都有可能成怪,这是一种原始的宗教信仰。在原始社会,人类由于心智和生
产力水平都较低,在人与自然对立的情况下,就把自然力作为一种异己力量
的产物,所以,原始信仰是人类自身异化的结果。作为人类自然崇拜对象的
各种神怪、精灵,也可以看成这种"异己力量"的载体。卡西尔在《人论》
中说:

> 初民心灵的生命观是一个综合的观点⋯⋯生命不被分为类和次
> 类,它被感受为一个不断的连续的全体。不同领域之间的限制并非
> 不能超越,它们是流动和波荡的,没有任何事物具有一定不变的和
> 固定的形状。由一种突然的变形,一切事物可以转化一切事物。如
> 此一样,生命形成就不是由生殖而是变化而来,通过变形来解释和
> 逃避死亡。变形作为摆脱困境,解决危机的主要手段④。

随着人类历史的进步和生产力的提高,开始产生善、恶观念,人类便由
自然状态逐渐进入道德状态。这样,先民关于自然和自然力的观念就具有了
两重性,即把自然力分为有益的和有害的,好的和坏的两类。于是,人们业
已产生的善恶观念便加诸自然物之上,精怪便就有了善与恶的分野。此后随
着人类生产力的继续提高和阶级社会的产生,善的精怪逐渐上升为神灵,恶

---

① 葛洪《抱朴子》,《诸子集成》(8),第9、77页。
② 干宝撰,汪绍楹校注《搜神记》卷六,中华书局,1979年版,第41页。
③ (日)中野美代子著、何彬译《中国的妖怪》,黄河文艺出版社,1989年版,第13页。
④ (德)恩斯特·卡西尔著、于晓等译《人论》,生活·读书·新知三联书店,1988年
版,第104页。

的精怪下降为妖魅。因此，所谓神与怪同源而殊途。钱锺书就说过："天歇，神歇、鬼歇、怪歇，皆非人非物，亦显亦幽之异属，初民视此等为同质一体，悚惧戒避之未惶。积时递变，由浑之画，于是渐分位之尊卑焉，判性之善恶焉，神别于鬼，天神别于地祇，人之鬼别于物之妖，恶鬼尤沟而外于善神正神；人情之始而惴惴生畏者，继亦仰而翼翼生散焉。故曰'魔鬼出世，实在上帝之先'，后世仰'天'弥高，贱'鬼'贵'神'，初民原齐物等观。"[1] 善恶观念的产生不仅使神怪内部产生分野，而且也使它的外部形态发生了改变。在神话时期，妖怪和神灵的形象并未截然分开，皆是"兽兽"、"禽兽"或者"人兽"的嵌合体。然而，当善恶观念产生、人类进入阶级社会之后，人类感到再把神灵赋予动物形体或人兽拼合有损于神的尊严，故而神灵便越来越脱离了其产生的自然物的基础，而更多地具有了人的形体，披上了庄严神圣的外衣。相对来说，拟人化自然物的属性，神原也具有，但后来渐为妖怪所独有，成为妖怪的重要特点之一。"精""怪""妖"三者意义相近，"精"者年久成精，"怪"者异于常态，"妖"者超出常识，"精怪""妖怪"常并称使用，都是能幻化成人形的"物"，有着不可思议的力量，而且会对人造成伤害。

因此，如何防备和驾驭精怪，就成为先民常常思考的问题。葛洪《抱朴子·登涉》中，就提到专门记录妖怪之名和如何防御妖怪的书《百鬼图》《白泽图》《九鼎记》。两汉时期在天人感应思想的影响之下，妖怪又通常被赋予一种解释现实的功能。这一时期，人们对妖怪的认识仍集中于它能祸福人类的实用性。

随着秦皇汉武的开疆拓土，外域的物产、文化等先后输入，大大刺激了人们了解外面世界的兴趣及对知识的渴望。梁代殷芸《小说》云："学者当取三多：看书多，持论多，著述多。"当时博学之士受到尊敬，炫博之风盛行。魏晋南北朝时志怪等杂传杂记被大量创作出来，当时史家欲"征求异说，采摭群言，然后能成一家，传诸不朽"，因此"务多为美，聚博为功"。志怪小说之所以能让撰著者扬名后世而不朽，原因就在于它能够显示出撰著者广博的知识。其中，认识或对付精怪，是显示博学的重要方面之一。对此，刘知

---

① 钱锺书《管锥篇》第一册《左传正义一四僖公五年》，生活·读书·新知三联书店，2007 年版，第 306 页。

几曾指出："阴阳为炭，造化为工，流形赋象，于何不育，求其怪物，有广异闻，若祖台《志怪》、干宝《搜神》、刘义庆《幽明》、刘敬叔《异苑》。"①明代胡应麟的论述颇为犀利而切中实质："怪、力、乱、神，俗流喜道，而亦博物所珍也；玄虚、广莫，好事偏攻，而亦洽闻所昵也。一至于大雅君子心知其妄而口竟传之，且斥其非而暮引用之，犹之淫声丽色，恶之而弗能弗好也。夫好者弥多，传者弥众，传者日众则作者日繁，夫何怪焉！"②因此，魏晋南北朝时期的许多小说家都是博物家，如曹丕"穷览洽闻，自呼于物无所不经"③；郭璞"洽闻强记，在异书而毕综，瞻往滞而咸释"④；张华"博物洽闻，世无与比"⑤；葛洪"博闻深洽，江左绝伦"⑥。他们博闻的内容不仅仅指传统的正经学问，还包括山川地理、奇物异宝、鬼魅精怪等。这样，巫术观念对中国古代小说的叙事产生了持续的影响。

弗雷泽将那些认为物体通过神秘感应可以超越时间、距离地互相作用的巫术统称为"交感巫术"。"交感巫术"又有两大分支，分别基于两种不同原理：第一个原理是"相似律"，即凡是相似的事物都能互相感应，凡是相似的行为都能产生同样的效果。从相似律出发，巫师认为仅仅通过彼此模仿就能实现任何目的，由此产生的巫术叫作"顺势巫术"或"模拟巫术"⑦。

顺势巫术的真谛在于结构上的交感。两种物体或两种形为，不论它们是不是同质的，只要在结构上类似，就会产生交感的作用；通过模仿或模拟行为就能达到任何预期的效果，达到改变客观事物的目的。它以相似的事物为替代品，如画像、雕像、塑像等，甚至名字、生辰八字也可代表本人。布留尔在分析了原始人的画像或肖像的巫术后又指出："为什么一张画像或肖像对原始人来说和对我们来说是完全不同的东西呢？如在上面见到的那样，他们

---

① 浦起龙《史通通释》，唐刘知几原著，上海古籍出版社，1978年版，第337、325页。

② 胡应麟《少室山房笔丛·九流绪论下》，上海书店出版社，2001年版，第282页。

③ 王明《抱朴子内篇校释》，葛洪原著，中华书局，1985年版，第14页。

④ 房玄龄《晋书·郭璞传》，中华书局，1974年版，第1913页。

⑤ 房玄龄《晋书·张华传》，第1074页。

⑥ 房玄龄《晋书·葛洪传》，第1913页。

⑦ （英）詹·乔·弗雷泽著、徐育新、汪培基、张泽石译《金枝》，中国民间文艺出版社，1987年版，第19—20页。

给这些画像和肖像添上神秘属性，这又作何解释呢？显然，任何画像，任何再现都是与其原型的本性、属性、生命'互渗'的。这种'互渗'不应当理解成一个部分，——好比说肖像包含了原型所拥有的属性的总和或生命的一部分。由于原型和肖像之间的神秘结合，肖像就是原型，如同波罗罗人就是金钢鹦哥一样。这意味着，从肖像那里可以得到如同从原型那里得到的一样的东西；可以通过对肖像的影响来影响原型。"[①] 金泽曾以公式归纳模拟巫术和接触巫术的原理，即假设虚拟行为标为 A，实际行为标为 B，巫术行为标为 C，那么模拟巫术的原理就是：

> A 与 B 在结构上相似
> 对 A 实行 C
> B 同时也出现 C

那么，模拟巫术的叙事逻辑就是遵循上述原理。如《夷坚志补》卷二十"梁仆毛公"：

> 福唐梁绲，居城中。尝往其乡永福县视田，一仆毛公操舟，半途值暮，望远岸民家男女杂沓，若有所营。毛语梁曰："彼方赛神，当往求酒肉来献。"即菆绝茅抛之，微作叱诧，良久，寂无应者。毛窘怖失措，亟入舟中，举一盆覆其首。俄，风云晦冥，异响嘈嘈，小舟摇赶如舞，一物铿然有声，坠盆上，若刀剑之临。已而响止风息，盆碎为四五片，但有半破芦管在焉。毛喜而出曰："彼伎俩极矣，本只是寄个消息去，戏觅祭余酒食，不料他便起恶意，反要相害。今杀之不难，不欲为官人作业，且当小报之。"乃拈乱秆一把，置爝火焉。其居应时烟起焰合，转盼间，焚室庐几半。主人率徒侣十余辈，携酒一壶，豚蹄一只，奔造水次，见毛逊谢曰："若早知是毛公，自当祗奉，何意却成激触，愿恕其罪，纳此微物。"毛为扑灭秆烟，彼家炎炎方炽，随手顿息，但已焚者不可救耳。永福人大约好奉妖术，

[①]　（法）列维－布留尔著、丁由译《原始思维》，商务印书馆，1985 年版，第 73 页。

而毛技最高，故胜之也。两下皆洞晓，若外人遇之，危矣，绲乃吾族外孙婿，为大儿说。

这篇小说写梁绲与仆人毛公船行，见对岸民家正在赛神，毛公作法传递信息，讨要赛神用的酒肉。对方非但不给，还作法欲加伤害，使毛公差点船覆人亡。于是，毛公恼羞成怒，在船上点燃苇秆，对岸的民舍立即着火，焚烧近半，主人率众携来酒肉，向毛公谢罪。毛公扑灭船上的苇秆烟火，对面的民舍也就停止了燃烧。在这个故事中，毛公在船上模拟房屋起火的情状，竟使对岸的民房真正燃烧起来，从而表现了巫师毛公高超的法术水平。

又如《聊斋志异》卷四中"白莲教"：

白莲教某者，山西人，大约徐鸿儒之徒。左道惑众，堕其术者甚众。一日将他往，堂中置一盆，又一盆覆之，嘱门人坐守，戒勿启视。去后门人启之，见盆贮清水，水上编草为舟，帆樯具焉。异而拨以指，随手倾侧；急扶如故，仍覆之。俄而师来，怒责曰："何违吾命？"门人立白其无。师曰："适海中舟覆，何得欺我？"又一夕，燃巨烛于堂上，戒恪守，勿以风灭。漏二滴，师不至，倮而殆，就床暂寐，及醒烛已竟灭，急起燃之。既而师入，又责之。门人曰："我固不曾睡，烛何得息？"师怒曰："适使我暗行十余里，尚复云云耶？"门人大骇。奇行种种，不可胜书。

后有爱妾与门人通，觉之隐而不言。遣门人饲豕，门人入圈，立地化为豕，某即呼屠人杀之，货其肉，人无知者。门人父以子不归，过问之，辞以久弗至。门人家各处探访，杳无消息。有同师者隐知其事，泄诸门人之父，父告之邑宰。宰恐其遁，不敢捕治，详请官兵千人围其第，妻子皆就执。闭置樊笼，将以解都。途经太行山，山中出一巨人，高与树等，目如盘，牙长尺许。兵士愕立不敢行。某曰："此妖也，吾妻可以却之。"甲士脱妻缚，妻荷戈往，巨人怒，吸吞之。众相觑，莫知所为。某泣且怒曰："既杀吾妻，又杀吾子，情何以甘！非某自往不可也。"众果出诸笼，授之刃而遣之。巨人盛气而逆。格斗移时，巨人抓攫入口，伸颈咽下，从容竟去。

白莲教徒某用船的模拟物，使之反复在水盆中倾覆，致使其师渡海的船沉没；又在堂屋模拟蜡烛熄灭的情形，导致其师寝室点燃的蜡烛熄灭；又以术把门人变成猪和从官兵手中逃逸。

在《夜雨秋灯录》卷四"铁簪子"、和邦额《夜谭随录》卷五"潘烂头"中，都写到巫师通过模拟法术，使对方乘船渡江失败。

可见，巫师通过模拟行为，就能产生与模拟情状相同的效果，模拟物与现实生活中的情形在结构上相似，就能产生感应效果，达到巫师的目的。

不过，有时小说作者会对叙述逻辑的顺序作调整，不是先叙述模拟巫术行为，后交待模拟巫术结果，而是先叙述模拟巫术结果，再揭出模拟巫术行为。如《太平御览》卷八百八十八引《续搜神记》云：

> 魏时，寻阳县北山中蛮人有术，能使人化作虎。毛色爪牙，悉真虎。乡人周眕有一奴，使入山伐薪。奴有妇及妹，亦与俱行。既至，奴语二人曰："汝且上高树，视我所为。"如其言，既而入草，须臾，见一黄斑虎从草出，奋迅吼唤，甚为可畏。二人大骇。良久还草中，少时复还为人，语二人曰："归家慎勿道。"后遂向等辈说之。周得知，乃以醇酒饮之，令熟醉。使人解其衣服及身体，事事详视，了无所异。唯于髻中得一纸，画作大虎，虎边有符，周密取录之。奴既醒，唤问之，见事已露，遂具说本末云："先尝于蛮中告余，有一蛮师云有此术，乃以三尺布，数升米面，一赤雄鸡，一升酒，授此法。"

在这个故事中，先交代寻阳县北山中蛮人有使人化作虎术。再写周奴入山，变成老虎，接着写周用酒灌醉他，发现他髻中有虎的图符，最后采用补叙，由周奴交代曾向蛮人学得化虎巫术的实情。这样，就使故事充满了神秘和悬念。

有的小说则把叙事重点放在斗法描写上。如《子不语》卷八"张奇神"写张奇神能以术摄人魂魄，崇奉者甚众。书生吴某独不信，于众辱之。知其夜必来报复，因准备充分，先后用《易经》击败金甲神、青面二鬼的进攻。夜半，张妻号泣叩门曰："妾夫张某，昨日遣二子作祟，不料俱为先生所擒。

未知有何神术，乞放归性命。"吴曰："来者三纸人，并非汝子。"妇曰："妾夫及两儿，皆附纸人来，此刻现有三尸在家，过鸡鸣则不能复生矣。"哀告再三。吴曰："汝害人不少，当有此报。今吾怜汝，还汝一子可也。"妇持一纸人泣而去，明日访之，奇神及长子皆死，唯少子尚存。张奇神将灵魂附于纸人中，乃模拟巫术的一种。张奇神之摄魂术本为邪术，人品如此，故必来报复吴某，因此后文之情节发展乃情理中之事；但吴某之斗鬼，对读者来说，仍充满悬疑，其后妇人来报，始真相大白，吴某将三纸人放其一，拘其二，结果张奇神与其长子皆亡，次子生还。在这个故事中，既表现了巫术的神奇，又警告那些心术不正的巫术：邪不胜正，若擅用法术，必自取灭亡！

还有一种小说，主要叙述巫术模拟物的故事，如宣鼎《夜雨秋灯录续录》卷四"樟柳神"云：催租隶张大眼在去县城纳赋途中，于某家豆花棚上得一木雕婴孩。小木人长二寸许，颈上系一缕头发，"粉面朱唇，眉清目秀"，能唱能跳，预言如神。张大眼进城后被县令无故抓起毒打，小木人被县令要去。从此，"县官审案必将木人置帽中，果然明察秋毫，曲直无误，满城人无不称其神明，而不知公帽中有樟柳神也"。所谓"樟柳神"的制作与采生妖术十分相近，就是咒杀活人或招来鬼魂后，把灵魂灌注到偶像上去，以木偶用作预测未知之事。这篇小说就是描写县令如何使用"樟柳神"断案的故事。

2. 接触巫术功能主题

"接触律"认为，物体一经接触将永远保持联系，即使在切断实际接触后，它们仍然能远距离、超时空地相互作用。从接触律出发，巫师认为，只要得到曾同某物体接触过的东西，他就可以通过这个东西对某物体施加影响，由此产生的巫术弗雷泽称之为"接触巫术"，"即认为两件事物相接触时，彼此都能对对方施加一种影响，当它们脱离关系以后依然可以继续相互作用"。[①]卡西尔指出："任何人，只要他把整体的一部分置于自己的力量范围之内，在魔法的意义上，就会由此获得控制整体本身的力量。至于这部分在整体的结构和统一中具有什么意蕴，它完成的是什么功能，相对而言并不重要。它现在是或一直是一个部分，一直与整体（不论多么偶然）联系着，仅这一点就

---

① （英）弗雷泽《金枝》，第 136—137 页。

足够了，就足以使它沾染上那个较大的同一体的全部意蕴和力量了。譬如，要控制（魔法意义上的）另一个人的躯体，只需占有他剪下来的指甲或理下来的头发，占有他的唾沫或他的粪便就可以。甚至他的身影，他的投影或他的足迹也可以用来为这一目的服务。"① 利普斯也曾说过："有力的巫术从一个人身上取来物件，然后对他进行邪恶的诅咒。这样的对象有指甲、头发、唾液、甚至还有衣服碎片、武器零件等等，都被当作人的一部分——他灵魂或精神的一部分，可以像人本身一样来对待。"② 金泽用公式归纳为：

A 曾是 B 的一部分
对 A 施以 C
那么 B 也必然 C

　　描写接触巫术故事的叙事逻辑就是这样的。如《酉阳杂俎》卷五记荆州有位叫张士政的民间术士善于治病。一次某军人胫骨受伤请他治疗，他让伤员先饮药酒，然后切开伤口，取出一片大小如两指的碎骨，把它涂上药膏后封存起来。数月后伤员的腿就恢复正常了。两年多之后，那位军人的脚胫忽然又痛了起来，再去找张士政。张说，过去为你取出来的骨片如果受寒气侵袭，旧伤就会疼痛，赶紧把它找出来。军人在床底下找出了封存多年的碎骨，按张的吩咐用热水洗净，小心储存在棉絮中，脚胫病痛就痊愈了。张士政治病所根据的就是接触巫术，因为骨片曾是从伤者脚上取下的，所以只要对骨片施医，就能使伤者痊愈。又如《庚巳编》卷八记武冈州有一巫师姜聪，居所与渭南王府相近。一日，渭南王的裹脚布被风吹至姜聪所，姜聪大喜，对其妻曰："衣食至矣。"乃杀鸦取其首，裹以足缠，铁钉钉之，置神座下，禁咒之，渭南王登时足痛，至废寝食。姜聪屡次以此勒取财物，后为渭南王识破，下狱至死。一块极微不足道的裹脚布丢了，竟也会给自己带来祸患，在今天看来真是匪夷所思的天方夜谭，但在巫术语境中却是很自然的事。这个故事对那些不注意保护自己头上脱落的头发、掉下的牙齿和剪下的指甲等物

---

① （德）卡西尔《人论》，上海译文出版社，1985 年版，第 109 页。
② （德）利普斯著、汪宁生译《事物的起源》，四川民族出版社，1982 年版，第 337 页。

件的人，无疑是个严肃而又认真的警告，它与身体发肤，受之父母，不敢毁伤的儒家文化训诲一起，对个体的身体形成了一道严密的保护网。所以古人特别注意保护自己头上脱落的头发、掉下的牙齿和剪下的指甲等，以免坏人拿去行黑巫术，祸害自己。而接触巫术主题小说就常常是围绕着人的头发、牙齿、指甲、帽子和衣服等而构思的。

四、巫术观念与小说故事情节生成

巫术观念对古代小说的整体构思和故事情节生成的影响更为显著，尤其是长篇神魔小说，其中很多故事情节是按照巫术观念构建的。如《西游记》第三十三回至三十五回就是根据姓名巫术而设置的。它写妖魔有紫金红葫芦和羊脂玉净瓶两件宝贝，"拿着这宝贝，径至高山绝顶，将底儿朝天，口儿朝地，叫一声孙行者！他若答应了，就已装在里面，随即贴上太上老君急急如律令奉敕的帖儿，他就一时三刻化为脓了"。孙悟空变成老道士，用假葫芦从精细鬼、伶俐虫手中骗来两件宝贝，接着宝贝又被妖怪夺回，悟空再假扮成悟空的哥哥"者行孙"前来讨战，因应了妖魔的叫名，被装进葫芦中。悟空因曾在八卦炉中锻炼过，葫芦化不了他。悟空又设计从葫芦中逃出，变成小妖模样，又夺得葫芦，前去讨战，终把银角大王反装入葫芦中、金角大王装进净瓶中。在这个故事情节中，姓名禁忌构成了全部故事的内核。孙悟空由于违禁而被装进葫芦中，之后他接受教训，以其治人之道还治其身，反将妖魔装进葫芦。围绕着姓名禁忌，"孙行者"三字的随意组合，孙悟空从受制于巫术到破解巫术利用巫术，终于战胜妖魔，使故事波澜曲折和充满喜剧特色彩。第四十六回写孙悟空与虎力大仙、羊力大仙、鹿力大仙斗法，则是根据求雨巫术和无头巫术观念而设置的。孙悟空砍下头来仍能说话，"那大圣径至杀场里面，被刽子手揪住了，捆做一团。按在那土墩高处，只听喊一声开刀，飕的把个头砍将下来。又被刽子首一脚踢了去，好似滚西瓜一般，滚有三四十步远近。行者腔子中更不出血。只听得肚里叫声：'头来！'慌得鹿力大仙见有这般手段，即念咒语，教本坊土地神祇：'将人头扯住，待我赢了和尚，奏了国王，与你把小祠堂盖作大庙宇，泥塑像改作正金身。'原来那些土地神祇因他有五步金法，也服他使唤，暗中真个把行者头按住了。行者又叫声：'头来！'那头一似生根，莫想得动。行者心焦，捻着拳，挣了一挣，将捆的绳子就皆挣断，喝声：'长！'飕的腔子内长出一个头来。"虎力大仙被砍下头后，却被悟空拔下一根毫毛，变做一条黄犬，将他的头衔走，使之倒地而亡。第七十回则写孙悟空以巫术灭火，"那皇帝即至酒席前，自己拿壶把盏，满斟金杯，奉与行者道：'神僧，权谢！权谢！'这行者接杯在手，还未回言，只听得朝门外有官来报：'西门上火起了！'行者闻说，将金杯连酒望空一撒，当的一声响亮，那个金杯落地。君王着了忙，躬身施礼道：'神僧，恕罪，恕罪！是寡人不是了！礼当请上殿拜谢，只因有这方便酒在此，故就奉耳。神僧却把杯子撒了，却不是有见怪之意？'行者笑道：'不是这话，不是这话。'少顷间，又有官来报：'好雨呀！才西门上起火，被一场大雨，把火灭了，满街上流水，尽都是酒气。'行者笑道：'陛下，你见我撒杯，疑有见怪之意，非也。那妖败走西方，我不曾赶它，他就放起火来。这一杯酒，却是我灭了妖火，救了西城里外人家，岂有他意！'"这段描写是根据《神仙传》中栾巴灭火的故事改写而来。而悟空拔下身上一根毫毛就能克隆自己的法术，则是由道家的分身术启发而来，是一种接触巫术。《增补秘传万法归宗》卷五"吹毛为虎"章第二详细记载了这种巫术："于寅日，取虎毛一撮，午时死者，亡人盖面纸一张，剪成纸虎一个，将虎手两面枯糊之于上余毛，放纸虎一处，祭六甲坛下，脚踏'寅牛'二字，双手虎诀，取东方炁一口，念化虎咒七遍，焚符一道，四十二日毕，将前纸虎焚之，用祭水一钟吞服，余剩虎毛，每一根化虎一个。恰虎诀，念咒吹之，即化猛虎一只，欲收其虎，恰'寅'字，吸气一口，自入袖内，甚妙。"[①]这种巫术原则与头发巫术相同，认为一根动物身上的毛，便是这只动物生命的一部分，如果施术于毛，这根毛便具有了变为一只动物的魔力。

《封神演义》第三十六回和三十七回也是姓名巫术的演绎。第 36 回写张桂芳奉诏西征，他有"呼名落马"之术，以此连胜周营飞虎和周纪二将，迫使子牙挂起免战牌。后哪吒出战，因他是莲叶做成的骨肉，没有魂魄，张桂芳的巫术不起作用，终于克敌。第三十七回写子牙学成下山，临行元始叮嘱道："此一去，但凡有叫你的，不可应他。若是应他，有三十六路征伐你。"

---

① 李淳风著、袁天罡增补《增补秘传万法归宗》，清光绪庚子上海书局石印本。

子牙忘了此嘱，应了申公豹，使后来子牙伐纣时，引来三十六路大军征讨。

荷梗、荷叶竟可代替人的骨肉，这就是古人在灵魂不死的观念基础上，受到模拟巫术原理的启发而形成的奇思妙想。后文所描写到的关于哪吒的许多故事情节，尤其是魂魄巫术，都与这个模拟巫术有关，如张桂芳擅长呼名落马之术，但因哪吒是荷梗荷叶制成，所以无法伤害他。

《封神演义》第四回和第四十八回则是根据模拟巫术而构思的。第四回哪吒剔骨还父割肉还母后，其师太乙真人用荷梗、荷叶制成哪吒，"真人将花勒下瓣儿，铺成三才，又将荷叶梗儿折成三百骨节，三个荷叶，按上、中、下，按天、地、人。真人将一粒金丹放于居中，法用先天，气运九转，分离龙、坎虎，绰住哪吒魂魄，望荷、莲里一推，喝声：'哪吒不成人形，更待何时！'只听得响一声，跳起一个人来，面如傅粉，唇似涂砂，眼运精光，身长一丈六尺，此乃哪吒莲花化身。"可见，太乙真人根据模拟巫术的原理，重塑了哪吒。第四十八回写子牙等以偶像祝诅术杀死赵公明。陆压扎一草人，上书"赵公明"三字，头上一盏灯，足下一盏灯，嘱咐姜子牙对着草人一日三次拜礼。于是，子牙披发仗剑，脚步罡斗，书符结印，拜礼草人。五日后，赵公明心如火发，意似油煎，走投无路，帐前走到帐后，抓耳挠腮；六七日后，赵公明元神散而不归，不觉昏沉，只是要睡；半月后，赵公明越觉昏沉，睡而不省人事。至二十一日，陆压又来，取出小小一张桑枝弓，三只桃枝箭，递与子牙曰："今日午时初刻，用此箭射之。"至时，子牙净手，拈弓搭箭，前两箭射草人眼睛，后一箭射草人心脏，于是，成汤营里赵公明气绝，只见二目血水流津，心窝里流血。所谓"偶像诅咒术"在很多小说中都有描写，如《红楼梦》《杨文广平南传》《平金川全传》等。

元代小说《三遂平妖传》更是一部完全以模仿巫术为主线进行艺术构思的小说。第一回写胡员外得到仙画，画中人投胎院君张氏，张氏生下永儿。第二回写永儿从圣姑姑处得到九天秘籍如意册，学得九天玄女法。第三回写永儿演练变钱法、变米法。第四回写永儿演练剪草为马、撒豆成兵法。胡员外想除掉永儿，永儿以笤帚变尸首法代刑。第五回写永儿把凳子变成老虎，与丈夫憨哥骑虎腾飞到安上大门楼乘凉，又剪纸为月亮。第六回永儿在客店变异相惊吓调戏者。第七回卜吉探井遇圣姑。第八回张鸾以丸药变鲤鱼，剪纸为月。第九回左瘸吹气坏馒头。第十回左瘸以巫术引诱卖炊饼的任迁、屠夫张屠、卖素面的吴三郎来参见圣姑。梦中授张屠水火葫芦、三郎纸马变真马、任迁板凳变老虎巫术。第十一回弹子和尚以术摄善王钱，杜七圣法术剁孩儿。第十二回弹子和尚以术戏公人及举报者。包大尹发现枷宙里不见了和尚，却缚着一把笤帚。第十三回弹子和尚审于幡竿顶上调戏包大尹，包大尹命将猪羊二血，马尿及大蒜，蘸在箭头上向和尚射去，和尚跌将下来。待抓住和尚时，和尚噀风成雨，脱身而去。又写永儿卖泥烛诱王则。第十四回左瘸以搬运术运来官仓中钱米，散给官军。第十五回左瘸以禁法禁住狱卒，救出王则。第十六回左瘸以巫术破刘彦威。第十七回左瘸以巫术破文彦博，曹招讨血筒破妖法。第十八回左瘸飞磨打文彦博，左瘸喷马血兴起乌风猛雨，飞沙走石，霹雳交加。第十九回王则与诸葛遂智斗法。第二十回官兵以猪羊二血、马尿、蒜破妖法，抓住王则等人。左瘸变成石碓，诸葛遂智命将猪羊二血、马尿、大蒜浇石碓，使左瘸现形。总之，小说中几乎每一回中都有巫术内容，故事情节也几乎都是由巫术观念构筑而成的，里面有模拟巫术、灵物驱邪巫术等。胡永儿的"九天玄女法"，完全是模拟巫术，如以米变米、以钱变钱、以假金银锭变真金银、剪草为马、撒豆成兵、笤帚变尸首、剪纸为月、死猪头变活猪头、长板凳变大老虎等等巫术，都是小说描写的重要内容。

清代小说《阴阳斗传》也是完全按照巫术观念构思而成的小说。周公设忌，任桃花禳解，因此，小说的故事情节就是围绕着设忌—禳解而展开的。小说主要写了俩人斗法的三个大回合，分别有招魂巫术、祈寿巫术和婚礼巫术。

小说开头写周公辞官家居，设一卦摊，"阴阳有准，祸福无差"。有个石寡妇，其子外出经商，久无音讯。石寡妇心中牵挂，便去周公卦摊算卦。周公算其子当夜三更前后，三尺土底下，板僵而死。石寡妇得凶卦后，回家痛哭，惊动邻居任太公，任太公夫妇把她请到家中劝解。当任太公之女任桃花得知此事后，便教她解禳之法：

> 买一张土地星君的纸马，一张火德星君的纸马来，供在房内，点蜡烛二枝，放在房中；只要一碗净水与一个鸡子，放桌子底下；要反扣一个筛箕，底下要添一盏灯，名曰添寿灯，千万不可吹灭。……可寻了一只旧鞋，一件旧衣折里，用一面镜子压在上面，

旁边放水碗中；又要你手拿着旧鞋坐在房中，必要走出大门外，把鞋打着门域，打一下，叫一句你令郎名字，忙回来。一个更鼓叫一遍，若叫过三更，你老人家只管放心去睡。

石寡妇依嘱而为，使石宗辅幸免于难。

小说接着又写周公为其佣工彭翦算卦，卜其三日内夜丑时五刻正三分，必先头痛，然后吐血而死。桃花女又教他解禳之法："你速办好片香，另要净水七杯，斗灯七盏，沐浴更衣，日落时摆设在三官庙内，心虔秉现，念'大圣北斗元君'宝号，不可住口。到了二更，你可在供桌下等候……等星君下降，不必害怕。只听他们叫到你名字，就从供桌下念咒，敲起金系子出来，向星君讨寿，星君必然准的。"彭翦依所教而行，终得八百五十岁阳寿。

周公因桃花女使其二次预言失准，恼羞成怒，设下一计，欲假借娶桃花为媳，诓她过门，乘机制死她。周公召来黑煞大帅，欲用钢鞭将任桃花打死；拘来丧门正神，遣来吊客尊神，欲将任桃花冲死；调来白虎大帅，欲将任桃花咬死。任桃花身穿大红蟒袍，头盖三尺红绫，红煞神显露法体，用金鞭把钢鞭架住；用柏叶、芸香熏轿，灭绝哭丧等邪神；命彭翦取出柳弓一张，桃箭一枝，照定门上正中射一箭，丧、吊二神归位；进前门，在红毡上缓缓而行，用线笺把头罩住；进二门，又命彭翦把方斗里装的草，向四下乱撒，自己跨过马鞍，又取宝瓶内五谷，往地一倒，这样就骑住了星日马，鬼金羊忙于吃草，昴日鸡忙于吃谷，也无暇作害。总之，各路凶神恶煞，都被任桃花一一化解。

周公更加愤怒，使出最后一手毒招。他买来一只黑母犬，"将一枝桃枝撅断，蘸了朱砂，将任桃花的生辰八字写在上面，又套在黑母犬身上；再拿桃枝画灵符七道，亲自拿去挂在母犬身上的桃圈儿上；手中捏诀，口中念咒，念了七遍，揭下灵符用火化了，写八字的枝儿圈也都除下，一共烧化。"又将黑犬打死埋在后园正南方。终使桃花女气绝。在最后周公焚烧桃花女尸首时，彭翦遵桃花女遗言，用三根木杖向大门连打三下，高叫一声"桃花女"，右脚一起，哗地踢开大门，桃花女随即复活。周公仗剑来砍，桃花女忙念拘煞反制神咒，凶煞反冲向周公，周公倒地身亡。桃花女又依彭翦跪求，救活周公。

　　在中国文化中，周公是官方文化的代表，桃花女则是民间文化的代表，但在这篇小说中，周公却是心胸狭隘，使用黑巫术害人的反面形象，桃花女则是不计仇隙，使用白巫术助人的正面形象。两人斗法，最后桃花女取胜，其中的寓意不言自明。

第五章　方术文化与古代小说

　　"方术"又叫"数术方技"。"数术"（或"术数"）以研究"大宇宙"即"天道"或"天地之道"为主，内容涉及天文、历法、算术、地理学、气象学等学科；而"方技"则以研究"小宇宙"即"生命"和"人道"为主，内容涉及医学、药剂学、性学、营养学，以及与药剂学有关的植物学、动物学、矿物学和化学等学科。古人认为，这些就是分门别类的"科学"，其技其术就是"技术"。前者是以合天人、通古今的"预测学"，即占星、占候、龟卜、筮占等占卜为特点；后者杂糅针药与巫术。[①]概而言之，方术内容庞杂，形式众多，大致包括房中术、神仙术、占卜术、命相术、奇门遁甲、式法选择等。

　　由此看来，方术文化源远流长，它与思想史、科技史、宗教史以及官方传统之间有着极深的渊源，体现了古代中国人对宇宙自然与社会人生的关系的认识，反映了中国人的思维方式和民族特性，是理解中国民间文化、宗教信仰、庶民生活的极佳入门之阶。罗伯特·雷德费尔德在《农民社会与文化》一书中把古代精英和经典文化称为"大传统"，民间通俗文化称为"小传统"。然而，在古代思想史的发展过程中，就像葛兆光先生所指出的，"大传统"并不就是儒道等经典文化，"小传统"也不专指乡村社会的民间文化，前者不一定只在学校与寺庙中传授，而后者也并一定只在乡村生活中传播与承袭。"大传统"的代表是一批知识精英，但他们未必是社会的上层；而"小传统"的人员构成也并不仅仅是一般百姓，还包括那些身份等级很高而文化等级很低的皇帝、官员、贵族以及他们的亲属。"大传统"与"小传统"有时是互相渗

---

　　① 李零主编：《中国方术概观·前言》，人民中国出版社，1993年版。

透、吸纳甚至相互转换的。① 从中国古代小说的发展史看来，它与"小传统"之间如影随形，血肉相连，很难分离。由于处在同一文化层面，"小传统"对通俗小说的影响力有时甚至超过了"大传统"。因此，古代小说家深受方术文化的影响，甚至作手中不乏巫方之士。汉魏时期的小说流传至今的尚有三十余种，绝大部分为当时方士或方士化的道士所作。汉志著录的小说中，有一类即为方士书，其中《封禅方说》十八篇，内容为关于封禅的方术，作者为武帝时方士。《待诏臣安成未央术》一篇，应劭注云其内容为谈长生之术。《虞初周说》九百四十三篇。《史记·封禅书》云"太初元年，西伐大宛，蝗大起，丁夫人、雒阳虞初等，以方祠诅匈奴大宛焉"② 班固注谓虞初为"河南人，以方士侍郎，号黄车使者"，汉志著录的近于子书的小说，也可能出自方士之手。《宋子》十八篇，班注谓"孙卿道宋子，其言黄老意"。宋子即宋钘，战国时宋国人，在齐为稷下学士，为道家学派先驱。《待诏臣饶心术》二十五篇，颜师古引刘向《别录》谓饶为武帝时待诏。所谓"心术"，内容大概为教人清心寡欲、宠辱不惊、侵侮不辱之术，与道家意旨相近。③ 在汉魏小说家中，干宝"好阴阳术数"④。张华"图纬方技之学，莫不详览"，并善易卜。⑤ 其《博物志》"陈山川位象，吉凶有征"⑥，中多图纬方伎之谈。郭璞则妙于阴阳历算，"洞五行、天文、卜筮之术，攘灾转祸，通致无方"⑦，后以巫术为王敦所杀。方士郭宪《洞冥记》的内容"皆怪诞不根之谈"⑧。托名魏文帝的《列异

---

① 葛兆光先生称为"一般知识、思想与信仰世界"。他说，一般知识、思想与信仰，是作为精英和经典思想的底色或基石而存在，真正地在人们判断、解释、处理面前世界中起着作用。尽管他告诫读者不要把"一般知识、思想与信仰世界"与"小传统"等同起来，而实际上他所谓的"一般知识、思想与信仰世界"中包含着方术文化。参见《七世纪前中国的知识、思想与信仰世界》第一卷，复旦大学出版社，1998年版，第13、220页。

② 《史记》卷二十八《封禅书第六》，第1193页。

③ 《汉书》卷三十《艺文志第十》，第1377页。

④ 《晋书》卷八十三《干宝传》，第1433页。

⑤ 《晋书》卷三十六《张华传》，第700页。

⑥ 《四库总目提要》卷一百四十二，中华书局，1965年版，第1209页。

⑦ 《晋书》卷七十二《郭璞传》，第1261页。

⑧ 《四库总目提要》卷一百四十二，第1207页。

传》"序鬼物奇怪之事"①，作者可能也是方士。《拾遗记》所记人物事件多是神话化和方术化了的历史传说，"多涉祯祥之书，博采神仙之事"②。作者王嘉为道徒，"言未然之事，辞如谶记"③。总之都与方士有着这样或那样割不断的血脉脐带。

由于古小说作者多是方士，小说中就充斥着大量的方术内容，以致影响了当时人对于小说的认识。王瑶在《小说与方术》中说："无论方士或道士都是出身民间而以方术知名的人，他们为得到皇帝贵族们的信心，为了干禄，自然就会不择手段地夸大自己方术的效异和价值。这些人是有较高的知识的，因此志向也就相对地提高了；于是利用了那些知识，借着时间空间的隔膜和一些固有的传说，援引荒漠之世，称道绝域之外，以吉凶休咎来感召人；而且把这些依托古人的名字写下来，算是获得的奇书秘籍，这便是小说家言。"以致影响了当时人对"小说"这种问题的认识。薛综注张衡的《西京赋》中"匪为玩好，乃有秘术，小说九百，本自虞初，从容之求，实俟实储"句云："小说，医巫厌祝之术，凡有九百四十三篇，言九百，举大数也。持此秘术，储以自随，待上所求问，皆常具也。"④《虞初周说》占了当时小说总量的百分之七十，由于其内容多为巫术内容，以致当时人认为小说就是"医巫厌祝之术"。

可见从古代小说在形成初期，就与方术有着密切的关联，后来在发展过程中，涉及方术内容的小说更是数不胜数，以致形成具有中国民族特色的小说思想、艺术特征。有方士传记体小说，有完整的相术、占梦、占星、占候、卜筮、谶应故事，更多的是方术内容不断地分布在长篇小说的叙事中，成为故事情节的重要构件。总之，方术文化对古代小说的创作思想、人物塑造、艺术结构、理论批评等等方面，都产生了巨大的影响，它是形成中国古代小说民族特色的重要因素之一。

---

① 《四库总目提要》卷一百四十二，第 1208 页。
② 《四库总目提要》卷一百四十二，第 1207 页。
③ 《晋书》卷九十五《王嘉传》，第 1666 页。
④ 张衡《西京赋》，《文选》卷二，上海古籍出版社，1986 版，第 36 页。

第一节　相术文化等对人物描写的影响

一、相术与小说中人物外貌描写

相术学是一门古老的方术，战国时已盛行，其后蔚为大观，对小说的创作产生了巨大的影响。元明以前，小说中虽记载了许多相术故事，但较少从相术的角度对人物外貌进行具体描写。《燕丹子》写田光对太子丹说："窃观太子客，无可用者。夏扶，血勇之人，怒而面赤；宋意，脉勇之人，怒而面青；武阳，骨勇之人，怒而面白。光所知荆轲，神勇之人，怒而色不变。"田光以相术的眼光观察夏扶、宋意、武阳、荆轲四人，并指出四人的性格特点及彼此间的异同，然后做出评价。由此可以看出，相术对当时人物性格的分类及个性描述产生了初步得影响。文中又写到伍子胥"身长一丈，腰十围，眉间一尺"。从楚国逃亡至吴国，被发佯狂，跣足涂面，行乞于市。吴国有个市场管理人员看见后，说："吾之相人多矣，未尝见斯人也，非异国之亡臣乎？"于是向吴王僚推荐。越国灭吴国之后，范蠡认为越王"为人长颈鸟喙，可与共患难，不可与共乐"，因而功成身退。这些描写都受到相术学的影响，后来通俗小说中"身长一丈，腰大十围"成为形容猛士的套语。两汉官员选拔实行察举制，魏晋南北朝实行九品中正制。地方官员主要依据地方豪门、名士对本乡士人的品评，按德才分为若干品级向朝廷举荐，这就是所谓的"九品中正制"。因而"人伦鉴识"之学应运而生。当时号为"知人"的名士很多，如桥玄、许劭、孔融、司马徽、崔琰、陈纪、刘晔等等，不少名士著有人伦鉴识之学专著，如刘邵、郭林宗等。这种著作为品评人物提供观点、标准和方法，从而成为当时最流行的学问。从现存著作来看，不外乎从人的外表、气质和才性等方面品评，它运用了现存的相术理论，同时又对后来的相术理论产生了相当大的影响，也促使了以品题人物为宗旨的志人小说的勃兴。志人小说中也有一些有关相人故事的记载。如潘阳仲见王敦少时，谓曰："君蜂目已露，但豺声未振耳，必能食人，亦当为人所食。"[①] 在相术中，

---

① 《世说新语·识鉴第七》，《诸子集成》第 8 册，第 102 页。

"蜂目豺声"被视为残忍恶死之相。王右军见杜弘治，叹曰："面如凝脂，眼如点漆，此神仙中人。"① 相书《玉管照神局》中云："聪明须得眼如点漆，口如四字，唇似朱红。"② 在明清小说中，"面如冠玉，目如点漆"常用来形容才子形貌。后来，唐宋时期一些小说也偶然写到人物的贵贱之相，如《酉阳杂俎》中侯君集的"威骨"，《唐摭言》中裴度的饿死相，等等。

但人物外貌描写大规模受到相术影响的小说还是《三国志通俗演义》，其后又对明清小说产生重大影响。刘备长得"两耳垂肩，双手过膝，目能自顾其耳，面如冠玉，唇若涂朱"，乃根据《三国志·刘备传》改写而来。但中国的"耳文化"源远流长，早在《山海经》中，《海外北经》就描写到一个聂耳国，"为人两手聂其耳"，郭璞注云："言耳长，行则以手摄持其也。"就是说耳大到只有靠手持着才能行走。《大荒北经》又写到了一个儋耳之国，郭注云："其人耳大，下垂在肩上，朱崖，儋耳，镂画其耳，亦以放之也。""儋"就是大之意。老子名耳，字聃。《说文》耳部解释道："耽，耳大垂也。"耽音近聃，又旁于儋，解云："儋，垂耳也。从耳，詹声。南方儋耳之国。"清毕沅《道德经考异序》中指出：聃、耽、儋"三字声义相同，故并借用之"。晋葛洪在《抱朴子·微旨》中明确指出耳大为"仙相"。他引用别人的话说："若令吾眼有方瞳，耳长出顶，亦将控飞龙而驾庆云，凌流电而造倒景，子又将安得而诘。"③《拾遗记》中描写到的仙人就是"耳出于顶""修眉长耳"。汉时南方已以大耳为贵，《后汉书·南蛮传》说越裳国："其渠帅贵长耳，皆穿而缒之，垂肩三寸。"④ 自《三国志通俗演义》之后，后来小说中的帝王或神仙，其相貌多与刘备雷同，现将统计所得列表如下：

人物	外貌	出处
刘备	两耳垂肩，双手过膝	《三国演义》
孙燕	两耳垂肩，双手过膝，龙眉凤目	《锋剑春秋》
刘邦	龙行虎步，天庭饱满，地阁方圆。两耳垂肩、垂手过膝	《万仙斗法全传》

① 《世说新语·容止第十四》，第 162 页。
② 《玉管照神局》，《四库术数类丛书》第 8 册，第 720 页。
③ 《抱朴子·微旨卷第六》，《诸子集成》第 8 册，第 26 页。
④ 《后汉书》卷七十六，第 1915 页。

人物	外貌	出处
刘知远	两耳垂肩	《走马春秋》
司马炎	两耳垂肩，垂手过膝	《三国演义》
建文	头圆如日	《续英烈传》
吕洞宾	虎体龙腮，凤眼朝天	《东游记》
程咬金	虎体龙腰	《说唐》
韩侂胄	龙腰虎背	《醒风流》
李世民	龙凤之姿，方面大耳，天日之表	《隋唐演义》
乾隆	龙眉凤目，目射神光	《万年清传奇》
宇文成都	虎目龙眉	《说唐》
魏忠贤	龙行虎步	《梼杌闲评》
朱棣	龙行虎步	《续英烈传》
正德	龙行虎步	《白牡丹传》
赵匡胤	两耳垂肩，垂手过膝，龙行虎步	《飞龙全传》
齐王	两耳垂肩，垂手过膝	《走马春秋》
杨戬	两耳垂肩，双手过膝	《西游记》
牛郎	两耳垂肩，双手过膝	《牛郎织女》

龙、凤、虎、日，都是帝王的象征，在古代小说中，基本成为形容帝王或神仙外貌的专用名词。在历史上有资格用龙凤比喻的人屈指可数，只有诸葛亮、嵇康曾号卧龙；汉魏时汝南许劭、许虔，人称二龙。唐时乌承玼、承恩兄弟，人也称二龙。此外，《老学庵笔记》卷七《贾众妙善相》说："曾鲁公脊骨如龙，王荆公目睛如龙，盖人能得龙一体者，皆贵极人爵。"[①]金张行简的《人伦大统赋》中说房玄龄"龙睛凤目"[②]。《西湖二集》卷二十四中说周必大得龙之须。这些都是贵为宰相的大臣。

据宋赵崇绚《鸡肋·垂手下膝》统计：史载刘备、晋武帝、后周太祖、陈武帝、宣帝、前赵刘曜、秦苻坚、后秦姚苌、南燕慕容垂、五代南汉刘䶮、

---

①　陆游《老学庵笔记》，中华书局，1979 年版，第 96 页。

②　张行简《人伦大统赋》，《四库术数类丛书》第八册，上海古籍出版社，1991 年版，第 831 页。

蜀王衍等皆垂手过膝。① 若就近溯源，古代小说中的仙人描写显然是受了传说中老子形象的影响，帝王描写则受了纬书中"禹耳三漏"的影响。所谓"禹耳三漏"是说禹有三个耳道或耳大而多曲。但若进一步推原，可能与是远古时期的巫文化有关。王卫东先生认为，古人崇拜大耳与巫史文化有关，大耳能通神，能接收到神传达的信息。② 那时候，巫师和王者集于一身，先是巫师兼部落首领，再是王者兼巫师，最后王者与巫师才分而为二。后世小说中描写的拥有大耳者多是仙佛和君王，就是这种原始文化影响的残留。后来的相术学也受此影响，《晋书·陈训传》记陈训相王导："公耳竖垂肩，必寿，亦大贵。"③《神相全编》卷二"达摩五官总论"中又引许负的话说："耳能齐日角，曾服不死药。"又说"耳大垂肩，极贵天年"。④《神相全编》卷十"论手"云："手垂过膝，盖世英贤。"⑤ 而明清小说中的有关描写则受到了相术学的影响。其二是龙行虎步、龙腰虎背、龙眉凤目等。《神相全编》卷三云："龙眉凤目人中贵。"⑥ 卷六"神异赋"云："虎步龙行，刘裕至九重之位。"此句有小字注云："虎行位至侯王。"⑦ 卷十一又云：龙形人"威灵赫奕人无比"⑧；凤形人"位极人臣贵国公"⑨。署为宋齐丘的《玉管照神局》也云"凤目龙瞳，位三台而居八座"⑩。《神相全编》卷六还云："伏犀贯顶，一品王侯。"⑪《文选》中刘峻《辨命论》李善注引朱建平《相书》："额有龙犀入发，左角日，右角月，王天下也。"⑫

---

① 陈鹄《耆旧续闻》卷四，《历代笔记小说集成》宋代卷，第 399 页。
② 王卫乐、曾煜《"耳文化"初探》，《海南大学学报》，2001 年第 4 期。
③《晋书》卷九十五，第 1648 页。
④ 顾颉《相术集成》第 36—37 页。
⑤ 顾颉《相术集成》第 199 页。
⑥ 顾颉《相术集成》第 73 页。
⑦ 顾颉《相术集成》第 123 页。
⑧ 顾颉《相术集成》第 235 页。
⑨ 顾颉《相术集成》第 231 页。
⑩ 宋齐邱《玉管照神局》，《四库术数类丛书》第 8 册，第 716 页。
⑪ 顾颉《相术集成》第 126 页。
⑫ 刘孝标《辨命论》，引自《文选》李善注引朱建平《相书》，上海古籍出版社，1986 年版，第 2352 页。

张飞 "豹头环眼，燕颔虎须，声若巨雷，势如奔马"，不见于史传，乃作者从班超身上借来。另外，孔明面如冠玉，马超面如古月、目若朗星，陈武面黄睛赤，皆于史无征。把后来小说中的将相置于张飞、马超、陈武等人之中，几乎很难分出彼此。在《三国志通俗演义》的影响下，后世小说中的将相大致如下表：

人物	外貌	出处
秦猛	面如重枣	《锋剑春秋》
关胜	面如重枣	《水浒传》
杨业	面如重枣	《飞龙全传》
张廷怀	面如满月，眉清目秀	《万年清》
萧必胜	面如傅粉，唇若涂朱	《飞龙全传》
薛应龙	面如满月，眉清目秀	《樊梨花全传》
秦梦	面如满月，鼻如悬胆	《樊梨花全传》
柴绍	面如傅粉，唇若涂朱	《隋唐演义》
赵普	面如古月，目若朗星	《飞龙全传》
雷文豹	膀阔腰圆，头如巴斗，眼似铜铃	《万年清》
花逢春	面如傅粉，唇若涂朱	《万年清》
伍云召	面如紫玉，目若朗星，声如铜钟	《说唐》
金标	面如满月，唇若抹脂	《万年清》
朱登	面如满月，眼若流星	《说唐》
伍云锡	腰大十围，红脸黄须	《说唐》
尤俊达	面如满月，目若寒星	《说唐》
王朴	面如古月，目若朗星	《飞龙全传》
薛丁山	面如冠玉，唇若涂朱	《樊梨花全传》
呼延庆	天庭高耸，鼻直口方	《说呼全传》
骆龙	方面大耳	《绿牡丹》
徐达	面如傅粉，唇若涂朱	《英烈传》
高怀德	脸如满月，唇若涂脂	《飞龙全传》
孙膑	脸如满月，唇若涂脂	《锋剑春秋》

人物	外貌	出处
金标	脸如满月，唇若涂脂	《万年清传奇》
乐毅	面如古月，目若朗星	《锋剑春秋》
姚磷	面如冠玉，目若朗星，腰大十围	《万年清》
张永德	面如傅粉，唇若涂朱	《飞龙全传》
樊哈	豹头环眼，虎背熊腰	《万仙斗法全传》
雄霸	豹头环眼，燕颔虎须	《樊梨花全传》
林冲	豹头环眼，燕颔虎须	《水浒传》
李丛	豹头环眼，燕颔虎须	《锋剑春秋》
石彪	狼背熊腰，燕颔虎头	《于少保萃忠全传》
林岱	狼背熊腰，燕颔虎头	《绿野仙踪》
焦延贵	背阔腰圆，面如锅底，豹头虎目	《万花楼》
伍子胥	腰大十围，眉广一尺，目光如电，声若洪钟	《新列国志》
秦琼	腰大十围，河目海口，燕颔虎头	《隋唐演义》
尉迟公	腰大十围，面如锅底	《说唐》
杨林	面如傅粉，腰大十围	《说唐》
段遇春	虎背熊腰	《万年清》
尉迟公	面如铁色，目若朗星	《隋唐演义》
朱顶仙	红头绿眼，脸尖嘴长	《樊梨花全传》
椿岩	面如黑铁	《樊梨花全传》
呼延赞	面如铁色，眼若环朱	《杨家将演义》
束天神	面如青靛，眼若铜铃，须发似朱	《杨家将演义》
忽尔迷须	头如巴斗，面如青靛，红发黄须	《樊梨花全传》
王壬武	黑面黄须	《樊梨花全传》
乌利黑	红脸黄须，眼如铜铃	《樊梨花全传》

这些将相之貌大致可分三种类型。一种是勇猛型，用虎、豹、熊、狼等凶猛野兽来形容其头、腰、背、须等部位，其中尤以"豹头环眼、燕颔虎须"一语使用频率最高。据《后汉书》中"班超传"记载：永平五年，班超之兄班固被召为校书郎，班超随母至洛阳，家贫无以为生，只得为官府抄书。班

超有次去看相。相士对他说："祭酒，布衣诸生耳。而当封侯万里之外。"超问其状，相者指曰："生燕颔虎颈，飞而食肉，此万里侯相也。"后来，班超果真率军远征，平定西域，被封为定远侯。① 这个故事对后来的相书产生了很大的影响。《人伦大统赋》云："燕颔虎颈，万里侯封。"② 托名为陈抟的《神异赋》也云："燕颔虎头，班超封万里之侯。"又说"腰圆背厚，方保玉带朝衣"。③《玉管照神局》卷下云："腰欲圆不欲满，足欲方厚，此贵相也。"④ 所以虎背熊腰乃富贵之相。所谓豹头乃为圆形头，明清小说中多有把猛将之头夸张为"笆斗"的。古人认为，头为精神元气所聚，天人相符，《黄帝内经·灵枢经》云："天圆地方，人头圆足方以应之。天有日月，人有两目；地有九州，人有九窍。"⑤ 谷物以饱满为好，颗之"页"部即指头，圆而饱满的头形乃为长寿吉祥之征。俗语所谓大头有保，大头有福即是此义。

第二种类型是英俊型，多用傅粉、冠玉、满月形容面部，用涂朱形容唇部，用"星星"形容眼睛，用"悬胆"比喻鼻子等。《庄子》杂篇"盗跖"写盗跖"身长八尺二寸，面目有光，唇如激丹，齿如齐贝，音中黄钟"。当他得知孔子来访时，勃然大怒，"目如明星，发上指冠"⑥。这是目如朗星、齿白唇红、音如洪钟等词语的最早来源。《神相全编》卷二说："两睛黑光如点漆，昭辉明朗，光彩射人者，极贵人臣。"⑦ 口"如朱抹，名誉相传"⑧。卷六引《神异赋》谓"河目海口，食禄千钟"⑨。卷三又云：面如满月，"男主公侯将相，女主后妃夫人"⑩。《相术集成》卷二中谓"鼻如悬胆""声如远钟""口中容拳"，皆是大贵之格。

第三种是丑陋型，特征是脸或黑或黄、或红或青；眼或红或凸出；须发

---

①　《后汉书》卷四十七，第 1059 页。

②　张行简《人伦大统赋》，《四库术数类丛书》第八册，第 831 页。

③　顾颉《相术集成》，第 126 页。

④　《玉管照神局》，《四库术数类丛书》第八册，第 707 页。

⑤　《黄帝内经回灵枢经·邪客第七十一》，《二十二子》，第 1031 页。

⑥　《庄子》卷九，《二十二子》，第 78 页。

⑦　《相术集成》第 40 页。

⑧　《相术集成》第 46 页。

⑨　《相术集成》第 116 页。

⑩　《相术集成》第 66 页。

或青或红等。这种人一般性情狠戾暴烈。如《玉管照神局》云："满面青蓝多逢迍否。"① "睛浮缕赤光射外，白日杀人诚可畏。"② 宋之前的相书《月波洞中记》卷下谓："赤缕贯瞳""目圆睛白凸"③，为凶暴之相。在明清小说家笔下，具有这种形状的多是番将。明清小说中，汉族与周边民族发生的战争，几乎都有反映，但写到少数民族的将领却几乎都是如此形容，而公主则多是美貌如花（而且都是番女慕汉将，却没有汉女嫁番将的）。这显然不符合历史事实。由此可见，小说家利用相术观念来歪曲、歧视少数民族，这也是夏夷之辨观念的表现形式之一。《国语·郑语》记载："周王恶角犀丰盈，而近玩童穷固。"韦昭对此注云："角有伏犀，辅颊丰盈，皆贤明之相。"④ 后世相书和小说中描写到公侯巨卿时，有伏犀贯顶，两颊丰满之语，皆出于此。

《三国志通俗演义》中描写曹操道："身长七尺，细眼长髯。"所谓"细眼"，就是眼睛小，呈三角状，似蛇睛、鼠目或蜂目。《左传·文公元年》载："初，楚子将以商臣为太子，访诸令尹子上。子上曰：'君之齿未也，而又多爱，黜乃乱也。楚国之举，恒在少者。且是人也，蜂目而豺声，忍人也，不可立也。'弗听。既。又欲立王子职，而黜太子商臣。"商臣知道后，"以宫甲围成王，王请食熊蹯而死。弗听。丁未，王缢"⑤。宣公四年初，又记子文相楚司马子良子越椒，"是子也，熊虎之状，而豺狼之声，弗杀，必灭若敖氏矣"⑥。《史记·秦始皇本纪》记载著名军事家尉缭断定秦始皇心肠狠毒，不讲情义道："秦王为人，蜂准、长目、挚鸟膺、豺声，少恩而虎狼心，居约易出人下，得志亦轻食人。"⑦ 在后世相术理论中，蜂目豺声遂成为狠毒奸诈之相。在后来小说描写中，蜂目豺声、三角眼成为奸诈小人的代名词，形成了固定的模式。

---

① 《玉管照神局》，《四库术数类丛书》第八册，第720页。
② 《玉管照神局》，《四库术数类丛书》第八册，第722页。
③ 《月波洞中记》，《四库术数类丛书》第八册，第710页。
④ 《国语·郑语》，华龄出版社，2002年版，第226页。
⑤ 《春秋左传》，华龄出版社，2002年版，第142页。
⑥ 《春秋左传》，第186页。
⑦ 《史记》卷六，第164页。

人物	形貌	出处
倪文焕	鼠顾狼行	《梼杌闲评》
严贡生	蜜蜂眼	《儒林外史》
魏忠贤	豺声蜂目	《魏忠贤斥奸书》
黄巢	眼有三角，鬓毛尽赤	《新编五代史平话》
阿酷	肚大头尖，面肥眼小	《白牡丹传》
郭槐	头尖额阔，莺哥尖鼻	《万花楼》
伦昌	满面横纹	《万年清》
高发仕	两眉斜企，面肉横生，蛇头鼠眼	《万年清》
张仁	犬眼鹰鼻	《樊梨花全传》
单迎官	獐头鼠耳，面薄珠小	《宜春香质·花集》
叶公子	蛇头鼠眼，声如破锣	《万年清》
竺大立	鹰嘴鼻头	《万年清》

从上表可看出，这些奸臣恶人多用鹰、鼠、犬、蛇、獐、豺等凶狠奸诈动物来比拟，相貌呈现为头尖、鼻勾、睛小等特征。按相术的说法，这种人往往下场悲惨，难以善终。《人伦大统赋》云："豕视心圆而无定，狼顾性狠而难名。"①《玉管照神局》又云："鼻如鹰嘴，吃人心髓。"②《神相全编》卷三："目如蜂目，恶死孤独；目如蛇睛，狠毒孤刑。"③卷六："眼若三角，狠毒孤刑。"④卷九引《惊神赋》云："鼠目獐头，必竟难登仕路。"⑤卷一谓："夭折贫贱之人，声轻声嚏，声浮声散，声低声小，或如破锣破鼓，语音焦枯，声大尾焦，声雄不圆。"⑥卷三谓若"横纹额上"，则其人辛苦劳碌，又主孤单。⑦卷十二又说："纹理交加额上生，定知为事不分明。"⑧

---

① 《人伦大统赋》,《四库术数类丛书》第 8 册，第 839 页。
② 《玉管照神局》,《四库术数类丛书》第 8 册，第 714 页。
③ 《相术集成》第 72 页。
④ 《相术集成》第 136 页。
⑤ 《相术集成》第 181 页。
⑥ 《相术集成》第 7 页。
⑦ 《相术集成》第 62 页。
⑧ 《相术集成》第 246 页。

《三国志通俗演义》中还写到了一些隐逸之士，如水镜"松形鹤骨"，李意"鹤发红颜，碧眼方瞳，灼灼有光，身如古柏之状"。孟公威"清奇古怪"。娄子伯"鹤骨松姿，形容苍古"。这类人有两个共同特点：一是身体各部位之间不协调，显得怪丑，但精神清奇。《玉管照神局》引《西岳先生截相法》云："且看和尚道士，最要貌丑神清。"① 二是眼呈碧色，形体多用松、柏、鹤、龟等来比拟。葛洪早就指出，"方瞳"是神仙的特征之一。南怀瑾认为，这是气功修炼到一定境界的表现，当某人"修道有成时，气脉全通，两眼蓝色，眼瞳定而有力，发出方楞似的光芒"② 。大概还与早期高僧多从西域而来有关，表现为人种特色。所以说碧眼方瞳是神仙。《神相全编》卷六引《神异赋》云"重颐碧眼，富贵高僧。"③ 卷九引《罗真人相赋》云："眼黄眼碧，为僧为道以高荣。"④ 又引《惊神赋》曰："龟形鹤骨，乐道山林。"⑤《玉管照神局》也说："林泉有碧眼神仙。"⑥《夷怪乙志》卷一"庄君平"中提到有个"独传相神仙之术"的福州道人，他说"有道之士，所以异于人者，眼碧色也"。另外，道士修炼的目的是达到长生不死，获得精神和生命的自由，而松柏鹤龟等正可比拟他们生命力的充沛和久长。现将古代小说中描写到的高僧神道之相列表如下：

人物	形貌	出处
李耳	额有参天纹理，日月角悬，长耳短目，……广额疏齿，方口，足蹈地支，手把天干。	《东游记》
钟离权	顶圆额广，耳厚眉长，目深鼻赤，口方颊大，唇红如丹，乳达臂长。	《东游记》
吕洞宾	鹤顶猿背，……足下纹起如龟。	《东游记》
王重阳	眉清目秀，额高颐方，鼻隆耳大。	《金莲仙史》
王真人	眼大于口，髯过于腹。	《金莲正宗记》

---

① 宋齐邱《玉管照神局》，《四库术数类丛书》第8册，第721页。

② 南怀瑾《道家·密宗与东方神密学》，复旦大学出版社，1997年版，第152页。

③ 《相术集成》第140页。

④ 《相术集成》第184页。

⑤ 《相术集成》第140页。

⑥ 宋齐邱《玉管照神局》，《四库术数类丛书》第8册，第715页。

人物	形貌	出处
张道陵	庞眉广颡，朱项绿睛；隆准方颐，伏犀贯顶；垂手过膝，龙蹲虎步。	《张道陵七试赵升》
林澹然	虬髯碧眼。	《禅真逸史》

不但神仙可从相貌上认出来，按照相术学的说法，一个人能否成仙成佛，也可从他的形貌特征上去判断。华盖骨乃成佛之征，仙风道骨则为得道之貌。如《警世通言》卷七"陈可常端阳坐化"中，陈可常就因有华盖骨而成佛。《三命通会》中"论将星华盖"云："凡人命得华盖，多主孤寡，总贵亦不免孤独作僧道。"①杜光庭《仙传拾遗·刘白云》中刘白云"有仙篆天骨"（《太平广记》卷二十七），陈劭《通幽记·赵旭》中赵旭"骨法应仙"（《太平广记》卷六十五），《绿野仙踪》中温如玉也有"仙骨"，最后他们都成了神仙。如果一个人有仙风佛骨，则与仙佛"有缘"，最终都能成佛成仙。如果没有，则很难得道。由此可见，相术学对佛道思想也产生了一定的影响。

另外，明清小说中还有两个用得最滥的词语，一个是"天庭饱满，地阁方圆"，乃形容帝王将相、才人韵士的共用词。《神异赋》中"伏犀贯顶，一品王侯"一语下小字注云："地阁方圆得乎地，天庭饱满得乎天。得乎天者，必贵；得乎地者，必主于富也。"②古人认为，气清者上浮为天，气浊者下浮为地。《尔雅·释名》中释地云："土，吐也，吐生万物也。"相术学又认为天庭管人的前半生，地阁管人的后半生，所以若某人有天庭饱满、地阁方圆之相，就意味着他一生既富且贵。另一个是眉清目秀，一般用来形容才子。《水浒传》写吴用"生得眉清目秀，面白须长"，是较早运用这个词的小说。后来在才子佳人小说中使用频繁，令人生厌。《麟儿报》中廉清、《春柳莺》中石液、《锦香亭》中钟景期、《平山冷燕》中平如衡、《快心编》中凌星等，都是如此模样。《神相全编》卷一"人身通论"云："智慧者，眉清目秀，声价少年知。"③卷六引《神异赋》云："眉清目秀，定为聪俊之儿。""天庭高耸，少

---

① 《三命通会》中《论将星华盖》，《四库术数丛书》第 8 册，第 112 页。

② 《相术集成》，第 126 页。

③ 《相术集成》，第 30 页。

年富贵可期；地阁方圆，晚岁荣华定取。"①《月波洞中记》卷下："轮廓分明分外奇，耳珠朝口禄无亏"；"口常红润主清贵，年少登科众共知"。②"聪明须得眼如点漆，口如四字，唇似朱红，两角朝于天仓，便是公侯之位。"③

通过对《三国志通俗演义》中的人物形貌分析，我们可以得出结论，它受到了古代相人术的影响。对后来的小说家而言，它又成了一种范型，以致明清小说中人物形貌的描写方式几乎没有不受相人术影响的，很难跳出面如冠玉、声若洪钟、龙目凤睛、鼻如悬胆、獐头鼠目、眉清目秀、两耳垂珠、天庭饱满、地阁方圆、五岳朝拱、四渎分明这些词语范围。而且人体中不少部位名称也源于相学术语，如天庭、地阁、四渎、五岳、三台骨、玉枕骨、巨鳌骨、驿马骨、印堂、山根等等。从而形成了明清小说中人物形貌描绘的类型化、程式化。

《王管照神局》中"陈抟先生风鉴"云："形之在人，有金木水火土之象，有飞禽走兽之伦。"④在古代小说中，多用狮、麟、虎、象、犀、猿、龟、蛇、马、豹、兔、羊、熊、鹿、狗、獐、鼠、鹤、鹰、牛等动物及天、地、日、月等自然现象来比喻人体。对此，明人谢肇淛大为不解，他在《五杂俎》中质问道："相人之书凡人得鸟兽之一形者皆贵，大如龙凤则大贵，小如龟鹤猿马之类亦莫不异于常人。夫人为万物之灵者也，今乃以似物为贵耶？此理之所必无也。"⑤那么，究竟为什么要以龙、虎、豹、熊、日、月等比拟人物呢？我认为与古老的图腾崇拜有关。

费尔巴哈说过，"动物是人不可缺少的、必要的东西，人之所以为人要依靠动物；而人的生命和存在所依靠的东西，对于人来说就是神"⑥。在原始时代，只有那些与自己生命攸关的对象，才能成为崇拜对象。原始人生存在极端落后的条件下，一些凶猛的动物无论在体能上、力量上还是生存和繁殖能力上，都远远超过人类本身。于是，人类基于求安的心理，便认一些动物

① 《相术集成》，第114—115页。

② 《月波洞中记》，《四库术数类丛书》第8册，第705页。

③ 宋齐邱《玉管照神局》，《四库术数丛书》第8册，第720页。

④ 《王管照神局》，《四库术数丛书》第8册，第716页。

⑤ 谢肇淛《五杂俎》，上海书店，2001年版，第166页。

⑥ 《费尔巴哈哲学著作选集》，生活·读书·新知三联书店，1962年版，第438—439页。

为亲，以为自己与这些动物有亲属关系。这样，它们不但不会伤害自己，而且还会保护自己。在他们看来，人兽没有绝对的区别，彼此之间可以互相转变，于是，神或超人就变成了半人半兽。这就是动物图腾崇拜。原始人类在与自然作斗争的过程，对变化莫测的自然现象也产生了恐惧和崇拜心理，这些自然图腾物包括日月、山河、星宿等，这样就产生了自然崇拜。费尔巴哈指出："未开化的自然人……不但使自然具有人的动机、癖好和情欲，甚至把自然物看成真正的人。"①正因为有如此多的动物和自然图腾崇拜，所以人类祖先在早期典籍记载中，几乎都是人兽同体的。"这种现象是从原始人类图腾崇拜脱胎而来的。随着历史的进步，图腾崇拜本身逐渐衰落了，图腾观念逐步消亡了，最后仅仅作为一些并不引人注目的残迹存留下来。这些残迹的一个重要表现方面，就是这类神奇动物或人兽同体的神祇观念。"②其实不仅人兽同体的神祇是图腾崇拜的残迹，古代小说中以龙、虎、豹、日、月、星、江、河等比拟帝王将相也是图腾崇拜的遗痕。这种崇拜是建立在巫术理念之上的，原始人认为，人既然与动物图腾之间有着血缘亲属关系，那么，他们之间在各方面都是互相渗透、互相感应、互相转化的。人如果在形体或举止上像动物图腾，那么人与其之间就有了某种神秘的"同质"关系或"交感"联系。动物图腾就会把自己超人的力量、勇气和独特的基因传到他身上。因此，他就会像动物图腾那样勇猛和灵巧。这样，在激烈的人类生存竞争中，他就能取得成功。所以，具有这种相貌特征的人，就是大富大贵之相。由此观念又衍化出其他的表现形式，具有残忍奸诈动物特征或与天地自然特征相冲突的人就是凶相，如鼠、蜂、豺等，因为他们也传染了其残忍奸诈的特性，而这些动物又都是人类所厌恶并必欲灭之而后快的，所以这种人也就不会有好下场。明清小说中还有一种观念，即认为一些重要人物都是动物图腾转世，在紧要关头会现出原形，如《樊梨花全传》中写薛仁贵是白虎转世，有一次在战斗中现出原形，结果被其子误杀。《飞龙全传》中赵匡胤和柴荣在未发迹前，与人打斗，情急之时，曾"把天门迸开"，"透出一条赤须火龙"，"现出一条五爪的黄龙"。一些重要人物睡觉时元神出窍，会显露原形，如安禄山睡

① 《费尔巴哈哲学著作选集》下卷，商务印书馆，1984年版，第459页。
② 谢选骏《神话与民族精神》，山东文艺出版社，1986年版，第99页。

时显出猪婆龙原形，韩世忠睡时现出白虎原形。如此之类的描写在古代小说中很多，都是图腾崇拜巫术观念的体现。

二、占星术与小说中的人物描写

占星术也对小说中的人物形象塑造产生了很大的影响。王充在《论衡·命义篇》中说："国命系于众星，列宿吉凶，国有祸福。众星推移，人有盛衰。……至于富贵，所禀犹性。所禀之气，得众星之精。众星在天，天有其象。得富贵象则富贵，得贫贱象则贫贱，故曰'在天'。在天如何？天有百官，有众星，天施气而众星布精。天所施气，众星之气在其中矣。人禀气而生，含气而长，得贵则贵，得贱则贱。贵或秩有高下，富或资有多少，皆星位尊卑大小之所授也。故天有百官，天有众星，地有万民、五帝、三王之精。"[1]人类所禀之气，得众星之精，因而与天上的星辰是对应的，国家与个人命运都会在星象上得到反应。星辰人格化的现象很早就出现了，如《汉武故事》中东方朔为木星之精，《洞冥记》谓王母为太白之精。萧梁时画家张僧繇创作过五星二十八宿神形画卷，唐时阎立本、吴道子等著名画家都绘过星像，一时星神画像风行一时，唐代王公贵人纷纷延请画家绘制星像，以便"深处供养"，达到祈福禳灾的目的。至明清小说家笔下，帝王将相几乎都是星宿下凡，狄青为武曲星，薛仁贵是白虎星，年羹尧是天狗星，孟海公是奎星，呼延守勇是青龙星，呼延守信是白虎星，郑子民是饿虎星，等等。《水浒传》中一百零八将则都是天罡星和天煞星。

牛郎织女的神话故事就是星辰人格化的结果。《史记·天官书》"正义"描述了两星的位置："牵牛为牺牲，其北二星，一曰即路，二曰聚火。""织女三星，在河北天纪东，天女也，主果苽丝帛珍宝"。索隐《尔雅》云："河鼓谓之牵牛。"[2]古人遥望着浩瀚银河两边的这两颗星星，便想象出一个美丽动人的神话传说来解释这种天象。《诗经·小雅·大东》中写道："跂彼织女，终日七襄，虽则七襄，不成报章。""睆彼牵牛，不以服箱"。大意是说，织女

---

① 王充《论衡·命义篇》，《诸子集成》第7册，第11页。

② 《史记·天官书》，第1131页。

虽然一天七次移地方，却不能纺织；牵牛星虽然明亮，却不能用以拉车。小南一郎不满于郑玄、朱熹等学者对"七襄"的解说，猜测"襄"可能与"衣"有关，而七襄则与后来的七月七日这个日期相关合。"大概当时民间已经存在构成后世七夕节祭礼仪核心的传承，可能是以这种传承为基础，通过知识分子有意识的加工改作，变形而为这首《大东》。"[1]这是很有见地的。七夕节祭礼原与占星学有关，织女星又曾与与扶筐星牵扯在一起，《汉语大词典》中"扶筐"又作"扶匡"，并引《星经》卷下云："扶匡七星，在天柱东，主桑蚕之事。"可见扶匡是主管人间桑蚕的星神，织女是负责织布的星神。把两者想象为夫妇，是由于俩人的工作是一条流水线。汉末刘表命刘睿作的《荆州占》则把牛郎扶匡和织女放在一起。《开元占经》中"织女占"十二引"荆州占"云："织女一名天女，天子之女也。在牵牛西北，鼎足居。星足常向牵牛扶筐，牵牛扶筐星亦常向织女之足，不如其故，布帛倍其价，若有丧。"[2]在这里，牵牛扶筐被描绘为同一个星辰。通过观察两星的状态，可以预测到布帛的价格。如果牵牛星之足伸向织女，织女星之足也伸向牵牛，则是五谷丰登，阴阳和合的兆象。《开元占经》卷六十一引《黄帝占》云：若"牵牛不与织女直者，天下阴阳不和"[3]。这就为后来人们把美丽而凄艳的爱情故事附丽在两星之上留下了想象空间。牛郎织女神话故事，表现了我国农耕社会时期人们对男耕女织、丰衣足食理想化生活的憧憬和向往。

唐小说《姚氏三子》则写织女三星下凡偷情的故事：唐御史姚某罢官居于蒲之左邑。有子及外甥二人，年皆及壮，而顽驽不肖。姚某于山中结茅，令三人居之，屏绝外事，专攻艺业。并诫之曰："每季一试汝之所能，学有不进，必木贾及汝。"但三人仍顽劣如故。后偶然结识一夫人，将其三女配于三人，并命孔子、姜子牙教授三人，三人即刻皆"文武全才，学究天人之际矣。三子相视，自觉风度夷旷，神明开爽，悉将相之具矣"。夫人又反复叮嘱三人："但百日不泄于人，令君长生度世，位及人臣。"后姚某派家童送粮至山，

---

[1]　小南一郎《中国的神话传说与古小说》，第6页。
[2]　《开元占经》卷六十五"织女占"，《四库术数类丛书》，上海古籍出版社，1990年版，第638页。
[3]　《开元占经》卷六十五"织女占"，第608页。

见三人之变化，大骇而回，告之姚某，姚某以为是山鬼所魅，召三子回家审问，三子不答，于是姚某痛加鞭笞。三子忍痛不过，俱以实诏。姚某便把三人关起来。姚某把此事告诉住在他家的一位学识渊博的人，这位学者惊异道："吾见织女、婺女、须女星皆无光，是三女星降下人间，将福三子，今泄天机，三子免祸幸矣。"姚父悔之无及，急忙放三子归山。但三女见之，"邈然如不相识"，姚氏三子不久也昏顽如旧，一无所知。三女星却还不回归天位，而是去了河东张嘉贞家。后来，张家将相辈出（《太平广记》卷六十五，出《神仙感遇传》）。姚氏子触犯了百日不泄于人的禁忌，终于遗恨终生。这个故事其实反映了那些下层知识分子的梦想，他们希望有一天奇迹般地得到神仙佳丽，并获得她们的帮助，立刻变得智慧超群，此后唾手取得功名，出将入相。另一篇唐小说《灵怪录·郭翰》写得更露骨。织女自称"久无主对，而佳期阻旷，幽态盈怀，上帝赐命游人间。仰慕清风，愿托神契"。向郭翰自荐枕席。后夜夜相会，情好转切。有一次郭翰满怀醋意戏问道："牛郎何在，那敢独行？"织女回答道："阴阳变化，关渠何事！且河汉隔绝，无可复知；纵复知之，不足为虑。"至七夕，忽不复来，经数夕方至。翰问曰："相见乐乎？"笑而对曰："天上那比人间，正以感运当尔，非有他故，君无相忌。"作者写他（她）分别时，尤为凄惋动人：

> 忽于一夕，颜色悽恻，涕流交下。执翰手曰："帝命有程，便可永诀！"遂呜咽不自胜。翰惊惋曰："尚余几日在。"对曰："只今夕耳。"遂悲泣，彻晓不眠。乃旦，抚抱而别。以七宝碗一留，赠言明年某日当有书相问。翰答以玉环一只，便履空而去。回顾招手良久方灭。翰思之成疾，未尝暂忘。明年至期，果使前者使女将书函致翰。遂开封，以青缣为纸，铅丹为字，言词清丽，情意重叠。书末有诗二首……翰以香笺答书，意甚慊切，并有赠诗二首……自此而绝矣。是年太史奏织女星无光。翰思不已，凡人间丽色，不复措意。复以继嗣大义须婚，强娶程氏女，所不称意，复以无嗣，遂成反目。翰后官至侍御史而卒。（《太平广记》卷六十八）

这两篇亵渎星神的小说，典型地体现了唐人的精神面貌和生活观念。生活在程朱理学盛行的清代的纪晓岚是不理解这些的，他在《阅微草堂笔记》卷二十二中批评道："《灵怪录》所载郭翰遇织女事，则悖妄之甚矣。"

《逸史·太阴夫人》也是这一观念的体现，它写卢杞与太阴星神的艳遇。太阴夫人的使者麻婆对他说："某即天人，奉上帝命，遣人间自求匹偶耳。君有仙相，故遣麻婆传意。更七日清斋，当再奉见。"第二次见面时，麻婆又对他说："君合得三事，任取一事：常留此宫，寿与天毕；次为地仙，常居人间，时得至此，下为中国宰相。"结果卢杞选择了做人间宰相。同书中写李林甫也有类似的经历。

古代小说中一些人格化的星神形象也刻画得比较成功，太白金星和南极老人星就是其中两个。金星在《三教源流搜神大全》《搜神记》中被写成女性，但在其他载记中一般是作为男性的。金星又称长庚、启明，因为它有时见于傍晚，有时见于早晨而得名。《诗经·小雅·大东》曰："东有启明，西有长庚。"唐人郑还古《博异志》中《张遵言》写到太白金星变成一条白犬谪降人间，受到张遵言的优待，后来报答张遵言，帮助他躲过了一场灾难。在这篇小说中，太白金星被描述成一个既冷酷而又轻佻的形象，而在《西游记》和《牛郎织女》等小说中，他却成了一个和事佬。这与占星术有关，"太白曰西方秋金，义也，言也"[①]。所以在玉帝处理政务时，他总是出班奏言，主张安抚，而玉帝也总是很重视他的意见。不过在一篇唐人小说中，太白金星却被描述成了一个登徒子，《梁玉清》云："《东方朔内传》云：秦并六国，太白金星窃织女侍儿梁玉清、卫承庄逃入卫城少仙洞，四十六日不出。天帝怒，命五岳搜捕焉。太白归位，卫承庄逃焉，梁玉清有子名休，玉清谪于北斗下，常春。其子乃配于河伯骖乘行雨。子休每至少仙洞，耻其母淫奔之所，辄迥驭，故此地常少雨焉。"（《太平广记》卷五十九）作者为了用神话解释北方少雨的气候，却不惜牺牲老好人太白金星了，这个细节也被写进了朱名世的《牛郎织女》中，如此一来，太白金星偏袒牛郎织女的原因似乎得到了解释——原来有难言之隐！在《锋剑春秋》中，南极老人则被描写成一个法力无边、伸张正义的形象。在古代神魔小说中，作者往往喜欢点化占星术的星禽幻想，以五行和各种禽兽与二十八宿相配。

---

①　《晋书·天文中》，中华书局，1973年版，第319页。

第二节　术士在小说中的串联作用

在古代，术士是一种最为活跃的职业，他们穿街串巷，冲州撞府，因此小说家常利用他们为小说结构服务。在小说中，术士或其行术活动，推动着故事情节的发展、转换，或在全篇结构中起贯穿作用，他不是小说作者在艺术上着力刻画的人物，仅仅是一种功能性的人物。具体模式有两种。

一、术士活动的触媒作用

在明清小说中，命相活动有时起着故事"触媒"的作用。所谓"触媒"作用，就是说这段命相活动在整部小说中，虽然只是一个偶然事件，但触发了整个故事的发生和发展，掀起了情节的波澜；同时它又具有搭桥的媒介作用，在故事情节的转换中不可或缺。如《封神演义》，周文王和姜子牙的君臣遇合是灭纣兴周的关键，也就是小说故事得以发生并完成的关键，而两人遇合的媒介却来自于姜子牙的一次看相活动。小说第二十三回，写姜子牙垂钓磻溪时，偶然结识了樵子武吉。姜子牙相他"左眼青，右眼红，今日进城打死人"。劝他小心，武吉不信，进城卖柴时，真的误伤人命，结果被画地为狱拘禁。武吉思母痛哭，大夫散宜生怜其孝道，暂释放他回家，待办理好养母柴米之资后，再来服刑。武吉归家后，念老母无人侍养，不愿再去服刑，便听从母亲建议，求救于姜子牙。姜子牙于是作法，使文王占卦出现假象，误以为武吉惧刑投万丈深潭而死。又一日，文王与散宜生春游，在观看的游人中发现有武吉，于是命拘来审问，武吉道出真情。这样，文王便派武吉带路去见子牙。文王遇子牙前，府中缺乏谋臣，行事拘忌，虽对商纣王不满，但不敢公然对抗；而子牙更是穷愁潦倒，怀才不遇。因此，君臣遇合对两人而言，都是人生的重大转折，也是整部小说故事得以产生发展的关键。而子牙给武吉看相，在其中充当了媒介作用。署名钟伯敬先生批评的《封神演义》说："但小说家，必假吉凶祸福，以武吉一段插入以神之说，此皆不解文王子牙之遇合也。"其实，作者并非不解文王子牙之遇合，他以武吉一段插入，是为了引出后面将要发生的故事。

又如《西游记》，前七回写孙悟空的故事，以孙悟空被压在五行山下而告终。那么，怎样使孙悟空与唐僧遇合，怎样把孙悟空的故事转到取经故事上来？这是一个关键所在。于是作者设置了一个袁守诚算卦的故事。《西游记》中的西天取经故事的触发，就源于袁守诚算卦这一件微不足道的小事。这件小事不断地闹大，使越来越多的人被牵扯了进来，事情也变得越来越严重，而全部事情的最后解决聚焦于西天取经。后面发生的所有故事，如八十一难等，又都是取经愿望的完成这个动力驱动的。《西游记证道书》第十回前澹漪子评曰："此一回乃过接叙事之文，犹元人杂剧中之楔子也。……盖楔者，以物出物之名。将言唐僧取经，必先以唐王之建水陆楔之，将言水陆大会，必先以唐王地府之还魂楔之，而唐王地府之游，由于泾河老龙之死，老龙之死，由于犯天条，犯天条由于怒卜人，怒卜人由于渔樵问答。噫，黄河之水，九曲泰山之岭十八盘，文心之纡回屈折，何以异此。"这段话非常精辟地指出了这段命相故事在小说整体结构中的功能。

二、术士活动的串联作用

小说作者为了使小说的结构完整统一，又常利用术士在小说结构中发挥串联作用。如《飞龙全传》，是一部叙述赵匡胤发迹变泰登上帝位的长篇小说。但如何使赵匡胤与帮助他取得天下的将相遇合，就成了小说结构的重点。为此，作者塑造了一个相士苗训的形象。五代时，干戈扰攘，世道不宁，饱尝战乱之苦的人们渴望统一，盼望"真主"出世。于是"能知过去未来，善晓天文地理"的苗训，奉其师陈抟之命，来到汴梁开封，设个相馆，寻访真主。一天，赵匡胤前来看相，苗训一看，踏破铁鞋无觅处——原来眼前之人正是他苦苦寻觅的"真主"！于是苗训跪在地上，口称万岁。赵匡胤认为他疯了，砸烂相馆，赶走苗训，然后离去。苗训想道："我周游天下，遍访真主，不道在汴梁遇着。但如今尚非其时，待我再用些功夫，前去寻访好汉，使他待时而动，辅佐兴亡，成就这万世不拔之基，得见淳古太平之象，一则完了我奉师命下山的本愿；二则可使那百姓们早早享些福泽，免了干戈锋镝之灾。"从此，苗训开始周游天下，寻访好汉。

赵匡胤看相后，杀了供隐帝淫乐的院中女乐，外出逃亡，投奔外婆。路上，便产生了一系列的龙虎风云会。

第六回：赵匡胤在张家庄遇到结拜兄弟张光远、罗彦威，两人自称是苗训指示他俩来寻找赵匡胤的。

第八回：郑恩以卖油为生，一天在酒店中遇到苗训，苗训叮嘱他以后不可往别处去，只在销金桥左右而行，九月重阳日，好去勤王救驾，若遇红面英雄，便是真主。郑恩以此救了赵匡胤。

第十六回：赵匡胤在首阳山结识了史魁，史魁自称是苗训介绍他来认识赵匡胤的。

第二十回：赵匡胤在冻青庄遇着王百万，治好了其子王曾的哑病，王百万称是苗训算王曾"他年宰相做公侯"，说某年某月某日有一位红面君子到你家投宿，他可治好你儿子的病。

第二十五回：赵匡胤将找到外婆家时，因不识舅父，误将舅父舅母打伤，其舅父说苗训曾相他有将军之命，其甥赵匡胤有九五之分，嘱他招兵买马，日后助赵匡胤建功立业。

第三十八回：赵匡胤和郑恩打猎时，无意中遇到赵普。赵普暗道："苗先生真神仙也，他说今日午时有君臣五人到来相访，道吾有宰相之分，吾尚未信；不想果应其言，分毫不差。"赵匡胤临走时，赵普又转交给他一个苗训留下的柬帖，赵匡胤拆开一看，内中是说赵普有王佐之才，"公子异日为君，必当大用"。

第四十一回：郑恩在陶家庄偷瓜时被陶三春所打，赵匡胤以此又结识了陶氏兄妹。陶氏兄弟称前几天苗训为他们相面，"主今日酉时，有四位大贵人与二位相遇，尊驾宜速回府，迎接贵人，不可错过日后功名富贵，只在一位红面长须的身上"。

第四十三回：郭威欲斩赵匡胤，柴荣等束手无策。赵普建议请来苗训问计，苗训来后，教柴荣奏高行周犯界，非得赵匡胤领兵去剿杀。郭威听奏后，果然应允。

第六十回：苗训设计救赵匡胤后，隐居山中。听到柴荣死后，又来到京城。陈桥兵变前夕，他见日下有一日，黑光摩荡，便对赵匡胤说："此天命矣，时将至矣。"以此促成了陈桥兵变。在兵变中，赵匡胤通过苗训结识的众兄弟起了决定性的作用。

　　从上叙可知，赵匡胤之所以分别遇到了旧友张光远、罗彦威，亲戚舅父舅母；结识了新朋郑恩、史魁、王曾、赵普、陶三春兄妹等，都直接或间接与苗训有关。后来，这些亲友又在陈桥兵变中起了决定性的作用。在总共只有六十回的小说中，苗训的影子贯穿其中，无所不在，有时亲自出现，有时以影子的形式出现。但小说的标题却是《飞龙全传》而不是《苗训全传》，这是因为赵匡胤在小说叙述中始终处于核心地位，而苗训只不过处于次要地位，苗训的一切行动都是围绕着赵匡胤而进行。在《飞龙全传》中，苗训在赵匡胤龙虎风云会的过程中起了一个推动或聚合力的作用。赵普、史魁、陶氏兄妹等，都向赵匡胤聚合而来，产生这种向心力的力量都来自苗训，推动苗训的力量又来自他的宿命观念——赵匡胤是"真主"。

　　由苗训开头寻找真主，到找到了真主，直到最后赵匡胤成了真主，这种结构形式，钱锺书先生称之为"蟠蛇章法"。所谓"蟠蛇章法"，就是它的整体结构"其形如环，自身回转"，"类蛇之自衔其尾"。宋人陈善在其《扪虱新话》卷二中作了更详细的解析：

　　　　桓温见八阵图，曰："此常山蛇势也。击其首则尾应，击其尾则首应，击其中则首尾俱应。"予谓此非特兵法，亦文章法也。文章亦应婉转回复，首尾俱应，乃为尽善[①]。

　　它的结构是一个圆形运动的轨迹，赵匡胤作为圆心，其他人则围绕他而运行。而产生这种围绕圆心运动的向心力则来自苗训。小说前后呼应和衔接榫合。清崇德书院本《飞龙全传》第六十回末评曰："《飞龙》一书，起迄都有照应，收束都有验结……是故首回有苗光义之相面，末即有苗光义之指日以结。起有苗光义之来京，由于师命，末即有陈抟之骑驴吟诗以结之。……如此之类，乃一部首尾之照应归结也。至开一回有一回之照应，隔回有隔回之照应。物类有物类之归结，人事有人事之归结。"说的就是这个意思。

　　《警世阴阳梦》的结构与《飞龙全传》有些类似，但它仅是前后呼应而

---

　　① 陈善《扪虱新话》，《笔记小说大观》第四编三，台北新兴书局，1984年版，第1858页。

已，没有产生向心力。小说写了魏忠贤生前死后的遭遇，分作阴阳两梦。魏忠贤生前，早年贫困落魄，四处流浪，向人乞食，满身梅疮，几濒于死。有个相士在酒店中偶然见之，相他"五十之外，极富极贵，王侯比肩"。于是倾囊相助，临别时又叮嘱他富贵后要"尽忠报国，便得保全身命"。魏忠贤得到资助后，治好了病，脱胎换骨，回到京城，几经周折，投在殷太监门下，从此否极泰来。但他得志后，残害善类，作恶多端。相士则在与魏忠贤别后，遁入深山修道。在魏忠贤炙手可热、气焰熏天时，他曾闯进魏府点化魏忠贤，魏忠贤非但不听，还欲加害相士。这样，魏忠贤继续作恶，终于得到了报应，死后在阴司还受到审判。相士因不合错救早年的魏忠贤，魂魄也被拘到阴司同审，后又得到赦免。阴司官员让他遍游阴司仙界，目睹人间忠奸善恶在死后得到的不同报应。回阳前，都天王嘱他回阳间后，把阴司的罪恶果报，"细细说与妄男子知道"。于是，相士出梦后，智慧陡增，出口成章，写出了这部《警世阴阳梦》。

在整部小说中，相士虽只在开头、中间和结尾出现过三次，但他贯穿于魏忠贤的阴阳两梦之中，目睹了魏忠贤生前死后的荣辱兴衰。通过他，又表达了小说劝善惩恶的主题。所以，相士在小说中虽不是主角，但在小说结构中却是不可或缺的重要角色，正因为有了他，才使得作品完整统一。

《水浒传》第三回写鲁智深上五台山，金圣叹曾在回前评语中指出道："如鲁达遇着金老，却要转入五台山寺。夫金老则何力致鲁达于五台山乎？故不得已，却就翠莲身上生出一个赵员外来，所以有个赵员外在，全是作鲁达入五台山之线索，非为代州雁门县有此一个好员外，故必向鲁达文中出现也。"[①]意思是说，赵员外作为一个什么样的人物无关紧要，甚至叫他张员外、李员外都行，他在小说中的作用只是"作鲁达入五台山之线索"。说明金圣叹已认识到了小说中人物的媒介作用，那么《封神演义》中的武吉和《西游记》中的袁守诚在小说结构中的功能正与赵员外相同，不过赵员外只对《水浒传》中的局部情节发生了作用，而武吉和袁守诚却对小说的整体构思起着至关重要的作用。

在封建社会，一些术士冲州撞府，游食四方，他的社会经历和人生阅历

①《水浒传会评本》，北京大学出版社，1981年版，第98页。

都是其他职业阶层的人所无法比拟的。因此，本来最适合于以术士为线索，写成一部流浪体长篇小说，以反映广阔的社会层面，但古代小说家却没有做到。《飞龙全传》中所谓"真命天子"观念，遮住了作者更广更深观察社会现实的视角，使得作品平庸浮浅。清末，出现了以一人为线索的游记体长篇小说《老残游记》和《二十年目睹之怪现状》，不过老残和九死一生却并非术士（尽管老残行医，古代也叫术士，不过不是本书所论述的术士）。

第三节　方术信仰与古代小说叙事

在中国古代小说中普遍存在的预叙，成为区别于西方小说的显着民族特色之一，而其最大的影响来自民间方术信仰。

一、预叙的形成及其形式

古代小说中的预叙，形式多样，功能丰富，其形成既受到宗教的影响，也与民间说书卖关子的技巧有关。因第二个原因与本文无关，故在此不论。

热奈特曾说：预言、启示录、神谕、占星术、手相术、纸牌占卜、占梦等各种形式的预叙，渊源于蒙昧时代的宗教思维。[①]相术、占梦、占星、占候、谶语等在中国古代社会广为流行，并大量出现在古代小说中。热奈特指出了预叙的形式与宗教思维的关联，但若进一层分析，宗教性的预知方式，又与中国古人的"象数"思维有关。所谓"象也者，像也"。古人认为，世界是一个整体，组成这个整体的任何事物之间都有割不断的联系，可以以象观意，推此知彼，所谓"立象以尽意"。因为，客观事物的形神殊异，取决于其所禀赋阴阳之气的配合，但两者都在各自的循环运动之中，不断地解构、否定、改变着自己，所以，以抽象的概念、定义就无法准确、完整地揭示出客

---

① （法）热拉尔·热奈特著、王文融译《叙事话语　新叙事话语》，中国社会科学出版社，1990年版，第149页。

观事物的本质，即"书不尽言，言不尽意"；唯一的办法就是借助已知的此事物推知未知的彼事物，"见一以知万"。而神的意志，就是通过"象"表现出来的，所谓"天垂象，见吉凶，圣人象之"。因此，可以根据天人所呈现出的种种"象"来辨别穷通寿夭、吉凶祸福。王充在《论衡·骨相篇》中说："人命禀于天，则有表候于体，察表候以知命，犹察斗斛以知容矣。"[1]《太平御览》卷三百九十七引《解梦书》云："梦者象也，精气动也。"占星和占候则通过对天象、物象的观察发现吉凶祸福。《太平经》中说：

> 故古者圣贤以是深自占象，自知行之得失也，明以同类同事同气占象之也。得同气类之象，则改性易行，不敢为非也。天地之语言，以此为效，不与人交头言也。视象类所得，可自知矣[2]。

为论述方便，我们将受宗教影响而形成的预叙统称为"占象叙事"。占象叙事在古代小说中成为一种预叙文本。所谓预叙，就是事件还没有发生，预先对于事件的过程进行描述，事件时间早于叙述时间，是对时间限度的超越。

杨义先生认为殷墟甲骨卜辞是占象叙事的最早形态。[3]甲骨卜辞包括前辞、命辞、占辞和验辞四个部分（李学勤则分为署辞、兆辞、前辞、贞辞、占辞和验辞六个部分），前辞：某时（于某地）占卜，某卜者问；命辞：某事是否（于某时、某地按某种预期）会发生；占辞：某卜者（或某王本人）占视兆象后的判语；验辞：某事发生的具体情况（事件经过以及涉及的时间、地点、人物等）。古代小说中的占象叙事一般就以这四个序列组成。

一般情况下，所有的叙述都应该是事后叙述，因为只有发生了的事件才适合叙述，未发生的事件则无法叙述。而占象叙事则不同，术士预言将要发生的事情目前还没有发生。因此，"命辞"就是提前叙述。占象叙事由预述开始，以验证结束，其叙事动力来自命定观念，故可称之为"宿命叙事"。

起初，占象活动只是作为现实生活的一个组成部分反映在小说中，后来，

---

① 王充《论衡》，《诸子集成》（7），第 23 页。

② 罗炽《太平经注译》，第 1058 页。

③ 杨义《中国叙事学》，《杨义文存》第一卷，人民出版社，1997 年版，第 157 页。

随着占象活动与小说创作的联系日益密切，占象观念对小说家的创作思维进行渗透，进而内化为小说谋篇布局的艺术手段。

起预叙作用的"兆象"或"命辞"主要表现为下列几种形态：

1.明示性预叙，即直白预叙将要发生的事情。如《三国演义》第五十三回写孔明称魏延"脑后有反骨，久后必反"。至一百零五回，魏延果反。有的"兆象"或"命辞"虽含义隐晦，但术士（广义的）会当场解说清初。如《三国演义》开头描述的青蛇从梁上飞下、雌鸡化雄等怪象，议郎蔡邕指出"乃妇寺干政之所致"。总之，明示性预叙意思显豁，基本无悬念，读者接下来只是了解"命辞"如何应验的过程。

2.暗示性预叙，即隐约地预示将要发生的事情。"命辞"或"兆象"采用象征、谐音、拆字等手法，含蓄隐晦，"往往暗示人物和事态在其后的岁月里的命运感，甚至带神秘性的发展和变异，因而它的文字经常采取密码方式"[1]。或可称"模糊预叙"。事主和读者皆似懂非懂，当有人要求术士解说时，他会以"天机不可泄露"为由拒绝。这种预叙会使读者产生理解的不确定性，造成一种神秘、朦胧、含蓄的氛围，吸引他们继续解密。如《红楼梦》第一回写癞和尚要舍英莲出家，士隐不睬，和尚念道："惯养娇生笑你痴，菱花空对雪澌澌。好防佳节元宵后，便是烟消火灭时。"这首诗暗示后来英莲元宵节夜被人拐走，甄家遭火烧毁，士隐幻灭出家，英莲嫁给薛蟠，后来悲惨死去等故事情节。"菱花"指英莲，"雪"指薛蟠。对于这首诗，士隐听不懂，读者同样不可能看明白。又如《三国演义》中写刘备欲起倾国之兵为关、张报仇，诏青城山隐者李意问吉凶。李意不言，只画兵马器械四十余张，画毕又一一扯碎。又画一大人仰于地上，旁边一人掘土埋之，上写一大"白"字。李意以图谶的方式暗示刘备后来兵败猇亭，死于白帝城的结局。再如《儒林外史》中写王惠向乩仙问功名前程，关帝降临，写出一首《西江月》，暗示王惠的命运结局，其中"两日黄堂"是"昌"的拆解，指做南昌太守；"琴瑟琵琶"中有八个"王"字，而宁王在玉牒中排行第八。还有《木棉庵郑虎臣报冤》（《喻世明言》第二十二卷）写贾似道少时曾梦见乘龙上天，却被一勇士打落，坠于坑堑之中，那勇士背心绣成"荥阳"二字。这个梦暗示贾似道后来平步

---

[1]　杨义《中国叙事学》，第 382 页。

青云,做到宰相,最终在贬谪途中,被郑虎臣棒杀。"荥阳"乃郑氏望地,用以暗指郑虎臣。这是一种文化密码的转换方式。

还有一种"命辞"或"兆象",意思完全不明,就像电码,欲要解码完全依赖于读者的相关知识结构。如在明清小说中,命相术语已转化为人物外貌的直接描写。小说中没有看相活动的描写,作者只是借用相术观念,将人物的命运隐藏在其外貌特征中,从而成为一种非常隐蔽的预叙方式。如《三国演义》中写张飞"豹头环眼,燕颔虎须"。按照相书的说法,豹形之人"为将军刺史,好杀中寿"[1]。关羽丹凤眼,卧蚕眉,须髯过腹。按相法,须长于发,名为倒挂,必主兵厄。所以,张飞、关羽的外貌特征,就具有相术学的标示意义,暗示张飞中年去世、关羽败死麦城的结局。又如《水浒传》中描写的宋江"眼如丹凤""眉如卧蚕""两耳悬珠""双睛点漆""唇方口正""地阁轻盈""额阔顶平""天仓饱满"、坐如虎相、走若狼形等外貌特征,都预示宋江后来反叛、招安、建功等命运结局。又如《醒世姻缘传》第十六至十九回,通过描写明水镇发生的一系列灾异现象,渲染出一种浓厚的神秘气氛,预示着一场大变故的即将到来。那里夏旱秋冻,"庚申十月,天气晦暗的对面不见人。十二月,大雷霹雳,震霍狂风,雨雪交下。丙子七月初三,冰雹如碗,如泰石者,积地尺许"。据《灵台秘苑》卷六中说:"雨雹则为阴胁,阳盛则为雨,阴迫阳,则转而为雹","若阴盛而成雪。"[2]作者又讲述了两个患有奇疾妇人的故事,其中一妇人耳内总听见打银打铁之声,若听到一"徐"字,即"举身战栗,几至于死"。另一个妇人忽然项中生出一瘿,初如鹅蛋,渐至大如柳头。后又听到瘿中有琴瑟笙磬之声,一天瘿豁然破裂,从中跳出一只猴来。这些反常的气候和人体变异,预示着后来的朝廷内太监擅权、家庭内牝鸡司晨的不正常现象。在这类预叙中,作者若要实现预叙的目的,就必须满足读者精通相关知识的条件,才能与小说作品建立某种不宣自明的阅读契约关系。

明清以前,小说中出现较多的是明示性预叙;明清时期,则以暗示性预叙为主。

---

① 齐邱《玉管照神局》,《四库术数丛书》第 8 册,上海古籍出版社,1990 年版,第720 页。

② 庾季才《灵台秘苑》卷六"天占",第 50 页。

3. 不确定性预叙，即由于古代人力胜天的思想，宿命性的预言就存在可能实现也可能不会实现的不确定性。有时，术士的"命辞"不说死，存在较大的转圜余地。如《魏忠贤小说斥奸书》第一回写相士为幼年时的魏忠贤看相，说他"豺声蜂目，必好杀贪财，先主食人，后必自食。若能慈祥正直，可保令终"。魏忠贤是否会听从相士的劝告？这就是一个未知数。这样，就为魏忠贤的命运结局和小说的故事情节发展走向设置了不确定性的因素。更多情况下，由于事主后来的行为，导致"命辞"或"兆象"没有兑现，甚至朝相反的方向发展。如薛同弱《集异记》中"凌华"篇（《太平广记》卷三百七）写杭州富阳狱吏凌华骨状不凡，相者说他以后"当为上将军"。但凌华为吏酷暴，对囚犯拒喉撞心，索取贿赂。因这些行为，后来梦中被神凿去"贵骨"，碌碌以终。《西湖二集》第十五卷"昌司怜才慢注禄籍"写术士相唐朝罗隐"天庭高耸，地阁丰隆，鼻直口方，伏犀贯顶，目若朗星，声如洪钟，顾盼英伟，龙行虎步，有半朝帝王之相"。后因借贷不成，罗隐心生恶念，梦中被玉帝削去禄籍，换去贵骨，醒来变成"天庭偏，地阁削，口歪斜，鼻子塌，皮肤粗，猢狲脚，呆眼睛，神气散"之相，终于没有做成"半朝帝王"。同书第二十四回"认回禄东岳帝种须"中写宋代周必大因长相不雅，人称"周鹭鸶"，难以显达，后因救人性命，主动担责而被撤职。但因这一德行，东岳帝君吩咐判官为他种帝王须一部。周必大醒来后，果然"添出许多髭须，黑而且劲，又长又有光彩"。后来做到宰相。在这些小说中，"兆象"随着事主的行为发生变化，而其命运结局也随之改变。又如《唐摭言·裴度》（《太平广记》卷一百一十七）写唐中书令晋国公裴度质状眇小，相不入贵。早年科场屡屡受挫，有次去看相，相者谓其形神不入相，当饿死。后来裴度游香山寺，拾得一条玉带，交还失主。因阴德及物，颜色顿异，相士预言他将来前途万里。《初刻拍案惊奇》中"袁尚宝相术动名卿，郑舍人阴功叨世爵"写术士袁尚宝相王部郎家的小童郑兴儿会妨主，主人无奈将他逐出。郑兴儿后在外捡到遗金，交还失主，机缘凑巧，被郑指挥收为义子，直做到指挥使。最后，郑兴儿再访王部郎，袁尚宝说他满面阴德纹起，骨相已变。在这两个故事中，由于事主的行为导致命运改变，最后术士重判，预叙作为补充形式出现在文尾。

还有一种所谓"锦囊妙计"体预叙结构。这类小说受《三国演义》中孔明行事的影响,叙事模式为:术士为主人公看相算命后,送上锦囊数封,叮嘱他以后有急难时,可拆开阅读,并按囊中指示行事。后来故事情节的发展一如相士所预言,整部小说就在术士的"锦囊妙计"框架中进行叙事。如《玉楼春》《醒名花》等小说。在这类小说中,术士并未当即公布"命辞",后来主人公有急难时拆开才知道。这样,锦囊中"命辞"对小说的叙事而言,既是补叙又是预叙。

4.多重预叙。重复预叙是以同一方式、多重预叙则是以不同方式多次进行的预叙。如《于少保萃忠全传》第一传写于谦生时,父母为他做汤饼会,僧兰古春相于谦"骨格非凡,人莫能及。他日救时宰相也"。袁忠彻谓"此子两目炯炯,倏忽有时朝上,名曰'望刀眼'。日后为国家必然犯刑"。在第四传,作者写乌道人为于谦及其友人徐珵、唐段民两人看相;兰古春为于谦、石亨、石彪三人看相。第五传写少年于谦到外婆家听"决一生之穷通"的"倩语"。外婆先是说:"你读书正理,日后好做尚书阁老。"于谦醉后狂言,外婆斥道:"尚书阁老你有份,只是恐朝廷要砍你这托天说大话的人。"至此,作者采取多次看相、听响卜的方法,预先完整地勾勒出于谦及其土木之变中的重要人物的命运结局。把这些预言组合起来,就是整部小说的叙事之纲。又如《续英烈传》开头写朱元璋抚摸皇孙允炆,见其头圆如日,乃帝王之相,甚是欢喜,忽摸到脑后,见微微扁了一片,便有些不快,因叹息道:"好一个头颅,可惜是半边月儿。"自此便时常踌躇,有易储之念,为此征求刘基的意见。刘基表示反对,说"天既生之,自有次第"。朱元璋又问他将来事态会如何发展,刘基咏了一首很长的诗作为回答,这首诗预叙了靖难之变的发生及其结局,但含义隐晦,朱元璋要刘基详加解释,遭到刘基的婉拒。所以,朱元璋的"相"和刘基的"谶"共同组成了预叙,成为整部小说的叙事之纲。又如《隋唐演义》开头写内监向隋炀帝进奏,说昔日酸枣邑进贡的玉李树一向不甚开花,昨夜忽然花开无数,满园皆香。满院的人夜里都听得神人说:"木子当盛,吾等皆宜扶助。"又一太监来奏道:"旧日西京移来的杨树昨夜忽花开满树,十分烂漫。"夜里也有人听得神人说:"此花气运,发泄已极,可一发开完。"这里显然是以刚开放的玉李和烂漫将谢的杨花,象征李唐将兴隋杨欲灭的历史命运。第二回接着写隋文帝梦中见城上三株大树,树头结果累累。正看间,忽然洪水从城下冲来,波涛滚滚,将要淹没城墙。文帝大惊,急急下城奔走。回头看时，水势滔天而来。显然，文帝梦中的三株大树暗示三个姓"李"的人，即李渊、李密和李靖，这是小说中灭亡隋朝的三个关键人物。而洪水滔天暗示"渊"字，是说李渊将夺取炀帝的天下。小说开头分别采用占候、占梦的描写，预叙后来的隋灭唐兴。

可见，中国古代小说中的预叙与西方小说大有不同。西方小说采用预叙一般是艺术手法的考虑，而中国古代小说中的预叙，除艺术设计的目的外，还有宣扬命运观念的企图，使中国文学"不是首先注意到一人一事的局部细描，而是在宏观操作中充满对历史、人生的透视感和预言感"[1]。

二、预叙的序列

从自然发展的角度来说，征兆在前，结果在后，占象叙事是按照自然发展的流程进行叙事的，应该是顺序；但若"洞察者"对"征兆"所暗示的意义进行解说，或读者读懂了征兆所暗示的意义，就意味着提前知道了结果。如此一来，小说的叙事就变成交代结果如何产生的过程，从而使小说叙事在时序上又成为倒叙。

占象叙事的完整序列包括三段：第一，兆象的出现；第二，兆象的解说；第三，兆象的应验。但很多情况下，第二个序列会省去，这就需要读者对"象"与"验"之间的联系进行联想沟通，补充"占"的环节。如《万花楼》中写狄后与侄儿狄青失散多年。一日梦见饮宴之间，取一肉馅，方入口中，咬个两开，内中有肉骨一块，将牙齿撞得疼痛，滤出血来，将骨肉染遍，其馅即圆合。这个梦暗示狄后不久将与狄青骨肉团圆，中间没有解梦的环节。

有时，兆象和应验的先后顺序会打破。如《汲冢琐语》中的一个故事：

> 初，刑史子臣谓宋景公曰："从今已往祀五日，臣死。自臣死后五年，五月丁亥，吴亡。已后五祀，八月辛巳君薨。"刑史子臣至死日，朝见景公，夕而死。后吴亡，景公惧，思刑史子臣之言，将至死日，乃逃于瓜圃，遂死焉。求得，已虫矣。

---

① 杨义《中国叙事学》，第 157 页。

从开头"初"字可推知之前已有关于宋景公之死的交代，因而这段故事在整体上就成为补叙。又如《红楼梦》第七十七回写晴雯被逐出大观园后死去，宝玉提起原先看到府中有株海棠，无故枯萎，这就是晴雯夭折的暗示。这也是在"应验"之后补叙"兆象"及"命辞"。

又如《万花楼》写李太后生子后，被刘皇后陷害，流落民间，全赖养子郭海寿供养。后来她的儿子做了皇帝，包公在民间找回李太后，作者描绘郭海寿的外貌道：

> 脸色半黑半白，额窄陷而两目有神，耳珠缺而贴肉不挠，鼻塌低而井灶分明，两额深而地角丰润。

郭海寿一生的命运都雕刻在头部。脸半黑、额窄、耳珠缺、鼻塌低等相貌特征，是对他前半生穷困命运的总结，但在小说中，并未花费笔墨写他的前半生，因而这就是兆象在后，属于补充预叙；而脸半白、目有神、耳贴肉、井灶分明、地角丰润相貌特征，则预示他将苦尽甘来，后半生安闲享福。

三、预叙的功能

占象观念对小说的创作进行渗透，制约和规范着小说情节的发展趋向及结局。对古代小说的整体构思、叙述图式、伏线悬念的设置都产生了重要的作用，形成了中国独具特色的古典小说民族品格。杨义指出："预叙的功能，如果处理得好，往往能够给后面展开叙述构设枢纽，埋下命脉，在预而有应中给叙事过程注入价值观、篇章学和命运感。因此，最妙的预叙，是诗，又是哲学。"①

1.框架和总纲

预叙有大预叙和小预叙之分。大预叙"敷陈大义"，"隐括全文"，对小说的全局结构产生影响，起着总纲或框架的作用，很多情况下是使用"元叙事"

① 杨义《中国叙事学》，第160页。

的方式。而在小说中起着悬念、伏线的作用，就是小预叙。

大叙事或是长篇小说中的楔子，引出正文的故事，暗示故事的发展走向和结局；或以谶、梦等方式预叙，概括整部小说的故事内容、结局、人物的命运等，成为整部小说的叙述框架。大预叙一般放在小说的开头，或以神话寓言的方式，为故事结局定调；传记体小说则多半在主人公年幼时安排一次相术活动，预示他的命运结局，高度概括全文的内容，对"首尾大照应，中间大关合"式的中国古典小说结构形式的生成有着积极的意义。

如《金瓶梅》第二十九回中吴神仙为西门庆及其女儿妻妾们所下命相判词，在小说整体结构上有着重要的作用。吴神仙的命相判语不仅对西门庆及其某些姬妾的性格特点作了高度概括，而且对他（她）们的命运结局作了预示，针对孟玉楼的四句判词，张竹坡的夹批道："一句丰采，二句性情，三句命运，四句作者患难。"[①] 就是说判词既描绘了孟玉楼的外貌，又揭示了其性格，预言了其命运结局。后来故事情节的发展变化，皆按照吴神仙的判语而进行。因此，这些命相判语，就绘出了小说总体情节发展的宏观框架，也是人物性格命运和故事总结局的高度概括和预叙。所以张竹坡又指出：二十九回"乃一部大关键也。上文二十八回一一写出之人，至此回方一一为之遥断结果，盖作者恐后文顺手写去，或致错乱，故一一定其规模，下文皆照此结果此数人也。此数人之结果完，而书亦完矣"。"直谓此书至此结亦可。"[②] 就是说，读者至此已了解了西门庆及其妻妾们的命运结局，后文不过是这些命相判语更为详细的演绎罢了。除此之外，作者还在小说的其他回目中安排为小说中的一些人物看相算命，以作为吴神仙判语的补充或呼应。这些预言不但在小说的结构上具有决定性的作用，充当小说叙事纲目，影响和制约故事情节的发展、人物命运的铺叙等，而且在审美上也具有重要意义。杨义指出："从社会学的角度看，这些预言叙事都属于看相卜卦一类巫术，不足为训。但从审美角度看，它却借用当时的一种世俗信仰，透过西门庆恃财傲世，甚至傲视彼岸世界的暴发户心态，切入人对自我认识的盲目性和荒谬性的哲理层面，给市井社会逐财猎色、炙手可热的生活埋下某种神秘主义的危机感。

---

① 王汝梅编《金瓶梅资料汇编》，北京大学出版社，1985 年版，第 103 页。

② 张竹坡批语，王汝梅编《金瓶梅资料汇编》，第 102 页。

它不仅在叙事时间上是预言，而且以预言方式指向蕴藏在全书结构深处的'道'，于预言及其兑现之间对盲目而荒谬的人生进行了不可劝诫的劝诫。"①这是十分精辟的结论。

《红楼梦》开篇写西方灵河岸上有棵绛珠草，神瑛侍者日以甘露浇溉，修成女形；绛珠草却只因未得酬报灌溉之德，故五内郁结着一段缠绵不尽之意，常说"自己受了他雨露之惠，我并无此水而还。他若下世为人，我也同去走一遭，但把我一生所有的眼泪还他，也还得过了"。后来随神瑛侍者下凡结案。绛珠草的话就预叙了后来宝、黛爱情悲剧的结局。第五回又继承《金瓶梅》的写法，再结合民间广为流传的推背图形式，写贾宝玉梦游太虚幻境，见到十二幅图册，听到十二支仙曲。这些图册和仙曲，是对小说中几位主要人物的命运结局及贾家没落衰败的整体预叙，后来故事情节的演变都围绕着这些图册和仙曲而进行。所以脂砚斋称此回为"一部纲绪所在"。杨义说："这段预叙把人生行程与提前叙述的人生结局交织在一起，形成了动人心弦的象征诗一般的审美张力。它提供了预叙充满命运感的诗化和哲理化的经典形态。"②后来的小说如《小奇酸志》《金石缘》《魏忠贤小说斥奸书》《明珠缘》《梼杌闲评》《皇明中兴圣列传》等，都是这种写法的模仿。

《儒林外史》的楔子以占星的方法进行预叙。王冕根据"贯索犯文昌"的天象，判断"一代文人有厄！"后来又看到天上有百十个小星，都坠向东南角上去了。预言这是上天降下这一伙星君去维持文运。"一代文人有厄"，是指后文八股取士制毒害知识分子的描写；"降下这一伙星君去维持文运"，是指虞育德、庄绍光等淳儒抵制八股，提倡礼乐兵农活动。这种预叙只是作者富于情感而且是采用象征手法的一个高度概括。

还有很多小说采用梦占作为小说的叙事框架。如《绣戈袍》第二回写唐家老太太梦中见唐氏祖坟旁所植大松柏尽皆被雷雨击倒，唯有二株仍然挺立，一株折而复起。《梦林玄解》云："梦狂风吹折大树，凶，梦此丧大臣，丧妻子，伤勇将，损良仆。"③因而这个梦就预叙后来唐家受权奸张德龙陷害，使唐

---

① 杨义《中国古典小说史论》，第 483 页。
② 杨义《中国叙事学》，第 160—162 页。
③ 葛洪著、陈士元增删《梦林玄解》，朝华出版社，1993 年版，第 20 页。

氏三百余口惨遭斩杀，唯六子云卿、孙唐吉逃脱，五子云俊因尚公主，赦免发配云南。后三人报仇雪恨，除去权臣，中兴家业。大树等象征唐氏家主唐尚杰等；二株松柏仍然挺立，象征唐云卿和唐吉；一株折而复起，象征唐云俊被流放。这个梦象就是唐氏家族命运结局的预叙，是小说故事情节的发展总纲。但作者没有对唐老太太的梦进行解说，明白作者的创作意图，依赖于读者的相关知识或读完全书的联想。

2. 悬念和伏线

制造悬念、埋设伏线的预叙一般零星地分布在文本的叙述之中，对小说中的某个情节、某一事件进行预叙，成为推动读者持续阅读下去的动力。如《三国演义》第九回写王允等人密谋除掉董卓，诈称天子欲禅位于他，将住在郿坞的董卓骗回长安，"是夜间，数十小儿于郊外作歌，风吹歌声入帐。歌曰'千里草，何青青！十日下，犹不生！'"预叙董卓将死。第六回写孙坚得到传国玉玺，袁绍向他讨要，孙坚却不承认，指天为誓道："吾若果得玉玺，不将与汝，令吾不得善终，死于刀箭之下。"第七回孙坚被刘表部下乱箭射死。第六十三回写刘备打雒城。彭羕告诉刘备："罡星在西方，太白临于此地，当有不吉之事，切宜慎之。"接着孔明又来信，谓太白临于雒城之分，主将帅身上多凶少吉，"切宜谨慎"。再接写刘备把自己的坐骑赠给庞统，庞统感动地说："深感主公厚恩，虽万死亦不能报也。"这一系列的不祥之兆，都是预叙庞统将死于落凤坡。如《隋唐演义》第十六回写李靖谓秦琼印堂有些黑气侵入，怕有惊恐之灾。至第十八回，便发生了秦琼长安看灯，打死衙内宇文公子，险些被捕之事。《说唐》第九回写罗成教秦琼枪法，秦琼教罗成锏法。两人都担心对方会留有一手，不肯尽心传授，于是相约盟誓。罗成先道："做兄弟的教你枪法，若还私瞒了一路，不逢好死，万箭攒身而亡。"秦琼则说："我为兄教你锏法，若私瞒了一路，不得善终，吐血而亡。"但两人都没有践约，罗成私瞒了回马枪，秦琼保留了杀手锏。第六十回，罗成被乱箭射死，这部小说没写秦琼吐血而亡，该事件还在后传中。可见，伏线有远有近，有的在当回即兑现，有的隔数回甚至数十回才有结果，所谓"草蛇灰线，伏脉千里"。

《红楼梦》中的伏线五彩缤纷，布满整部小说，使其成为一部由神秘之网织成的历史画卷。作者在叙述过程中，不断地设置伏线，此后一一应验，仿佛作者巧妙地布下的许多"地雷"，然后瞄准最佳时机一一引爆。那些"暗示性预叙"的判词，"渗透到全书的行文脉络中去了，成了章章回回若隐若现的叙事密码"[①]。这样使得结构精密，线索纵横交错，牵一发而动全身。

3. "命辞"推动故事情节发展

在古代，由于占象迷信在民众中根深蒂固，人们对术士的话深信不疑，因而在占象完成后，会按照判语采取某些行动，从而加速判语的实现，促使故事按照判语所指向的结局快速发展。如《汉武故事》写汉武帝的母亲田氏微时，嫁给金王孙。著名相士姚翁一见到她，叹道："天下贵人也，当生天子。"田父听了此话后，便夺回自己的女儿，献给太子，田氏后来生下刘彻，是为汉武帝。田氏"当生天子"预言的实现，与田父的推动不无关系。又如《聊斋志异·田七郎》写武承休交游很广，某夜梦一人告之曰：你交游遍海内，皆滥交耳。唯田七郎可共患难，为何反不结识？武承休醒来后，因不知田七郎是何人，到处打听，后来有人告诉他田七郎乃东村一猎人。于是武承休备礼登门拜访，田七郎不肯接受，问过母亲后，更是坚辞不受。田母厉色曰："老身止此儿，不欲令事贵客！"承休满脸羞惭而回，不知道田家为何如此决绝。有个随从称听到了田母与七郎的谈话，田母说："我适睹公子，有晦纹，必罹奇祸。闻之：受人知者分人忧，受人恩者急人难。富人报人以财，贫人报人以义。无故而得重赂，不祥，恐将取死报于子矣。"武闻之，深叹母贤，然益倾慕七郎。后来设计纠缠，赠金助葬，七郎稍与交往。一日，七郎为争猎豹殴人致死，被抓进监狱。承休一面探监，一面以重金贿赂有关官员，又以百金赠受害者家属。月余，七郎被释放出狱，自此再不拒绝承休的馈遗，亦不言报。后承休与家仆林儿结怨，林儿暴死，御史家将他告到官府，县宰不容分辨，将承休叔叔笞死，承休号叫大骂，县宰置若罔闻。最后七郎刺杀县宰，自杀而死。

这个故事大致可分成两个部分，前部分写武、田的结交过程，后部分写田以死报答武。故事之发生，即承休全力交好七郎，全因有人托梦指示，故

---

① 杨义《中国叙事学》，第 160—162 页。

承休屡遭挫折而不放弃。而承休交接之曲折，则全因田母之相。梦中人教承休结交七郎，虽然对七郎在承休人生中的用处已微露端倪，但毕竟十分含糊，而田母之相就清楚地预示了将要发生的事情。所以，这篇小说故事情节的构建，皆由武承休之梦和田母之相，它既是故事情节展开的契机，也是故事发展的动力。

很多小说通过术士预卜人物命运而昭示情节发展的走向，可以获得一种叙事上的紧张感与吸引力。如《三现身包龙图断冤》（《警世通言》第十三卷）开篇叙一卖卦先生，算奉符县押司孙文某年某月某夜死，没想到奸夫利用术士的判语，在既定的时间害死孙文。孙押司的离奇死亡，为后面包公断案作了精彩的铺垫。《欢喜冤家》第十六回《费人龙避难逢豪恶》写术士推算费人龙将大难临头，建议他外出以禳之，结果费人龙在外出躲藏的过程中，引发了本文的故事。这些故事皆因预言而引起，而故事结局也与术士之判若合符节。

小说中许多复仇和破案的故事，常借用占梦作为故事的关捩，推动故事情节的发展。叙事模式一般为：当一件命案久拖不决、陷入绝境时，办案者便会得一梦，梦中鬼魂说的话或吟的诗暗藏着破案的线索。《续搜神记》中有个鬼魂托梦县令，逮住盗墓贼的故事。故事说有个叫承俭的人，死后十年，忽托梦给县令，称自己的墓被人盗挖，请求县令为他做主。于是县令带上人马，前往捉拿盗墓贼，逮住三人，二人逃逸。当晚县令又梦见墓主来告知逃逸者的面貌特征，帮助县令最后将两贼捉拿归案。这个故事虽然是后来鬼魂托梦破案故事的先导，但作者只是为证鬼神之不虚，鬼托梦的话过于直白，缺乏必要的艺术设置。至唐李公佐的《谢小娥传》（《太平广记》卷四百九十一），就形成了这一故事的叙事模式。谢小娥的父亲和丈夫为人所害，但一直无法弄清楚谁是凶手。一天，谢小娥梦见父亲对她说："杀我者，车中猴，门东草。"数日后又梦见其夫对她说："杀我者，禾中走，一日夫。"谢小娥也不清楚这话的含义，直到遇见李公佐，经他破解，才知道冤魂暗示的杀人凶手是申兰和申春。此类破案方法后来在小说特别是公案小说中广泛采用。由此表现了古人的鬼灵信仰，也突出了善恶报应及天网恢恢、疏而不漏的思想。

4.事主阻滞"命辞"的实现

有的事主认为术士的"命辞"不吉祥，因而采取行动，抵制预言的实现，但最后失败，预言仍然应验。如唐小说《玉堂闲话·灌园婴女》（《太平广记》卷一百六十）写某秀才年已弱冠，屡求婚不遂，便去找术士占卜。术士告诉他：你的夫人生下不久，才两岁。秀才问他何姓何地，术士说在滑州城南，某姓某氏，父母以灌园为业。秀才认为自己是世家子弟，才华横溢，灌园叟女不堪匹配，郁郁不乐，但将信将疑，于是去滑州寻访，果然如术士所言。秀才大惊，便萌生恶念，派人趁灌园夫妇外出时，将一枚针钉入女孩颅内。秀才以为女孩必死无疑，可以摆脱这桩婚姻。数年后，秀才登第，历任小职。有次路过廉使治地，投刺拜访。廉使慕其风采，知还未婚配，以幼女妻之。秀才以为终娶名门之女，忆起术士之言，"颇有责其谬妄耳"。其后，每当阴天，妻子总是头痛，数年未愈。后遇一名医，在她脑顶上敷上药，烂出一针，方才痊愈。秀才惊疑不已，暗地询问廉使亲旧，才知道妻子原来就是灌园婴女。原来女孩没死，五六岁时，父母双亡，廉使领去抚养，认为义女。

秀才为阻止术士的预言实现，有意进行抵制。第一次抵制是企图刺死灌园婴女，第二次对抗是屡求婚世家，第三次抵制是娶廉使之女，他以为破坏了术士的预言，没想最终仍掉入命运的圈套。这是天意与人力的对抗，不涉及道德因素。韦固第一次抗争采取的是非道德的手段，但与他的命运不产生联系。作者只是通过韦固抗争命运的失败，说明命运的不可逆性。婚姻如此，甚至一饮一啄都莫非前定，唐代就出现了专门"判人食物，一一先知"的相士。如《逸史·李公》（《太平广记》卷一百五十三）记贞元中，万年县捕贼官李公，一日与朋友在官衙西亭子里烧制鱼片。有个术士经过，自称能"善知人食料"。李公问：你看今日坐中有谁吃不到鱼片？术士微笑曰："只有足下吃不到。"李公勃然大怒说："今天我是主人，请大家吃鱼片，哪有我吃不到的道理？此事你若说中，给钱五千；若不中，有你苦吃。坐中诸位为证。"于是敦促赶快烹制。刚做完，忽然有人来报，太守召见。李公骑马奔去，担心自己回来晚，叫客人先吃，同时叮嘱厨师给自己留两碟，以破术士之言。过了很久，李公骑马而归，大家已吃完，给他留下的鱼片还在。李公脱衫就座，拿着筷子而骂。术士颜色不动，忽然，亭子上掉下一块泥土，将餐具打得粉碎，鱼片和粪土混杂在一起。李公惊异，问厨师是否还有鱼片，厨师说没了。于是李公厚谢术士，以钱五千与之。在这个故事中，李公设法破术士之言，但终未成功。

　　总之，这类故事由"命辞"引发，叙事核心是描写事主的抗争过程，通过抗争失败，表现命运的强大和人类的渺小，说明面对命运，人类唯一能做的就是顺从，一切抗争都徒劳无功。

　　古人认为，在"兆象"与"结果"之间有着因果关系，可以根据"兆象"判定"结果"。这就使小说家对事件之间的因果联系，有了更直观的体验，借用到小说创作中，有益于小说的结构紧凑，叙事严谨。福斯特说："与故事的可继性关系最密切的就是事件之间的因果联系"，因此"一本结构紧凑的小说，其中必然事事相关，因果互象"。因此，小说家在动笔之前，他必须考虑用什么办法才能使情节取得最好的效果，必须心中有数，置身于小说之上，始终考虑到因果关系[①]。可见，占象叙事与现代小说创作观念暗合，因此，早期小说家依靠在事件间的因果联系来形成发展线索，整合情节，对于促进小说叙事的逻辑化，促成小说叙事各要素之间的协调统一，从而使小说家更加成熟地驾驭叙事行为，无疑有着不可或缺的作用。当然，占象是一种迷信行为，"兆象"与"结果"之间的因果关系，只是基于古人的一种先验性的认识，两者之间实际上是非逻辑的假因果关系，并不能经受严格的逻辑分析。列维－布留尔称这种思维方法是"前逻辑性的"，泰勒则认为它混淆了类推和因果律。它不是从吉凶祸福产生的实际出发，去研讨有关规律，而是先想象出某种规律，然后以此去解释吉凶祸福。小说家依据的往往是一种命定的因果观念，从而忽视了社会生活多层面的复杂关联，消解了故事中可以充分挖掘的潜在意义与价值，这就大大限制了作品的思想深度和艺术高度。当这种叙事模式成为一种社会话语，成为一种认知方式和思维习惯后，类似题材的小说便具有了相似的话语阐释，形成了固定的叙事模式，其思想和艺术便难以获得突破和超越。

　　预叙虽事先揭出了故事的结果，破坏了读者发现最终结局的阅读期待，但它却造成另一种性质的心理紧张：小说的艺术核心已不在结果，而在通向这一结果的过程，所以，结果的提前预告不是缩小了而是开拓了现代读者的阅读期待。而且，由于兆象的神秘性、隐喻性和命词含义的多义性、朦胧性，它只能给读者一个大致印象，或一种情感基调，不是十分清晰，因而给人无

[①]　（英）E. M. 福斯特著、冯涛译《小说面面观》，第80—84页。

限的联想，朦胧中它似乎告诉了你什么，但又没有具体的细节，留下无限的可能性和空白点。正如茵格尔顿所说：文学作品是纯粹的意向性的、受外界支配的对象。也就是说既非决定性的，亦非自足性的，而是依赖于认识活动的。它包括四个层次和两个不同的维面。这些层次和维面形成一个框架或图式结构，有待于读者完成，作品显示出无数的未定点。"我们发现了这样一种未定之处，以作品中的句子为基础，我们无法说出一个特定的对象或客观分场景是否具有某属性。事实上也是这样，无论多少细节或暗示都无法消除未定点。在理论上，每一部文学作品，每一个表现的客体或方面，都包含着无数的未定之处。所以，或许读者进行的最为重要的活动，就在于排除或填补未定点、空白或本文中的图式化的环节。"[①] 这些"未定点"就是悬念，召唤读者来"排除"和"填补"，也即发挥想象，继续追问和阅读。

这样，对于读者来说，占象式的预叙是由虚到实、层层剥开的解码叙事过程，顺应了人们的好奇情趣及认识事物的过程，使阅读伴随着对其如何继续下去的强烈的不确定感，引起读者希望故事继续发展下去的强烈期待。正如英国小说家福斯特在《小说面面观》中说：如果我们问："以后呢？"这便是故事；若是问："什么原因？"那便是情节 [②]。因而，占象观念对古代小说的结构艺术既有促进作用，也不乏消极影响。

---

① （德）H. R. 姚斯、（美）R. C. 霍拉勃著、周宁、金元浦译《接受美学与接受理论》，辽宁人民出版社，1987 年版，第 303—304 页。

② 参见（英）爱·摩·福斯特《小说面面观》，花城出版社，1984 年版，第 76、84 页。

第六章　民风民俗与古代小说

古代小说的创作视角主要面向现实社会与市井生活，观照现实中的人与事，于是，与市民日常生活紧密相连的风俗场景便大量地出现在小说文本之中。无论是衣食住行、岁时节令、婚丧嫁娶，还是宗教信仰、禁忌迷信，大都能在古代小说中觅到踪迹。因此，从古代小说中研究中国古代的民风民俗，从民风民俗的角度研究它们如何影响古代小说的叙事，将具有重要的意义。

第一节　小说中节日民俗描写的文化蕴含

一、节日

杭州人乐观，喜欢游玩，许多节日都演变为娱乐活动。在话本小说家的笔下，这座古老的城市流漾着世态风俗的万种风姿，提供了深具江南特色的现实背景。其中，观潮节、元夕、清明节等，作为风俗描写中引人注目的时间刻度，均在小说故事中多次出现。这些古代杭州节日的风俗、礼仪及其文化创造，不仅深刻地展现出与杭州多彩的人文风貌，也生动地表现出杭州深厚的历史文化底蕴。

《西湖二集》第四卷"愚郡守玉殿生春"写杭州的除夕风俗："宋时临安风俗，腊月除夜，那街上小孩童，三五成群，绕街叫唤，名为'卖呆歌'。"同书第十六卷"月下老错配本属前缘"有《蝶恋花》词记杭州元旦风俗道：

接得灶神天未晓，炮仗喧喧催要开门早。新褙钟馗先挂了，大红春帖销金好。炉烧苍术香缭绕，黄纸神牌上写天尊号。烧得纸灰都不扫，斜日半街人醉倒。

话说杭州风俗，元旦五更起来，接灶拜天，次拜家长，为椒柏之酒以待亲戚邻里，簪柏枝于柿饼，以大橘承之，谓之"百事大吉"。那金妈妈拿了这"百事大吉"，进房来付与媳妇，以见新年利市之意。朱淑真暗暗的道："我嫁了这般一个丈夫，已够我终身受用，还有什么'大吉'？"杭州风俗，元旦清早，先吃汤圆子，取团圆之意。金妈妈煮了一碗，拿进来与媳妇吃。

小说还写道：杭州风俗，请人以烧鹅、羊肉为敬。吴少江见金三老官买烧鹅、羊肉请他喝酒，满怀欢喜，连忙答应把自己的外甥女朱淑真许配给丑陋无比的金三老之子。吴少江抓住金三老官贪婪、虚荣的特点，趁着节日，轻易地为儿子定下了婚事。而女性的婚姻大事竟敌不过一盘烧鹅、羊肉。

南宋统治者偏安江南后，不思进取，耽于声色之乐，对于像元宵这样重要的节日尤其重视，淳祐时还将正月十三定为预放元宵日，节日的狂欢气氛愈加浓厚。而元宵的观灯现场，更是金碧辉煌、锦绣交辉。每年的这个时候，临安的街道两旁张灯结彩，烛光辉映，辛弃疾词中"花千树""星如雨"指的都是各种造型精巧别致的花灯。杭州词人朱淑真以"灯如昼"来形容临安元夕的灯景。临安所挂的灯笼种类繁多，有"鳌山灯""珠子灯""羊皮灯""戏马灯""无骨灯"，"又有以绢灯剪写诗词，时寓讥笑，及画人物，藏头隐语，及旧京诨语，戏弄人"。"有数千百种，极其新巧，怪怪奇奇，无所不有"。这种火树银花、灯华烂漫的情境，常常能引起人们浪漫的遐思。节后则有歌舞活动，"渐有大队如四国朝、傀儡、杵歌之类，日趋于盛，其多至数千百队。……终夕天街鼓吹不绝。都民士女，罗绮如云，盖无夕不然也"[1]。《西湖二集》第十二卷"吹凤箫女诱东墙"写道：

话说宋高宗南渡以来，传到理宗，那时西湖之上，无景不妙，

① 周密《武林旧事》，西湖书社，1981年版，第30—31页。

258

若到灯节，更觉繁华，天街酒肆，罗列非常，三桥等处，客邸最盛，灯火箫鼓，日盛一日。妇女罗绮如云，都带珠翠闹娥，玉梅雪柳，菩提叶灯球，销金合，蝉貂袖项帕，衣都尚白，盖灯月所宜也。又有邸第好事者，如清河张府、蒋御药家，开设雅戏烟火，花边水际，灯烛灿然。游人士女纵观，则相迎酌酒而去。贵家都以珍羞、金盘、钿合、簇钉相遗，名为"市食合儿"。夜阑灯罢，有小灯照路拾遗者，谓之"扫街"，往往拾得遗弃簪珥，可谓奢之极矣，亦东都遗风也。

……那时正值元宵佳节，理宗皇帝广放花灯，任民游赏，于宣德门扎起鳌山灯数座，五色锦绣，四围张挂。鳌山灯高数丈，人物精巧，机关转动，就如活的一般。香烟灯花熏照天地，中以五色玉珊簇成"皇帝万岁"四大字。伶官奏乐，百戏呈巧。小黄门都巾裹翠蛾，宣放烟火百余架，到三鼓尽始绝。其灯景之盛，殆无与比。

同书第五卷"李凤娘酷妒遭天谴"写到杭州每到七夕，女子们"将凤仙花捣汁，染成红指甲，就如红玉一般，以此为妙"。这些都反映杭州女性对美的追求。

在清明节，江北人多保持扫墓习俗，江南人往往借机外出踏春游赏，这在文人笔记和小品中多有反映。明人谢肇淛《五杂俎》说："北人重墓祭，余在山东每遇寒食，郊外哭声相望，至不忍闻。当时使有善歌者，歌白乐天《寒食行》，作变征之声，坐客未有不坠泪者。南人借祭墓为踏青游戏之具，纸钱未灰，鸟履相错，日暮，墦间主客间，无不颓然醉倒。"① 宋时杭州围绕扫墓、踏青已形成了大型的娱乐活动，吴自牧《梦粱录》记载临安清明节俗时说："车马往来繁盛，填塞都门。宴于郊者，则就名园芳圃，奇花异木之处；宴于湖者，则彩舟画舫，款款撑驾，随处行乐。此日又有龙舟可观，都人不论贫富，倾都而出，笙歌鼎沸，鼓吹喧天，虽东京金明池未必如此之佳。"② 《武林旧事》谓杭州清明日，"若玉津富景御园，包家山之桃，关东青门之菜市，东西马塍，尼庵道院，寻芳讨胜，极意纵游，随处各有赶趁等人，野果

① 谢肇淛《五杂俎》，上海书店出版社，2001 年版，第 23 页。
② 吴自牧《梦粱录》，浙江人民出版社，1984 年版，第 11 页。

山花，别有幽趣"①。明人张岱《陶庵梦忆》云："越俗扫墓，男女袨服靓妆，
画船箫鼓，如杭州人游湖，厚人薄鬼，率以为常。"②张翰《松窗梦语》也说：
"城士女，尽出西郊，逐队寻芳，纵苇荡桨，歌声满道，箫鼓声闻。游人笑傲
于春风秋月中，乐而忘返，四顾青山，徘徊烟水，真如移入画中，信极乐世
界也。"③

《西湖二集》卷十四"邢君瑞五载幽期"介绍了杭州清明节戴柳的风俗，
颇有趣味：

> 西湖之盛，莫盛于清明。清明前两日名为"寒食"。杭州风俗，
> 清明日人家屋檐都插柳枝，青蒨可爱，男女尽将柳枝戴在头上。又
> 有两句俗语道得好："清明不戴柳，红颜成皓首。"小孩差读了道：
> "清明不戴柳，死去变黄狗。"甚为可笑。
>
> 杭州此日，家家上坟祭扫，南北两山，车马如云，酒樽食箩，
> 山家村店，无处不是饮酒之人。有湖船的，雇觅湖船；没湖船的，
> 藉地而坐，笙箫鼓乐，揭地喧天。苏堤一带，桃红柳绿，莺啼燕舞，
> 花草争妍，无一处不是赏心乐事。还有那跑马走索、飞钱抛钹、踢
> 木撒沙、吞刀吐火，货郎贩卖稀奇古怪时新玩弄之物，无所不有，
> 香车宝马，妇人女子，挨挨挤挤，好生热闹。

在中华民族的传统节日中，"端午节"本来就形成于南方，因而自然令
江南人特别看重。在这一天，杭人多开展一些驱除"毒虫"以及禳除灾邪的
活动。届时，"道宫法院多送佩带符箓。而市人门首，各设大盆，杂植艾蒲葵
花，上挂五色纸钱，排钉果粽。虽贫者亦然。湖中是日游舫亦盛，盖迤逦炎
暑，宴游渐希故也。俗以是日为马本命，凡御厩邸第上乘，悉用五彩为鬃尾
之饰，奇鞯宝鞯，充满道途，亦可观玩也"④。"三言""二拍"以"端午节"为

① 周密《武林旧事》，第40—41页。
② 张岱《陶庵梦忆》，中华书局，2007年版，第17页。
③ 张翰《松窗梦语》，上海古籍出版社，1986年版，第37页。
④ 周密《武林旧事》，第42页。

故事时间者至少有六篇。如《警世通言》第七卷《陈可常端阳仙化》就将主人公的生日设置在五月五日的端阳节，然后，这一时间刻度随时出现在主人公生活的各个阶段的关键时刻：出家为僧而联想到历史上生于端午的悲剧人物；在吴七郡王端午入寺斋僧解粽子的时候，因诗写得好而受恩宠；最终因别人诬陷而大彻大悟，在五月五日前写下《辞世颂》："生时重午，为僧重午，得罪重午，死时重午。"无独有偶，同书的《蒋淑真刎颈鸳鸯会》也通过"端午节"生发故事，作者让浙江杭州府武林门外乡村中的那位淫荡的蒋淑真和她的性伴侣在五月初五来了一场鸳鸯会，她的丈夫张二官趁机将他们杀死。这本来似乎是事出偶然，但作者却又补叙说，与蒋有性行为而先死的两个人物曾经在蒋卧病时说："五五之间，待同你一会之人，假弓长之手，再与相见。"这就给这场冤冤相报的故事增添了"祸福未至，鬼神必先知之"的神秘感。

古人认为，一年之中以七月为最毒，七月之中又以五月五日为最毒，所以在这一天要驱邪，喝雄黄酒，可见端午节是一个不祥之节。这样，在话本小说中发生于端午的故事皆为悲剧就不难理解了。

杭州"七夕"节的风俗承继了汴京旧俗，《武林旧事·乞巧》说："妇人女子，至夜对月穿针。饾饤杯盘，饮酒为乐，谓之'乞巧'。及以小蜘蛛贮盒内，以候结网之疏密，为得巧之多少。小儿女多衣荷叶半臂，手持荷叶，效颦摩睺罗。大抵皆中原旧俗也。"[①]摩睺罗，亦作"摩侯罗""摩诃罗"。唐、宋、元习俗，用土、木、蜡等制成的婴孩形玩具。多于七夕时用，为送子之祥物。话本小说对此也多有表现。《西湖二集》中的"李凤娘酷妒遭天谴"中间穿插写道："杭州风俗：每到七月七巧之夕，将凤仙花捣汁，染成红指甲，就如红玉一般，以此为妙。"这不仅与《武林旧事》记载的杭人重视"七夕"的习俗相佐证，而且还丰富了它没有涉及的内容。在"三言""二拍"中，至少有六篇小说以"七夕"为叙事的时间刻度。如"二刻"卷十二"硬堪案大儒争闲气　甘受刑侠女着芳名"写台州太守唐仲友在七夕开宴招待宾客，其友谢元卿让著名歌妓严蕊即席赋诗。他们饮酒娱乐，极为欢快。不料，后来此事竟成为朱熹打击异己的把柄。小说写朱熹参奏唐仲友"酷逼娼流，妄污职

---

① 　周密《武林旧事》，第43页。

官”，挑起事端，基于他臆测女儿节必定发生男女欢爱。于是，“七夕”引发了一场政敌之间的较量，同时为严蕊“受刑”埋下了祸根，发挥了叙事功能。

每年农历八月十八钱江潮，是杭州举世闻名、独一无二的著名景观，关于古老潮神的故事，在浙江地区广为流传，并形成迎潮赛会的风俗。这一日最大的看点是“弄潮”表演。《元和郡县图志》中记载：“舟人渔子溯涛触浪，谓之弄潮。”“弄潮儿”大体以杭州湾两岸的当地居民为多，所以宋时称为“吴儿”。“弄潮”在唐朝已经成为钱塘江观潮习俗当中的一项体育表演节目，到了宋朝，尤其是南宋，“弄潮”之风更甚。吴自牧《梦粱录》记叙：

> 临安风俗，四时奢侈，赏玩殆无虚日。西有湖光可爱，东有江潮堪观，皆绝景也。每岁八月内，潮怒胜于常时，都人自十一日起，便有观者，至十六、十八日倾城而出，车马纷纷，十八日最为繁盛，二十日则稍稀矣。十八日盖因帅座出郊，教习节制水军，自庙子头直至六和塔，家家楼屋，尽为贵戚内侍等雇赁作看位观潮。……其杭人有一等无赖不惜性命之徒，以大彩旗，或小清凉伞、红绿小伞儿，各系绣色缎子满竿，伺潮出海门，百十为群，执旗泅水上，以迓子胥弄潮之戏，或有手脚执五小旗浮潮头而戏弄。……自后官府禁止，然亦不能遏也。向有前辈作《看弄潮诗》云：“弄罢江潮晚入城，红旗白旗轻。不因会吃翻头浪，争得天街鼓乐迎。”且帅府节制水军，教阅水阵，统制部押于潮未来时，下水打阵展旗，百端呈拽，又于水中动鼓吹，前面导引，后抬将官于水面，舟楫分布左右，旗帜满船，上等舞枪飞箭，分列交战，试炮放烟，捷追敌舟，火箭群下，烧毁成功，鸣锣放教，赐犒等差。盖因车驾幸禁中观潮，殿庭下视江中，但见军仪于江中整肃部伍，望阙奏喏，声如雷震。余扣及内侍，方晓其尊君之礼也。其日帅司备牲礼、草履、沙木板，于潮来之际，俱祭于江中。士庶多以经文，投于江内。是时正当金风荐爽，丹桂飘香，尚复身安体健，如之何不对景行乐乎[①]？

① 吴自牧《梦粱录》，浙江人民出版社，1984年版，第28—29页。

吴自牧生动描绘了杭州观潮节时的热闹景象，周密的《武林旧事》则着力展现浙江潮的壮观：

> 浙江之潮，天下之伟观也。自既望以至十八日为盛。方其远出海门，仅如银线；既而渐近，则玉城雪岭际天而来，大声如雷霆，震撼激射，吞天沃日，势极雄豪。杨诚斋诗云"海涌银为郭，江横玉系腰"者是也。
>
> 每岁京尹出浙江亭教阅水军，艨艟数百，分列两岸；既而尽奔腾分合五阵之势，并有乘骑弄旗标枪舞刀于水面者，如履平地。倏尔黄烟四起，人物略不相睹，水爆轰震，声如崩山。烟消波静，则一舸无迹，仅有"敌船"为火所焚，随波而逝。
>
> 吴儿善泅者数百，皆披发文身，手持十幅大彩旗，争先鼓勇，溯迎而上，出没于鲸波万仞中，腾身百变，而旗尾略不沾湿，以此夸能。
>
> 江干上下十余里间，珠翠罗绮溢目，车马塞途，饮食百物皆倍穹常时，而僦赁看幕，虽席地不容间也[①]。

不但弄潮儿人数众多，而且历时也长。据耐得翁《都城纪胜·舟船》记载："浙江自孟秋至中秋间，则有弄潮者，持旗执竿，狎戏波涛中，甚为奇观，天下独此有之。"[②]

话本小说对江南仲秋节后独有的"观潮节"也多有述及，仅"三言""二拍"即有三次写到这一节日的故事。《警世通言》第二十三卷"乐小舍拚生觅偶"的"入话"在讲述了钱塘江的来历后，又不厌其烦地用了一段文字来写"观潮"的情景：

> 每遇年年八月十八，乃潮生日，倾城士庶，皆往江塘之上，玩

① 周密《武林旧事》，第44—45页。

② 耐得翁《都城纪胜》，《南宋古迹考（外四种）》，浙江人民出版社，1983年版，第91页。

潮快乐。亦有本土善识水性之人，手执十幅旗幡，出没水中，谓之弄潮，果是好看。至有不识水性深浅者，学弄潮，多有被泼了去，坏了性命。临安府尹得知，累次出榜禁谕，不能革其风俗。

二、民俗

据南宋周辉《清波杂志》卷八记载："辉自孩提见妇女装束，数岁即一变，况其数十百年前样制，自应不同。如高冠长梳，犹耳见之，当时名大梳裹，非盛礼不用，若施于今日，未必不夸为新奇，非时所尚而不售。大抵前辈置弃物，盖屋宇，皆务高大，后渐从狭小，首饰亦然。"①中叶以后，随着商品经济的发展，江南地区社会风气由俭入奢也带动了杭州人的衣着方式。从16世纪初开始，杭州的士人们开始追求绫罗锦绣，服饰的样式也突破了之前的定式，穿戴起华丽鲜艳、新奇怪异的服饰来。如《醒世恒言》第十六卷"陆五汉硬留合色鞋"中所描述的：弘治年间，杭州府城里有一个富家子弟，父母早丧，无人拘管，专与那些浮浪子弟往来，这个生得风流俊俏的少年，"头戴一顶时样绉纱巾，身穿银红吴绫道袍，里绣花白绫袄儿，脚下白绫袜，大红鞋，手中执一柄书画扇子。后面跟一个垂髫标致小厮，叫做清琴，是他的宠童，左臂上挂一件披风，右手拿着一张弦子，一管紫箫，都是署锦制成囊儿盛裹"。到了17世纪，奢靡之风愈盛，在官绅士大夫阶层的引领下，社会各阶层的人们群起效尤，尊崇富奢，讲求享受，醉生梦死。在杭州，一些生性妖艳喜欢追求时髦的妇女，开始流行穿一种紧身的长衫，如《醒世恒言》第三十八卷说，杭州府武林门外落乡村中，一个名叫蒋淑贞的女人，相貌长得甚为标致，脸衬桃花，比桃花不红不白；眉分柳叶，比柳叶犹细犹弯；养一双三寸金莲，描眉画眼，涂脂抹粉，"梳个纵鬓头儿，着件叩身衫子，做张做势，乔模乔样"。这种"叩身衫子"，衣身紧窄，穿在身上，其用意就在于凸显女性那种妖媚和性感的身姿。

南渡后，杭州城内餐饮业盛极一时，市民宴饮成风。达官贵人、富商大贾和一般士大夫们，出入于大小酒楼，谈生意，拉关系，清谈享乐，消磨

---

① 周辉《清波杂志校注》，中华书局，1997年版，第338页。

时光，于觥筹交错之间，将官场、商场上的各种干戈化为玉帛。西湖景区内的那些高档酒楼，豪华气派，在酒楼门口，侍者衣冠鲜丽，站在一边招揽客人；在酒楼内，有歌姬舞者，美酒佳肴，供消费者观看享受。如《警世通言》第六卷描写的"丰乐楼"，坐落在涌金门外西湖边上，高楼的门上挂着一块大匾额，上写"丰乐楼"三个朱红大字。酒楼里笙簧缭绕、鼓乐喧天。门前上下首站着两个人，头戴方顶样头巾，身穿紫衫，脚下丝鞋净袜，叉着手，迎接来往客人。该篇描写一个名叫俞良的秀才，来到酒楼，拣个临湖傍槛的阁儿坐下后，酒保即刻摆上银制的酒缸、酒提、盏碟、汤匙和筷子。未过多久，酒保即将新鲜果品、可口菜肴铺排于其面前，招待俞良一人，从晌午直到日晡时后。

宋朝王室的历代君主均嗜好饮茶，十分看重饮茶之事。这不仅表现在对滋味的品尝、对贡茶的需求，还表现在对宫廷饮茶形式的讲究。从周密《武林旧事》卷八"车驾幸学"可见：天子巡视太学，随行必带御茶，以备踢茶之用，"讲书官指讲讫……再两拜。御药传旨宜坐，踢茶讫。舍人赞躬身不拜，各就坐，分引升堂席后立，两拜，各就坐翰林司供御茶讫，宰臣以下并两廊官赞吃茶讫，宰臣以下降阶……"①这样的一套繁文缛节，充分体现出南宋王室对品茗一事的看重与讲究。所以，在《警世通言》第六卷"俞仲举题诗遇上皇"中，才会有上皇微服出游，到灵隐寺闲坐，寺中住持献茶的一幕。当然，不单只是统治阶级，当时临安的市民阶层中饮茶之风也是极为兴盛的。临安城茶肆很多，著名者仅吴自牧《梦粱录》卷十六"茶肆"中提到的就有潘节干茶坊、俞七郎茶坊、朱骷髅茶坊、郭四郎茶坊、张七相干茶坊、黄尖嘴蹴球茶坊、一窟鬼茶坊、车儿茶坊、蒋检阅茶肆等八九家；周密的《武林旧事》卷六则记有清乐茶坊、八仙茶坊、珠子茶坊、潘家茶坊、连三茶坊、连二茶坊等六家，这些茶肆因颇具规模，而且有一定的特点和知名度，才有可能引起作者的注意并将它们记载下来。茶肆经营方法灵活多样，所卖的茶品类不一，如"俞仲举题诗遇上皇"中俞良在众安桥附近的茶坊饮的"椒茶"就是加了花椒这种香料的茶，其他还有如"七宝擂茶，馓子，葱茶，盐豉汤"等，全为适应市民不同口味的需要而准备。除了在茶楼里饮茶

---

① 周密《武林旧事》，第126页。

外，宋明时期杭州的市民阶层在家喝茶、敬茶也很是讲究。春节，杭州民间就有敬元宝茶习俗：从农历正月初一至初五，至亲好友，相互往来，恭贺新喜。讲究的人家，首先敬一杯元宝茶，在茶中加两颗青橄榄，或金橘，以取新春吉利的意思。饮茶而佐以橄榄、金橘，清脆可口，茶味更香。与此异曲同工的饮茶方式是将干果、蜜饯等与茶叶沏在一起，就称为"泡茶"。这点我们可以在"新市桥韩五卖春情"中找到佐证，当吴山迫于邻人口舌，决心让金奴搬出住处的时候，便"走到归锦桥边南货店里，买了两包干果，与小厮拿着，来到灰桥市上铺里，对金奴道：'这两包粗果，送与姐姐泡茶……'"

至于在饮食上，杭人更是追求着一种精雕细琢的品质。阳枋的《字溪集》卷九说："临安人食不肯蔬食、菜羹、粗粝、豆麦、黍稷、菲薄清淡，必欲精凿稻粱，三蒸九折，鲜白软媚，肉必要珍馐嘉旨，脍炙蒸炮，爽口快意，水陆之品，人为之巧，缕簋雕盘，方丈罗列。"[①]在"新桥市韩五卖春情"中，当金奴得知吴山害夏，灸火在家之后，便叫"八老"买了两个猪肚磨净，把糯米莲肉灌在里面，安排熟烂，装入盒里，包上帕子，叫八老送到吴山处。吴山在收到盒子后，即唤酒博士切作一盘，吩咐烫两壶酒来。猪肚灌糯米这种食品被作者调用为牵引吴山与金奴再度聚首的工具，可见宋时杭人对糯米的喜爱程度。更具体地说，杭人不仅爱吃糯米，还能将之制作出多种花样与口味：在年节，杭人除了打年糕外，都要用糯米包粽子；除夕家宴，或宴请客人，席上也必定有莲子、枣子、瓜子、核桃、细沙做成的八宝糯米饭和甜点心；清明则要吃青糯米团子；五月端午，民间也有包粽子、吃粽子食俗；八月十五，民间都要以南瓜烧熟后，去皮加糯米，烧南瓜糯米饭吃。除了糯米食品之外，猪肉类食品也是杭州上下阶层都喜爱的菜类。由于唐宋时期养猪业的迅速发展，为烹饪猪肉类菜肴提供了丰富的原料。因此杭人有条件讲究猪肉选料，并能做到认真取舍，根据不同肉类分级配以不同种类的烹制选料，使得主料与辅料之间的味道相得益彰，入味可口。因此小说中出现的这种将糯米莲肉灌入猪肚的烹调方式，真实再现了当时杭人的饮食习惯。

---

① 阳枋《字溪集》，上海古籍出版社，1987年版，第383页。

　　方言既是语言的历史积淀，也是地方文化的历史积淀，它是体现地方风俗文化的载体和联系社会生活的纽带。冯梦龙在话本小说的情节中适时穿插运用方言，不仅充分体现出了不同地方风俗文化的某些特征，也能从深层次上强化背景环境的特有氛围。"新桥市韩五卖春情"的篇首引的一首胡曾《咏史诗》，句句皆体现出时人说话的特点。此外如"鸭黄儿"也是宋时杭州的骂人之词。《警世通言》第十四卷"一窟鬼癞道人除怪"中"铺席""一窟鬼"等词，也是当时的民间熟语，因《都城纪胜》就有"铺席"一门，而《梦粱录》记杭州茶肆也有王妈妈茶坊名"一窟鬼茶坊"。诸如此类，不一而足。这些貌似琐碎的方言，不拘一格地记录着故事里人物的言行举止，跟随故事情节的发展刻画出人物形象，把杭州人随情而发、率性而为的个性特点记录得完整贴切，表现得淋漓尽致，使读者不自觉地沉浸于淳朴自然的民风之中。

　　《西湖二集》第十五卷叙及杭州人谓话语有灵应为"罗隐题破"；而第五卷"李凤娘酷妒遭天谴"则写到"捉鸡不得"是杭州的逐客隐语：太上皇孝宗去看望绍熙帝，左右欲离间二宫，故意将数十只鸡丢将开去，四围乱扑，捉个不住，却又大声叫道："今日捉鸡不着。""原来临安风俗，以俟人饮食名为'捉鸡'，故意将这恶话说来激怒太上皇之意。太上皇只做不知，然虽如此，颜色甚是不乐。"世情小说的代表《醋葫芦》，以明人笔法叙述宋人故事，充满了浓郁的杭州风情和地域特色，书中多有杭州方言。有一般的俗语，如杭人至今说女婿就称为"粥袋"；还有杭州地道之口语，如成家仆人文彬即说杭州之口语："文彬道：'我侬弗话。'都氏道：'怎不说？'文彬道：'大爷原教我弗要话，方才成华叔又告诉我弗要对别人话，我侬也只是弗话罢。'都氏道：'狗才，不怕我，到怕他们！只教你吃些辣滑。'"小说在写人时也突出它的地域特色，典型如写一个大脚媒婆："脚踏西湖船二只，髻笼一个乌升。真青衫子两开襟，时兴三不像，六幅水蓝裙。修面蓖头原祖业，携云握雨专门。"以方言和地域特色入味，极有趣味。

　　当然，小说中方言的使用功效还不止于"表现"，更在于"渲染"。如前文所述，生活化场景于行文连接、情节发展上的推动作用不容小觑，更能激发起读者的熟悉感与亲切感，找到与读者情感交流的共鸣点，而方言就是令读者达到这一目标的手段之一。因为生活化的场景无外乎就是记录人物的言行举止，通过具有地方特色的人物语言来展开情节，自然而不扭捏，亲切而不做作，能迅速地引起读者注意，从而令其产生强烈的听下去的欲望。又由于小说家是把各色故事设置在具体的某时某地的场景之下的，这样的叙述方式又必然要求故事表现出符合场景氛围下的各种文化，那么方言无疑就是其中重要的表现手段之一。

由于"三言二拍"中不少小说的主人公是外地人流寓杭州的，如"卖油郎独占花魁"中的秦重和莘瑶琴，原来就都是东京人，由于战乱才逃难到杭州的；"俞仲举题诗遇上皇"中的俞良也是从老家成都赶赴杭州应试的考生；"木绵庵郑虎臣报冤"中的贾似道原为台州人，因投靠入宫作妃的姐姐，从故乡台州来到杭州。这种"五方杂处"的市民构成和杭州本身开放豁达的文化特色促成了杭人兼容并包的胸怀：《梦粱录》卷十八介绍杭州民俗时就特别称赞了杭州人对待外地人的高谊。杭人的好客与亲和的品性在话本中也有多处体现。"俞仲举题诗遇上皇"中俞良因钱财散尽，无法支付茶钱、酒钱、旅店住宿费，这些商家虽愤其可恶，却也只能对他借酒装疯，动不动就寻死觅活的行为自认倒霉，不曾追究，更未曾用暴力手段解决。其中的孙婆更是三番二次任俞良白宿其旅店，甚至"没奈何，自破两贯钱，陪他个不是，央及他动身离开"。《喻世明言》第二十二卷"木绵庵郑虎臣报冤"中的贾似道初到杭州时，"没有半个相识，没处讨消息"。"整日总在西湖上游荡，不够几日，行囊一空，衣衫褴褛，只在西湖帮闲趁食"，对于这种来自外地的无业游民，杭人并未排斥，反而能与之和谐相处，待之与本地人无异，无不体现出当时杭州民风中包容淳朴的特色。这种开放包容的民族心态使杭州这座城市能敞开广阔的胸怀接纳许多陌生的群体，较少地对外来移民产生排斥与歧视，令本土与外来能够和谐相处，相互交融，共生共长。

各类社会组织在杭州这样发达的城市也是多不胜数，他们活跃在社会的各个层面，通过群体内约定俗成的东西发挥着凝聚团体成员，整合各路资源，对外争取利益对内维护群规权威的作用。在"三言二拍"的各种杭州故事中，丐帮往往是频繁出现的一个社会群体。他们虽然置身社会底层，却同样必须遵循所处这个阶层与组织的潜规则，如果有越过雷池的行为，那么其结果必然会招致来自组织内部的压力和排挤。如《喻世名言》第二十七卷"金玉奴棒打薄情郎"就对这个特殊团体做了详细介绍。篇中说到"临安虽是个建都之地，富庶之乡"，可城市中依然有不少的乞丐。那乞丐作为领袖的就叫做"团头"，管领着众丐。众丐叫化得来的东西，不许私吞，必须交至"团头"处作为日头钱。而作为众丐的领袖"团头"，需在雨雪日手下无处叫化时，有照管他们些破衣破袄和一些食物的责任。所以这伙乞丐，"小心低气，服着团头，如奴一般，不敢触犯"。组织内部这样森严的等级关系，确是不容轻易逾越，它是有效管理一个组织的良方，亦是杭州人根深蒂固的封建伦理观念在这类组织上的反映。但金老大这个帮派领袖却试图挑战丐帮的权威，将收常的例钱积累起来，在众丐户中放债盘利，不嫖不赌，"依然做起大家事来"。应该说他们的经济实力与杭州城其他的富户并无二致，但其阶级属性却是未变的。于是，引发了后来同是团头的族人金癞子与金老大的一场纷争。篇中金老大招婿满月，就叫女婿请他同学会友饮酒，荣耀自家门户，消息传到金癞子的耳里，他甚是不平，认为同是团头，"无非他多做了几代，挣得钱钞在手，论其祖宗一脉，彼此无二"。女儿招婿未请喜酒也就罢了，如今请人做满月，已经开宴六七日了，也"并无三寸长一寸阔的请帖到我"。你女婿作秀才，难道就做尚书、宰相，我就不是亲叔公？做不起凳头？竟然这样不把人放在眼里。于是带了五六十个乞丐，一齐奔到金老大家，一拥而入，拣好酒好食只顾吃。金老大没奈何，只得将许多钱钞分赏众丐户，又抬出好酒和些活鸡、活鹅之类，叫众乞丐送去癞子家，当个折席。可见帮派内部尊卑长幼的伦理观念民俗依旧牢固地坚守着阵地，时刻牵制着组织内部人员的思维方式和行为准则。因此不论金老大的生活如何富足，他如何想从精神上、物质生活上摆脱团头的名头，但最初的阶级烙印还是像一个无法磨灭的胎痣，以极具破坏力的形式介入他的生活。由此也说明了帮会组织观念一旦形成，就不是随意和即兴的，而却是相对稳定的。它也成为日后女婿日益厌恶岳父的出身，进而迁怒于妻子玉奴，并决定杀死妻子以摆脱令其受辱的状态的原动力。可以说篇中所有人物的矛盾都是由金老大的"团头"身份引发出来的，如果没有"团头"这个社会地位的局限，乞丐帮派内部的帮派习俗和外界对该帮派性质的认知，故事也就失去了叙述下去的依据。

就商品经济发展的本身而言，灵巧投机的经营方式本无可厚非，但当其一旦与"享受至上"的私利观及杭人素来的"浮薄""轻夸"作风相结合，走人游手好闲、不劳而获的死胡同时，便会不可避免地衍变成为不择手段的恶劣风气。杭州的诈伪之风自宋时就极为盛行，田汝成说道："宋时，临安四方辐辏，浩穰之区，游手游食，奸黠繁盛。有所谓美人局，以娼优姬妾，引诱少年；有柜坊局，以博戏官扑骗赚财物；有水功德局，以打点求觅，托瞒财货。有以伪易真者，至以纸为衣，以铜铅为银，以土木为香药，变换如神，谓之'白日鬼'。"① 《型世言》第二十六回"吴郎妄意院中花　奸棍巧施云里手"中写道："话说浙江杭州府，宋时名为临安府，是个帝王之都。南柴北米，东菜西鱼，人烟极是凑集，做了个富庶之地，却也是狡狯之场。"这些在话本小说中都有描写。如"新桥市韩五卖春情"中妓女金奴就对吴山布下了所谓的"美人局"，首先以无处安身为由搬入吴铺房屋，百般诱惑，引吴山上钩；在吴山迫于邻人舆论，害怕事情败露，而令其搬出吴家屋铺之后，金奴仍旧纠缠献媚，蒸猪肚，代传话，凡此种种无非是希望吴山成为自己稳定的"主顾"，从中瞒骗钱财而已。与此类似的还有一例，《二刻拍案惊奇》卷十四"赵君县乔送黄柑　吴宣教干偿白镪"正话中叙述了住在清河坊的赵君县巧设"美人局"，将吴宣教的财物骗取殆尽后人去楼空，令宣教人财俱失，懊悔不已。除了"美人局"外，还有以博戏官扑骗赚财物的。那是一种类似赌博的经营模式，宋元间将这种行为称为扑卖，或叫关扑。即以铜钱数枚为头前钱，就地（或在瓦盆中）掷之，看钱正面或背面的多少定输赢。《喻世明言》第十五卷"史弘肇龙虎君臣会"篇中即出现了此类描写：郭大郎见一个扑鱼的小贩，"遂叫住扑，只一扑，扑过（赢）了鱼"。但更多的是扑输的例子，"赵君县乔送黄柑　吴宣教干偿白镪"中，博的则是永嘉黄柑子，"由于宣教一心想着对门的妇人在里头看见，扑一个输一个，共输了一万钱"。而"那经纪蹲在柑子篮边，一头拾钱，一头数数"。诸如此类的诈伪手段确实令人防不胜防，同时文中对各种欺诈过程的细加描摹，也向世人透露出当时杭州诈伪之风盛行的社会特色。但这种轻薄浮华、诈伪百端民风特色并不能覆盖杭州人行为特点的全部，传统的道德价值观念在民风中依然占据主流，不过我们借着这些描写，可以窥见杭州当时民风之另一侧面。

---

① 田汝成《西湖游览志余》，中华书局，1980 年版，第 293 页。

第二节　古代小说与民俗的共生互动

中华民俗大部分都具有浓厚的巫术色彩，在现实生活中，几乎所有的民俗都或多或少地受到巫术的制约和影响。因此，巫术小说与民俗就有着非常紧密的关系。巫术不仅影响到民俗的产生，而且成为民俗的重要内容和表现形式，甚至巫术本身就是一种精神民俗现象。

一些民俗活动，其起源常常被附会于某一巫术故事，神话思维虚幻的话语形式转而成为相应的事实。因此，巫术小说与民俗之间存在着互相影响互相生成的关系。

一种情形是先有故事后有民俗，神话、传说、小说等文本成为某些民俗事象的"寄生体"。神话传说作为原始社会的重要法典，对人们的生活习俗起着重要的规范作用。马林诺夫斯基指出："巫术公式充满了神话的典据，而在宣讲了以后，便发动了古来的职能，应用到现在的事物。"[①]巫术神话的产生，都出于一种非逻辑、非理性的目的，把两者联系起来，也是为着内心真诚的信念，而后来的解释故事，则更多地出自正常的理性的目的，即明确地意识到以这样一个故事来维护一种信仰和"时间上的传递"。但这种区别也只是具有理论上的意义。因为随着时间的推移，这些解释在后来的巫术信仰者那里，已实际上是同一种东西。如果一个巫术类型只有一种解释，那么，只要该类巫术还在流传，这种解释就会被人接受；在多种解释的情况下，人们可能会有所选择，但这种选择不会以历史的先后为转移。从某种意义上说，这种选择是非理性的，一旦人们选择了一种解释，就会相信这种解释，这种解释也就会随着巫术行为流传而为更多的人所接受。没有被选择的那部分也就自然消亡而失去与该巫术的联系。因而，无论是从原始巫术神话还是从后人对巫术的解释来看，巫术的观念世界在实质上就是一个神话世界，都以共同

---

① （英）马林诺夫斯基著、李安宅译《巫术、科学、宗教与神话》，中国民间文艺出版社，1986 年版，第 103 页。

的"神化"观念为基础。

某一巫术偶然凑巧成功所获得的声誉,社区间的争相夸大,以及幸运归功于巫术的信仰,都形成一种活着的传说。这种传说又与某某著名的巫师或某种巫术体系相关联,而获得一种超自然的荣誉。这种流行的传说又常常回过头来与原始神话相结合,而那些神话原就是给予整个巫术体系以有力的凭证。巫术中的神话便是巫术真实性的证据,表现其有久远的来历,并证明其为可靠,使得它易于为生活于特定神话文化氛围中的人们承认、接受和运用。如《山海经》中关于桃木的神话,其中描写到桃木、神人、苇索、虎等,早期的小说《玄中记》等又对这一故事踵事增华,把度朔之山改为桃都山,神荼、郁垒二神之名变为隆和爰,并增加了天鸡,进一步加固了人们桃木、神荼、郁垒等作为驱邪灵物的观念,并被广泛地运用于民俗事象之中。春节挂桃符、贴门神,端午节悬苇索等风俗,都起源于《山海经》中的神话故事。

在民俗传播的旅程中,携带着太多的事件或联想是不堪重负的。民俗的流传,实际上是其直接和间接的肇因一层层脱落的过程,最后只剩下我们所能见到的简单的仪式,无怪乎我们对现实生活中的绝大部分民俗事像是知其然而不知其所以然。然而,也正是民俗本身显得不完整,才为阅读者留下了"意义空白",才为民俗巫术小说主题的酝酿和创造腾出了充足的空间。巫术小说便把脱落的部分细心拾起,展开幻想艺术的翅膀,孕育出一个个生动而又形象的民俗主题。如年节燃放炮竹之俗,始于宋代,起初大概源于先民用火烧毛竹爆裂的声音以驱赶山魅而得来的经验,后来随着火药技术的发展,毛竹被火药所取代。如果细加查考,我们就会惊奇地发现,其实有不少关于爆竹驱邪的巫术故事,成为年节燃放鞭炮之俗产生的典据,如东方朔《神异经》有个故事:"西方山中有人焉,其长尺余,一足,性不畏人,犯之则令人寒热,名曰山臊。人以竹著火中,有声,而山臊惊惮远去。"由此可见,最初燃放鞭爆不是为了渲染节日的喜庆热闹气氛,而是为了驱邪辟厉,保佑平安,爆竹实际上是辟邪灵物之一;也不仅仅使用于年节,平时也燃放,全视需要而定。如《岁时广记》卷四十引李畋《该闻集》说,山魈常去李畋的邻居仲叟家作怪,投石掷瓦,破门毁窗,仲叟惶惶不可终日,去求菩萨保佑,但没有任何效果,山魈反而变本加厉。李畋为他出主意说:"像除夕那样，晚上在院子里爆它几十竿竹子，看看如何。"仲叟认为有道理，当夜爆竹数十竿，山魈果然从此不敢再来。又如《阅微草堂笔记》卷二十三写僧舍墙壁上挂着的一幅美女画轴为妖作怪，一士人将它烧毁，烟尘散发出浓厚的血腥之气，充溢室内，夜晚又听见嘤嘤泣声。于是士人从市面上买来十几串爆竹，将各自信线缩结在一起，听到泣声时突然燃放，爆竹声如雷霆砰磕，窗扉皆震，自此遂寂然无声。孕育年节燃放鞭炮之俗的直接和间接的原因也许很多，不过在传播过程中逐渐湮没罢了，以致今天绝大部分人都不知年节为何要燃鞭炮，若要勉强解说，也绝不会是燃鞭炮的本意。这样，就为好事者留下了创作巫术故事的动力和空间，后来不断产生的爆竹驱邪的故事就是这样产生的。

一些巫术民俗产生之初只是纯粹的日常话语，但一旦这种话语附俪于某一事件，便自然置换为故事话语。如祈求如愿发家巫术，据《如意方》解释，如愿术是一种"欲得某物即自得"的致富巫术。《三农纪》卷二十一引《图纂》云："五月戊辰日祀（灶）以猪骨，所求如意。"葛洪说，在甲子日或本月的开日、除日，进入名山，将各长五寸、分别染成五种颜色的缯条悬挂在大石上，也能"所求必得"。至南北朝时，民间已形成了元旦之日将穿钱的绳子系在木杖头上，手持木杖绕垃圾走几圈，然后把木杖投在垃圾堆上以此求如愿的风俗。

《录异传》中的一个故事就是由如愿巫术置换而来的：商人区明遇见神仙青洪君。青洪君邀区明到他家做客，临别时问他需要什么。区明说别无他求，只求如愿一物即可。青洪君忙叫出如愿，一看原来是个年轻的侍女。区明得到如愿后，果然有求必应，不几年就成了富翁。可是区明不知怜惜如愿，动辄打骂。有年元旦早晨，如愿起床稍晚，区明手持木杖来打，吓得如愿一头钻进垃圾中，从此再也没出来。区明自此又沦为贫民（《荆楚岁时记》及杜公瞻注）。这个故事明显是后人用来附会新年杖击垃圾之俗的。今天，杖击垃圾求如愿的民俗已基本消亡了，但区明的故事仍然在流传，因为它除了具备巫术民俗的传播功能外，同样具有一般故事的所有功能。商人对美好的事物不知珍惜，最终"如愿"离去，再也无法唤回，留下的只有自怨自艾、自伤自痛的无穷懊悔，这是由贪婪所遭受的无情惩罚。因此，这个故事就具有了普遍的意义，它展现了由人性弱点所造成的悲剧。另外，这个故事也体现了古人歧视商人的心态，所以，其文化内涵是很丰富的。①

又如《续齐谐记》写屈原五月五日自投沉汨罗江而死后，楚人就在这天用竹筒盛米，投在水中祭奠他。东汉建武年间，长沙人区回遇见一个自称屈原的人对他说："闻君当见祭，甚善。但常年所遗，每为蛟龙所窃。今若有惠，可以楝树叶塞其筒，上以彩丝缠之。此二物，蛟龙所惮也。"区回遵嘱而行，事后屈原曾向他表示感谢。吴均最后总结说："今世人以五月五日作粽并带五色丝及楝叶，皆汨罗水之遗风也。"把屈原的故事与端午节巫俗连在一起，也是后人的附会。

无疑，上述小说之产生得力于巫术民俗，但反过来又成了民俗文化的载体，它一方面诠释民俗事象的内涵，另一方面又影响和促进民俗事象的传袭，有效地延续扩展了巫术民俗。

《西京杂记》卷三记：西汉宫廷贵族惯于九月九日"佩茱萸，食蓬饵茱萸辟邪，饮菊花酒"。皇帝要在这一天向百官颁赐茱萸以辟邪气。各地对茱萸的使用方式有所不同。三国时期，有些人习惯把茱萸插在头上。《岁时广记》卷三十四引周处《风土记》说："俗尚九月九日，谓之'上九'。茱萸到此日成熟，气烈色赤，（人）争折其华以插头，云辟除恶气而御初寒。"后世流行的九月九日登高插茱萸的做法即由此演变而来。由此可见，人们认为茱萸能辟邪是因为它具有浓烈刺鼻的气味，然而，梁吴均《续齐谐记》却对重阳节日插茱萸另有一番解说：汝南郡的桓景跟随费长房学习法术，有一次长房告诉桓景："九月九日你家将有灾厄。让家人缝制袋子，里面装满茱萸，再将茱萸袋系在胳膊上，初九这天登山饮菊花酒，可消灾祸。"桓景按老师的嘱咐做好准备，九月九日全家在山上呆了一天。傍晚下山回家，发现家中饲养的鸡犬牛羊已全部病死。长房解释道："正是这些牲畜代人接受了灾祸。"从此，九月初九登高饮酒、妇女佩带茱萸袋的做法便为各地所仿效。吴均认为茱萸辟

---

① 吕微认为，青洪君和如愿本为粪壤或水底淤泥的化身，是为鲧、禹父子创世所用"息壤"的典型置换形式。而区明即"区萌"也即句芒。所以，"如愿故事的表层叙事解释的是民间'打粪堆'或'打灰堆'新年习俗的近期起源，但其深层象征则是一段典型的新年创世的故事。……所谓'送穷''迎富''乞如愿'都不过是诸多新年习俗中被不断重复的主题，即世界的不断更新"。见吕微《神话何为——神圣叙事的传承与阐释》，社会科学文献出版社，2001年版，第177页。

邪法由费长房首倡，自系小说家言，但是故事中有两点却大致可信：九月九日佩带茱萸至汉时期已成为节日习俗之一；佩带茱萸囊起初是巫师抵御邪气的一种法术，经巫师提倡后才在民间广泛传播开来。这篇小说显然是为重阳节日插茱萸的民俗起源编造理由。因为关于重阳节日插茱萸的风俗记载是很乏味的，假若没有故事惠顾，也许它很快就会被人们遗忘。

但更普遍的情况是，民俗与小说孰先孰后很难考证，两者一直是交互存在。某一民俗事象的存在促使了某一或者一系列有关其事象的小说产生，从而又为这些活着的民俗推波助澜，提供事实上的证据。当然，民俗不仅依靠故事，还靠诸多早已程式化了的民俗活动。或者某些民俗产生于某一神话传说；民俗出现后，反过来又促使了某些故事小说的增殖出现，由于神话、巫医小说的合力作用，便形成了社会风俗。

第三节　民风民俗描写与小说的艺术构思

古代小说不但展示民风民俗，而且利用民风民俗刻画人物心理，强化小说的主题表达。

《西湖二集》第十六卷"月下老错配本属前缘"写宋代才女朱淑真聪明美丽，擅作诗填词，"偶然落笔，便与词家第一个便与词家第一个柳耆卿、秦少游争雄"。娘舅吴少江好赌，欠金三老官二十两银子，便连哄带编，把外甥女朱淑真嫁给了金三老官的儿子，金三老官的儿子长得十分丑陋，绰号叫作"金罕货"，又叫作"金怪物"。朱淑真"只除不见丈夫之面，倒也罢了，若见了丈夫，便是堆起万仞的愁城，凿就无边的愁海，真是眼中之钉一般"。"看了春花秋月，好风良日，果是触处无非泪眼，见之总是伤心。"倏忽之间已是正月元旦，杭州风俗，元旦五更起来，接灶拜天，次拜家长，为椒柏之酒以待亲戚邻里，签柏枝于柿饼，以大橘承之，谓之"百事大吉"。那金妈妈拿了这"百事大吉"，进房来付与媳妇，以见新年利市之意。朱淑真暗道："我嫁了这般一个丈夫，已够我终身受用，还有什么'大吉'？"杭州风俗，元旦清早，先吃汤圆子，取团圆之意。金妈妈煮了一碗，拿进来与媳妇吃。淑真见了汤圆子好生不快。不觉过了一年，次年上元佳节又到，灯景光辉。朱淑真看了往来看灯之人，心想："纵使未必尽是佳人才子，难道有我这样一个丈夫不成？我前世怎生作孽，受此苦报？"后来终于忧郁而死。所以，作者利用元旦、上元节日的喜庆气氛衬托朱淑真的痛苦心情。

元宵节火树银花的热闹场景自然为男女们浪漫的爱情营造了温馨的氛围。如《喻世明言》第二十三卷"张舜美灯宵得丽女"就将故事发生的时间和场景布设在上元佳节的"杭州好景"之中，男女邂逅触发恋情于灯夕，相约私奔失散后，"又逢着上元灯夕"，勾起张舜美的思念之情，因而吟诵秦学士的《生查子》词（今考定为欧阳修作）寄托感情，让世俗主题的小说以风流文人的诗意出之，达到了雅俗共赏的审美境界。《西湖二集》第十二卷"吹凤箫女诱东墙"则写潘用中夜间看灯而回，见景致繁华，月色如银一般明朗，遂取出随身的那管箫来，呜呜咽咽，吹得好不好听。遂感动千金小姐黄杏春，两人结为凤箫良缘，使他（她）的爱情充满着诗情画意。

当然，元夕也可能为一些偷鸡摸狗的男女私情提供了方便。《喻世明言》第三十八卷"任公子烈性为神"写生活在临安府城清河坊南的任珪，他的妻子与旧情人周得在八月十八观潮日偷情，又在元宵日来相约，引发了任氏家庭一系列的冲突乃至血案。显然，熙熙攘攘的元宵节日这个人们活动比较随便的时间，也为一对对男女行苟且之事提供了特殊时机。《警世通言》第三十八卷"蒋淑真刎颈鸳鸯会"写男女偷情，当事人作出了"取便约在灯宵相会"的决定，也把时间安排在那个相对自由的特殊时刻。通过比照，我们不难发现，作者所描述的"试灯"景象和《武林旧事》的记载是相吻合的，这就意味着话本小说所设置的时间刻度正是浙江风土民情的写照。

清明祭祖自然容易滋生出人鬼相遇及死亡的主题故事，《西湖三塔记》《洛阳三怪记》《西山一窟鬼》等故事都以清明节踏青、祭祖等作为故事的引子，男主人公所遇皆为妖鬼。《西湖二集》之"邢君瑞五载幽期"虽略有不同，但最后邢君瑞跃入西湖，随水仙而去，也是另一种形式的"死亡"。杨义曾经指出，中国作家喜欢把节日"视为人类与天地鬼神相对话，与神话传说信仰娱乐相交织的时间纽结"，来发挥"独特的时间刻度"的叙事作用。[①]

---

① 杨义《中国叙事学》，第 169—171 页。

江南人的清明游赏风俗更是为话本小说提供了生发故事的"时机"，小说家在利用清明这一游赏性的时间刻度来展开故事。《石点头》卷十："原来临安风俗，无论民家官家，都用凉轿，就是布帷轿子，也不用帘儿遮掩；就有帘儿，也要揭起凭人观看，并不介意。"表现了杭州较为开放的社会风气。当然，清明前后的祭扫活动以及踏青游春客观上也为男男女女的艳遇提供了方便，而春意盎然、生机勃发的场景也易于激发人的情欲，正如刘勇强所指出的，"与春情勃发相关"的清明节这一时间刻度的设置是情爱故事赖以产生的"美好季节"。[①] 早在《清平山堂话本》中，《西湖三塔记》故事的开头作者即声称："今日说一个后生，只因清明，都来西湖上闲玩，惹出一场事来。"《熊龙峰刊行小说四种》中的"孔淑芳双鱼扇坠传"描写得更为具体：

> 其时春间天气，景物可人，〔徐景春〕无以消遣。素闻山明水秀，乃告其父母，欲往观看。遂吩咐琴音童，肩挑酒垒，出到涌金门外，游于南北两山、西湖之上，诸刹寺院，石屋之洞，冷泉之亭，随行随观，崎岖险峻，幽涧深林，悬崖绝壁，足迹殆将遍焉。正值三月之望，桃红夹岸，柳绿盈眸。游鱼跳掷于波间，宿鸟飞鸣于树际。景春酒至半酣，仰见日落西山，月生东海，唤舟至岸，命琴童挑酒尊食垒，取路而归。还了舟银，迅步而行，至于漏水桥侧。琴童或先或后，跟着徐生。徐生忽然见一美人，娉婷先行，侍女随后。其女云鬟绿鬓，绰约多姿，体态妖娆，望之若神女。

在"三言""二拍"中，以"清明"为时间刻度展开故事者大约有27篇，数量特别可观。如《喻世明言》第三十卷"明悟禅师赶五戒"的"入话"写洛阳饱学之士李源与慧林寺僧圆泽交好，圆泽圆寂时与李相约再世在杭州相见。十年后，"源因货殖，来到江浙路杭州地方"，目睹的景象就是"时当清明，正是良辰美景，西湖北山，游人如蚁"。如《警世通言》第二十八卷"白娘子永镇雷峰塔"一开始就将男女主人公置于这样一种时空中"正是清明时节，少不得天公应时，催花雨下，那阵雨下得绵绵不绝"。许宣祭祖烧香归途

中，巧遇上前来搭船的白娘子。一方面，清明时节之雨为男女主人公的风雨同舟提供了交流的环境。《警世通言》第二十三卷"乐小舍拚生觅偶"写多年未能谋面的一对情侣终于在这一特殊时间里迎来了见面之机。"时值清明将近，安三老接外甥同去上坟，就遍游西湖。原来临安有这个风俗，但凡湖船，任从客便，或三朋四友，或带子携妻，不择男女，各自去占个山头，饮酒观山，随意取乐。"这里写到男子刚刚跟随父亲坐定，那里就写女方出场。清明这一特殊时间加速了他们恋情的进程。另外，较好地使用清明这一时间刻度的小说尚有《喻世明言》第十二卷"众名妓春风吊柳七"及余象斗《万锦情林·裴秀娘夜游西湖记》等。可见，在话本小说中，江南清明多被当作特殊时间刻度来牵引出"奇奇怪怪"的故事。这些作品已经形成了一个较为固定的叙事模式——时间：清明。这虽是风俗节令，但也与所谓春情勃发相关，是情爱故事产生的美好季节。地点：西湖名胜。不但景致优美，而且游人众多，也是意外的情爱故事产生的先决条件。人物：年轻男子及在游玩中邂逅的美貌女性。正是在这几近俗套的场景与人物安排中，男子的艳遇得以顺势展开。至于所遇或妖或仙，则反映了对这种艳遇既恐惧又期盼的复杂心理。

《警世通言》第二十三卷"乐小舍拚生觅偶"的"入话"在讲述了钱塘江的来历后，又不厌其烦地用了一段文字来写"观潮"的情景：

> 每遇年年八月十八，乃潮生日，倾城士庶，皆往江塘之上，玩潮快乐。亦有本土善识水性之人，手执十幅旗幡，出没水中，谓之弄潮，果是好看。至有不识水性深浅者，学弄潮，多有被渰了去，坏了性命。临安府尹得知，累次出榜禁谕，不能革其风俗。

作者叙说这段文字绝非仅是为了阐释这种风俗境况，而是为了正文讲述一对青年男女的恋情故事作充分的场景铺垫。正文就是在这一场景铺写的基础上展开，而其至关重要的环节就是男子拯救了落水的女友，打破了女方父母在场的妨碍，从而使得这桩在当时很难实现的恋情最终得以告成。观潮节为他（她）们的最终结合提供了契机。另如《喻世明言》第三十四卷"任公子烈性为神"写生活在临安府城清河坊南的任珪，其妻与前情人周得在八月十八观潮日偷情，又在元宵日来相约，引发了任氏家庭一系列的误会和冲突。

作者选择观潮日写任妻偷情，正是因为这一天倾城出去观潮，不易引起别人的注意，同时也以汹涌澎湃的钱潮暗示他们的婚外情必会导致一场家庭地震。

总之，话本小说中的时间设置与江南的风俗民情密切相关，作者借助这些风俗资料的牵引，既再现了江南一带的风土民情，又敷演出许多饱含人文色彩的故事。而男女爱情大多发生在这些时段，这似乎印证了巴赫金的理论：在狂欢节式的节日庆典中，距离感消失在狂欢中，人们暂时从现实关系中解脱出来，相互间不存在任何距离，致使秩序打乱，等级消失，从而产生出一种乌托邦式的人际关戏。人们在常规生活中为不可逾越的等级屏障分割开来，相互间却在狂欢广场上发生了随便而亲昵的接触。"在狂欢中，人与人之间形成了一种新型的相互关系，通过具体感性的形式、半现实半游戏的形式表现出了出来。这种关系同非狂欢式生活中强大的社会等级关系恰好相反。人的形为、姿态、语言，从非狂欢式生活里完全左右着人们一却的种种等级地位（阶层、官衔、年龄、财产等状况）中解放出来。"[①] 空间的地域性与叙述内容有机地融为一体，而不仅仅是故事发生的地点。这里的风俗描写不是单纯的背景介绍，而是与情节安排和人物刻画联系在一起的，地域性和叙事内容混为一体。

[①] （俄）巴赫金著，白春仁、顾亚铃译《陀思妥耶夫斯基诗学问题》，生活·读书·新知三联书店，1988年版，第176页。

第七章　明清通俗小说与江南园林建筑

　　文学与建筑分属不同的艺术领域，两者似乎互不相涉，其实不然，文学与建筑之间有着千丝万缕的联系，正如著名古建筑、园林艺术家陈从周先生所说："中国园林与中国文学盘根错节，难分难离。我认为研究中国园林，似应先从中国诗文入手，则必求其本，先究其源，然后有许多问题可迎刃而解。如果就园论园，则所解不深。"① 其实，中国古人早就认识到文章的谋篇布局和建筑的结构规划有相似之处。明人王骥德说："作曲，犹造宫室然。工师之作室也，必先定规式……前后、左右、高低、远近，尺寸无不了然胸中，而后可施斤斫。作曲者，亦必先分段数，以何意起，何意接，何意作中段敷衍，何意作后段收煞，整整在目，而后可施结撰。"② 清人徐师曾在《文体明辨序》中说："夫文章之有体裁，犹宫室之有制度，器皿之有法式也。为堂必敞，为宫必奥，为台必四方而高……苟舍制度法式，而率意为之，其不见笑于识者鲜矣，况文章乎！"③ 李渔既是戏剧小说家，又是造园高手，他深有体会地说："常谓人之葺居治宅，与读书作文同一致也。"④ 张竹坡认为小说虚构就像造园布局："其假捏一人，幻设一事，虽为风影之谈，亦必依山点石，借海扬

---

　　① 陈从周《园韵》，上海文化出版社，1999 年版，第 200 页。

　　② 王骥德著，陈多、叶长海注释《曲律·论章法第十六》，湖南人民出版社，1983 年版，第 121—122 页。

　　③ 徐师曾著，于北山、罗根泽校点《文章辨体序说·文体明辨序说》，人民文学出版社，1962 年版，第 77 页。

　　④ 李渔《闲情偶寄》，浙江人民出版社，1987 年版，第 156 页。

波。"① 他还把小说创作和欣赏比喻为建房和拆房的过程："故作文如盖造房屋，要使梁柱榫眼，都合得无一缝可见；而读人的文字，却要如拆房屋，使其梁某柱的榫，皆一一散开在我眼中也。"② 总之，文学思维对建筑艺术产生过深远影响，同样，建筑艺术对文学思维也曾进行渗透。有趣的是，这一观点似乎已成世界文学理论家们的共识。美国小说家亨利·詹姆斯说："小说的结构就像房子，它可以是方形的宽敞的高大楼房，也可能是初看上去不那么宏伟的宅邸。但这需要作者具备艺术家的意识。"③

　　较之其他文学样式，小说与园林之间有着更紧密的关系。明清是园林艺术和小说创作发展的鼎盛时期。明代政治黑暗，官场险恶，大批文人士大夫绝意仕进，退隐林下。他们或收购园林，或构筑园林，作为自己的修心养性之所。这种风气对社会产生了很大的影响，园林既是文人雅士抒发性情，追求精神享受的独特借体，也逐渐变为全民广为喜爱的生活形式。明人何良俊说：明人"凡家累千金，垣屋稍治，必欲营治一园。若士大夫之家，其力稍赢，尤以此相胜。大略三吴城中，园苑棋置，侵市肆民居大半。然不过近聚土壤，远延木石，聊以矜眩于一时耳"④。乡镇小巷的居民，皆力所能及地营造居所的园林环境，甚而茶楼酒肆、妓院浴池，亦都畦花种竹，引水叠山，形成了普遍的园林美化风气。在经典园林相继诞生的同时，大批园林美学著作也纷纷问世，而它的作者一般身兼文人、画家和造园家多重身份。计成的《园冶》是具有开创意义的园林学专著，科学系统地总结了当时的造园经验；文震亨的《长物志》论述了古典园林的艺术和风格；李渔《闲情偶寄》中"居室""器玩"部分对园林审美特点进行了研究。有关造园的论述还散见于其他明清文人著述之中，如陈继儒的《岩栖幽事》，林有麟的《素园石谱》，陆绍晰的《剑扫》，孙知伯的《培花奥诀录》，刘侗、于奕正的《帝京景物略》，祁彪佳的《寓山注》，张岱的《陶庵梦忆》《西湖梦寻》，李斗的《扬州画舫录》，张潮的《幽梦影》等。这些极富生活情趣和艺术个性的作品，反

---

　　① 侯忠义、王汝梅编《金瓶梅资料汇编》，北京大学出版社，1985 年版，第 13 页。

　　② 《金瓶梅资料汇编》第 56 页。

　　③ （俄）亨利·詹姆斯：《小说的艺术——亨利·詹姆斯文论选》，上海译文出版社，2001年版。

　　④ 《何翰林集》卷十三，四库全书存目丛书，齐鲁书社，1997 年版，第 267 页。

映了明清文人"生活艺术化，艺术生活化"的美学意识。因此，明清文人与园林生活结下不解之缘，他们始终浸润在园林艺术的审美氛围中，形成了独特的园林审美思维，这种审美意识作用于文人生活的各个方面，渗透于文学创作之中。园林文化意识影响着文人的小说创制，形成了小说立意布局重空间化的思维模式，从而使小说结构形成了多层次、多向度的组合，形成了中国古典小说重视空间化的审美趋向，故吴士余先生说："中国小说自宋元说话文体转向明清的文人小说文体，在小说叙事上的一个重要表征是：小说家对形式美的追求已趋于多层次，他们不再满足于情节的戏剧性、情节的逻辑因果律以及情节构造的首尾完整，而是进一步讲究文体结构的空间美感。"他并把园林化的空间思维谓为继佛学文化、戏剧文化、诗画文化之后影响小说体制形成的第四次突变："明清之前的小说传统主要表现了一种时间意识——叙事时间秩序的强化，以时间顺序上先后承续的关系为其艺术构思方式。明清以后，园林文化对小说叙事思维的渗入，则为小说形象构成开拓了新的思维域——小说空间。"①

小说与园林的关系早已引起学界的关注和研究，如吴士余的《中国文化与小说思维》、张世君的《〈红楼梦〉的空间叙事》、孙福轩的《中国古典小说叙事空间的文化论析》等，尤其是张婕的硕士论文《明清小说与园林艺术研究》和李源的硕士论文《满园春色关不住——元明清小说、戏曲中的园林意义解读》，更对明清小说与中国古典园林的关系进行了集中而详尽的研究，认为现实中大量存在的园林实体激发了小说家的创作灵感，直接成为小说文本中刻画描写的对象，在小说空间背景设置、情节推动、人物形象塑造、主题意蕴的烘托和小说空间叙事等方面起到了不可忽视的作用。同时，小说艺术与园林思维有着深度的相似、同构，在结构布局、曲折表达、象征手法、闲笔缀连等方面呈现出显而易见的趋同。通过梳理观察可以发现，园林描写在明清小说中出现的时序、方式顺应了小说艺术的发展规律，小说与园林艺术的同构显示了古代小说技法、艺术的成熟，同时，古典小说在丰富园林景观、启示园林之美和保留园史资料上也有着独特的意义。

明清通俗小说的作者以南方人居多，而小说中描写到的园林也一般具有

---

① 吴士余《中国文化与小说思维》，上海三联书店，2000年版，第152—153页。

江南特色。明清时期中国的私家园林主要集中在南方，因为南方地区经济富庶，文化发达，具备造园的自然、经济与人文诸方面条件。江南私家园林多处市井之地，布局常取内向式，即在一定的范围内围合，精心营造，它们一般以厅堂为园中主体建筑，景物紧凑多变，用墙、垣、漏窗、走廊等划分空间，大小空间主次分明、疏密相间、相互对比，构成有节奏的变化；它们常用多条观赏路线联系起来，道路迂回蜿蜒，主要道路上往往建有曲折的走廊，池水以聚为主，以分为辅，大多采用不规则状，用桥、岛等使水面相互渗透，构成深邃的趣味。江南私家园林大多由文人、画家设计营造，因而其对自然的态度主要表现出士大夫阶层的哲学思想和艺术情趣。由于受隐逸思想的影响，它所表现的风格为朴素、淡雅、精致而又亲切，造园意境达到了自然美、建筑美、绘画美和文学艺术的有机统一，反映了中国封建知识分子与封建权力之间持久的冲突与融合。

第一节　小说结构与江南园林

园林以空间形态的塑造为基本表现手段，是实实在在的"空间艺术"，我国传统园林建筑向来讲究空间的处理，张潮在《幽梦影》中说："园亭之妙，在丘壑布置。"[1] 丘壑的布置，就是指通过分隔空间、布置空间、组织空间和创造空间，在有限的空间内，创造出一个叫人恍然不知所穷的无限世界。明清江南园林小巧别致，最大的园林，面积在 10 亩上下，最小的只有 1—2 亩。要在一方狭小的天地内，建造亭台廊榭，将山水石竹、鱼虫草木，流泉池沼、林壑烟霞等包容其中，创造出层次丰富、主体突出、组合和谐、变化统一的美感享受，其中的关键，在于空间的处理。体现在全园布局上，江南园林多以水面居中，将各种景物环水而布，以弯曲的小路将景物彼此衔接，以曲折的小桥沟通水面本不大的水池两岸；或以景致各异的层层院落相串，在方寸之地创造景随步异、观之不尽的景致。

---

① 张潮《幽梦影》，江苏古籍出版社，2001 年版，第 154 页。

园林建筑的空间意识和布局技艺，作为一种审美思维，获得了文学家的普遍认同，明人王骥德《曲律》中云：

> 作曲，犹造宫室者然。工师之作室也，必先定规式，自前门而厅、而堂、而楼，或三进、或五进、或七进，又自两厢而及轩寮，以至廪、庾、庖、湢、藩、垣、苑、榭之类，前后、左右、高低、远近，尺寸无不了然胸中，而后可施斤斫。作曲者，亦必先分数段，以何意起、何意接、何意作中段敷衍、何意作后段收煞，整整在目，而后可施结撰①。

李渔更进了一步，不仅将戏曲结构的安排组织比作"工师之建宅"，而且比作"造物之赋形"，他说：

> 至于"结构"二字，则在引商刻羽之先，拈韵抽毫之始。如造物之赋形：当其精血初凝，胞胎未就，先为制定全角，使点血而具五官百骸之势。倘无成局而由顶及踵，逐段滋生，则人之一身，当有无数断续之痕，而血气为之中阻矣！……工师之建宅亦然，基址初平，间架未立，先筹何处建厅，何方开户，栋需何木，梁用何材，必候成局了然，始可挥斤运斧。倘造成一架而后再筹一架，则便于前者不便于后，势必改而就之，未成先毁，犹之筑舍道旁，兼数宅之匠资，不足供一厅一堂之用矣②。

李渔的"造物赋形"说比王骥德的"工师作室"说更胜一筹，他不是将文学作品的谋篇布局仅仅理解为像造房建宅那样的机械性的组装和拼凑活动，而是强调它像生命体一样血脉连通、精气流布的有机性，它的形成应该像人体从最初的一点精血一样有机地生长起来、扩展开来，最终长成健全的体魄。这是极具启发意义的。

---

① 王骥德著，陈多、叶长海注释《曲律》，湖南人民出版社，1983年版，第121—122页。
② 李渔《闲情偶寄》，第4页。

　　诗人和戏曲家都从园林建筑的结构布局中获得灵感，认为创作者要有建筑家的手眼，先筹划好一个大的结构，将作品的结构布局了然于胸，而后才可动笔。小说评点家与之不谋而合，如《儒林外史》第三十三回卧评云：

> 凡作一部大书，如匠石之营官室，必先具结构于胸中，孰为厅堂，孰为卧室，孰为书斋、灶厨，一一布置停当，然后可以兴工。

　　这些都说明作文与建造园林房舍一样，讲究结构布局的安排。如果说小说情节的发展和推进是一种时间的艺术，那么小说情节的结构则属于空间的艺术。对小说而言，结构形式就是究竟通过何种方式把要表现的内容有机地组合起来，并建构一个完整的艺术境界的问题。明清小说多为长篇巨制，是体量巨大的"建筑形式"，要刻画众多的人物形象、展现广阔复杂的社会画面，没有与之对应的结构形式是无法完成的。所以，杰出的小说家尤为重视小说局部和整体、局部和局部、局部和细节的关系，使各个部分都配置适宜，呈现出整体的结构形式美。古典长篇小说的主次安排、开篇布局，几乎和江南园林建筑同一机杼，而在江南园林的整个布局理念中，则处处可以看到古典长篇小说的文化印痕，整个建筑空间序列犹如小说的章节或戏剧的幕次一样，在起承转合中体现出一种抑扬顿挫的韵律感，仿佛就是一部有序曲、有高潮、有尾声的雄浑的古典小说。《金瓶梅》就恰如一座格局规整的宅院，有前厅、建筑主体和后园，形成抑扬顿挫、有前序、高潮、尾声的空间序列。

　　"结构"本意是指房屋栋梁的连接架构，《说文解字》解释道："结，缔也，从系。"把绳子打成结，"构，盖也，从木"。"结构"也即盖房筑屋，重心就在一个"构"字。李渔非常重视结构，认为造园和作文时首先要把结构放在第一位，文学理论与园林建筑的融会贯通无疑成为李渔文学创作的一大特点。除李渔外，几乎所有的小说评点家如金圣叹、毛宗岗父子、张竹坡等，都重视小说结构，在进行小说评点时多次提到"结构"一词。他们往往使用诸如"间架""大起大结""大照应""大关锁""极大章法"等词语来指称作品的结构。下面我们分别论述小说评点家在评论小说结构时所使用的几个园林建筑术语。

一、"间架"

原是建筑概念，本指房屋建筑的结构。"间"指的是房屋的宽度，相邻的两柱之间的距离为间，柱子上面的檩子为架。面阔称间，间数越多，面宽越大。进深为架，架数越多，房屋越深。合在一起即整个房屋的构架就是"间架"——房屋的外在框架。《鲁班经》云："木匠按式用精纸一幅，画地盘阔窄深浅，分下间架，或三架、五架、七架、九架、十一架，则在主人之意。"整个房屋的建筑构架也就是间架。中国建筑的主要特征之一就是以"梁柱式建筑"之"构架制"为结构原则：以立柱四根，上施梁仿，牵制成为一"间"，通常一座建筑物均由若干"间"组成。古代书法家也常常用"间架"一词来表示汉字的字体结构。古代文论家则喜欢用"间架"一词来对原本较为抽象的文学作品的结构布局进行直观而形象的概括，如同他们喜欢用建造房屋来形容文学创作一样。甚至干脆就将"间架"提炼为一个理论范畴，用它来表示文学作品的结构框架，也就是作品的组织形式。当小说理论家用"间架"这个具有明显空间感的词语来指称小说结构的时候，他们强调的是作家意图与素材的物化轮廓，侧重的是情节结构的空间形态而非时间顺序。于是，"间架"一词便逐渐被用来指称小说的空间结构。"间架"的广泛使用（包括其他一些空间感十足的词，如"架""叠""立架""叠床架屋""横云断山""双峰对插"等等的频频出现），反映了作家和读者所共有的空间意识，显示了小说家与评论家对小说等叙事文学作品的空间叙事的注重，也体现了中国古典小说叙事的空间性特征。

金圣叹对《水浒传》第二十三回"王婆贪贿说风情　郓哥不忿闹茶肆"曾作夹批云："前妇人勾搭武二一篇大文，后便有武二起身吩咐哥嫂一篇小文。此西门勾搭妇人一篇大文，后亦有王婆入来吩咐奸夫淫妇一篇小文。耐庵胸中，其间架经营如此，胡能量其才之斗石也。"[①]金圣叹所说的"间架经营"，正是作者对小说叙事程序与结构的安排设置。在第三回"赵员外重修文殊院　鲁智深大闹五台山"的回前评中，金圣叹同样注意到了"间架"的空间结构功能："鲁达两番使酒，要两样身份，又要句句不相像，虽难矣，然犹

---

① 《水浒传会评本》，北京大学出版社，1981年版，第467页。

人力所不及耳。最难最难者，于两番使酒处，如何做个间架。若不做一个间架，则鲁达日日将为酒是务耶？且令读者一番方了，一番又起，其目光心力亦接济不及矣。然要别做间架，其将下何等语，岂真如长老所云念经诵咒，办道参禅乎？今忽然拓出题外，将前文使酒字面洗刷净尽，然后迤逦悠飏走下山去，并不思酒，何况使酒，真断鳌炼石之才也。"① 金圣叹是从具体的叙事过程看间架，他认为在叙事的跌宕之处，要像做一个间隔的架子一样，加一段其他文字进去，隔在叙事中间。"只为文字太长了，便恐累赘，故从半腰间暂时闪出，以间隔之。"②

清代小说理论家张竹坡非常重视小说的空间结构，在评点《金瓶梅》时曾反复使用了"间架"这一理论范畴。在《批评第一奇书金瓶梅读法》中，张竹坡还强调："读《金瓶》须看其大间架处。其大间架处，则分金、梅在一处，分瓶儿在一处。又必合金、瓶、梅在前院一处。金、梅合而瓶儿孤，前院近而金、瓶拓，月娘远而敬济得以下手也。"③ 除了这些具有开宗明义之效的详细论述，在全书的批点过程中，张竹坡更是再三提醒读者注意小说的空间结构，要求读者以空间建筑的眼光来关照小说文本的组织形态。例如，他在第九回回前总评写道："此回，金莲归花园内矣。须记清三间楼，一个院，一个独角门，且是无人迹到之处。记清，方许他往后读。"④ 在第二十六回回前总评中，张竹坡指出："本意止谓要写金莲之恶，要写金莲之妒瓶儿，却恐笔势迫促，便间架不宽厂，文法不尽致，不能成此一部大书。"⑤ 在《杂录小引》中，张竹坡又提到"立架"：

> 凡看一书，必看其立架处，如《金瓶梅》内，房屋花园以及使用人等皆其立架处也。何则？既要写他六房妻小，不得不派他六房居住。然全分开既难使诸人连合，全合拢又难使各人的事实入来，且何以见西门豪富。看他妙在将月、楼写在一处；娇儿在隐现之间。

---

① 《水浒传会评本》，第98页。
② 《水浒传会评本》，第22页。
③ 《金瓶梅资料汇编》，第25页。
④ 《金瓶梅资料汇编》，第74页。
⑤ 《金瓶梅资料汇编》，第98页。

后文说挪厢房与大姐住，前又说大铃子见西门庆揭帘子进来，慌的往娇儿那边跑不迭，然则娇儿虽居厢房，却又紧连上房东间，或有门可通者也。雪娥在后院，近厨房。特特将金、瓶、梅三人，放在前边花园内，见得三人虽为侍妾，却似外室，名分不正，暂居其家，反不若李娇儿以娼家娶来，犹为名正言顺。则杀夫夺妻之事，断断非千金买妾之目。而金梅合，又分出瓶儿为一院。分者理势必然，必紧邻一墙者，为妒宠相争地步。而大姐住前厢，花园在仪门外，又为敬济偷情地步。……故云写其房屋，是其间架处，犹欲耍狮子，先立一场，而唱戏先设一台。恐看官混混看过，故为之明白开出，使看官如身入其中，然后好看书内有名人数进进出出，穿穿走走，做这些故事也[①]。

从这段详细论述不难看出，张竹坡所说的"间架"正是指小说的空间结构，而他所说的"立架"，则是指作者对于小说的空间结构的安排与布局。西门庆家的房屋，是《金瓶梅》中最主要的叙事空间。房屋的格局与布置，也就是小说中叙事场所的结构布局。它不仅是人物活动的地点与环境，更是故事情节的空间构架，亦即小说的空间结构。"立架"正是这样一套大院落的意义所在。它既是作者为西门庆和他的众多妻妾精心安排的住处，也是人物活动的地点，仿佛唱戏搭起的戏台，使书中人物进进出出、辗转游走于亭台楼阁间，完成了情节的相续和突转。

受《金瓶梅》的影响，曹雪芹同样以园林艺术的空间思维意识来安排小说，重视园林建筑个体的空间组合，把园林营造艺术作为文学形象因素构成与组合的思维参照。大观园是曹雪芹用小说语言展示的一座清代园林，它的门、径、屏、阶、墙、石、山、亭、楼、台、榭等园林造景呈现出层次丰富的空间序列，它们在花、树、草、竹等自然景物的围隔和引导下，形成或明或暗、或藏或露、或浅或深、或实或虚的景致组群布局。曹雪芹采用园林艺术的这种又隔又连，围而不隔，隔而不断的空间创造手法来叙写小说情节，使小说情节结构表现出空间序列的连续性、流动性、协调性和完整性，反映

---

① 《金瓶梅资料汇编》，第 2 页。

了小说园林艺术的空间思维和建筑的结构美。脂砚斋在批点《红楼梦》也曾反复使用"间架"一词。例如，《红楼梦》（甲戌本）第一回眉批有云："事则实事，然亦叙得有间架，有曲折，有顺有逆，有映带，有隐有见，有正有闲。"[①] 脂砚斋所说的"间架"是指曲折有致的结构框架。《红楼梦》是一部以家庭生活为中心的小说，因而小说的结构框架具体说来就是小说的空间结构，而贾府的规模布置，则是其中的核心内容。其中，最重要的间架就是大观园的布局。在第十六回（庚辰本）夹批中，脂砚斋强调："园基乃一部之主，必当如此写清。"[②] 对于通过描写贾政在大观园竣工之后到园内巡游而介绍大观园的结构布局的第十七回（己卯本）文字，脂砚斋更是给予了高度评价："此回乃一部之纲绪，不得不细写，尤不可不细批注。盖后文十二钗书，出入来往之境，方不能错乱，观者亦如身临足到矣。"[③] 脂砚斋还在评点中多次提醒读者要清楚贾府的建筑格局。黛玉进贾府，王夫人带她穿堂过室，脂砚斋批曰："这一个穿堂是贾母正房之南者，凤姐处所通者则是贾母正房之北。"[④] 贾政巡游大观园，脂砚斋亦批曰："记清此处，则知后文宝玉所行常径，非此处也。"[⑤] 这些评点与张竹坡要求读者记住《金瓶梅》的房屋布局一样，都是将房屋建筑视为小说叙事的空间构架，都说明了评论家对小说的空间结构"间架"的重视。

二、"横云断山法"

这是金圣叹别出心裁提出的一个典型的园林空间概念，或曰"夹叙法"，其实就是我们通常说的插叙方法，因为在一个情节、一个故事中，一般只能按照自然时序的结构方式把一个事件的经过完整描述下来，而把同时异地发生的不同事件暂时放下，即"花开两朵，各表一枝"，从而把所有有关的事件转换为承先续后的序列，使小说结构呈现出错落有致的空间艺术效果，亦可

---

① 俞平伯《脂砚斋红楼梦辑评》，古典文学出版社，1957年版，第39页。
② 俞平伯《脂砚斋红楼梦辑评》，第247页。
③ 俞平伯《脂砚斋红楼梦辑评》，第258—259页。
④ 俞平伯《脂砚斋红楼梦辑评》，第83页。
⑤ 俞平伯《脂砚斋红楼梦辑评》，第266页。

调节叙事节奏，引起读者的审美期待，充分调动其阅读兴趣。比如两打祝家庄之后，忽然插入解珍、解宝争虎越狱的故事，将打祝家庄的故事隔断。正打大名城时，插入截江鬼油里鳅谋财害命的故事。就是这样，在一个情节的进展中凭空插入新的情节，使各个情节互相贯串、互相间隔，不仅使各个故事有机地扭结在一起，成为不可分拆的整体，而且增强了作品的空间感，叙事节奏便在紧张中得以舒缓下来。还有一种情况是，将同时发生的情节采用实写与虚写的笔法进行转换，然后在最紧要的关头将虚转实，使虚中表达的人物突然出现，取得有伏有应、血脉贯通的艺术效应。鲁智深野猪林救林冲、林冲山神庙杀陆谦、燕青放冷箭救主等情节都是这样写来的。"横云断山法"的另一表现形式是"忽然一闪法"，有"闪断"与"闪入"两种，"闪断"略同下述的"顿法"，"闪入"是在情节进展中将其他的人物或事件加入进来，以造成新的矛盾冲突，使情节出人意外的继续下去。人物的闪入如第九回写林冲投奔柴进，在庄上二人一边吃酒，一边闲谈，却见庄客来报"教师来也"，于是，洪教头突然闪入，柴进不满他对林冲的傲慢态度，极力怂恿二人比武，"一来要看林冲本事，二者要林冲赢他，灭那厮嘴"。如此便有"林冲棒打洪教头"一节故事。事件的闪入如第五十九回写宋江降服樊瑞等人胜利归来，刚到梁山泊边，突然闪入段景住在曾头市被曾家五虎夺去欲献梁山宝马一事，于是情节转为晁盖引军攻打曾头市，中箭身亡。"顿法"，即在情节叙述中的中断与停顿，仍以第九回为例，林冲正要和洪教头比武，柴进却道："待月上来也罢。"而将比武情节闪断，加重了读者的悬疑心理，乃引人入胜之笔。"当下又吃过了五七杯酒，却早月上来了。"柴进起身道"二为教头较量一棒"，将情节重新续接上。又如，宋江判刑被斩，却用了许多"闲笔"写了从早晨到午时三刻的许多"闲事"，使读者的急切心理愈加凝重，金圣叹评曰："偏是急杀人事，偏要故意细细写出，以惊吓读者。盖读者惊吓，斯作者快活也。"[1] 这也相当于叙事中典型的夹叙法，金圣叹评《水浒传》"夹叙法"道："谓急切里两个人一齐说话，须不是一个说完了，又一个说，必要一笔夹写出来。如瓦官寺崔道成说'师兄息怒，听小僧说'，鲁智深说'你说

---

① 第三十九回评，《水浒传会评本》，第741页。

你说'等是也。"①恰如园林艺术中的大园包小园，大景包小景。在小说评点里夹叙还包括"倒插法""劈空插""穿插""插入""夹叙""夹写""间三带四""入笋""接笋""斗笋""绵针泥刺法""寒冰破热""笙箫夹鼓""天外奇峰，横插进来"等，都强调的是空间叙事中的"插"与"夹"。金圣叹把叙事文字当作一个有形态的排列空间，要把叙事段落插进去。他对"倒插法"的解释是"谓将后边要紧字，蓦地先插放前边"②。文字在这里成了有空间间隙的体积，可以随意地挪动。穿插和"劈空插"都指的是空间美学概念，它在戏曲创作、舞台表演中得到广泛的运用。穿插在评点家看来，是在整体叙事中插入一些其它的事件和人物，以便引出后文的叙述，比如《红楼梦》第四回用寥寥数笔写贾雨村乱判薛蟠打死冯渊一案，为的是在下文引出对宝钗的描写。脂砚斋批道："盖宝钗一家不得不细写者。若另起头绪则文字死板，故仍只得借雨村一人穿插出阿呆兄人命一事，且又带叙出英莲一向之踪迹，并以后之归结"，"但其意实欲出宝钗，不得不做此穿插"。③

三、"开门不见山"

中国古代园林总是先来一段"序曲"——向观众（游客）预示"演出"的开始，并使得观众（游客）静下心来，进入"阅读"的状态。还常采用欲扬先抑手法隐藏正文，在主入口部分，或围合，或曲折，或遮障，形成若干小空间，而把较大的中部景区放在后面。如苏州留园，初进入口空间狭长，曲折，闭锁性极强，加上光线较暗，甚感压抑沉闷，但之后柳暗花明，出现中部主景区大空间，豁然开朗，有山有水，亭廊桥榭点缀其间，视线通透，景致丰富，令人目不暇接。正如《红楼梦》第十七回贾政带客初赏大观园时，开门便见一带翠嶂挡在面前，众清客都道："好山，好山！"贾政道："非此一山，一进来园中所有之景悉入目中，更有何趣？"没有这一翠嶂，就没有了游赏的趣味。还有像宅居中的影壁或门楼，它们都是附属建筑，"影壁"本为

---

① 《读第五才子书法》，《水浒传会评本》，第 20 页。
② 《读第五才子书法》，《水浒传会评本》，第 20 页。
③ 俞平伯《脂砚斋红楼梦辑评》，第 103 页。

"隐避"二字变化而来，门内为"隐"，门外为"避"，甚至有的临河民居的照壁在河对岸（如苏州）。"隐"和"避"二字便很好地反映门楼前导空间的属性，同时影壁前后形成了一个空间场，成为整个空间序列的序曲阶段。这一点恰好迎合了长篇古典小说的开篇布局，小说评点中的"将雪见霰，将雨闻雷""楔子""弄引法"说的就是传统园林中的"开门不见山"，也就是在正文前加上一段或几段闲文，《金瓶梅》《西游记》和《三国演义》等小说的前十回的重心与主体都是若即若离，切入正题前还是或多或少讲了一些闲话，并不直接进入主题，《红楼梦》也不例外，如脂评《红楼梦》："未出宁荣华盛处，却先写一荒凉小境；未写通部入世迷人，却先写一出世醒人。回风舞雪，倒峡逆波，别小说所无之法。"①这自然与"入话"和"入境"有某种渊源关系，也与传统园林的"序曲""屏障"有着某种默契，脂砚斋第二十五回后总批："先写红玉数行引接正文，是不作开门见山文字。"②第二十六回批："岔开正文，却是为正文所引。""你看他偏不写正文，偏有许多闲文，却是补遗。"③影壁是为了引出主景，闲文则是为了引出正文。评点讲的小说"将雪见霰，将雨闻雷"法，说的正是正文在后，闲文引之，其作用是暗示中心段的到来，让读者有所准备，与建筑中的"欲观全景，必先藏之"的理念何其相似！闲文作为正文的陪衬，渗透于各个场景的描绘中，使小说呈现出更为完整的情节，如同古代建筑的庭院组织，其主要建筑只有与廊屋、庭院、围墙等次要建筑合观之，才可窥其全貌。

章回小说的"引首"或"楔子"，如果用叙事学上的术语，那作品内其他部分的故事内容属于"内故事层"，而诸如"引首"之类则属于"超故事层"。"超故事层意味着叙述者是处于整个虚构的故事之外叙述整个故事"，它是一种超出主体故事内容之外的叙事，是关于"叙事的叙事"，也可称作"超叙事"。尽管"超叙事"本身仍然具有虚构性，如《红楼梦》开头和结尾介绍写作缘起始末的文字。但"超叙事"有一个基本特点，那就是它具有一个"超出故事"的"视角"，也即他所知的或所说的要大出故事中发生的内容，内故

---

① 俞平伯《脂砚斋红楼梦辑评》，第 65 页。
② 俞平伯《脂砚斋红楼梦辑评》，第 420 页。
③ 俞平伯《脂砚斋红楼梦辑评》，第 422 页。

事层所发生的一切，都不过是对他所说和所知的一种有限的映证而已。它也像是作者站在故事之外对他所讲述的故事进行的一次较为露骨的预言性诠释。当然这种诠释仍然属于一种更大的虚构叙事。正是因为此，"超叙事"往往负载着一部叙事作品的文化隐义。中国古代小说也正是特别擅长运用这种"超叙事"来寄托空间化的宇宙寓意。而这种叙述方式显然受到戏曲中的"楔子"影响，但"楔子"属于建筑术语，所以小说戏曲又都渊源于园林建筑。金圣叹首先把这种"超故事层"命名为"楔子"，他将原本《水浒传》的"引言"和第一回合并改为《楔子》，《楔子》写嘉祐三年（1058）春间，天下瘟疫盛行，洪太尉奉旨到江西信州龙虎山请张天师祈禳瘟疫，却于"伏魔之殿"放走三十六天罡星，七十二地煞星，共一百零八位魔君。金氏在这一回的评语中，对"楔子"的结构功能做了较为详尽的解释：

> 楔子者，以物出物之谓也。楔子者，以物出物之谓也。以瘟疫为楔，楔出祈禳；以祈禳为楔，楔出天师；以天师为楔，楔出洪信；以洪信为楔，楔出游山；以游山为楔，楔出开碣；以开碣为楔，楔出三十六天罡、七十二地煞，此所谓正楔也。中间又以康节、希夷二先生，楔出劫运定数；以武德皇帝、包拯、狄青，楔出星辰名字；以山中一虎一蛇楔出陈达、杨春，以洪信骄情傲色楔出高俅、蔡京，以道童猥獝难认，直楔出第七十回皇甫相马作结尾，此所谓奇楔也[①]。

可见，金本《水浒》在开头特意安插一"楔子"，其目的是出于对全篇结构的整体观照而精心设置的。显然，《楔子》起着统领全篇的作用，一方面，从外在结构来讲，由这个"楔子"直接引出后文一百零八位梁山好汉的出场，也就是说，它是后面洋洋七十回叙事文字的一个引子；另一方面，从潜在结构来讲，它隐含着深刻的历史哲学，规定或制约着一百零八位梁山好汉的人生轨迹，这是金氏所谓的"奇楔"，用闲引正，以物出物。

---

① 《水浒传会评本》，第 39 页。

四、"曲径通幽处"

园林建筑尚奇求巧，追求曲折之美，通过曲意的营造，扩展空间，给人以曲折回环和不可穷尽的感觉。园林的曲折之美往往通过以下两种方法获得：一是各种景观要素自身的曲折性。园林中的路径、山石、水岸、桥墙、洞壑、室廊等，均力求蜿蜒曲折。二是各种景观要素相互之间围合联络，共同构成曲折不尽的空间层次。文学理论家同样大力提倡曲折深致的美学效果。明王骥德《曲律》认为戏曲"宜婉曲不宜直致"[①]。清刘熙载《艺概·词曲概》说："余谓曲之名义，大抵即曲折之意。"[②]李渔在《闲情偶寄》中同时肯定造园和制曲的尚奇求新的美学原则。在《居室部·房舍第一》中，李渔认为，"居室之制贵精不贵丽，贵新奇大雅，不贵纤巧烂漫。凡人止好富丽者，非好富丽，因其不能创异标新，舍富丽无所见长，只得以此塞责"[③]。正因为将新奇作为审美追求目标，李渔才强调园林建造要做到新颖独特。此外，他在《房舍第一》中提到的置活檐法、置项格法，在《窗栏第二》中提到的置梅窗法，在《联匾第四》中提到的制联匾法，无不透露出李渔尚奇求新的艺术匠心。园林艺术要求在有限的空间里创造出意境深远的无限空间，在处理景区时就要善于借景、隔景、分景、藏景等。在《居室第一·途径》中，李渔指出："径莫便于捷，而又莫妙于迂。"[④]其故作迂途的目的，无非是为了使有限的空间得以延伸，化少为多。在《窗栏第二·取景在借》中，李渔以制窗法为例详细论述了借景的原理。在《山石第五·小山》中，李渔强调"言山石之美者，俱在透、漏、瘦三字"[⑤]。"透"与"漏"，其实就蕴含了隔景与藏景的原理。在《石壁》中则直接说："但壁后忌作平原，令人一览而尽。须有一物焉蔽之，使坐客仰观不能穷其颠末。"[⑥]这样丰富多样的园林艺术手法在李渔的戏曲理论中，也有类似的运用。如《词曲部·格局第六·家门》云："大凡说

① 王骥德《曲律·论句法第十七》，第 123 页。
② 刘熙载《艺概·词曲概》，上海古籍出版社，1978 年版，第 132 页。
③ 李渔《闲情偶寄》，第 157 页。
④ 李渔《闲情偶寄》，第 158 页。
⑤ 李渔《闲情偶寄》，第 198 页。
⑥ 李渔《闲情偶寄》，第 199 页。

话作文，同是一理，入手之初，不宜太远，亦正不宜太近。文章所忌者，开口骂题，便说几句闲文，才归正传，亦未尝不可"。^①这种论述与园林中的藏景极似，其目的都是为了欣赏者不致一览无余。在《小收煞》中，李渔要求戏曲"宜紧忌宽，宜热忌冷，宜作郑五歇后，令人揣摩下文，不知此事如何结果"。并且用射覆做比喻，强调"戏法无真假，戏文无工拙，只是使人想不到，猜不到，便是好戏法，好戏文"^②。能够让欣赏者"想不到，猜不着"，其所用手法与园林美学中的分景、藏景、隔景等手法异曲同工。在《大收煞》中，李渔还说："水穷山尽之处，偏宜突起波澜，或先惊而后喜，或始疑而终信，或喜极信极而反致惊疑，务使一折之中，七情俱备，始为到底不懈之笔，愈远愈大之才，所谓有团圆之趣者也。"^③其目的是使戏曲情节曲折离奇，波澜起伏，吸引观众。清代钱泳在《履园丛话》中云："造园如作诗文，必使曲折有法，前后呼应，最忌堆砌，最忌错杂，方称佳构。"^④一语道出了园林与文学在曲折美感上的共同追求。清代袁枚在《续诗品·取径》中分析了中国传统审美心理对"曲"的偏好："操直使曲，叠单使复。山爱武夷，为游不足。扰扰圜圜，纷纷人行。一览而竟，倦心齐生。"^⑤袁枚以游武夷山为喻，说明山与文一样，都贵曲折。

小说虽然是讲究时间艺术的叙事文体，读者阅读小说的过程却也如步入一个建筑群落，须随着斗折蛇行的路径，一路观赏新奇的风景才好，若一下便知小说的结果，正如一望便能将园林中的全部景色"一览而竟"，则毫无生动变化之趣，使人顿生倦意。因此，"曲折"也同样是小说美感的体现之一，张启轩在《岭南逸史》二十一回批道："文贵曲而不贵直。"冯镇峦评《聊斋志异·连城》时说："文人之笔，无往不曲，直则少情，曲则有味。"古典长编小说通过情节、线索的巧妙安排，追求一种跌宕起伏、出奇制胜的艺术效果，让读者在一波三折、悬疑不断中得到审美的愉悦。生动曲折的小说情节能够调动读者多方面的审美感受，随着"峰回路转""曲折离奇"的情节进

---

① 李渔《闲情偶寄》，第61页。

② 李渔《闲情偶寄》，第63页。

③ 李渔《闲情偶寄》，第64页。

④ 钱泳撰《履园丛话·造园》，中华书局，1979年版，第545页。

⑤ 袁枚著、王英志注评《续诗品注评》，浙江古籍出版社，1989年版，第55页。

展，读者的心理也经历着一个曲折的过程，时而悬疑叠生，时而惊心动魄，时而心旷神怡，时而如坐春风，读者在惊喜连连之中产生强烈的兴趣和特殊的快感，获得精神上的享乐。

金圣叹在评价《水浒传》时，总是称颂其中的"天外飞来""陡然插出""出人意外"的情节陡转。的确，作者通过成功运用这种陡转的艺术手段避免了情节的呆板平直，制造出矛盾冲突，不但使行文流畅、结构完整、叙述合理，而且达到了引人入胜的艺术效果，从总体上提高了作品的审美价值。如鲁智深与史进、李忠在潘家酒楼"酒至数杯，正说些闲话，较量些枪法"，忽插入金翠莲的遭际，激起鲁智深的义愤，以致三拳打死镇关西，于是才有了出家当和尚、大闹五台山、大闹桃花村、火烧瓦罐寺、大闹野猪林、单打二龙山等故事。再如，宋江因私放晁盖，晁盖为报答救命恩情而遣刘唐赍书赠金，插入书信落入婆惜之手而怒杀婆惜，使矛盾激化，情节走向高潮，也引导着他走上反抗斗争的新的人生道路。清风山一战后，宋江带领花荣、秦明、黄信、燕顺等投奔梁山之际，又插入石勇捎书一封，使之竟然抛离同伙，一个人不顾一切地回家奔丧守孝去了，这次意外使他不得上梁山，进而却引发出刺配江州、浔阳江遇险、浔阳楼吟反诗、被捕下狱、戴宗传假信、众好汉劫法场等精彩情节。林冲故事更是多"奇"多"巧"，他刺配沧州，巧遇李小二，野猪林又得鲁智深搭救，绝处逢生；陆谦欲谋害林冲性命，又为李小二夫妇窃听；打酒回草料场，草屋被雪压倒，又救一命；投宿山神庙，听到陆谦等一伙的谈话，积怨深厚处，手刃仇敌，雪夜上梁山。再如张竹坡评点《金瓶梅》时，十分注意小说情节的曲折之处，他在《金瓶梅》第一回批道：

> 凡人用笔曲处，一曲两曲足矣，乃未有如《金瓶》之曲也。何则？如本意欲出金莲，却不肯如寻常小说云"按下此处不言，再表一个人姓甚名谁"的恶套。乃何如下笔？因思从兄弟"冷遇"处带出金莲。然则如何出此两兄弟？则用先出武二；如何出武二？则用打虎；如何出打虎？是依旧要先出武二矣。不则，依旧要按下此处，再讲清河县，出示拿虎矣。夫费如许曲折，乃依旧要按下另讲。文章之夯，亦夯不至此。不知作者乃眼觑一处矣。何则？玉皇庙固黄河发源之所。瓶儿既于此处出，金莲能不于此处出哉！故一眼觑见

玉皇庙四大元帅，作者不觉搁笔，拍案大笑也。然而其下笔时，偏不即写玄坛，乃先写老子青牛，又写二重殿，又写侧门，又写正面三间厂厅，又写昊天上帝，又写紫府星官，方出四大元帅。文至此，所谓曲折亦曲折尽矣①。

　　明清小说中，凡是巧妙曲折的情节段落，皆被点评家赞为绝妙好文，如《三国演义》第三十八回讲刘备三顾茅庐，第一、二番均未访得，为文已够曲折，照理"第三番访孔明，已无阻隔。然使一去便见，一见便允，又径直没趣矣。妙在诸葛均不肯引见，待玄德自去，于是作一曲。及令童子通报，正值先生昼眠，则又一曲。玄德不敢惊动，待其自醒，而先生只是不醒，则又一曲。及既知之，却不即见，直待入内更衣，然后出迎，则又一曲"。这是未见之前之曲折，既见之后，又有许多曲折，"文之曲折至此，虽曲折武夷，不足拟之"②。与袁枚一样，毛氏父子认为《三国演义》中变化腾挪的小说情节连曲折回环的武夷山也"不足拟之"。《平山冷燕》冰玉主人评本第十七回双夹批道："事要凑巧，文要曲折，此一段写得颠颠倒倒，半明半暗，阅之殊觉有镜花水月之妙。"③《青楼梦》邹性评本第一回云："作书宜曲，不曲则直率无味矣！"④正像园林要"曲"才能显得"幽"一样，小说要想"有味"，也要"忌直贵曲"。可见古典小说对于尚奇原则的把握，与园林艺术的尚奇倾向同出一辙。

　　如上所论，园林"曲径通幽"的美感追求与小说叙事讲究"曲尽"文势的思维具有同构性。这种同构思维使造园者与小说家想方设法营造曲折的意蕴：于园林则通过个体建筑之曲和维合的空间之曲来表现，于小说则催生出了更为多姿的艺术手段。明清小说评点家所谓的"峰回路转""曲折翻腾""回波逆澜""余波再振"等手段，便是为了追求曲折多变的艺术效果而运用的。

---

① 《金瓶梅资料汇编》，第 52 页。

② 《三国演义》，内蒙古人民出版社，1981 年版，第 38 回毛批，第 373 页。

③ 《平山冷燕》冰玉主人评，见孙逊、孙菊园编《中国古典小说美学资料荟萃》，上海古籍出版社，1991 年版，第 162 页。

④ 《青楼梦》邹性评，见《中国古典小说美学资料荟萃》，第 162 页。

　　除小说的结构与园林的结构有许多相同之处，明清小说中描写到的园林还常常成为推动小说故事情节发展的动力。以李渔的《十二楼》为例，小说的生动之处不仅在于构建了一处处自然天成的佳园，还在于巧妙地利用园林建筑格局设计情节，或以之为媒介促成情节的起承转合。《合影楼》就是这样一篇绝佳的范例。正文之始，作者就在园林建筑上做文章：道学先生管提举和风流才子屠观察是一对连襟，二人因性格迥异，好尚不同，无法合居，"就把一宅分为两院。凡是界限之处，都筑了高墙，使彼此不能相见。独是后园之中，有两座水阁：一座面西的，是屠观察所得：一座面东的，是管提举所得。中间隔着池水，正合着唐诗二句：遥知杨柳是门处，似隔芙蓉无路通。对地上的界限，都好设立墙垣，独有这深水之中，下不得石脚，还是上连下隔的"。这样尚且不够，多心的管提举还怕屠观察要在隔水间花之处窥视他的姬妾，"就不惜工费，在水底下立了石柱，水面上架了石板，也砌起一带墙垣，分了彼此，使他眼光不能相射。从此以后，这两份人家，莫说男子与妇人终年不得谋面，就是男子与男子，一年之内也会不上一两遭"。官提举如此严密的布防恰恰为两家子女"合影"韵事制造了良机。那一日"时当中夏，暑气困人，这一男一女，不谋而合都到水阁上纳凉。只见清风徐来，水波不兴，把两座楼台的影子，明明白白倒竖在水中"。岸上不能相会的一对男女，"竟把两个影子，放在碧波里面印证起来"，顿觉惊喜跳跃，不免互相爱怜，手语传情起来。此后日日"孤凭画阁，独倚雕栏"，隔墙细语，望影抒情，爱得异常真切，虽遭道学先生阻遏，历经一番曲折后终成眷属。李笠翁一生以创新为己任，这篇巧借园林格局之奇写就的小说足见其精妙的艺术构思。《夏怡楼》演书生瞿佶与詹小姐姻缘，虽以望远镜为关目，若无楼阁建筑的帮助也难成好事。瞿吉人自言："料想大户人家的房屋，决不是在瓦上开窗、墙脚之中立门户的，定有雕栏曲榭，虚户明窗。近处虽有遮拦，远观料无障蔽。"因此他携了望远镜，在高山寺浮屠宝塔上眺望到詹家小姐的夏怡楼。《拂云楼》中也有异曲同工的情节，韦家婢女能红之所以能将裴七郎的相貌风姿一览而尽，且知其为求美而向俞阿妈下跪之事，原因在于："韦家的宅子，就在俞阿妈前面。两家相对，止隔一墙。韦宅后园之中，有危楼一座，名曰'拂云楼'。楼窗外面，又有一座露台，原为晒衣而设，四面有篱笆围着，里面看见外面，外面之人却看不见里面的。"能红一旦窥得七郎俊雅又知下跪之事全为自己，就全力施展才智为七郎图谋策划。《生我楼》情节的曲折生动也有赖于这"半座危楼'。小说讲述了明末尹姓一家经离乱后完聚的故事。富翁尹氏起楼时生子，子名楼生，自己也得了"尹小楼"的徽号。后幼子失踪、一家离散，在小楼"卖身为父"觅得继子同归故里时，继子登楼，竟发现"这几间卧楼，分明是我做孩子的住处"，"门窗也是这样门窗，户扇也是这样户扇，床慢、椅桌也是这样床慢椅桌，件件不差！"继子便是当年小楼当年所失之子，这生我楼便成了一家人骨肉团圆的重要关节。由此可见，亭台楼阁的巧妙设计成为小说情节转折的关键。李渔"以建筑学的匠心入小说体制"[1]，利用园林建筑设计情节，巧妙多姿，手法多变，成为这方面的典范。

《红楼梦》的大观园为红楼人物悲欢离合的上演建构了叙事的空间实体框架。而每一处亭台轩榭、厢房楼廊的空间转换，都伴随着人物的脚步，推动着情节的演进。比如第七十四回抄捡大观园，从怡红院到潇湘馆、秋爽斋、蓼风轩、缀锦楼，整个抄捡的过程皆是在各处楼台里进行，每一个园林场景的转换都是叙述同一事件的继续发展，也使每个场面中的人物个性昭然显示。

第二节　小说中人物形象塑造与园林建筑

建筑物是一种表达情感的特殊符号，"建筑是人类按照自我形象创造他自己天地的第一个表现形式"。"一个人的房子即是他自己的一种延伸。"[2]像小说一样，建筑占据着一定的时间和空间，具有一定的叙事功能，是自我形象和情感的凝固表达，它的每一个组成部分都负载着丰富的文化信息和寓意象征。江南园林大多是文人士大夫亲自参与设计建造的私家园林，是退隐家居、修身养性的场所，带有更强烈的个性色彩。这对小说家在小说中利用园林描写表现人物个性有很大的启发作用。但是，说到底，"园林只是为园居者全部生

---

① 杨义《李渔小说：程序化和个性化的审美张力》，《学习与探索》，1995 年第 3 期。

② Rene Wellek and Austin Waren：Theory of Literature，第 210—211，转引自余英时《红楼梦中的两个世界》，第 52 页。

活艺术的存在和发展提供了自然环境条件，离开了园居者的生活，它不过是一个没有生命的外壳"①。园居者将个人生命的主体情致寄寓在园林建筑及其相关活动中，有了园林，园居者的生活艺术才得以淋漓展现；有了园居者，园林才富有生活气息，彰显着生命的意义。明清小说文本中的园林描写为我们呈现出数百年前人们的生存状态，具有深刻的文化人类学意义。

园林无疑是一种空间和环境的构建，这种特殊的空间建构在小说中形成了一个个场景，为人物提供了特定的生活环境，使人物活动得以在场景中展开、人物关系得以在场景中体现、故事情节得以在场景中推动和发展。人物的个性和命运已与园居融为一体。在明清众多小说中，作为人物生存空间的园林往往作为一种"积极的背景"，成为塑造人物形象的幕布、陶铸人物性格的典型环境。

首先，小说通过直接描写园景表现人物形象，园林住宅景致成为人物性格气质的外化。任何建筑物都是建筑者自我形象的物化，如同一个人的装束服饰是其个性气质的体现一样，房屋住宅、家具摆设、色彩声响也不可避免地染上居住者的生活气息，是居住者个性好恶、文化品位的隐性展示。

《红楼梦》中的大观园是一座私家园林，曹雪芹对其描述花费了大量篇幅，使得园林建筑人格化。建筑风格、布局、景致都与主人品质性格、审美风范贴合，真正做到人园合一，浑然天成。怡红院、潇湘馆、蘅芜苑、秋爽斋、紫菱洲、稻香村、拢翠庵等是宝玉和众女儿的居所，分别体现着居住者的文化涵养、兴趣品位，可谓"居如其人"。主人公贾宝玉、林黛玉、薛宝钗的感情纠葛、远近亲疏，从三人的居住住所位置布局也有所隐喻。大观园里无论是院馆建构、花木配置，还是室内陈设，都是为主人"量身定做"，莫不表现出人物的个性气质。薛宝钗的蘅芜苑靠近大观园的主体建筑正殿大观楼，离其他诸钗的院馆都很远，是较为封闭的一处居所，与其他建筑保持一种若即若离的关系。进入院落，忽见迎面突出插天的大玲珑山石来，四面群绕各式石块，竟将里面所有房屋悉将遮住，而且一株花木亦无。这一构思，体现一个"藏"字，把宝钗装愚守拙，明哲保身，藏而不露的性格表现出来了。衡芜院陈设简朴，卧室如同"雪洞一般，一色玩器全无，案上只有一个土定

---

① 王毅《园林与中国文化》，上海人民出版社，1990年版，第546页。

瓶中供着数枝菊花，并两部书，茶杯茶奁而已"，"一枝花木也无"，与薛宝钗清心寡欲，简朴素雅的气质相契合。蘅芜苑的植物又多是藤蔓，冷色，突出宝钗无情及努力向上攀爬的心理。潇湘馆与怡红院的距离最近，显示着两人最亲密的关系，通过沁芳桥相连，暗示两人精神相通。里面翠竹遮映，粉垣修舍，游廊曲折，小溪石甫、梨花芭蕉，格局小巧，布置别致，一缕幽香从碧纱窗中飘逸而出，是林黛玉孤高忧郁、寂寞孤独的品格写照。怡红院陈设布置新颖别致，月洞门"竹篱花障编就"，后院中"满架蔷薇、宝相"，西府海棠"其势如伞，丝垂翠缕，葩吐丹砂"，海棠俗名"女儿棠"。这正符合宝玉护持群钗的角色及其好调花弄粉的性格特点。怡红院所配的花木色彩几乎都为红色——碧桃、西府海棠、海棠花、蔷薇等都是红色系的花。万绿丛中一点红，显示宝玉裙钗围绕的身份。秋爽斋"里面陈列着大理石大案，数十方宝砚，各种名人法帖，各色笔筒，笔如树林，斗大一个汝窑花囊，插着满满的一囊水晶球儿的白菊，西墙上挂着一大幅米襄阳烟雨图，案上设着大鼎，左边紫檀架上放着一个大官窑的大盘，盘内盛着数十个娇黄玲珑的大佛手"。映衬出探春开朗大方、精明强干的政治家风度。《花月痕》中名士韩荷生的寄园，"因山而构。园中亭台层叠，花木扶疏，池水萦回，山峦缭绕"，是座景致绝佳的名园，与主人的高雅风度相契合，正如主人公韦痴珠所言："这园落在你两人手里，才是园不负人，人也不负园哩！"

园林景致和室内摆设不但能展现园居者的个性气质，还能凸显园居者的审美情趣。《金瓶梅》中描写了多处人物居室，有太师府邸，有豪绅庭院，有娼妓居室，有伙计房舍等等，无不贴合人物的身份地位和思想感情。例如第四十九回写梵僧到西门府大厅里，睁眼观见厅堂高远，院宇深沉，门上挂的是龟背纹虾须织抹绿珠帘，地下铺狮子滚绣球绒毛线毯。正当中一张蜻蜓腿、螳螂肚、肥皂色起对的桌子。桌子上安着绦环样须弥座大理石屏风。周围摆的都是泥鳅头、楠木靶肿筋的交椅，两壁挂的画都是紫竹杆儿绫边、玛瑙轴头。厅内的摆设虽然非常豪华，但并不雅致，特别是那"泥鳅头、楠木靶肿筋的交椅"，都显得不伦不类，无怪乎张竹坡在这短短的一段文字中连问了六个"像什么？"还借用《水浒》人物语言评曰"一片鸟东西也"，极为诙谐讽刺。这般粗俗的陈设充满市井暴发户的气味，使西门庆丑态毕现。而这样一个俗不可耐的暴发户却要附庸风雅，虽然他连来保抄的常用文字都要身边的书童代念，但他却在花园里设了一个书房，"抹过木香棚，三间小卷棚，名唤翡翠轩，乃西门庆夏月纳凉之所。前后帘栊掩映，四面花竹阴森，里面一明两暗书房"。高雅的书房不仅成为他与琴童偷情的污垢地，而且还是狎妓逢迎、酒臭熏天的污浊场所。如果说花木掩映、翠竹吟吟、有小童打扫的书房是污浊不堪的西门庆的反衬的话，那么房间的陈设用品却是使用者性情品位的直接写照。又如李渔的《三与楼》写"达者"虞素臣和"愚者"唐玉川，"达"和"愚"不仅表现在两人对田土楼屋的占有观念上，还表现在对宅园雅俗迥异的审美趣味上。虞素臣"是个喜读诗书，不求闻达的高士"，"一生一世没有别的嗜好，只喜构造园亭"，"所造之屋，定要穷精极雅，不类寻常"，一生最得意的结构是一座书楼，"这几间书楼竟抵了半座宝塔，下共有三层，每层有匾式一个，都是自己命名、高人写就的。最下一层，有雕栏曲槛，竹座花捆，是他待人接物之外，匾额上有四个字云'与人为徒'。中间一层，有净几明窗，牙签玉轴，是他读书临帖之所，匾额上有四个字云'与地为徒'。最上一层，极是空旷，除名香一炉，《黄庭》一卷之外，并无长物，是他避俗离嚣，绝人屏迹的所在。匾额上有四个字云'与天为徒'。既把一座楼台分了三样用处，又合来总题一匾，名曰'三与楼'。"三与楼的精雅是虞素臣恬静淡泊，超尘脱俗的体现。而秉性铿吝的唐玉川父子在买下虞素臣的宅园后，"定要更改一番。……经他一番做造，自然失去本来。指望点铁成金，不想变金成铁"，原本意趣盎然的园亭变得大而无当，足见这个暴发财主的庸俗。在李渔的小说中，空间具有观念化的隐喻。《萃雅楼》《鹤归楼》中不再是单纯设置描绘一个个具体的楼的物象，同时还含有对美的追求、对生活哲学期盼的内在象征意蕴。

其次，小说作者还通过造园活动和居室在整栋房屋中的位置表现复杂的社会、家庭人际关系。《金瓶梅》对西门庆宅院的细致刻画，不仅为人物的活动框定了一块特定的画布，让众人在豪华富贵、姹紫嫣红的庭院中展现丑陋的一面，还通过西门庆装修花园卷棚这个小小的空间，透露出当时社会大空间的种种信息。西门庆的父亲在清河县只不过开一个生药铺，虽然家底"殷实"，但"算不得十分富贵"，待到父母双亡后，西门庆又一味地"不肖"，所结识的朋友，也都是"无益有损"者，照说应该日趋贫困才是，为何反而日益富贵起来，还大肆装修花园卷棚，妻妾成群呢？这便与当时的社会上层的黑暗腐朽有关，西门庆的生财之道，联络着社会的各个层面，展示了错综复杂的人际关系，暴露了社会的病态特征——不肖者升官发财，优秀者却沉沦底层。因此，对花园卷棚的描述绝非虚笔，其背后蕴含着深广的社会意义，深化着小说的主题。在《金瓶梅》中，潘金莲和李瓶儿没有按照住宅中的等级安排住在主体建筑之中，而是单住在花园内。每人三间楼，前面各有一个小院子，每家院子各有一个小门与花园相通。从西门庆妻妾的住宅安排可以看出他家并没有严格遵循封建伦理的等级秩序，所以西门庆家谈不上传统意义上的封建家族。①《红楼梦》以人系事，重视庭园空间家庭内外复杂的人伦关系，它以血亲关系安排故事，矛盾冲突集中在家庭内部，在静点中反映社会的动态发展。贾赦、贾政两处隔断，贾政住了荣府主要院落，服侍贾母，哥哥反而住了制式较低的黑油大门之内，从而反映出贾府微妙的人伦关系。

第三节　小说主题思想与园林意境

古典园林和小说中都有大量象征手法的运用，在艺术构思上颇有相似之处。无论是《金瓶梅》中西门家的花园，还是《红楼梦》中贾府的大观园，花园的兴废不仅集中体现了家族的盛衰，并且与整部作品的情节起落彼此呼应。

与传统农业文明相关，中国古代特别注重四季的循环轮回，从先秦哲学著作的论述中可见一斑。《周易·象下》："日月得天而能久照，四时变化而能久成。"《论语·阳货》："天何言哉？四时行焉，百物生焉，天何一言哉？"《礼记·乐记》："春作夏长，仁也。秋敛冬藏，义也。"《庄子·知北游》："天地有大美而不言，四时有明法而不议，万物有成理而不说。"春夏秋冬、四时季相的有序更迭，是宇宙时空流转的和谐韵律，"四季感"作为独特的文化心理，渗入到中国人的日常生活中，在园林和小说艺术中常以四时季相的交替运行作为象征手法。古典园林主要通过造景、布景，挖掘春夏秋冬四季带给人的迥异审美感受，让游赏者体会到四时变化之妙。如扬州个园有春夏秋

---

① 参见张婕《明清小说与园林艺术研究》，苏州大学 2006 年硕士论文。

冬四季假山，它凭借着山石、花木、环境、造型等因素的合理搭配，使四个景区各具鲜明的季节特色，象征着春夏秋冬殊异的山林之美；颐和园蜿蜒的彩画长廊间设有"留佳""寄澜""秋水""清遥"四个象征四季的亭子；杭州"西湖十景"中的"苏堤春晓'"曲院风荷""平湖秋月""断桥残雪"四景，以一季中最美的景色点出西湖无时不美。古典园林对四时季相的艺术表达还有很多种方式，造园家要让游人通过联想体味四季的循环周转，进而感受宇宙循环的韵律，这是古人"天人合一"观的体现。春夏秋冬的自然更迭中包含着起承转合的自然哲理。南方四季分明，春天万物复苏，百花盛开；夏天热烈兴旺，充满生机；秋天秋风萧瑟，草木摇落；冬天寒风冷冽，满目凄凉。所以，四季的变化常常成为家族兴衰、个人成败的象征。《金瓶梅》以四季的循环作为小说的时间框架，不厌其烦地描写四季景色。如西门庆与潘金莲的勾结在春天，西门庆加官生子，娶富孀孟玉楼在夏天，李瓶儿和官哥儿都死于凄凉的秋天。这是作者刻意安排的，将天地四时的周转与西门庆家的盛衰荣枯编结在一起，更具深意。清代二知道人云："《红楼梦》有四时气象，前数卷铺叙王谢门庭，安常处顺，梦之春也。省亲一事，备极奢华，如树之秀而繁阴葱笼可悦，梦之夏也。及通灵玉失，两府查抄，如一夜严霜，万木摧落，秋之为梦，岂不悲哉！贾媪终养，宝玉逃禅，其家之瑟缩愁惨，直如冬暮光景，是《红楼》之残梦耳。"[1]这和吴宓教授的见解相同，他在《石头记评赞》中说："依主要情史之演变，而全书所与读者之印象及感情，其atmosphere或mood，亦随心转移，似有由春而夏而秋而冬之情景。但因书中历叙七八年之事，年复一年，季节不得不回环重复，然统观之，全书前半多写春夏之事，后半多写秋冬之事。[2]仔细考察《红楼梦》的内容，曹雪芹确是有意识地通过季节性的情节安排，呈现出贾府兴衰荣枯的四时气象，象征着人世的离合浮沉。《红楼梦》对贾家五代人的取名就暗示出贾家由盛而衰的家族史。贾家第一代"水"字辈——贾源和贾演，是荣宁府的开创人，象征家族初兴。第二代"人"字辈——贾代化和贾代善，象征家族发展。第三代

---

① 二知道人《红楼梦说梦》，一粟编《红楼梦卷》第一册，中华书局，1963年版，第84页。

② 吴宓《石头记评赞》，桂林《旅行杂志》16卷（1942年第11期），第36页。

"文"字辈——贾敬、贾赦和贾政，象征家族繁荣。第四代"玉"字辈——贾珍、贾琏和贾宝玉，象征家族鼎盛。第五代"草"字辈——贾蓉、贾芹、贾香和贾芸，象征家族衰败。一代不如一代人的演化过程，反映出家族由兴盛到败落的深刻原因。同样，元春、迎春、探春、惜春之"元、迎、探、惜"，也是象征春天从萌动到结束的时段。贾家鼎盛时是繁花似锦，衰败时是"落叶萧萧，寒烟漠漠"。《红楼梦》第七十七回写晴雯被逐出大观园时，宝玉从占候的角度对这一事件进行了解说："今年春天已有兆头"，"阶下一株好好的海棠花，竟无故死了半边，我就知道有坏事，果然应在他身上"。袭人等听了不相信，他又进一步解释道："你们那里知道？不但草木，凡天下有情有理的东西也和人一样，得了知己，便极有灵验的。若用大题目比，就像孔子庙前桧树，坟前的蓍草，诸葛祠前的柏树，岳武穆坟前的松树：这都是堂堂正大之气，千古不磨之物。世乱他就枯干了，世治他就茂盛了。几千年枯了又生的几次，这不是应兆么？若是小题目比，就像杨太真沈香亭的木芍药，端正楼的相思树，王昭君坟上的长青草，难道不也有灵验？所以这海棠是应着人生的。"在这里，海棠花的枯萎暗示着晴雯的夭折。同书第九十四回，又写几棵本已枯萎的海棠花，并无人去浇灌它，但到十一月却开了花。对这种海棠反季节开花的现象，本与气候异常有关，古人却认为别有深意。邢夫人认为是好兆头，探春心里独想道："必非好兆。大凡顺者昌，逆者亡；草木知运，不时而发，必是妖孽。"至九十五回，果然发生了元妃薨逝之事，从此贾府走向没落。《隋书·五行志》引京房《易正侯》曰："木再荣，国有大丧。"[①]《开元占经》引京房的话说："木岁再花，国后当之。"[②] 由此可见作者写海棠再发一事的真正用意。

西门宅院，也可称为"西门庆房屋"，是小说叙事空间的核心，也是全书中最重要的故事场景。西门宅院的结构布局使得故事发展顺理成章，人物关系合情合理；西门宅院的兴废与整部小说的情节起落密切相关。花园是西门宅院的中心，李潘二人的矛盾冲突则构成了西门庆的家庭矛盾的核心内容，

---

①　《隋书》二十二《五行志》引京房《易正侯》，中华书局，1973年版，第619页。

②　《开元占经》卷一百十二，《四库术数类丛书》，上海古籍出版社，1990年版，第807—973页。

作者安排富有的李瓶儿和淫荡的潘金莲分别住在花园后边近仪门的东西两个小院落，彼此紧邻，自成一格，除了"五行"的寓意而外，还别有某种深意。许多小说戏曲作品中，花园都是礼教约束的真空地带，不少逾规越矩之举都在花园滋生。在某种程度上可以说，西门庆家的花园象征着一种生命活力和原始情欲，象征着西门庆不受约束的对财与色的汲汲追求。花园的兴废集中体现了西门宅院的兴废，同时也与西门庆本人的盛衰荣辱彼此呼应。花园的兴建（从第十六回至十九回）隐喻着西门庆的谋财与娶妇，第六房小妾李瓶儿娶进门标志着花园正式落成，同时也标志着西门庆积聚了在商场、官场和欲海中大展身手的力量和资本。此后，在充满四时花木和楼榭亭台的花园中不断上演着款待达官显贵的欢宴场面，安闲适意的游乐情景以及尽情纵欲的画面。这些画面和场景显示了花园的繁华兴盛，也是西门庆发迹变泰的记录。西门庆死后，吴月娘烧了李瓶儿的灵位，将她的房子锁起来，已经预示了花园的颓败。此后，花园完完全全沦为潘金莲和陈敬济乱伦的场所，随着潘金莲等人被迫离开了西门家，花园终于因为花朵与赏花人的风流云散而荒芜。作者有意在故事行将结束的第九十六回写春梅游旧家池馆时见到的残破凋敝的景象，用空间的变化体现时间的流逝和人生的无常，鸣奏一曲欲望与荣华的挽歌，为曾经在这个花园、这个府邸里喧哗躁动的短暂生命送葬。[1]

家庭花园位置在主屋的后面，与房屋相比，它相对开放；与外界相比，它又相对封闭。所以，花园是介于外面世界和家庭内部之间的一快"飞地"，是礼教约束相对松散、相对开放的地带，从而也成为人们彰显自由个性的舞台。由于花园场景越来越频繁的出现、越来越细致的描摹以及花园场景内部作为人物活动地点的花园与人物、情节的关系结合得越来越来紧密，花园也就由一般性的地域、一种简单的空间符号而逐渐变成包含着文化——情感内涵的空间意象。这种空间意象所包含的文化——情感内涵主要有两种：一为疏离政治、超越功利的舒展性灵；一为张扬个性、珍惜年华的青春爱恋。

台湾学者汉宝德在关华山在其《红楼梦中的建筑与园林》序中称《红楼梦》为"庭园小说"。他分析小说的结构，找出两条脉络：一是家族兴衰，另一乃是宝玉的心性之旅。曹雪芹对大观园布景的构思想象，便是为了造就宝

---

① 参见张婕《明清小说与园林艺术研究》，苏州大学 2006 年硕士论文。

玉心性之旅的一个"园地"。而家族兴衰脉络自然与府第的场景关系最直接。关华山则说："作者重叠了他一生所经历的很多园景，形成了一种心境，创造出一个并不存在的大观园。"① 大观园最基本的象征意义便指向太虚幻景，是"文笔园林"，是曹雪芹建立的理想王国。庚辰本脂批也说"大观园系玉兄及十二钗之太虚幻境"，是"未许男人到此来"的女儿国，宝玉和众姐妹在此"或读书，或写作，或弹琴下棋，作画吟诗，以至描莺刺凤，斗草替花，低吟悄唱，拆字猜枚，无所不至"，过着何其清雅适意的生活，不管人间的仙境！生活在大观园中的一群少女宛如尘世之外的圣洁天使，她们心灵纯洁，人格坚贞，闪耀着自然美与人性美的光辉，是曹雪芹向往的美好尘世。② 大观园最为重要的还是造就了一个顺遂宝玉意淫之情的最佳，也最主要的园地。我国传统家室内，宅第部分，空间讲求位序，处处提醒人心循礼。只有园林部分才摆脱那份拘谨，供人随情适性。宝玉意淫之情非但对女孩子，甚至对花木、自然都有高度的美的想象，既是浪漫的，又是纯真的。当然以园林作为他情意探险的布景，是最恰当不过的了。大观园是贾宝玉自然人格的外化，贾宝玉的自然人格表现在"充分的喜悦与悲伤能力"，他多愁善感，重视友情；他天真烂漫、率性而为。他不用任何力量去改变自己的自然天性，也不用任何外界事物的力量去浸染自己的天性，所谓"举世誉之而不加劝，举世非之而不加沮"。他并不觉识到自己的存在，而又处处诚实不欺地表现自己的存在。他依照内在的机体估价过程而不是外来的价值取向在生活。借用罗杰斯的话来说，就是他"是生命驱动的，更多地依赖自己的内心世界，而较少地依赖外部世界，以自己的价值和感情指导生活，更能忍受事物的真面目。他们有流露感情的倾向，他们感到什么，就要说什么，做什么，他们不隐藏于假面目之后，不模仿社会角色行为，他们忠实于自身"③。因此，大观园这方净土无疑是他的乐园，与他的个性非常和谐。然而随着贾府的破败、被抄，大观园也陷入了"寥落凄惨"的境地，众女儿风流云散，落了片白茫茫大地真千净。作者的人生理想破灭，小说的主题意蕴也上升出来，表达出对世间美事美物

---

①　关华山《红楼梦中的建筑与园林》，百花文艺出版社，2008 年版，第 21 页。

②　关华山《红楼梦中的建筑与园林》，第 204 页。

③　关华山《红楼梦中的建筑与园林》，百花文艺出版社，2008 年版，第 225 页。

永遭压抑以至最终被毁灭的哀惋之情，并由此生发出对整个人生空幻的无限感伤。

明末清初，才子佳人小说盛行，园林场景是其中必不可少的一环，但凡才子佳人的偶遇皆在园林或寺庙场景中，《平山冷燕》《好逑传》《画图像》《玉娇梨》《两交婚》等都有园林景致的描绘。可以说，园林场景已成为才子佳人小说中的固有模式，作为佳人才子"巧遇"或"私定终身"的场所，园林景色多充满诗情画意，服务于佳人才子的爱情氛围，有的还与女主人公的气质相契合，成为烘托佳人慧心兰质、才色兼美的"积极"背景。

无论是在文言小说，还是在白话小说当中，爱情都是花园场景最擅长表现的主题之一。春秋代序、花落花开，极易让人感知时光的流失和容颜的衰老，从而萌发对青春生命的珍惜，对爱情的渴望与追求。花园中的花花草草、飞禽走兽成为激活他（她）们情感的触媒。这种情感或是对异性的真诚爱慕，或是欲爱而不能的苦闷，或是对青春空逝的感伤。花园场景更能淋漓尽致地表现女性的怀春之感和生命之叹。在明清才子佳人小说中，花园场景大量出现。刘大杰先生的《中国文学发展史》对才子佳人小说的情节模式曾有以下概括：

这些书大都是某公子年少貌美，满腹才学，因择配不易，二十未娶，某日出游花园或寺庙，遇一少女，年方二八，沉鱼落雁，羞花闭月，惊为天人。与之语，伴羞不答，然脉脉有情。于是男女心中，都若有所失，此时必有伶俐之婢女一人出面传书递简，或寄丝帕，或投诗笺，两心相许，私订终身。此女多为其父母掌珠，因才貌过人，择婿不易，尚待字闺中，后因某权臣闻女艳名，设法求为子媳，女家不许，于是百般构陷，艰苦备尝，改名换姓，各奔前程。最后总是公子高中状元，挂名金榜，秘情暴露，两姓欢腾，男女双双，终成夫妇。所谓才子佳人小说，其内容结构，大都如此……①

在才子佳人小说中，花园常是男女一见钟情、盟约私期的地方，如《平

① 刘大杰《中国文学发展史》，百花文艺出版社，1999年版，第425页。

山冷燕》中的燕白颔与山黛，《飞花咏》中的昌谷与容姑，《锦香亭》中的钟景期与葛明霞等。而在才子佳人以外的爱情题材作品当中，花园场景亦频频出现。可以说，在爱情题材的作品中，花园常常是男女邂逅、私定终身或者鱼水和谐的地点，花园场景也逐渐成为此类小说当中具有标志意义的场景模式。花园既是舒展自我个性的场所，也是追求纯美爱情的地方。

在古代文学中，因为花园受外部社会的规章制度和等级观念影响较少，人们的举止只受各自"情"的支配，而暂时不必受现存社会等级关系的制约，因此花园往往成为情欲载体。西门庆的花园就是一个淫欲乱伦的场所，潘、李两人都是先奸后娶。两人住宅的安排一方面反映了儒家传统伦理等级观念在新兴商人家庭的松动和拆解，另一方面也反映了潘、李二人在西门庆心中异于其他妻妾、与花园"性"意象与"死亡"意向紧密联系的特指趋向①。

第四节　明清小说与园林艺术相结合的意义

园林描写在明清小说中出现的时序、方式顺应了小说艺术的发展规律，小说思维对园林思维的认同显示了古代小说技法、艺术的成熟，同时，小说对园林也有影响作用，在丰富园林景观、启示园林之美和保留园史资料上有着独特的意义。

首先，小说中园林描写的出现，标志着小说的发展进步。

脱胎于说话的《三国演义》到《水浒传》等小说，环境描写少而简洁，更是鲜有园林环境的描写，即便故事发生在园林场景中，也只略作交代，并无详绘。场景描写往往单列一段，用程序化的诗词韵文出之，大同小异，没有完全融入小说情节与人物形象的塑造之中，使人有游离之感。《金瓶梅》倡世情小说之先声，也是文人独立创作长篇小说的开端，描写对象从超人、英雄转向了凡人、普通人，创作的触角伸向了普通的家庭，相应地，场景环境的描写也变得平实细致，于是，我们看到了西门庆家"五间到底七进的房

---

① 参见张婕《明清小说与园林艺术研究》，苏州大学 2006 年硕士论文。

子"，看到了房内的摆设布局，看到了西门庆和众姬妾游赏玩乐的花园卷棚，园林场景在《金瓶梅》中得到详实的展现。明末清初，才子佳人小说盛行，园林场景是其中必不可少的一环，但凡才子佳人的偶遇皆在园林或寺庙场景中，可以说，园林场景已成为才子佳人小说中的固有模式，作为佳人才子"巧遇"或"私定终身"的场所，园林景色多充满诗情画意，服务于佳人才子的爱情氛围，有的还与女主人公的气质相契合，成为烘托佳人慧心兰质、才色兼美的"积极"背景。《红楼梦》是古典小说的华殿，其中的园林描写达到了古典小说中园林描写的顶峰，不仅对大观园和贾府建筑有天才般的细致描绘，还将各个人物的性情、气质与园林建筑相融合，潇湘馆、怡红院、衡芜苑，既是人物的居所，也是人物性格气质的化身，寄寓了作者的理想。《红楼梦》的续书中，多有仿大观园的园林描写，此后，凡涉及世情题材的作品皆有或多或少的园林描写，寄园、怡园、绝翠园、一笠园、绮香园、绘芳园等名园分别出现在《花月痕》《品花宝鉴》《青楼梦》《海上花列传》《海上尘天影》《绘芳录》等小说中，这些园林描写已不是无关紧要的闲笔点缀，明显地体现出情景交融的特点，多为人物性格服务，烘托着小说的主题。

由此观之，从《三国演义》等历史演义小说中寥寥数笔的园林描写，到世态人情、才子佳人小说中的细致描绘，小说"描写因素"增加，这是小说技法进步与成熟的重要标志；从《三国演义》《水浒传》中的诗词韵文的程序化描述，到《金瓶梅》《红楼梦》用精美散文笔调的细致描摹，园林景物逐渐从贴在人物后面关系不大的风景画，变为与人物活动交融在一起、人景相谐的积极背景，服务于人物性格和形象的塑造。这顺应了古代小说发展从"侧重于演述故事，最终发展到塑造人物"的进程、顺应了小说思维"由叙述事件和人生命运，转向兼以环境的空间对应的场景的充分展示来完成人物性格塑造和情节描写"的演变①。从这个意义上讲，园林描写在明清小说中的发展与古典小说史的进程同步。

其次，园林描写及园林思维推动了小说时空观念的转变。

园林是一种空间意象，随着明清小说中园林描写的增加，传统的时间顺序的叙述模式中渗入了空间叙事的因子时间叙事模式。借用吴士余先生的总

---

① 安秋平主编《明代小说史》，浙江古籍出版社，1997年版。

结就是：小说空间因素的比，打破了单线条的中国园林的空间思维意识，使艺术创造的形象思维呈现了立体化的结构。它对小说思维的渗透，无疑是扩大了小说家对空间处理的思维层次，促进了小说家叙事视点的转换。[①] 明清之前的小说传统叙事主要表现了一种时间意识——叙事时间秩序的强化，以时间顺序上先后承续的关系为其艺术构思方式。明清以后，园林文化对小说叙事思维的渗入，则为小说形象构成开拓了新的思维域——小说空间，这便突破了构筑时间秩序的单向度空间意识，使小说形象构成呈现于三维空间思维之中。自小说家接纳了园林空间思维以后，在小说叙事上完成了时空观的融合。伴随着小说时空观念的转变，小说的艺术手法也更加多姿多彩，常见于明清小说评点家笔下的"移步换形""穿插藏闪""层峦叠翠""疏密相间"等，都是具有空间色彩的艺术技法。

明清小说中的园林建筑，不仅为人物提供了特定的生活环境，而且使人物活动得以在场景中展开、人物关系得以在场景中体现、故事情节得以在场景中推动和发展。

---

① 吴士余《中国文化与小说思维》，上海三联书店，2000 年版，第 166 页。

下编

第八章　古代小说名著与一些文化现象的形成

第一节　《三国演义》与关公崇拜

可以这么说，在中国历史上，刘备、关羽、张飞都算不上最杰出的英雄，但是，他们又绝对是民众中最具影响力的人物。而这一切，都要归功于通俗文学的功劳。在他们由人变为神的过程中，通俗文学起了决定性的作用。

刘备出身贫寒，"与母贩履织席为业"。虽然他在群雄逐鹿中标榜自己是中山靖王刘胜之后，但无谱牒可查，充其量只是个没落王孙而已。后来靠诸葛亮、关羽、张飞、赵云等哥儿们打拼，才成就了蜀国大业。章武三年（223）四月，他在白帝城驾崩。六百年后，刘备成神，雄踞庙中，血食一方，接受世人的跪拜。唐昭宗乾宁四年（897），他的故乡涿县楼桑树开始盖起昭烈庙。此时已是唐末，李姓江山风雨飘摇，岌岌可危，忠义精神成了某种社会需求，这是昭烈庙拔地而起的重要原因。其后金代承安（1192—1200）年间重修，明代弘治二年（1489）再修。庙中的塑像，不仅配以关羽、张飞，而且"像不君臣坐立，而兄弟列，像其侧陋时也"①。显然受到民间"桃园结义"传说的影响。明朝以后，刘、关、张合祀的"结义楼""三义庙"越来越多，几乎遍及全国。如云阳的"结义楼"、涿县的"三义庙"等。在这样的氛围下，刘备身上神秘的光环越来越多。历史上的孙夫人，是个高度政治化的人物，祝秀侠先生综合《三国志》赵云、法正等传的记载，称她"进退自如，

---

① 刘侗、于奕正《帝京景物略》卷八"楼桑"，北京古籍出版社，1982年版，第357页。

声势显赫，总没有辱没国家所给予她的使命，由于她的来蜀，几乎使内廷受到威胁，刘备惴惴不安"[1]。可见虽然孙夫人已嫁给刘备，但仍没有忘记自己的政治使命。建安十六年（211），她回东吴，自此一去不复返。据杭世骏考证，"孙夫人自荆州复归于权，而后不知所终"[2]。她并未如小说所写的那样自尽。但是，从宋至明，芜湖西南江中的蛾矶上有孙夫人庙，又有"灵泽夫人庙""蛟矶娘娘庙"，谓孙夫人自沉于此，亦说溺水而亡。这无疑是受到小说的影响。

张飞死后，很快就有了庙宇。嘉靖《云阳县志》卷上载谓："张桓侯庙在治江南飞凤山隅，汉末建。元顺帝敕修。国朝重修。嘉靖十八年知县杨鸾、主簿张一凡重修。"可见，民间为张飞建庙早于刘备、关羽，而且建庙之初，就充满了神话色彩。据清初彭遵泗记述，涪江有"张翼德庙"，长寿有"张桓侯庙"，均宋代修建，甚是灵验，"旱、甘霖、溢、螟蝗、疾疠，有请辄应"[3]。甚至妇人不孕也去庙中祷求。明成化年间阆中县令李直撰《恒侯灵异记》说他凡政事之未备及疑狱有不可决者，皆请于飞像，飞亦随时响应无少爽。他总结道："能御大灾，能捍大恶则祀之……凡有水旱之灾，疫疠之作，有祷必应。"如此看来，张飞死后，备受地方上下尊崇。四川各地都有张飞庙，全国各地的张飞庙更是难以计数。由此可见，张飞所受百姓的香火，远远超过了刘备，颇耐人寻味。

当然，影响最大的还是关羽。关羽一身系三教之崇，清代关庙中有这样一副对联，颇能概括关羽在中国传统社会中的历史文化地位和巨大影响：

> 儒称圣，释称佛，道称天尊，三教尽皈依。式瞻庙貌长新，无人不肃然起敬；
>
> 汉封侯，宋封王，明封大帝，历朝加尊号。矧是神功卓著，真所谓荡乎难名。

---

[1] 祝秀侠《三国人物新论》，国际文化服务社，1946年版，第118页。

[2] 杭世骏《订讹类编》卷二"孙夫人无自尽事"，中华书局，1997年版，第54页。王春瑜《刘、关、张的人神之变》中误《订讹类编》作者为"顾炎武"，在此订正。

[3]《蜀故》卷七"宫室"，光绪重刻本。

关羽生前最高官衔是"前将军"，最高爵位是"汉寿亭侯"。他虽然勇武，但傲慢自大、刚愎自用，丧失重要军事重地荆州，最后身死人手，应该说其形象实在算不上怎么光辉夺目。他之所以成为全民崇祀的大神，是各种因素聚合的结果。

隋唐时期，关羽没有得到统治者的重视和颂扬，关羽的名气也不大，当时的文人士大夫最崇拜的三国人物是"为帝王师"的诸葛亮。虽然这时已建立关羽祠祀，但当时张飞、周瑜以及邓艾等三国人物都有祠祀，关羽并不为特殊，而且是作为死于非命的煞神祭祀的。但此时佛教开始介入关羽崇拜，为扩大关羽的影响奠定了基础。陈、隋年间，关羽显圣的说法最早见于唐德宗贞元十八年（802年）董侹《重修玉泉关庙记》中的记载：

> 陈光大中，智颉禅师者至自天台，宴坐乔木之下，夜分忽与神遇，云："愿舍此地为僧房。请师出山，以观其用。"指期之夕，万壑震动，风号雷虢。前劈巨岭，后堙澄潭，良材丛仆，周匝其上；轮奂之用，则无乏焉。（《全唐文》卷六百六十四）

《历代神仙通鉴》卷十四云：

> （唐仪凤末年）神秀至当阳玉泉山，创建道场。乡人祀敬关羽，秀乃毁其祠。忽阴云四合，见公提刀跃马，秀仰问，公具言前事。即破土建寺，令为本寺伽蓝。自此各寺流传。

智颉创立的天台宗和神秀创立的禅宗北派，是隋唐时代最有影响的佛教门派，他们调和儒佛，借关羽以传教，但无疑有利于扩大关羽崇拜在社会各阶层的传播。

宋初，关羽的影响仍然有限，据说有次赵匡胤视察武成王庙，看见陪祭的神道中有关羽，认为他没有资格，下令将神像抬出。但至北宋末，王朝日益走向衰败，关羽作为佑护神的功能进一步得到强化。张商英元丰四年（1081）撰述的《重建关将军庙记》，把关羽皈依佛门以前的形象描述为"大力鬼神"，能够"震霆掣电，鞭鬼捶口"。从哲宗绍圣二年（1095）五月开始，关羽先后封为"显烈王""忠惠公""武安王""义勇武安王""英济王"。随着关羽神位的不断升级，关羽祠庙逐渐遍布全国。关羽成为财神，也与北宋的经济状况有关。钱曾《读书敏求记》云《汉天师世家》中记第三十三代天师张继先：

> 宋崇宁二年，投符解州盐池，磔蛟死水裔。上问："用何将？"随召关羽见于殿左。上惊，掷崇宁钱与之，曰："以此封汝。"世因祀为"崇宁真君"[1]。

解州盐池，事关国计民生甚大，有记载说，"至宋大中祥符之甲寅，盐池大坏，关壮缪以阴兵与蚩尤大战而破之，始为之建祠。至崇宁元年加封为忠惠公，大观二年，又以加武安王。盖关自以桑梓之乡，加意拥护。而盐池之功，遂超盐神而上之矣"[2]。又据清代袁枚的《子不语·蒲州盐枭》中记载，盐枭就是蚩尤之妻：宋元祐年间，蒲州盐池灶丁，"取盐之水，熬煎数日，而盐不成。商民惶惑，祷于庙。梦关神召众人谓：'汝盐池为蚩尤所据，故烧不成盐。我享血食，自宜料理。但蚩尤之魄，吾能制之；其妻名'枭'者，悍恶尤甚，我不能制，须吾弟张翼德来，始能擒服。吾已遣人自益州召之矣！'众人惊寤，旦即在庙中添塑桓侯像。其夕风雷大作，朽木一根，已在铁链之上。次日取火煮盐，成者十倍"。盐税自西汉以来即是国家最重要的财赋来源之一，解盐则是盐产重镇。宋人谈论盐利在国家赋税中的比重时，因时代不同而有三说：一是当租税三分之一，二是当租赋二分之一，三是占国用十之八。可见盐业在国家财政收入中的重要性。南宋学者吕祖谦评论宋代盐利时，有"唯海盐与解池之盐，最资国用"之语，"国家经费之大，藉于盐利者居多"。解盐出现问题，必然动摇国本，当然会惊动朝廷。解州池盐早被视为灵异之产，先秦古籍《尸子》关于《南风歌》的记述：

> 舜弹五弦之琴，其辞曰："南风之熏兮，可以解吾民之愠兮；南

---

① 钱曾《读书敏求记》，书目文献出版社，1984 年版，第 52 页。
② 沈德符《万历野获编》卷十四，中华书局，1959 年版，第 365 页。

风之时兮，可以阜吾民之财兮！"[①]

　　这首舞歌歌咏促使解盐结晶的南风。柳宗元《晋问》则有"猗氏之盐，晋宝之大者也，人之赖之与五谷同。化若神造，非人力之功也"。人们把盐池、风谷视为某种神灵，立祠祭祀。唐大历八年（773）、十一年（776）赐号"宝应庆灵池"，"荐于清庙，编之史册"。[②] 此后为池神加爵进封者不绝于史。按沈括《梦溪笔谈》卷三："解州盐泽，卤色正赤，俚俗谓之'蚩尤血'。"[③] 而解州之得名，亦本于黄帝斩蚩尤的神话。罗泌《路史·后纪四·蚩龙传》："（黄帝）传战执尤于中冀而殊之，爰谓之'解'。"《史记》"炎帝联合黄帝击败蚩尤""集解"引《皇览》云："传言黄帝与蚩尤战于涿鹿之野，黄帝杀之，身体异处，故别葬之。"道教天师所以要请解州籍人关羽来打败蚩尤。

　　到了元朝，统治者对关羽又有加封，元文宗天历元年（1328），加封为"显灵义勇武安英济王"。这一时期，出现各种演说关羽故事的民间伎艺，使关羽的形象日益丰满生动。宋代说话伎艺中有专门的"说三分"，元代至治年间（1321—1323）刊行的《三国志平话》和成化刊本词话《花关索传》，可以看作当时民间说唱文学的文本记录。关羽还活跃于戏剧舞台中，宋元戏曲杂剧、院本和南戏中搬演关羽的戏曲主要有《关大王独赴单刀会》《虎牢关三战吕布》《关云长千里独行》《刘关张桃园三结义》《关大王大破蚩尤》《关云长单刀劈四寇》等多种，关羽被塑造成勇猛、忠义和儒雅的形象。

　　至明代，关羽作为神，达到辉煌的顶点。刘海燕指出："关羽形象的儒化与神化在明清两代达到极致。作为一种表现社会道德力量的文化符号，关羽形象负载了多重的文化内涵。人们用不同文化圈所提供的文化规范来界定关羽，或者说关羽形象兼容了不同文化圈的兴趣和理念。"[④] 这主要归功于《三国演义》的广泛传播。黄人《小说小话》曰："自此书一行，而壮缪之人格，互相推崇于无上，祀典方诸郊禘，荣名媲于尼山，虽由吾国崇拜英雄宗教之积

----

① 《尸子》卷上，《二十二子》，上海古籍出版社，1986年版，第372页。
② 《唐会要》卷二十八《祥瑞》，中华书局，1955年版，第534页。
③ 沈括《梦溪笔谈》，巴蜀书社，1996年版，第29页。
④ 刘海燕《从民间到经典：关羽形象与关羽崇拜的生成演变史论》，上海三联书店，2004年版。

习，而演义亦一大主动力也。"① 清人王侃《江州笔谈》云："《三国演义》可以通之妇孺，今天下无不知有关忠义者，《演义》之功也。……士大夫且据演义而为之文，真不知有陈寿志者，可胜慨叹。"② "凡今之细民不习孔氏，而大人不佞佛，然罔不畏爱公。"③ 可见，人们甚至已把《三国演义》当作正史，忘了有陈寿的《三国志》，关羽的影响超越了孔圣人。在"关公文化"的形成与发展过程中，《三国演义》发挥着举足轻重的作用。

明清时期，统治者出于维护其统治的政治目的，对关羽屡加封谥，将关羽崇拜推向顶峰。明洪武二十七年（1394），"建寿亭侯关羽庙于鸡鸣山之阳"。此后的明代统治者对关羽屡加封谥：万历十八年（1590），加封关羽"协天护国忠义大帝"尊号，特颁帝王冠冕，关羽终于由侯而帝，其地位日隆。万历四十二年（1614）十月十日，再次加封关羽为"三界伏魔大帝神威远震天尊关圣帝君"。至清，关羽崇拜更上层楼。因清朝是外族入主中原，民间普遍祀奉曾经坚决抗击过他们先辈金国的岳飞，显然对他们的统治不利，进一步抬高忠孝节义俱全的关羽的地位，盖过替代岳飞，就势所必然。经过顺、康、雍、乾四帝的不断提倡，关羽成了武圣人，与文圣孔子平起平坐。据说关羽崇拜曾为清朝羁縻蒙古各部发挥了重要作用：

> 当世祖之未入关也，先征服内蒙古诸部。因与蒙古诸汗约为兄弟，引《三国志》桃园结义事为例，满洲自认为刘备，而以蒙古为关羽。其后入帝中夏，恐蒙古之携贰也，于是累封至"忠义神武灵佑仁勇威显护国保民精诚绥靖翊赞宣德关圣大帝"，以示尊崇蒙古之意。是以蒙人于信仰喇嘛外，所最尊崇者厥唯关羽。二百余年，备北藩而为不侵不叛之臣者，端在于此。其意亦如关羽之于刘备，服事唯谨也④。

---

① 朱一玄、刘毓忱《三国演义资料汇编》，南开大学出版社，2003年版，第650页。
② 朱一玄、刘毓忱《三国演义资料汇编》，第618—619页。
③ 朱一玄、刘毓忱《三国演义资料汇编》，第610页。
④ 《缺名笔记》，朱一玄、刘毓忱《三国演义资料汇编》，百花文艺出版社，1983年版，第745页。

对关羽也一再加封。顺治九年（1652）四月敕封为"忠义神武关圣大帝"，雍正三年（1725）追封关羽祖先三代公爵，乾隆二十五年（1760）将关羽原来的谥号"壮缪"改为"神勇"，乾隆三十三年（1768）又赐加"灵佑"封号。清朝中后期，随着统治危机的日益加深，统治者对关羽不断加封：如嘉庆十九年（1814）的"神勇"，道光八年（1828）的"威显"，咸丰二年（1852）的"护国"，等等。至此，关羽的封号增至二十二字："忠义神武灵佑神勇威显保民精诚绥靖翊赞宣德关圣大帝"。在民间，明代中后期，有关关羽的灵异传说逐渐增多，关羽在民间逐渐成为一个禳灾祈福之神，受到百姓的顶礼膜拜。刘侗《帝京景物略》对当时的关羽祭祀活动有非常详细的记载："五日（月）……十三日进刀马于关帝庙，刀以铁，其重以八十。筋纸马，高二丈，鞍翰绣文鬐，金色旗鼓，头踏导之。"明清时期，百姓主要是基于自身的某种现实需要而祭拜关羽，关羽具有了司禄命、保科举、治病除灾、驱邪辟恶、纠察冥司、招财进宝、庇护商贾等多重神格。

关羽之所以被儒道佛选中，塑造成统率三界的大神，首先应该归功于《三国演义》中的关羽形象的成功塑造。小说主要从以下几个方面着手，塑造他的形象。

第一，异相。所谓圣人奇相，无论是在民间传说，还是文人著作，都热衷于描绘杰出人物的奇异外貌，《三国演义》也深受其影响，通过描写英雄人物的奇貌来突出其异能。如写刘备"两耳垂肩，双手过膝"，孙权"方头大口，碧眼紫髯"。关羽则"身长九尺三寸，髯长一尺八寸，面如重枣，唇若抹朱，丹凤眼，卧蚕眉，相貌堂堂，威风凛凛"。其后"红脸关公"成为他最显著的外貌特征，是忠勇正直的标志，对后来小说中同类人物的描写影响很大。

第二，神勇。《三国志》中的《关羽传》虽不长，但给读者留下了过人勇武的深刻印象。清代学者赵翼在《廿二史杂记》中指出，"汉以后称勇者，必推关、张"。关羽之名，"不惟同时之人望而畏之，身后数百年，亦无人不震惊之。威声所垂，于今不朽，天生神勇，固不虚也"。《三国演义》对历史上神勇的关羽，更是进行了大肆渲染。他骑赤兔千里马，使八十二斤重青龙偃月刀，武功绝伦，勇猛无敌，斩华雄，刺颜良，诛文丑，降于禁，杀庞德，过五关斩六将，天下英雄无不为之胆寒。如温酒斩华雄，关羽出场时，华雄已连斩盟军上将数员，十八路诸侯人人失色，个个惊恐，关羽"飞身上马，众诸侯听得寨外鼓声大震，喊声大举，岳撼山崩。众皆失惊，却欲探听，鸾铃响处，马到中军，云长提华雄之头，掷于地上。其酒尚温"。此外还有单刀赴会、刮骨疗毒等故事，更使其神勇形象栩栩如生。更重要的是，作者还给其神勇添上了儒雅的色彩，致使关羽成为上层社会和底层社会共同喜爱的英雄。历史上的关羽文化水平并不高，裴松之《三国志注》引晋虞溥《江表传》曰："羽好《左氏传》，讽诵略皆上口。"就是说关羽大致能读懂《左传》而已。但在罗贯中的《三国志通俗演义》里，关羽则表现出相当浓厚的书卷气，如卷三称其"文读《春秋左氏传》，武使青龙偃月刀"。卷六写胡班"见云长左手绰髯，凭几于灯下看书"。又写张辽问关公："公看《春秋》管、鲍之义，可得闻乎？"卷十写曹操道："大丈夫处世必以信义为重，将军深明《春秋》，岂不知庾公之斯追子濯孺子者乎？"说明关羽雅好儒家经典，受到儒家思想的濡染，有儒将气质，因而受到文人士大夫的青睐。

第三，信义。《三国志》说关羽"有国士之风"，讲义气。在小说中，关羽的"义"得到进一步强化，罗贯中不遗余力地描写他的种种义举，盛赞他"义重如山"。毛宗岗由衷地称赞道："如关公者，忠可干霄，义亦贯日，真千古一人。"关羽怒杀倚势欺人的豪霸而亡命江湖，表现了他扶弱锄强的豪侠性格。华容道上，他知恩图报，私放曹操，表现出国士风范。他被迫归附曹操后，不忘桃园结义时立下的誓言，一旦知道了刘备的下落，就挂印封金，千里走单骑去追寻，集中体现了儒家忠贞不二的道德准则和人格追求，连曹操也由衷钦佩："事主不忘其本，乃天下义士也！"

第四，灵异。关羽的神勇和儒将风度，使他成为雅俗共赏、士民齐敬的英雄。然而，仅有这些人格还远远不够，欲使他产生更大的影响，还必须神化他，才能使他成为人们顶礼膜拜的神祇。《三国演义》中，有关关羽死后显灵的描写，对他后来演变成大神，起了重要作用。如《三国志·潘璋传》云："璋部下司马马忠禽羽，并羽子平、都督赵累等。"可见关羽是在战场上被活捉的，可到《三国演义》中，情况就大不相同："公与潘璋部将马忠相遇，忽闻空中有人叫曰：'云长久住下方也，兹玉帝有诏，勿与凡夫较胜负矣。'关公闻言顿悟，遂不恋战，弃却刀马，父子归神。"将关羽战死的情形写得很是体面，说他本是天神，受玉帝诏令辞别人世，遂放弃抵抗，这不是"死"而是"归神"。当关羽的首级被送到曹操面前时，作者写道："关公神眉急动，须发皆张，操忽然惊倒。众将急救，良久方醒，吁气一口，乃顾文武曰：'关将军真天神也！'"在关羽生前，作者就一再暗示关羽是神，胡班偷看关羽，"大惊曰：'真天人也！'"华陀替关羽刮骨疗毒，惊叹道："君侯真乃天神也！"关羽既然是天神降凡，后来死后的种种灵异就不难理解，他"跃马于云雾之中，往来驰骤"；魂附仇人之体，让"吕蒙七窍鲜血迸流，死于座下"；突然出现在潘璋面前，让其"大叫一声，神魂惊散"。诸葛亮一出祁山时，关兴与羌胡兵作战，身临绝境之时，关羽突然从天而降，"杀退番兵"，救出关兴，"以手望东南指之曰：'吾儿可往东南速去，吾当护汝归寨'。"可见，关羽死后就成为了蜀国的护佑神。

刘、关、张成了神之后，对于下层民众的政治、经济生活，影响越来越大。小说《三国演义》的风行天下，无疑进一步扩大了他们在民众中的影响。在政治方面，刘、关、张成了民间秘密结社供奉的神祇，在经济方面，他们又成了社会上诸多行业供奉的神——通称行业神。在三百六十行中，刘备是编织业供奉的神，张飞是盐业、屠宰业、肉铺业供奉的神，而关羽则是描金业、皮箱业、皮革业、烟业、香烛业、绸缎业、成衣业、厨业、酱园业、豆腐业、屠宰业、肉铺业等等不下二十几种行业的行业神，足见其影响之大。

《三国演义》中最勇猛的是吕布，但吕布反复无常、见利忘义、贪图女色，这种人格形象不符合传统的道德标准。而关羽轻财重义，对秘密社会有很强的吸引力。

多数教门都有关帝信仰，红阳教教徒做会时，要念诵《伏魔宝卷》，"叙关帝事迹，并善恶自种，福慧自修等语"[1]。直隶的八卦教有颂扬关羽的咒文，庆云县清茶会没有经卷，单一崇奉关羽神像。明代的黄天教宝卷《护国佑民伏魔宝卷》，前半部照《三国演义》铺叙关羽事迹，后半部说观音超度关羽收源结果，赴命归根。作者声称自己的经卷是在关帝的授意下造作的，在写作和刊板过程中都得到过关公神灵的大力帮助："伏魔爷，一梦中，叫我答应，着我造，伏魔卷，财粮浩大，空有法，无有财，怎得成功。今二月，初三日，昏沉熟睡，伏魔爷，在北京，显大神通。口空声声，指着我，广告牌

---

① 《朱批档》，嘉庆二十年（1815）十一月二十一日直隶总督那彦成奏折。

造卷。……为伏魔，造真经，北京开板。"① 黄天教甚而认为关羽是自己教门中人，② 关羽和广大教徒一样，经常练功："关老爷，成正觉，采清风，唤浊气，默默绵绵。往上升，只升到，三化聚顶。往下降，只降得，五气朝元。五气潮，结圣胎，婴儿姹女。大会合，往上返，入圣超凡。……见天下，男共女，同宣宝卷，圣老祖，心欢喜，喜地欢天。……千里呼，万里唤，刹时就到，拥护着，念佛人，都得高迁。"③ 黄天教把天下共神关羽说成教门中人，其目的是强调教门的正统性，扩大影响力，使之成为抵挡统治者攻击的坚硬盾牌。

《护国佑民伏魔宝卷》模仿《西游记》中菩萨试探唐僧师徒禅心的故事，描写菩萨变为一美女，假装心痛，哀求关羽"救我一命，按我一把，我病消退"。关羽回答道："你是女子，我是男人，不好向前治你。"说着伸出刀篆，以示决绝。于是菩萨现形，表彰关羽"财色双忘"，许他成神。④《大圣弥勒化度宝卷》还表彰关公保护皇嫂，秉烛达旦不乱色，"万古留传到如今"⑤。希望广大教徒以关羽为榜样，禁欲戒色，坚心向道。

由于关公理想化的人格，更容易在帮会成员中引起思想共鸣。有的帮会甚至直接以关羽之名命名，如乾隆元年福建邵武的"关圣会"。天地会志在反清复明，敬仰关公的忠义双全，取其山堂为"钟灵堂"，除供奉关羽牌位外，还有桃枝、桃子，以示"桃园结义"。哥老会香堂举办时间选择在农历五月十三日单刀会，即小说戏曲中的关公单刀过江日。

梅铮铮认为："忠是关羽文化的核心，义是关羽文化的精髓，武是关羽文化的魅力。"⑥ 在《三国演义》中，关羽是忠义信勇的化身。面对曹操的笼络利诱，他毫不动心。一知故主消息，便千里往投，"身在曹营心在汉"的忠诚，成为千古美谈。他温酒斩华雄，千里走单骑，过五关斩六将，又使他成为神

---

① 《护国佑民伏魔宝卷》，王见川、林万传：《明清民间宗教经卷文嫌》第5册，台北新文丰出版社，1999年版，第18页。

② 黄育楩：《破邪详辩》，《清史资料三》，中华书局，1982年版，第69页。

③ 《护国佑民伏魔宝卷》，第8—9页。

④ 《护国佑民伏魔宝卷》，第6页。

⑤ 《大圣弥勒化度宝卷》，《明清民间宗教经卷文献》第7册，第114页。

⑥ 梅铮铮《忠义春秋》，四川人民出版社，1994年版。

勇的化身。但他身上体现的"义"又有违反统治阶级"忠"的一面，如在家乡诛杀豪霸，为民除害，以武犯禁；义释曹操，违反军令，假公济私。可见，关公的"义"呈现出两面性，既有正义、信义、侠义，也有忠义、仁义、礼义。忠义、仁义、礼义是统治阶级所提倡的义，而正义、义气、侠义则反映了社会下层民众的诉求，是他们所推崇的义。不同的社会阶层在关公的"义"上求得了共同点，这就是关公之所以世代被官民共同崇奉，形成超阶级的"全民文化"的内在根源。但关公的"忠义"既是统一的又是矛盾的，在关公身上，义更重于忠，义比忠更彻底地贯穿于关公的一生言行之中，忠义、仁义、礼义，是正义、信义、侠义的延伸。当义与忠发生矛盾时，往往是忠服从了义，尽管这只是在个别情况下才发生的事。义一旦脱离忠的引导，就可能形成不利于封建统治的江湖义气，这就是关公的义对秘密帮会具有强大吸引力的原因。帮会成员绝大多数都是脱离了原有的宗法网络，没有固定职业，没有生活保障，漂泊江湖的游民。为了应对生存挑战，他们必须结成同盟，相互帮扶，才能增加生存概率。所以，游民组成的江湖社会是个"力气"与"道义"相互参合的空间。游民社会不是靠制度、伦理、道德来维持的，而是靠"义气"支撑的，江湖人的"义"最注重"朋友"一伦，这是它和庙堂之"义"、士大夫之"义"的最大区别。

"义"在帮会中无所不在，尤其体现在歃血盟誓、钻刀圈、跳火坑等仪式中，既包含了不得违背誓言之意，也表示兄弟之间要互相帮助、同生共死。结拜是帮会中的常见形式，所以《三国演义》中的"桃园结义"最受推崇，明清以后的秘密社会凡以兄弟结义关系为纽带的几乎都标榜秉承桃园精神，"桃园"几成为兄弟结拜的代名词。不但入会结拜的仪式上供奉"桃园"，外出拜码头的暗号和词令中也有"桃园"。天地会反复强调，要求大家学习关公，忠于朋友，毫不动摇："今晚兄弟同证盟，愿学关公结义缘。"[1]"历朝义气关云长，洪家子弟效忠良。"[2]另外，天地会的茶阵也多以关公故事命名，如关公守荆州阵、桃园结义茶阵、关公护送二嫂阵、带嫂入城阵等。

结义、结拜、歃血为盟，是模仿中国宗法制而产生的。宗法制是从氏族

---

① 李子峰《海底》，上海文艺出版社，1990年版，第59页。
② 萧一山《近代秘密社会史料》，岳麓书社，1986年版，第263页。

制度血缘关系与祖先崇拜发展起来的。以土地为中心的人民，没有更多的选择，只可能以血缘纽带组合群体，这就形成了宗族组织。宗族组织既有内向凝聚的倾向，又有外向相斥的倾向，其内向的凝聚力在于内部的血缘关系。而帮会成员脱离了原有的宗法组织，失去了原有宗法组织的保护，生活无保障，经常遭受官府、地方豪强欺凌，于是他们通过结盟拜把建立起一种类似于宗法组织又不同于宗法组织的虚拟血缘关系团体。于是，刘关张不求同年同日生，但求同年同日死的桃园结义就自然成为他们的精神偶像。

关公也是义和团崇奉的神祇。义和团常借关公的名义发布"坛谕"，如果某团众关公附体，就要骑着象征赤兔马的赤色马，手提青龙偃月刀，携《春秋》一部。山东冠县梨园屯红拳首领阎书勤号称"大刀阎书勤"，平原县杠子李庄神拳首领李长水是朱红灯的主要副手之一，能舞八十斤重的大刀，兵器重量堪比关羽的青龙偃月刀。光绪二十五年（1899）神拳闹教之后，乡里社火演过一出传颂他们事迹的戏文，戏里把李长水这位黑脸大汉扮成了红脸大汉。[①] 这些教首或拳师的表征，或多或少地具有赤面长髯、力拔山河的关帝形象。刘盈扬的《天津拳匪变乱纪事》记载了一则有趣的故事：

> 又有人传云：某关帝庙神像，忽满脸流汗，由是一传十，十传百，各关帝庙香火为之一盛，皆谓为关帝助战云。细查其故，盖该庙僧人，因庙中香火冷落，糊口无资，乃用冰块暗置神像冠内，冰化水流，如出汗然。遂遍散谣言，以显其神异，以藉此以获香资也。自关公助战之谣出，于是拳匪有托名为关公附体者。旋有大觉庵地方拳匪某甲，与某处拳匪某乙，因此争执，各不相下。甲谓乙：汝系冒充关公；乙谓甲曰：汝系冒充关公。相争不能决，乃求断于某匪首，某匪首曰："吾乃真关公附体，汝等狼鬼子，胆敢冒名欺人，该杀！"乃挥刀作斩首状。甲乙乃不复辩。

可见，"义"是维持帮会团体内部一致性的精神要素和道德标准。帮会之

---

① （日）佐佐木卫编《近代中国农村社会与民众运动的综合研究》，东方书店，1992年版，第36页。

所以提倡"义"，就是要以"义"作为维系内部关系的精神纽带和支柱，以此来凝聚力量，开展活动。

只有获得现世利益，才能成为信仰的支柱和基础。秘密社会的关公崇拜又一次证明了这一论断的正确。秘密社会的成员绝大多数都是社会底层民众，他们的关羽崇拜，实质上是凭借着超人间的形式，来表达自己对于生活环境的体验和感受，并以此为基础，形成了特定的求索取向。秘密社会按照自己的要求塑造关公的形象，挖掘关公身上可资利用的价值。于是，在秘密社会，关公就成了有别于正统社会的"他们的神"。

总之，经过《三国演义》对历史人物关羽的种种成功改塑，一个忠义贯日、神勇无比的民族战神形象从而形成，从此关公的故事传遍大江南北，关公的文化日渐丰富，"中原有地皆修祀，故土无人不荐香"①。而上层统治者、文人士大夫、下层民众和各种宗教势力，又根据自己的需要，接受、解读《三国演义》，重新塑造自己的关羽，并在一定的历史时期形成共识，一个凌驾于一切之上的大神和丰富多彩的关公文化就这样形成了②。

第二节　《水浒传》与江湖文化

作为一部世代累积型的长篇小说，《水浒传》先是受到帮会和教门思想观念的渗透；成书以后，由于它在社会上的广泛流传，又对帮会和教门产生了深远影响，尤其是帮会，可以这样说，《水浒传》是一部帮会组织的"圣典"，是江湖人的百科全书。"水浒"故事通过种种艺术样式，在中国下层社会里普及着江湖知识。

---

① 朱一玄、刘毓忱《三国演义资料汇编》，百花文艺出版社，1983 年版，第 167 页。
② 本章在撰写过程中，参考了王春瑜《刘、关、张的人神之变》（《盐城师专学报》1999 年第 1 期）和胡小伟《三教圆融与关羽崇拜》（中国社会科学院文学研究所学术网）等论文，在此致谢！

一、帮会思想观念对《水浒传》的渗透

离开农村的游民，脱离了原有的宗法网络，失去了稳定的职业，没有了生活保障。他们漂泊江湖、四处流浪，生活艰辛，许多数人都有过冒险生涯甚而通过不正当手段获取生活资本，成为社会生活中的不稳定因素，随时随地都有可能蜕变为"暴民"。在两宋以前，由于城市经济不发达，游民一般集中在农村。宋朝是中国经济大发展的时候，城市繁华，大批游民涌入城市。为了生存，他们逐渐由个体结成团伙。《水浒传》中的有些好汉，在上梁山前就是单独行动的，如李俊、张横、童威、童猛、孙二娘、段景柱、时迁。他们大多都干着非法勾，如抢劫、开黑店、盗窃等。有的在上梁山前已结成小规模的团伙，如少华山、二龙山、桃花山、对影山、苦树山、清风山等山寨上的强人。这些人因为有着相似的经历和趣向，所以最后会聚到梁山，结成了一个更大的团伙和帮派。

《水浒传》的游民最终走上反政府、反社会的道路，原因是多样的。有的是因报复上级官员而逃走江湖，如欧鹏、孟康；有的是因触犯法律而远走他乡，如戴宗、李逵、武松；有的因做生意亏本后归乡不得，如朱贵、吕方、郭盛、燕顺；有的因好赌成性而家财散尽，流落江湖，如汤隆；有的自幼就漂泊江湖，如刘唐；有的是闲汉出身，如马麟；有的是江湖艺人，如李忠、薛永。凭着才能和义气，他们在江湖上打拼，有了绰号，就意味着获得了成功，在江湖上站住了脚。如欧鹏逃走江湖后，在绿林中熬出个"摩云金翅"名号。有些绰号只能在江湖上使用，也只有江湖人才知道。如柴进在显性社会中是贵族皇孙，被称为"柴大官人"；但他暗地里结交亡命，江湖人称"小旋风"。江湖绰号被主流社会视为匪类的标记，如宋江在清风寨被捕后，自称张三，是个良民，来清风寨做买卖。清风寨的知寨刘高欲置宋江于死地，在给宋江做档案时称他为"郓城虎张三"，把他断成盗贼。

在《水浒传》中，头裹红巾成为强盗的衣巾标志。如少华山的陈达去华阴县"借粮"，路过史家庄，头戴"干红凹面巾"。晁盖等上梁山后，何清带领官兵围捕，阮小二站在船头上，头带绛红巾，兄弟三人身穿红罗绣袄。宋江第一次遇到燕顺，见他"头上绾着鹅梨角儿，一条红绢帕裹着，身上披着一领枣红苎丝衲袄"。燕顺等拦截押解宋江的官兵时，也是一个个"头裹红

巾，身穿衲袄"。梁山泊好汉拦住路过梁山的卢俊义时，也是头带"茜红头巾"。这些描写，可能与北宋灭亡后活跃在山东等地的抗金义军有关，这些义军因头裹红巾，又被称为红巾军。元末，又爆发了推翻元王朝的红巾军大起义。因此，在后世文学作品中，"头裹红巾"成为强盗的特有标志。

《水浒传》中的江湖人非常重视收集信息、传输信息。游民流动频繁，生活空间广阔，消息灵通，传播快速。而且消息对于他们的生存非常重要，所以"消息最灵，护身最密"[①]。如林冲上梁山后，受到王伦的排挤和打压，这件事很快就传遍江湖。王伦时期的梁山泊就派朱富在外围以开酒店为名，刺探往来客商及江湖、朝廷的情报。晁盖和宋江统治梁山后，进一步完善了情报系统，令神行太保戴宗专门负责信息的传递。

因为江湖是与显性社会对立的，受到统治者的镇压，所以，他们十分重视保密工作，秘密语就是其中的一部分。秘密语即江湖黑话，是江湖人互相联络和交流的一种特殊语码。江湖黑话在《水浒传》中已经初露端倪，但不是很多，如李忠见鲁智深时，"剪拂了起来"。作者解释道："原来强人下拜，不说此二字，为军中不利，只唤做剪拂。此乃吉利的字样。"因为"拜"的发音与"败"相近，在江湖人看来不吉利，所以不说"下拜"，而说"剪拂"。跌坐在地下叫"塔蹲"。江湖人在船上打劫客人时，最后问客人是选择"板刀面"还是"馄饨"。"板刀面"就是被刀杀死，"馄饨"则是跳江自杀。到了明朝，特别是明代中叶以后，黑话、暗语呈泛滥之势，光是天地会会内"海底"中所载的秘密语就有数千条之多。

江湖人对女人怀有一种复杂的情感。《水浒传》中写了淫妇潘巧云、潘金莲、贾氏，其中潘金莲、贾氏不但偷汉子，还联合情夫谋害亲夫。还有淫恶无情的歌妓阎婆惜、李瑞兰、白秀英，其中阎婆惜和李瑞兰还出卖江湖人。这些女人的下场都很悲惨，作者以欣赏的口吻细致描绘了她们被杀死时的惨不忍睹的情景。而梁山上的英雄大都不好色，晁盖"最爱刺枪使棒，亦自身强力壮，不娶妻室，终日只是打熬筋"。宋江"是个好汉，只爱学使枪棒，于女色上不十分要紧"。卢俊义"平昔只顾打熬气力，不亲女色"。这三人都是梁山领袖，由此可见作者对所谓英雄品性的要求。燕青在李师师家，李师师

---

① 《录副档》，光绪二十九年（1903）十月十四日御史杨乃征奏折。

见他心灵手巧，遍体锦绣，未免动情。尽管李师师是使道君皇帝也为之折腰的"风流花月魁"，但燕青为梁山招安大事，不为所动，故意拜李师师为姐。作者议论道："那八拜，是拜住那妇人一点邪心，中间里好干大事。若是第二个在酒色之中的，也坏了大事。因此上单显燕青心如铁石，端的是好男子！"宋江总结说："但凡好汉犯了溜骨髓三个字的，好生惹人耻笑。"所谓"溜骨髓"也即"二八佳人体似酥，腰间仗剑斩愚夫，虽然不见人头落，暗里教君骨髓枯"之意。

所以，江湖与传统的女性观并无二致，以为"有甚美必有甚恶"。梁山女英雄中，只有扈三娘长得漂亮，作者或许是为了惩罚她的美丽，故意安排她嫁给了又矮又胖又好色的王英。江湖最推崇的女人是男性化的女人，如母大虫顾大嫂、母夜叉孙二娘之类。江湖的女性审美观虽然与传统社会相似，但它的形成不是由于游民所接受的传统文化教育，而是由他们的生存状况所决定的。游民由于极度贫困或作奸犯科，成家的可能性较低，他们泄欲的途径一般是去逛妓院或干脆抢夺妇女，所以对女性并无多少感情；有时，他们不得不忍受长久的性煎熬，由此滋生出对女性的变态的心理；而且，女人还有可能会泄露他们的行踪，使他们遭受灭顶之灾；在特殊情况下，柔弱的女性也会妨碍他们的行动。英国人贝思飞所写的《民国时期的土匪》中指出，土匪认为女性是不幸的根源，不只是男土匪这样，女性匪首也如此看，遇有重大的危机先把妇女杀掉。所以，中国历史上的帮会，都对淫极为痛恨。天地会、哥老会对戒淫一点，再三告诫，对犯淫者，将处以片割极刑。在天地会的一种会簿中就写道：少林寺第七僧马福仪，因图奸郑君达之妻、妹郭秀英和郑玉兰，被斥下山，向官军告密，请兵三千，夜围少林寺，烧死寺僧百余，仅方大洪等五人逃出，后创立天地会。故天地会中忌言"七"。

游民还厌恶文人，《水浒传》中写道："可恨的是假文墨，没奈何着一个'圣手书生'，聊存风雅；最恼的是大头巾，幸喜得先杀却'白衣秀士'，洗尽酸悭。"江湖人认为，文人心胸狭窄，虚伪善变，不讲江湖义气。如白衣秀才王伦，当驰名江湖的英雄林冲持柴大官人的推荐信来投时，王伦动问了一回，蓦然寻思道："我却是个不及第的秀才，因鸟气合着杜迁来这里落草。续后宋万来。聚集这许多人马伴当。我又没十分本事。杜迁、宋万，武艺也只平常。如今不争添了这个人。他是京师禁军教头，必然好武艺。倘若被他识破我们手段，他须占强，我们如何迎敌。不若只是一怪，推却事故，吩咐他下山去便了。免致后患。只是柴进面上却不好看，忘了日前之恩，如今也顾他不得。"接着百般刁难林冲。后来晁盖率众来投，王伦也是推三阻四，不肯接纳，终被林冲手刃。王英欲强占清风寨正知寨刘高的老婆做押寨夫人，宋江劝王英将她放了，说："但凡好汉犯了溜骨髓三个字的，好生惹人耻笑。我看这娘子说来，是个朝廷命官的恭人。怎生看在下薄面，并江湖上大义两字，放他下山回去，教他夫妻完聚如何？"王英回答道："哥哥听禀：王英自来没个押寨夫人做伴。况兼如今世上，都是那大头巾弄得歹了。哥哥管他则什。"宋时重文轻武，江湖人认为，文人对朝政腐败、社会黑暗负有不可推卸的责任。而且文人手无缚鸡之力，在以强凌弱的江湖百无一用，成事不足，败事有余。所以天地会、哥老会等帮会组织一般都拒绝文人加盟。《水浒传》中写花荣听说宋江救了刘高之妻后说道："近日除将这个穷酸饿醋来做个正知寨，这厮又是文官，又没本事。自从到任，把此乡间些少上户诈骗，乱行法度，无所不为。小弟是个武官副知寨，每每被这厮殴气，恨不得杀了这滥污贼禽兽。"江湖人崇拜的是力量，是武功，希望凭着一刀一枪，搏个封妻荫子。当然，江湖人并不完全排斥文化人，他们认为理想的文人应该是文武皆备，"武"当然是兵器拳脚，"文"则主要是指具备阴阳知识或军事谋略。如蒋敬原是落第举子，后弃文就武，颇有谋略，精通书算，积万累千，纤毫不差。亦能刺枪使棒，布阵排兵。吴用、朱武、公孙胜等都是这种人。

由于游民是被社会边缘化的群体，没有社会地位，他们的价值取向与显性社会的正统思想显得格格不入。江湖充满了刀光剑影、尔虞我诈。《水浒传》第二十八回写黑店老板张青、孙二娘在请武松吃饭时，都是说些"江湖上好汉的勾当，却是杀人放火的事"，把旁边两个押送武松的公差听得惊呆了，只是下拜。武松安慰他们说："我等江湖上好汉们说话，你休要吃惊，我们并不肯害为善的人。"违法犯罪之事对衙门公差来说可谓司空见惯，但他们听了江湖的勾当后却恐惧不已，由此可见"江湖"的险恶。

江湖人的许多品性和行为都有悖于传统的社会道德。

《水浒传》中的江湖好汉中有些是赌徒。如邹渊"自小最好赌钱，闲汉出身"。张横等人赌输了钱，就扮作稍公，在江边和船上实施抢劫。李逵更好此道，赌输了便借，输红了眼便抢。

《水浒传》中的江湖好汉还走私，即买卖违禁物品，获取巨额利润。晁盖和柴进等都结纳亡命，窝藏罪犯。山东、河北做私商的，都曾投奔晁盖，晁盖从中也分一杯羹。阮氏弟兄日常只以打鱼为生，但"亦曾在泊子里做私商勾当"。李立"只靠做私商道路，人尽呼他做催命判官"。童氏兄弟贩卖私盐。他们除贩卖国家严禁私营的盐铁等东西外，还开黑店，杀人越货。如朱贵以开酒店为名，"专一探听往来客商经过。但有财帛者，便去山寨里报知。但是孤单客人到此，无财帛的，放他过去。有财帛的来到这里，轻则蒙汗药麻翻，重则登时结果，将精肉片为靶子，肥肉煎油点灯"。催命判官李立和菜园子张青夫妇等都开过黑店，但见过往客人有钱或肥胖的，便以蒙汗药麻倒，将财物抢去，客人杀死，剥作人肉馒头。

梁山中人有的曾是地方一霸。如晁盖独霸东溪村，江湖上都闻他名字。穆弘、穆春兄弟是揭阳镇一霸，薛永来揭阳镇卖艺，只因没有去穆家兄弟那儿进贡，穆春便吩咐镇上的人，不准给他赏钱。张横、张顺兄弟是浔阳江一霸，浔阳江的渔民，只有得到张顺的同意后，方能开舱发卖。李立、李俊则是揭阳岭一霸。

还有一部分人则占山为王，打家劫舍。如鲍旭等强人占住枯树山，平生只好杀人，在山里打家劫舍。朱武等占据少华山，打家劫舍，华阴县里不敢捉他。白衣秀士王伦等聚众宛子城，打家劫舍，"多有做下迷天大罪的人，都投奔那里躲灾避难。他都收留在彼"。毛头星孔明、独火星孔亮聚集五七百人，占住白虎山，打家劫舍。

梁山好汉以杀戮为乐，贱视生命，快意恩仇。王伦掌梁山泊时，凡来投奔的人，先要交一个投名状。所谓"投名状"就是必须下山去杀死一个人，将头拿来献纳，王伦便无疑心。他们不但打劫客商，甚至残忍地将他们杀死，剖取心肝做醒酒汤。燕顺、李逵等都嗜吃人肉，黄文蜂被俘后，晁盖"教把尖刀来，就讨盆炭火来，细细地割这厮烧来下酒"。不久，李逵又吃了冒他名头、拦路抢劫的李鬼。李逵可以说是游民中野蛮残暴的典型，他打仗时不分男女老幼、军官百姓，只是抡动两把板斧，"一味地砍将来"。扈家庄本已与梁山有约，愿意合作，但当扈成押着祝龙来献时，李逵却将扈太公一家全部杀光。四柳村狄太公的女儿"着了一个邪祟"，李逵自称是罗真人的徒弟，专能捉鬼，狄太公信以为真。李逵发现狄太公的女儿与人私通，故意装鬼弄鬼，将她与奸夫一齐杀死，"把两个头拴做一处，再提婆娘尸首，和汉子身尸相并。李逵道：'吃得饱，正没消食处。'就解下上半截衣裳，拿起双斧，看着两个死尸，一上一下，恰似发擂的乱剁了一阵。李逵笑道：'眼见这两个不得活了。'插起大斧，提着人头，大叫出厅前来。'两个鬼我都捉了。'撇下人头，满庄里人都吃一惊"。太公得知女儿被杀，哭道："师父，留得我女儿也罢。"李逵骂道："打脊老牛！女儿偷了汉子，兀自要留他！你怎地哭时，倒要赖我，不谢将我。明日恰和你说话。"还讹诈狄太公以酒食相待。

　　江湖人的是非观迥异于传统的伦理道德，他们完全以自我为中心，只要对自己或集团有利，损害或牺牲别人没有关系。游民社会不是靠制度、伦理、道德来维持的，而是靠"义气"支撑的，结拜是他们最常见的形式。没有取得政权之前，他们是兄弟，是平等的。但是他们一旦排了座次，那就森严有序，丝毫不能僭越。对于他们自己人，他们是讲"义气"的，但对于外人就完全不同了。他们可能会杀贪官污吏，但对平民百姓同样毫不留情。打家劫舍、杀人越货远比反抗官府的时候多。燕顺等抓住宋江后，要以他的心肝做醒酒汤，后来知是宋江，亲去其缚，纳头便拜。于是大家立刻成了好兄弟。李立等抢劫宋江后，还想将他弄死。幸得李俊来救，宋江才保住了性命。但宋江对于他们滥杀无辜的野蛮行为，不但不加以谴责，而且马上与他们称兄道弟。宋江被押解到江州时，没有去给两院押级戴宗送礼。戴宗不知这个犯人就是江湖上声名显赫的及时雨宋江，便对宋江大喝道："你这贼配军是我手里行货，轻咳嗽便是罪过！"宋江道："你便寻我过失，也不计利害，便不到的该死。"戴宗怒道："你说不该死，我要结果你也不难，只似打杀一个苍蝇。"可见，戴宗的品行多么恶劣！但误会消除后，他们立时成了兄弟。

　　武松醉打蒋门神可谓大快人心，但施恩与蒋门神并无本质的区别，甚至有过之而无不及。武松帮助施恩夺回快活林后，"自此施恩的买卖，比往常加增三五分利息。各店家并各赌坊、兑坊，加利倍送闲钱来与施恩"。武松自称要打天下不明道理的人，其实他在其中扮演的角色，不过是个打手罢了。董平更为卑劣，他的同僚程太守有个女儿，颇有姿色。董平无妻，累使人去求亲。程万里不允。董平心怀不满，大敌当前，领军入城，乘势使人问程太守这头亲事。程太守回说："我是文官，他是武官。相赘为婿，正当其理。只是如今贼寇临城，事在危急。若还便许，被人耻笑。待得退了贼兵保护城池无事，那时议亲，未为晚矣。"董平听到回话，虽是口里应道："说得是。"却心怀怨恨。董平后来投降梁山，破城之日迳奔私衙，杀了程太守全家，夺其女为妻。

与梁山利益比起来，老百姓的生命财产分文不值。如宋江为了迫使秦明上梁山，故意将秦明滞留山上，暗地里却派人穿了秦明的衣甲头盔，骑着秦明的战马，横着秦明的狼牙棒，扮作秦明的样子去攻打青州城，"坏了百姓人家房屋，杀害良民"。害了秦明一家老小，使得秦明无家可回，有国难投，不得不投降梁山。攻打江州城和大名府时，更是大开杀戒，江州一战，"民间被杀死者五千余人，中伤者不计其数"。

总之，梁山只是梁山好汉们的乐园，对百姓和官府来说，却是个令人恐惧的地方。作者咏梁山泊道：

> 山排巨浪，水接遥天。乱芦攒万队刀枪，怪树列千千层剑戟。濠边鹿角，俱将骸骨攒成。寨内碗瓢，尽使骷髅做就。剥下人皮蒙战鼓，截来头发做缰绳。阻当官军，有无限断头港陌。遮拦盗贼，是许多绝径林峦。鹅卵石叠叠如山，苦竹枪森森似雨。战船来往，一周围埋伏有芦花。深港停藏，四壁下窝盘多草木。断金亭上愁云起，聚义厅前杀气生。

中国古代历史上的帮会组织，其行径与梁山好汉并无二致。哥老会贩卖鸦片、走私食盐、开场聚赌、贩私人口、绑票伙劫、强占妇女、屠宰耕牛、抢劫钱财，挖睛残人，抢孀逼嫁，杀人掠货，无所不为。其手段之毒辣，令人发指！湖南哥老会，"日则散而为民，夜则聚而为盗。或数十百人，执持器械洋枪，肆行抢劫，被害之家甚而不敢告官，惧其以仇杀为报仇也"[①]。所以，梁山好汉的是非观表现出鲜明的实用主义色彩，只要梁山好汉之间彼此讲义气，哪怕他过去是个十恶不赦的人，也一笔勾销。他对梁山以外的人的行为和品行，不影响他在江湖中或帮内的评价。江湖评判一个人，用的是双重标准，如高俅等因为与梁山作对，所以他是奸臣；宿元景尽管不断地接受梁山

---

① 《录副奏折》，御史易俊片，农民运动类秘密结社项第 2728 号。

的贿赂，但因为他支持朝廷招安梁山，所以他是贤臣。李逵寿张县断案典型地诠释了梁山的强盗逻辑。那日李逵穿着知县公服坐衙，要吏役扮着原告和被告来告状。"两个跪在厅前。这个告道：'相公可怜见，他打了小人。'那个告：'他骂了小人，我才打他。'李逵道：'那个是吃打的？'原告道：'小人是吃打的。'又问道：'那个是打了他的？'被告道：'他先骂了，小人是打他来。'李逵道：'这个打了人的是好汉。先放了他去。这个不长进的，怎地吃人打了？与我枷号在衙门前示众。'李逵起身，把绿袍抓扎起，槐简揣在腰里，掣出大斧，直看着枷了那个原告人，号令在县门前，方才大踏步去了。"不问是非，只惟强弱，谁强谁就有理。如此荒谬绝伦的逻辑，在江湖却是真理。

所以，在江湖，"义"高于一切，凌驾于一切传统的伦理道德之上，甚至包括血缘的父母兄弟关系。宋江虽是有名的大孝子，但张顺魂归涌金门后，宋江哭得昏倒在地，说道："我丧了父母，也不如此伤恼！不由我连心透骨苦痛！"这绝不是宋江的故作姿态，而是形象地表现了江湖的伦理观。游民羡慕"不怕天，不怕地，不怕官司。论秤分金银，异样穿绸锦。成瓮吃酒，大块吃肉"的生活；景仰仗义疏财，路见不平，拔刀相助的好汉；希望"四海之内，皆兄弟也"：

> 八方共域，异姓一家。天地显罡煞之精，人境合杰灵之美。千里面朝夕相见，一寸心死生可同。相貌语言，南北东西虽各别；心情肝胆，忠诚信义并无差。其人则有帝子神孙，富豪将吏，并三教九流，乃至猎户渔人，屠儿刽子，都一般儿哥弟称呼，不分贵贱；且又有同胞手足，捉对夫妻，与叔侄郎舅，以及跟随主仆，争斗冤雠，皆一样的酒筵欢乐，无问亲疏。或精灵，或粗鲁，或村朴，或风流，何尝相碍，果然识性同居；或笔舌，或刀枪，或奔驰，或偷骗，各有偏长，真是随才器使。可恨的是假文墨，没奈何着一个"圣手书生"，聊存风雅；最恼的是大头巾，幸喜得先杀却"白衣秀士"，洗尽酸慳。地方四五百里，英雄一百八人。昔时常说江湖上闻名，似古楼钟声声传播；今日始知星辰中列姓，如念珠子个个连牵。在晁盖恐托胆称王，归天及早；惟宋江肯呼群保义，把寨为头。休言啸聚山林，早愿瞻依廊庙。

这是游民思想的集中表达。游民都是来自不同地方、不同社会阶层的人，为了生存，他们必须结成一体，共同奋斗。所以，从现实的角度而言，异姓兄弟远比血血缘兄弟更为重要。他们的目的是自己生活得更好，他人或在其次或根本不在考虑之列。"休言啸聚山林，早愿瞻依廊庙"，因此，招安就成为他们的重要选择之一。当他们的力量还不足以推翻现行政权时，最好的出路就是招安。"想当官，杀人放火受招安"成为他们崇奉的信条。高俅率领征剿梁山的十节度使，"旧日都是在绿林丛中出身，后来受了招安，直做到许大官职"。为了招安，宋江等费尽心机，"行钻刺关节，斡运衷情，达知今上"，甚至连妓女的门路都走上了。他们觉得啸聚山林并非长久之计，也不光彩。阮小二死后，宋江在帐中烦恼，寝食俱废，梦寐不安。阮小五、阮小七劝道："我哥哥今日为国家大事折了性命，也强似死在梁山泊，埋没了名目。"解珍、解宝扮作猎户，翻过高山，冲进敌营放火。吴用道："此计虽好，只恐这山险峻，难以进步，倘或失脚，性命难保。"解珍、解宝便道："我弟兄两个，自登州越狱上梁山泊，托哥哥福荫，做了许多年好汉，又受了国家诰命，穿了锦袄子，今日为朝廷，便粉骨碎身，报答仁兄，也不为多。"所以，游民并不反对招安，甚至认为这是造反之后的最佳出路之一，这从古代小说中对黄天霸的歌颂就可以看出游民的这一价值取向。在《施公案》中，黄天霸曾是绿林中声名显赫的人物，后来"看破绿林无好，改邪归正"，投附朝廷。为了讨好朝廷大僚施仕纶，他狠心杀死刺血之盟的兄弟贺天保、濮天雕和武天虬，又逼死盟嫂。他改名"施忠"，帮助官府剿灭绿林同道。这种残害结义兄弟的做法本是江湖大忌，但小说中的黄天霸不但没有被天地会、义和团之类的帮会唾弃，而且成为他们崇拜的对象，义和团所请附神的名单中就有黄天霸，在近代华北等地的帮会中，还供奉着黄天霸的牌位。这并不奇怪，因为帮会中的人物都有强烈的功名富贵思想，他们成为绿林中人有不得已的苦衷，一旦有机会，就会投靠朝廷。《施公案》中的李公然接受粮船帮聘金来天津帮打架，但一遇施仕纶"青眼相看"，"就投在他麾下效力，也想挣个出身"。他的绿林朋友知道后，同声叫好："这才是大丈夫的志气。那绿林里面，江湖道上，俱非豪杰久居之所。"

二　《水浒传》对帮会组织的影响

在中国封建社会，广大农民没有机会接受正规的文化教育，他们所拥有的一点点可怜的文化知识，都是通过小说戏曲等通俗文学获得的，他们甚至分不清楚历史与虚构的区别，把小说戏曲中的描写当作真实的存在。在明清时期，小说戏曲空前繁荣，传播甚广，为广大农民所津津乐道，对下层民众的思想意识和价值观念产生了深远的影响。清代学者钱大昕早就指出："古有儒、释、道三教，自明以来又多一教曰小说。小说演义之书，士大夫、农、工、商、贾无不习闻之，以致儿童妇女不识字者亦皆闻而如见之，是其教较之儒、释、道而更广也。"[①] 而尤以一些累积成书、流传最广的名著影响最大。梁启超说：

> 今我国民豪杰，遍地皆是，日日有桃园之拜，处处为梁山之盟，所谓"大碗酒，大块肉，分秤称金银，论套穿衣服"等思想，充塞于下层层叠叠社会之脑中，遂成哥老、大刀会……曰惟小说之故[②]。

陶成章在谈到白莲教和天地会时说：

> 凡山东、山西、河南一带，无不尊信《封神》之传。凡江浙、闽广一带，无不崇拜《水浒》之书[③]。

金连凯在《梨园粗论》中说：

> 余言傀儡小技，误尽青年，一场儿戏，风化攸关。扮男扮女，作尽百般丑态；假文假武，造出无限讹传。若遇智者，必叹痴人说梦；当逢上士，定怜心病生疯。扩而深思，夫盗潢池，未有不以此

---

① 钱大昕《潜研堂集》卷十七"正俗"，上海古籍出版社，2009 年版，第 282 页。
② 梁启超《论小说与群治之关系》，《梁启超文集》下，北京燕山出版社，1997 年版。
③ 陶成章《陶成章集》，中华书局，1986 年版，第 187 页。

为可法；天王元帅，大都伏蠢动之机。更有平天冠、赭红袍，教匪窥窃流涎；又是瓦岗寨、四盟山，盗贼争夺得志。专心留意，无非"扫北"；熟读牢记，尽是"征西"。《封神榜》刻意追求；《平妖传》时时赞羡。《三国志》上慢忠义；《水浒传》下诱强梁。实起祸之端倪，招邪之领袖。

金连凯又在《灵台小补》中说，道光年间，有宗室士人上书严禁鼓词："此书多演怪力乱神，供人捧腹，似乎无害，然词气抑扬之间，但图热闹，总以拜师学法、驱役鬼神、啸聚山林、劫夺法场为贤。小民何知正史，信以为真，此邪教必滋事之所。"① 所以，许多人把民间宗教和帮会的叛乱归之于小说戏曲的教唆。吴永在《庚子西狩丛谈》中甚至把义和团之乱归咎于小说的影响：

> 义和拳之乱，所以酿成此大乱者，原因固甚复杂，而根本症结实不外于二端：一则民智之过陋也。北方人民，简单质朴，向乏普遍教育，耳濡目染，只有小说戏剧之两种观感，戏剧仍本于小说，括而言之，即谓小说教育可也。小说中只有势力者，无过于两大派，一为《封神》《西游》，侈仙道鬼神之魔法；一为《水浒》《侠义》，状英雄草泽之强梁。……由此两派思想，浑合制造，乃适构成义和拳之原质。……被之者普，而入之者深，虽以前清之历次铲刈，而根本固不能拔也②。

清统治者认为，天地会、义和团等帮会组织是受到了《水浒传》等书的煽惑。《大清文宗显皇帝圣训》卷九十"靖奸宄"一："据片奏，该匪传教惑人，有《性命圭旨》及《水浒传》两书，湖南各处坊肆皆刊刻售卖，蛊惑愚民，莫此为甚。"③《大清高宗纯皇帝圣训》卷二百六十三"厚风俗"三："近有

---

① 金连凯《梨园粗论》，据道光十四年（1834）刊《灵台小补》残卷，王利器《元明清三代禁毁小说戏曲史料》（增订本），上海古籍出版社，1981 年版，第 356—358 页。

② 朱一玄《水浒传资料汇编》，南开大学出版社，2002 年版，第 461 页。

③ 朱一玄《水浒传资料汇编》，第 468 页。

不肖之徒，并不翻译正传，反将《水浒》《西厢记》等小说翻译，使人阅看，诱以为恶。甚至以满州单字还音抄写古词者俱有。似此等秽恶之书，非惟无益，而满州之风俗之偷，皆由于此。如愚民之惑于邪教，亲近匪人者，概由看此恶书所致。"①

《水浒传》中所创造的许多话语成为后世的流行语，有意或无意地成为人们认识社会的价值坐标。如据王学泰先生说，"好汉"这个词唐代就有，可是那时多指读书人，而《水浒传》中专指的是绿林英雄。这种词义被后世人们普遍接受。《水浒传》之后，人们便称那些勇武有力、敢于作奸犯科、又稍有点义气的人们为"好汉"。又如"不义之财，取之无碍"成为江洋大盗的遮羞布。其他如"聚义""江湖""招安""上梁山""逼上梁山""替天行道""成瓮吃酒，大块吃肉"等等，它们既反映游民的思想意识，也表达了他们的向往。

《水浒传》中的思想意识、组织形式和梁山人物，都对后世的帮会组织产生了巨大影响。天地会的意识形态与组织形式明显受到小说的影响。陶成章在《教会源流考》中说："洪门借刘、关、张以结义，故曰桃园义气；欲借山寨以聚义众，故又曰梁山巢穴；故预期圣天子之出世而辅之，以奏扩清之功，故又曰瓦岗寨威风。盖组织此会者，缘迎和中国下等社会之人心，取《三国演义》《水浒传》《说唐》三书而贯通之也。"②有些教派和帮会组织的名称就取自《水浒传》，如万历年间，王锋师事妖人林福，组织"天地三阳会"，"盖三阳殿，造混元主佛三尊，傍列伪封蔡镇等为三十六天将，捏造妖书、违法器物，煽惑男妇六十余人，以度劫为名"③。崇祯年间，苏州游民结有"天罡党"，欺凌小民。天地会之名取"拜天为父，拜地为母"之意，罗尔纲认为出自七十一回本《水浒传》中的"昔分异地板今聚一堂，准星辰为弟兄，指天地作父母"④的誓词。其实《水浒传》一百和一百二十回本中均有天地会之意，如梁山泊排座次之后，宋江拣了吉日良时，焚一炉香，鸣鼓聚众，都到堂上。宋江对众道："今非昔比，我有片言：今日既是天罡地曜相会，必须对天

① 朱一玄《水浒传资料汇编》，第457页。
② 陶成章《陶成章集》，第423页。
③ 《明神宗实录》卷83。
④ 参见罗尔纲《水浒传与天地会》，《会党史研究》，学林出版社，1987年版。

盟誓，各无异心，死生相托，吉凶相救，患难相扶，一同保国安民。"众皆大喜。各人拈香已罢，一齐跪在堂上。宋江誓曰："宋江鄙猥小吏，无学无能。荷天地之盖载，感日月之照临。聚弟兄于梁山，结英雄于水泊。共一百八人，上符天数，下合人心。自今以后，若是各人存心不仁，削绝大义，万望天地行诛，神人共戮。万世不得人身，亿载永沉末劫。但愿共存忠义于心，同着功勋于国。替天行道，保境安民。神天察鉴，报应照彰。"誓毕，众皆同声共誓，但愿生生相会，世世相逢，永无断阻。"天罡地曜相会"即为天地会之意；"荷天地之盖载，感日月之照临"即是天地会"以天为父，以地为母，以日为兄，以月为嫂"。梁山成为帮会向往的圣地，如有来加入天地会者，双方有这样的问答：

> 问：你来做什么？
> 答：投奔梁山。
> 问：投奔梁山做什么？
> 答：结仁结义。[①]

《水浒传》的社会理想对帮会产生了很大的影响。天地会是在福建泉州等地异姓联合共同抗衡大姓的社会背景下产生的，它发展了《水浒传》中"异姓一家"的思想，结成了一个"四海之内，皆兄弟也"的梁山泊团体组织，这一思想就取资于《水浒传》第七十一回：

> 八方共域，异姓一家。天地显罡煞之精，人境合杰灵之美。千里面朝夕相见，一寸心死生可同。相貌语言，南北东西虽各别；心情肝胆，忠诚信义并无差。其人则有帝子神孙，富豪将吏，并三教九流，乃至猎户渔人，屠儿刽子，都一般儿哥弟称呼，不分贵贱；且又有同胞手足，捉对夫妻，与叔侄郎舅，以及跟随主仆，争斗冤雠，皆一样的酒筵欢乐，无问亲疏。或精灵，或粗鲁，或村朴，或风流，何尝相碍，果然识性同居；或笔舌，或刀枪，或奔驰，或偷

骗，各有偏长，真是随才器使。可恨的是假文墨，没奈何着一个
"圣手书生"，聊存风雅；最恼的是大头巾，幸喜得先杀却"白衣秀
士"，洗尽酸悭。地方四五百里，英雄一百八人。昔时常说江湖上闻
名，似古楼钟声声传播；今日始知星辰中列姓，如念珠子个个连牵。
在晁盖恐托胆称王，归天及早；惟宋江肯呼群保义，把寨为头。休
言啸聚山林，早愿瞻依廊庙。

在这个团体中，没有阶级、身份、地位的差别，天地会正是根据这个理
想而组建的。

梁山泊的忠义思想成为帮会团结会众的思想武器。天地会的《三把香诗》
第三把香道：

> 水泊梁山三把香，有仁有义是宋江，高俅奸贼朝纲管，因此聚
> 集在山岗，高扯替天行道旗一面，一百八将招了安，乃是天上诸神
> 降，天罡地煞结拜香①。

哥老会开山立堂仿效《水浒》中梁山泊的故事，一般选在深山古庙等避
静地方。布置香堂时，室中设置"关帝位"，匾额题为"忠义堂"。同时，内
室中间还设立供桌三层，上层设羊角哀、左伯桃二位，中间设梁山泊宋江位。

梁山泊替天行道的思想对帮会也产生了很大的影响。"其平日之行为，则
一以水浒一书为宗，大略以结义树党为豪杰，以打家劫舍为英雄，以掠富济
贫为拯救。"②他们把一些不法行为，标榜为"顺天行道"。天地会会场陈设的
香炉上写着"顺天行道"。问答诗：

> 大胜红旗透上苍，胡人一见心胆寒。
> 英雄夺国争天下，顺天行道讨江山③。

---

① 李子峰《海底》，上海文艺出版社，1990年版，第73页。
② 《录副档》，咸丰元年（1851）七月二十一日给事中黄兆麟奏折暨片。
③ 萧一山《近代秘密社会史料》卷四，上海文艺出版社，1991年影印本，第18页。

王学泰先生指出，天地会的组织系统主要是仿照了《水浒传》中梁山寨的职务分工，天地会的内外八堂的建构都借鉴了《水浒传》。《水浒传》中的三十六、七十二、一百零八三个数字更是受到天地会的崇拜，天地会的洪船分别有船屋 108 和 36 间。

总之，《水浒传》对帮会组织产生了巨大的影响。

第三节 "西游"故事与教门文化

由于"西游"故事的宗教特性，因而在民间教门中广为传播，成为民间教门进行宗教宣传、教义阐释、宗教理想描绘的重要文本。

一、教门文化对《西游记》故事构建的影响

1. 黄天教与《西游记》

世德堂本《西游记》中充斥着大量的炼丹修炼诗句和术语，因此汪象旭评本《西游记证道书》卷首附所谓虞集撰序言说《西游记》的主旨是"修丹证道"，作者是全真道士丘处机，此说流行于清代，且影响及今。由于缺乏有力证据，目前这一说法只能存疑，但可以肯定的是，世本《西游记》受到全真教很大的影响。在王重阳师徒的文集中，心猿、意马、汞铅、龙虎、坎离、青牛、白鹿、黄羊、木金、婴儿、姹女、金公、黄婆、六贼、三尸、蟠桃会、龙华会等词语俯拾皆是，而尤以牢拴"心猿意马"为至要，如王重阳［苏幕遮］："莫行功，休打坐。如要修持，先把心猿锁。"[1]《西游记》肯定受到元代盛行于北方的全真教及当时崇尚佛道的社会风气影响，但更可能与其时风靡北方的黄天教有密切联系。

黄天教为河北万全人李宾在嘉靖三十二年（1553）创立，嘉靖三十七年（1558）对《普明如来无为了义宝卷》。由于黄天教符合世宗笃信道教的心理，

---

① 《全金元词》，中华书局，1979 年版，第 178 页。

它的主要经卷得以在北京公开刊刻，传播甚盛，万历末年大行，以致颜元说
"入今大行，京师府县，以至穷乡山僻都有"。黄天教受到全真教的巨大影响，
甚至自称为全真教。颜元指出：黄天教"似仙家吐纳采炼之教也，却又说受
胎'目连僧'，口中念佛，是殆仙佛参杂之教也"①。这个教派虽表面上崇佛，
"但黄天教仅得释教皮毛，从本质上讲，它受到道教的深刻影响"②。黄天教从
教义到修持方法都得之北宋以后的内丹派，重视吐纳采炼之术。《普明如来无
为了义宝卷》中有许多关于炼丹的内容，如"阴阳和合方是道，姹女婴儿一
处眠"。"龙去情来虎自安，二意相合结金丹。上有金公为阳父，下有黄婆养
胎仙。"③"炼金丹，无为老祖说妙玄，先锁心猿合意马，日月光中采精源，铅
汞两家同一处，二八相合炼先天，还丹理，几个全超凡人圣透长安。"④"三心
聚，五气朝，辉天现地。采诸精，合一粒，昼夜常明。"⑤其中《五更词》叙述
了昼夜行功，兼修性命的全过程。修炼的目的就是结丹成仙，最后"赴蟠桃
永续长生"。黄天教宝卷还常常借《西游记》中的人物和故事情节阐述内丹之
理，如《普明如来无为了义宝卷》中云：

> 　　一卷心经自古明，蕴空奥妙未流通。唐僧非在西天取，那有凡
> 胎见世尊。古佛留下玄妙意，后代贤良悟真空。修真须要采先天，
> 意马牢拴撞三关。九层铁鼓穿连透，一转光辉照大千。行者东方左
> 青龙，白马驮经度贤人。锻炼一千八十日，整按三年不差分。龙去
> 情来火焰生，汞虎身内白似金。……古佛化，现唐僧，六年苦行，
> 自转真经。"⑥

> 　　迷人不识朱八戒，沙僧北方小婴童。性命两家同一处，黄婆守
> 在戊巳宫。⑦

---

①　颜元《习斋四存编·存人编》，上海古籍出版社，2000年版，第187页。
②　马西沙、韩秉方《中国民间宗教史》，上海人民出版社，1992年版，第448页。
③　《普明如来无为了义宝卷》，《民间宗教经卷文献》第六册，第149页。
④　《普明如来无为了义宝卷》，第161—162页。
⑤　《普明如来无为了义宝卷》，第144页。
⑥　《普明如来无为了义宝卷》，第158—159页。
⑦　《普明如来无为了义宝卷》，第160页。

锁心猿，合意马，炼得自乾；真阳火，为姹女，妙理玄玄。朱八戒，按南方，九转神丹。思婴儿，壬癸水，两意欢然。沙和尚，是佛子，妙有无边①。

《普明如来无为了义宝卷》共有三十六分，其中有"旃檀功德如来分第十九""斗战胜如来分第三十一"，而在《西游记》中，唐僧和孙悟空的封号正是"旃檀功德佛"和"斗战胜佛"。

在《普静如来钥匙通天宝卷》中，普静自称是三藏转世：

> 当初有，唐三藏，取经发卷。
> 今朝化，普云僧，细说天机。
> 谁知道，心是佛，唐僧一位。
> 孙悟空，是行者，捉妖拿贼。
> 猪八戒，是我精，贯穿一体。
> 沙和尚，是我根，编成游记。
> 有白马，我之意，思佛不断。
> 走雷音，朝暮去，转转团团。
> 将寸土，作成寺，观音倒坐。
> 午时辰，照南关，众生不知。
> 三华取，五气朝，唐僧是我。
> 转化在，俗衣中，邑莫（莫）城里②。

所以，世德堂本《西游记》肯定受到黄天教以西游故事和人物进行宗教譬喻的启发，《西游记》中的许多炼丹诗句，在黄天教宝卷中都有使人似曾相识之感，如第十二回："上至顶门泥丸宫，下至脚板涌泉穴。周流肾水入华池，丹田补得温温热。婴儿姹女配阴阳，铅汞相投分日月。离龙坎虎用调和，灵龟吸尽金乌血。三花聚顶得归根，五气朝元通透彻。功行圆满却飞升，天

---

① 《普明如来无为了义宝卷》，第 154 页。
② 《普明如来无为了义宝卷》，第 748 页。

仙对对来迎接。"第二十三回："先将婴儿姹女收，后将木母金公放，明堂肾水入华池，重楼肝火投心脏。""五行匹配合天真，认真从前旧主人。炼己立基为妙用，辨明邪正见原因。金来归性还同类，木去求情共复沦。二土全功成寂寞，调合水火没纤尘。"第二十四回："木公金母原自合，黄婆赤子本无差。"等等。

唐僧一行所历虽号称八十一难，其实小说中并未写完这个数目。但据笔者统计，其中二十八、三十三、四十一、四十四、四十九、五十一、七十四、七十五、七十九、八十一、八十六、九十四回写到的十二难，皆由道家采补观念构想而成——妖魔们听说唐僧"本是金蝉子化身，十世修行的原体"，元阳未泄，便或欲吃他的肉，或欲与其交接，采阴补阳，以求长生。这一思想观念虽最早起源于道教内丹理论，但与黄天教也有关系。黄天教认为孤阴不生，孤阳不长，须行阴阳栽接，方能促进生长，主张夫妻双修："一夫一妻，阴阳和合，善男子，善女人，同习研修。""昼则阳光而射，夜则阴光而运，阴阳和合，结籽成实，济养群生。"①《普明如来无为了义宝卷》："阴阳相合方是道，姹女婴儿一处眠。"②黄天教的宝卷《太阳出身开天立极亿化诸佛归一宝卷》把李宾和他的妻子王氏称为"圣翁""圣母"，三十六品云："说太阳圣翁外阳而内阴；太阳圣母，外阴而内阳。乃阳不独立，阴不单行，阴阳交泰，藏中和之气。"③第十五品："自到如今遇知识，指与我黄天圣道，清净无为，从师命，采取真阳。"④"采玉蕊真精，取入红炉，结成金丹，可证无极大道。"⑤

2.《西游记》与"龙华三会"

小说《西游记》中的许多词语和事象都来自民间秘密宗教。如通行本《西游记》第八十五回引用的"佛在灵山莫远求，灵山就在汝心头。人人有个灵山塔，好去灵山塔下修"一偈，就出自《销释金刚科仪》。在罗祖的五

---

① 马西沙、韩秉方《中国民间宗教史》，第456—457页。

② 《普明如来无为了义宝卷》，第149页。

③ 马西沙、韩秉方《中国民间宗教史》，第440页。

④ 马西沙、韩秉方《中国民间宗教史》，第441页。

⑤ 《太阳生光普照了义宝卷》，转引自马西沙、韩秉方《中国民间宗教史》，第452页。

部六册中，征引《销释金刚科仪》多达七十余处，这一偈更是反复引用。世本《西游记》中称唐僧为"古佛"，马西沙先生认为这一称呼最早出自黄天教宝卷《普明如来无为了义宝卷》，其实《坛经》中惠能就称拘留孙佛等为"古佛"，后来"古佛"成为民间宗教对高僧特有的称呼，在宝卷中屡屡出现。世本《西游记》中又数次出现"龙华会""龙华宴"一词，如写孙悟空与牛魔王打斗时有诗曰："行满超升极乐天，大家同赴龙华宴。"还有黎山老姆、小张太子、猪八戒都曾是龙华会上之人。这一描写体现了民间秘密教派的弥勒信仰。

据佛典《弥勒上生经》说，弥勒，名慈氏，姓阿逸多，出生在古印度南天竺劫波利村大婆罗门族，后出家为释迦牟尼弟子，侍立一旁听法。释迦预言说，弥勒将继承自己的佛位为未来佛。后弥勒修炼成佛，先于其师灭度，上生兜率天。释迦涅槃后，世界陷入苦难，一切罪恶次第显现，弥勒佛自兜率天下生，在龙华树下绍继佛位，三行法会，救度世人。那时，世界变成了天堂。

弥勒信仰传入中国后，演变为明清民间秘密宗教中广为流传的"龙华三会"之滥觞，出现了不少以之命名的宝卷和教派。在民间秘密宗教宝卷中，有资格参与"龙华会"的人就是已得道成佛的人，而且，在龙华会上，大家能尽情享用蟠桃，所以"龙华宴"与"蟠桃会"是同义词，如《普明如来无为了义宝卷》："赴蟠桃，子母团圆。"①《普静如来钥匙通天宝卷》中普静自称弥勒古佛下生，"立起龙华，诸佛赴蟠桃"②。

通行本《西游记》第八回开头描写如来灵山仙境道："曹溪路险，鹫岭云深，此处故人音杳。千年冰崖，五叶莲开，古殿帘垂香袅。"所谓"五叶莲开"一语也与民间宗教有关。据说在过去无量劫前，燃灯佛住世时，有位善慧仙人，皈依于佛，并买得五茎莲花，以供养佛。时燃灯佛为善慧仙人授记说："将来成佛，号释迦牟尼。"后来在民间宗宝卷中，演变为释迦掌世时，有五叶金莲。这一说法目前最早见于明宣德五年（1430）刊行的《佛说

---

① 《普明如来无为了义宝卷》，王见川、林万传《民间宗教经卷文献》第6册，台北新文丰出版公司，1999年版，第156页。

② 《普静如来钥匙通天宝卷》，第775页。

皇极结果宝卷》中，该宝卷说无极会燃灯佛，掌青阳教，炼成三叶金莲，转九劫；太极会释迦佛，掌红阳教，炼成五叶金莲，转十八劫；皇极会弥勒佛，掌白阳教，炼成九叶金莲，治郡八十一劫。在民间宗教看来，金莲叶片的多少，代表品级的高下，莲叶越多其品级越高，亦即要往生之净土也越高，而以九叶为最高境界。这一描写同样体现了民间宗教的弥勒信仰。

《西游记》中的一些情节描写和结构方式也受启于民间秘密宗教观念。如九九八十一难的结构方式。"劫"在佛教中不是灾劫之意，而是难以计算的无限时数。依佛教之义，"劫"与"时"有所区别，"日月岁数谓之时，成、住、坏、空谓之劫"，前者相当于太阳系之时数，后者则是大宇宙之时空观。成、住、坏、空就是大宇宙从形成至毁灭而又重新形成的各阶段，历循环无穷之反复，每一阶段都要经相当久长的时数，这就是佛教"劫"的概念。其内涵又有小劫、中劫、大劫之分。大劫之中含有四个中劫，每个中劫又由二十个小劫组成，共有八十个小劫。明清民间秘密宗教吸取了佛教关于劫的思想，"以造福逃劫，引诱痴愚"。但民间宗教的劫变思想，谈的是人世间经历的过去、现在、未来三际之劫，称为"三世应劫"。佛教经论中也有过去、现在、未来三际，亦叫三世。但佛经中的"世"有其特定含义，它是相对于"界"而言的。佛教三世乃指时间迁流而言，对三世之劫分别称为庄严劫、贤劫、星宿劫。而明清民间教派之劫变观则不同，它是专就人世而言，在三世的每世之末都要出现苦难灾劫。这一说法较早出现在《佛说皇极结果宝卷》中，该部宝卷谈到三极掌世，每世之末均有给人世带来可怕劫变的出现，它有九劫、十八劫、八十一劫。劫与灾相连，有了劫必有灾难。"灾"包括水、火、风；"难"包括旱灾、瘟疫、饥饿、蝗虫、猛兽等。其后的黄天教宝卷说得更为详细具体，如《普静如来钥匙通天宝卷》：

> 三世佛，轮流转，掌立乾坤，
>
> 无极化，燃灯佛，九劫立世，
>
> 三叶莲，四字经，丈二金身。
>
> 太极化，释迦佛，一十八劫，
>
> 五叶莲，六字经，丈六金身，
>
> 皇极化，弥勒佛，八十一劫，

九叶莲，十字经，丈八金身。①

所以，《西游记》中写唐僧师徒历经八十一难方取回真经，可能就是受启于民间宗教的劫变观念。

二、"西游"故事在教门中的解读

由于西游记故事的宗教特性，它成了宗教家们关注的热点，他们分别从宗教宣传、宗教阐解、宗教理想三个方面对西游故事进行了接受。

1. 宗教宣传

马莱茨克说："传播的接收者的自我形象——个体对自身、自己的角色、态度和价值观的感知，构成了他在接收时的态势。"② 马克思还说过："价值这个普遍的概念，是从人们对待满足他们需要的外界物的关系中产生。"③ 因此，民间宗教家们总是从他们的视域，以他们的价值判断为标尺来解读西游故事的。他们不断地在这些故事中寻找自己所需要的东西，尽力挖掘出它的潜在利用价值，其中最重要的就是它的宗教宣传价值。

历史上的玄奘，为追求佛家真义，不顾千难万险，前往天竺，费时十七载，取回大小乘经论律657部。玄奘的取经行为，在佛教史上无疑是一次壮举，诚为一代高僧大德；尤其是他成为文学人物后，身上的神秘色彩就更加浓郁，对宗教宣传家们就更具有利用价值。因此，西游故事自然成为民间教派进行宗教宣传时争相使用的教材。唐僧、孙悟空、猪八戒等，成为民间教门崇拜的神祇，民间教派的许多领袖都宣称自己是唐僧师徒转世，如明万历年间黄天教创始人之一普静自称是唐僧转世，清道光年间先天教中的四大金刚中的郭金棒和苗赞庭，声称是孙悟空、哪吒再生。甚至民间教门的最高神祇——无生老母的降生神话，也受到《西游记》中孙悟空诞生描写的影响，

---

① 《普静如来钥匙通天宝卷》，第 770 页。

② 麦奎尔《大众传播模式论》，上海译文出版社，1987 年版。

③ 马克思、恩格斯：《马克思恩格斯全集》第 19 卷，人民出版社，1963 年版，第 406 页。

如黄天教《古佛当来下生弥勒出西宝卷》写道：

> 无始以来，混沌乾坤，无天无地，杳杳冥冥，先天一气，结成
> 混元石一块，三万六千顷大，有红白炁二道，常放无色毫光，石崩
> 连半，化出无生老母，乃是先天一气合成婚姻。①

唐僧师徒还成为义和团的保护神，他们认为，遇到危难，只要口中念着这样的咒语"天灵灵，地灵灵，奉请祖师来显灵：一请唐僧猪八戒，二请沙僧孙悟空，三请二郎来显圣，……十请托塔天王、金吒、木吒、哪吒三太子，率领天上十万兵"，就会逢凶化吉，遇难呈祥。②

民间教门领袖常常通过歌颂唐僧取经的行为，来说明自己造经的艰难，表白拳拳救世之心。如明正德年间的无为教宝卷《叹世无为卷》道："三藏师，取真经，不是虚言。老唐僧，去取经，十万余里。过千山，并万水，只为众生。三藏师，往西天，多受辛苦。受苦恼，取真经，救度众生。为众生，不回头，沉沦苦海。"③并自称平日常以唐僧师徒自勉："有心待把法不传，背了唐王发愿心；有心待把法不传，背了唐僧发愿心；有心待把法不传，背了诸佛发愿心；有心待把法不传，背了行者发愿心；有心待把法不传，背了沙僧发愿心；有心待把法不传，背了火龙发愿心。"④圆顿教主弓长在《古佛天真考证龙华宝经》中说，自己率领罗、陈、任、王、丁五个徒弟到王森老家石佛口取来真经，就好像唐玄藏率徒去西天取经。

取经故事还成为民间宗教首领教育信徒的范本。先天道宝卷《归原宝筏》指出："一篇《西游》俚语，休笑言粗无文，常阅体之无怠，九莲上品上增。"⑤他们认为，《西游》虽是一部通俗小说，但寓意深刻，只要细心阅读，深入体会，必有所得。如若在修炼时遭遇磨难，不要气馁，就像唐僧取经路

---

① 《古佛当来下生弥勒出西宝卷》，王见川、林万传《民间宗教经卷文献》第 7 册，第 155 页。

② 陈振江、程啸《义和团文献辑注与研究》，天津人民出版社，1985 年版，第 147 页。

③ 《叹世无为卷》，《民间宗教经卷文献》第 1 册，第 212 页。

④ 《叹世无为卷》，《民间宗教经卷文献》第 1 册，第 186 页。

⑤ 《归原宝筏》，《民间宗教经卷文献》第 9 册，第 26 页。

上的"八十一难",那是神祇对你的考验,"磨难星,考惩你,《西游记》堪为比"①。只要向唐僧师徒学习,排除万难,坚心向佛,最终必成正果:"修道要明考校,试看西游唐僧,凡体已脱见世尊,八一灾难未尽,只有七十九难,还有二难完成,风水怀经大受惊,难满为圣。"②"唐僧取经退妖魔,一心不退有真经。"③

西游故事中,唐僧奉旨取经,得到唐太宗的大力支持;取经路上又幸亏孙悟空师徒保护,才取回真经。民间教门宝卷对唐王、悟空等人的"护法"进行了热情的歌颂。如无为教《破邪显证钥匙经》赞颂唐太宗:"取经不是圣旨护,谁敢西天去取经?取得经来度众生,护法功德永无穷。不是唐王牒文去,谁敢西天去取经?经卷不是龙牌护,谁敢法心普度人?唐僧护法成佛去,今是古来古是今。"④《叹世无为卷》赞美道:

> 三藏师,取真经,多亏护法。孙行者,护唐僧,取了真经。三藏师,取真经,多亏护法。猪八戒,护唐僧,度脱众生。唐三藏,取经,多亏护法。沙和尚,护唐僧,取了真经。老唐僧,取真经,多亏护法。火龙驹,护唐僧,取了真经。三藏师,度众生,成佛去了。功德佛,成佛位,即是唐僧。孙行者,护佛法,成佛去了。他如今,佛国里,掌教世尊。猪八戒,护佛法,成佛去了。他如今,现世佛,执掌乾坤。沙和尚,做佛法,成佛去了。他如今,在佛国,七宝金身。火龙驹,护唐僧,成佛去了。他如今,佛国里,不坏金身⑤。

护法者必有好报。实际上,民间教门大力歌颂西游故事中的"护法",就是为了吹捧现实生活中那些曾给予他们保护和帮助的当权者。明嘉靖皇帝在民间教门信徒中就有着很大的影响,他在某种程度上成了民间信仰的守护神,明末刊刻的许多宝卷一般都要在卷首刻上三面御制龙牌,以使宝卷能顺利流

---

① 《义路是由》,《民间宗教经卷文献》第8册,第876页。
② 《归原宝筏》,《民间宗教经卷文献》第9册,第28页。
③ 《大圣弥勒化度宝卷》,《民间宗教经卷文献》第7册,第129页。
④ 《破邪显证钥匙经》,《民间宗教经卷文献》第1册,第205—206页。
⑤ 《叹世无为卷》,《民间宗教经卷文献》第1册,第159页。

通。清初龙华教的《三祖行脚因由宝卷》以神话的方式，描写了无为教的创立者罗梦鸿的一生，其中描写罗祖传教得到太监和官吏的信奉和帮助，最后被正德皇帝封为"无为宗师"。从这些虚无缥缈的传说中，我们至少可以看出他们对得到有力者庇护的渴望。万历年间弘阳教的创立者韩太湖在京城奔走于权贵之门，寻找护法，并得到太监和大臣的支持，公然在皇城印造经卷，授徒传道。在其《混元弘阳临凡飘高经》序文中，把太监石亨等三位护法奉为天上神祇。万历年间闻香教的创始人王森则投奔永年伯王伟，冒认皇亲。在传说中，西大乘教的创教祖师吕尼被正统皇帝封为"御妹"，不管是否真有其事，西大乘教的祖庭叫"皇姑寺"，它得到过皇族的扶植是无可怀疑的。由此可以看出，民间教门之所以大肆称颂西游故事中的"护法"，是与他们曾得到过护法者的帮助或希望得到护法者的帮助分不开的。

民间教门被统治者目为"邪教"，受到残酷镇压，所以，他们的传教一般在秘密状态下进行，组织关系严秘，外界知之甚少。因而，他们还常常借西游故事，告诫徒众必须注意保密，要学习孙悟空的"火眼金睛"，善于识别"妖魔"；要学习孙悟空"不受魔困"的顽强斗志。对周围的人要提高警惕，注意防范，不要轻易暴露自己的教徒身份，否则会造成严重后果："嘱众友见了人勿露真影，怕遇妖阻取经，要吃唐僧肉。"[1]尤其是要牢拴心猿意马，"试看唐僧西游事，大大榜样谁不闻，妄念贪心才一动，魔王就要把他吞"[2]。

还有一种宗教宣传方式，就是把西游记中的人物和故事改写成宝卷，万历末年的西大乘宝卷《二郎宝卷》就是其中一部。《二郎宝卷》中说杨二郎是"金童临凡"的杨天佑与斗牛宫仙女云华结合所生。孙悟空奉命将云华压在太行山下，斗牛宫里西王母，将二郎带上天宫。二郎长大后，得知此事，劈山救母。他有"开山斧、两刃刀、银弹金弓"，与"梅山七圣"结为弟兄，有"白马、白犬"，他救母后还将孙悟空压在昆山。可见，《二郎宝卷》中的西游故事与百回本《西游记》有很大的不同。杨二郎的形象变化很大，富于叛逆精神，而孙悟空则成了守旧势力的代表。这或许与二郎神在民间宗教中的地位比孙悟空要高有关。作者通过改编，宣扬了封建孝道思想。

---

① 《归原宝筏》，《民间宗教经卷文献》第 9 册，第 42 页。

② 《太和堂书帖》，《民间宗教经卷文献》第 9 册，第 89 页。

2. 宗教阐释

以西游中的人物和故事作为宗教譬喻，阐发教理，开悟徒众，是民间教门接受西游故事的又一种方式。如前所述，最早并大规模借用《西游记》中的人物和故事作譬喻，阐述内丹之道的是黄天教，除上举例证之外，还有清初黄天教《太阳开天立极亿化诸佛归一宝卷》中的《取经歌》：

> 老唐僧去取经，灵山十万八千里，七十二座火焰山，三关九窍住妖精，诸佛参透取经难，降魔宝贝显功能，迦叶拈花真盗夺，老子骑牛杖头明，二郎担山收阳诀，太翁直钓水中金，真武剑诀龟蛇伏，达磨九采雪山经，韦陀捧定降魔杵，目连锡杖鬼神钦，洞宾常带雌雄剑，行者金箍棒一根。丹炉灶，能消能长，通天窍，饥吃灵丹，长寿药，闲时操演用时妙。十二时中棒欲举，灵龟海底常跳跃，虎好走，龙好飞，返还功，莫较迟，揽龙头，击虎尾，左边提，右边息，浑身使尽千斤力，肘后飞龙蟠金顶，回光返照真消息。穿尾间，过夹脊，上玉枕，泥丸降下菠萝蜜，花池神水点丹田，倒下重楼降祇园，六年功满见唐君，封你个旃檀佛世尊[①]。

黄天教还以五众作内丹术的象喻，如《佛说利生了义宝卷》中云："炼东方，甲乙木，行者引路；炼南方，丙丁火，八戒前行；炼北方，壬癸水，沙僧玄妙；炼西方，庚辛金，白马驮经；炼中方，戊己土，唐僧不动；黄婆院，炼就了，五帝神通。"[②] 这一象喻法对后来的民间宗教产生了巨大影响，如《达本宝卷》以唐僧师徒配五方："东胜神洲孙行者，南瞻部洲火龙驹，西牛贺洲沙和尚，北俱庐洲八戒神。"[③]《源流法脉》宝卷以唐僧师徒配五官："眼为孙行者，配心；耳为猪八戒，配精；鼻为沙和尚，配气；口为火龙驹，配意；本

---

① 《太阳开天立极亿化诸佛归一宝卷》，转引陈洪，陈宏《论〈西游记〉与全真教之缘》，《文学遗产》2003 年第 6 期。

② 《佛说利生了义宝卷》，《民间宗教经卷文献》第 5 册，第 429 页。

③ 《达本宝卷》，《民间宗教经卷文献》第 6 册，第 235 页。

来面目唐三藏，量天尺。"①《佛祖妙意直指寻源家谱》以唐僧师徒配五官和五行："眼是东方甲乙木孙悟空也，鼻是西方庚辛金妙（沙）和尚也，心是中央戊己土唐僧是也。"②

3. 宗教理想

小说《西游记》写唐僧西天取经历经"八十一难"，这一数字与民间教门关于"劫"的观念有关。

民间教门把"龙华会"和"蟠桃宴"混为一谈，则显然受到西游记故事的影响。

在《大唐三藏取经诗话·入王母池之处第十一》中，描写三藏和猴行者来到西王母池，见有蟠桃树，行者说："此桃种一根，千年始生，三千年方见一花，万年结一子，子万年始熟。若人吃一颗，享年三千岁。"两人合伙偷桃，但作者却把蟠桃与人参果混为一物。行者用金镮杖擷下三颗蟠桃，掉入池中。三藏命行者寻取。行者以金镮杖敲出，献给三藏，三藏见一孩儿模样，不敢食用。行者遂吞入肚中，后至西川，吐出果核，生出人参。此外，还有南戏《王母蟠桃会》和金院本《瑶池会》《蟠桃会》，小说《西游记》中的王母蟠桃宴情节，正是在此基础上改写而成。而且，百回本《西游记》中数次出现"龙华"一词，如第六十二回写孙悟空与牛魔王打斗时有诗曰："行满超升极乐天，大家同赴龙华宴。"第七十四回写孙悟空问黎山老姆从何而来，老姆说："我才自龙华会上回来。"此外在六十七回和七十七回还分别提到小张太子和猪八戒曾是龙华会上之人。

明清民间秘密宗教宝卷中说，"龙华会"上的人能尽情地享用到蟠桃和人参果，所以，"龙华会"和"蟠桃会"就一起成为民间秘密宗教信徒进入了理想国的代名词。如《普明如来无为了义宝卷》："赴蟠桃，子母团圆。"③《佛说金丹九莲证信皈真宝卷》："一个个，云宫挂号，领金丹去赴蟠桃。"④《归原宝

---

① 《源流法脉》，《民间宗教经卷文献》第 8 册，第 290 页。

② 《佛祖妙意直指寻源家谱》，《民间宗教经卷文献》第 8 册，第 300 页。

③ 《普明如来无为了义宝卷》，《民间宗教经卷文献》第 6 册，第 156 页。

④ 《佛说金丹九莲证信皈真宝卷》，《民间宗教经卷文献》第 6 册，第 170 页。

筏》："有一日龙华会，蟠桃共庆。"①《达磨祖卷》："赴龙华，蟠桃会，自在纵横。"②《金不换》："王母蟠桃，许我去会宴。"③《庞公宝卷》："也要来度父母，方好赴得蟠桃大会。"④《古佛当来下生弥勒出西宝卷》中说古佛时，"百草生谷，千树结果，大者如升，小者如钟。吃一个数日不饥，人参果吃一个，五眼圆明"⑤。而蟠桃被视为"仙果"，又与古代民间桃树崇拜习俗有关。在《三海经》中，巨人夸父与太阳竞跑，最后口渴而死，其手杖化为桃林。王充的《论衡·订鬼》又引《山海经》的一则逸文说：东海之中有一座"度朔之山"，山上生长着一颗巨大的桃树，枝叶覆盖三千里。在朝东北延伸的桃枝之间有一条众鬼出入的通道，号称"鬼门"，把持鬼门，检阅百鬼的神人是神荼、郁垒两兄弟，他们一旦发现有害人之鬼，就用芦苇绳索将恶鬼缚住，交给老虎吃掉。后来黄帝效法此制，创造了"立大桃人"等一系列驱逐鬼魅的法术⑥。桃木自此就变成了可以用来压伏邪气、制御百鬼的"仙木"；桃树成了仙境中的标志性植物；桃果成了食用可以延年益寿的仙果。

《西游记》中有关燃灯古佛传给唐僧"无字经"的描写，也许与民间秘密宗教崇拜的经卷"无字经"有一定的关系。民间秘密宗教受禅宗"不立文字""见性成佛"的影响，崇拜的神祇是无生老母、无极老祖等；崇拜的经卷是《无字经》；崇拜的祖庭是无影山和无影寺，崇拜的树是无影树。无字真经是明代民间宗教的特有说法，来自宝卷中的一些西游故事也提到唐僧所取的就是无字真经。《破邪显证钥匙经》云"经者无声长长念，无字真经广无边"⑦。《普明如来无为了义宝卷》云："无字经，初展开，弥陀显现。牟尼宝，放光明，普照乾坤。"⑧《达磨祖卷》云："传红莲合语领无字经典。"⑨ 不过，这

---

① 《归原宝筏》，《民间宗教经卷文献》第 9 册，第 20 页。

② 《达磨祖卷》，《民间宗教经卷文献》第 5 册，第 285 页。

③ 《金不换》，《民间宗教经卷文献》第 8 册，第 557 页。

④ 《庞公宝卷》，《民间宗教经卷文献》第 7 册，第 354 页。

⑤ 《古佛当来下生弥勒出西宝卷》，《民间宗教经卷文献》第 7 册，第 179 页。

⑥ 王充《论衡》，《诸子集成》第 7 册，上海书店，1986 年版，第 221 页。

⑦ 《破邪显证钥匙经》，《民间宗教经卷文献》第 1 册，第 256 页。

⑧ 《普明如来无为了义宝卷》，《民间宗教经卷文献》第 6 册，第 142 页。

⑨ 《达磨祖卷》，《民间宗教经卷文献》第 5 册，第 284 页。

一在明代民间宗教中广为流行且充满了神圣意味的名词，被小说《西游记》的作者改造为对佛教神圣性的讽刺，极大地消解了无字真经的神圣意义。

德国接受美学的代表人物汉斯·罗伯特·尧斯曾指出："文学作品并非对于每个时代的每个观察者都以同一种面貌出现的自在客体，它不是一座自言自语地宣称其超时代的纪念碑，而像一部乐队总谱，时刻等待着阅读活动中产生的不断变化的反响。只有阅读才能将作品从死的语言材料中拯救出来，并赋予它现实的生命。"①意思是说，文学作品的意义是由不同时代、不同阶层的读者去挖掘、丰富的，而读者最终能从作品中挖掘出何种意义，不但取决于作品本身，取决于阅读者的身份，还取决于阅读的时代背景。这一精辟论断同样适合于对西游故事的接受。从上述分析我们可以看出，在民间教门眼里，西游故事只散发出宗教的眩光。过于强大的功利性，使他们没能在西游故事中挖掘出更深广的哲学和社会意义，这是令人遗憾的。

三、古代小说与教门经卷编写

在封建社会，小说戏曲成为下层民众接受教育的重要途径，统治者教化民众一般采取"遇上智讲性理，见愚人说因果"的原则，这样，由于白话小说在传播上的优势，就被借用到教门经卷的书写中来。教门经卷写作与大众文学形式的结合加速了宗教的世俗化，增强了经卷的可读性，扩大了教门的影响。

1. 模仿小说的叙事体制

民间教门经卷的书写不但模仿了小说的写作形式，而且很多宝卷就是直接由小说改编而来，如《八仙大上寿宝卷》《七真传》《大红袍宝卷》《闹东京宝卷》《龙图宝卷》《十五贯宝卷》《九美图宝卷》等。我们在这里主要是讨论第一个问题，即小说对教门经卷叙事模式和结构形式的影响，下面分别论析之。

---

① （德）汉斯·罗伯特·尧斯《文学史作为文学科学的挑战》，转引自赵宪章编著《二十世纪外国美学文艺学名著精义》，江苏文艺出版社，1887 年版。

有些教门经卷模仿话本小说的体制，以诗词作为入话，并在叙事时大量使用类似话本小说的套语。如《罗祖派下八枝因果经》，叙述罗教祖师们悟道的故事，每篇都采用了话本小说的写作方式，以诗开头，在故事中起着入话的功能，然后以"闲话休提"引导出故事，叙事中间穿插偈子。另外，在讲述过程中还经常使用话本小说中的套语，如"余言休说，却说官爷巷有一女，姓萧"；"正说之间，偏遇着一个佛堂中第一尊护法活罗汉。看官，你道是谁"；等等。《礼佛杂经》写无为教主董应亮与玉英的结合及悟道经过则模仿了才子佳人小说的叙事手法。董应亮生得面如冠玉，自幼父母双亡，被堂伯男扮女装，卖与淳安县高公家为婢。李员外之女玉英乃是家乡圣母下凡，自幼勤读，持斋守静。后高公带董应亮到李家，李员外见董应亮清秀聪明，向高公暂借此婢数日，陪女儿玉英读书，高公应允。此后，董应亮与玉英常常月夜吟诗，互相倾慕。两人志同道合，参禅悟道，最后结为夫妻。

2. 模仿小说的情节建构

民间教门和帮会组织，为了弘扬本教本帮的教义和思想，增强本教本帮的内部凝聚力和外部吸引力，创造了许多神话传说。这些神话传说或散见于宝卷、会簿和笔记小说中，或以口耳相传的形式流传下来。它包括两个方面的内容，一是关于世界形成的神话，一是关于本教本帮的源起神话。这些神话故事传说，是民间教派和帮会文化传统的重要组成部分，不了解它们，就难以透彻认识教徒和帮会成员的精神世界；而且，这些教门和帮会神话故事传说又折射出教门和帮会产生和发展的史影，它不但是在教门和帮会产生发展的历史进程中形成的，而且还以"影射"的形式曲折反映了民间教派和帮会的历史。

"忠奸斗争"是通俗小说戏曲中一个常见的母题，结构模式大致如此：忠臣对君王忠心耿耿，功勋卓著，因而遭到奸臣的忌恨和谗毁。君王受奸臣蒙蔽，听信谗言，致使忠臣蒙冤受屈。后来真相大白，奸党势败，被放逐或正法；忠臣重新受到皇上重用或旌表。人物配置大致有外敌、奸臣、昏君、忠臣和英雄五种基本成分。他们各自有着不同的功能，可以简单地分成四组，即外敌、昏君、奸臣和英雄。外敌代表邪恶，但在作品中他只具有符号意义，是分清奸臣无能和英雄忠诚的试金石。昏君有时完全站在奸臣一边，有时又是一个变化的力量，当他昏庸时站在邪恶一边，当他清明时则又归为正义的一边。君王的态度决定着故事发展的走向。英雄得到忠臣的帮助，或者英雄本身就是忠臣。奸臣和英雄的斗争和行动矢向则构成作品的主旨和意义。民间教门和帮会的源起神话就模仿了这种结构方式，如康熙二十一年（1682）刊印的罗教分支龙华教经卷《三祖行脚因由宝卷》，叙述罗教创始人罗梦鸿的故事。说山东莱州即墨县人罗梦鸿，曾在北京当军丁，因为思虑生死大事，因而退伍入道。当时外国十万八千红毛鞑子侵入北京城下，明廷损失惨重。锦衣卫请求罗梦鸿前去助阵，阵前罗梦鸿连射三箭，番兵看见三朵莲花从空而下，以为有神灵佑护，不敢再战，退回本番。君王听说一个普通百姓有此等神通，心生恐惧，令将罗梦鸿立即斩首。但法场上钢刀自断，罗梦鸿毫发未损，只得将他关进狱中，并断了水饭，要将他活活饿死。罗梦鸿在狱中打坐，忽然顿悟，留下真经。在张公公、魏国公和党尚书等忠臣以身家性命担保罗梦鸿只是修道，没有谋逆之心。皇帝又命提出罗梦鸿，要他当堂背诵，许诺如能从头到尾一字不差背出，就颁行天下。但当罗梦鸿流利地背出经卷后，君王却大怒，又将他送回牢中，欲永禁其身。不久，西域七个番僧进贡给明廷一尊铜佛，威胁说若朝廷不能讲明其中的"机关"，就要把北京让给番国，还要自处下邦，尊番国为上邦。国难当头，君王无奈，只得又请出罗梦鸿。罗梦鸿当堂讲法，七个番僧听得心服口服，低头下拜，皈依罗梦鸿，求问安身立命之法，并且发下誓愿，"若有背义忘恩、泄漏佛法、开斋犯戒，当时身化血水"。君王最终不得不承认罗梦鸿，封他为"无为宗师"。《五部六册》正式开雕印版，御制龙牌将《五部六册》颁行天下[1]。

在这个故事中，没有出现所谓奸臣，主要是宗教英雄罗梦鸿与昏君之间的冲突。昏君嫉贤妒能，忘恩负义；罗祖神通广大，道行高妙，两次拯救国家于危难之中。君王最终不得不认可罗梦鸿的神通，册封他为"无为宗师"，以御制龙牌的方式支持《五部六册》刊行。作者以此说明大乘教五部经的合法性及其普传依据。在《礼佛杂经》中，这个故事添加了一个类似"奸臣"和两个类似"贤臣"的角色：罗祖悟道后，云游北京，住在信徒刘本通家，

---

① 《太上祖师三世因由宗录·罗祖行脚宝卷》，《明清民间宗教经卷文献》第6册，第244—255页。

开堂说法，称扬佛号，官吏军民，聚众无数，念佛喧哗，声振京国。翰林院大学士杨明谷出行，路过此地，闻经声鼎沸，得知是无为道人罗梦鸿在做佛事，命人拿住。次日面奏圣上，谓罗梦鸿"自称无为道人，有欺朝廷，聚众千万，恐生不测，内患难防，理当诛灭"。皇上准奏，命兵部中军指挥捉拿罗梦鸿，解来金殿。皇上将罗祖暂寄天牢。罗祖在牢中，苦悟十三春，集成五部经，大教天牢中，化度太监张勇。有数位官长，启奏皇帝，献上五部经，请龙目观看。这时，有外国小隐番来朝，讲说佛事，声称若无人抵敌，讲论不过，即起兵夺取北京。圣上闻知大惊，董、汪二尚书，保举罗祖与小隐对讲，讲退小隐。皇上大悦，即赦罗祖无罪，加封颁赏。罗祖曰：贫道乃是修行之人，官职金银俱无用处，向前所悟五部经，伏乞御笔标题，御制按于经首，作大证盟，刊版印造，颁行天下，普度诸人，贫道之所愿也。圣上于金銮殿敕封罗祖师为"齐天大德护国度民三教宗师无为妙道一法归真大乘正教祖师"①。

显然，在这个故事中，奸臣和宗教英雄的矛盾冲突更为激烈，罗梦鸿得到了"贤臣"董、汪二尚书的帮助，终于战胜了"奸臣"，迫使君王不得不改变态度。这与小说戏曲中的矛盾冲突设置并无二致。

清代八卦教内部流传着一个源起神话，这个神话在八卦教的离卦教以及离卦教演化出来的圣贤道、九宫道等教门和帮会中都有传播。说的是李廷玉十二岁时得无生老母点化，十五岁到曹县，在郭家楼收下姬、邰、郭、张、王、陈、柳、邱八大弟子，分九宫八卦预备收元。顺治年间，吴三桂造反，清廷无人可挡，只好挂出皇榜招贤。李廷玉师徒九人揭了皇榜，领兵迎战吴三桂。在阵上，李廷玉告诉吴三桂，清人入主中原乃是天意，违抗徒劳无益。直到二百年后的同治，才该吴王下凡。吴三桂见李廷玉道破天机，非常折服，于是拜李廷玉为师，罢兵不战。李廷玉师徒得胜回朝，成了功臣。顺治皇帝要封赏李廷玉官爵，但李廷玉表示愿意专心传道，因此顺治赏赐大寺一座，还盖了专为李廷玉讲道的说法亭。此后李廷玉大开法门，大道普传13行省。但好景不长，李廷玉有个弟子洪亮为官清正，得罪了奸臣苏三（或称薛三）和八王。二奸臣向君王进谗言，说李廷玉师徒、信徒广布，易生反心。康熙

---

① 《礼佛杂经》，《明清民间宗教经卷文献》第 8 册，第 25—26 页。

皇帝听信谗言，在说法亭设下毒酒宴，欲害李廷玉师徒。但李廷玉师徒不饮荤酒，所以两个奸臣就干脆逼其饮毒自尽，若不然就要动手杀死。李廷玉上天询问无生老母，知命该归位，所以师徒9人中，8人饮了毒酒归天，只留下郜文生分身逃出，秘密传道，存下消息，以待二百年后再"收元了道"（据离卦教残经抄本）。

天地会编造的"西鲁"故事，讲述天地会起会始末，也是这一模式：

康熙年间，西鲁番作乱，进攻清国。清朝损兵折将，无法抵挡。康熙张榜求贤，许以打退西番者，封为万代公侯。甘肃省少林寺一百二十八僧揭榜出征，未用朝廷一兵一卒，平定西鲁。康熙帝大喜，命满朝文武百官十里长亭迎接入朝，欲封官职。众僧表示不愿为官，希望回寺修行。康熙帝御驾亲送。众僧回少林诵经说法。有奸臣因素与少林僧人不睦，设计陷害，上本诬奏少林寺僧教授法术，武艺高强，倘有异心，江山难保。若不早图，必生后患。皇帝惊恐问计。奸臣出谋，先赐给少林僧人毒酒，再放火烧毁寺庙，以绝祸根。昏君听信奸臣，派官兵趁夜放火，一百一十僧人葬身火海。只剩18人被神救出。奸臣闻知有人逃走，领兵追赶。寺僧逃亡途中，又有人饿死，只剩下师尊洪二和尚万提起（喜）即万云龙等师徒6人。行至长沙、汉口，见水面上浮起一只重达52斤的香炉，底下有"兴明灭清"四字。大家知系天意，遂在香炉前当天盟誓，反清复明。他们聚集人众，共凑成一百零八人。甲寅年七月廿五日当天结义，指洪为姓，歃血拜盟，结为洪家。众兄弟拜万师傅为大哥。云龙择日与清兵交战，不幸阵亡。众兄弟共扶崇祯西宫娘娘李神妃所生朱洪竹为小主，继续秘密抗清。

仔细比较罗祖、李廷玉和西鲁三个故事，不难发现，它们之间有不少相同之处：（1）因外敌入侵或内乱，朝廷面临无法克服的军事危机；（2）民间僧道人物出面救国家于倒悬，立下大功，成为功臣；（3）君王封赏，辞而不受；（4）昏君、奸臣陷害，功臣蒙冤。三个故事的内容巧合，除了与它们共同受到小说戏曲"昏（君）奸（臣）与功（臣）斗争"的结构模式影响之外，恐怕还与它们之间的相互影响有关。罗教于明成化年间产生于北直隶，不久遍传直隶、山东，对后起的许多教派都有重大影响。它的支派大乘教、南无教在明末清初传遍华北，对八卦教的创立很可能有所影响。嘉庆年间，直鲁一带"郜文生—刘功系"离卦教中有不少人读大乘教的经卷《扫心经》《龙华经》及护道榜文等，嘉道年间还产生了离卦教与大乘教融合而成的新教派，如孙维俭大乘教、周添明一字门教等。明嘉靖至清乾嘉时期，罗教在江南广为流播。离卦教、天地会都在罗教盛行的区域内活动，受其熏染必不可免。李廷玉故事的原形——平定回部的李廷玉故事和天地会西鲁番故事，在形成过程中很可能直接受到罗祖平番故事的影响。当然，三个故事也有不尽相同之处：表现在结尾上，罗祖故事是个君臣和好的大团圆结局，而李廷玉故事和西鲁番故事则不同，是个强烈敌对的悲剧结局。大团圆结局，反映了罗教在政权镇压下依附官方、期冀获得合法地位的企图，表现了其政治上的软弱性和教派性格的平和特色。从时代背景来说，这也与康熙朝以前罗教基本上置身于反政府斗争之外，且罗祖神话故事形成于阶级矛盾较为缓和的康熙年间有关。悲剧结局反映了离卦教和天地会在清朝镇压下不甘屈服，与当局不共戴天的叛逆精神，表现出政治上的不妥协性和其性格的极端激烈特色。离卦教历史神话与天地会历史神话之所以有这种一致性，从社会原因上讲，二者同受民族压迫和阶级压迫，作为"邪教"和"匪会"在乾隆年间都受到清政府镇压，它们的历史神话同样形成于反清斗争过程中，并反映了下层民众反对清封建统治和民族压迫的愿望。二者均将教徒、会众受害日期定在康熙年间，都表达了反清的精神，有异曲同工之妙。而且，有清一代，八卦教和天地会起事不断。稍不同的是，从反映民族主义情绪而言，李廷玉故事虽也有指斥"胡儿们"的话，但复明色彩不如西鲁故事浓厚，它提出由自家教主"刘（李）姓"坐江山，而西鲁故事则打出"朱明"旗帜，提出反清复明、扶助朱明后裔做皇帝。这种差别，反映了八卦教作为民间宗教所持社会历史观、救世论中的自我中心论与乾隆二十六年（1671）前闽粤台等省会党以"反清复明"为旗号进行反清斗争所分别造成的不同影响。从反清方面讲，李廷玉故事走得更远，它以乐观主义态度预言了清朝"必然"灭亡的命运，并以"神谕"形式确定了其"即将"灭亡的日期。从神话色彩讲，李廷玉故事宗教气氛更浓一些。从文学性来讲，李廷玉故事在情节结构、叙述方法、语言艺术等方面都较西鲁故事要完美。西鲁故事未能一线贯穿、突出万提喜这个主角。因八卦教宝卷中有"二百年，有余零，同治换新"之句，表明这一神话故事约形成于清同治年间。所以完全有可能是模仿了早于它形成的天地会"西鲁神话"；而"西鲁神话"则受到罗祖退番兵故事的影响。

离卦教神话强调的是，面对危难，国家机器无能为力，而教主李廷玉却轻易地化解了。这说明，教主李廷玉的法力大于国家机器的能量，教门自然形成了一个超越国家制度庇护能力的"灾难解决系统"，对普通民众来说更有安全感。其它民间教门系统内部也流传着类似的神话故事，都是以解决灾难的方式，不同程度地表达了这样的象征意义。无为教的神话则揭示了由于朝廷迫害教主、不听教主教诲而导致的悲剧：无为教主董应亮劝崇祯帝道："迄今劫运年近，三灾八难竞起，世界翻腾，乾坤大乱。欲挽回造化心，普天匝地尽行受持斋戒，方可挽回天机。"但崇祯却听信东阁大学士蔡国用、陈法乾等人的"谗言"，"御批妖人人邪风煽，世典曲证，明隐黄巾之志，显寓白莲之心"，将董应亮解来五凤楼面君：

> （董祖）颜色不变，众文武交笑而言曰："汝说悲残灵，我今悲你残生！"祖曰"悲悲悲，龙楼凤阁化成灰！"众官僚曰："你愁别人无常，到你今日正是无常到！"祖曰："愁愁愁，一旦无常怕木猴！"众文武又说："你往常说哀别人，今日受刑，我替你哀了！"祖曰："哀哀哀，君臣父子生割爱！"众文武又说："你往常痛悲伤，今日之事，可为悲伤乎？"祖曰："伤伤伤，说起文武通断肠！"众文武又曰："你往常说三灾八难，今日自受三灾之苦！"祖曰："苦苦苦，大地山河化夷土！"帝亦曰："别人天作孽，你乃自作孽，不可活了！"祖答帝曰："天天天，祖宗山河一旦崩！"帝大怒，命三法司勘问，极刑拷打，惨不可言，不肯成招。恐累大地众生，在天牢内作真言曰，宣唱经偈。刑部回旨说祖不肯成招，反在天牢内唱佛曲。帝曰："这是妖术，急既能寄仗，岂能脱死？"命掘深坑，将柴炭千斤纵身，即日烧死。回奏闻者心酸，此必化为灰烬矣！将祖解到火坑，四门（面）点火，焰焰蔽天。只见火拥金莲，董祖端坐其上，众皆大惊，回奏其故。帝闻言不信，御驾亲观，果如所奏，一见下拜。群臣奏曰："臣闻汉有于吉、左慈；宋有林灵素；我明有冷谦画龙而龙飞，画鹤而鹤舞。此系是掩目邪术。陛下当以尧舜为，毋为妖人所惑。"被（此）时帝虽回悟，但屈于众论，犹豫未决。董祖已知其不可复救，又点偈曰："三回九转度明君，莫听谗言惑道

心。不信三灾八难至，只愁他年楼媾终。"祖喝偈毕，坐一朵红莲叛空而去。

崇祯十七年（木猴年）三月初五，李自成攻入北京。崇祯帝手携国母、公主一同奔走，走至楼媾胡同，行走不动。帝问此是何地。答曰楼媾胡同。帝叹曰："祖师之偈，今日验矣！"即被发盖面，自缢而死 ①。

从这些教门神话中，我们可以看出，民间教门源起神话传说基本上都包括四个要素：一是"灾难的发生"，二是"国家职能的不足和失败"，三是"教门和帮会的神迹和成功拯救"，四是"国家暴力的出场"。它有很强的隐喻功能，对于教门和帮会内部成员来说，这种神话解释了他们的教门和帮会为何总是受到国家机器的打击和压迫，同时也暗示出他们的生存空间就是国家权力在社会职能方面失败的地方。面对突如其来的灾难，国家机器手足无措，只得乞求于圣僧神道。这不但表明了民间教首和帮主有着超越于国家机器之上的解灾能力，而且与封建王朝有着共同的利益，或者说民间教门和帮会就是为朝廷服务的，从而强调了民间教门和帮会存在的合理性和正义性。但封建王朝对民间教门和帮会的禁断和镇压破坏了这种和谐关系，他们应当为自己的错误和不义行为负责，而民间教门和帮会是无辜的、值得同情的。他们深信自己有着超乎寻常的神通，应当拥有社会权力，而且最终在历经磨难之后取得胜利——或者是王朝权力的认可，拥有了和王权联姻的"护道榜文"；或者只是因为"气运"未至、"天数"不到，暂时退回到命运观和预言传统上，等待新的历史契机。我们已经无法彻底了解明清时代这样的神话究竟是在信徒中是如何被传播利用的。但是，这种神话确有其深刻的象征意义。

罗梦鸿和李廷玉们解救国家灾难的故事正是小说戏曲中经常出现的文化主题。奸臣当道，昏君助奸，忠臣蒙冤。这些悲剧故事最能打动人心，引起民众的痛惜、同情和不平，最能寄托人们的爱憎情感，表达人们的道德观念和政治愿望，因而也广为一般民众所熟知和津津乐道。如此之类的故事在小说戏曲中可谓多不胜举，如汉代刘邦借游云梦屠戮开国功臣韩信。明代朱元

---

① 《礼佛杂经》，《明清民间宗教经卷文献》第 8 册，第 44—47 页。

璋火烧庆功楼，将大部分开国功臣活活烧死。宋元明清时期，受当时民族矛盾和政治斗争现状影响，有相当一些通俗文学艺术作品，讲述忠臣抗击外邦入侵或平定内乱、保国有功、反被奸臣、昏君所害的历史故事，如唐武则天迫害征西有功的薛仁贵（如《薛刚反唐》等），北宋潘仁美迫害抗辽功臣杨家将（如《杨家将演义》等），北宋庞相国迫害抗西辽功臣狄青（《万花楼杨狄包演义》），南宋高俅迫害平方腊功臣宋江（如《水浒传》等），南宋秦桧迫害抗金功臣岳飞（如《说岳全传》）。等等。这类"昏君、奸臣与功臣斗争"故事，在情节上一般有相同的模式：外邦入侵或内部叛乱，朝廷危如累卵；忠臣挺身而出，凭着盖世武功或神助，平定外患或内乱，解决危机，建立奇功。但功高震主，引起圣怒，或招致奸臣嫉妒，挟私陷害，蒙蔽君王，强加罪名，致使功臣含冤入狱或惨死；最后昏君幡然醒悟或新的明君即位，真相大白，正义得到伸张，奸臣被除，忠臣获得平反昭雪，万古扬名。忠臣之后封官赐爵，执理朝纲，相伴天子，护国佑民，共享太平。这些故事成为文化水平不高的下层民众了解历史的教科书，成为他们心中的信史。他们耳熟能详，辗转传述，牢牢扎根于他们的精神文化世界；继而又不断从中寻找启示，并加以模仿，在现实社会舞台上各自进行宗教、社会或政治的"表演"。民间教门和帮会正是借用了这种模式，把自己传教结帮与政府所产生的冲突置换为忠臣、功臣与奸臣、昏君的矛盾，以此激起信徒对政府的仇恨和反抗，唤起民众对他们的同情和支持。

在以仙佛、神魔为题材的小说戏曲中，有一个常见的结构模式，即某一神仙、佛子因为犯了天条，被谪降红尘，在人间历经悲欢离合后，悟出本来面目，励志苦修，最后回归天庭；或是神仙、佛子受玉帝、佛祖派遣，下凡度世，完成任务（有的没有完成）后重回仙界。民间教门的"还乡"模式就是由这种观念演化而来。

佛教的"龙华三会"是民间教门三佛应劫救世信仰的古老思想渊源。民间教门说：过去是青阳劫，以三叶金莲为苍天，由燃灯佛掌世，度道人道姑；现在是红阳劫，以五叶金莲为苍天，由释迦佛掌世，度僧人尼姑；未来是白阳劫，以九叶金莲为苍天，由弥勒佛掌世，度贫男穷女。民间教门中又流行着一个神话：创世主无生老母在宇宙初创时，打发她的九十六亿儿女（或称皇胎儿女、原人）下降红尘，其初，皇胎儿女不想远离家乡老母，前往东土住世，只把老母的差遣当作儿戏，任意往来，不守规矩。为使儿女住世，老母令护法强行解除他们的随身宝物，贬在东土，并告诫他们要好好修炼，以便尽早回家。不料这些儿女到东土住世后，贪恋红尘，迷失真性，埋没性灵，非但乐不思蜀，甚至不认老母，使老母痛苦伤情，牵肠挂肚，开始救度这些"失乡儿女"。龙华初会时，度回二亿，龙华二会时，又度回二亿，剩下九十二亿，将于龙华三会时度回。

因此，在民间教门的思想信仰中，"家乡"成为民间宗教中彼岸世界——天宫、天庭、天上世界的同义表达，与之相对应的则是地上世界即尘世、娑婆世界或东土。因此，弥勒救世使命的完成也就是东土家乡化的实现，它标志着地上天国、未来世界的形成，同时也是理想归宿——"还乡"的开始。"还乡"成为民间教徒追求的终极目标。

民间教门的创世神话就是对"还乡"观念的言说。如弘阳教经卷描述的神谱是：世界创造之初，混元老祖、无生老母夫妇产下九十六亿皇胎儿女。这显然是模仿中国大家庭的族谱而编撰的。在神话中，作者甚至把飘高老祖描写成一个顽皮的孩子——在临凡救世时，他竟贪玩恋家，不肯下凡，直到父亲威胁要惩罚他，母亲出面求情，飘高才勉强下凡。[①]这一则插曲，充满着浓郁的家庭气息，很像是小说或戏文里的故事。

许多民间教门神话的引子很像通俗小说中的"楔子"，如《礼佛杂经》开头写道：老母化出九十六亿皇胎儿女，临别时吩咐他们：你在东土，即便回程。但儿女们下凡后，忘记了老母的嘱咐，各配婚姻，贪恋红尘，埋没灵根，堕落苦海，不想还乡。老母大会诸神仙，开口说法，讲到玄妙之处，忽报万花园七宝池中铁菩提树开花。老母请诸仙到花园赏花，只见铁菩提树花开烂漫，有的三叶青莲，有的五叶红莲，有的九叶金莲。龙尊王者问道：遍地开花，这是何意？老母答曰：现在是下元甲子，铁树开花，预示着三佛劫数的到来。三千五百年为之劫，花开一遍，该佛出世下凡，度人一番。老母随即传令，召请诸佛、星祖、圣母、菩萨、九十六亿圣贤知悉，每位手拈龙华一枝，吟诗作对。老母见天真古佛龙华蕊中放出千条祥光瑞气，便说：该是天

---

① 《混元弘阳临凡飘高经》，《明清民间宗教经卷文献》第 6 册，第 710—719 页。

真临凡下凡。众佛立即上前贺喜，于是天真古佛领旨下凡。^①又如《佛说皇极金丹九莲证性皈真宝卷》一开头就大肆渲染末世劫变的神秘气氛，以宇宙内充满撼天动地的异香开始，接着，菩萨出来解释此香来历——"其香有三个名号，一名唤做'穿天进斗香'，一名唤做'天花了意香'，一名唤做'九莲如意香'"。此香从天地开辟以来只动过两次，都是在古佛定劫时才撼动此香，无极掌教动了一次，九劫之后，太极掌教，动过一次。这次又动宝香，定有大事。世界的创造者"古佛圣祖"，也即无生老母，随即向列位仙佛讲述创造世界的原委："当初因为乾坤冷净、世界空虚、无有人烟万物，发下九十六亿仙佛星祖菩萨临凡住世，化现阴阳；分为男女，匹配婚姻。"不料下界的人"贪恋凡情，不想皈根赴命，沉迷不醒，混沌不分，无太二会下界收补四亿三千原初佛性皈宫掌教，今下还有九十二亿仙佛祖菩萨认景迷真，不想皈家认祖。"^②这般小说"楔子"式的引子之后，接着便讲述老祖下凡度世的故事。而且关于信香透露出神秘信息的描写，在通俗小说中也较为常见，如《锋剑春秋》写黄叔阳焚信香邀来万花山魏天民老祖摆下金砂诛仙大阵。

《皈依注解提圣根基》则完全是三佛救世观念的小说化图解，它说无始老祖怜念初开天地时发往世间的皇胎儿女，他们被尘业牵连，不得还乡，问诸佛中何人愿降凡度脱他们到家。众佛皆不做声，只有燃灯古佛，心慈皇胎，表示愿往。于是老祖派燃灯下凡，讲说无字经。二亿仙家，听经入法，皈依正教，拜燃灯为师。燃灯带领二亿仙家还乡，老祖大喜，封燃灯为极乐教主。老祖挂念剩下的皇胎儿女，再次问诸佛中还有谁愿意去救度他们还乡。众佛道：现在是中天世界，由释迦掌管，理应他去。释迦便道：我若降生凡间，恐迷失不知，望老祖开恩赦罪。老祖应允，释迦领命下凡，又度回二亿皇胎儿女。老祖封释迦为西方教主。老祖第三次召见诸佛，谓还有九十二亿皇胎儿女，沉沦下世，不知还乡。何人愿再下凡一趟？这时达摩出班，表示愿往。于是达摩又度回九十二亿。老祖第四次召见诸佛，问谁还愿去度回剩下的"残灵"？众佛都说自己道行根浅，只有老祖亲往才能度回。于是，老祖被迫亲自下凡，密造金船，暗钓贤良，投生在北直隶永平府东胜卫王姓家中，苦

① 《礼佛杂经》，《明清民间宗教经卷文献》第 8 册，第 21—22 页。
② 《皇极金丹九莲正信皈真宝卷》，《民间宗教经卷文献》第 5 册，第 46 页。

悟十七载，撰经立教。登堂在京，每日说法，化度儿女。①

在这个神话中，闻香教主王森被神化为无始老祖转世。实际上，许多民间教门神话，都把本教的师徒传承虚构为佛祖转世故事，"先知"神灵进一步人格化和世俗化。按民间宗教的说法，弥勒应劫救世，掌管白阳盛世，是经过托生为某一个具体的人而体现的。明清时代的乡里社会，经常出现某人是弥勒转世，预言灾劫，收缘度人的流言。由于村落结构在经济上的自足性和地缘上的封闭性，许多教门乃至同一个教门中的不同的分支，都在各自物色"转世"的弥勒，而往往同一个年代里，会出现几尊"弥勒"互相争持的情景。在这种情况下，一些教派又将弥勒的称谓逐渐推向多元化，形成众多的佛祖、神仙、儒家圣哲或历史名人"临凡救劫"的景观。宣传这种说法的教门，往往是在自身实力逐渐增强之后，从原来的师承系统里独立出来的，悟明教的《销释悟明祖贯行觉宝录》就是这方面的典型例证：

天华佛临转脱化达摩老祖东土落凡，只为普度失乡婴儿。头一转落凡，性化许由。寿满还家，亲见老母。老母说：你没有度回众生，必须再下凡一趟。老祖听说，大放悲声，哭下瑶台。临行前，老祖去见世尊，说众生难度，如何是好？于是，世尊传与他金丹口诀。老祖落在云城县王家庄投胎入窍，迷性为人，收孙老祖为徒，亲得三卷天书，六甲灵文，神通广大。还家见无生，诸佛齐来庆功，老母拷问，功程未满，还得降临东土。老祖悲伤，再下东土。仍是贪恋红尘，不思回乡。老祖三转红尘，都以失败告终。老母恼怒，将他赶出金门，拒绝发给他各样佛法法旨和种种宝贝，老祖赤手空拳下凡。四值神祇赶忙报与泰山圣母得知，圣母即唤注生娘娘、送生娘娘来议，大家决定送他到栾田郡投胎为人，俗姓李，仍是贪恋荣华，不想前因。阳寿一满，性归地府，难上天宫。老祖来见老母请罪，老母责怪，取出脚册文书，叫他自看。祖师看罢，哀求老母，千万赦罪。老母曰："再三再四辞老母下降，全不照前言，我与你金牌消号，万花宫摘了牌印，削了职分，不稀罕你去了。"祖师听罢，忙又哀告。老母说：你对我明下誓愿，我就放你去。祖师听说，对老母发下四十八层弘愿。老母钦差普净祖师和普光菩萨，落在山东青州府博兴县湾头店上一户人家，结为夫妇。夜至三更，夫妇俩听得蕴空大叫，金

---

① 《皈依注解提圣根基》，《民间宗教经卷文献》第 7 册，第 907—908 页。

光一段，大如车轮，落在宅舍，金烟缭绕，通天彻地，无处不照。二人忽然醒来，不住念佛。自此普光怀孕，生下一子，乃是老祖投胎。观音老母化一贫婆，门首化斋，要夫妇俩的儿子做徒弟。夫妇俩情愿送与贫婆，起名张小道，也就是后来的悟明祖。不久父母双亡，悟明与人牧牛，后到昌邑寺投师出家，因不遇明师，自嗟自叹，捏土为香，望空祷告，感得南海观音化一贫僧下凡，指引悟明来到山西广林住寺，又来到五台山下山中间寺等地修行，苦行三载后，来到北京云花寺。悟明在粪坑中打坐，惊动朝廷，銮驾亲往，请进朝中。张小道在朝度脱弘治帝后，不肯在朝，走到禄米仓前鸭儿湾，大显神通，遣揭地神在此盖一草庵暂住。成化帝敕建大殿，御题青台寺。悟明传红阳法，度了国母，敕封妙法禅师。因思到南京刊经，打坐入定，顶中放出阳神，径到南京棋盘街，化一僧人乞食。众人不知，悟明曰：我要谈空演妙，讲经说法，刊板印经。有人舍钱一文，无边福利。但无人肯舍。悟明又大展神通，径到云么山将古铜取在棋盘街三皇庙底下，请鲁班老祖扇火打造，制成二十八部经忏，托巡按张显威带到北京。悟明一日辞别青台寺，走出北京城，只见人群熙熙攘攘，不知无常，嗟叹不已。走了数日，来到博兴县老家，询问亲友，自己妹妹何在？亲友答曰被一尼僧化去，尼僧自称是北京皇姑寺住持。悟明回到北京，过了数日，皇上得了波罗大病，贴出圣旨：有人能治好，官上加官，职上加职。圣旨贴出三日，无人应聘。皇上忽然想起悟明，令当驾官速上青台寺请来看病。当驾官来到青台寺，悟明不肯前去。当驾官回宫复命，天子又令车驾去请，悟明方才来到宫中，安坐正宫，国母下拜。宫官带悟明去给皇上看病。皇上一见悟明，病就去了十分。悟明将皇上手一抹，病就痊愈。皇上离开病床，口称师傅。悟明说：皇上病愈，我命不久。于是皇上为悟明选好一块坟地，制好棺木，等待悟明归空。西宫娘娘听说悟明治好了皇上的病，赶来拜师。三宫六院听说，也一齐来参拜。悟明度皇宫十三人成道，又度了几名太监。满朝文武赞念，京都百姓回心向善，善男信女一同参拜，悟明又度了六十七人。悟明想起妹妹，领着徒众，来到皇姑寺。兄妹相见，悟明得知妹妹留经八部，度人四十八，心中大喜。悟明掐指一算，知道自己寿至六十九年，今年四月初八日晌午涅槃。悟明归空时，顶中一举三处说法，九处名扬，东度倭王，西度尼王，一时度了两位国王成道。京中大家小户都挂门幡，皇上与皇后排銮驾与他吊孝，又赐金旌玉葵，修坟建塔,择良辰吉日殡葬。又速传圣旨,重修青台寺,立下祖师祠堂,雕塑沉香木像。每年四月八日,万善香火,至今不断。

天华佛回到古佛家乡安养殿参拜老母,老母率诸佛排班迎接,簪花挂红,八菩萨整筵,圆觉把盏,同来庆功。老母说:收原祖师少要贪恋天台,聊住多时,下方就是几百年也。快领法旨,还去收原。天华佛跌脚捶胸,埋怨老母,说自己受够多少苦楚,还要差我下降。老母曰:跟我来到万花宫中,你从头看看,通是空着莲位,一个俱无。这都是差去不还的。你不去,还等几时?天华佛哭出金殿。老母打开宝藏玉库,取出法旨一道与悟明,送出金门。天华佛托生在孙家为人,一生鲁莽,不晓人理。上帝差太白金星化一老僧传道。孙祖二十一岁上山打柴,忽然悟道。谈天论地,知前晓后,留经说卷,北京挂号,立下门宗,称金山祖师,归家见母,封赠牟尼宝、三卷天书、八件宝物,永劫不坏。老母又派天华佛临东,天华佛哀辞,老母说:如今大劫来到,乾坤改换,山崩地裂,翻江倒海,庙宇倒塌,佛祖遭难,神仙遭劫,黎民涂炭。我为母的怎能放心?请你入凡,借窍说法度众。天华佛借尸还魂,又上北京青台寺,名无凭禅师,也是悟明枝叶,至今兴流接续,沿门普化,找寻原人还乡。①

由上可见,悟明教的传灯神话把悟明教的每一代祖师都说成天华佛转世,是老母派下凡间收元的祖师,负有神圣的使命,以此说明悟明教的历代祖师都是正脉相传。这篇神话形同梦呓,全无史痕,显然受到神仙度化题材的小说戏曲中的佛祖投胎转世故事的影响。悟明祖等虽是神仙转世,但作者屡屡强调他临凡时的悲伤心情,或许是为了突出天宫的美好,但却由此体现了凡人的普遍情感。

3. 小说技法的运用及小说情节的模仿

民间宗教家在编撰教门经卷时,还综合运用了诸如想象、夸张等小说技巧。

为了给教首涂抹上神圣的光环,教门神话的作者对教主的形貌、身世、行迹做了小说化的处理。历史上的罗教教祖罗梦鸿家境贫困,出身卑微,《礼

---

① 《销释悟明祖贯行觉宝录》,《明清民间宗教经卷文献》第 4 册,第 419—443 页。

佛杂经》却把罗梦鸿写成广意弥陀投胎，父亲罗应魁官做太守，历代纯良，世世积愿。后来罗梦鸿代叔当军，在本营王总督府中成婚。闻香教主王森是个皮匠，《皈依注解提圣根基》却说他的侄女是万历帝的"正宫娘娘"，王森也就摇身一变成了皇叔。就像小说戏曲中的帝王将相降世一样，罗梦鸿生时异香满室，悟明祖母亲怀孕时，"听得蕴空大叫，金光一段，大如车轮，落在宅舍，金烟缭绕，通天彻地，无处不照"①。三一教主林兆恩，其母怀孕时"梦丹轮明月飞入帐中"，生时"相貌端严，丰神卓异，眼一露一藏，左龟右凤，颜苍然若龙步武，谨厚若麟。左眼内有红志四，……耳大而乳垂"。② 有的教主因传教或叛乱被政府镇压或处死，但在教门神话传说中，却被虚构成为朝廷立下大功而遭致奸臣、昏君忌恨，身陷牢狱甚至被迫害致死，甚至不惜篡改一般的历史常识，如作者在对八卦教历史素材加工处理时，进行了时间、地点、场景、人物、情节的剪接、组合、虚构、浓缩，把离卦教主郜文生直接作为历史上八卦教教祖刘佐臣（李廷玉）的弟子，以彰显郜文生的传承正脉。吴三桂之乱始于康熙十二年（1673），作者却把李廷玉平吴立功放在顺治时期，还渲染李廷玉神通广大，顺治帝不但表彰他，还皈依其门下，以提高李廷玉的威望，标榜八卦教的正统地位。八卦教主刘佐臣死于康熙年间，乾隆年间被清政府开棺戮尸，作者却托言于康熙年间被清政府陷害屈死。

在通俗小说中，救驾护国被描写成一个人臣所能建立的最大功勋，所以在民间教门神话传说中，一般都有如此之类的描写。度化皇帝、皇后的有悟明教的悟明、九宫道的李向善、八卦教的李廷玉、无为教的董应亮；立下救驾大功的有悟明教的悟明、西大乘教的吕菩萨；拯救国家于危难之中的有大乘教的罗祖、八卦教的李廷玉。这些描写，凸显出民间教门妄想找到取得皇权支持的捷径的焦急心态。在这些神话传说中，堂堂帝王心甘情愿地匍匐在神圣的教主脚下，教主成为君王和国家的依赖和保护神。悟明甚至直入皇后的寝宫，端坐受拜，神圣的皇权受到极大的嘲弄，表现了教门宏大的魄力和野心。

在古代农业社会，农民靠天吃饭，因此在一般民众的观念中，是否具有

---

① 《皈依注解提圣根基》，《民间宗教经卷文献》第 7 册，第 907—908 页。

② 《林子行实录》，《明清民间宗教经卷文献》第 11 册，第 231 页。

祈雨止雨的本领是检验一个官员或道士、僧侣德行和道行的重要标尺。在许多小说中，都有关于官员和术士求雨的描写。而在民间教门神话中，也有关于教祖祈雨的描写，如清代采蘅子的《虫鸣漫录》记载道光二十七年（1847）江西长宁县斋教谢嗣奉起事失败后，被捕的江南罗教（龙华会）信徒供出了一个有关罗祖的传说：

> 前明正德时，有罗姓者，奉佛甚虔，茹斋持戒，而不祝发，居室生子，无异平民，人使之从者颇众，散处齐鲁间，有司惧其摇惑，执而系之狱，适大旱，赤地千里，祈祷无验，罗自言能至雨，大吏奏请暂释试其术。罗至海滨，望洋诵咒，不三日大雨如注，槁禾尽苏，民竟为请命，乃不复系狱，纵之使归，数年病殁[①]。

天地门（一炷香教）内部则有董四海麦场划圈止雨收李秀真传道的故事，江南斋教的姚文宇也能祷雨，黄天教普明寺的兴建也缘起于祷雨有验。

教门神话传说大肆夸饰教首超凡的能力，罗梦鸿三箭射退外国十万八千红毛鞑子，少林寺一百二十八僧不用朝廷一兵一卒平定西鲁。悟明祖驱遣揭地神盖造草庵，从北京到南京，只须打坐入定，顶中放出阳神，顷刻即到。为了刊印经书，他施展搬运术，将云么山的古铜运到南京棋盘街三皇庙底下，请来鲁班老祖煽火打造，造就二十八部经忏。归空之时，魂魄化身为三人，三处说法，九处名扬，东度倭王，西度尼王，一时度了两位国王。这些荒谬绝伦的描写，与小说戏曲中刻画高僧神道形象的路数如出一辙。

教门经卷还将古代小说中的情节进行改编或仿写，以塑造教首的"光辉形象"。如《三祖行脚因由宝卷》中就有数处：罗祖三箭退十万鞑子兵，乃是唐代薛仁贵征西三箭定天山情节的移植，只不过将薛仁贵置换成了罗祖，将敌人西域突厥改换成了明代北边大敌蒙古族鞑靼部而已。这一故事后来又被清代信仰罗教的江浙漕运水手及其衍生出的青帮所沿袭改动，说罗祖是甘肃人，明嘉靖年间平定吐鲁番后，被奸臣严嵩诬陷打入天牢。斩罗祖时钢刀自断则是由唐小说《广异记·三刀师》改写而来：唐张伯英犯罪当斩，但行刑

---

① 采蘅子《虫鸣漫录》卷一。

时，刽子手砍了三刀，张伯英不但毫发未损，而且钢刀断裂。刽子手惊问其故，张伯英答道："我十五岁时开始吃素，诵金刚经十余年，从未间断。"官府只得释放，张伯英遂削发出家，时人呼为"三刀师"，谓是起敬菩萨（《太平广记》卷一百五）。作证皆以宣扬罗祖的道行。七个番僧以讲识古铜佛玄机为由，向明帝索要北京，逼明朝自认下邦。朝中文武大臣、僧人道士皆莫能晓，只好请罗祖出马。这是对《警世通言》第九卷"李谪仙醉草吓蛮书"中情节的模仿：番使来大唐下书，"满朝文武，并无一人晓得，不知书上有何吉凶言语"。龙颜大怒，喝骂朝臣："在有许多文武，并无一个饱学之士与朕分忧。此书识不得，将何回答发落番使，却被番邦笑耻，欺侮南朝，必动干戈，来侵边界，如之奈何！敕限三日，若无人识此番书，一概停俸；六日无人，一概停职；九日无人，一概问罪。别选贤良，并扶社稷。"此时李白挺身而出，不但读懂了番书，还用番文写了回书，使番使大为惊服，"归至本国，与国王述之，国王看了国书，大惊，与国人商议，天朝有神仙赞助，如何敌得。写了降表，愿年年进贡，岁岁来朝"。

《立天卷》写无生母派弥勒佛下世度人，弥勒化身认一个有德行的道人做恩父，后来这个道人暴死他乡。弥勒化身"朝思暮想，两泪双垂"，终于万里寻亲，找到恩父骸骨，背回家乡，"灵山失散又相逢"[①]。万里寻亲的故事在清初小说戏曲中有很多，如清初《娱目醒心编》卷一"走天涯克全孝子，感异梦始获亲骸"写昆山曹子文往四川贩卖药材，一去数年，杳无音信。其子士元徒步往四川寻父，历尽艰难，找到父亲骸骨，背负回乡。《佛说离山老母宝卷》中写无生老母令文英画一轴画，赐予王员外，王文秀将画挂在书房，朝夕礼拜，文英即从画内钻出，与文秀成亲。这一故事见于《太平广记》卷二百八十六"画工"，它写唐进士赵颜与画中丽人结婚生子，《三遂平妖传》中的胡永儿也是画中人投胎转世。

教门创世神话往往将古代民间流传的"开天辟地"神话、三教仙佛神话、地方神灵神话以及民间教门历代祖师、仪式、会期等等内容都囊括到一个创世神话体系当中。如黄天道的创世神话：

---

① 《军录》，《立天卷》抄本。

鸡卵乾坤,威音以前者,无极生根本,昆仑上下一块混源之石,三万六千顷大,内生一卵,名叫混源一气,外白里青,青者,青气为天,白气为日,浊气化地。卵中生黄,哺出鸡,显出青红黄白黑,而分五气,卵生鸡,次鸡生卵,青生天,白生地,红生人,乃天地人三才,黄生万物,黑返浊气,五气而生,一杳生二仪,二仪生三才,三才生四象,四象生五行,五行生六爻,六爻生七政,七政生八卦,八卦生九宫,九宫生十千,乃为混源一气而生。无极生太极,太极生皇极,无极生于三皇立教,太极生于儒释道立教,皇极生于善男子善女人立教①。

长生教《众喜粗言宝卷》中的创世神话直接来源于普静的"创造",不同的是混元石直接产出无生老母:

昔前元消闭之时,于昆仑山下,结成混元石一块,有三万六千顷大,混沌三百六十七万季,始开莲花一朵,放红白气二道冲天,气中常见五色金光,至数万劫,石崩两半,化出先天无生,名谓云盘圣母。无生老母将金光普散,结成莲台十万八千,所以西方世界才有了仙佛盛景②。

《礼佛杂经》中也有类似的描写:"无影山下有一块鸿蒙石,用先天剑一劈,破鸿蒙,取出阴阳二卵,从须弥山上滚将下在峨眉涧中,响亮一声,阴阳合配,这便是兄妹成亲怀胎,干道成男,坤道成女,化下九十六亿皇胎儿女。"

民间教门的创世神话虽然渊源于石中生人的原始神话,但更直接的影响应是来源于《西游记》中孙悟空石中而生的描写。《天赐救劫真经》甚至把教门的经卷也说成从天降下:"南海普陀山,忽然雷震,从天降下一石碑,在郑

---

① 《众喜粗言宝卷》,民国己巳尚德斋刻本。
② 《礼佛杂经》《明清民间宗教经卷文献》第8册,第19页。

家庄前，现出经一卷。"① 这又糅合了《水浒传》中天降石偈的描写。

伏羲女娲造人创世神话也被黄天教拿来改造：

> 混沌初分，无天无地，无我无人。自无始以来，元始天尊立世，即是无极之母，无极转化，威音以前，空性以后，混沌初分，赤白气两道，无日月三光，女娲伏羲治世，三皇五帝呈神农，掌立五谷，天地万物，有生立人根者，女娲伏羲也，兄妹辊磨成亲，乃是凉宗员外张第一，一娘生九种，等等各别有口，立于家眷后次分居立于百姓家中，支于千门万户，三千七百八十余年。至今灯灯相续，祖祖相传，一父枝叶无改变，日月东西，周转山河，至今流通，众生贪尘恋世，不知来踪去路，挣（争）人挣（争）我，迷了父精母血，妄分股枝，钥匙开开天地宝卷，细说原因，只说三世转化，不论一姓为根，元始一气，灵宝道德，三身本无二心，燃灯释迦弥勒，三佛本无二根，众生当初无你我，本是一姓之生，众生不信此样，实景衣圆样祖根，百家姓内分门户，各家立碑安祖坟，父母生下多少子，长大个个分门户，一家就分你我，比前今古相同，若有诸人不信，钥匙宝卷细分②。

在这个神话体系中，道教的"一气化三清"，佛教的"三佛三世"，中国传统的女娲伏羲、三皇五帝的传说都被并入创世神话中。

此外，教门神话传说中的张榜求贤情节也常见于小说戏曲中。总之，古代小说对教门经卷的写作产生了重要影响，这主要是教门中人一般文化水平都较低，他们主要是通过小说、戏曲而学习文字、接受中国文化，另外，以小说、戏曲的方式撰写经卷，也使教门中人容易读懂和接受。

---

① 《天赐救劫真经》，《明清民间宗教经卷文献》第 10 册，第 467 页。
② 《普静如来钥匙通天宝卷》，《明清民间宗教经卷文献》第 4 册，第 778 页。

第四节　包公文学作品与清官文化的建构

一、包公文学的演变

公案小说是中国小说史上的一个重要流派，曾产生过一批影响深远、让人们喜闻乐见的优秀之作，其中又以包公题材的文学作品最为重要，最受读者欢迎，对公案小说流派及清官文化的形成影响巨大。

早期文献《尚书》《荀子》《韩非子》等著作中，就有不少涉及案狱的内容。魏晋南北朝时期的"志怪""志人"小说，也有关于刑事、民事案件与官吏审案的记录。唐代小说中官吏断案折狱的故事，以赞扬清官、贬抑贪官为创作旨归。张鹜编撰的判词集《龙筋凤髓判》，丰富了公案小说的写作体裁。和凝父子编撰的《疑狱集》，专门搜集清官智断疑狱的案例，为系统整理清官资料、表现和建设"清官文化"做了良好铺垫。从现有史料来看，完整意义上的公案小说最早出现于宋元时期。"说公案"是"说话四家"之一，罗烨在《醉翁谈录》中列举了 16 种公案故事篇目。宋代不仅延续、承传了前期文言公案小说的书写传统，而且发展、新创了书判体、话本体公案小说，丰富了审案断狱的表现手法，特别是以说书的形式，极大地促进了清官文化的传播。尤其是宋仁宗以后，朝廷内忧外患，纲纪败坏，司法腐败，社会动荡，各种不法之徒趁机打劫，鱼肉百姓。处于社会底层的民众饱受欺凌，因而渴望清官出现，为民做主，锄强扶弱，公案小说便大量应运而生。《夷坚志》《醉翁谈录》《东京梦华录》《武林旧事》《齐东野语》等书中，都有不少"公案故事"的记载，而《折狱龟鉴》《棠阴比事》及《洗冤集录》等法律案例汇编、法医学著作，又为公案小说创作提供了丰富的素材。在这些公案小说中，包拯的形象得到集中描写和强化，受到民众的广泛欢迎，以包拯为代表的"清官崇拜"正式成型，并在社会上产生了深刻的影响，标志着清官文化在公案小说的推波助澜下逐渐深化。

包拯（999—1062），字希仁，安徽庐州人，天圣五年（1027）年中进士，授建昌知县，为侍养父母，未赴任。十年后，父母辞世，才开始入仕，于景祐三年（1036）出任天长知县。此后历任端州知州、庐州知州、河北路转运使等职，嘉祐元年（1056）至嘉祐三年（1058），曾以右司郎中的身份权知开封府。嘉祐六年（1061）任枢密副使，次年病卒，谥号"孝肃"，赠礼部尚书。但民间传说或文学作品中喜欢称他为"包待制"或"包龙图"，因为在皇祐二年（1050），他被封为"天章阁待制"，皇祐四年（1052）又被封为"龙图阁直学士"，但都是没有实权的荣誉称号。可以这么说，包拯的仕途经历并不辉煌，无论是官职还是历史贡献，都无法与他同时代的范仲淹、司马光、苏轼等人相提并论。但史称包拯为官刚直，善于断狱，执法不避亲党，权贵为之敛手。因而成为文学作品中"箭垛"式的人物，历史上或传说中许多清官折狱的故事都逐渐堆积在他身上，不断地被神话化和偶像化，最终成为清官的典型和百姓的保护神，与以海瑞、于成龙、刘墉、施世纶等为题材的断案文学作品一起，建构起中国古代的清官文化。

包拯断案的故事从宋元时期就开始进入文学作品。元好问《续夷坚志》卷一"包女得嫁"载：俗传包拯以正直主东岳速报司，山野小民，无不知者。太安界有一被劫掠女子颇有姿色，娼家欲高价买之，女子誓死不从，主家贪财，严加逼迫，邻里虽同情而不能救。里中有一巫女，悄悄对人说："我能救此女子脱险，嫁与良人。"于是来到主家，闭目呼气，屈伸良久，作神降之态，少顷瞑目咄咤，呼主人出，大骂之。主人具香火俯伏请罪，问何处触犯尊神。巫女又大骂："我速报司也！汝何敢以我孙女为娼？限汝十日，不嫁之良家，吾灭汝门矣！"主者百拜谢罪，不数日嫁之。巫女假借包拯以威慑贪财之主，救民离难，可见包拯在当时民间已有非常大的威望。包公早已"名塞宇宙，小夫贱隶，类能谈之"[①]了。

根据黄岩柏统计，名目可考的宋元"公案"小说共有16篇，属于宋元包公断案故事的话本有《红绡密约张生负李氏娘》《合同文字记》《三现身包龙图断冤》《闹樊楼多情周胜仙》《宋四公大闹禁魂张》5篇。

《红绡密约张生负李氏娘》见于《醉翁谈录》卷一，其中包公的形象极其简略，而且小说中写包拯任职秀州（浙江嘉兴）完全是虚构，说明小说中的包拯开始与历史上的包拯逐渐脱离。在《合同文字记》《宋四公大闹禁魂张》两篇话本中，包公只是在小说临近结尾才出场，《闹樊楼多情周胜仙》（《醒世恒

① 张田《包拯集·附录参考资料》，中华书局，1963年版。

言》第十四卷）中包大尹并未亲自审理案件。但《宋四公大闹禁魂张》谓滕大尹任开封府尹时贼盗猖獗，而包公继任后，盗贼惧怕如鸟兽散，从侧面烘托出包公的秉公执法、铁面无私和不畏强暴的性格。在《三现身包龙图断冤》（《警世通言》卷十三）中，包公以判案著称的艺术形象才比较完整，而且开启了后来包公断案故事的两个传统：一是沟通人神，日间断人，夜间断鬼的神判传统；二是善于通过解谜寻找破案线索的能力。概而言之，这些公案小说，触及了社会普遍存在的伦理道德和法治问题，形象地表现了包拯摘奸发伏、为受害者洗冤昭雪的事迹，而且经过小说家的大胆虚构，包拯已成功实现了从史传中的"人"，到公案小说中的"神"的跨越。虽然宋代的公案小说还是着重案情发展、展示人物命运及摹写世态人情，关注官员断案的篇幅不太，描写清官也不如后世集中、强烈，但不容否认，公案小说对清官文化的影响是深厚、广泛的。

蒙古贵族入侵中原，社会秩序遭到严重破坏，蒙古统治者实行民族歧视政策，处于底层的汉族百姓生命和财产都得不到保障。元代法制不修、无法可守，"惟以判例惯例为典制，而无系统精密之律文"①。直到成宗大德三年（1299），郑介夫曾上《太平策》，详细地讲述了元代社会因无律可循所造成的混乱无序："今天下所奉以行者，有例可援，无法可守，官吏因得以并缘为欺""今者号令不常，有同儿戏，或一年二年前后不同，或纶音初降随即泯没，遂致民间有'一紧、二慢、三休'之谣。"②法令的粗疏，势必带来官吏的投机取巧、贪赃枉法。有元一代，贪官污吏层出不穷，因而饱受欺压的人们渴望重修吏治，曾在大都附近任过开封府尹的包拯就被人们选中、想象、加工为断案如神、为民申冤的保护神，成为众多元杂剧作家扮演的对象。据朱万曙《包公故事源流考述》所作统计，元杂剧和宋元南戏中共有25种包公戏，现存12种，由此不难想象包公戏在当时的受欢迎程度。正是经过宋元小说、元代杂剧的渲染和铺垫，以包拯为代表的清官崇拜在后代成为一种具有广泛社会影响的民间习尚，清官行政也成为了民间最传统、最普遍、最具有生命力和影响力的政治意识和文化形态。③

---

① 蒙思明《元代社会阶级制度》，中华书局，1980年版，第36页。

② 黄淮、杨士奇等编《历代名臣奏议》卷六七。

③ 李永平《包公文学及其传播》，陕西师范大学，2006年博士论文。

　　元代包公戏非但数量大大超过前代，其独特之处更在于字里行间所洋溢的当代意识。它们虽托言宋人，以历史人物包公为中心，杂取种种历史资料和民间故事传说演绎而成，但其内容多写社会的不平与黑暗，歌颂清官的刚正无私，寄托民众的良好愿望，实为元代社会现实的真实写照。它对社会下层民众生存困境的深刻揭示，对强权罪恶的猛烈抨击，对清官、道德的深情呼唤等等，无一不映现出有元一代特有的时代精神。① 在元杂剧中，包公与权豪势要势不两立。《灰阑记》中云："权豪势要之家，闻老夫之名，尽皆敛手；凶暴奸邪之辈，见老夫之影，无不寒心。"《陈州粜米》中包公说："我和那权豪势要每结下山海也似冤仇"，"如今朝里朝外权豪势要之家，闻待制大名，谁不惊惧"。这些权豪势要，或夺人妻女，或草菅人命，为害一方。地方官吏惧之如虎，贪婪成性。如《灰阑记》中郑州太守苏顺道绰号"模棱手"，"虽则居官，律令不晓，但要白银，官事便了"。《神奴儿》中的推官每有人命官司，就跪请外郎来断，外郎则是个只求坐地分赃不管百姓死活的恶吏。正因为衙门上下官吏唯利是图，才使得平民百姓有苦难诉，求告无门。在官衙的棍棒之下，张海棠被屈打成招，披枷戴锁（《灰阑记》）；李德仁之妻陈氏被诬为勒杀亲子，打入牢狱（《神奴儿》）；如此等等，不一而足。颠倒是非的官府与横行无忌的社会恶势力的沆瀣一气，把善良无辜的受压迫者逼上了绝路，人们只有把希望寄托在与权豪势要势不两立的包公身上。《陈州粜米》中的张撇古死前对儿子说："若要与我陈州百姓除了这害呵，则除是包龙图那个铁面没人情。"《神奴儿》中义门李家陈氏蒙冤负屈时也殷殷期盼："只待他包龙图来到南衙府，拼的个接马头一气儿叫道有二千声屈。"包公不负众望，为民除害，计斩鲁斋郎（《鲁斋郎》）、庞衙内（《智赚生金阁》）、刘衙内、杨金吾（《陈州粜米》）等。包公成为一个"威德无加，神鬼皆惊吓"的铁面无私的清官形象，深受百姓的爱戴，陈州百姓们听说包待制来陈州粜米，莫不顶礼膜拜，欢喜相告："俺有做主的来了！"宋元杂剧夸张了包拯的权力和超凡力量。《盆儿鬼》《灰阑记》《留鞋记》等，都提到包公有钦赐势剑金牌，可以先斩后奏，专一体察污吏，与百姓伸冤理枉。《后庭花》《盆儿鬼》又给包公加了一件"铜铡"，可见，包拯已成为拥有无上权力

---

　　① 李永平《包公文学及其传播》，陕西师范大学，2006 年博士论文。

的帝王的象征，可以不受限牵制行使自己的权力。不仅如此，包拯还能日断阳间，晚理阴司，为百姓伸冤理枉，使奸情无所遁形。元代包公戏充分揭示了民众对超验正义的信仰。从元杂剧开始，"先斩后奏""日判阳间夜判阴"成为后世包公故事的核心要素。而且，包公聪明过人。在《鲁斋郎》中，鲁斋郎因皇上的庇护而逍遥法外，包公巧妙地以"鱼齐即"为名奏报皇上，获准判斩后添加笔画，还原成"鲁斋郎"，将其处决，大快人心。《生金阁》中，为赚取庞衙内手中的生金阁，他先礼后兵，引君入瓮，先以酒席款待庞衙内，待庞酒酣耳热、失去理智，将郭成之妻唤出，悉数庞衙内之罪恶，使其措手不及，俯首就擒。《陈州粜米》中，他机智地破解皇上的圣谕"只赦活的，不赦死的"，将小衙内依律问斩。当然，这些文学作品中的包公"智慧"，由于作者缺乏相应的行政经验，显得有些幼稚，但不乏幽默之趣。而且，包公的形象不再是平面化的，他也有过动摇、犹豫。如《陈州粜米》中包公出场时一再表明要退出宦海、隐居乡野，不再与权豪势要做对头。但当他闻知刘衙内纵子行凶，坑害良民，便怒不可遏，发誓要"与那有势力的官人每""卯酉"到底。这些描写，都说明恶实力十分强大，官场生态极端恶化。

元代包公戏对后世的影响十分深远。它不仅奠定了后世包公戏的基本艺术框架，更给无数中国人以深刻的心理影响。元代以后，包公故事曾一度沉寂。明初文字狱盛行，包公戏一度横遭禁绝。至明朝中叶，包公戏复炽，出现了如《胭脂记》《桃符记》《还魂记》《珍珠记》《鱼篮记》等包公戏剧本。其中前三种系从元包公戏《留鞋记》《后庭花》改编而来，其余则为新作。但在明清时期，包公题材的文学作品变为以小说为主。主要有明成化《包龙图公案词话》八种，小说则有《百家公案》《龙图公案》《万花楼演义》《三侠五义》等。《包龙图公案词话》有着重要的文献意义，证明在当时民间流传着大量包公断案故事。从《包龙图公案词话》可以看出，包公故事又有了新的发展，一是公案小说与神怪小说合流的趋向，如《包龙图断白虎精传》中包公和张天师联手捉获迷惑书生的白虎精，进一步拓展了公案小说的题材范围，后来的《百家公案》中，断妖故事大量增加，并扩展到断鬼神；二是包公助手张龙、赵虎初步定型，后来几乎在每个故事中都出现；三是李宸妃故事的嵌入，引出一段内宫争斗旧事；四是《包待制出身传》首次完整地叙述包公的出身故事，在对包公形象的塑造上，有诸多独创意义。作者极力夸张包公相貌之丑，说包公"面生三拳三角跟"，"一双眉眼怪双轮"，"八分像鬼二分人"，这显然受到所谓"圣人奇相"观念的影响。作者试图通过描绘包拯奇丑的外表，凸显其具有夜间断阴的天赋及其日后成圣的异禀。词话又说包公两耳垂肩，鼻直口方，天仓饱满，脸上有安邦定国之纹，预示着他日后将飞黄腾达，成为国家柱石。他前世是文曲星，下凡来辅佐赤脚大仙转世的宋仁宗。一生下来，因为相貌奇丑，包父就叫人把他抱到南山下涧水中去淹死，虽然大嫂肩负了抚养他的责任，但他的父亲仍然贱视他，不准他读书，命他放牛耕田。即便他后来高中状元、授定远知县，还要到自己家的南庄去割麦。所谓大难不死必有后福，这是作者根据道教神仙谪降人间，经受磨难，最后功成回归天班的观念而构思的，集中了当时民间流传的种种有关包公的断案故事和民间传说，人间所有的磨难都是对他的考验，所以在关键时都能得到太白金星等神仙的帮助。因而，包公身世、家世方面成为后世文学叙事因袭的总源头，后世包公文学依然主要包括了诞生、长相、遗弃、放牛、算命、读书、赴试、中状元等情节单元。短篇公案小说集《百家公案》是第一部以包公为中心串联起来的公案小说集，故事情节连贯统一，从整体看又像长篇小说。它在情节上吸收了《包龙图公案词话》中主要的包公故事，写包公乃包十万第三子，降生之日，面生三拳，目有三角，形容丑陋，包父欲弃而不养，幸有大媳妇汪氏，见三郎相貌异样，不肯弃舍，乞来看养。书中描写包公铁面无私，劫太后，惩皇亲，斩驸马，《包龙图判百家公案》奠定了中国公案小说的情节模式特征，而《百家公案》是"迄今所见的真正意义上的包公故事集"[①]，是后世各种包公案演变的起点，其中陈世美弃妻，狄青、杨文广和包公相互扶持，包公审理弹子和尚等故事，后来越演绎越细，甚至独立出去成为另一大部小说。《龙图公案》是明代继《百家公案》之后另一本以包拯为主角的公案小说，且影响最大。清代前中期的公案戏、公案小说，包括从说书《龙图公案》演变而来的《三侠五义》，它们所吸收的包公故事，一般都来自《龙图公案》而非《百家公案》。[②]明代中篇包公小说《五鼠闹东京包公

---

①　杨绪容《〈百家公案〉研究》，上海古籍出版社，2005 年版，第 24 页。

②　杨绪容《〈百家公案〉研究》，第 398 页。

收妖传》，讲述西方佛祖座下五鼠幻化魅惑人界、扰乱朝堂，后经包公借来如来佛玉面神猫得以平乱的故事。这是包公由判阴曹地府到往来三界降妖除魔的开始。说书人浦琳的《清风闸》是公案与世情结合的产物，尤以世情见长，它显示了包公文学发展的一个新趋向。《清风闸》之后，嘉庆年间又产生了一部长篇包公小说《万花楼演义》，着重以极端的善恶来划分人物，新增情节具有很强的故事性及娱乐性，全书围绕着包公、狄青与奸党庞洪及其党羽孙秀之间的斗争，表现的是忠奸斗争主题。石玉昆的说唱本《龙图公案》，在包公文学作品中具有里程碑的意义，后来被改编为小说《龙图耳录》、《三侠五义》和《七侠五义》。《龙图耳录》是包公故事的集大成之作，吸收了说唱、戏剧、小说中较优秀的故事，精心改造之后，以说书人的口吻统一叙述，巧妙地纳入长篇巨构之中，成为中国文学史上第一部长篇说书体公案小说。《三侠五义》从唱本发展为长篇章回小说，代表着包公文学的巅峰，是集体创作的产物，演说者与听众（观众）互动完成。在《龙图耳录》的基础上，问竹主人和入迷道人"互相参合删定，汇而成卷"①，在退思主人鼓动下，于光绪五年（1879）由北京聚珍堂书坊以活字本刊行，题署《忠烈侠义传》,《三侠五义》由此而更为广泛地流传。同《龙图耳录》相比，《忠烈侠义传》约减少了十几万字，但全书情节更紧凑，语言更精练，因此也更具可读性。光绪十五年（1889），俞曲园初见此书，认为第一回狸猫换太子"殊涉不经"，乃参考史书别撰第一回，又添加上小侠艾虎、黑妖狐智化、小诸葛沈仲元，与原书中南侠、北侠、丁氏双侠凑成七人，把书名改为《七侠五义》，重加刊印。这就是后来在民间最通行的本子。在《七侠五义》广泛流传之后不久，又有续书《小五义》出现。由于这些小说巨大的影响，终于完成了清官文化的构建。

二、包公故事的思想分野与清官文化的构建

可以说，清官文化是随着包公文学的发展而成熟起来的。正是从宋元开始，包公以其清廉刚正、不畏权贵和善断疑案成为公案文学乃至中国文学史

---

① 苗怀明《〈三侠五义〉成书新考》,《明清小说研究》, 1998 年第 3 期。

上最为著名、最具影响的人物形象，被誉为"第一清官"。随着"清官"一词被广泛使用，特别用来称呼包公一类的清官，清官文化开始流行。包公文学也是我国清官文化中流传最广、影响最大的部分。此后，清官文化与包公文学互相促进，共同发展。包公故事不断被添枝加叶，发展成为囊括文学、历史和影视等多个领域的文化现象。包公形象是清官文化的代表和象征，而清官文化则是包公文学传播的动力之一。

宋元以前，包公文学主要以审案为主；宋元以后，公案小说则不再主要依靠表现案情的复杂变化、跌宕起伏以获得读者，而是着力塑造小说中的人物形象，从重"案情"描写到重"人物"塑造的转折，使得我们更容易领会和把握作者的意图，体认小说的思想分野。概而言之，包公文学中的包公主要有以下几种鲜明的品格特征：

1. 清廉正直

《尚书·尧典》中说："夙夜惟寅，直哉惟清。"因而"清"后来成为表达对盛德高行之士的景仰。大约自封建官阶制度形成以来，人们就根据官员的行政品行分为清官、贪官两大类。"清官"通常指品行端正、廉洁正直的官吏，史书一般都以"循吏"、"良吏"或"廉吏"指代，《明史·列传·儒林》载：有个刚进入仕途的年轻人向名儒梁寅请教为官之道，梁寅回答说："清、慎、勤，为官三字符也。"可见，在对官员的要求中，"清"排在第一。实际上，"清官"的概念古已有之，但它的成熟和完型，是与戏曲、小说在宋以后的流行分不开的，尤其是与公案小说戏曲中对"清官循吏"的褒扬分不开。这些通俗文学塑造了清官的良好品格，规范了清官的政治行为，凸显了清官的政治作用，扩大了清官在朝野的影响，为后世树立了认同、学习和崇拜的典范，而包公是其中的佼佼者。

公案小说中塑造的清官，都是出身清白，品格高洁，为人耿直，在金钱、女色、高官厚禄的诱惑面前，能够毫不动摇，清心寡欲，不贪不虐。公案小说中对官员"清廉"品格的强调是与儒家文化的理想人格塑造分不开的。《论语·公冶长》记子张问孔子："崔子弑齐君，陈文子有马十乘，弃而违之，至于他邦，则曰：'犹吾大夫崔子也。'违之。之一邦，则又曰：'犹吾大夫崔子也。'违之。何如？"孔子答曰："清矣。"又问："仁矣乎？"孔子说："未知，焉得仁？"①为求洁身自好，宁愿离乡背井也不轻易苟同他人，狼狈为奸，这也是为官的准则。在史传中，对好官的赞美之词，有"清淳""清真""清白""清廉"等词。公案小说中的清官从不欺软怕硬，他们能够正确地对待自己手中的权力，他们的政治理念是"食君俸禄，为君卖命"，普遍认为渎职有负皇家对自己的信任，是不忠不孝的表现。为了表现清官这些品性，作者往往设计"圈套"来考验他，典型的做法是"软硬兼施"，引诱、诽谤等，但清官一般都表现出凛然正义，与奸臣贼子展开"搏斗"，誓死不屈，不肯同流合污，成为残害百姓的帮凶。为了赋予清官"正"的品格，小说还增加了英豪侠义之士作为配角，或送上"铜铡""钢鞭"等道具，扫清他惩处贪官污吏的障碍，让他伸张正义，为民造福。

廉，即廉洁的、节俭的，具体表现为廉洁奉公，不贪不占；明，即分辨、聪明的，具体表现为忠于职守，勤于职事，明辨是非，不混淆黑白。早在《周礼·天官冢宰第一》中，对"廉吏"的廉，已经确定了六个方面的含义，"一曰廉善，二曰廉能，三曰廉敬，四曰廉正，五曰廉法，六曰廉辨"②。于成龙被康熙皇帝称为"古今第一廉吏"，因而成为公案小说摹写的原型。《明史·儒林传》载明代霍州知府郭晟向学正曹端请教为政之道。曹端回答说：主要就在于公、廉。《荀子》所谓"公生明，偏生暗"，能做到公，百姓自然不敢轻慢；能做到不偏，下面的官吏自然不敢欺瞒。"公生明，廉生威"成为古代州府县衙的执法铭鉴。公案小说非常注重表现清官的廉、明品性，常常会采用"反衬法"来写，不直接写清官如何清廉，而是写他的手下如何勤俭节约，如何顾忌上司而收敛、改变自己的行为，或是通过清官身边人物对他的评价以表现之，俗话说"上梁不正下梁歪"，以下梁映衬上梁，因而更有说服力。

《宋史》第三百一十六卷《包拯传》中说："拯立朝刚毅，贵戚宦官，为之敛手，闻者惮之。人以包拯笑比黄河清，闾里童稚妇女亦知其名，呼曰'包待制'。京师为之语曰'关节不到，有阎罗包老'。旧制，凡诉讼不得径造庭下。拯开正门，使得进前陈曲直，吏不敢欺。"又说："拯性峭直，恶吏苟

---

① 《论语》，陕西人民出版社，1996年版，第55页。
② 崔高维校点《周礼》，辽宁教育出版社，1997年版，第5页。

刻，务敦厚"；"与人不苟合，不伪辞色悦人"；"平居无私书，故人亲党皆绝之"。其实，包拯有史可稽的断案事迹也不过其在任天长县令时所判"盗割邻家之牛舌"等民事案件数件。可是通过公案类戏曲、小说的"神化"后，包拯的形象迅速丰满起来，其故事也逐渐增多，广泛流传，变成了一个家喻户晓的"日断阳事、夜断阴事"的"清官"。正如胡适所说，中国小说戏曲中的包公，实际上是一个"箭垛式"的人物——即把许多人做的好事都集中在他身上的人物。《宋史》仅以"人以包拯笑比黄河清"一句概括包拯的"清廉"政治品格，而公案小说则将包拯的"清廉"具象化、升格化、神话化。考察不同时期的包公文学，包公的"清官精神"也是发展变化的，"清"有着不同的文化内涵和美学表现，体现出不同时代创作视野中的批判重心和审视焦点，在宋人说话和元杂剧中，包公精神的核心是打击权豪势要，为民伸冤；到晚明，包公精神主要是打击民间犯罪和为民伸冤；清代，包公精神更多体现为忠、贤、仁。[①] 他"与万民做主，不受天下财物。清似潭中水，明如天上月"。出行不扰民，没有锣鼓开道，而是自己骑马，身边唯有书童，身无长物，只有几箱圣贤书。《警世通言》第十三卷"三现身包龙图断冤"，写小孙押司恩将仇报，与恩人大孙押司娘子勾搭通奸，合伙谋杀了大孙押司，霸占了他的财产，逐出了他的女儿。后来包拯到任后，经过微服私访，特别是发挥其聪明才智，解开了大孙押司鬼魂现身留下的"字谜"，揪出并惩治了凶犯，从而使奇冤得以昭雪，百姓欢呼雀跃。在小说结尾，作者以一首小诗为证，表达了普通百姓对清官包公的崇拜和赞叹，指出人间自有"青天"索隐鉴清，警示人们不可为非作歹，暗做亏心事。诗写道："诗句藏谜谁解明，包公一断鬼神惊。寄声暗室亏心者，莫道天公鉴不清。"作者将包公比天公，认为包公能"鉴清"真相，"激清扬浊"。总之，公案小说中时不时地直接以"清淳""清操""清公""清廉""清真""清尚""清节""清士""清介""清德""清绩""清政"等词来赞美和评骘"清官"；相反，对于贪官污吏，小说则不惜笔墨，运用各种手法，挑选众多贬义词对之予以贬抑、批判。可见，"清官迷信"思想已经成为小说作者写作的一种"集体无意识"。

不仅小说作者有着深刻的明确的尚"清"意识，而且读者的阅读期待视

---

① 杨绪容《百家公案研究》，第 437 页。

野中也有着"清官行政"的审美接受诉求，这在封建社会末期的动乱年代特别是王朝更迭之际表现得尤为饥渴。公案小说颂扬清官循吏、批判贪官污吏的写作模式一定程度上满足了读者的审美心理欲求，它的流行和传播进一步将清官文化"激清扬浊"的美学品性明晰化、扩散化、持续化和牢固化。明代公案小说的兴盛有其特定的社会文化背景。明朝中后期的封建专制制度愈加强化，剥削压迫、贪污腐败现象愈演愈烈，政治黑暗，冤狱日益增多；与此同时，资本主义萌芽产生，商品经济也有了新的发展，市民意识进一步觉醒和解放，放纵欲望、争取利益的情况越来越严重，社会风气渐趋粗俗化、物欲化。在这种情况下，随着各种不法事件逐渐增多，人们越来越渴望有"清官"出来修复纲纪，驱除邪恶，伸张正义，在他们心有不平、希冀鸣放的时候，能够找到为民请愿、替民伸冤的对象。除历史上的包拯外，不怕死，不要钱的当朝官员海瑞就迅速成为公案小说的主人公，虚舟生编次的《海刚峰先生居官公案传》，很快在市民中流传开来。虽然此书和《龙图公案》一样，并不全是海瑞的真实政绩，而是由文人将前代及明朝的法律案件、野史传说、犯罪案例改头换面、添油加醋改编而成，但却得到了读者的喜爱，产生了很大的影响。考察读者对公案小说"主人公"的接受，海瑞成为仅次于包拯深受读者欢迎和喜爱的第二个"箭垛式"人物。可见，对官员清廉执政的向往实际上是建立在对贪官污吏的痛恨基础之上。公案小说中极力批判这些贪官，在与清官的比较中，显其原形。作者还"赐给"清官们"尚方宝剑""铜侧""钢鞭"等宝物，让他们拥有无上权力，惩治贪官时不受约束。这既反映了人民对贪污现象的愤恨，也表现出人民对清官与贪官斗争复杂性的认识，当然，还有对不反皇帝的立场。

清官将"忠君"与"爱民"集于一身，二者缺一不可。公案小说中的清官循吏出身普遍低微，一般都来自于民间，通过勤奋学习，参加科举考试，受到贤臣明君的赏识，得以入仕为官，从而掌握了公共权力，为民造福。因为它们自幼长在民间，对于民情非常了解，并且家门寒碜，食不果腹，衣不蔽体，遭受过许多痛苦，所以他们对于民生疾苦非常同情，在审案时能够为民做主。如包公，《宋史》只说他是"庐州合肥人"，而到元公案剧《蝴蝶梦》中就强调他拯是"庐州金斗郡四望乡老儿村人"。其实这种说法与《嘉靖庐州府志》等地方志的记载并不相符，但却在明清时期的《百家公案》

《龙图公案》等小说中得到沿用。为什么要突出强调包公"士出寒门"呢？里面包含了作者的深刻用意，起到了一种很好的表现身份和立场的作用。包拯在出场之时就亮明自己来自农村，以让老百姓明白他是农民的儿子，熟悉民间的痛苦，有什么问题都可以告诉他，他会站在百姓的立场上为他们讨回公道。如此拉近了与普通百姓的关系，让百姓不会惧怕官府而不敢说实话，这样对于他全面熟悉案情，寻找问题症结所在有很好的帮助。《包龙图词话公案》中《包待制出身传》对于包拯的出身介绍更清楚，他虽出身于富豪之家，但因长相丑陋，遭到父母遗弃，受尽苦难。《三侠五义》中在第一回末提起包公降生也说："便说包公降生，自离娘胎，受了多少折磨，较比仁宗，坎坷更加百倍，正所谓天将降大任之说。"这些写法都与历史有很大出入，作者不惜歪曲事实，夸张虚构，主要是为了表明包公也是苦人出身，历经磨折，受尽委屈，从而形成了他日后为官洞察百姓疾苦，理解百姓的难处，为民伸冤等性格特点，另外也为他疾恶如仇、冷酷无情做出合理的解释。《海公案》写海瑞从小吃过苦，受过累，十岁丧父，在母亲的督导下，学习了《四书》《五经》等全部课程，进京赶考还遇见过鬼，初入京城又由于患病而落第，回来后不久，母亲又去世，直到后来经历许多波折，才中举做官。《彭公案》等公案小说中的主人公彭朋经历也与之类似。有些清官不仅出身寒门，而且在为官前由于自身的贫困倍受欺凌，遭受过"冤案"，后时来运转被人赏识才做了官。故而对于"冤案"是有着非常强烈的感触，能够体认到被人冤枉是多么痛苦的一种感觉。因而在审案时，不敢怠慢、随便，生怕错判导致冤案。

在小说戏曲中，对那些邪恶势力来说，包公威严冷酷；但对受害者来说，包公却是个通达人情世故、恤弱悯善的忠厚长者。结案以后，对那些劫后余生的人，他或撮合他们成为夫妻，或以库金定期资助那些由于受到残害而失去生活能力的孤寡者。总之，包公形象充满人情味，是人民群众按照自己的审美理想里塑造出来的一个带有"乡巴佬"气息的官吏。当然，作者也真实地展现了一个在封建社会具有政治理想抱负的清官的艰难处境。他们要在维护王权的前提下替天行道，而皇帝与百姓之间天然就存在着根本上的利害冲突。清官要在这种尴尬境地中扮演着调停者的角色，其艰难、苦涩自不待言。难怪包公在经历了一番宦海沉浮之后，发自深衷叹息："不如及早归山去！"

在案件审理过程中，清官也常常陷入效忠王室还是为民除害的两难困境。清官的双重人格与两难境地其实也是古代士人的通病。元代包公戏以形象化的手法深刻地揭示了王权与法治的固有矛盾，体现着一种带有民间倾向的法律道德化、道德法律化的文化旨归。在包公剧中，判案所依据的并不是现成的法律条文，而更多的是民众所公认的道德与公义。如《生金阁》中最后的判词，包公判庞衙内"倚势多狂狡""不依公道""比虎狼更觉还凶暴"，"斩首不为辜"。又如《蝴蝶梦》中，包公对王氏一家判道："你本是龙袖娇民，堪可为报国贤臣，大儿去随朝勾当，第二的冠带荣身，石和做中牟县令，母亲封贤德夫人，国家重义夫节妇，更爱那孝子顺孙，今日的加官赐赏，一家门望王沾恩。"诸如此类的判词，其主导方面是对善恶的道德评判与现身说法的道德劝诫。这与儒家伦理道德法律化的观念和现实密切相关。

2. 断案如神

在中国远古时代，先民以神判法断狱讼是非，獬豸成了决讼的神圣动物。獬豸，为中国上古传说中的一种神兽，似鹿，一只角，能辨别是非曲直，善恶忠奸，见人争斗，抵触恶人。"法"的造字法也反映了这种传说。《说文解字》释法云："刑也。平之如水，从水，廌，所以触不直者去之，从去。"这是解释为什么"法"字从水从廌从去。由于传说獬豸能断狱讼，所以法官所戴的法冠，《后汉书·舆服志》称为"獬豸冠"，直到唐宋以后还沿用此称。这些传说及反映在造字上、服饰制度上的现象充分反映了远古时代曾经盛行过的神兽判讼俗。原始时代以牛羊解纠纷的推测，还可以从战国时代的民间遗俗得到确证。人们认为獬的行为反映了神的意志，因而神判是断案的最高境界。

《百家公案》的作者多次称赞包公之"神"。《判僧行明前世冤》结尾说："曹吏皆叩头称包拯以为神。"即使完全与神鬼或者梦境无关的写实类作品中，作者也着意突出包公之"神"。如在《神判八旬通奸事》中，包公只是很聪明地领会了嫂子汪氏的意思，作者却说："池州皆谓拯作神官云。"《证盗而释谢翁冤》写包公全凭智谋破了案，作者叹道："公吏叹服，皆以是为神见云。"《百家公案》比起明成化《包龙图公案词话》八种，进一步夸大了包公的神威。包公之神，一是"明"，即聪明过人，善于分析案情，精于推断事理。小说中百姓有了冤情，很多时候由于对官府不信任，抑或担心受到打击报复，于是选择忍气吞声，隐而不告。这时，就需要断案官员有很高的素质，能明察秋毫。"明"的过程也就是复杂性、变化性案件破的进程，清官明的"指数"决定了公案小说期待指数和阅读指数，能否"明"、怎样"明"影响了小说的看点和卖点。《百家公案》中的《秀履埋泥》《骗马》《夺伞破伞》《贼总甲》《三娘子》《割牛舌》等篇，都是描写包公善于掌握罪犯作案前后的心理变化规律，因势利导，这是一些很有趣的具有中国民族传统文艺特色的短篇推理侦探小说。二是"智"，即巧赚罪犯，或声东击西，或欲擒故纵，或请君入瓮，使罪犯自投罗网。《三侠五义》中的包公虽仍铁面无私，但和《龙图公案》相比，却圆滑多了。包公陈州查贩，为非作歹的安乐侯庞星被押到堂上，包公见他项带铁锁，连忙吩咐道："你等太不晓事，侯爷如何锁得？还不与我卸去。"庞星要对包公下跪，包公道："不要如此。虽则不可以私废公，然而我与太师有师生之谊，你我乃年家兄弟，有通家之好，……务要实实说来，大家方有计较。千万不要畏罪回避。"在"师生之谊""年家兄弟""通家之好"等好话的诱导下，于是庞星放松了警惕，将罪行一一招认。包公又料到若将庞星押到东京问斩，肯定会阻力重重，于是他便继续哄骗，对庞星道："你今所为之事，理应解京。我想道途遥远，反受折磨。再者到京必归法司判断，那时难免皮肉受苦。倘若圣上大怒，必要从重治罪。那时如何展转？莫如本阁在此发放了，倒觉爽快？"庞星道："但凭大人做主，犯官安敢不遵？"于是包公登时把黑脸放下，虎目一瞪，吩咐："请御刑！"这个包公与明代《龙图公案》中那个只管正道直行，刚正不阿，不计得失的包公完全不同，他选择采用欲纵故擒，甚至百姓都将信将疑，直到"见铡了恶贼庞星，方知老爷赤心为国，与民除害"。三是包公有特殊的禀赋，能够沟通鬼神，看出鬼怪的"妖气"。鬼神有时会主动给清官以兆示，采取如神灵托梦、冤魂告状、动物显灵、器物说话等各种方式提供破案线索，所谓"案不破，鬼相助"，有时还将阳间不平案件送入阴曹地府去审理。明成化《包龙图公案词话》八种中有城隍协助包公破案的情节。四是他拥有"照魔镜""斩魔剑""赴阴床""温凉还魂枕"等宝物，《百家公案》第二十九回"判刘花园除三怪"，包公命张龙、赵虎："汝可去后堂，与吾将前张月桂所付赴阴床，与那温凉还魂枕，收拾得干净，待我寝卧其上，前往阴司查考。"躺在"赴阴床"上，他的魂魄就可以赴阴间查考案件。《龙图耳录》《三侠五义》则改为"游仙枕"。

包公断案如神，不但凭鬼神兆示，而且靠微服私访。所谓微服私访，就是通过化装，深入民间，展开实地调查，然后根据所得到的信息，对案件进行分析和推理。包公小说戏曲中常写在案情扑朔迷离、无法取得进展时，包公便微服私访，终使案情大白，真凶落网。在微服私访过程中，包公经常乔装打扮，有时扮成云游四方的算命先生，有时扮成走街串巷的卖货郎，有时化成行南走北的商人，有时化成叫花子，等等。这些"人世俗相"丰富了清官们的品性，打破了模式化塑形，让小说平添了许多笑料、乐趣。明代的包公小说，同包公相对抗的恶势力，除了少数的皇亲国戚、权豪势要外，更多的是一些心狠手辣、奸诈狡猾的强奸犯、抢劫犯、杀人犯。他们藏身暗处，伺机而动，假如不主动深入民间，展开调查，搜集线索，很难破案。至侠义公案小说，作者更加大了清官"微服私访"的写作力度，由"一讯即伏"到"波折迭起"，通过清官循吏来联系情节、发展情节，使审案由"平淡"向"惊险"，增添了案件的"趣味性""惊险性""变化性"，更大程度地满足了读者的猎奇心理。在《三侠五义》《小五义》等，包公在侠客的保护下，多次主动"深入虎穴"，舍身犯险，除增添故事惊险性外，还发展了包公的人物形象，突破了传统化、平面化特征，表现出包公身上深厚的"民间情怀"。另外，除《包公案》涉及一些重大的政治主题外，其他公案小说不管民事案件，还是刑事案件，都是发生在民间，属于普通百姓"街谈巷议"之事，牵扯的也多是社会治安、社会稳定问题。官员微服私访，有利于展示市井乡村风俗百态；深入群众之间，可以了解民众对于案情的态度，从而让本是"一头雾水"的官员心里有个底，确定涉案当事人的大致印象，而这大致的印象会在一定程度上影响和决定破案后的"定性""量刑"问题。

总之，清官"微服私访"方法，反映了封建社会官官相护、上下欺瞒的现实；在一定程度上表现了对民众的尊重，对理想执法形式的追求和实践。通过"微服私访"借清官的视角和行动审视世俗现状，紧密地与民众联系在一起，发挥群众的力量，这是公案小说强调"人民性"的集中体现，在建设"清官文化"中值得阐扬。但是，"微服私访"也反映了民众渴望高高在上的官员来到基层了解民情的愿望，在他们看来，他们深受下层胥吏的压榨，以为上层官员尤其是皇帝还是好的，所以，很多小说都写到的皇帝经常微服私访，其实都没有史实依据，只是表现了人民的一种美好愿望而已。

3. 不畏权贵

正邪自古同冰炭，有贪官，就有清官；有清官，就有贪官，贪官和清官互相依存于专制体制内，尔消我长，此起彼伏，共同演绎社会的兴衰史。远在西周，文献中就已经有明确的关于"贪污受贿"的记载。鞭挞、贬抑贪官污吏，自《诗经》中形象地喻贪官为硕鼠始，一直都是民间文学的重要主题和优良传统，但受儒家正统思想的限制，写作往往强调"温柔敦厚"诗教原则，以达到"劝百讽一"的效果。真正对贪官污吏行为批判的最深刻的是宋元以来的公案小说、谴责小说，它们大都出自民间说书艺人、下层文士之手，语言锐利有如匕首投枪，对贪官腐败风气揭露批判入木三分；更直接地是将对贪官的贬抑放在与对清官的颂扬对比之中，辛辣、鲜明、彻底地凸显了贪官的丑恶嘴脸、揭露了他们那肮脏的内心本质。

公案小说首先凸显了贪官的丑恶嘴脸，揭露贪官钱权交易、权色交易等种种腐败行为。宋代《册府元龟》卷三百零七《外戚部·贪黩序》说："徇财曰贪，玷官曰墨。"指出放纵自己的物欲，以谋求财产为目的，不加节制地掠夺和剥削他人是贪官最明显的表现。反映在公案小说中，最突出的是徇私枉法、买法卖狱，以致颠倒是非、混淆黑白，造成冤案。公案小说一般都是写案发后，贪官污吏首先出场，审理案件，因受到外力的影响，胡乱判案结，致使冤狱形成；接着事主喊冤，清官接手审案，纠正贪官污吏的错判，使沉冤昭雪，罪犯伏法，故事以喜剧或闹剧作结。不管是悲剧还是喜剧，审案都是公案小说的"重头戏"，如何审案可以见出一名官员的政治素养、司法水平，是分辨官员品质和能力高下的主要指标。贪官污吏接手案子后，由于得了好处，往往不问青红皂白，不容事主分辩，直接采用严刑拷打等暴力手段将无辜者屈打成招，为行贿者开脱罪行；或者是漠视证据，不予采信，乃至协助行贿者毁坏证据，使无辜者背受黑锅。"严刑拷打"式审案在公案小说中经常可见，有的酷吏竟然活活将犯人打死。有时清官也采用"严刑拷打"的方式对付罪犯，当然，一般是在有证据和把握而罪犯又刁钻狡猾的情况下，与贪官污吏有本质上的区别。从今天建设法制社会的要求看来，这种表现手法是有历史局限性的，是一种不正确的、可能造成冤案的非人道行为。历史上的包公比较主张德主刑辅，反对滥刑，如他的《乞不遣杨景宗知磁州》一文弹劾那些用刑过苛、涂炭生灵的官吏。他又上《请不用苛虐之人充监司》，以最大限度地杜绝冤案的产生。

包公案小说还着力写出贪官的惨淡下场，警示当官者从中吸取教训，洁身自好，不要触网。量刑也有非常重的，如黄伯二被包公置于甑中活活蒸死。包公坚持在法律面前人人平等，犯案者必究，甚至六亲不认，明成化《包龙图公案词话》八种中，与包公有血缘关系的亲属都被塑造成无情无义之人，但还没有作为罪犯而成为包公的对立面；至《百家公案》，一律把包公的亲属塑造成坏人，就是为了让包公大义灭亲，以维护法律和正义的尊严。这样，清官包公就成为以法灭情的典型，反映出小民的普遍诉求和愿望。

参考书目

鲁迅《中国小说史略》，人民文学出版社，1973 年。

石昌渝《中国小说源流论》，生活·读书·新知三联书店，1994 年。

李剑国、陈洪主编《中国小说通史》，高等教育出版社，2007 年。

李剑国《唐前志怪小说史》，天津教育出版社，2005 年。

葛贤宁《中国小说史》，台北中华文化出版事业委员会，1956 年。

陈大康《明代小说史》，上海文艺出版社，2000 年。

（日）内山知也著，益西拉姆译《隋唐小说研究》，复旦大学出版社，2010 年。

杨义《中国历朝小说与文化》，台北业强出版社，1993 年。

黄霖编、罗书华撰《中国历代小说批评史料汇编校释》，百花洲文艺出版社，2009 年。

吴士余《中国文化与小说思维》，生活·读书·新知三联书店，2000 年。

王平《中国古代小说文化研究》，山东教育出版社，1996 年。

杜贵晨《传统文化与古典小说》，河北大学出版社，2001 年。

陈美林、李忠明《小说与道德理想》，江苏古籍出版社，2002 年。

赵兴勤《古代小说与传统伦理》，山西人民出版社，2005 年。

朱恒夫《宋明理学与古代小说》，上海古籍出版社，2005 年。

孙逊《中国古代小说与宗教》，复旦大学出版社，2000 年。

万晴川《宗教信仰与小说叙事》，浙江大学出版社，2014 年。

黄子平（主编）《中国小说与宗教》，香港：中华书局（香港）有限公司，1988 年。

白化文，孙欣《古代小说与宗教》，辽宁教育出版社，2001年。

孙昌武《佛教与中国文学》，上海人民出版社，1988年。

蒋述卓《宗教文艺与审美创造》（暨南大学出版社，2005年）、《主题与叙事：中国佛教文学的古典与现代》（岳麓书社，2007年）。

陈洪《结缘：文学与宗教》（北京师范大学出版社，2010年）、《佛教与中古小说》，（学林出版社，2007年）。

吴海勇《中古汉译佛经叙事文学研究》，学苑出版社，2004年。

吴光正《中国古代小说的原型与母题》，社会科学文献出版社，2004年。

王立《佛经文学与古代小说母题比较研究》，昆仑出版社，2007年。

万晴川《中国古代小说与民间宗教及帮会之关系研究》，人民文学出版社，2010年。

李丰楙《误入与谪降》（台湾学生书局，1996年）、《六朝隋唐仙道类小说研究》（台湾学生书局，1997年）、《许逊与萨守坚》（台湾学生书局，1997年）、《仙境与游历：神仙世界的想象》（中华书局，2010年）。

（日）小南一郎著，孙昌武译《中国的神话传说与古小说》，中华书局，2006年。

孙昌武《道教与唐代文学》，人民出版社，2001年。

苟波《道教与明清文学》，巴蜀书社，2010年。

詹石窗《道教文学史》（上海文艺出版社，1992年）、《道教数术与文艺》（文津出版社，1998年）。

吴光正《八仙故事系统考论》，中华书局，1990年。

张松辉《汉魏六朝道教与文学》，湖南师范大学出版社，1996年。

杨建波《道教文学史论稿》，武汉出版社，2001年。

罗争鸣《杜光庭道教小说研究》，巴蜀书社，2005年。

赵益《六朝南方神仙道教与文学》，上海古籍出版社，2006年。

万晴川《巫文化视野中的中国古代小说》（社会科学出版社，2003年）、《中国古代小说与方术文化》（中国社会科学出版社，2005年）。

王孝廉《中国的神话世界》，作家出版社，1991年。

叶舒宪《神话——原型批评》，陕西师范大学出版社，1987年。

苗怀明《中国古代公案小说史论》，南京大学出版社，2002年。

杨绪容《百家公案研究》，上海古籍出版社，2005 年。

张国风《公案小说漫话》，南京古籍出版社，1992 年。

吕小蓬《古代小说公案文化研究》，中央编译出版社，2004 年。

康正果《重审风月鉴》，辽宁教育出版社，1998 年。

（美）马克梦著，王维东、杨彩霞译《吝啬鬼、泼妇、一夫多妻者——十八世纪牢国小说中性与男女关系》，人民文学出版社，2001 年。

张世君《〈红楼梦〉的空间叙事》（中国社会科学出版社，1999 年）、《明清小说评点叙事概念研究》（中国社会科学出版社，2007 年）。

邱江宁《清初才子佳人小说叙事模式研究》，上海三联书店，2005 年。

张婕《明清小说与园林艺术研究》，苏州大学 2006 年硕士论文。

李源《满园春色关不住——元明清小说、戏曲中的园林意义解读》，河北师范大学 2004 年硕士论文。

张寅德编著《叙述学研究》，中国社会科学出版社，1989 年。

（法）热拉尔·热奈特著，王文融译《叙事话语 新叙事话语》，中国社会科学出版社，1990 年。

（以色列）里蒙–凯南著，姚锦清等译《叙事虚构作品》，生活·读书·新知三联书店，1989 年。

（美）W. 布斯著，周宪等译《小说修辞学》北京大学出版社，1987 年。

（捷）米兰·昆德拉著，孟湄译《小说的艺术》，生活·读书·新知三联书店，1992 年。

（英）E. M. 福斯特著，冯涛译《小说面面观》，人民文学出版社，2009 年。

（法）茨维坦·托多罗夫等著，王泰来等编译《叙事美学》，重庆出版社，1987 年。

（法）托多罗夫编选，蔡鸿滨译《俄苏形式主义文论选》，中国社会科学出版社，1989 年。

杨义《杨义文存》，人民出版社，1997 年。

徐岱《小说叙事学》，中国社会科学出版社，1992 年。

罗钢《叙事学导论》，云南人民出版社，1994 年。

胡亚敏《叙事学》，华中师大出版社，1994 年。

傅修延《讲故事的奥秘——文学叙述论》（百花洲文艺出版社，1993 年）、

《先秦叙事研究：关于中国叙事传统的形成》（东方出版社，1999 年）。

董小英《叙述学》，社会科学文献出版社，2001 年。

赵毅衡《苦恼的叙述者》，北京十月文艺出版社，1994 年。

陈平原《中国小说叙事模式的转变》，上海人民出版社，1988 年。

申丹《小说叙述学与文体学研究》，北京大学出版社，2000 年。

（美）韩明士著，皮庆生译《道与庶道》，江苏人民出版社，2007 年。

葛兆光《道教与中国文化》（上海人民出版社，1987 年）、《七世纪前中国的知识、思想与信仰世界——中国思想史》（复旦大学出版社，1998 年）。

卿希泰、詹石窗《中国道教思想史》，人民出版社，2009 年。

方立天《中国佛教与传统文化》，上海人民出版社，1988 年。

丁山《中国古代宗教与神话考》，上海文艺出版社，1988 年。

萧兵《中国文化的精英——太阳英雄神话的比较研究》，上海文艺出版社，1989 年。

张正明《楚文化史》，上海人民出版社，1987 年。

陆思贤《神话考古》，文物出版社，1995 年。

叶舒宪《中国神话哲学》，中国社会科学出版社，1992 年。

谢选骏《神话与民族精神》，山东文艺出版社，1986 年。

吕微《神话何为——神圣叙事的传承与阐释》，社会科学文献出版社，2001 年。

王小盾《原始神仰与中国古神》上海古籍出版社，1989 年。

王书奴《中国娼妓史》，上海生活书店，1934 年。

张有寯、哈孝贤：《中国性科学》，山西人民出版社，1992 年。

王立《中国传统性医学》，中医古籍出版社，1998 年。

刘达临《中国古代性文化》，宁夏人民出版社，1993 年。

何星亮《中国图腾文化》（中国社会科学出版社，1992 年）、《中国自然神与自然崇拜》（上海三联书店，1992 年）。

张振犁《中原古典神话流变论考》，上海文艺出版社，1991 年。

宋兆麟《巫与巫术》，四川民族出版社，1992 年。

钟肇朋《谶纬论略》，辽宁教育出版社，1991 年。

张荣明《方术与中国传统文化》，学林出版社，2000 年。

李零《中国方术考》（东方出版社，2000年）、《方术续考》（东方出版社，2000年）。

胡新生《中国古代巫术》，山东人民出版社，1999年。

宋会群《中国术数文化史》，河南大学出版社，1999年。

乌丙安《神秘的萨满世界》，上海三联书店分店，1989年。

陈梦家《殷虚卜辞综述》，科学出版社，1956年。

周策纵《古巫医与六诗考》，台北联经出版公司，1986年。

张紫晨《中国巫术》，上海三联书店，1990年。

詹鄞鑫《心智的误区—巫术与中国巫术文化》，上海教育出版社，2000年。

高国藩《中国巫术史》，上海三联书店，1999年。

邓启耀《中国神话的思维结构》重庆出版社，1992年。

金泽《宗教禁忌》，社会科学文献出版社，1998年。

王学泰《游民文化和中国社会》，学苑出版社，1999年。

李安宅编译《巫术与语言》，商务印书馆，1936年。

（英）爱德华·泰勒著，连树声译《原始文化》，上海文艺出版社，1992年。

（日）中野美代子著，何彬译《中国的妖怪》，黄河文艺出版社，1989年。

（德）恩斯特·卡西尔著，于晓等译《人论》，生活·读书·新知三联书店，1988年。

（英）詹·乔·弗雷泽著，徐育新、汪培基、张泽石译《金枝》，中国民间文艺出版社，1987年。

（法）列维－布留尔著，丁由译《原始思维》，商务印书馆，1985年。

（德）利普斯著，汪宁生译《事物的起源》，四川民族出版社，1982年。

（美）威廉·詹姆士著，唐钺译《宗教经验之种种——人性之研究》，商务印书馆，2002年。

（英）马林诺夫斯基著、费孝通等译《文化论》（中国民间文艺出版社，1987年）、刘文远译《野蛮人的性生活》（团结出版社，1989年）、李安宅译《巫术、科学、宗教与神话》（中国民间文艺出版社，1986年）。

（德）格罗塞著，蔡慕晖译《艺术的起源》，商务印书馆，1984年。

（英）基思·托马斯著，芮传明译《巫术的兴衰》，上海人民出版社，1992年。

（英）古斯塔夫·雅霍达著，文成峰，应中元译《文明的困惑——迷信心理透析》，知识出版社，1990 年。

（苏）A. IO. 格里戈连科著，吴兴勇译《形形色色的巫术》，上海人民出版社，1992 年。

（美）孔飞力著，陈兼，刘旭译《叫魂：1768 年中国妖术大恐慌》，上海三联书店，1999 年。

（日）中村元著，林太、孙鹤译《东方民族的思维方法》，浙江人民出版社，1989 年。

（美）O. A. 魏勒著，史频译《性崇拜》，中国文联出版公司，1988 年。

（荷兰）高罗佩《秘戏图考》，广东人民出版社，1992 年。

（美）C. 恩伯、M. 恩伯著，杜杉杉译《文化的变异》，辽宁人民出版社，1988。

（英）基思·托马斯著，芮传明译《巫术的兴衰》，上海人民出版社，1992。

后 记

　　本书是应高校研究生和中文本科生专业选修课使用而编选的。2008 年由中国言实出版社出版，这次出版社要求再版，趁这机会，我对本书的内容做了大幅度的修改、增删，内容主体主要是编者这几十年来的研究成果，同时也采纳了前辈和时贤的一些成果；另外，原来第一章由袁九生、第六章第四节（现在的第八章第四节）由何世剑执笔，现在仍保留了他们原作中的一些内容。在此对他们致以衷心的谢意！

　　本人有意尝试建立小说文化学这门学科，但因才力及时间等限制，很多想法没有在写作中得到贯彻，如古代小说中呈现的古代文化、古代小说在传播古代文化中的作用等，这是令人遗憾的！本书可能还有不少错误或采用别人的成果时忘记注明，恳请大家批评和谅解！最后，感谢人文在线编辑先生的辛勤劳动！

晴川

2016 年 12 月 12 日于小和山